PENTAGRAM

JO NESBØ

PENTAGRAM

Przełożyła z norweskiego
Iwona Zimnicka

WYDAWNICTWO
DOLNOŚLĄSKIE

Tytuł oryginału
Marekors

Projekt okładki
MARIUSZ BANACHOWICZ

Redakcja
SYLWIA MAZURKIEWICZ

Korekta
AGNIESZKA DACUŃ-SKOWRONEK

Redakcja techniczna
JOLANTA KRAWCZYK

ISBN 978-83-245-8994-4

WYDAWNICTWO DOLNOŚLĄSKIE
jest znakiem towarowym Publicat S.A.

PUBLICAT S.A.
61-003 Poznań, ul. Chlebowa 24
tel. 61 652 92 52, fax 61 652 92 00
e-mail: office@publicat.pl, www.publicat.pl

Oddział we Wrocławiu
50-010 Wrocław, ul. Podwale 62
tel. 71 785 90 40, fax 71 785 90 66
e-mail: wydawnictwodolnoslaskie@publicat.pl

Część pierwsza

1 PIĄTEK. JAJKA

Kamienicę zbudowano w roku 1898 na gliniastym podłożu, które od zachodu odrobinę się poddało, więc teraz woda łatwo pokonała próg pod drzwiami od strony zawiasów. Spłynęła na podłogę sypialni i mokrym strumykiem pobiegła po dębowym parkiecie, stale podążając na zachód. W lekkim zagłębieniu klepek strumyk na moment się zatrzymał, ale zaraz pod naporem większej ilości wody pomknął jak wystraszony szczur ku listwie pod ścianą. Tam woda rozlała się już na obie strony, szukając, jak gdyby węsząc pod listwą, aż znalazła szczelinę pomiędzy krańcem klepek a ścianą. W szczelinie leżała pięciokoronowa moneta z profilem króla Olafa, wybita w roku 1987. Rok później moneta wypadła z kieszeni stolarza, ale to były czasy wzrostu gospodarczego, wiele strychów przerabiano na mieszkania i stolarzowi nie chciało się szukać pieniążka.

Woda nie potrzebowała długiego czasu na znalezienie drogi pod parkietem. Nie licząc zalania w roku 1968, tym samym, w którym w kamienicy wymieniono dach, świerkowe deski bowiem schły i kurczyły się nieprzerwanie od roku 1898, więc teraz szpara między dwiema położonymi najbliżej ściany wynosiła pół centymetra. Przez tę szparę woda lała się na jedną z belek i spływała po niej coraz dalej w kierunku zachodnim, wnikając w ścianę zewnętrzną. Tam wsiąkała w wapienny tynk i zaprawę, którą ponad sto lat wcześniej sporządził mistrz murarski i ojciec pięciorga dzieci, Jacob Andersen. Podobnie jak inni murarze w Oslo, w owym czasie również Andersen przygotowywał zaprawę i tynk według własnego przepisu. Nie dość że stosował swoje wyjątkowe proporcje mieszanki wapna, piasku i wody, to jeszcze uzupełniał ją specjalnymi składnikami: końskim włosiem i świńską krwią. Jacob Andersen żywił bowiem przekonanie, że włosie i krew nadają zaprawie dodatkowej trwałości. Nie on sam to wymyślił, jak wyjawił swoim niedowierzającym kolegom po fachu. Jego ojciec i dziadek, Szkoci, używali tych samych składników, tyle że owczych. I chociaż Andersen porzucił swoje szkockie nazwisko i przybrał nazwisko mistrza, u którego terminował, to nie widział powodu, by rezygnować z doświadczenia gromadzonego przez sześćset lat. Niektórzy murarze uważali, że to niemoralne, inni twierdzili, że zawarł pakt z diabłem, ale większość po prostu go wyśmiewała. Być może właśnie Andersen jako jeden z ostatnich rozpowszechniał historię, która miała na dobre zakorzenić się w rozrastającym się mieście nazywanym w owych czasach Kristianią. Otóż pewien woźnica z Grünerløkka poślubił kuzynkę z Värmland i razem przeprowadzili się na Seilduksgata, do pokoju z kuchnią w jednej z kamienic, w których budowie uczestniczył Andersen. Pierwsze dziecko małżonków nieszczęśliwie przyszło na świat z czarnymi kędziorami i piwnymi oczami, a ponieważ oboje byli jasnowłosi i niebieskoocy, a mężczyzna ponadto miał naturę zazdrośnika, pewnej nocy skrępował żonę, zaniósł ją do piwnicy i zamurował w ścianie. Jej krzyki skutecznie stłumiły grube mury, gdy stała związana, wciśnięta pomiędzy dwie warstwy cegieł. Mąż być może sądził, że kobieta udusi się z braku powietrza, ale murarze umieli zadbać o odpowiednią wentylację. Nieszczęsna w końcu zaatakowała mur zębami. Działanie to nie było być może całkiem pozbawione sensu, gdyż Andersen, Szkot, ponieważ wykorzystywał krew i włosie, to jednocześnie uważał, że może dzięki temu zaoszczędzić na wapnie, w wyniku tego powstał porowaty mur, który poddał się atakowi mocnych värmlandzkich zębów. Cechująca jednak kobietę żarłoczność życia sprawiła niestety, że brała zbyt duże kęsy zaprawy i cegieł. Nie była w stanie ani ich pogryźć, ani przełknąć, ani wypluć, i piasek, drobny żwir i kawałki wypalonej gliny zatkały jej w końcu tchawicę. Zsiniała na twarzy, serce zaczęło bić wolniej i przestała oddychać.

Większość ludzi powiedziałaby, że umarła.

Według legendy jednak smak świńskiej krwi sprawił, że nieszczęsna kobieta wciąż uważała, że żyje. Nagle bez najmniejszego wysiłku wyzwoliła się z pęt sznura, którym była związana, przeszła przez ścianę i zaczęła straszyć. Niektórzy starzy ludzie z Grünerløkka wciąż pamiętają historię z dzieciństwa o kobiecie z głową świni, która wieczorami krążyła po ulicach z nożem i obcinała głowy dzieciom, zbyt późno wracającym do domu; musiała bowiem nieustannie czuć smak krwi, by całkiem nie zniknąć. Bardzo niewielu natomiast znało nazwisko murarza, więc mistrz Andersen dalej przyrządzał bez przeszkód swoją zaprawę o szczególnym składzie. Kiedy trzy lata później przy murowaniu ścian kamienicy, w której teraz płynęła woda, spadł z rusztowania, pozostawiając po sobie dwieście koron i gitarę, do czasu, gdy murarze zaczęli w mieszankach cementu używać sztucznych przypominających włosie włókien, a w pewnym laboratorium w Mediolanie stwierdzono, że mury Jerycha wzmocniono krwią i sierścią wielbłądzią, miało upłynąć jeszcze blisko sto lat.

Większość wody nie wsiąkała jednak w ścianę, lecz spływała w dół, bo woda, tchórzostwo i żądza zawsze poszukują najniższego punktu. Pierwszą porcję wody wchłonęła grudkowata pylista glinka tworząca izolację pomiędzy warstwami belek, lecz wody wciąż dopływało więcej. Glinka wreszcie się nasyciła, a wtedy woda przedarła się przez nią, mocząc gazetę „Aftenposten" z 11 lipca 1898, prorokującą, że wysoka koniunktura w branży budowlanej Kristianii prawdopodobnie osiągnęła już szczyt i można mieć nadzieję, iż pozbawionych skrupułów spekulantów nieruchomościami czekają wreszcie gorsze czasy. Na stronie trzeciej pisano, że policja wciąż nie natrafiła na żaden ślad w sprawie morderstwa młodej szwaczki, którą tydzień wcześniej znaleziono zakłutą nożem w łazience. W maju nad rzeką Aker odkryto zwłoki dziewczyny zabitej i okaleczonej w podobny sposób, ale policja odmawiała odpowiedzi na pytanie, czy te dwie zbrodnie należy ze sobą łączyć.

Woda przeciekła przez gazetę i przelała się między znajdującymi się pod nią deskami podsufitki na pomalowane farbą olejną płótno. Ponieważ podczas zalania w roku 1968 uległo ono perforacji, woda przesączała się przez otworki, tworząc krople, które wisiały tak długo, aż zrobiły się dostatecznie duże, by siła ciążenia pokonała siłę wiązań powierzchniowych. Odrywały się i swobodnie spadały z wysokości trzech metrów i ośmiu centymetrów. Tam woda wreszcie się zatrzymywała. W wodzie.

Vibeke Knutsen mocno pociągnęła papierosa i wydmuchała dym przez otwarte okno na czwartym piętrze. Było popołudnie, gorące powietrze unosiło się znad spieczonego słońcem asfaltu na podwórzu i podrywało rozwiewający się dym w górę jasnoniebieskiej fasady. Zza domu od czasu do czasu dochodziły odgłosy samochodu przejeżdżającego zwykle tak uczęszczaną Ullevålsveien. Teraz jednak, w okresie urlopowym, można było odnieść wrażenie, że miasto jest po ewakuacji. Na parapecie leżała mucha ze sztywno wyciągniętymi nogami. Zabrakło jej rozumu, żeby uciec przed upałem. W części mieszkania wychodzącej na Ullevålsveien było chłodniej, ale Vibeke nie lubiła widoku w tamtą stronę. Na Cmentarz Zbawiciela. Pełen słynnych ludzi. Słynnych zmarłych ludzi. Na parterze jej domu był sklep, w którym sprzedawano „pomniki", jak głosił szyld, czyli nagrobki. To się chyba nazywa bliskość rynku zbytu.

Vibeke przyłożyła czoło do chłodnej szyby. Cieszyła się, gdy zrobiło się ciepło, lecz ta radość prędko przeminęła. Już teraz tęskniła za chłodnymi nocami i za ludźmi na ulicach. Dzisiaj w galerii było pięcioro klientów przed lunchem i troje po. Z nudów wypaliła półtorej paczki papierosów, serce zaczęło jej łomotać, a gardło miała tak wysuszone, że ledwie mogła mówić, gdy zadzwonił szef z pytaniem, jak idzie. Mimo wszystko, gdy tylko zdążyła wrócić do domu i nastawić ziemniaki, znów głód nikotyny zaczął ją ssać.

Rzuciła palenie dwa lata temu, gdy związała się z Andersem. Wcale jej o to nie prosił. Przeciwnie. Gdy poznali się na Gran Canaria, poprosił nawet, by poczęstowała go papierosem, ot tak, dla zabawy. A kiedy zamieszkali razem, zaledwie w miesiąc po powrocie do Oslo, to jedną z pierwszych rzeczy, jaką powiedział, było to, że odrobinę biernego palenia ich związek musi przecież wytrzymać. I że naukowcy prowadzący badania nad rakiem z całą pewnością przesadzają. I że z czasem na pewno przyzwyczai się do zapachu dymu, którym przesiąkają ubrania. Dzień później Vibeke podjęła decyzję. Gdy Anders po kilku dniach przy obiedzie zauważył, że już dawno nie widział jej z papierosem, odpowiedziała, że właściwie nigdy nie była nałogową palaczką. Uśmiechnął się, pochylił nad stołem i pogłaskał ją po policzku.

– Wiesz, Vibeke, przez cały czas miałem takie wrażenie.

Usłyszała bulgotanie w garnku za plecami i popatrzyła na papierosa. Jeszcze trzy pociągnięcia. Wzięła pierwsze. Nie poczuła żadnego smaku.

Nie potrafiła sobie przypomnieć, kiedy właściwie znów zaczęła palić. Może w ubiegłym roku, mniej więcej wtedy, gdy Anders zaczął wyjeżdżać w tak długie podróże służbowe? A może około Nowego Roku, odkąd prawie co wieczór zostawał w pracy po godzinach? Czy to dlatego, że była nieszczęśliwa? Czy w ogóle była nieszczęśliwa? Przecież nigdy się nie kłócili. Nie sypiali też już prawie ze sobą, ale to dlatego, że Anders tyle pracował. Tak powiedział i porzucił temat. Nieszczególnie jej tego brakowało. Kiedy od czasu do czasu odbywali niezbyt namiętne stosunki, miała wrażenie, że jego i tak przy niej nie ma. Doszła więc do wniosku, że i jej może przy tym nie być.

Ale się nie kłócili. Anders nie lubił, gdy ktoś podnosił głos.

Vibeke spojrzała na zegarek. Kwadrans po piątej. Gdzie on się podziewa? Zazwyczaj przynajmniej uprzedzał, że się spóźni. Zgasiła papierosa, wyrzuciła go na podwórze, odwróciła się do kuchenki i zajrzała do ziemniaków. Wbiła widelec w największy. Prawie gotowe. Na powierzchni wrzącej wody unosiło się kilka malutkich czarnych grudek. Dziwne. Ciekawe, czy to z ziemniaków, czy z garnka?

Akurat próbowała sobie przypomnieć, do czego używała go ostatnio, gdy otworzyły się drzwi wejściowe. Z przedpokoju dobiegł zdyszany oddech i odgłos zrzucanych butów. Anders wszedł do kuchni i otworzył lodówkę.

– I co? – spytał.

– Kotlety siekane.

– Okej… – Ton głosu podniósł się na koniec w znaku zapytania. Vibeke mniej więcej wiedziała, co oznacza: „Znowu mięso? Nie powinniśmy częściej jadać ryb?".

– Na pewno będą dobre – dodał Anders obojętnie i pochylił się nad garnkiem.

– Co ty robiłeś? Jesteś cały mokry od potu.

– Wieczorem nie będę mógł trenować, więc pojechałem rowerem nad Sognsvann i z powrotem. Co to za grudki w wodzie?

– Nie wiem – odparła Vibeke. – Dopiero teraz je zauważyłam.

– Nie wiesz? Przecież kiedyś byłaś prawie kucharką?

Błyskawicznym ruchem wyciągnął dwoma palcami jedną z grudek i zaraz włożył ją do ust. Vibeke wpatrywała się w tył jego głowy. W rzadkie brązowe włosy, które początkowo tak jej się podobały. Zadbane, odpowiednio przystrzyżone, z przedziałkiem na bok. Wyglądał wtedy tak porządnie. Jak człowiek, który ma przed sobą przyszłość. Nie tylko dla jednej osoby.

– Czym to smakuje? – spytała.

– Niczym – odparł, wciąż pochylony nad kuchenką. – Jajkami.

– Jajkami? Ja przecież umyłam ten garnek…

Urwała nagle. Anders się odwrócił.

– Co się stało?

– Kapie – wskazała na jego głowę.

Zmarszczył czoło i dotknął ręką włosów. Potem jak na komendę oboje odchylili głowy i popatrzyli na sufit. Na białym sklepieniu wisiały dwie krople. Vibeke, która miała krótki wzrok, pewnie w ogóle by ich nie dostrzegła, gdyby były całkiem przezroczyste. Ale nie były.

– Wygląda na to, że Camilla ma potop – stwierdził Anders. – Idź do niej, a ja ściągnę dozorcę.

Vibeke wpatrywała się w sufit zmrużonymi oczyma, a potem popatrzyła na grudki w garnku.

– Boże – szepnęła, czując, że serce znów zaczyna jej się tłuc w piersi jak zającowi.

– Co się tym razem stało? – spytał Anders.

– Idź po dozorcę i razem zadzwońcie do Camilli. Ja w tym czasie zatelefonuję na policję.

2 PIĄTEK. PLAN URLOPÓW

Budynek Policji, główna siedziba Komendy Okręgowej Policji na Grønland, położony był na wzgórzu w paśmie ciągnącym się od Grønland w stronę Tøyen i roztaczał się z niego widok na wschodnią część ścisłego centrum miasta. Wybudowano go ze szkła i stali w roku 1978. Nie skłaniał się w żadną stronę, idealnie trzymał poziom, a architekci, Telje, Torp i Aasen, otrzymali dyplom. Telemonter, który zakładał kable w dwóch długich skrzydłach biurowych, wysokich na siedem i dziewięć pięter, dostał zasiłek i stek wyzwisk od ojca, gdy spadł z rusztowania i złamał kręgosłup.

„Od siedmiu pokoleń jesteśmy murarzami i balansujemy między niebem a ziemią, dopóki siła ciążenia nie przyciśnie nas do ziemi. Mój dziadek próbował uciec przed tym przekleństwem, ale towarzyszyło mu nawet na drugi brzeg Morza Północnego. W dniu, w którym się urodziłeś, poprzysiągłem sobie, że twój los będzie inny. Wierzyłem, że mi się to udało. Telemonter! Czego, do cholery, może szukać telemonter sześć metrów nad ziemią!".

Tego dnia po miedzianych drutach właśnie w tych przewodach, które układał jego syn, sygnał z pogotowia policji przebiegł przez stropy kolejnych pięter odlane z fabrycznej mieszanki cementu i dotarł do biura naczelnika wydziału policji Bjarnego Møllera. W Wydziale Zabójstw na szóstym piętrze Møller akurat się zastanawiał, czy się cieszy, czy martwi zbliżającym się urlopem z rodziną w domku letniskowym, który wynajęli w Os pod Bergen. Os w lipcu z dużym stopniem prawdopodobieństwa oznaczało paskudną pogodę. Wprawdzie Bjarne Møller właśnie w tej chwili nie miał nic przeciwko zamianie fali upałów zapowiadanej dla Oslo na odrobinę mżawki, lecz znalezienie zajęcia dla dwóch bardzo energicznych chłopców w ulewnym deszczu, kiedy ma się do dyspozycji jedyny środek pomocniczy w postaci talii kart, w której brakuje waleta kier, mogło być prawdziwym wyzwaniem.

Bjarne Møller rozprostował długie nogi i podrapał się za uchem, słuchając informacji.

– Jak to odkryli? – spytał.

– Przeciekło do sąsiadów – odparł głos dyżurnego. – Dozorca z sąsiadem zadzwonili do mieszkania. Nikt im nie otworzył, ale drzwi nie były zamknięte na klucz, więc weszli do środka.

– W porządku. Wyślę dwóch naszych ludzi.

Møller odłożył słuchawkę, westchnął i przeciągnął palcem po liście dyżurów, leżącej pod plastikiem na biurku. Połowy wydziału brakowało. Tak było każdego roku w okresie urlopowym. Nie oznaczało to jednak szczególnego zagrożenia dla mieszkańców Oslo, gdyż miejscowi bandyci najwyraźniej również cenili urlop w lipcu, który okazywał się wyraźnie martwym sezonem pod względem przestępstw będących w kompetencji Wydziału Zabójstw.

Palec Møllera zatrzymał się przy nazwisku Beate Lønn. Wybrał numer do Wydziału Techniki Kryminalistycznej na Kjølberggata. Nikt nie odebrał. Zaczekał, aż połączenie zostanie przekazane do centrali.

– Beate Lønn jest w laboratorium – poinformował go młody głos.

– Mówi Møller z Wydziału Zabójstw. Proszę ją znaleźć.

Czekał. To Karl Weber, od niedawna emerytowany szef Wydziału Techniki Kryminalistycznej, ściągnął Beate Lønn z Wydziału Napadów do technicznego. Møller traktował to jako kolejny dowód teorii neodarwinistów głoszących, że jedyną siłą napędową każdego osobnika jest pragnienie przekazania dalej własnych genów. A tych, zdaniem Webera, Beate Lønn najwyraźniej miała dużo. Wprawdzie na pierwszy rzut oka Karl Weber i Beate Lønn mogli wydawać się bardzo różni. Weber był rozgoryczony i kłótliwy, Beate cicha, trochę szara myszka, która po ukończeniu Wyższej Szkoły Policyjnej czerwieniła się, gdy tylko ktoś się do niej odezwał. Ale ich geny policyjne były najwyraźniej identyczne. Oboje zaliczali się do tego samego ogarniętego pasją gatunku policjantów, który, zwietrzywszy zwierzynę, potrafi odciąć się od wszystkiego i wszystkich, skupić na jednym śladzie, jednej poszlace, nagraniu wideo, niewyraźnym rysopisie, aż w końcu zaczyna to przynosić sens. Złe języki twierdziły, że miejsce Webera i Lønn jest w laboratorium, a nie wśród śledczych, gdzie znajomość psychiki człowieka była mimo wszystko ważniejsza aniżeli odcisk buta czy luźna nitka pochodząca z kurtki.

Weber i Lønn zgadzali się co do twierdzeń dotyczących laboratorium, protestowali zaś przeciwko temu, co mówiono o odciskach butów i pojedynczych nitkach.

– Lønn, słucham.

– Cześć, Beate. Mówi Bjarne Møller. Przeszkadzam?

– Oczywiście. Co się dzieje?

Møller wyjaśnił jej krótko i podał adres.

– Wyślę też dwóch moich chłopaków – dodał.

– Kogo?

– Zobaczę, kogo mi się uda znaleźć. Urlopy, sama wiesz.

Møller odłożył słuchawkę i znów zaczął przesuwać palcem wzdłuż listy.

Zatrzymał się na nazwisku Toma Waalera.

Rubryka przeznaczona na wpisanie daty urlopu była pusta. Nie zdziwiło to Bjarnego Møllera. Od czasu do czasu można było odnieść wrażenie, że komisarz Tom Waaler nigdy nie bierze urlopu, ba, że wręcz prawie nigdy nie śpi. Jako śledczy stanowił jeden z najmocniejszych atutów wydziału, zawsze obecny, zawsze zaangażowany i prawie zawsze skuteczny. I w przeciwieństwie do drugiego asa wydziału, na Waalerze można było polegać, miał kartotekę bez jednej plamki i był szanowany przez wszystkich. Krótko mówiąc, podwładny jak marzenie. A zważywszy na bezdyskusyjne zdolności przywódcze Toma, w kartach zapisane też było, że pewnego dnia, gdy przyjdzie na to czas, Waaler zastąpi Møllera na stanowisku NWP, naczelnika wydziału policji.

Dzwonek telefonu Møllera przedarł się przez ścianki działowe.

– Słucham, Waaler – odpowiedział mu dźwięczny głos.

– Tu Møller. Mamy...

– Momencik, Bjarne, muszę tylko skończyć inną rozmowę.

Bjarne Møller czekając, bębnił palcami w blat biurka. Tom Waaler miał szansę na to, by zostać najmłodszym w dziejach naczelnikiem Wydziału Zabójstw. Czy z uwagi na wiek Møller od czasu do czasu odczuwał pewien niepokój na myśl o tym, że odpowiedzialność za pracę wydziału miała przejść akurat na Toma Waalera? A może chodziło o te dwa zdarzenia z bronią? Komisarz dwukrotnie sięgnął po broń podczas aresztowania i jako najlepszy strzelec w siłach policyjnych za każdym razem oddał śmiertelny strzał. Møller wiedział jednak również, że przy wyborze nowego naczelnika wydziału paradoksalnie właśnie te dwa zdarzenia mogły ostatecznie zadecydować na korzyść Toma. Śledztwo prowadzone przez SEFO, Wydział Kontroli Wewnętrznej, nie ujawniło niczego, co mogłoby podważyć twierdzenie, że Tom Waaler strzelał w samoobronie. Przeciwnie, w obu wypadkach wykazano działanie w dobrej wierze i zdolność właściwego reagowania w sytuacjach krytycznych. A jakie lepsze świadectwo można dać człowiekowi ubiegającemu się o stanowisko szefa?

– Przepraszam, Møller. Rozmawiałem przez komórkę. W czym ci mogę pomóc?

– Jest sprawa.

– Nareszcie.

Dalsza część rozmowy zakończyła się w ciągu dziesięciu sekund. Teraz brakowało już tylko ostatniego człowieka.

Møller myślał o sierżancie Halvorsenie, ale z listy wynikało, że jest na urlopie w rodzinnym Steinkjer.

Sunął palcem dalej w dół listy. Urlop. Urlop. Zwolnienie.

Naczelnik wydziału westchnął ciężko, gdy palec zatrzymał się przy nazwisku, którego miał nadzieję uniknąć.

Harry Hole.

Samotnik. Pijak. *Enfant terrible* wydziału. Ale obok Toma Waalera najlepszy śledczy na całym szóstym piętrze. Gdyby nie to, w połączeniu z faktem, że Bjarne Møller przez lata wypracował w sobie coś w rodzaju perwersyjnej skłonności do nadstawiania karku za tego obdarzonego wyjątkowym wzrostem alkoholika, Harry Hole już dawno wyleciałby z policji. Normalnie Harry byłby pierwszą osobą, do której Møller by zadzwonił i której zleciłby tę robotę, ale sytuacja nie była normalna.

A raczej: była bardziej nienormalna niż zwykle.

Szczyt nastąpił przed czterema tygodniami. Po tym, jak Harry zimą wrócił do starej sprawy zabójstwa Ellen Gjelten, swojej najbliższej koleżanki, która zginęła nad rzeką Aker, stracił zainteresowanie dla wszystkich innych śledztw. Problem polegał na tym, że sprawa Ellen była dawno wyjaśniona. Harry popadał jednak w coraz groźniejszą manię i Møller, szczerze mówiąc, zaczął się już niepokoić o jego równowagę psychiczną. Miesiąc temu Harry stawił się u niego i zaprezentował swoje spiskowe teorie, od których włos się jeżył na głowie. Gdy jednak przyszło co do czego, nie potrafił przedstawić żadnego dowodu ani chociażby uprawdopodobnić swoich fantastycznych oskarżeń przeciwko Tomowi Waalerowi.

A potem Harry po prostu zniknął. Po kilku dniach Møller zadzwonił do restauracji U Schrødera i potwierdziło się to, czego się obawiał: Harry znów pękł. Møller wpisał go na listę osób przebywających na urlopie, żeby jakoś zatuszować jego nieobecność. Kolejny raz. Z reguły Harry dawał znak życia po tygodniu. Tym razem minęły już cztery. Urlop się skończył.

Møller popatrzył na słuchawkę telefonu, potem wstał i podszedł do okna. Dochodziło pół do szóstej, a mimo to park przed Budynkiem Policji był niemal całkiem wyludniony, pozostali jedynie pojedynczy czciciele słońca, którzy stawiali czoło upałowi. Na Grønlandsleiret siedziało paru właścicieli sklepów, skrytych wraz ze swoimi warzywami w cieniu markiz. Nawet samochody, pomimo zerowego ruchu, jeździły jakby wolniej. Møller odgarnął włosy z czoła w nawyku, który towarzyszył mu przez całe życie, a który, jak twierdziła jego żona, powinien wreszcie zarzucić, bo mógł zacząć być podejrzewany o próbę układania pożyczki. Naprawdę nie miał innej alternatywy niż Harry? Møller śledził wzrokiem pijaka idącego chwiejnym krokiem w dół Grønlandsleiret. Przypuszczał, że pijak będzie próbował wejść do Ravnen. Przypuszczał, że go tam nie wpuszczą. Przypuszczał, że skończy w barze Boxer. W tym samym miejscu, w którym postawiono ostateczną kropkę w sprawie Ellen. I być może w sprawie policyjnej kariery komisarza Holego. Møller znalazł się pod presją, musiał w najbliższym czasie podjąć jakąś decyzję, co zrobić z problemem pod tytułem „Harry Hole". Ale to później. Na razie chodzi o bieżącą sprawę.

Podniósł słuchawkę i pomyślał, że właśnie przydziela Harry'ego i Toma Waalera do tego samego śledztwa. Okres urlopowy to niezłe gówno. Elektryczny impuls opuścił wzniesiony przez zespół Telje-Torp-Aasen pomnik społeczeństwa porządku i zaczął dzwonić gdzieś, gdzie rządzi chaos. W mieszkaniu na Sofies gate.

3 PIĄTEK. PRZEBUDZENIE

Krzyknęła jeszcze raz i Harry Hole otworzył oczy. Słońce wpadało między leniwie powiewającymi zasłonami, a wycie tramwaju hamującego na Pilestredet z wolna zamierało. Harry próbował się zorientować. Leżał na podłodze we własnym pokoju. Źle ubrany, ale ubrany. Nie pełen życia, ale żywy.

Pot pokrywał mu twarz jak gruba warstwa szminki, a serce uderzało lekko i szybko jak piłeczka pingpongowa odbijająca się od cementowej posadzki. Gorzej było z głową.

Harry zawahał się przez moment, nim zdecydował, by jednak dalej oddychać. Sufit i ściany kręciły się wokół niego, ale w mieszkaniu nie było ani obrazka, ani górnej lampy, na której mógłby zatrzymać się wzrok. Gdzieś na krańcu pola widzenia wirował Ivar – regał na książki z Ikei, oparcie krzesła i zielony stolik-ława z komisu. Ale przynajmniej nic mu się już nie śniło.

To był znów ten sam stary koszmar. Harry przygwożdżony, nie będąc w stanie się poruszyć, bezradnie starał się zamknąć oczy, żeby nie patrzeć na jej otwarte usta wykrzywione w bezgłośnym krzyku. Na wielkie wpatrzone w pustkę oczy, z których biło nieme oskarżenie. Kiedy był mały, śniła mu się Sio, młodsza siostra. Teraz zastąpiła ją Ellen Gjelten. Kiedyś krzyki były nieme, teraz brzmiały jak zgrzyt metalowych hamulców. Nie wiedział, co jest gorsze.

Leżał całkiem nieruchomo i przez zasłonę patrzył na rozedrgane słońce wiszące nad ulicami i kamienicami na Bislett. Letnią ciszę przerywał jedynie tramwaj. Harry nie mrugał. Wpatrywał się tylko, aż słońce zmieniło się w żółte podskakujące serce, tłukące się o cienką mlecznoniebieską błonę pompującą upał. Kiedy był mały, matka mówiła mu, że dzieciom, które patrzą wprost na słońce, wypala ono wzrok i muszą już później przez całą dobę do końca życia chodzić ze słońcem w głowie. Właśnie tego teraz próbował. Chciał, by słońce wypaliło wszystkie inne obrazy. Na przykład obraz zmiażdżonej głowy Ellen na śniegu przy rzece Aker i pochylający się nad nią cień. Od trzech lat usiłował złapać ten cień. Ale to też mu się nie udało. Akurat w chwili, gdy sądził, że już go ma, wszystko poszło w diabły. Nic mu się nie udało.

Rakel…

Harry ostrożnie podniósł głowę i popatrzył na martwe oko automatycznej sekretarki. Nie zdradzało przejawów życia w ciągu tych tygodni, które upłynęły od chwili jego powrotu do domu ze spotkania z naczelnikiem Biura Kryminalnego i Møllerem w Boxerze. Prawdopodobnie i je wypaliło słońce.

Cholera, alež tu gorąco!

Rakel…

Teraz to sobie przypominał. W pewnym momencie twarz we śnie zmieniła się w twarz Rakel. Sio, Ellen, matka, Rakel. Twarze kobiet. W jednostajnym stale pompującym i pulsującym ruchu zmieniały się i stapiały ze sobą.

Harry jęknął i opuścił głowę na parkiet. Dostrzegł butelkę balansującą na krawędzi stołu nad jego głową. Jim Beam from Clermont, Kentucky. Zawartość zniknęła. Wyparowała. Ulotniła się. Rakel. Zamknął oczy. Nic nie zostało.

Nie miał pojęcia, która godzina. Wiedział jedynie, że jest za późno. Albo za wcześnie. Że to i tak niedobry moment na to, by się obudzić.

Sonneneinstrahlung, Hitze, Kontakt mit Ölen, Fetten sowie
weichmacherhaltigen Folien (z.B. PVC-Klarsichthüllen) schützen.

REWE
DEIN MARKT

Um die Qualität des Ausdruckes zu erhalten, bitte den Bon vor direkter
Sonneneinstrahlung, Hitze, Kontakt mit Ölen, Fetten sowie
weichmacherhaltigen Folien (z.B. PVC-Klarsichthüllen) schützen.

REWE

R E W E Schneider oHG
Breisacher-Str.147
79110 Freiburg
Tel:0761-89826166
UID Nr.: DE251007605

A raczej na to, żeby spać. O tej porze dnia coś powinno się robić. Powinno się pić.

Podniósł się na kolana.

Coś zawibrowało mu w spodniach. Zorientował się, że właśnie to go obudziło. Uwięziona ćma rozpaczliwie tłukąca skrzydłami. Sięgnął do kieszeni i wyciągnął komórkę.

Wolnym krokiem Harry szedł w stronę St. Hanshaugen. Ból głowy wysadzał mu oczy. Adres, który podał mu Møller, znajdował się niedaleko. Harry oblał więc twarz wodą, znalazł resztkę whisky w jednej z butelek w szafce pod zlewem i wyszedł z domu z nadzieją, że spacer rozjaśni mu w głowie.

Minął Underwater. Od czwartej do trzeciej. W poniedziałki od czwartej do pierwszej, w niedziele zamknięte. Nieczęsto tu zaglądał, bo knajpa U Schrødera, której był stałym bywalcem, znajdowała się na sąsiedniej ulicy, lecz jak większość alkoholików Harry miał w mózgu ośrodek automatycznie notujący godziny otwarcia miejsc, w których podawano alkohol.

Wykrzywił się do własnego odbicia w przyciemnionych szybach. Przyjdzie tu kiedy indziej.

Na rogu skręcił w prawo i poszedł w dół Ullevålsveien. Nie lubił tędy chodzić. Ullevålsveien to ulica dla samochodów, nie dla ludzi. Najlepszą rzeczą, jaką potrafił o niej powiedzieć, to to, że na prawym chodniku w takich dniach jak dzisiejszy można było znaleźć trochę cienia.

Zatrzymał się przed kamienicą pod wskazanym numerem i obrzucił ją spojrzeniem.

Na parterze mieściła się pralnia z czerwonymi pralkami. Na szybie wisiała kartka z informacją o godzinach otwarcia, od ósmej do dwudziestej pierwszej codziennie, dwadzieścia minut suszenia w promocyjnej cenie trzydziestu koron. Przy wirującym bębnie siedziała ciemnoskóra kobieta w chuście i wpatrywała się przed siebie. Obok pralni była witryna z nagrobkami, a nieco dalej, nad połączeniem barku ze sklepem spożywczym zielony neon z napisem „Kebab". Harry powiódł wzrokiem w górę brudnej fasady. Farba na starych oknach popękała, ale lukarny na dachu świadczyły o tym, że ponad czterema zwykłymi piętrami są też nowe mieszkania przerobione ze strychów. A nad niedawno zainstalowanym domofonem przy zardzewiałej żelaznej bramie zamontowano kamerę. Pieniądze z zachodnich dzielnic miasta płynęły na wschód wolno, lecz pewnie.

Wcisnął najwyższy guzik domofonu, oznakowany nazwiskiem „Camilla Loen".

– Tak? – rozległo się w głośniku.

Møller go ostrzegał, lecz Harry i tak drgnął, słysząc głos Waalera. Próbował odpowiedzieć, ale struny głosowe odmówiły posłuszeństwa. Chrząknął i spróbował jeszcze raz:

– Tu Hole. Otwórz.

Rozległ się brzęczyk. Harry ujął chłodną szorstką klamkę z kutego żelaza.

– Cześć!

Harry odwrócił się.

– Cześć, Beate.

Beate Lønn, mniej niż średniego wzrostu, z włosami w kolorze średnio blond, nie była ani brzydka, ani ładna. Krótko mówiąc, mało co w niej rzucało się w oczy. Oprócz stroju: białego kombinezonu przypominającego strój astronauty.

Harry przytrzymał bramę, a Beate w tym czasie wstawiła za nią dwie metalowe walizki.

– Przyjechałaś dopiero teraz?

Starał się wstrzymywać oddech, gdy go mijała.

– Nie. Musiałam zejść do samochodu po resztę sprzętu. Jesteśmy tu już od pół godziny. Uderzyłeś się?

Harry pogładził palcem strup na grzbiecie nosa.

– Najwyraźniej.

Poszedł za nią do następnych drzwi prowadzących na klatkę schodową.

– Jak to wygląda tam na górze?

Beate postawiła walizki przed zielonymi drzwiami windy i zerknęła na niego przelotnie.

– Wydawało mi się, że jedna z twoich zasad brzmi: najpierw się rozejrzeć, a dopiero potem pytać – powiedziała, wciskając guzik przywołujący windę.

Harry kiwnął głową. Beate Lønn należała do tej części ludzkości, której członkowie pamiętają wszystko. Była w stanie wyliczyć szczegóły przestępstw, o których on już dawno zapomniał, a które wydarzyły się, zanim zaczęła naukę w Wyższej Szkole Policyjnej. Ponadto została obdarzona niesamowicie rozwiniętym *gyrus fusiformus*, fragmentem mózgu, odpowiedzialnym za zapamiętywanie twarzy. Poddano ją testom, których wyniki zadziwiły psychologów. Niemożliwe więc, by nie zapamiętała tych drobiazgów, których zdążył ją nauczyć, gdy współpracowali w sprawie ubiegłorocznej serii napadów na banki.

– Rzeczywiście, lubię się możliwie najszerzej otworzyć na własne wrażenia, gdy jestem po raz pierwszy na miejscu przestępstwa – przyznał Harry i drgnął przestraszony, gdy maszyneria windy nagle ruszyła. Zaczął po kieszeniach szukać papierosów. – Ale nie sądzę, żebym miał pracować akurat nad tą sprawą.

– Dlaczego?

Harry nie odpowiedział. Wyciągnął z lewej kieszeni spodni wygniecioną paczkę cameli i wyjął z niej jednego papierosa.

– A tak, już pamiętam – uśmiechnęła się Beate. – Mówiłeś przecież na wiosnę, że wybieracie się na wakacje do Normandii, prawda? Szczęściarz...

Harry wsunął papierosa do ust. Smakował ohydnie i na pewno nie mógł pomóc na ból głowy. Pomóc mogła tylko jedna rzecz. Zerknął na zegarek. Poniedziałek. Od czwartej do pierwszej.

– Z Normandii nic nie wyszło – powiedział.

– Tak?

– Tak, więc nie dlatego. Rzecz w tym, że to on prowadzi tę sprawę.

Harry ruchem głowy wskazał na górę i zaciągnął się dymem. Beate długo na niego patrzyła.

– Uważaj, żeby nie wpaść w manię, Harry. Zostaw to.

– Mam to zostawić? – Wydmuchał dym. – On krzywdzi ludzi, Beate. Ty powinnaś o tym wiedzieć.

Beate gwałtownie się zaczerwieniła.

– Tom i ja mieliśmy krótki romans, Harry. To wszystko.

– Czy to nie było w tym samym czasie, kiedy chodziłaś z siniakami na szyi?

– Harry! Tom nigdy… – Urwała gwałtownie, słysząc, jak głośno mówi. Echo poniosło ich głosy w górę, ale zagłuszył je odgłos windy, zatrzymującej się na ich poziomie z głuchym hukiem.

– Ty go nie lubisz – powiedziała. – Dlatego wyobrażasz sobie różne rzeczy. Tom ma w rzeczywistości sporo dobrych stron, których nie znasz.

– Mhm. – Harry zgasił papierosa na ścianie.

Beate otworzyła drzwi windy i wsiadła.

– Nie jedziesz ze mną? – spytała i spojrzała na Harry'ego, który stał na zewnątrz, sztywno się w coś wpatrując. Winda. Miała w środku rozsuwaną kratę. Prostą kratę z kutego żelaza, którą trzeba rozsunąć, a potem za sobą zasunąć, żeby winda ruszyła. Znów usłyszał ten krzyk. Niemy krzyk. Poczuł pot oblewający całe ciało. Tamten łyk whisky to było za mało. O wiele za mało.

– Coś nie tak? – spytała Beate.

– Nie – odparł Harry ochrypłym głosem. – Nie lubię takich starych wind. Pójdę schodami.

4 PIĄTEK. STATYSTYKA

W kamienicy rzeczywiście przerobiono strych na mieszkania, na dwa mieszkania. Drzwi do jednego były otwarte, lecz zagrodzone pomarańczową policyjną taśmą z plastiku, rozpiętą w otworze drzwiowym. Harry nachylił swoje sto dziewięćdziesiąt dwa centymetry wzrostu i przesunął się pod nią, ale prostując się po drugiej stronie, musiał zrobić dodatkowy krok, żeby nie upaść. Znalazł się w salonie wyłożonym dębowym parkietem, ze ściętym sufitem i oknami w dachu. Było gorąco jak w saunie. Nieduże mieszkanie urządzono minimalistycznie, jak jego własne, lecz na tym podobieństwo się kończyło. Tutaj stała najnowsza kanapa z Hilmers Hus, stół-ława z R.O.O.M. i mały piętnastocalowy telewizor Philipsa w przezroczystej obudowie barwy lodowego błękitu, pasującej kolorem do wieży stereo. Harry przez otwarte drzwi zajrzał do kuchni i sypialni, więcej pokoi nie było. Panowała tu dziwna cisza. Przy kuchennych drzwiach spocony funkcjonariusz w mundurze kołysał się na piętach z założonymi rękami i przyglądał się Harry'emu, lekko unosząc jedną brew. Gdy Harry sięgnął po identyfikator, pokręcił głową z krzywym uśmiechem.

Wszyscy znają małpę – stwierdził Harry w duchu. – Małpa nie zna nikogo. – Potarł twarz dłonią.

– Gdzie technicy? – spytał.

– W łazience – odparł policjant, ruchem głowy wskazując na sypialnię. – Lønn i Weber.

– Weber? Zaczęli już wzywać emerytów?

Funkcjonariusz wzruszył ramionami.

– Urlopy.

Harry rozejrzał się dokoła.

– Okej, ale zagrodźcie też klatkę i bramę. Ludzie cały czas swobodnie się tu kręcą.

– Ale…

– Posłuchaj mnie, to również elementy miejsca zdarzenia. Jasne?

– Rozumiem – zaczął funkcjonariusz ze zgrzytem w głosie, który powiedział Harry'emu, że wystarczyły dwa zdania, by pozyskać sobie nowego wroga w szeregach policji. Lista i tak już była długa.

– Ale otrzymałem wyraźne polecenie… – ciągnął funkcjonariusz.

– …żeby pilnować tutaj – dobiegł głos z łazienki.

W drzwiach ukazał się Tom Waaler.

Pomimo ciemnego garnituru, na czoło pod gęstymi ciemnymi włosami nie wystąpiła nawet kropla potu. Tom Waaler był przystojnym mężczyzną. Może w niezbyt rzucający się w oczy sposób, ale miał regularne, symetryczne rysy. Nie był tak wysoki jak Harry, lecz wielu spytanych o to twierdziłoby, że dorównuje mu wzrostem. Może wynikało to z jego prostej postawy. Albo z niewymuszonej pewności siebie, która sprawiała, że większości osób mających z nim styczność Waaler imponował. Jego spokój zarażał, ludzie przy nim rozluźniali się, odnajdując swoje naturalne miejsce. Podobać się mogła również jego sylwetka, żaden garnitur nie był w stanie ukryć pięciu sesji treningowych w tygodniu spędzanych na podnoszeniu ciężarów i ćwiczeniu karate.

– I dalej będzie tu pilnował – oświadczył Waaler. – Właśnie posłałem chłopaka windą na dół, żeby odgrodził, co trzeba. Wszystko pod kontrolą, Hole.

Ostatnie słowa wypowiedziane zostały tonem tak pozbawionym intonacji, że można było wybierać, czy chce się je odczytać jako stwierdzenie, czy pytanie. Harry chrząknął.

– Gdzie ona jest?

– Tu, w środku.

Waaler zrobił zatroskaną minę, gdy odsuwał się na bok, żeby przepuścić Harry'ego.

– Uderzyłeś się, Hole?

Sypialnia była umeblowana prosto, lecz ze smakiem, romantycznie. Łóżko zaścielone dla jednej osoby, ale z miejscem dla dwóch, stało przy belce nośnej, na której wyrzeźbiono coś, co kojarzyło się z sercem wpisanym w trójkąt. Może herb kochanka, pomyślał Harry. Na ścianie nad łóżkiem wisiały trzy oprawione w ramki fotografie nagich mężczyzn, politycznie poprawne, bo decydenci od erotyki plasowali je gdzieś pomiędzy łagodnym porno a kiczem. Żadnych osobistych zdjęć czy przedmiotów nie zauważył.

Łazienka znajdowała się w głębi sypialni. Nieduża, mieściła się w niej jedynie umywalka, sedes, prysznic bez zasłony. I Camilla Loen. Leżała na kafelkowej podłodze z twarzą wykręconą w stronę drzwi, ale ze wzrokiem skierowanym w górę. Na prysznic. Jak gdyby czekała na kolejną porcję wody.

Była naga pod rozpiętym białym przemoczonym szlafrokiem, który zatykał spływ. W drzwiach stała Beate i robiła zdjęcia.

– Ktoś sprawdził, od jak dawna nie żyje?

– Patolog dopiero jedzie – odparła Beate. – Ale *rigor mortis* jeszcze nie nastąpił. I nie jest całkiem zimna. Sądzę, że najwyżej parę godzin.

– Czy prysznic nie był odkręcony, kiedy sąsiad z dozorcą ją znaleźli?

– No, tak.

– Gorąca woda mogła podtrzymać temperaturę ciała i opóźnić stężenie pośmiertne.

Harry popatrzył na zegarek. Piętnaście po szóstej.

– Chyba możemy uznać, że zmarła około piątej.

To był głos Waalera.

– Dlaczego? – spytał Harry, nie odwracając się.

– Nie ma żadnych śladów świadczących o przesuwaniu zwłok. Możemy więc założyć, że została zabita, kiedy stała pod prysznicem. Jak widzisz, ciało i szlafrok zasłaniają spływ. To dlatego zalało sąsiadów. Dozorca, który zamknął prysznic, powiedział, że był rozkręcony na całość, a ja sprawdziłem ciśnienie wody. Całkiem niezłe jak na mieszkanie na strychu. W takiej małej łazience woda już po paru minutach przelała się przez próg do sypialni. I niedługo potem przeciekła do sąsiadów. Kobieta z dołu mówi, że było dokładnie dwadzieścia po piątej, gdy się zorientowali, że cieknie.

– Minęła dopiero godzina – stwierdził Harry. – A wy jesteście tu już od pół godziny. Wygląda na to, że wszyscy zareagowali bardzo szybko.

– No, chyba nie wszyscy – zauważył Waaler.

Harry nie odpowiedział.

– Mam na myśli patologa – uśmiechnął się Waaler. – Powinien już tu być.

Beate skończyła robić zdjęcia i wymieniła z Harrym spojrzenia.

Waaler dotknął jej ręki.

– Dzwońcie, jak coś znajdziecie. Ja zejdę na trzecie porozmawiać z dozorcą.

– Okej.

Harry zaczekał, aż Waaler wyjdzie z pokoju.

– Mogę...? – spytał.

Beate kiwnęła głową i odsunęła się.

Podeszwy butów Harry'ego zacmokały na mokrej podłodze. Para pokryła wszystkie powierzchnie w łazience, spływała teraz smugami. Lustro wyglądało na zapłakane. Harry przykucnął, ale musiał oprzeć się o ścianę, by nie stracić równowagi. Wciągnął powietrze przez nos, lecz czuł jedynie zapach mydła, żaden inny, chociaż wiedział, że powinny tu być. Dysosmia, jak wyczytał w jednej z książek pożyczonych od Aunego, psychologa współpracującego z Wydziałem Zabójstw. W wypadku niektórych zapachów mózg po prostu odmawia ich rejestracji. W książce pisano, że tego rodzaju utrata zmysłu powonienia często bywa wywołana traumą. Harry nie bardzo wiedział, jak to osądzać. Wiedział jedynie, że nie wyczuwa zapachu trupa.

Camilla Loen była młoda. Harry oceniał jej wiek na jakieś dwadzieścia siedem do trzydziestu lat. Ładna. Pulchna. Ale skóra, gładka i opalona, już pokrywała się tą bladością, która tak prędko pojawia się u zmarłych. Miała ciemne włosy, choć po wyschnięciu na pewno trochę by zjaśniały, i małą dziurkę w czole, której na pewno nie będzie widać, gdy zakład pogrzebowy zrobi swoje. Poza tym czeka ich niewiele roboty, oprócz przymalowania czegoś, co wyglądało na opuchliznę w prawym oczodole.

Harry skupił się na czarnym okrągłym otworze w czole zmarłej, niewiele większym od dziurki w jednokoronowej monecie. Niekiedy zaskakiwało go, jak maleńka dziurka wystarczy, by człowieka pozbawić życia. Ale pozory czasem potrafiły zwieść, bo skóra w miejscu postrzału często później się ściąga. Harry przypuszczał, że w tym wypadku kula była większa niż otwór.

– Źle, że leżała w wodzie – powiedziała Beate. – Inaczej może udałoby nam się znaleźć odciski palców zabójcy, jakieś włókna albo DNA.

– Mhm. Czoło w każdym razie znajdowało się nad wodą i najwyraźniej woda z prysznica też na nie za bardzo nie pryskała.

– Tak?

– Wokół otworu wlotowego widać czarną zakrzepłą krew i zabrudzenia od strzału. Może ten mały otworek powie nam od razu parę rzeczy. Masz szkło powiększające?

Nie odrywając oczu od Camilli Loen, Harry wyciągnął rękę, a kiedy poczuł w niej solidny ciężar niemieckiej optyki, zaczął uważnie badać okolice rany.

– Co widzisz?

Ściszony głos Beate rozlegał się tuż przy jego uchu. Zawsze z takim samym zapałem chciała się nauczyć czegoś nowego. Harry wiedział, że już niedługo nie będzie miał jej czego uczyć.

– Szary odcień zaczernienia w otworze wlotowym wskazuje na strzał z bliska, ale nie z przyłożenia – powiedział. – Sądzę, że padł z odległości mniej więcej pół metra.

– Naprawdę?

– Asymetria zaczernienia świadczy o tym, że ten, kto strzelał, stał wyżej od niej i celował ukosem w dół.

Harry delikatnie odwrócił głowę zmarłej. Czoło wciąż jeszcze nie było całkiem zimne.

– Nie ma rany wylotowej – stwierdził. – To umacnia podejrzenia o strzale z ukosa. Może klęczała przed zabójcą?

– Wiesz, z jakiej broni strzelano?

Harry pokręcił głową.

– To rozstrzygnie patolog we współpracy z chłopcami od balistyki. Ale widzę zanikające zaczernienie, co wskazuje na broń z krótką lufą. Czyli na pistolet.

Harry systematycznie przesuwał wzrokiem wzdłuż ciała, usiłując zapamiętać wszystko, czuł jednak, że częściowe znieczulenie alkoholem odfiltrowywało szczegóły, które mogły mu się przydać. Nie, które mogły się przydać im. To nie była jego sprawa. Kiedy dotarł do dłoni zmarłej, zorientował się jednak, że czegoś brakuje.

– Kaczor Donald – mruknął, pochylając się nad okaleczoną ręką.

Beate popatrzyła na niego zdumiona.

– Tak rysują postacie w komiksach – wyjaśnił Harry. – Z czterema palami.

– Ja nie czytam komiksów.

Brakowało palca wskazującego. Pozostała po nim jedynie skorupa zakrzepłej krwi i połyskujące ścięgna. Samo cięcie wyglądało na równe. Harry koniuszkiem palca dotknął miejsca, w którym wśród różowej tkanki prześwitywała biel. Powierzchnia kości wydawała się całkiem prosta i gładka.

– Obcęgi – mruknął. – Albo bardzo ostry nóż. Czy palec znaleziono?

– Nie.

Harry poczuł nagłe mdłości i przymknął oczy. Kilka razy odetchnął głębiej. Potem znów je otworzył. Ofiara mogła stracić palec z różnych przyczyn. Nie było powodów myślenia w tych kategoriach, którymi on już zaczął myśleć.

– Może windykator długów – podsunęła Beate. – Oni lubią obcęgi.

– Może – odmruknął Harry, wstał i odkrył własne białe ślady na tym, co dotychczas uważał za różowe płytki. Beate nachyliła się i zrobiła zbliżenie twarzy ofiary.

– Naprawdę dużo krwawiła.

– Dlatego, że miała rękę w wodzie – odparł Harry. – Woda nie dopuszcza do zakrzepnięcia krwi.

– Czy cała ta krew jest tylko z obciętego palca?

– Tak. A wiesz, co to oznacza?

– Nie, ale mam wrażenie, że zaraz się dowiem.

– To oznacza, że Camilli Loen najprawdopodobniej obcięto palec w czasie, gdy serce jeszcze pracowało. A więc zanim została zastrzelona.

Beate skrzywiła się.

– Idę porozmawiać z sąsiadami – oświadczył Harry.

– Camilla już mieszkała nad nami, kiedy się tu sprowadziliśmy – powiedziała Vibeke Knutsen, przelotnie zerkając na swego przyjaciela. – Nie mieliśmy z nią zbyt wiele do czynienia.

Siedzieli razem z Harrym w salonie na czwartym piętrze. Ktoś niewtajemniczony mógłby dojść do wniosku, że to Harry tu mieszka. Zapadł się głęboko w fotelu, lokatorzy natomiast siedzieli wyprostowani na brzegu kanapy.

Wydali mu się dziwną parą. Oboje przekroczyli trzydziestkę, chudy i żylasty Anders Nygård przypominał maratończyka. Ubrany był w jasnoniebieską świeżo wyprasowaną koszulę, włosy miał krótko ostrzyżone jak urzędnik, wargi cienkie, a gesty niespokojne. Z twarzy, chociaż otwartej i chłopięcej, prawie niewinnej, biła asceza i surowość. Rudowłosa Vibeke Knutsen miała głębokie dołeczki w policzkach i ciało, którego bujność podkreślała obcisła bluzka w lamparcie cętki. Wyglądała tak, jakby miała już za sobą sporą porcję życia. Zmarszczki nad wargami świadczyły o dużej liczbie wypalonych papierosów, a te wokół oczu o dobrej zabawie.

– Czym ona się zajmowała? – spytał Harry.

Vibeke popatrzyła na partnera, lecz ponieważ nie odpowiedział, znów ona zabrała głos:

– O ile wiem, pracowała w agencji reklamowej. Zajmowała się grafiką albo czymś takim.

– Czymś takim – powtórzył Harry, obojętnie zapisując w notesie, który trzymał przed sobą.

Posługiwał się tą sztuczką podczas przesłuchań. Gdy nie patrzył na ludzi, bardziej się rozluźniali. A gdy udawał, że to, co mówią, go nudzi, odruchowo starali się powiedzieć coś, co mogłoby wzbudzić jego zainteresowanie. Powinien być dziennikarzem. Miał wrażenie, że dziennikarze, którzy przychodzą pijani do pracy, mają więcej możliwości.

– Jakiś chłopak?

Vibeke pokręciła głową.

– Kochankowie?

Vibeke zaśmiała się nerwowo i znów zerknęła na przyjaciela.

– My nie podsłuchujemy pod drzwiami – oświadczył Anders Nygård. – Sądzi pan, że to mógł zrobić kochanek?

– Nie wiem – odparł Harry.

– Rozumiem, że nie w i e c i e.

Harry wyczuł irytację w jego głosie.

– Ale my tu mieszkamy i bardzo chcielibyśmy wiedzieć, czy to wygląda na sprawę osobistą, czy też możemy mieć szalonego mordercę krążącego po okolicy.

– Możecie mieć szalonego mordercę krążącego po okolicy – odparł Harry. Odłożył długopis i czekał.

Zobaczył, że Vibeke Knutsen poderwała się z kanapy, ale skupił się na Andersie Nygårdzie.

Ludzie, którzy się boją, łatwiej wpadają w gniew. Program pierwszego roku nauki w szkole policyjnej. Mądrość przekazywana jako rada, by niepotrzebnie nie drażnić przestraszonych ludzi. Harry już dawno stwierdził, że więcej pożytku przyniesie mu zachowanie w przeciwny sposób. Trzeba ich drażnić. Ludzie w złości często mówią rzeczy, których nie myślą, a raczej których nie zamierzają powiedzieć.

Anders Nygård patrzył na niego bez wyrazu.

– Ale bardziej prawdopodobne, że sprawcą jest narzeczony – dodał Harry. – Kochanek, ktoś, z kim ją coś łączyło, kogo odrzuciła.

– Dlaczego? – Anders Nygård objął Vibeke.

Wyglądało to komicznie, bo miał bardzo krótką rękę, a ona szerokie ramiona.

Harry wyciągnął się w fotelu.

– Statystyka. Mogę tu zapalić?

– Staramy się, żeby w domu się nie paliło – powiedział Anders z wymuszonym uśmiechem.

Harry zauważył, że gdy chował paczkę z powrotem do kieszeni, Vibeke spuściła wzrok.

– Co pan rozumie przez statystykę? – spytał Nygård. – Co pana skłania do twierdzenia, że statystyka ma zastosowanie w pojedynczym przypadku jak ten?

– No cóż, zanim odpowiem na pańskie dwa pytania, to sam spytam: Czy pan ma pojęcie o statystyce, Nygård? O rozkładzie normalnym, zmiennej losowej i odchyleniu standardowym?

– Nie, ale...

– Świetnie – przerwał mu Harry. – Bo w tym wypadku nie ma takiej konieczności. Statystyki kryminalne z całego świata ze stu lat mówią nam bowiem jedną podstawową rzecz: że zrobił to jej facet. A jeśli nie ma faceta, to ktoś, kto chciałby nim być. To odpowiedź na pańskie pierwsze pytanie. I na drugie.

Anders Nygård prychnął i puścił Vibeke.

– To bardzo nierzeczowe podejście. Przecież pan nic nie wie o Camilli Loen.

– Rzeczywiście – odparł Harry.

– To dlaczego pan tak mówi?

– Ponieważ pan pytał. A jeśli skończył już pan ze swoimi pytaniami, to może ja przejdę do swoich?

Nygård wyglądał tak, jakby chciał coś powiedzieć, lecz zmienił zdanie i z ponurą miną zaczął wpatrywać się w stół. Harry mógł się mylić, ale wydało mu się, że między dołeczkami Vibeke dostrzegł leciutki uśmieszek.

– Czy sądzicie, że Camilla Loen zażywała narkotyki? – spytał.

Głowa Nygårda podskoczyła w górę.

– Dlaczego mielibyśmy tak sądzić?

Harry zamknął oczy i czekał.

– Nie – odpowiedziała Vibeke. Jej głos był cichy i łagodny. – Nie sądzimy, żeby zażywała narkotyki.

Harry otworzył oczy i uśmiechnął się do niej z wdzięcznością, natomiast Anders Nygård popatrzył na nią z lekkim zaskoczeniem w oczach.

– Drzwi do jej mieszkania nie były zamknięte na klucz, prawda?

Anders Nygård kiwnął głową.

– Nie zdziwiło to pana? – spytał Harry.

– Nie za bardzo. Przecież była w domu.

– Mhm. Wy macie prosty zamek w drzwiach, a zwróciłem uwagę, że... – skinął głową Vibeke –...zamknęła pani drzwi.

– Ona jest trochę bojaźliwa. – Nygård poklepał partnerkę po kolanie.

– Oslo nie jest już takie jak kiedyś – stwierdziła Vibeke. Jej spojrzenie na moment spotkało się ze wzrokiem Harry'ego.

– Ma pani rację. I wygląda na to, że Camilla Loen również to zrozumiała. W jej mieszkaniu jest podwójny zamek w drzwiach, a na dodatek łańcuch od wewnątrz. To mi nie wygląda na osobę, która poszłaby pod prysznic, zostawiając drzwi otwarte.

Nygård wzruszył ramionami.

– Może ten człowiek otworzył drzwi wytrychem w czasie, kiedy ona stała pod prysznicem.

Harry pokręcił głową.

– Tylko na filmach można otworzyć wytrychem taki solidny zamek.

– A może w mieszkaniu już ktoś z nią był? – podsunęła Vibeke.

– Kto by to mógł być?

Harry czekał w milczeniu. Gdy zrozumiał, że nikt go nie przerwie, wstał.

– Zostaniecie państwo wezwani na przesłuchanie. Na razie dziękuję.

W korytarzu jeszcze się odwrócił.

– Kto wezwał policję?

– Ja – odparła Vibeke. – Zadzwoniłam w czasie, gdy Anders poszedł po dozorcę.

– Zanim ją znaleźliście? Skąd pani wiedziała...?

– W wodzie, która do nas ciekła, była krew.

– Tak? A jak się zorientowaliście?

Anders Nygård westchnął z przeciągłą rezygnacją, kładąc rękę na karku przyjaciółki.

– Była czerwona, prawda?

– No cóż – powiedział Harry. – Są również inne czerwone płyny.

– Owszem, są – przyznała Vibeke. – Ale wcale nie chodziło o kolor.

Anders popatrzył na nią zaskoczony. Vibeke uśmiechnęła się, ale Harry zauważył, że wysunęła się spod ręki partnera.

– Mieszkałam kiedyś z kucharzem. Prowadziliśmy razem nieduży bar. Nauczyłam się wtedy kilku rzeczy o jedzeniu. Między innymi tego, że krew zawiera białko i że jeśli wleje się ją do garnka z wodą, która ma ponad sześćdziesiąt pięć stopni, ulega koagulacji i robi się grudkowata. Tak samo jak wówczas, kiedy jajko pęknie. Kiedy Anders spróbował tych grudek w wodzie i powiedział, że mają smak jajek, zrozumiałam, że to krew. I że stało się coś poważnego.

Anders Nygård rozchylił usta. Nagle on też gwałtownie pobladł pod opalenizną.

– Smacznego – mruknął Harry i wyszedł.

5 PIĄTEK. UNDERWATER

Harry nienawidził pubów tematycznych. Pubów irlandzkich, pubów topless, pubów z najświeższymi informacjami czy – co było najgorsze – pubów związanych z gwiazdami, w których na ścianach wisiały portrety stałych bywalców. Tematem pubu Underwater była niejasna mieszanka marynistyki, nurkowania i romantyzmu drewnianej szkuty. Ale przy czwartym piwie przestał się już przejmować bulgotaniem zielonej wody w akwarium, hełmami dla nurków i rustykalnym umeblowaniem z trzeszczącego drewna. Mogło być gorzej. Ostatnio, gdy tu zajrzał, ludzie nagle zaczęli się podrywać i śpiewać przeboje operowe. Przez moment miał wrażenie, że musical w końcu dogonił rzeczywistość.

Rozejrzał się dokoła i uspokojony skonstatował, że żaden z czterech gości obecnych w lokalu nie wygląda na takiego, który zaraz miałby wybuchnąć śpiewem.

– Wakacyjne nastroje? – spytał dziewczynę za barem, gdy stawiała przed nim piwo.

– Jest siódma.

Wydała mu resztę z setki, zamiast z dwóch.

Gdyby mógł, poszedłby do Schrødera. Miał jednak niejasne wrażenie, że nie jest tam mile widziany, a brakowało mu nerwów, by to sprawdzać. Nie dzisiaj. Pamiętał fragmenty pewnego epizodu we wtorek, a może to była środa. Ktoś zaczął rozgrzebywać tamten czas, kiedy pokazywał się w telewizji, prezentowany jako norweski bohater. Policjant, który zastrzelił zabójcę w Sydney. Pewien facet rzucił parę komentarzy, jakoś go nazwał. Coś z tego musiało trafić w czuły punkt. Doszło do rękoczynów? Niewykluczone, ale zranienia na nadgarstkach i nosie mogły oczywiście powstać, kiedy potknął się na bruku na Dovregata.

Zadzwoniła komórka. Harry zerknął na numer, żeby stwierdzić, że również tym razem to nie Rakel.

– Cześć, szefie.

– Harry? Gdzie ty jesteś? – z głosu Bjarnego Møllera przebijało zaniepokojenie.

– Pod wodą. Co się dzieje?

– Pod wodą?

– Pod wodą. Słodką zmieszaną ze słoną. Mam wrażenie, że jesteś, jak to się mówi, przejęty.

– Upiłeś się?

– Niedostatecznie.

– Co?

– Nic. Bateria mi siada, szefie.

– Jeden z funkcjonariuszy obecnych w miejscu zdarzenia groził, że napisze na ciebie skargę. Twierdzi, że byłeś wyraźnie nietrzeźwy, kiedy tam przyszedłeś.

– Dlaczego groził, a nie grozi?

– Bo go od tego odwiodłem. Byłeś pijany czy nie, Harry?

– Oczywiście, że nie, szefie.

– Jesteś pewien, że mówisz prawdę?

– A ty jesteś pewien, że naprawdę chcesz to wiedzieć?

Harry na drugim końcu usłyszał jęk Møllera.

– To nie może dłużej trwać, Harry. Będę zmuszony to przerwać.

– W porządku. Zacznij od odebrania mi tej sprawy.

– Co?

– To, co słyszałeś. Nie chcę pracować z tą świnią. Niech ktoś inny przyjdzie na moje miejsce.

– Nie mamy dość ludzi, żeby…

– No to mnie wywal. Gówno mnie to obchodzi.

Schował telefon do wewnętrznej kieszeni. Czuł jeszcze lekkie wibrowanie głosu Møllera na piersi. Właściwie to cudowne. Dopił piwo, wstał i chwiejnym krokiem wyszedł na gorący letni wieczór. Trzecia z kolei taksówka, na którą machał na Ullevålsveien, zatrzymała się i zgodziła się go zabrać.

– Holmenkollveien – powiedział, kładąc spocony kark na chłodnej skórze siedzenia.

Podczas jazdy wyglądał przez tylną szybę na jaskółki przecinające bladoniebieskie niebo w poszukiwaniu pożywienia. To teraz wylatywały owady, teraz otwierały się okienka dla jaskółek, ich szansa na przeżycie. Krótka chwila do zachodu słońca.

Taksówka zatrzymała się na drodze poniżej dużej ciemnej willi z drewnianych bali.

– Podjechać tam? – spytał kierowca.

– Nie, tylko chwilę tu postoimy – odparł Harry. Popatrzył na dom. Wydawało mu się, że przez moment dostrzegł Rakel w oknie. Oleg pewnie już niedługo będzie kładł się spać. Na pewno akurat teraz marudzi, żeby mógł jeszcze chwilę posiedzieć, ponieważ jest...

– Piątek dzisiaj, prawda?

Taksówkarz wolno kiwnął głową, czujnie wpatrując się w lusterko.

Dni. Tygodnie. Boże, jak tacy chłopcy szybko rosną!

Harry roztarł twarz, próbując wmasować trochę życia w swoją jesiennie bladą maskę.

Zimą nie wyglądało to najgorzej.

Harry rozwiązał parę większych spraw, miał świadka w sprawie Ellen, nie pił, a z Rakel przeszli ze stadium świeżo zakochanych do fazy robienia razem różnych rzeczy jako rodzina. Podobało mu się to. Lubił wyjazdy do domku letniskowego. Lubił kinderbale i siebie w roli kucharza obsługującego grill. Lubił, kiedy ojciec i Sio przychodzili na niedzielne obiadki, i lubił patrzeć, jak jego siostra z zespołem Downa i dziewięcioletni Oleg razem się bawią. A najlepsze, że wciąż byli w sobie zakochani. Rakel zaczęła nawet przebąkiwać, że może to niezły pomysł, by Harry się do niej sprowadził. Podparła się argumentem, że dom jest za duży tylko dla niej i dla Olega. A Harry nie tracił zbyt wielu sił na wyszukiwanie kontrargumentów.

„Zobaczymy, kiedy się uporam ze sprawą Ellen" – powiedział.

Zamówiony wyjazd do Normandii, trzy tygodnie w starym gospodarstwie i tydzień na łodzi pływającej rzeką, miał być czymś w rodzaju testu, czy już do tego dojrzeli.

A potem nagle wszystko zaczęło się plątać.

Harry przez całą zimę pracował nad sprawą Ellen. Bardzo intensywnie. Zbyt intensywnie. Ale nie umiał pracować inaczej. Ellen Gjelten była nie tylko jego koleżanką z pracy, lecz również najbliższym przyjacielem i pokrewną duszą. Minęły trzy lata, odkąd we dwoje ścigali przemytnika broni o pseudonimie Książę i ktoś wykończył ją kijem bejsbolowym. Ślady w miejscu zbrodni wiodły do Sverrego Olsena, starego znajomego policji, związanego ze środowiskiem neonazistów. Niestety, nie mieli okazji go przesłuchać, bo dostał kulę w łeb, gdy, jak twierdził Tom Waaler, Olsen strzelał do niego podczas aresztowania. Harry był jednak przekonany, że w rzeczywistości za tym morderstwem krył się Książę, i zdołał nakłonić Møllera, by pozwolił mu prowadzić własne śledztwo, bardzo osobiste i sprzeczne z wszelkimi zasadami obowiązującymi w Wydziale Zabójstw. Ale Møller wyraził zgodę, by Harry zajął się tym przez pewien czas, w ramach swoistego bonusu, jaki otrzymał za wyniki osiągnięte w innych sprawach. Zimą rzeczywiście nastąpił przełom. Jeden ze świadków widział Sverrego Olsena na Grünerløkka w czerwonym samochodzie wraz z inną osobą tego wieczoru, gdy dokonano zabójstwa, zaledwie kilkaset metrów od miejsca zbrodni. Świadkiem tym był Roy Kvinsvik, karany, były neonazista, obecnie nawrócony zielonoświątkowiec ze zboru Filadelfia. Kvinsvika nie dało się nazwać wzorowym świadkiem, lecz długo i starannie przyglądał się zdjęciu, które pokazał mu Harry, a w końcu potwierdził, że to w istocie człowiek, którego widział w tym samochodzie razem ze Sverrem. Mężczyzną na zdjęciu był Tom Waaler.

I chociaż Harry podejrzewał Waalera już od dawna, potwierdzenie wywołało szok. Głównie dlatego, iż oznaczało, że w szeregach policji musi być więcej kretów. Księciu nie udałoby się działać na tak szeroką skalę bez pomocy z wewnątrz. A z tego z kolei płynął wniosek, że Harry nie mógł ufać nikomu. Zamknął więc gębę na kłódkę i nie przekazał nikomu, co zdradził mu Roy Kvinsvik, wiedział bowiem, że będzie mieć tylko jedną próbę. Że musi się pozbyć całej tej zgnilizny jednym ruchem. A mógł to zrobić, jedynie mając stuprocentową pewność, że wyrwie ją całkowicie wraz z korzeniami. W innym wypadku będzie skończony.

Właśnie dlatego w tajemnicy zaczął pracę nad sprawą, w której nie będzie żadnych dziur. Okazało się to jednak trudniejsze, niż sądził. Ponieważ nie wiedział, z kim mógłby bezpiecznie rozmawiać, zaczął poza godzinami pracy kolegów przeszukiwać archiwa, zakradać się do Intranetu, drukować maile, spisy przychodzących i wychodzących rozmów telefonicznych osób, z którymi, jak wiedział, Waaler utrzymywał kontakty. Popołudniami przesiadywał w samochodzie w pobliżu Youngstorget, obserwując pizzerię U Herberta. Ukuł teorię, że przemyt broni odbywa się za pośrednictwem bywających tam neonazistów. Do nikąd go to nie zaprowadziło, więc zaczął śledzić Waalera i niektórych jego kolegów z policji. Skupił się na tych, którzy, jak wiedział, spędzają wiele czasu na strzelnicy na Økern. Chodził za nimi w bezpiecznej odległości, przesiadywał pod ich domami i trząsł się w samochodzie, kiedy spali. O świcie wracał do Rakel, śmiertelnie zmęczony, przesypiał ze dwie godziny i znów szedł do pracy. Po pewnym czasie Rakel poprosiła go, żeby w te dni, kiedy miał podwójny dyżur, nocował we własnym mieszkaniu. Nie przyznał się jej, że nocna służba jest poza rozkładem dyżurów, poza listami godzin, poza jego przełożonymi, właściwie poza wszystkim.

Postanowił też rozejrzeć się poza policją.

Zajrzał do Herberta jednego wieczoru, potem drugiego. Pogadał z chłopakami. Postawił piwo. Oczywiście wiedzieli, kim jest, ale darmowe piwo pozostaje darmowe, wypili je więc, szczerząc zęby w uśmiechu. I milczeli. Po jakimś czasie zrozumiał, że niczego nie wiedzą. A mimo to dalej się tam kręcił. Nie bardzo wiedział dlaczego. Może dzięki poczuciu, że jest blisko czegoś, blisko jaskini smoka, że musi tylko być cierpliwy i czekać, aż smok z niej wyjdzie. Ani Waaler jednak, ani żaden z jego kumpli się nie pojawił. Harry wrócił więc do wystawania pod kamienicą, w której mieszkał Waaler. Pewnej nocy, kiedy było co najmniej dwadzieścia stopni mrozu, a ulice się wyludniły, w stronę jego samochodu nadszedł charakterystycznym kołyszącym się krokiem ćpuna chłopak w krótkiej cienkiej kurtce. Pod bramą domu Waalera zatrzymał się, rozejrzał w prawo i lewo, po czym zaatakował zamek łomem. Harry siedział i patrzył, dobrze wiedząc, że gdyby się włączył, ryzykowałby, że zostanie odkryty. A chłopak prawdopodobnie był za bardzo naćpany, żeby odpowiednio przyłożyć łom, i gdy pchnął drzwi, z głośnym przenikliwym trzaskiem oderwała się tylko długa drzazga, a on sam upadł w zaspę na trawniku. I już się z niej nie podniósł.

W paru oknach zapaliły się światła, u Waalera poruszyły się zasłony. Harry czekał. Nic się nie działo. Dwadzieścia stopni mrozu. U Waalera ciągle się świeciło. Chłopak się nie ruszał. Później Harry setki razy zadawał sobie pytanie, co, do cholery, powinien był wtedy zrobić. Bateria w komórce siadła z powodu mrozu, nie mógł więc wezwać pogotowia. Czekał. Minuty mijały. Przeklęty ćpun! Minus dwadzieścia jeden. Cholerny narkoman! Oczywiście mógł stamtąd odjechać i zgłosić wypadek bezpośrednio na pogotowiu. Potem drzwi się otworzyły, stanął w nich Waaler. Wyglądał komicznie w szlafroku, butach, czapce i rękawiczkach. Przyniósł dwa wełniane koce. Harry z niedowierzaniem patrzył, jak Waaler sprawdza narkomanowi puls i źrenice, a potem owija go w koce. Później Waaler stał tam i zabijał mróz rękami. Mrużąc oczy, patrzył w kierunku samochodu Harry'ego. Za kilka minut przed bramę zajechała karetka.

Tamtej nocy Harry wrócił do domu, usiadł w fotelu z wysokim oparciem i, paląc papierosy, słuchał Raga Rockers i Duke'a Ellingtona, a do pracy poszedł w tym samym ubraniu, którego nie zdejmował od czterdziestu ośmiu godzin.

Po raz pierwszy pokłócili się z Rakel w pewien kwietniowy wieczór.

Harry w ostatniej chwili odwołał wyjazd do domku letniskowego, a Rakel zwróciła mu uwagę, że już po raz trzeci w krótkim czasie łamie umowę. Jak podkreśliła, umowę z Olegiem. On ją oskarżył o zasłanianie się synem, podczas gdy tak naprawdę domaga się od niego, by stawiał jej potrzeby na pierwszym miejscu, ponad poszukiwania zabójców Ellen. Rakel nazwała Ellen upiorem. Wyrzucała mu, że zamknął się w swoim świecie z osobą, która już nie żyje. Twierdziła, że to nienormalne, że pielęgnuje tragedię, że to nekrofilia. Że wcale nie pamięć Ellen go napędza, tylko jego własna żądza zemsty.

– Ktoś cię zranił – mówiła. – A teraz wszystkie inne względy muszą ustąpić, bylebyś tylko ty mógł się zemścić.

Harry, wybiegając od niej, dostrzegł za słupkami poręczy schodów piżamę Olega i jego przestraszone oczy.

Od tej pory zarzucił wszystko, co nie miało związku z odnalezieniem winnych. Czytał maile w marnym świetle, wpatrywał się w czarne okna willi i kamienic, czekał na osoby, które nigdy się nie pojawiały. Krótkie godziny kradzione na sen spędzał w mieszkaniu na Sofies gate.

Dni zrobiły się dłuższe i jaśniejsze, a on wciąż niczego nie znalazł.

Pewnej nocy nieoczekiwanie znów pojawił się koszmar z dzieciństwa. Sio. Jej zaczepione włosy. Szok na twarzy. Jego własny paraliż. Zły sen powrócił następnej nocy. I jeszcze kolejnej.

Øystein Eikeland, kumpel z dzieciństwa, który pił w barze U Malika, kiedy nie jeździł taksówką, stwierdził, że Harry wygląda na zmęczonego, i zaproponował tanią amfę. Harry odmówił i kontynuował swój pościg, wściekły i wycieńczony.

Dzień, w którym wszystko pójdzie do diabła, był tylko kwestią czasu.

Lawinę wywołała rzecz tak prozaiczna jak niezapłacony rachunek. Był koniec maja, a on od wielu dni nie rozmawiał z Rakel, gdy nagle ze snu na biurowym krześle wyrwał go dzwonek telefonu. Rakel powiedziała, że biuro podróży przypomina o wpłacie za pobyt w Normandii. Mieli jeszcze tydzień, później rezerwacja przepadała.

– Termin mija w piątek. – Tak brzmiały ostatnie słowa Rakel, nim odłożyła słuchawkę.

Harry wyszedł do toalety, oblał twarz zimną wodą i napotkał w lustrze własne spojrzenie. Pod mokrymi jasnymi obciętymi na jeża włosami zobaczył parę przekrwionych oczu z ciemnymi worami i zapadnięte policzki. Spróbował się uśmiechnąć. Wykrzywiły się do niego żółte zęby. Nie poznawał siebie. Poza tym zrozumiał, że Rakel miała rację. Że to był ostateczny termin. Dla niego i Rakel. Dla niego i Ellen. Dla niego i Toma Waalera.

Tego samego dnia poszedł do swego bezpośredniego zwierzchnika, Bjarnego Møllera, jedynej osoby w Budynku Policji, której w stu procentach ufał. Møller na zmianę kiwał i kręcił głową, gdy Harry wszystko mu opowiadał, a na koniec stwierdził, że to na szczęście nie jego działka i Harry musi omówić tę sprawę bezpośrednio z naczelnikiem Biura Kryminalnego, ale powinien zastanowić się dwa razy, zanim do niego pójdzie. Harry z kwadratowego gabinetu Møllera poszedł bezpośrednio do owalnego pokoju szefa Biura Kryminalnego, zapukał i wyłożył to, co mu leżało na sercu. Powiedział, że pewien świadek widział Toma Waalera razem ze Sverrem Olsenem, i przypomniał, że właśnie Tom Waaler zastrzelił Olsena podczas aresztowania. I tyle. Nic więcej nie miał po pięciu miesiącach mordęgi. Po pięciu miesiącach śledzenia cieni. Po pięciu miesiącach na granicy szaleństwa.

Naczelnik Biura Kryminalnego spytał, jakim, zdaniem Harry'ego, motywem miałby się kierować Tom Waaler, zlecając zabójstwo Ellen Gjelten.

Harry odparł, że Ellen zdobyła niebezpieczne dla niego informacje. Niedługo przed śmiercią zostawiła Harry'emu na sekretarce wiadomość, że już wie, kim jest Książę, człowiek stojący za nielegalnym importem broni, dzięki któremu grupy przestępcze w Oslo uzbroiły się nagle po zęby w profesjonalny sprzęt.

– Niestety, oddzwoniłem za późno – powiedział Harry, usiłując wyczytać coś z twarzy szefa Biura Kryminalnego.

– A Sverre Olsen? – spytał tamten.

– Gdy wpadliśmy na trop Olsena, Książę go załatwił, żeby nie mógł zdradzić, kto stał za zabójstwem Ellen.

– I twierdzisz, że tym Księciem jest...?

Harry powtórzył nazwisko Toma Waalera, a szef Biura Kryminalnego w milczeniu pokiwawszy głową powiedział:

– Czyli jeden z naszych? Jeden z najbardziej szanowanych komisarzy?

Przez następne dziesięć sekund Harry miał wrażenie, że tkwi w próżni: nie ma powietrza, nie ma dźwięków. Wiedział, że jego kariera w policji może się zakończyć tu i teraz.

– W porządku, Hole. Chcę zobaczyć tego twojego świadka, zanim zdecyduję, co robimy dalej.

Naczelnik wstał.

– Zakładam, że rozumiesz, że to na razie musi pozostać między nami.

– Jak długo będziemy tu stać?

Harry aż drgnął na głos taksówkarza. Zasypiał.

– Niech pan jedzie z powrotem – odparł, po raz ostatni patrząc na willę z drewnianych bali.

Kiedy jechali w dół Kirkeveien, zadzwoniła komórka. To była Beate.

– Chyba znaleźliśmy broń – powiedziała. – Miałeś rację. To pistolet.

– W takim razie gratuluję nam obojgu.

– No, nie tak trudno było go znaleźć. Leżał w koszu na śmieci pod zlewem.

– Marka i numer?

– Glock dwadzieścia trzy. Numer zeszlifowany.

– Jakieś charakterystyczne ślady szlifowania?

– Jeśli interesuje cię, czy takie jak na większości broni palnej zatrzymywanej ostatnio w Oslo, to odpowiedź brzmi: tak.

– Rozumiem. – Harry przełożył komórkę do lewej ręki. – Nie rozumiem natomiast, dlaczego dzwonisz, żeby mi to wszystko opowiedzieć. To nie moja sprawa.

– Nie byłabym tego taka pewna, Harry. Møller powiedział...

– Møller i cała pieprzona policja w Oslo mogą się wynosić do diabła!

Drgnął przestraszony na dźwięk własnego przenikliwego głosu. Zobaczył, że uniesione brwi kierowcy zapełniają całe lusterko.

– *Sorry*, Beate. Ja... Jesteś tam jeszcze?

– Jestem.

– Akurat w tej chwili jestem po prostu trochę nie w formie.

– To może poczekać.

– Co?

– Z tym się nie spieszy.

– Mówże już!

Beate westchnęła.

– Zauważyłeś opuchnięcie, które Camilla Loen miała tuż nad powieką?

– Oczywiście.

– Pomyślałam, że może morderca ją uderzył albo że powstało przy upadku. Okazało się jednak, że to wcale nie jest opuchlizna.

– Tylko co?

– Lekarz sądowy nacisnął to, było twarde. Wsunął palec pod powiekę. I wiesz, co znalazł na górze gałki ocznej?

– No cóż – powiedział Harry. – Nie wiem...

– Maleńki czerwonawy kamień szlachetny, oszlifowany w kształt gwiazdy. Przypuszczamy, że to brylant. I co powiesz na to?

Harry nabrał powietrza i popatrzył na zegarek. Do zamknięcia lokalu U Sofie wciąż pozostawało ponad trzy godziny.

– Że to nie moja sprawa – odparł i wyłączył telefon.

6 PIĄTEK. WODA

Jest susza, ale policjant wyłonił się spod wody. Z wody dla spragnionych. Z wody deszczowej, z wody rzecznej, z wód płodowych.

On mnie nie widział. Chwiał się na nogach, kiedy szedł Ullevålsveien, gdzie próbował zatrzymać taksówkę. Żadna nie chciała go zabrać. Przypominał jedną z tych niemogących zaznać spokoju dusz, które wędrują wzdłuż brzegu rzeki, a przewoźnik nie chce ich zabrać na drugą stronę. Trochę znam to uczucie. Wiem, jak to jest, gdy kąsają ci, których się karmiło. Odrzucenie, gdy wyjątkowo to ty potrzebujesz pomocy. Odkrycie, że na ciebie plują, a ty nie masz na kogo napluć. Powolne zrozumienie tego, co musisz zrobić. Paradoksalne jest oczywiście to, że kierowcy, który się nad tobą zlituje, poderżniesz gardło.

7 WTOREK. WYPOWIEDZENIE

Harry wszedł w głąb sklepu, otworzył drzwi lodówki z mlekiem i nachylił się nad nią. Podciągnął przepocony T-shirt i przymknął oczy, delektując się chłodnym powietrzem na skórze.

Zapowiadano tropikalną noc, a nieliczni klienci w sklepie kupowali składniki na grill, piwo i wodę mineralną.

Harry poznał ją po kolorze włosów. Stała przy ladzie z mięsem odwrócona do niego plecami. Szerokie pośladki idealnie wypełniały dżinsy. Gdy się odwróciła, spostrzegł, że ma na sobie top we wzór w paski zebry, lecz równie obcisły jak tamten w cętki lamparta. W końcu Vibeke Knutsen zmieniła zdanie, odłożyła porcjowane mięso na befsztyki z powrotem, podjechała wózkiem do lady chłodniczej i wyjęła dwie paczki filetów z dorsza.

Harry obciągnął T-shirt i zamknął szklane drzwi lodówki. Nie zamierzał kupować mleka. Ani mięsa czy dorsza. W zasadzie zamierzał kupić możliwie jak najmniej, po prostu cokolwiek, co mógłby zjeść. Nie z uwagi na głód, tylko na żołądek. Poprzedniego wieczoru żołądek zastrajkował, a Harry z doświadczenia wiedział, że jeśli teraz nie zje jakiegoś stałego pokarmu, to nie będzie w stanie utrzymać w sobie ani kropli alkoholu. W jego wózku leżał chleb razowy i torba ze sklepu monopolowego po przeciwnej stronie ulicy. Uzupełnił zapasy połówką kurczaka i sześciopakiem piwa Hansa, przez chwilę pokręcił się bez celu przy ladzie z owocami, aż w końcu wylądował w kolejce do kasy tuż za Vibeke Knutsen. Nie było to działanie przemyślane, ale chyba też i nie zupełny przypadek.

Obróciła się do połowy, nie patrząc na niego, a jednocząc marszcząc nos, jak gdyby poczuła jakiś ostry zapach, czego Harry nie mógł wykluczyć. Poprosiła kasjerkę o paczkę Prince Mild.

– Sądziłem, że naprawdę staracie się nie palić w domu.

Vibeke zaskoczona odwróciła się w jego stronę. I posłała mu trzy różne uśmiechy. Pierwszy szybki, odruchowy. Następnie rozpoznający, a później, kiedy już zapłaciła, zaciekawiony.

– A pan, jak widzę, urządza imprezę?

Wciskała zakupy do jednej plastikowej torby.

– Coś w tym rodzaju – odmruknął Harry i odpowiedział uśmiechem.

Vibeke przekrzywiła głowę. Paski zebry się poruszyły.

– Dużo gości?

– Kilku. Wszyscy nieproszeni.

Kasjerka podała Harry'emu resztę, ale on ruchem głowy wskazał na skarbonkę Armii Zbawienia.

– Może ich pan chyba wyrzucić za drzwi. – Uśmiech Vibeke dotarł teraz do oczu.

– No cóż, akurat tych gości nie tak łatwo spławić.

Butelki Jima Beama zadzwoniły o sześciopak, gdy podnosił torby.

– Tak? Dawni kumple od wypitki?

Harry zerknął na nią. Wyglądała na osobę, która wie, o czym mówi. Tym dziwniejsze wydało mu się, że jest z facetem sprawiającym wrażenie takiego sztywniaka, a raczej, że taki sztywniak związał się z nią.

– Ja nie mam kumpli – powiedział.

– A więc wizyta kobiety? Również z rodzaju tych natrętnych?

Chciał otworzyć jej drzwi, ale okazało się, że otwierają się automatycznie. No cóż, przecież robił tu zakupy dopiero kilkaset razy. Stanęli naprzeciwko siebie na chodniku.

Harry nie wiedział, co powiedzieć. Pewnie dlatego oświadczył:

– Tak, trzech kobiet. Czasami wychodzą, kiedy wypiję dość.

– Co? – Przesłoniła oczy i popatrzyła na niego.

– Nic, przepraszam, po prostu głośno myślę. To znaczy nie myślę, ale... i tak robię to głośno. To się chyba nazywa mamrotanie. Ja...

Nie wiedział, dlaczego ona wciąż przy nim stoi.

– Przez cały weekend biegali w górę i w dół po schodach – powiedziała.

– Kto?

– No, policjanci.

Harry powoli chłonął informację, że minął cały weekend od chwili, gdy stał w mieszkaniu Camilli Loen. Starał się uchwycić przebłysk własnego odbicia w szybie sklepu. Cały weekend? Jak on właściwie teraz wygląda?

– Nic nam nie chcecie powiedzieć – pożaliła się Vibeke. – A w gazetach piszą jedynie, że nie ma żadnych śladów. To prawda?

– To nie moja sprawa.

– No tak. – Vibeke Knutsen pokiwała głową. Potem zaczęła się uśmiechać. – Ale wie pan, co?

– Nie.

– Właściwie to wszystko jedno.

Upłynęło parę sekund, zanim do Harry'ego dotarło, co miała na myśli. Roześmiał się. Śmiech przeszedł w paskudny kaszel.

– Dziwne, że nie spotkałem pani wcześniej w tym sklepie – powiedział, odzyskując oddech.

Vibeke wzruszyła ramionami.

– Kto wie, może niedługo znów się zobaczymy?

Posłała mu promienny uśmiech i ruszyła przed siebie. Plastikowe torby i biodra kołysały się z boku na bok.

Ty, ja i zwierzę w Afryce.

Harry pomyślał to tak głośno, że przez moment wystraszył się, że również to powiedział.

Na schodach pod bramą kamienicy na Sofies gate siedział mężczyzna z marynarką przerzuconą przez ramię i ręką przyciśniętą do brzucha. Na koszuli z przodu i pod pachami widać było ciemne plamy potu. Na widok Harry'ego mężczyzna wstał.

Harry nabrał powietrza i cały się sprężył. To był Bjarne Møller.

– O Boże, Harry!

– O Boże, szefie!

– Wiesz, jak wyglądasz?

Harry wyjął klucze.

– Jakbym się przetrenował.

– Poleciłem ci przez weekend pomagać w śledztwie dotyczącym zabójstwa. Nikt cię nie widział. A dziś nawet nie przyszedłeś do pracy.

– Zaspałem, szefie. To, do cholery, naprawdę wcale nie tak odległe od prawdy, jak sądzisz.

– Może tak samo zaspałeś przez tych kilka tygodni przed piątkiem, kiedy znów mieliśmy okazję cię zobaczyć.

– No cóż. Pokrywa z chmur ustąpiła po pierwszym tygodniu. Zadzwoniłem do roboty, tam się dowiedziałem, że ktoś mnie wpisał na listę urlopów. Liczyłem, że to ty.

Harry głośno tupał na schodach, a Møller, drobiąc, deptał mu po piętach.

– Przecież musiałem – jęknął Møller, przyciskając rękę do brzucha. – Cztery tygodnie, Harry!

– No cóż. To nanosekunda w kosmicznym...

– I ani słowa o tym, gdzie byłeś!

Harry z trudem wkładał klucz do zamka.

– Zaraz usłyszysz, szefie.

– Co?

– Słowo o tym, gdzie byłem. Tutaj.

Harry pchnął drzwi do mieszkania. Uderzył ich słodkokwaśny odór starych śmieci, piwa i petów.

– Czułbyś się lepiej, gdybyś wiedział?

Harry wszedł do środka, Møller z wahaniem postąpił za nim.

– Nie musisz zdejmować butów, szefie! – zawołał Harry z kuchni.

Møller przewrócił oczami i przeszedł przez pokój, starając się nie nadepnąć na żadną z pustych butelek, na talerzyki pełne petów i winylowe płyty.

– Przez cztery tygodnie siedziałeś tu i piłeś, Harry?

– Z przerwami, szefie. Z długimi przerwami. Przecież jestem na urlopie, prawda? W zeszłym tygodniu nie wypiłem prawie ani kropli.

– Przynoszę złe wieści, Harry! – zawołał Møller, podniósł haczyki w oknie i gorączkowo zaczął je popychać. Za trzecim razem okno się poddało. Møller jęknął, poluzował pasek i rozpiął górny guzik spodni. Gdy się odwrócił, zobaczył Harry'ego stojącego w drzwiach pokoju z otwartą butelką whisky.

– Na ile złe? – Harry spojrzał na rozpięty pasek szefa. – Chcesz mi spuścić lanie czy mnie zgwałcić?

– Spowolnione trawienie – wyjaśnił Møller.

– Mhm. – Harry powąchał butelkę. – Dziwne wyrażenie to z tym spowolnionym trawieniem. Ja też miałem kłopoty z żołądkiem i trochę o tym czytałem. Na strawienie jedzenia potrzeba od dwunastu do dwudziestu czterech godzin. Tak jest zawsze u każdego. Twoje jelita nie zużywają na to więcej czasu, po prostu bardziej bolą.

– Harry...

– Szklaneczkę, szefie? Chyba że koniecznie musi być czysta.

– Przyszedłem ci powiedzieć, że to już koniec, Harry.

– Zrywasz ze mną?

– Przestań! – Møller walnął w stół, aż podskoczyły puste butelki. Potem osunął się na zielony fotel i przeciągnął ręką po twarzy. – Już i tak za często nadstawiałem głowę, żeby ratować twoją skórę. W moim życiu są osoby bliższe mi niż ty, osoby, które mam na utrzymaniu. Teraz już koniec, Harry. Nie mogę ci więcej pomagać.

Harry usiadł na kanapie i nalał sobie do jednej z kilku stojących na stole szklanek.

– Nikt cię o to nie prosił, szefie, ale i tak dziękuję. Za to, co było. Zdrowie!

Møller odetchnął głęboko i zamknął oczy.

– Wiesz, Harry? Czasami jesteś najbardziej aroganckim, egoistycznym i głupim bubkiem na świecie.

Harry wzruszył ramionami i jednym haustem opróżnił szklankę.

– Przygotowałem ci wypowiedzenie – oznajmił Møller.

Harry odstawił szklankę i nalał sobie jeszcze raz.

– Leży na biurku naczelnika Biura Kryminalnego. Brakuje tylko jego podpisu. Rozumiesz, co to znaczy, Harry?

Harry kiwnął głową.

– Pewny jesteś, szefie, że nie chcesz wypić małego łyczka przed wyjściem?

Møller wstał. W drzwiach pokoju jeszcze się odwrócił.

– Nie masz pojęcia, jak bardzo mnie boli, kiedy cię widzę w takim stanie, Harry. Rakel i ta praca to wszystko, co miałeś... Najpierw zacząłeś gwizdać na Rakel. I teraz gwiżdżesz na robotę.

Zacząłem gwizdać na jedno i drugie dokładnie cztery tygodnie temu. Harry pomyślał to bardzo głośno.

Za Møllerem zatrzasnęły się drzwi.

Trzy kwadranse później Harry spał w fotelu. Miał gościa. Nie była to żadna z trzech kobiet ze stałego zestawu. Tym razem odwiedził go szef Biura Kryminalnego.

Cztery tygodnie i trzy dni temu. To sam naczelnik Biura Kryminalnego poprosił o spotkanie w Boxerze, knajpie dla błogosławionych, którzy pragną, odległej o rzut kamieniem od Budynku Policji i parę chwiejnych kroków od rynsztoka. Miał być tylko on, Harry i Roy Kvinsvik. Naczelnik wyjaśnił Harry'emu, że dopóki nie podejmą żadnej decyzji, najlepiej będzie, jeśli wszystko potoczy się możliwie jak najmniej oficjalnie, tak by mógł zachować wszelkie możliwości odwrotu.

O możliwościach odwrotu Harry'ego nie wspomniał.

Gdy Harry przyszedł do Boxera spóźniony o kwadrans, naczelnik siedział już przy stoliku w głębi lokalu przy piwie. Harry, siadając, czuł na sobie jego wzrok. Niebieskie oczy jaśniały w głębokich oczodołach po obu stronach wąskiego majestatycznego nosa. Miał gęste siwe włosy, był szczupły i trzymał się bardzo prosto, zważywszy na wiek. W ogóle wyglądał jak jeden z tych sześćdziesięciolatków, których trudno wyobrazić sobie i jako młodych, i jako naprawdę starych. W Wydziale Zabójstw nazywano go Prezydentem, ponieważ miał owalny gabinet, lecz również dlatego, że – zwłaszcza przy oficjalnych okazjach – zachowywał się, jakby nim był. To spotkanie jednak miało być „jak najmniej oficjalne". Naczelnik otworzył pozbawione warg usta.

– Jesteś sam.

Harry zamówił u kelnera wodę mineralną Farris, wziął kartę dań leżącą na stoliku, przyjrzał się uważnie pierwszej stronie, a potem rzucił od niechcenia, jak gdyby przekazywał całkiem zbędną informację:

– On zmienił decyzję.

– Twój świadek zmienił decyzję?

– Tak.

Naczelnik Biura Kryminalnego wolno wypił łyk piwa.

– Przez pięć miesięcy zgadzał się zeznawać – dodał Harry. – Ostatnim razem przedwczoraj. Sądzisz, że *Eisbein* jest dobre?

– Co powiedział?

– Umówiliśmy się, że zabiorę go dzisiaj po spotkaniu w Filadelfii. Kiedy tam przyszedłem, oświadczył, że zmienił zdanie. Doszedł do wniosku, że człowiekiem, którego widział w samochodzie razem ze Sverrem Olsenem, mimo wszystko nie był Waaler.

Naczelnik Biura Kryminalnego popatrzył na Harry'ego. Potem jednym ruchem, który Harry odczytał jako podsumowanie spotkania, odsunął rękaw płaszcza i spojrzał na zegarek.

– Wobec tego nie pozostaje nam nic innego, jak uznać, że twój świadek widział kogoś innego. Nie Waalera. A ty co powiesz, Hole?

Harry przełknął ślinę. Potem jeszcze raz. Znów popatrzył w kartę.

– *Eisbein*. Ja powiem *Eisbein*.

– Ależ oczywiście. Muszę już iść, ale zamów to na mój rachunek.

– Miło z twojej strony, szefie, ale szczerze mówiąc, mam paskudne uczucie, że i tak zostanę z tym rachunkiem sam.

Naczelnik zmarszczył czoło, a gdy się odezwał, w głosie pobrzmiewała irytacja:

– Pozwól i mnie być szczerym, Hole. Powszechnie wiadomo, że ty i komisarz Waaler nie znosicie się nawzajem. Od samego początku, gdy tylko przedstawiłeś mi te swoje mgliste zarzuty, zacząłem podejrzewać, że osobiste antypatie przesłoniły twoją zdolność oceny. Te podejrzenia – w mojej opinii – właśnie teraz się potwierdziły.

Odsunął niedopitą szklankę piwa od brzegu stołu, wstał i zapiął płaszcz.

– Pozwól więc, że będę mówił krótko, ale, mam nadzieję, wyraźnie. Sprawa zabójstwa Ellen Gjelten jest wyjaśniona, a tym samym zamknięta. Ani ty, ani nikt inny nie zdołał przedstawić żadnych istotnych nowych elementów, które stanowiłyby powód do wznowienia śledztwa. Jeśli w ogóle kiedykolwiek jeszcze zbliżysz się do tej sprawy, potraktuję to jako odmowę wykonania polecenia służbowego, a twoje zwolnienie z moim podpisem zostanie natychmiast przesłane do kadr. Zrobię to nie dlatego, że patrzę przez palce na korupcję w szeregach policji, tylko dlatego, że jestem odpowiedzialny za utrzymanie morale tej firmy na jako takim poziomie. Nie możemy sobie pozwolić na policjantów, którzy w porę i nie w porę krzyczą „wróg". Jeśli odkryję, że jakkolwiek próbujesz zgłosić zarzuty przeciwko Waalerowi komuś jeszcze, zostaniesz zawieszony w trybie natychmiastowym, a sprawę przekażemy SEFO.

– Jaką sprawę? – spytał Harry cicho. – Waaler kontra Gjelten?

– Hole kontra Waaler.

Po wyjściu naczelnika Harry nadal nie ruszał się z miejsca i wpatrywał się w szklankę z piwem. Mógł zrobić dokładnie to, co powiedział szef, lecz to i tak niczego by nie zmieniło. Był skończony. Nie udało mu się. Stanowił zagrożenie dla własnych kolegów. Opętany paranoją zdrajca, tykająca bomba, której będą próbowali się pozbyć przy najbliższej nadarzającej się okazji. Podsunięcie tej okazji zależało wyłącznie od niego.

Kelner przyszedł z butelką wody mineralnej i spytał, czy podać coś do zjedzenia. Albo do picia. Harry zwilżył usta, czując, że myśli w głowie zderzają się ze sobą. Wystarczy podsunąć okazję, a inni już zajmą się resztą.

Odstawił na bok mineralną i odpowiedział kelnerowi.

To było cztery tygodnie i trzy dni temu. Właśnie wtedy wszystko się zaczęło. I skończyło.

Część druga

8 WTOREK I ŚRODA. CHOW-CHOW

We wtorek temperatura w Oslo wzrosła do dwudziestu dziewięciu stopni w cieniu i już około trzeciej ludzie zaczęli uciekać z biur na plaże w Huk i nad Hvervenbukta. Turyści tłoczyli się w kawiarnianych ogródkach na Aker Brygge i w parku Frogner, spoceni pstrykali obowiązkowe zdjęcia Monolitu, a potem ciągnęli do Fontanny w nadziei, że powiew wiatru pośle w ich stronę orzeźwiający prysznic wodnego pyłu.

Poza trasami turystycznymi panował spokój, a szczątkowe życie toczyło się jak na zwolnionym filmie. Robotnicy drogowi z gołymi torsami opierali się o swoje wielkie maszyny, murarze na rusztowaniach na placu po dawnym Szpitalu Centralnym zerkali na puste ulice, a taksówkarze wyszukiwali zacienione miejsca, tam zbierali się w grupki i dyskutowali o morderstwie na Ullevålsveien. Tylko na Akersgata widać było oznaki wzmożonej aktywności. Tam żądni sensacji dziennikarze zrezygnowali z wiadomości typowych dla sezonu ogórkowego i chciwie rzucili się na wciąż świeże zabójstwo. Z powodu nieobecności wielu stałych współpracowników naczelni zaangażowali w tę sprawę wszystkich dostępnych ludzi, od studentów dziennikarstwa na letnich zastępstwach po bezrobotnych z działu politycznego. Upiekło się tylko tym od kultury. A mimo to i tak było spokojniej niż zwykle. Być może dlatego, że redakcja „Aftenposten" przeniosła się z tej dziennikarskiej ulicy o bogatych tradycjach bliżej centrum, do budowli nazywanej Budynkiem Poczty lub Budynkiem Aftenposten, ale bez względu na nazwę i tak nieładnego prowincjonalnego wariantu wieżowca sterczącego w bezchmurne niebo. Wygląd złocistobrązowego kolosa trochę poprawiono przy okazji rozbudowy, która miała zacząć się w Bjørvika, ale Roger Gjendem, dziennikarz zajmujący się sprawami kryminalnymi, miał na razie ze swego pokoju widok jedynie na bazar ćpunów na Plata i ich pod gołym niebem galerię do strzałów w żyłę za szopami stojącymi w miejscu, w którym pojawić się miał ów nowy wspaniały świat. Roger przyłapał się na tym, że od czasu do czasu wypatruje w dole Thomasa. Ale Thomas był w więzieniu Ullersmo. Odsiadywał wyrok za usiłowanie włamania do domu jakiegoś policjanta zimą. Do jakiego stopnia można zdurnieć? Albo jaki stopień desperacji osiągnąć? Roger w każdym razie nie musiał się już martwić, że nagle zobaczy, jak młodszy brat daje sobie w żyłę i przedawkowuje.

Kiedy ostatni szef działu kryminalnego dziennika „Aftenposten" z wdzięcznością przyjął pakiet finansowy jako zadośćuczynienie za redukcję etatów, na jego miejsce nie zatrudniono nikogo nowego, lecz po prostu włączono dział kryminalny do działu wiadomości. W praktyce oznaczało to, że Roger Gjendem musiał jako redaktor działu kryminalnego zejść do poziomu pensji szeregowego dziennikarza. Siedział teraz przy biurku z palcami na klawiaturze, ze wzrokiem wbitym w uśmiechniętą kobiecą twarz, którą kiedyś zeskanował i umieścił jako tapetę na swoim monitorze. Jego myśli wędrowały do tej właśnie kobiety, która po raz trzeci spakowała walizkę i opuściła jego i mieszkanie na Seilduksgata. Wiedział, że tym razem Devi już nie wróci. I że najwyższy czas, by iść dalej. Otworzył panel sterowania i usunął zdjęcie z tapety. To był początek. Już wcześniej musiał odłożyć sprawę heroiny, którą się zajmował. Świetnie, bo nienawidził pisać o narkotykach. Devi twierdziła, że to z powodu Thomasa. Roger starał się odpędzić myśli o Devi i młodszym bracie, zamiast tego skupić się na sprawie, którą miał opisać: na podsumowaniu morderstwa na Ullevålsveien, krótkim odpoczynku w oczekiwaniu na rozwój wydarzeń, na pojawienie się nowych elementów, jednego czy dwóch podejrzanych. To powinna być łatwa praca. W ogóle pod każdym względem sprawa był super, zawierała większość składników, o jakich może marzyć dziennikarz, zajmujący się sprawami kryminalnymi. Młoda, samotna dwudziestoośmioletnia kobieta zastrzelona pod prysznicem we własnym mieszkaniu w biały dzień. W piątek. Pistolet znaleziony w koszu na śmieci w kuchni okazuje się bronią, z której ją zabito. Nikt niczego nie zauważył, na podwórzu nie zaobserwowano nikogo obcego i tylko jednemu z sąsiadów wydawało się, że słyszał coś, co mogło przypominać strzał. Nie odkryto żadnych śladów włamania, policja przyjęła więc teorię, że Camilla Loen sama wpuściła sprawcę, lecz nikt z kręgu jej znajomych nie wzbudził podejrzeń, wszyscy mieli lepsze lub gorsze alibi. Ponieważ Camilla Loen wyszła z agencji Leo Burnetta, gdzie pracowała jako graficzka, kwadrans po czwartej, a z dwiema przyjaciółkami umówiła się na tarasie Domu Artystów o szóstej, bardzo mało prawdopodobne jest, by zaprosiła kogoś do siebie z wizytą. Równie mało prawdopodobne wydaje się, że ktoś mógł zadzwonić do niej do drzwi i podstępem, podając fałszywe nazwisko, wejść do kamienicy, ponieważ Camilla zobaczyłaby tę osobę przez kamerę przy domofonie.

I jakby tego nie wystarczyło, by sekretariat mógł ułożyć takie tytuły jak „Morderstwo w stylu *American Psycho*" czy „Sąsiad poczuł smak krwi", to jeszcze przeciekły dwa szczegóły, dzięki którym mieli załatwione pierwsze kolumny przez kolejne dwa dni: Camilli Loen obcięto palec wskazujący lewej ręki, a pod powieką znaleziono czerwony diament w kształcie pięcioramiennej gwiazdy.

Roger Gjendem rozpoczął swoje podsumowanie w *praesens historicum*, stwierdził jednak, że materiał wcale tego nie wymaga, i skreślił wszystko, co napisał. Przez chwilę siedział z głową w dłoniach. Potem dwa razy kliknął ikonkę kosza na śmieci na ekranie, najechał myszą na polecenie „Opróżnij kosz" i przez moment się zawahał. To było jej jedyne zdjęcie, jakie miał. Z mieszkania wszystkie ślady zostały usunięte. Uprał nawet sweter, który czasami pożyczała, a w którym lubił chodzić, bo pachniał nią.

– Żegnaj – szepnął i kliknął przycisk myszy.

Spojrzał na nagłówek, zdecydował, że zmieni Ullevålsveien na Cmentarz Zbawiciela. Tak lepiej brzmiało. Zaczął pisać. Tym razem wszystko pasowało.

O siódmej ludzie zaczęli niechętnie wracać z plaż, wciąż czując słoneczną spiekotę lejącą się z bezchmurnego nieba. Przyszła ósma i dziewiąta, a ludzie w okularach przeciwsłonecznych ciągle popijali piwo, podczas gdy kelnerzy w kawiarniach bez ogródków kręcili młynka palcami. Nadeszło pół do dziesiątej, wzgórze Ullernåsen zabarwiło się na czerwono i wkrótce potem słońce się obniżyło. Nie obniżyła się jednak temperatura. Nadeszła kolejna tropikalna noc, ludzie wracali do domu z restauracji i barów, a potem, nie mogąc zasnąć, pocili się pod prześcieradłami.

Na Akersgata zbliżał się *deadline* i w redakcjach zasiadano do ostatniej dyskusji na temat pierwszej kolumny. Z policji nie wyciekło nic nowego. Nie wyglądało na to, by coś ukrywali, najwyraźniej po czterech dniach od chwili popełnienia morderstwa nie mieli nic nowego do powiedzenia. Z drugiej strony ich milczenie pozostawiało jeszcze więcej przestrzeni na spekulacje. Nadeszła pora na kreatywność.

Mniej więcej w tym samym czasie w żółtym drewnianym domu otoczonym sadem na Oppsal zadzwonił telefon. Beate Lønn wysunęła rękę spod kołdry, zastanawiając się, czy matki mieszkającej piętro niżej nie obudził dzwonek. Pewnie tak.

– Spałaś? – rozległ się zachrypnięty głos.

– Nie – odparła Beate. – A komuś w ogóle udaje się zasnąć?

– No cóż, ja się obudziłem dopiero teraz.

Beate usiadła na łóżku.

– Jak ci leci?

– Co mam mówić? Źle. Chyba tak mogę powiedzieć.

Milczenie.

Wcale nie połączenie telefoniczne sprawiło, że głos Harry'ego wydał się Beate taki daleki.

– Jakieś ślady?

– Tylko te, o których czytałeś w gazetach.

– W jakich gazetach?

Westchnęła.

– Tylko to, o czym już wiesz. Zebraliśmy w mieszkaniu odciski palców i ślady DNA, ale na razie wygląda na to, że nic z tego nie możemy powiązać z mordercą.

– Nie z mordercą – poprawił ją Harry. – Z zabójcą.

– Z zabójcą – ziewnęła Beate.

– Wiecie już, skąd pochodzi ten diament?

– Pracujemy nad tym. Jubilerzy, z którymi rozmawialiśmy, mówią, że czerwone diamenty nie są wcale takie niezwykłe, ale w Norwegii mało popularne. Wątpią, by sprzedawał je norweski jubiler. A jeżeli ten diament pochodzi z zagranicy, to oczywiście wzrasta prawdopodobieństwo, że sprawca może być cudzoziemcem.

– Mhm.
– O co chodzi, Harry?
Harry głośno kaszlnął.
– Po prostu staram się być na bieżąco.
– Ostatnio słyszałam od ciebie, że to nie twoja sprawa.
– Bo nie moja.
– No to czego chcesz?
– No... obudziłem się, bo przyśnił mi się koszmar.
– Życzysz sobie, żebym przyjechała i okryła cię kołderką?
– Nie.
I znów milczenie.
– Śniła mi się Camilla Loen. I ten diament, który znaleźliście.
– I co?
– Wydaje mi się, że coś w tym jest.
– Ale co?
– Nie bardzo wiem. Wiedziałaś, że w dawnych czasach zmarłym kładziono na oczy monety?
– Nie.
– Jako zapłatę dla przewoźnika, który miał przewieźć duszę na drugą stronę rzeki do królestwa zmarłych. Dusza, która nie mogła przedostać się na drugi brzeg, nie zaznawała spokoju. Pomyśl nad tym.
– Dziękuję za inspirację, Harry, ale ja nie wierzę w upiory.
Harry nie odpowiedział.
– Coś jeszcze?
– Tylko jedno krótkie pytanie. Nie wiesz, czy szef Biura Kryminalnego zaczął urlop w tym tygodniu?
– Oczywiście, że tak.
– A nie wiesz przypadkiem, kiedy wraca?
– Za trzy tygodnie. A z tobą co?
– Co ze mną?
Beate usłyszała trzask zapalniczki, westchnęła.
– Kiedy ty wracasz?
Słyszała, jak Harry zaciąga się dymem, zatrzymuje go w płucach i powoli wypuszcza. Dopiero po chwili odpowiedział:
– Wydawało mi się, że nie wierzysz w upiory.

Mniej więcej w tym samym czasie, gdy Beate odkładała słuchawkę, Bjarnego Møllera obudziły w łóżku bóle brzucha. Wił się aż do szóstej, wtedy się poddał i wstał. Nie spiesząc się, zjadł śniadanie bez kawy i od razu poczuł się lepiej. A kiedy tuż po ósmej dotarł do Budynku Policji, bóle ku jego zdumieniu całkiem ustały. Wjechał windą na górę do gabinetu i uczcił to, kładąc nogi na biurku, a po przełknięciu pierwszego łyka kawy z ekspresu rzucił się na świeże gazety.

„Dagbladet" zamieściła zdjęcie uśmiechniętej Camilli Loen na pierwszej stronie pod tytułem „Tajemniczy kochanek?". „VG" otwierało to samo zdjęcie, ale tytuł był inny: „Jasnowidz widzi zazdrość". Jedynie podsumowanie w „Aftenposten" okazało się rzeczywiście interesujące.

Møller pokręcił głową, spojrzał na zegarek i wybrał numer Toma Waalera, który zgodnie z przewidywaniem zakończył właśnie poranną odprawę grupy śledczej.

– Nie ma na razie przełomu – oświadczył Waaler. – Chodziliśmy od drzwi do drzwi po całym sąsiedztwie i przeprowadziliśmy rozmowy we wszystkich sklepach w okolicy. Sprawdziliśmy taksówki, które mogły tam przebywać w danym czasie, rozmawialiśmy z kapusiami i sprawdziliśmy alibi wszystkich starych znajomych z zapaskudzoną kartoteką. Nikt nie budzi żadnych szczególnych podejrzeń. I szczerze mówiąc, nie wierzę, by w tym przypadku chodziło o starego znajomego. Brak śladów przemocy na tle seksualnym, pieniądze i wartościowe przedmioty nietknięte. Nie ma w tej sprawie żadnych znajomych elementów. Nic nie przypomina czegoś, co już widzieliśmy. Ten palec i diament na przykład...

Møller poczuł, że jelita zaczynają się zaciskać. Miał nadzieję, że z głodu.

– To znaczy, że nie masz dobrych wiadomości?

– Komisariat na Majorstua oddał nam do dyspozycji trzech ludzi, więc śledztwo prowadzi teraz grupa dziesięcioosobowa. A Beate przy przeglądaniu tego, co zostało znalezione w mieszkaniu, pomagają technicy z Centrali Policji Kryminalnej. Biorąc pod uwagę urlopy, i tak mamy niezłą obsadę. Czy to nie jest dobra wiadomość?

– Dziękuję, Waaler. Miejmy nadzieję, że dalej tak będzie. Mam na myśli obsadę.

Møller odłożył słuchawkę i odwrócił głowę, żeby zerknąć przez okno, zanim wróci do gazet. Znieruchomiał jednak z karkiem wykręconym w bardzo niewygodnej pozycji i wzrokiem utkwionym w trawnik rozciągający się przed Budynkiem Policji. Dostrzegł bowiem człowieka maszerującego od strony Grønlandsleiret. Człowiek ten nie szedł zbyt prędko, ale w miarę prosto, a co do kierunku jego marszu nie można się było pomylić: zmierzał w stronę Budynku Policji.

Møller wstał, wyszedł na korytarz i krzyknął do Jenny, żeby zaraz przyniosła dodatkową filiżankę i więcej kawy. Potem wrócił do siebie i w pośpiechu wyciągnął jakieś stare akta z szuflady.

Trzy minuty później rozległo się pukanie do drzwi.

– Proszę! – zawołał Møller, nie podnosząc głowy znad papierów, dwunastostronicowego zawiadomienia o przestępstwie, które złożył pewien właściciel psów oskarżający przychodnię weterynaryjną na Skippergata za błędne podanie leków, w wyniku którego śmierć poniosły dwa psy rasy chow-chow. Drzwi się otworzyły i Møller kiwnięciem ręki zachęcił gościa, by wszedł do środka, ale jego wzrok dalej wędrował w dół strony, na której opisano młodość psów, nagrody uzyskane na wystawach i niesamowitą inteligencję, jaką zostały obdarzone.

– O rany – powiedział Møller, gdy wreszcie podniósł głowę. – Wydawało mi się, że cię wyrzuciliśmy.

– Mhm. Ale ponieważ wypowiedzenie wciąż leży niepodpisane na biurku naczelnika Biura Kryminalnego i poleży tam jeszcze co najmniej przez trzy tygodnie, to do tego czasu muszę chyba przychodzić do pracy? Nie jest tak, szefie?

Harry nalał sobie kawy z dzbanka przyniesionego przez Jenny, z filiżanką w ręku okrążył biurko Møllera i podszedł do okna.

– To jednak wcale nie oznacza, że pracuję nad sprawą Camilli Loen.

Bjarne Møller obrócił się i popatrzył na Harry'ego. Jak wiele razy wcześniej, gdy Harry jednego dnia wyglądał na człowieka w stanie śmierci klinicznej, a następnego przechadzał się niczym czerwonooki Łazarz. Ale zawsze zaskakiwało go to tak samo.

– Jeśli wydaje ci się, że wymówienie to blef, to jesteś w błędzie, Harry. Tym razem to nie był strzał na postrach. To już definitywny koniec. Za każdym razem, gdy łamałeś regulamin, to ja dbałem o twoje ułaskawienie. Dlatego i teraz nie mogę uchylać się od odpowiedzialności.

Bjarne Møller szukał w oczach Harry'ego śladów prośby. Nic takiego nie znalazł. Na szczęście.

– Tak już jest, Harry. To koniec.

Harry nie odpowiedział.

– I pamiętaj, twoje zezwolenie na broń zostało cofnięte w trybie natychmiastowym. Standardowa procedura. Zajrzyj do magazynu broni jeszcze dzisiaj i oddaj całe swoje żelastwo.

Harry kiwnął głową. Naczelnik wydziału bacznie mu się przyglądał. Czy Harry przez moment nie przypominał zaskoczonego chłopca, któremu ktoś niespodziewanie wymierzył policzek? Møller przyłożył rękę do dolnego guzika koszuli. Doprawdy, niełatwo zrozumieć Harry'ego.

– Jeżeli uważasz, że w tych ostatnich tygodniach możesz zrobić coś pożytecznego, to nie mam nic przeciwko temu, żebyś przychodził do pracy. Nie jesteś zawieszony, więc i tak pensję musimy ci wypłacić za cały miesiąc. No a wiemy, jaka jest alternatywa dla siedzenia w pracy.

– To dobrze – powiedział Harry obojętnie i wstał. – Wobec tego idę zobaczyć, czy mój pokój ciągle jeszcze istnieje. Daj mi znać, szefie, jeżeli będziesz potrzebował w czymś pomocy.

Bjarne Møller uśmiechnął się wyniośle.

– Dobrze, dziękuję ci, Harry.

– Na przykład z tymi chow-chowami – dokończył Harry, cicho zamykając za sobą drzwi.

Harry stał w progu i przyglądał się dwuosobowemu pokojowi. Biurko sierżanta Halvorsena, posprzątane przed urlopem i puste, stało przy jego biurku. Na ścianie nad szafką z dokumentami wisiało zdjęcie sierżant Ellen Gjelten z czasu, kiedy to ona siedziała na miejscu Halvorsena. Drugą ścianę prawie w całości zakrywał wielki plan Oslo, ozdobiony szpilkami, kreskami i zapisem godzin, pokazującym, gdzie Ellen, Sverre Olsen i Roy Kvinsvik znajdowali się w noc, gdy popełniono zabójstwo. Harry podszedł do ściany i stanął przed planem. Potem zerwał go gwałtownym ruchem i wcisnął do pustej szuflady. Z kieszeni kurtki wyciągnął srebrną piersiówkę, wypił szybki łyk i przyłożył czoło do chłodzącej powierzchni metalowej szafki.

Od ponad dziesięciu lat pracował tutaj, w tym pokoju. W pokoju numer 605. Najmniejszym w czerwonej strefie na szóstym piętrze. Nawet gdy wpadli na ten dziwaczny pomysł, by zrobić z niego komisarza, uparł się, żeby wrócić tutaj. W pokoju 605 nie było okien, lecz właśnie stąd Harry oglądał świat. Na tych dziesięciu metrach kwadratowych uczył się swojego fachu, czcił zwycięstwa, przeżywał klęski i przyswajał sobie tę odrobinę wiedzy o ludziach, jaką posiadał. Usiłował sobie przypomnieć, czym innym zajmował się przez ostatnich dziesięć lat. Musiało coś być, przecież człowiek nie pracuje więcej niż osiem do dziesięciu godzin dziennie. Góra dwanaście. No i jeszcze weekendy.

Opadł na popsute krzesło biurowe, zniszczone sprężyny jęknęły z zachwytem. Doprawdy, mógł tu posiedzieć jeszcze parę tygodni.

O siedemnastej dwadzieścia pięć Bjarne Møller normalnie byłby już u żony i dzieci. Ponieważ jednak dzieciaki wyjechały do babci, postanowił wykorzystać wakacyjny spokój na uporanie się z zaległą papierkową robotą. Zabójstwo na Ullevålsveien częściowo pokrzyżowało mu plany, zdecydował jednak, że to sobie odbije.

Gdy zadzwonili z pogotowia policji, Møller odpowiedział nieco poirytowany, żeby skontaktowali się z dyżurnymi, bo Wydział Zabójstw nie może zacząć się zajmować zaginięciami.

– Przykro mi, Møller. Dyżurni pojechali do pożaru traw na Grefsen, a człowiek, który telefonował, jest przekonany, że ta zaginiona padła ofiarą jakiegoś przestępstwa.

– U nas wszyscy, którzy jeszcze nie poszli do domu, pracują przy zabójstwie na Ullevålsveien. Musi… – Møller gwałtownie urwał. – A zresztą poczekaj. Zaraz sprawdzę…

9 ŚRODA. ZAGINIONA

Funkcjonariusz niechętnie nacisnął na hamulec i radiowóz zatrzymał się na czerwonym świetle przy Alexander Kiellands plass.

– A może włączyć koguta i trochę się pospieszyć? – spytał, zwracając się do pasażera.

Harry w roztargnieniu pokręcił głową. Wyjrzał na skwer, który kiedyś był trawnikiem z dwiema ławkami zajmowanymi przez wyjątkowo spragnionych, usiłujących śpiewem i wyzwiskami zagłuszyć uliczny hałas. Przed paroma laty jednak postanowiono kosztem kilku milionów odnowić plac noszący imię wielkiego pisarza i skwer uprzątnięto, obsadzono roślinami, wyasfaltowano i wyposażono w alejki oraz imponującą przypominającą pułapkę na łososie fontannę. Bez wątpienia scenografia dla śpiewów i wyzwisk zrobiła się o wiele piękniejsza.

Samochód policyjny skręcił w prawo w Sannergata, minął most na rzece Aker i zatrzymał się pod adresem, który Harry'emu podał Møller.

Harry oświadczył kierowcy, że wróci już sam, wysiadł z samochodu i na chodniku wyprostował plecy. Po drugiej stronie ulicy wznosił się nowy biurowiec, wciąż pusty, a według gazet w takim stanie miał pozostać jeszcze przez pewien czas. W szybach odbijała się kamienica, do której zmierzał, biały dom wzniesiony mniej więcej w latach czterdziestych lub coś koło tego. Nieokreślony krewniak funkcjonalizmu. Fasadę bogato zdobiły podpisy graffiti znakujące rewir. Na przystanku autobusowym stała ciemnoskóra dziewczyna z rękami założonymi na piersi, żuła gumę i przyglądała się wielkiej reklamie firmy Diesel po przeciwnej stronie ulicy. Harry odnalazł nazwisko przy najwyższym dzwonku domofonu.

– Policja – powiedział, szykując się na wspinaczkę po schodach.

Gdy zdyszany dotarł na górę, w drzwiach czekała już na niego dziwaczna postać. Mężczyzna z wielką rozwichrzoną szopą włosów i z czarną brodą okalającą twarz koloru bordo. Tę samą barwę miała jego przypominająca suknię szata, która okrywała go od szyi aż po stopy w sandałach.

– Dobrze, że mogliście przyjechać tak szybko – odezwał się, wyciągając łapę.

Bo to rzeczywiście była łapa, dłoń tak wielka, że ręka Harry'ego utonęła w niej całkiem, gdy mężczyzna przedstawiał się jako Willy Barli.

Harry podał swoje nazwisko, usiłując przyciągnąć rękę do siebie. Nie przepadał za fizycznym kontaktem z mężczyznami, a ten uścisk dłoni można było uznać raczej za objęcie. Willi Barli jednak trzymał go tak mocno, jak gdyby Harry był boją ratunkową.

– Lisbeth zniknęła – szepnął. Głos miał zaskakująco wysoki.

– Otrzymaliśmy zgłoszenie, panie Barli. Wejdziemy do środka?

– Proszę.

Willy ruszył przodem. Znaleźli się w kolejnym mieszkaniu przerobionym ze strychu, lecz tak jak mieszkanie Camilli Loen było nieduże, urządzone w stylu minimalistycznym, tak to, wielkie i umeblowane z przesadnym zbytkiem, przywodziło na myśl pastisz neoklasycyzmu, scenografię, wśród której ktoś chciał urządzić przyjęcie w stylu starożytnego Rzymu. Zamiast zwykłych mebli do siedzenia znajdowały się tutaj antyczne leżanki rodem z Hollywood, a drewniane belki po obłożeniu gipsem uzyskały kształt kolumn doryckich czy koryncckich. Różnic między nimi Harry nigdy nie mógł zapamiętać. Rozpoznał jednak gipsowy relief wykonany bezpośrednio na białej ścianie w korytarzu. W dzieciństwie matka zabrała go kiedyś razem z Sio do muzeum w Kopenhadze i tam pokazała im „Jazona i złote runo" Bertela Thorvaldsena. Mieszkanie najwyraźniej niedawno odnowiono, Harry dostrzegł świeżo malowane listwy i kawałeczki taśmy malarskiej, czuł też ostry zapach rozpuszczalnika.

W salonie na niskim stole nakryto dla dwóch osób. Harry wszedł za Barlim po schodkach na duży wykładany kafelkami taras, wychodzący na tylne podwórze, zamknięte czterema przylegającymi do siebie kamienicami. Tu wystrój był współcześnie norweski. Na grillu dymiły trzy zwęglone kotlety.

– Po południu w mieszkaniu na strychu robi się strasznie gorąco – powiedział Barli przepraszającym tonem i wskazał Harry'emu biały rokokowy fotel z plastiku.

– Zauważyłem. – Harry przeszedł na brzeg tarasu i zajrzał na podwórze.

Na ogół nie odczuwał zbytniego lęku wysokości, lecz po dłuższych okresach picia czasami nawet niewielka wysokość potrafiła sprawić, że nagle zaczynało mu się kręcić w głowie. Teraz piętnaście metrów niżej zobaczył dwa stare rowery i poruszane wiatrem białe prześcieradło na statywie do suszenia bielizny, i czym prędzej musiał podnieść wzrok.

Po przeciwnej stronie podwórza na balkonie otoczonym balustradą z kutego żelaza dwóch sąsiadów w geście powitania podniosło butelki z piwem. Na stoliku przed nimi stało już sporo brązowych butelek. Harry odpowiedział skinieniem głowy. Dziwił się, jak to możliwe, że w dole na podwórzu wieje, a tu nie.

– Kieliszek czerwonego wina? – Barli już zaczął sobie nalewać z napoczętej butelki. Harry zauważył, że ręka mu się trzęsie. Przeczytał na butelce „Domaine La Bastide Sy". Oryginalny napis był dłuższy, ale czyjeś nerwowe paznokcie zdrapały resztę etykietki.

Harry usiadł.

– Dziękuję, ale nie piję w pracy.

Barli skrzywił się i gwałtownie odstawił butelkę na stół.

– Oczywiście. Musi pan wybaczyć. Po prostu jestem kompletnie wyprowadzony z równowagi. Boże, ja też nie powinienem pić w takiej sytuacji! – Podniósł kieliszek do ust i wypił. Kilka kropli spadło z przodu na suknię, na której rozlała się czerwona plama.

Harry zerknął na zegarek, aby Barli zrozumiał, że powinien się streszczać.

– Miała tylko iść do sklepu, kupić sałatkę ziemniaczaną do kotletów – wydusił z siebie Barli. – Zaledwie dwie godziny temu siedziała tu, gdzie pan teraz siedzi.

Harry poprawił ciemne okulary.

– Pana żona zaginęła d w i e g o d z i n y temu?

– Tak, tak. Wiem, że to niedługo. No ale miała iść tylko do sklepu Kiwi na rogu i zaraz wracać.

Na drugim balkonie błysnęły butelki. Harry przetarł ręką czoło, popatrzył na swoje mokre palce, nie wiedząc, jak się pozbyć potu. Dotknął palcami rozpalonego plastikowego podłokietnika i poczuł, że wilgoć powoli wyparowuje.

– Dzwonił pan do znajomych i przyjaciół? Sprawdzał pan w sklepie? Może spotkała kogoś, poszli na piwo? Może…

– Nie, nie, nie! – Barli podniósł dłonie z szeroko rozstawionymi palcami. – Na pewno tak się nie stało. Ona nie jest taka.

– Jaka?

– Ona jest z tych… które wracają.

– No cóż…

– Najpierw zadzwoniłem do niej na komórkę, ale oczywiście zostawiła ją w domu. Potem zatelefonowałem do znajomych, których ewentualnie mogła spotkać. Dzwoniłem do sklepu, na komendę policji, do trzech komisariatów, do wszystkich stacji pogotowia, do szpitala Ullevål i do Centralnego. Nic. *Nothing. Rien.*

– Rozumiem, że pan się niepokoi, panie Barli.

Barli pochylił się nad stołem. Okolone brodą wilgotne wargi drżały.

– Ja nie jestem zaniepokojony. Jestem śmiertelnie przerażony. Słyszał pan o kimś, kto wychodzi w samym kostiumie bikini z pięćdziesięcioma koronami w ręku w czasie, gdy kotlety pieką się na grillu, i stwierdza, że to świetna okazja, żeby uciec?

Harry zawahał się. Akurat w chwili, gdy zdecydował, że jednak mimo wszystko wypije kieliszek wina, Barli wlał resztę do swojego kieliszka. Dlaczego więc nie podniósł się, nie powiedział kilku uspokajających słów o tym, ile mają podobnych zgłoszeń i że niemal wszystkie znajdują swoje naturalne, wcale nie dramatyczne wyjaśnienie, i nie poprosił, by Barli zadzwonił jeszcze raz, jeśli żona nie wróci przed nocą? Może przez tę wzmiankę o kostiumie bikini i pięćdziesięciu koronach? A może dlatego, że przez cały dzień czekał, aż coś się wydarzy, i uznał to przynajmniej za możliwość odsunięcia tego, co czekało go we własnym mieszkaniu? Głównie jednak sprawił to pozornie niemądry lęk Barliego. Harry'emu już wcześniej zdarzało się nie doceniać intuicji, i własnej, i cudzej. I za każdym razem bez wyjątku okazywało się to drogo okupionym doświadczeniem.

– Muszę zadzwonić w parę miejsc – oświadczył.

O osiemnastej czterdzieści pięć do mieszkania Willy'ego i Lisbeth Barlich na Sannergata przyszła Beate Lønn. Kwadrans później zjawił się funkcjonariusz w towarzystwie owczarka belgijskiego. Obaj nosili imię Ivan.

– Przypadek – wyjaśnił policjant. – Pies nie jest mój.

Harry widział, że Ivan czeka na jakiś dowcipny komentarz, ale nie miał nic w zanadrzu.

Willy Barli poszedł do sypialni po jakieś nowsze zdjęcia Lisbeth i ubrania, które Ivan – pies – mógłby powąchać, a Harry w tym czasie ściszonym głosem poinformował kolegów o tym, co się stało.

– Okej, ona może być wszędzie. Mogła go porzucić. Mogła się źle poczuć. Mogła mu powiedzieć, że dokądś idzie, a do niego to nie dotarło. Milion możliwości. Ale może też akurat w tej chwili leżeć ogłuszona na tylnym siedzeniu samochodu, gwałcona przez czterech młodych ludzi, którym pomieszało się w głowie na widok kostiumu bikini.

Nie chcę jednak, żebyście cokolwiek sobie wyobrażali. Po prostu poszukajcie.

Beate i Ivan pokiwali głowami na znak, że zrozumieli.

– Wkrótce zjawi się tu patrol porządkowy. Beate, ty ich przyjmij i każ im sprawdzić sąsiedztwo. Niech pogadają z ludźmi. Zwłaszcza w sklepie, do którego miała iść. Ty sama porozmawiasz z mieszkańcami klatki. Ja się przejdę do sąsiadów, którzy siedzą na balkonie w tamtej kamienicy naprzeciwko.

– Myślisz, że mogą coś wiedzieć? – spytała Beate.

– Mają tu świetny widok. A sądząc po liczbie pustych butelek, tkwią tam już od jakiegoś czasu. Lisbeth, według słów jej męża, spędziła cały dzień w domu. Chcę wiedzieć, czy i kiedy widzieli ją na tarasie.

– Dlaczego? – spytał sierżant, ciągnąc Ivana za smycz.

– Ponieważ jeśli kobieta w bikini nie wychodziła z tego pieca, jakim jest to mieszkanie, na taras, to nabiorę cholernych podejrzeń.

– Oczywiście – szepnęła Beate. – Podejrzewasz męża.

– Ja z zasady podejrzewam męża – odparł Harry.

– Dlaczego? – powtórzył Ivan.

Beate uśmiechnęła się z wyrozumiałością.

– Zawsze winny jest mąż – powiedział Harry.

– Pierwsze prawo Holego – dodała Beate.

Ivan przeniósł spojrzenie z jednego na drugie.

– Ale... czy to nie on zgłosił zaginięcie?

– Owszem – odparł Harry. – Ale tak czy owak, to zawsze mąż. Dlatego ty i Ivan nie zaczniecie od ulicy, tylko od mieszkania. Wymyśl jakąś wymówkę, jeśli musisz, ale chcę, żebyś najpierw sprawdził mieszkanie, a potem boksy na strychu i w piwnicy. Dopiero później wyjdziecie na zewnątrz. Okej?

Sierżant Ivan wzruszył ramionami i spojrzał na swego imiennika, który odwzajemnił jego zrezygnowane spojrzenie.

Okazało się, że te dwie osoby na sąsiednim balkonie to wcale nie chłopcy, za których w pierwszej chwili wziął ich Harry, gdy patrzył na nich z tarasu Barliego. Zdawał sobie sprawę, że dorosła kobieta, która ma zdjęcia Kylie Minogue na ścianie i współlokatorkę w tym samym wieku ostrzyżoną na jeża, w T-shircie z logo kobiecej drużyny piłki nożnej „Orzeł Trondheim", nie musi być koniecznie lesbijką. Zrobił jednak takie wstępne założenie. Siedział w fotelu naprzeciwko dwóch kobiet dokładnie tak, jak pięć dni wcześniej siedział z Vibeke Knutsen i Andersem Nygårdem.

– Przepraszam, że musiałem panie ściągnąć z balkonu – powiedział.

Ta, która przedstawiła się jako Ruth, zakryła usta dłonią, tłumiąc beknięcie.

– W porządku, i tak miałyśmy już dość – odparła. – Prawda?

Uderzyła przyjaciółkę w kolano. Po męsku, ocenił Harry, i w tym samym momencie przypomniało mu się, co Aune, psycholog, mówił o stereotypach. Że same się wzmacniają, ponieważ człowiek podświadomie szuka tego, co może je potwierdzić. Że właśnie dlatego policjanci uważają – opierając się na tak zwanym doświadczeniu – że wszyscy przestępcy są głupi. A przestępcy za głupców uważają wszystkich policjantów.

Harry krótko zorientował swoje rozmówczynie w sytuacji.

Popatrzyły na niego zdumione.

– Sprawa na pewno się wyjaśni, ale my, w policji, musimy tak działać. Na razie staramy się po prostu określić kilka punktów w czasie.

Z powagą pokiwały głowami.

– Świetnie. – Harry wypróbował swój słynny uśmiech. Tak w każdym razie Ellen nazywała grymas, który pojawiał mu się na twarzy, gdy chciał wyglądać wyjątkowo serdecznie i jowialnie.

Ruth powiedziała, że w istocie spędziły na balkonie całe popołudnie. Widziały Lisbeth i Willy'ego Barlich leżących na tarasie mniej więcej do pół do piątej. Potem Lisbeth weszła do środka. Wkrótce Willy rozpalił grill. Zawołał coś o sałatce ziemniaczanej, a ona odpowiedziała z mieszkania. Potem on również wszedł do wewnątrz i wrócił z befsztykami (co Harry poprawił na kotlety) mniej więcej dwadzieścia minut później. Po jakimś czasie – uzgodniły, że kwadrans po piątej – widziały, jak Barli dzwoni gdzieś ze swojej komórki.

– Na takich podwórzach dźwięk świetnie niesie – dodała Ruth. – Słychać było, że jakiś inny telefon dzwoni w mieszkaniu. Barli wyraźnie się zirytował, w każdym razie rzucił swój telefon na stół.

– Podobno próbował zadzwonić do żony.

Zobaczył, że kobiety wymieniają spojrzenia i pożałował tego „podobno".

– Ile czasu zajmuje kupienie sałatki ziemniaczanej w sklepie na rogu?

– W Kiwi? Mogłabym pobiec tam i z powrotem w ciągu pięciu minut, pod warunkiem że nie ma kolejki.

– Lisbeth Barli nie biega – zauważyła cicho jej przyjaciółka.

– Więc ją znacie?

Ruth i Orlica z Trondheim popatrzyły na siebie, jak gdyby chciały uzgodnić odpowiedź.

– Nie znamy. Ale wiemy, kim jest.

– Tak?

– No tak. Widział pan chyba ten wielki artykuł w „VG" o tym, że Willy Barli wynajął na lato Teatr Narodowy, żeby przygotowywać musical?

– To była tylko mała notka, Ruth.

– Wcale nie – zirytowała się Ruth. – Lisbeth ma przecież grać główną rolę. Było wielkie zdjęcie i w ogóle. Niemożliwe, żeby pan tego nie zauważył.

– Hm – mruknął Harry. – Jeśli chodzi o czytanie gazet... to latem było z tym u mnie raczej marnie.

– Rozpętała się z tego awantura. Spece od kultury uważają, że letnia rewia w Teatrze Narodowym to wstyd. Jak się nazywa ta sztuka? *My Fat Lady*?

– *F a i r Lady* – mruknęła Orlica z Trondheim.

– To znaczy, że oni zajmują się teatrem? – przerwał im Harry.

– No cóż, teatrem. Willy Barli to taki facet, który zajmuje się wszystkim po trochu. Rewią, filmem, musicalem i...

– On jest producentem. A ona śpiewa.

– Ach, tak?

– Na pewno pamięta pan Lisbeth z czasów, zanim wyszła za mąż. Nazywała się wtedy Harang.

Harry z żalem pokręcił głową, a Ruth westchnęła głęboko.

– Wtedy śpiewała razem z siostrą w Spinnin' Wheel. Lisbeth była naprawdę słodka, trochę podobna do Shanii Twain. I miała głos jak dzwon.

– One nie były takie znane, Ruth.

– W każdym razie śpiewała w tym programie Vidara Lønna Arnesena. I sprzedały mnóstwo płyt.

– Kaset, Ruth.

– Widziałam Spinnin' Wheel na festiwalu Momarkedet. Naprawdę niezłe. Zamierzały nagrać płytę w Nashville i w ogóle. Ale odkrył ją Barli. Miał z niej zrobić gwiazdę musicalu. A to zabrało trochę czasu.

– Osiem lat – uzupełniła Orlica z Trondheim.

– W każdym razie Lisbeth Harang przestała śpiewać w Spinnin' Wheel i wyszła za Barliego. Forsa i uroda, stara śpiewka.

– A więc koło przestało się kręcić?

– Co?

– On się pyta o ten zespół, Ruth.

– Aha. Siostra zaczęła śpiewać sama, ale to Lisbeth była gwiazdą. Myślę, że teraz grają gdzieś po eleganckich hotelach w górach i na promach.

Harry wstał.

– To ostatnie rutynowe pytanie. Co możecie powiedzieć o tym, jak układało się małżeństwo Willy'ego i Lisbeth?

Orlica z Trondheim i Ruth znów wymieniły sygnały radarowe.

– Już mówiłyśmy, że w takich kamienicach głos bardzo niesie – powiedziała Ruth. – Ich sypialnia też wychodzi na podwórze.

– Słyszałyście, jak się kłócili?

– Nie, nie kłócili.

Patrzyły na Harry'ego z wiele mówiącymi minami. Upłynęło kilka sekund, nim zrozumiał, co mają na myśli, i ku swej irytacji się zaczerwienił.

– Odniosłyście więc wrażenie, że w małżeństwie układało się wyjątkowo dobrze?

– Zostawiają drzwi na taras uchylone przez całe lato. Żartowałam kiedyś, że powinnyśmy zakraść się na dach, obejść kamienicę i zeskoczyć u nich – uśmiechnęła się Ruth. – Trochę poszpiegować, co nie? To wcale nietrudne, wystarczy stanąć na balustradzie naszego balkonu, a stamtąd postawić nogę na rynnie i...

Orlica szturchnęła ją w bok.

– Ale to właściwie niepotrzebne – stwierdziła Ruth. – Lisbeth jest przecież profesjonalnym... jak to się nazywa?

– Przekaźnikiem – uzupełniła Orlica.

– No właśnie. A wszystkie najlepsze obrazy tkwią w strunach głosowych.

Harry roztarł kark.

– Naprawdę głos jak dzwon – dodała Orlica z Trondheim i lekko się uśmiechnęła.

Gdy Harry wrócił, Ivan i Ivan wciąż przeszukiwali mieszkanie. Sierżant Ivan się pocił, a owczarkowi Ivanowi z otwartego pyska zwisał jęzor w kolorze wątroby niczym flaga na święto narodowe.

Harry przysiadł ostrożnie na jednej z leżanek i poprosił Willy'ego, by zrelacjonował jeszcze raz wszystko od początku. Podane przez niego punkty w czasie minionego popołudnia zgadzały się z tym, co powiedziały Ruth i Orlica z Trondheim.

Harry dostrzegał w oczach Barliego szczerą rozpacz. Zaczął też przeczuwać, że jeśli Lisbeth przydarzyło się coś złego, to mógł to być – m ó g ł – jeden ze statystycznych wyjątków. Głównie jednak umocnił się w wierze, że Lisbeth wkrótce się odnajdzie. Jeśli to nie mąż, to nikt inny. Tak mówiła statystyka.

Wróciła Beate z informacją, że zastała sąsiadów tylko w dwóch mieszkaniach w kamienicy, a ci nic nie widzieli i nie słyszeli, ani na klatce schodowej, ani na ulicy.

Ktoś zastukał do drzwi, Beate otworzyła. To był jeden z umundurowanych funkcjonariuszy z patrolu porządkowego. Harry natychmiast go poznał. To ten sam policjant, który pilnował mieszkania na Ullevålsveien. Zwracał się do Beate, kompletnie ignorując Harry'ego.

– Rozmawialiśmy z ludźmi na ulicy i w Kiwi, sprawdziliśmy bramy i uliczki w sąsiedztwie. Nic. Ale jest przecież okres urlopowy, na drogach prawie pusto, więc mogła zostać wciągnięta do jakiegoś samochodu, a nikt niczego nie zauważył.

Harry poczuł, jak Willy Barli siedzący obok niego cały się wzdrygnął.

– Powinniśmy może sprawdzić tych czarnych z Pakistanu, którzy mają tu swoje budy – stwierdził funkcjonariusz i małym palcem podrapał się w ucho.

– Dlaczego akurat ich? – spytał Harry.

Policjant wreszcie odwrócił się do niego i spytał, przesadnie akcentując ostatnie słowo:

– Nie znasz statystyk kryminalnych, komisarzu?

– Owszem – odparł Harry. – I o ile dobrze pamiętam, to właściciele sklepów zajmują w nich dość odległe miejsce.

Policjant przyglądał się swojemu małemu palcowi.

– Wiem o muzułmanach parę rzeczy, które ty też wiesz, komisarzu. Według nich kobieta, która wychodzi na ulicę w bikini, wprost błaga o gwałt. To niemal ich obowiązek, można tak powiedzieć.

– Doprawdy?

– Taka jest ich religia.

– Wydaje mi się, że pomyliłeś islam z chrześcijaństwem.

– Ivan i ja już tu skończyliśmy – oznajmił funkcjonariusz z psiego patrolu, który w tym samym momencie zszedł ze schodów. – Znaleźliśmy parę kotletów w śmieciach, to wszystko. Bywały tu zresztą ostatnio jakieś inne psy?

Harry spojrzał na Willy'ego.

Ten tylko pokręcił głową, wyraz twarzy świadczył o tym, że głos by go nie usłuchał.

– Ivan w przedpokoju zareagował tak, jakby był tam pies, ale pewnie to coś innego. Jesteśmy gotowi iść do piwnicy. Może nas ktoś zaprowadzić?

– Oczywiście. – Willy wstał.

Zniknęli za drzwiami, a policjant z patrolu porządkowego spytał Beate, czy też może odejść.

– Spytaj szefa – odparła.

– Zasnął. – Z chichotem kiwnął głową w stronę Harry'ego, który wypróbowywał rzymskie łoże.

– Sierżancie – powiedział Harry cicho, nie otwierając oczu. – Proszę podejść bliżej.

Policjant stanął przed nim na szeroko rozstawionych nogach i założył kciuki za pasek.

– Słucham, komisarzu?

Harry otworzył jedno oko.

– Jeśli jeszcze raz dasz się namówić Tomowi Waalerowi do napisania na mnie skargi, zatroszczę się o to, żebyś już do końca swojej kariery patrolował ulice. Zrozumiano, sierżancie?

Mięśnie w twarzy funkcjonariusza drgnęły. Kiedy otworzył usta, Harry przygotowany był na przekleństwa i kubeł żółci, ale funkcjonariusz mówił cicho, z opanowaniem:

– Po pierwsze nie znam żadnego Toma Waalera. Po drugie uważam za swój obowiązek poinformowanie zwierzchników o tym, że funkcjonariusz policji naraża siebie i kolegów na niebezpieczeństwo, stawiając się do pracy w stanie nietrzeźwym. A po trzecie, wcale nie marzę o tym, żeby pracować gdzie indziej niż w patrolu porządkowym. Czy teraz mogę już odejść, komisarzu?

Harry wpatrywał się w niego cyklopowym okiem, w końcu je zamknął i odparł:

– Bardzo proszę.

Usłyszał trzaśnięcie drzwiami i jęknął. Potrzebował drinka. Natychmiast.

– Idziesz już? – spytała Beate.

– Możesz lecieć – odparł Harry. – Ja tu jeszcze trochę zostanę. Pomogę Ivanowi obwąchiwać ulicę, jak już uporają się z piwnicą.

– Jesteś pewien?

– Jasne.

Harry po schodach wszedł na taras. Popatrzył na jaskółki, posłuchał odgłosów z okien otwartych na wewnętrzne podwórze. Podniósł ze stołu butelkę, zobaczył, że została w niej jeszcze odrobina czerwonego wina. Opróżnił ją, pomachał Ruth i Orlicy z Trondheim, które mimo wszystko nie miały jeszcze dość, i z powrotem wszedł do środka.

Wyczuł to natychmiast, gdy tylko otworzył drzwi do sypialni. Często zwracał na to uwagę, ale nigdy nie udało mu się stwierdzić, skąd bierze się taka cisza w sypialniach obcych ludzi.

W środku wciąż były ślady po remoncie. Przy szafie stały zdjęte z zawiasów drzwi z lustrem, a obok zaścielonego podwójnego łóżka otwarta skrzynka z narzędziami. Nad łóżkiem wisiało zdjęcie Willy'ego i Lisbeth. Harry nie przyjrzał się uważnie zdjęciom, które Willy dał policjantom z patrolu, ale teraz spostrzegł, że Ruth miała rację: Lisbeth naprawdę była słodka. Miała jasne włosy, niebieskie promienne oczy i szczupłe, wręcz drobne ciało. Musiała być co najmniej o dziesięć lat młodsza od Willy'ego. Na zdjęciu oboje byli opaleni i weseli, może na wakacjach za granicą. Za nimi widać było jakąś imponującą starą budowlę i pomnik rycerza na koniu. Może gdzieś we Francji. Może w Normandii.

Harry przysiadł na brzegu łóżka i zdumiał się, gdy się pod nim ugięło. Łóżko wodne. Położył się na plecach, czując, jak podłoże dopasowuje się do kształtu jego ciała. Kołdra cudownie chłodziła gołą skórę ramion. Gdy się poruszył, zabulgotała woda w gumowym materacu. Zamknął oczy.

Rakel. Płynęli rzeką. Nie, kanałem. Kołysali się na łodzi. Woda pluskała o burty. Byli pod pokładem. Rakel leżała nieruchomo obok niego w łóżku. Śmiała się cicho, gdy do niej szeptał. Teraz udawała, że śpi. Lubiła to. Lubiła udawać, że śpi.

Harry obrócił się, by na nią popatrzeć. Jego spojrzenie padło najpierw na drzwi z lustrem, w których odbijało się całe łóżko. Potem spojrzał na otwartą skrzynkę z narzędziami, na samej górze leżało krótkie dłuto z zielonym drewnianym trzonkiem. Podniósł je. Nieduże, lekkie, bez śladów rdzy pod delikatną warstwą tynku.

Już miał je odłożyć, gdy nagle zdrętwiał.

W skrzynce z narzędziami leżała część ciała. Widywał to już wcześniej na miejscu zbrodni. Odcięte organy płciowe. Upłynęła sekunda, nim zrozumiał, że ten naturalnej wielkości penis w kolorze skóry to tylko wibrator.

Znów położył się na plecach, wciąż z dłutem w ręku. Przełknął ślinę. Po tylu latach pracy, w której na co dzień grzebało się w prywatnych rzeczach i życiu obcych ludzi, wibrator nie był niczym szczególnym. Nie dlatego tak trudno przełykał.

Tu – w tym łóżku.

Musi niedługo się napić.

Dźwięk się niesie po podwórzu.

Rakel.

Starał się nie myśleć, lecz było już za późno. Jej ciało przy nim.

Rakel.

Pojawiła się erekcja. Harry zamknął oczy i poczuł jej dłoń przesuwającą się w nieświadomym ruchu śpiącej osoby. Zatrzymała się na jego brzuchu. Po prostu tam leżała, nie zamierzając się nigdzie przemieścić. Jej usta przy jego uchu, ciepły oddech, który brzmiał jak szum czegoś, co płonie. Jej biodra zaczynające się przysuwać ku niemu, gdy tylko jej dotknął. Drobne miękkie piersi z wrażliwymi sutkami, twardniejące, gdy tylko na nie dmuchnął. Jej płeć otwierająca się, by go pochłonąć. W gardle go ściskało, jak gdyby zaraz miał wybuchnąć płaczem.

Drgnął, gdy usłyszał odgłos drzwi zamykanych na dole. Usiadł, wygładził kołdrę i przejrzał się w lustrze. Obiema rękami mocno potarł twarz.

Willy uparł się, żeby iść z nimi i zobaczyć, czy Ivan-owczarek coś wywęszy.

Gdy wyszli na Sannergata, czerwony autobus bezszelestnie ruszał z przystanku. Jakaś dziewczynka patrzyła na Harry'ego przez tylną szybę. Jej okrągła buzia robiła się coraz mniejsza, w miarę jak autobus oddalał się w kierunku Rødelokka.

– To nie znaczy, że pańskiej żony tu nie było – powiedział Ivan. – Na ulicy, gdzie jest ruch samochodowy i wielu innych pieszych, trudno wyodrębnić zapach konkretnej osoby.

Harry rozejrzał się w koło. Miał wrażenie, że jest obserwowany, ale ulica była pusta, a w szybach fasad domów odbijało się jedynie czarne niebo i słońce. Paranoja alkoholowa.

– No cóż – powiedział. – Na razie nic więcej nie możemy zrobić.

Barli patrzył na nich z rozpaczą.

– Wszystko będzie dobrze – dodał Harry.

Willy odpowiedział beznamiętnie jak prezenter prognozy pogody.

– Nie. Nie będzie dobrze.

– Chodź tu, Ivan! – zawołał funkcjonariusz, ciągnąc za smycz.

Pies wsunął pysk pod przedni błotnik golfa, zaparkowanego przy chodniku.

Harry poklepał Willy'ego po ramieniu, lecz unikał jego błagalnego spojrzenia.

– Wszystkie radiowozy dostały już informację, a jeśli pańska żona nie pojawi się przed północą, nadamy komunikat, że jej poszukujemy. W porządku?

Willy nie odpowiedział.

Ivan szczekał na golfa i szarpał za smycz.

– Zaczekajcie chwilę – poprosił funkcjonariusz. Uklęknął i nachylił się nad asfaltem. – O rany! – stęknął i wsunął rękę pod samochód.

– Znalazłeś coś? – spytał Harry.

Funkcjonariusz się obrócił. W ręce trzymał damski but z wysokim obcasem. Za plecami usłyszał jęk Willy'ego.

– To jej but?

– Nie będzie dobrze – odparł Willy. – Nie będzie dobrze.

10 CZWARTEK I PIĄTEK. KOSZMAR

W czwartek po południu przed urzędem pocztowym na Rødelokka zatrzymał się czerwony samochód pocztowy. Zwartość skrzynki wpadła do worka, który wrzucono na tył samochodu i przewieziono do centrali listów na Biskop Gunnerus gate 14, lepiej znanej jako Budynek Poczty. Tego samego wieczoru w sortowni pocztę posegregowano według wielkości przesyłek i brązowa koperta z folią bąbelkową znalazła się w koszu wraz z innymi listami formatu C5. Koperta przeszła przez kilka par rąk, lecz nikt naturalnie nie zwrócił uwagi akurat na nią, również w sortowni geograficznej, gdzie najpierw trafiła do przegródki na wschodnią Norwegię, a następnie do kosza z kodem pocztowym 0032. Gdy list ostatecznie znalazł się w worku w czerwonym samochodzie pocztowym, gotowym do wyjazdu następnego dnia rano, była już noc i większość mieszkańców Oslo spała.

– Wszystko będzie dobrze – powiedział chłopiec, głaszcząc po głowie dziewczynkę o okrągłej twarzy. Czuł, jak jej długie cienkie włosy kleją mu się do palców. Naelektryzowane.

Miał jedenaście lat. Ona siedem i była jego młodszą siostrą. Odwiedzili mamę w szpitalu.

Nadjechała winda i chłopiec otworzył drzwi. Mężczyzna w białym fartuchu odsunął na bok kratę, posłał im uśmiech i wysiadł. Oni wsiedli.

– Dlaczego ta winda jest taka stara? – spytała dziewczynka.

– Dlatego, że to stary budynek – odparł chłopiec, zaciągając kratę.

– Czy to jest szpital?

– Nie całkiem – odparł, wciskając guzik parteru. – To takie miejsce, gdzie bardzo zmęczeni ludzie mogą trochę odpocząć.

– A mama jest zmęczona?

– Tak. Ale wszystko będzie dobrze. Nie opieraj się o te drzwi, Sio.

– Co?

Winda ruszyła z szarpnięciem, a jej długie jasne włosy się poruszyły. Naelektryzowane, pomyślał chłopiec, patrząc, jak wolno unoszą się nad jej głową. Ale dziewczynka poderwała ręce do głowy i zaczęła krzyczeć. To był cienki przeraźliwy krzyk, od którego chłopiec zamarł. Włosy się zaczepiły. Na zewnątrz kraty. Musiały się na nich zamknąć drzwi windy. Chłopiec próbował się poruszyć, lecz on również był jakby unieruchomiony.

– Tatusiu! – krzyknęła dziewczynka, wyciągając się na palcach.

Ale ojciec wyszedł już wcześniej, przyprowadzić samochód z parkingu.

– Mamo! – krzyknęła teraz dziewczynka, unosząc się z podłogi.

Ale matka leżała w łóżku z bladym uśmiechem. Był tylko on.

Dziewczynka, wymachując nogami w powietrzu, trzymała się własnych włosów.

– Harry!

Tylko on. Tylko on mógł ją uratować. Gdyby tylko zdołał się poruszyć.

– Pomóż mi!

Harry poderwał się na łóżku. Serce waliło jak oszalały bęben.

– Cholera! – usłyszał własny zachrypnięty głos i z powrotem opadł na poduszkę.

Ze szpary w zasłonach przebijała szarość. Zmrużonymi oczami popatrzył na czerwone cyfry na nocnym stoliku. Czwarta dwanaście. Piekło letniej nocy. Piekło koszmaru.

Spuścił nogi z łóżka i poszedł do ubikacji. Mocz zapluskał w sedesie. Harry patrzył przed siebie. Wiedział, że już nie zaśnie.

Lodówka była pusta. Stała w niej jedynie butelka bezalkoholowego piwa, która trafiła do sklepowego koszyka, ponieważ Harry źle spojrzał. Otworzył szafkę nad blatem. Ze środka w milczeniu popatrzyła na niego armia butelek piwa i whisky. Wszystkie puste. W nagłym przypływie wściekłości pchnął je i słyszał grzechot szkła jeszcze chwilę po zamknięciu drzwiczek. Znów spojrzał na zegarek. Od rana już będzie piątek. Piątek to od dziewiątej do osiemnastej. To znaczy, że monopolowy otworzą dopiero za pięć godzin.

Usiadł przy telefonie w pokoju i wstukał numer komórki Øysteina Eikelanda.

– Taxi Oslo.

– Jak tam ruch?

– Harry?

– Dobry wieczór, Øystein.

– Dobry? Od pół godziny nie miałem kursu.

– Wakacje.

– Wiem. Właściciel taksówki pojechał do domku letniskowego w Kragerø i zostawił mi najgorsze auto w Oslo. W najgorszym mieście północnej Europy. Wygląda jak po wybuchu bomby neutronowej.

– Nie sądziłem, że lubisz się spocić przy robocie.

– Przecież i tak się pocę jak świnia. Ten chytrus kupił samochód bez klimatyzacji. Cholera, po dyżurach muszę pić jak wielbłąd, żeby uzupełnić utracone płyny, a to też kosztuje. Wczoraj wydałem więcej, niż zarobiłem przez cały dzień.

– Bardzo mi przykro w twoim imieniu.

– Powinienem raczej trzymać się łamania kodów.

– To znaczy hakerstwa? Tego, za co cię wywalili z banku? I za co dostałeś sześć miesięcy w zawieszeniu?

– Owszem, ale byłem w tym dobry. Natomiast to... Właściciel sam zamierza jeździć mniej, ja już jeżdżę dwanaście godzin na dobę, a kierowców brakuje. Może ty byś zrobił prawo jazdy na taksówkę, Harry?

– Zastanowię się.

– Po co dzwonisz?

– Potrzebuję czegoś na sen.

– To idź do lekarza.

– Już byłem. Dał mi imovane. Takie tabletki na zasypianie. Nie podziałały. Prosiłem o coś mocniejszego, ale odmówił.

– Nie można cuchnąć świeżą wódą, kiedy prosisz lekarza o rohypnol, Harry.

– Powiedział, że jestem za młody na mocne leki nasenne. Masz coś?

– Rohypnol? Oszalałeś? To przecież przestępstwo! Ale mam flunitrazepam. Mniej więcej to samo. Pół tabletki zdmuchnie cię jak świecę.

– Świetnie. Akurat nie mam kasy, ale dostaniesz pieniądze po wypłacie. To mi też odbierze sny?

– Co?

– Przestanę śnić?

Na drugim końcu linii zapadła cisza. Na dłuższą chwilę.

– Wiesz co, Harry? Zastanowiłem się i przypomniałem sobie, że flunitrazepam mi wyszedł. Poza tym to niebezpieczne. Sny wcale się przez to nie skończą. Przeciwnie.

– Kłamiesz.

– Być może, ale ty i tak nie flunitrazepamu potrzebujesz. Postaraj się raczej o trochę spokoju. Zrób sobie przerwę.

– Przerwę? Mnie nikt nie da przerwy. Chyba rozumiesz?

Harry usłyszał odgłos otwieranych drzwi taksówki Øysteina i jego głos każący wynosić się pasażerom do diabła. Zaraz potem padło pytanie:

– Chodzi o Rakel?

Harry nie odpowiedział.

– Coś nie tak z Rakel?

Harry'ego dobiegły jakieś zgrzyty, przypuszczał, że to radio policyjne.

– Halo, Harry? Nie możesz odpowiedzieć, kiedy przyjaciel z dzieciństwa pyta, czy ściany twojego życia nie walą ci się na głowę?

– Walą – odparł Harry cicho.

– Dlaczego?

Harry odetchnął głęboko.

– Ponieważ praktycznie zmusiłem ją, żeby je zburzyła. Coś, czym się od dawna zajmowałem w robocie, nie wyszło. I sobie z tym nie poradziłem. Zapiłem i przez trzy dni nie odbierałem telefonu. Na czwarty dzień przyszła do mnie. Zadzwoniła do drzwi. Najpierw była zła. Powiedziała, że nie mogę uciekać w ten sposób. Mówiła, że Møller o mnie pytał. Potem pogłaskała mnie po twarzy i spytała, czy potrzebna mi pomoc.

– A ty, o ile cię znam, wyrzuciłeś ją za drzwi albo coś w tym rodzaju.

– Zapewniłem, że wszystko w porządku. A ona strasznie posmutniała.

– To oczywiste. Dziewczyna cię kocha.

– Tak powiedziała. Ale powiedziała też, że nie jest w stanie przechodzić przez to jeszcze raz.

– Przez co?

– Ojciec Olega jest alkoholikiem. To o mało nie zniszczyło wszystkich trojga.

– I co jej odpowiedziałeś?

– Że ma rację. I że powinna trzymać się z dala od takich facetów jak ja. Wtedy się rozpłakała. I wyszła.

– A teraz ciebie dręczą koszmary?

– Tak.

Øystein westchnął ciężko.

– Wiesz co, Harry? Nie ma nic, co mogłoby na to pomóc. Z wyjątkiem jednej rzeczy.

– Wiem – powiedział Harry. – Kulka między oczy.

– Miałem na myśli „ty sam".

– To też wiem. Zapomnij, że dzwoniłem, Øystein.

– Już zapomniałem.

Harry poszedł po butelkę z piwem bezalkoholowym, usiadł w fotelu i z niechęcią popatrzył na etykietkę. Kapsel odskoczył z lekkim westchnieniem. Harry odłożył na stół dłuto z zielonym trzonkiem. Ostrze pokrywała cieniutka warstwa żółtego tynku.

W piątek już o szóstej rano słońce świeciło znad wzgórza Ekeberg i Budynek Policji lśnił jak kryształ. Strażnik z Securitas w recepcji ziewnął głośno i podniósł głowę znad „Aftenposten", gdy pierwszy ranny ptaszek wsunął identyfikator do czytnika.

– Piszą, że ma być jeszcze cieplej – oznajmił strażnik, ucieszony, że nareszcie widzi kogoś, z kim może zamienić kilka słów.

Wysoki jasnowłosy mężczyzna popatrzył na niego przekrwionymi oczyma, ale nie odpowiedział.

Strażnik zauważył, że poszedł na górę schodami, chociaż obie windy czekały gotowe na dole.

Wrócił do „Aftenposten" i artykułu o kobiecie, która przed weekendem zniknęła w biały dzień i wciąż jeszcze się nie odnalazła. Dziennikarz, Roger Gjendem, cytował naczelnika wydziału policji Bjarnego Møllera, który potwierdził odnalezienie buta kobiety pod jednym z samochodów stojących przed jej domem, co umocniło podejrzenia, iż jej zniknięcie mogło się wiązać z popełnieniem przestępstwa, chociaż na razie nie dało się o tym powiedzieć nic pewnego.

Harry przejrzał gazetę po drodze do półki z pocztą, z której zabrał raporty z dwóch ostatnich dni poszukiwań Lisbeth Barli. Na automatycznej sekretarce u siebie w pokoju zastał pięć wiadomości, prawie wszystkie od Willy'ego Barliego. Odsłuchał ich, były niemal identyczne: że muszą zaangażować w poszukiwania więcej ludzi, że słyszał o pewnej jasnowidzce, że ogłosi w gazetach o wyznaczeniu pokaźnej nagrody dla osoby, która pomoże w odnalezieniu Lisbeth.

Na ostatniej wiadomości słychać było tylko czyjś oddech.

Harry cofnął taśmę i odsłuchał jeszcze raz.

I potem jeszcze raz.

Nie mógł się zorientować, czy to kobieta, czy mężczyzna, a tym trudniej było stwierdzić, czy to Rakel. Na ekranie widać było, że telefonowano o 22.10 z „nieznanego numeru". Dokładnie tak samo jak wtedy, gdy Rakel dzwoniła z Holmenkollveien. Jeśli to rzeczywiście ona, to dlaczego nie próbowała złapać go w domu albo na komórkę?

Harry przejrzał raporty.

Nic.

Przeczytał je jeszcze raz. Dalej nic. Opróżnił mózg i zaczął od początku.

Kiedy skończył, spojrzał na zegarek i poszedł do półki z korespondencją, żeby zobaczyć, czy nie pojawiło się coś nowego. Zabrał ze sobą raport jednego ze śledczych, przełożył brązową kopertę zaadresowaną do Bjarnego Møllera do właściwej przegródki i wrócił do siebie.

Raport śledczego był krótki i zwięzły: Nic.

Harry przewinął taśmę sekretarki, wcisnął „Play" i podkręcił głośność. Zamknął oczy i oparł się o plecy krzesła. Usiłował przypomnieć sobie jej oddech. Poczuć jej oddech.

– Irytujące, kiedy nie chcą się przedstawić, prawda?

To nie słowa, tylko głos, który je wypowiedział, sprawił, że Harry'emu zjeżyły się włosy na karku. Wolno obrócił się na krześle, które jęknęło z bólu.

O futrynę opierał się uśmiechnięty Tom Waaler. Jadł jabłko. Wyciągnął w stronę Harry'ego otwartą torbę.

– Masz ochotę? Australijskie. Niebiański smak.

Harry pokręcił głową, nie spuszczając z niego wzroku.

– Mogę wejść? – spytał Waaler.

Gdy Harry nie odpowiedział, wszedł do środka i zamknął za sobą drzwi. Okrążył biurko i usiadł na drugim krześle. Oparł się i dalej gryzł czerwone pachnące jabłko.

– Zauważyłeś, że my dwaj prawie zawsze przychodzimy do pracy pierwsi, Harry? Dziwne, prawda? Ponieważ to również my wychodzimy ostatni.

– Siedzisz na krześle Ellen – powiedział Harry.

Waaler klepnął w podłokietnik.

– Najwyższy czas, żebyśmy pogadali, Harry.

– No to gadaj.

Waaler podniósł jabłko pod światło na suficie i zmrużył jedno oko.

– Nie smutno w takim pokoju bez okna?

Harry nie odpowiedział.

– Krążą plotki, że odchodzisz – rzucił Waaler.

– Plotki?

– No, nazywanie tego plotkami to raczej przesada. Można powiedzieć, że mam swoje źródła. Pewnie zacząłeś się już rozglądać za czymś nowym. Agencje ochrony. Towarzystwa ubezpieczeniowe. Może ściąganie długów? Na pewno w wielu miejscach przyda się śledczy, który trochę studiował prawo.

Białe mocne zęby zagłębiły się w miąższu.

– Może nie ma zbyt wielu miejsc, w których nikt nie będzie zwracał uwagi na życiorys z adnotacjami o pijaństwie, nieusprawiedliwionej nieobecności, poważnej niesubordynacji wobec zwierzchników i nielojalności w stosunku do firmy.

Mięśnie szczęki miażdżyły i rozdrabniały.

– Ale może nie ma tego złego, co by na dobre nie wyszło, nawet jeśli nikt nie zechce cię zatrudnić. Kto zaoferuje pracę pełną interesujących wyzwań człowiekowi, który już był komisarzem policji, i to uważanym za jednego z najlepszych w swoim fachu? Nie najlepiej też płacą. A przecież koniec końców, właśnie o to chodzi, prawda? Żeby płacono za usługi. Chodzi o pieniądze na jedzenie i czynsz. Takie, żeby wystarczyło na piwo i może na butelkę koniaku. A może na whisky.

Harry czuł, że zaciska zęby tak mocno, że aż boli go pod plombami.

– Najlepiej – ciągnął Waaler – zarobić tyle, żeby można było sobie pozwolić na coś więcej niż samo zaspokajanie najbardziej podstawowych potrzeb. Na przykład na wyjazd na urlop od czasu do czasu. Z rodziną. Na przykład do Normandii.

Harry poczuł, że coś mu trzasnęło w głowie, jakby przepalił się bezpiecznik.

– Ty i ja różnimy się od siebie pod wieloma względami, Harry. Ale to wcale nie oznacza, że nie szanuję cię jako fachowca. Uparcie dążysz do celu, jesteś bystry, twórczy, a twoja samodzielność nie budzi żadnych wątpliwości. Zawsze tak uważałem. Ale przede wszystkim jesteś twardy psychicznie. To cecha bardzo potrzebna w społeczeństwie, w którym konkurencja jest coraz ostrzejsza. Niestety, nie zawsze odbywa się przy użyciu takich środków, jakich byśmy sobie życzyli. Ale jeśli chce się wygrać, to trzeba się posługiwać tymi samymi środkami co konkurencja. I jeszcze jedno... – Waaler zniżył głos. – Trzeba grać we właściwej drużynie. W takiej, z którą można coś wygrać.

– Czego ty chcesz, Waaler?

Harry czuł, że głos mu drży.

– Chcę ci pomóc – odparł Waaler, wstając. – Nie musi być tak jak teraz.

– To znaczy jak?

– Nie musimy być wrogami. Naczelnik Biura Kryminalnego nie musi podpisywać tego pisma. – Waaler podszedł do drzwi. – Nie zawsze musi ci brakować pieniędzy, żeby robić to, co dobre dla ciebie i tych, których kochasz... – Położył dłoń na klamce. – Zastanów się nad tym, Harry. Jest tylko jedna rzecz, która pomoże ci w tej dżungli.

Kulka między oczy, pomyślał Harry.

– Ty sam – powiedział Waaler i wyszedł.

11 NIEDZIELA. POŻEGNANIE

Leżała w łóżku i paliła papierosa. Przyglądała się jego plecom na tle niskiej komody, ruchom łopatek pod jedwabiem kamizelki, który połyskiwał cieniami czerni i błękitu. Przesunęła spojrzenie na lustro. Popatrzyła na jego dłonie, zawiązujące krawat miękkimi pewnymi ruchami. Lubiła jego ręce. Lubiła na nie patrzeć, gdy były zajęte pracą.

– Kiedy wracasz? – spytała.

Ich spojrzenia spotkały się w lustrze. Jego uśmiech również miękki i pewny. Ona wysunęła dolną wargę, jakby była obrażona.

– Najszybciej jak będę mógł, kochanie.

Nikt nie mówił „kochanie" tak jak on. *Liebling*. Z tym dziwnym akcentem, śpiewnym tonem, który sprawił, że na powrót prawie polubiła język niemiecki.

– Mam nadzieję, że złapię jutro wieczorny samolot – dodał. – Będziesz na mnie czekać?

Nie zdołała powstrzymać się od uśmiechu. On się roześmiał. Ona też. Niech go wszyscy diabli, zawsze mu się to udawało.

– Jestem pewna, że w Oslo czeka na ciebie mnóstwo dziewczyn.

– Mam nadzieję, że rzeczywiście tak jest.

Zapiął kamizelkę i zdjął marynarkę z wieszaka w szafie.

– Wyprasowałaś chusteczki do nosa, kochanie?

– Włożyłam je do walizki razem ze skarpetami.

– Doskonale.

– Spotkasz się z którąś?

Roześmiał się, podszedł do łóżka i pochylił nad nią.

– A jak myślisz?

– Nie wiem. – Zarzuciła mu ręce na szyję. – Wydaje mi się, że za każdym razem, gdy wracasz do domu, pachniesz kobietą.

– Dlatego, że nigdy nie wyjeżdżam na tak długo, by twój zapach zdążył ze mnie wywietrzeć, kochanie. Jak dawno temu cię znalazłem? Dwadzieścia sześć miesięcy? Pachnę tobą już od dwudziestu sześciu miesięcy.

– I żadną inną?

Przesunęła się niżej na łóżku i pociągnęła go za sobą. Leciutko pocałował ją w usta.

– I żadną inną. Mój samolot, kochanie…

Uwolnił się z jej objęć.

Przyglądała się, jak podchodzi do komody, otwiera szufladę, wyjmuje paszport i bilety lotnicze, wsuwa je do wewnętrznej kieszonki i zapina marynarkę. Wszystko to odbyło się w jednym płynnym ruchu, z niewymuszoną skutecznością i pewnością, która wydawała jej się zmysłowa i przerażająca zarazem. Gdyby nie fakt, że właściwie wszystko robił bez wysiłku, powiedziałaby, że właśnie to ćwiczył przez całe życie: odchodzenie. Opuszczanie.

Zważywszy, jak wiele czasu spędzali razem przez ostatnie dwa lata, wiedziała o nim dziwnie mało, lecz nigdy nie ukrywał, że w poprzednim życiu był z bardzo wieloma kobietami. Zwykle powtarzał, że tak rozpaczliwie szukał właśnie jej. Tamte porzucał, gdy tylko zrozumiał, że to nie ona, i niespokojnie kontynuował poszukiwania aż do czasu, gdy w pewien piękny jesienny dzień dwa lata temu poznali się w barze Grand Hotelu Evropa na Václavském náměstí.

To była najpiękniejsza forma rozwiązłości, o jakiej kiedykolwiek w życiu słyszała.

W każdym razie o wiele piękniejsza niż jej, której celem były jedynie pieniądze.

– Co ty robisz w Oslo?

– Interesy – odparł.

– Dlaczego nigdy nie chcesz mi powiedzieć, czym konkretnie się zajmujesz?

– Ponieważ się kochamy.

Cicho zamknął za sobą drzwi, usłyszała jego kroki na schodach.

Znowu sama. Zamknęła oczy z nadzieją, że jego zapach pozostanie w pościeli, dopóki nie wróci. Dotknęła ręką naszyjnika. Nie zdjęła go ani razu, odkąd go jej podarował, nawet podczas kąpieli. Pogładziła palcami wisiorek, myśląc o jego walizce. O białej sztywnej koloratce, którą zauważyła obok skarpet. Dlaczego go o nią nie spytała? Może czuła, że już i tak za wiele pyta. Nie powinna go irytować.

Westchnęła, popatrzyła na zegarek i znów zamknęła oczy. Dzień był pusty. Wizyta u lekarza o drugiej, to wszystko. Zaczęła liczyć sekundy, palcami nieprzerwanie gładząc wisiorek, czerwonawą brylantową gwiazdkę z pięcioma ramionami.

Na pierwszej stronie „VG" znalazła się informacja, że nieprzedstawiony z nazwiska gwiazdor telewizyjny miał „krótki, lecz gorący" romans z Camillą Loen. Zdobyli gdzieś nieostre wakacyjne zdjęcie Camilli w minimalnym bikini. Najwyraźniej po to, by podkreślić kryjące się między wierszami sugestie o tym, co stanowiło główny składnik tego romansu.

„Dagbladet" tego samego dnia zamieściła wywiad z siostrą Lisbeth Barli, Toyą Harang, która pod nagłówkiem „Zawsze uciekała" powoływała się na zachowanie młodszej siostry w dzieciństwie jako na możliwe wytłumaczenie jej niewyjaśnionego zaginięcia: „Ze Spinnin' Wheel też uciekła, więc dlaczego tym razem miałoby być inaczej?".

Gazeta zamieściła jej zdjęcie, Toya w kapeluszu kowbojskim pozowała przed autobusem należącym do zespołu. Uśmiechała się. Harry przypuszczał, że nie zastanowiła się, zanim zdjęcie pstryknięto.

– Piwo.

Osunął się na stołek barowy w Underwater i przyciągnął do siebie „VG". Znalazł informację, że bilety na koncert Springsteena na stadionie Valle Hovin są wyprzedane. I dobrze. Po pierwsze, nienawidził koncertów na stadionach, a po drugie, razem z Øysteinem pojechali na koncert Springsteena autostopem do hali sportowej w Drammen, kiedy mieli piętnaście lat z fałszywymi biletami, które zrobił Øystein. Było to w czasach, kiedy byli na szczycie. I Springsteen, i Øystein, i on sam.

Harry odsunął gazetę i rozłożył swoją własną „Dagbladet" ze zdjęciem siostry Lisbeth. Rodzinne podobieństwo było uderzające. Telefonował do niej do Trondheim, ale nie miała mu nic do powiedzenia. A raczej nic, co by go zainteresowało. Fakt, że rozmowa mimo wszystko trwała dwadzieścia minut, nie wynikał z jego winy. Wyjaśniła mu, że jej imię należy wymawiać z akcentem na „a". Toy-a. I że nie otrzymała tego imienia po siostrze Michaela Jacksona, Latoya wymawiało się z akcentem na „oy".

Upłynęły już cztery dni od zniknięcia Lisbeth, a sprawa, krótko mówiąc, stała w miejscu.

To samo dotyczyło zabójstwa Camilli Loen. Nawet Beate była sfrustrowana. Przez cały weekend pracowała, pomagając nielicznym śledczym, którzy nie wyjechali na urlop. Fajna dziewczyna ta Beate. Szkoda, że nic jej nie wychodzi.

Ponieważ Camilla była najwyraźniej osobą towarzyską, zdołali prześledzić większość jej ruchów w tygodniu poprzedzającym zabójstwo. Ale żaden kolejny wątek nigdzie ich nie zaprowadził.

Harry właściwie zamierzał wspomnieć Beate, że Waaler zajrzał do jego pokoju i w zasadzie otwarcie zaproponował mu, by zaprzedał mu duszę. Z jakiegoś powodu jednak zostawił tę sprawę. W dodatku Beate i tak miała o czym myśleć. Powiedzenie o wszystkim Møllerowi wywołałoby awanturę. Ten pomysł więc Harry odrzucił od razu.

Był już prawie na półmetku drugiego piwa, gdy nagle ją zobaczył. Siedziała sama w półmroku przy stoliku pod ścianą. Patrzyła prosto na niego, lekko się przy tym uśmiechając. Na stoliku przed nią stało piwo, a w palcach tkwił papieros.

Harry zabrał swoją szklankę i podszedł do niej.

– Mogę się przysiąść?

Vibeke Knutsen skinieniem głowy wskazała wolne krzesło.

– Co tu robisz?

– Mieszkam tuż obok – wyjaśnił Harry.

– To już zrozumiałam, ale wcześniej cię tu nie widziałam.

– Racja. Zaistniała różnica zdań pomiędzy mną a moją stałą knajpą na temat pewnego wydarzenia w ubiegłym tygodniu.

– Odmawiają ci wstępu? – roześmiała się ochryple.

Harry'emu podobał się ten śmiech. Uważał też, że Vibeke dobrze wygląda. Może za sprawą makijażu, a może przez mroczne światło? Co z tego? Podobały mu się jej oczy, żywe, rozbawione. Dziecinne i mądre. Dokładnie takie jak Rakel. Ale na tym podobieństwo się kończyło. Rakel miała wąskie delikatne usta, a Vibeke duże, dodatkowo powiększone po umalowaniu ostrą szminką. Rakel ubierała się z dyskretną elegancją i była drobna, szczupła niemal jak baletnica, bez wyraźnie zaznaczonych kształtów. Top Vibeke miał dzisiaj prążki tygrysie, lecz równie skutecznie przyciągał wzrok, jak wcześniej lampart i zebra. U Rakel prawie wszystko było ciemne. Oczy, włosy, skóra. Nigdy nie widział, by skóra tak się żarzyła. Vibeke była ruda i blada, jej nagie skrzyżowane nogi w półmroku jaśniały bielą.

– A co ty tu robisz sama? – spytał.

Wzruszyła ramionami, wypiła łyk ze szklanki.

– Anders wyjechał, wróci dopiero wieczorem. Postanowiłam więc przyjemnie spędzić czas.

– Daleko wyjechał?

– Gdzieś do Europy. Wiesz, jak to jest. Oni nigdy o niczym nie mówią.

– Czym on się zajmuje?

– Sprzedaje wyposażenie do kościołów i domów modlitwy. Ołtarze, kazalnice, krzyże i podobne rzeczy. Używane i nowe.

– Mhm. I tym się zajmuje w Europie?

– Gdy jakiś kościół w Szwajcarii chce mieć nową kazalnicę, to bardzo możliwe, że zostanie ona wykonana w Ålesund, a stara po odrestaurowaniu trafi do Sztokholmu albo do Narwiku. Anders cały czas podróżuje, więcej go nie ma w domu, niż jest. Zwłaszcza ostatnio. A właściwie w ostatnim roku.

Zaciągnęła się dymem i dodała na wdechu:

– Ale nie jest religijny.

– Nie?

Pokręciła głową, wypuszczając gęsty dym spomiędzy czerwonych warg otoczonych gęstymi drobniutkimi zmarszczkami.

– Jego rodzice należeli do zielonoświątkowców. Dorastał wśród nich. Byłam tylko na jednym takim spotkaniu i wiesz co? Uważam, że to okropne. Zwłaszcza kiedy zaczynają mówić językami. Byłeś kiedyś na takich zebraniach?

– Dwa razy – odparł Harry. – W zborze Filadelfia.

– Nawróciłeś się?

– Niestety. Poszedłem tylko po to, żeby znaleźć pewnego faceta, który obiecał, że będzie zeznawać w pewnej sprawie.

– No to nawet jeśli nie znalazłeś Jezusa, przynajmniej znalazłeś swojego świadka.

Harry pokręcił głową.

– Powiedzieli, że przestał przychodzić do Filadelfii, i nie udało mi się go odszukać pod żadnym z podanych adresów. Nie, nie, zbawienia nie dostąpiłem.

Harry opróżnił szklankę i dał sygnał do baru. Vibeke zapaliła kolejnego papierosa.

– Próbowałam cię dzisiaj złapać. W pracy.

– Tak?

Harry pomyślał o milczącym nagraniu na sekretarce.

– Owszem, ale dowiedziałam się, że to nie twoja sprawa.

– Jeżeli masz na myśli sprawę Camilli Loen, to rzeczywiście prawda.

– Rozmawiałam więc z tym drugim, który u nas był. Z tym przystojniakiem.

– Z Tomem Waalerem?

– Tak. Powiedziałam mu parę rzeczy o Camilli. Takich, o których nie mogłam mówić, kiedy u nas byłeś.

– Dlaczego?

– Ponieważ Anders tam siedział.

Mocno zaciągnęła się dymem.

– On nie znosi, kiedy źle się wyrażam o Camilli. Wścieka się. Chociaż prawie jej nie znaliśmy.

– Dlaczego miałabyś się o niej źle wyrażać, skoro jej nie znałaś?

Vibeke wzruszyła ramionami.

– Ja w tym nie widzę nic złego. To Anders tak sądzi. To pewnie wynika z jego wychowania. Chyba właściwie uważa, że wszystkie kobiety powinny przejść przez życie, uprawiając seks tylko z jednym mężczyzną. – Zgasiła papierosa i dodała cicho: – A nawet to nie.

– Mhm. A Camilla uprawiała seks z więcej niż jednym mężczyzną?

– To dopiero wstęp.

– Skąd o tym wiesz? Słychać przez ścianę?

– Między piętrami nie, więc zimą słyszeliśmy niewiele. Za to latem, przy otwartych oknach, wiesz, dźwięk...

– ...dobrze się niesie przez takie podwórza.

– No właśnie. Anders wstawał i zatrzaskiwał okno w sypialni, a kiedy mnie się wyrwało, że jej jest naprawdę dobrze, to potrafił się tak rozzłościć, że kładł się w salonie.

– I próbowałaś mnie złapać po to, żeby mi o tym powiedzieć?

– Tak. I jeszcze o jednej rzeczy. Miałam telefon. W pierwszej chwili pomyślałam, że to Anders, ale na ogół poznaję po hałasie w tle, kiedy on dzwoni. Z reguły telefonuje z ulicy w jakimś mieście w Europie. Dziwne jest to, że dźwięk jest zawsze taki sam, jak gdyby stale dzwonił z tego samego miejsca. Ale to nieważne. Tym razem to brzmiało inaczej. Normalnie odrzuciłabym słuchawkę i dłużej się nad tym nie zastanawiała, ale po tym, co spotkało Camillę, i to, że Anders wyjechał...

– I co?

– No nic, to nie było nic dramatycznego.

Na jej twarzy pojawił się zmęczony uśmiech. Harry'emu nawet się spodobał.

– Ktoś tylko dyszał w słuchawkę. Ale mnie się to wydało okropne. I chciałam ci o tym powiedzieć. Waaler obiecał, że zbada tę sprawę, ale najwyraźniej nie udało mu się stwierdzić, z jakiego numeru dzwoniono. Czasami zdarza się, że ci mordercy powracają, prawda?

– Chyba głównie w powieściach kryminalnych – odparł Harry. – Ja bym się nad tym za dużo nie zastanawiał.

Obracał szklankę. Lekarstwo zaczynało działać.

– Czy ty i twój przyjaciel przypadkiem nie znacie Lisbeth Barli?

Vibeke wysoko uniosła umalowane brwi.

– Tej, co zginęła? A dlaczego, u licha, mielibyśmy ją znać?

– No właśnie, dlaczego, u licha, mielibyście ją znać? – mruknął Harry i zaczął się zastanawiać, co go skłoniło do zadania tego pytania.

Była już prawie dziewiąta, kiedy stanęli na chodniku przed Underwater.

Harry'emu ziemia kołysała się pod nogami, musiał iść jak marynarz.

– Mieszkam kawałek dalej na tej ulicy – powiedział. – Może...

Vibeke przekrzywiła głowę i uśmiechnęła się.

– Nie proponuj nic, czego później będziesz żałował, Harry.

– Żałował?

– Przez ostatnie pół godziny mówiłeś wyłącznie o tej Rakel. Chyba o tym nie zapomniałeś?

– Mówiłem już, że ona mnie nie chce.

– A ty nie chcesz mnie. Chcesz Rakel. Albo kogoś w zastępstwie.

Położyła mu rękę na ramieniu.

– Może i bym ją zastąpiła przez jakiś czas, gdyby sprawy wyglądały inaczej. Ale nie wyglądają. A Anders już niedługo wróci do domu.

Harry wzruszył ramionami i zrobił krok, żeby się nie przewrócić.

– Pozwól przynajmniej odprowadzić się do bramy – wybełkotał.

– To dwieście metrów stąd.

– Jakoś dam radę.

Vibeke roześmiała się głośno i wsunęła mu rękę pod ramię.

Sunęli wolno w dół Ullevålsveien, mijały ich samochody i bezrobotne taksówki, a wieczorne powietrze pieściło skórę z czułością, jakiej można doświadczyć tylko w lipcu w Oslo. Harry słuchał monotonnego szumu głosu Vibeke i myślał o tym, co w tej chwili robi Rakel.

Zatrzymali się przed czarną bramą z kutego żelaza.

– Dobranoc, Harry.

– Mhm. Pojedziesz windą?

– Jak to?

– Nic. – Harry wsunął ręce w kieszenie, o mało nie tracąc przy tym równowagi. – Uważaj na siebie. Dobranoc.

Vibeke uśmiechnęła się, podeszła do niego, a Harry wciągnął jej zapach, gdy całowała go w policzek.

– Może w jakimś innym życiu, kto wie – szepnęła.

Brama zamknęła się za nią z gładkim naoliwionym kliknięciem. Harry stanął, żeby się zorientować w stronach świata, gdy nagle jego uwagę przykuło coś na witrynie. Nie chodziło mu o wybór nagrobków, tylko o odbicie czegoś w szybie. O czerwony samochód przy chodniku po drugiej stronie ulicy. Gdyby Harry bodaj odrobinę interesował się samochodami, być może wiedziałby, że ta ekskluzywna zabawka to TommyKaira ZZ-R.

– Niech cię cholera – szepnął, wychodząc na ulicę. Jakaś taksówka gwałtownie skręciła, głośno trąbiąc. Podszedł do sportowego samochodu i stanął od strony kierowcy. Przyciemniana szyba zsunęła się bezszelestnie.

– Co ty tu, do cholery, robisz? – syknął Harry. – Szpiegujesz mnie?

– Dobry wieczór, Harry – ziewnął Tom Waaler. – Pilnuję mieszkania Camilli Loen. Sprawdzam, kto wchodzi i wychodzi. To nie tylko czcze wymysły, że sprawca zawsze powraca na miejsce zbrodni.

– Owszem, właśnie tak jest.

– Ale to, jak być może zrozumiałeś, nasz jedyny punkt zaczepienia. Morderca nie dał nam zbyt wiele.

– Zabójca – poprawił go Harry.

– Albo zabójczyni.

Harry wzruszył ramionami i zrobił krok, żeby się podeprzeć. Drzwi od strony pasażera gwałtownie się otworzyły.

– Wskakuj, Harry. Chcę z tobą pogadać.

Harry, mrużąc oczy, popatrzył na otwarte drzwiczki. Zawahał się. Zrobił jeszcze jeden krok dla podparcia. W końcu okrążył samochód i wsiadł do środka.

– Zastanowiłeś się? – spytał Waaler, przyciszając muzykę.

– Zastanowiłem. – Harry wiercił się w ciasnym wiadrowatym siedzeniu.

– I masz już właściwą odpowiedź?

– Ty, zdaje się, lubisz czerwone japońskie samochody sportowe? – Harry podniósł rękę i mocno uderzył w deskę rozdzielczą. – Solidne – stwierdził. – Powiedz mi... – skupił się na dykcji. – Właśnie tak ty i Sverre Olsen siedzieliście i gadaliście w samochodzie na Grünerløkka, kiedy zginęła Ellen?

Waaler długo na niego patrzył, nim wreszcie otworzył usta i odpowiedział:

– Harry, nie mam pojęcia, o czym ty mówisz.

– Nie? Wiedziałeś, że Ellen odkryła, że jesteś głównym człowiekiem w gangu zajmującym się przemytem broni, prawda? To ty zatroszczyłeś się o to, by Sverre Olsen ją zabił, nim zdąży o tym komukolwiek powiedzieć. A kiedy dowiedziałeś się, że jestem na tropie Olsena, czym prędzej zorganizowałeś wszystko tak, żeby wyglądało, że to on pierwszy wyciągnął pistolet, kiedy go miałeś aresztować. Tak samo było z tamtym facetem w magazynie portowym. To jakby twoja specjalność. Egzekucja niewygodnych podejrzanych.

– Pijany jesteś, Harry.

– Poświęciłem dwa lata na to, żeby coś na ciebie znaleźć, Waaler. Wiedziałeś o tym?

Waaler nie odpowiedział.

Harry roześmiał się i jeszcze raz uderzył w deskę rozdzielczą. Niebezpiecznie zatrzeszczała.

– Oczywiście, że wiedziałeś. Następca tronu wie o wszystkim. Jak ci się to udaje? Opowiadaj.

Waaler wyjrzał przez boczną szybę. Z baru, gdzie serwowano kebab, wyszedł jakiś mężczyzna, rozejrzał w obie strony i ruszył w stronę kościoła Świętej Trójcy. Żaden z nich się nie odezwał, dopóki tamten człowiek nie skręcił w ulicę między cmentarzem a Szpitalem Naszej Pani.

– W porządku – powiedział Waaler cicho. – Mogę się wyspowiadać, jeśli tego właśnie chcesz. Ale pamiętaj, że tego, kto wysłucha spowiedzi, prędko mogą zacząć dręczyć nieprzyjemne dylematy.

– Mile widziana nieprzyjemność.

– Wymierzyłem Sverremu Olsenowi zasłużoną karę.

Harry wolno obrócił głowę w stronę Waalera, który opierał się o zagłówek z półprzymkniętymi oczami.

– Ale wcale nie ze strachu, że on ujawni jakiś związek między nami. Ta część twojej teorii jest błędna.

– Tak?

Waaler westchnął.

– Zastanawiasz się czasem, co sprawia, że tacy ludzie jak my robią to co my?

– Niczym innym się nie zajmuję – odparł Harry.

– Jakie jest twoje pierwsze wspomnienie, Harry?

– Pierwsze co?

– Pierwszą rzeczą, jaką ja pamiętam, to że jest noc, a ojciec pochyla się nad moim łóżkiem. – Waaler pogłaskał kierownicę. – Mogłem mieć wtedy ze cztery-pięć lat. Ojciec pachniał tytoniem i poczuciem bezpieczeństwa, no wiesz. Tak jak powinni pachnieć ojcowie. Jak zawsze wrócił do domu, kiedy ja już leżałem. Ja wiem, że wyjdzie do pracy na długo, zanim się obudzę. Wiem, że jeśli otworzę oczy, on się uśmiechnie, pogłaszcze mnie po głowie i wyjdzie. Udaję więc, że śpię, żeby został ze mną chociaż przez chwilę dłużej. Tylko czasami, kiedy dręczyły mnie koszmary o kobiecie ze świńską głową krążącej po ulicach, spragnionej dziecięcej krwi, zdradzałem się, kiedy wstawał, i prosiłem, żeby posiedział jeszcze trochę. Siedział, a ja leżałem z otwartymi oczami i tylko na niego patrzyłem. Czy ty też tak miałeś ze swoim ojcem, Harry?

Harry wzruszył ramionami.

– Mój ojciec był nauczycielem. Stale był w domu.

– A więc dom klasy średniej?

– Coś w tym rodzaju.

Waaler pokiwał głową.

– Mój ojciec był robotnikiem. Tak samo jak ojcowie obu moich najlepszych kumpli, Geira i Solo. Mieszkali naprzeciwko nas w kamienicy na Starym Mieście. Tam dorastałem. Szara wschodnia część miasta, ale porządna, dobrze utrzymana kamienica, własność związku. Nie uważaliśmy się za klasę robotniczą. Wszyscy byliśmy jakby przedsiębiorcami. Ojciec Solo miał nawet kiosk, w którym rodzina pracowała na zmianę. Stąd przezwisko, Solo jak oranżada. Wszyscy z sąsiedztwa ciężko pracowali, ale żaden nie harował jak mój ojciec. Rano i wieczorem. We dnie i w nocy. Był jak maszyna, którą wyłączano tylko w niedziele. Rodzice nie należeli do szczególnie religijnych, chociaż ojciec przez pół roku wieczorowo studiował teologię, bo dziadek chciał, żeby został pastorem. Ale po śmierci dziadka ojciec rzucił studia. Mimo to w każdą niedzielę chodziliśmy do kościoła na Vålerenga, a później ojciec zabierał nas na wycieczkę, na Ekeberg albo do Østmarka. O piątej przebieraliśmy się i jedliśmy niedzielny obiad w salonie. Może to nudnie brzmi, ale wiesz co? Przez cały tydzień cieszyłem się na tę niedzielę. Potem przychodził poniedziałek i ojciec znów znikał. Zawsze jakaś budowa wymagała pracy w nadgodzinach. Trochę na biało, trochę na szaro i trochę na czarno jak węgiel. Twierdził, że w jego branży to jedyny sposób, żeby odłożyć jakieś pieniądze. Kiedy miałem trzynaście lat, przeprowadziliśmy się do domu z ogrodem, w którym rosły jabłonie. Ojciec mówił, że tam jest lepiej. Jako jedyny w klasie nie miałem rodziców prawników, ekonomistów czy lekarzy. Naszym sąsiadem był sędzia, miał syna w moim wieku, Joakima. Ojciec żywił nadzieję, że będę taki jak on. Mówił, że jeśli mam się dostać do którejś z tych branż, to ważne jest mieć znajomych wewnątrz. Nauczyć się kodów, języka, niepisanych zasad. Ale ja nigdy nie widywałem syna naszych sąsiadów, tylko ich psa, wilczura, który przez całą noc ujadał na balkonie. Po szkole jeździłem tramwajem na Stare Miasto i spotykałem się z Geirem i Solo. Raz matka i ojciec zaprosili sąsiadów na grilla, ale wszyscy jak jeden mąż znaleźli wymówkę. Z tamtego lata zapamiętałem zapach dymu z grilla i głośne śmiechy z innych ogrodów. Nikt nigdy nie zaprosił nas do siebie.

Harry skupił się na tym, żeby nie bełkotać.

– Czy ta opowieść ma jakąś puentę?

– O tym musisz sam zdecydować. Mam przestać?

– Ależ skąd. Nie spieszę się na żaden program w telewizji.

– Pewnej niedzieli jak zwykle wybieraliśmy się do kościoła. Stałem na ulicy i czekałem na rodziców, przyglądając się wilczurowi, który biegał po ogrodzie, warczał na mnie i szczekał zza płotu. Nie wiem dlaczego, ale otworzyłem bramę. Może wydawało mi się, że ten pies jest taki zły, bo jest sam. Rzucił się na mnie, powalił mnie na ziemię i przegryzł mi policzek. Ciągle mam bliznę.

Waaler wskazał palcem, ale Harry się nie odezwał.

– Sędzia z balkonu zawołał na psa i bydlę mnie puściło. Kazał mi się zabierać z jego ogrodu do diabła. Matka płakała, a ojciec prawie się nie odzywał, kiedy mnie wieźli na pogotowie. Po powrocie do domu miałem gruby czarny szew od brody aż do ucha. Ojciec poszedł do sędziego, a kiedy stamtąd wrócił, miał pociemniałe oczy i mówił jeszcze mniej. Zjedliśmy niedzielną pieczeń bez słowa. Tej nocy obudziłem się, zastanawiając się dlaczego. Dookoła było całkiem cicho. Wreszcie sobie to uświadomiłem. Chodziło o wilczura. Przestał szczekać. Słyszałem trzaśnięcie drzwi wejściowych. Instynktownie wiedziałem, że już nigdy go nie usłyszymy. Kiedy drzwi do mojej sypialni uchyliły się po cichu, czym prędzej zamknąłem oczy, ale zdążyłem zobaczyć młotek. Ojciec pachniał tytoniem i spokojem. A ja udawałem, że śpię.

Waaler starł z kierownicy niewidzialny pyłek.

– Zrobiłem to, ponieważ wiedziałem, że Sverre Olsen zabił naszą koleżankę. Zrobiłem to dla Ellen, Harry. Dla nas. Teraz już wiesz. Zabiłem człowieka. Doniesiesz na mnie?

Harry tylko patrzył. Waaler zamknął oczy.

– Na Olsena mieliśmy tylko poszlaki. Wyszedłby na wolność. Nie mogliśmy na to pozwolić. Mogliśmy, Harry?

Obrócił głowę i napotkał spojrzenie Harry'ego.

– Pozwoliłbyś, żeby tak się stało?

Harry przełknął ślinę.

– Ktoś widział cię razem ze Sverrem Olsenem w samochodzie. Ktoś, kto zgodził się zeznawać. Ale o tym pewnie wiesz.

Waaler wzruszył ramionami.

– Z Olsenem rozmawiałem nie raz. Był neonazistą i przestępcą. Nasza praca polega na tym, żeby chodzić za takimi ludźmi, Harry.

– Ten, kto was widział, nagle nie chce już mówić. Rozmawiałeś z nim, prawda? Groźbami nakazałeś mu milczenie.

Waaler pokręcił głową.

– Na takie rzeczy nie mogę odpowiedzieć, Harry. Nawet jeśli zdecydujesz się przystąpić do naszej grupy, to obowiązuje zasada, że dowiadujesz się wyłącznie tego, co pozwala ci wypełniać twoje zadanie. Może ci się to wydać sztywne, ale działa. My działamy.

– Rozmawiałeś z Kvinsvikiem? – wybełkotał Harry.

– Kvinsvik to tylko jeden z twoich wiatraków, Harry. Zapomnij o nim. Myśl raczej o sobie.

Pochylił się bliżej i zniżył głos:

– Co masz do stracenia? Przejrzyj się uważnie w lustrze.

Harry uciekł wzrokiem.

– No właśnie – powiedział Waaler. – Jesteś prawie czterdziestoletnim alkoholikiem bez pracy, bez rodziny i bez pieniędzy.

– Po raz ostatni! – Harry próbował to wykrzyczeć, ale był zbyt pijany. – Rozmawiałeś z... z Kvinsvikiem?

Waaler znów wrócił na swoje siedzenie.

– Idź do domu, Harry. I zastanów się nad tym, komu jesteś coś winien. Firmie? Tej, która cię przeżuła, uznała, że masz paskudny smak, i wypluła? Swoim szefom, którzy uciekają jak wystraszone myszy za każdym razem, gdy tylko poczują zapach kłopotów? A może samemu sobie? Przez tyle lat harowałeś, żeby ulice w Oslo były jako tako bezpieczne, w kraju, który lepiej chroni kryminalistów niż własnych funkcjonariuszy. Jesteś naprawdę jednym z najlepszych w swoim fachu, Harry. W przeciwieństwie do nich masz talent, a jednak to ty masz wszawą pensję. Ja mogę ci zaproponować pięć razy tyle, ile zarabiasz dzisiaj, ale nie to jest najważniejsze. Mogę ci zaofiarować odrobinę godności, Harry. Godności. Przemyśl to sobie.

Harry usiłował skupić wzrok na Waalerze, ale jego twarz się rozpłynęła. Po omacku zaczął szukać klamki, nie znalazł. Przeklęte szpanerskie samochody! Waaler pochylił się nad nim, pchnął drzwiczki.

– Wiem, że próbowałeś odnaleźć Roya Kvinsvika – powiedział. – Pozwól, że oszczędzę ci trudu. Owszem, rozmawiałem z Olsenem na Grünerløkka tamtego wieczoru, ale to nie znaczy, że miałem coś wspólnego z zabójstwem Ellen. Trzymałem język za zębami, żeby oszczędzić komplikacji. Rób, co chcesz, ale uwierz mi, zeznanie Roya Kvinsvika nie jest interesujące.

– Gdzie on jest?

– Zrobiłoby ci to jakąś różnicę, gdybym ci to powiedział? Uwierzyłbyś mi wtedy?

– Być może – odparł Harry. – Kto wie?

Waaler westchnął.

– Sognsveien trzydzieści dwa. Mieszka w suterenie u swojego byłego ojczyma.

Harry odwrócił się i zamachał na taksówkę nadjeżdżającą właśnie z rozświetlonym szyldem na dachu.

– Ale teraz powinien być na próbie chóru „Manna" – uzupełnił Waaler. – Niedaleko, można dojść na piechotę. Ćwiczą w domu parafialnym przy Starym Kościele Aker.

– Przy kościele Aker?

– Nawrócił się z Filadelfii na Betlehem, Kościół Misyjny w Oslo.

Taksówka przyhamowała, zawahała się i zaraz przyspieszyła, odjeżdżając w stronę centrum. Waaler uśmiechnął się półgębkiem.

– Po to, żeby się nawrócić, nie trzeba wcale tracić wiary.

12 NIEDZIELA. BETLEHEM

O ósmej wieczorem w niedzielę Bjarne Møller westchnął, zamknął na klucz szufladę biurka i wyciągnął rękę, żeby zgasić lampę. Był zmęczony, ale zadowolony z siebie. Największe zamieszanie w mediach po zabójstwie i zaginięciu ustało i przez cały weekend mógł spokojnie pracować. Stos papierów na biurku, który sięgał tak wysoko, gdy zaczynał się okres urlopowy, zmniejszył się prawie o połowę. Møller zamierzał wrócić do domu, zrobić sobie słabego jamesona i obejrzeć powtórkę *Śpiewających fortepianów*. Już trzymał palec na wyłączniku, po raz ostatni zerkając na uporządkowany blat biurka. Właśnie wtedy zwrócił uwagę na wypchaną brązową kopertę. Niejasno sobie przypominał, że zabrał ją z półki na korespondencję już w piątek. Najwyraźniej musiała się skryć za stosem papierów.

Zawahał się. To mogło zaczekać do jutra. Pomacał kopertę. W środku coś było. Coś, czego nie potrafił tak od razu zidentyfikować. Otworzył ją za pomocą noża do papieru i zajrzał do środka. Nie było żadnego listu. Obrócił kopertę do góry nogami, ale nic z niej nie wypadło. Potrząsnął mocno i usłyszał, że coś się odrywa od folii bąbelkowej, którą wyklejone było wnętrze. Zawartość koperty wypadła na biurko, odbiła się w stronę telefonu i zatrzymała na podkładce do pisania tuż nad listą dyżurów.

Ból żołądka pojawił się niespodziewanie. Bjarne Møller zgiął się w pół, z trudem chwytając oddech. Dopiero po dłuższej chwili udało mu się wyprostować i wstukać numer telefonu. Gdyby nie był tak wstrząśnięty, być może zauważyłby, że był to numer do człowieka, którego nazwisko wskazywała rzecz przysłana pocztą.

Marit była zakochana.

Znów.

Zerknęła na schody do domu parafialnego. Światło padające zza okrągłej szyby w drzwiach z żelazną gwiazdą betlejemską oświetlało twarz tego nowego chłopaka, Roya. Rozmawiał z innymi dziewczętami z chóru. Marit już od wielu dni myślała o tym, w jaki sposób zwrócić na siebie jego uwagę, ale żaden dobry pomysł nie przychodził jej do głowy. Nie chciała sama do niego podchodzić i rozpoczynać rozmowy, to byłby zły początek. Musi czekać, aż okazja sama się nadarzy. Na próbie w ubiegłym tygodniu mocnym wyraźnym głosem opowiadał o swojej przeszłości. O tym, że należał do zboru Filadelfia, i o tym, że przed nawróceniem był neonazistą! Jedna z dziewczyn słyszała plotki, że ma gdzieś jakiś duży nazistowski tatuaż. Wspólnie uzgodniły, że to okropne, ale Marit uświadomiła sobie, że na myśl o nim ciało jej się spina. W głębi ducha po tym poznawała, że jest zakochana, że chodzi o to nowe, nieznajome, o to cudowne, lecz przemijające napięcie. I o to, że koniec końców zwiąże się z innym. Z kimś takim jak Kristian. Kristian był dyrygentem chóru, oboje rodzice należeli do zboru, a on sam zaczął już od czasu do czasu głosić kazania na spotkaniach młodzieży. Tacy jak Roy zbyt często stawali się odstępcami.

Tego wieczoru próba się przeciągała. Ćwiczyli nową pieśń, a poza tym powtarzali prawie cały repertuar. Kristian zwykle tak robił, gdy pojawiali się jacyś nowi członkowie, by pokazać, jaki jest świetny. Na ogół ćwiczyli we własnych lokalach na Geitmyrsveien, teraz, w okresie urlopowym, zamkniętych. Pozwolono im jednak skorzystać z domu parafialnego przy Starym Kościele Aker na wzgórzu Akersbakken. Chociaż było już po północy, jak zwykle po zakończonej próbie stali jeszcze na zewnątrz. Głosy brzęczały niczym szum roju owadów, wydawało się, że tego wieczoru w powietrzu daje się wyczuć wyjątkowe napięcie. Może przez ten upał. Albo dlatego, że wszystkie małżeństwa i narzeczeństwa z chóru wyjechały na urlop, dzięki czemu mogli uniknąć uśmiechniętych i wyrozumiałych, lecz mimo wszystko upominających spojrzeń, gdy uznawano, że flirty młodych posuwają się za daleko. Marit na odczepnego odpowiadała na pytania koleżanek, ukradkiem zerkając na Roya. Nie przestawała się zastanawiać, gdzie można umieścić duży nazistowski tatuaż.

Jedna z koleżanek trąciła ją, ruchem głowy wskazując na mężczyznę idącego pod górę Akersbakken.

– Zobaczcie, pijany – szepnęła któraś.

– Biedak – odpowiedziała inna.

– Jezus czeka na takie właśnie zatracone dusze.

To Sofie tak powiedziała. Zawsze ona mówiła takie rzeczy.

Pozostałe pokiwały głowami. Marit również. I nagle ją olśniło. To jej szansa. Bez wahania wyrwała się z kręgu koleżanek i zagrodziła drogę mężczyźnie.

Zatrzymał się i popatrzył na nią z góry. Był znacznie wyższy, niż wydało jej się w pierwszej chwili.

– Znasz Jezusa? – spytała Marit mocnym czystym głosem i uśmiechnęła się szeroko.

Twarz mężczyzny była purpurowa, a spojrzenie rozmyte.

Rozmowy za jej plecami nagle ucichły. Kątem oka Marit zauważyła, że Roy i dziewczyny na schodach odwracają się w ich stronę.

– Niestety – wybełkotał mężczyzna. – I ty również go nie znasz, moja droga. Ale może znasz Roya Kvinsvika?

Marit poczuła rumieniec występujący na twarz i następne zdanie, które miała w zanadrzu – „Czy wiesz, że on czeka na to, by spotkać się właśnie z tobą" – uwięzło jej w gardle.

– Więc jak? – spytał mężczyzna. – Jest tutaj?

Popatrzyła na jego bardzo krótko obcięte włosy i ciężkie buty. Nagle się wystraszyła. Czy to neonazista? Ktoś z dawnego środowiska Roya? Ktoś, kto chce się zemścić za zdradę? A może nakłonić go do powrotu?

– Ja...

Ale mężczyzna chwiejnym krokiem już ją wyminął.

Odwróciła się akurat w porę, by zobaczyć, jak Roy w wielkim pośpiechu znika we wnętrzu domu parafialnego, zatrzaskując za sobą drzwi.

Pijany zrobił kilka długich kroków po chrzęszczącym żwirze. Górna połowa ciała kołysała mu się przy tym jak maszt w porywach wiatru. Przy schodach osunął się na kolana.

– O Boże – szepnęła któraś z dziewcząt.

Mężczyzna zdołał podnieść się na nogi.

Marit spostrzegła, że Kristian pospiesznie usuwa się na bok, gdy mężczyzna pokonywał schody. Na najwyższym stopniu zaczął kołysać się w przód i w tył. Przez moment wydawało się, że zaraz spadnie. W końcu zdołał jakoś przesunąć punkt ciężkości do przodu. Chwycił klamkę.

Marit podniosła rękę do ust.

Mężczyzna szarpnął drzwi, ale Roy na szczęście zamknął je na klucz.

– Cholera! – zawołał pijany głosem zamroczonym alkoholem, odchylił się do tyłu i mocno naparł w przód. Rozległ się brzęk, gdy czoło stłukło okrągłą szybę w drzwiach i odłamki posypały się na schody.

– Przestań! – zawołał Kristian. – Nie możesz…

Mężczyzna odwrócił się i popatrzył na niego z góry. Z czoła sterczał mu trójkątny odłamek. Krew płynęła strumykiem, rozdzielającym się u nasady nosa.

Kristian więcej się nie odezwał.

Mężczyzna otworzył usta i zaczął wyć. Dźwięk był chłodny jak stalowe ostrze. Znów odwrócił się do drzwi i z dzikością, jakiej Marit nigdy dotychczas nie widziała, rzucił się z pięściami na białe solidne drzwi. Przypominał wilka, uderzenia ludzkiego ciała o drewno brzmiały niczym rąbanie siekierą w pogrążonym w porannej ciszy lesie. Potem mężczyzna zaczął walić w gwiazdę betlejemską z kutego żelaza umieszczoną w okrągłym oknie. Marit wydawało się, że słyszy odgłos rozrywanej skóry, gdy plamy krwi zaczęły barwić białą płaszczyznę drzwi.

– Zróbcie coś! – rozległ się krzyk.

Marit zobaczyła, że Kristian wyjmuje komórkę. Żelazna gwiazda oderwała się, a pijak nagle osunął się na kolana.

Marit podeszła bliżej. Pozostałe osoby się cofnęły, ale ona nie mogła się powstrzymać. Serce waliło jej w piersi, przy schodach poczuła na ramieniu rękę Kristiana i stanęła. Słyszała, jak mężczyzna na górze z trudem łapie oddech, niczym ryba, która tonie na brzegu. Wydawało jej się, że płakał.

Gdy kwadrans później przyjechał radiowóz, mężczyzna leżał na schodach zwinięty w kłębek. Policjanci podnieśli go na nogi, pozwolił zaprowadzić się do samochodu, nie stawiając oporu. Jedna z policjantek spytała, czy ktoś chce złożyć zawiadomienie o przestępstwie. Obecni kręcili jednak tylko głowami, zbyt wstrząśnięci, by myśleć o zniszczonej szybie.

Samochód odjechał, pozostała jedynie gorąca letnia noc, a Marit uświadomiła sobie, że ma wrażenie, jakby to się nigdy nie zdarzyło. Ledwie zauważyła, że Roy wyszedł na zewnątrz, blady i przygnębiony, i zaraz zniknął, i że Kristian ją objął. Wpatrywała się w zniszczoną gwiazdę w oknie. Była wgięta i przesunięta w taki sposób, że dwa z pięciu ramion wskazywały w górę, a jedno w dół. Widziała podobny znak już kiedyś, w książce, i chociaż noc była gorąca jak w tropikach, mocniej owinęła się kurtką.

Minęła północ, w szybach Budynku Policji odbijał się księżyc. Bjarne Møller przemaszerował przez pusty parking i wszedł do aresztu. W środku się rozejrzał. Przy trzech stanowiskach przyjęć nie było nikogo, ale w dyżurce dwóch funkcjonariuszy gapiło się w telewizor. Møller, stary fan Charlesa Bronsona, zorientował się, że leci *Życzenie śmierci*. Rozpoznał też starszego z policjantów, Grotha, nazywanego Beksą z powodu blizny w kolorze wątroby biegnącej od lewego oka w dół po policzku. Groth pracował w areszcie, odkąd Møller pamiętał, i wszyscy wiedzieli, że w praktyce to właśnie on prowadzi cały ten interes.

– Halo! – zawołał Møller.

Groth, nie odrywając wzroku od ekranu telewizora, wskazał palcem na młodszego funkcjonariusza, który niechętnie obrócił się na krześle.

Møller machnął identyfikatorem, lecz było to najwyraźniej zbędne, ponieważ został rozpoznany.

– Gdzie siedzi Hole?

– Idiota? – prychnął Groth w momencie, gdy Charles Bronson uniósł pistolet, by się mścić.

– W izolatce numer pięć, tak mi się wydaje – odparł młodszy funkcjonariusz. – Spytaj któregoś ze strażników, jeśli jakiegoś znajdziesz.

– Dziękuję – powiedział Møller i wszedł w drzwi prowadzące do cel.

Areszt liczył około stu cel, obłożenie uzależnione było od sezonu. Obecnie sezon był najwyraźniej martwy. Møller zrezygnował z odwiedzin w dyżurce strażników i ruszył korytarzami pomiędzy metalowymi klatkami. Jego kroki odbijały się echem. Nigdy nie mógł ścierpieć aresztu. Po pierwsze przez absurdalny fakt, że zamykano tu żywych ludzi. Po drugie przez atmosferę rynsztoka i zniszczonego życia. A po trzecie, z powodu tego wszystkiego, co wiedział o zajściach, które miały tu miejsce. Na przykład o tym, że tymczasowo aresztowany złożył skargę na Grotha, ponieważ ten polewał go wodą z węża przeciwpożarowego. SEFO odrzucił skargę, gdyż po rozwinięciu węża okazało się, że sięga jedynie do połowy drogi do celi, w której miało się odbywać polewanie wodą. Ludzie z SEFO prawdopodobnie jako jedyni w całym Budynku Policji nie wiedzieli, że gdy Groth przeczuł nadciągające kłopoty, po prostu odciął kawałek węża.

Podobnie jak inne izolatki, również ta z numerem pięć nie miała w drzwiach zamka na klucz, a jedynie prostą zasuwę umożliwiającą ich otwarcie tylko od zewnątrz.

Harry siedział na podłodze na środku celi z głową w dłoniach. Pierwszą rzeczą, na jaką Møller zwrócił uwagę, był przesiąknięty krwią bandaż na prawej ręce. Harry wolno uniósł głowę i popatrzył na niego. Na czole miał plaster, oczy zapuchnięte, jakby płakał. Czuć było odór wymiocin.

– Dlaczego nie leżysz na pryczy? – spytał Møller.

– Nie chcę spać – szepnął Harry nierozpoznawalnym głosem. – Nie chcę, żeby coś mi się przyśniło.

Møller skrzywił się, chcąc ukryć, jak bardzo jest wstrząśnięty. Widział już Harry'ego na dnie, ale nie tak głęboko. Nigdy tak złamanego.

Chrząknął.

– Chodźmy.

„Beksa" Groth i młody funkcjonariusz nie poświęcili im ani spojrzenia, gdy mijali dyżurkę, ale Møller zauważył wymowne kręcenie głową Grotha.

Na parkingu Harry zwymiotował. Zgięty w pół pluł i przeklinał, a Møller w tym czasie zapalał dla niego papierosa.

– Nie zarejestrowali cię – powiedział Møller. – To nie będzie oficjalna sprawa.

Harry ze śmiechu zaniósł się kaszlem.

– Dziękuję, szefie. Dobrze wiedzieć, że wywalą mnie z mniej zapaskudzoną kartoteką.

– Wcale nie dlatego ci to mówię. Gdyby cię wpisali, musiałbym cię zawiesić w trybie natychmiastowym.

– I co z tego?

– W następnych dniach będzie mi potrzebny taki śledczy jak ty. To znaczy taki śledczy, jakim jesteś na trzeźwo. Pytanie tylko, czy wytrzymasz.

Harry wyprostował się i mocno wydmuchnął dym.

– Dobrze wiesz, że potrafię, szefie. Ale czy zechcę?

– Tego nie wiem. Zechcesz, Harry?

– Trzeba mieć jakiś powód, szefie.

– No tak. Przypuszczam, że tak.

Møller w zamyśleniu patrzył na swego komisarza. Myślał o tym, że stoją sami w bladym świetle księżyca i zewnętrznej lampy pełnej zdechłych owadów, na parkingu w letnią noc w Oslo. Myślał o wszystkim, co razem przeszli. O wszystkim, co udało im się zrobić. I o tym, co im się nie udało. Ale mimo wszystko. Czy po tylu latach ich drogi miały się w końcu rozejść właśnie w tak trywialny sposób?

– Odkąd cię znam, tylko jedna jedyna rzecz była w stanie postawić cię na nogi – stwierdził Møller. – Praca.

Harry nie odpowiedział.

– A ja mam teraz pracę dla ciebie. Jeśli zechcesz.

– Czyli?

– Dostałem to dzisiaj w brązowej wykładanej folią kopercie. Od tamtej chwili cię szukam.

Møller otworzył rękę i obserwował reakcję Harry'ego. Światło księżyca i lampy padło na dłoń Møllera i na jedną z przezroczystych torebek plastikowych używanych przez Wydział Techniki Kryminalistycznej.

– Mhm – mruknął Harry. – A gdzie reszta ciała?

W torebce znajdował się długi szczupły palec z paznokciem pomalowanym czerwonym lakierem. Na palcu tkwił pierścionek. Pierścionek miał kamień w kształcie pięcioramiennej gwiazdy.

– Nic więcej nie mamy – odparł Møller. – Środkowy palec lewej dłoni.

– Technicy zdołali go zidentyfikować?

Bjarne Møller kiwnął głową.

– Tak prędko?

Møller, przyciskając rękę do brzucha, jeszcze raz skinął głową.

– No cóż – powiedział Harry. – A więc Lisbeth Barli.

Część trzecia

13 PONIEDZIAŁEK. DOTYK

Jesteś w telewizji, kochanie. Jest ciebie cała ściana, sklonowanej w dwunastu wersjach poruszających się do taktu, zduplikowanej w prawie niezauważalnych wariantach koloru i kontrastu. Idziesz po wybiegu w Paryżu. Zatrzymujesz się, wysuwasz biodro i patrzysz na mnie tym zimnym nienawistnym spojrzeniem, którego się uczycie, i odwracasz się do mnie plecami. To działa. Odrzucenie działa za każdym razem. Ty o tym wiesz, kochanie.

Materiał filmowy się kończy i teraz patrzysz na mnie dwunastoma surowymi spojrzeniami, odczytując dwanaście identycznych wiadomości, a ja czytam z dwudziestu czterech czerwonych warg. Ale ty jesteś niema, a ja kocham cię za tę twoją niemotę.

Potem są zdjęcia z powodzi gdzieś w Europie. Spójrz, kochanie, brodzimy w wodzie przez ulice. Przeciągam palcem po ekranie jednego z wyłączonych telewizorów. Rysuję twoją gwiazdę. Chociaż telewizor jest martwy, czuję napięcie pomiędzy zakurzonym ekranem a swoim własnym palcem. Elektryczność. Życie zamknięte w kapsule. To mój dotyk go ożywia.

Wierzchołek ramienia gwiazdy wskazuje na chodnik tuż przed budynkiem z czerwonej cegły po drugiej stronie skrzyżowania, kochanie. Mogę stać w tym sklepie z telewizorami i obserwować go przez lukę między odbiornikami. To jedno z najruchliwszych skrzyżowań w mieście. Zwykle samochody stoją tu w długich korkach, ale dziś są tylko na dwóch z pięciu dróg, rozchodzących się gwiaździście od ciemnego asfaltowego serca. Pięć dróg, kochanie. Przez cały dzień leżałaś w łóżku i czekałaś na mnie. Muszę jeszcze zrobić tylko to i zaraz przyjdę. Jeśli chcesz, mogę wyjąć list zza cegły i szeptem odczytać ci te słowa. Chociaż znam je na pamięć. „Kochanie! Przez cały czas jesteś w moich myślach. Wciąż czuję Twoje usta na moich, Twoją skórę przy mojej skórze”.

Otwieram drzwi sklepu, żeby wyjść. Słońce wlewa się do środka. Słońce. Powódź. Wkrótce będę przy tobie.

Doba dla Møllera zaczęła się źle.

W nocy zabrał Harry'ego z aresztu. A rano obudził się z bolącym brzuchem, wydętym jak za mocno napompowana piłka plażowa.

Ale miało być jeszcze gorzej.

O dziewiątej co prawda nic tego nie zapowiadało, gdy z pozoru trzeźwy Harry stanął w drzwiach pokoju konferencyjnego Wydziału Zabójstw na szóstym piętrze. Wokół stołu siedzieli już Tom Waaler, Beate Lønn, czterech śledczych z wydziału oraz dwóch współpracowników specjalnych, wezwanych z urlopu poprzedniego wieczoru.

– Dzień dobry wszystkim – zaczął Møller. – Zakładam, że już zdążyliście się zorientować, w czym siedzimy. Dwie sprawy, być może dwa zabójstwa, możliwe, że mamy do czynienia z tym samym sprawcą. Krótko mówiąc, podejrzanie przypomina to koszmary, które od czasu do czasu nas nawiedzają.

Møller położył pierwszą folię na projektorze.

– To, co widzimy z lewej strony, to dłoń Camilli Loen z obciętym lewym palcem wskazującym. Z prawej widzimy lewy palec środkowy Lisbeth Barli. Przysłany mi pocztą. Nie mamy co prawda zwłok, które by do niego pasowały, ale Beate udało się zidentyfikować palec, porównując odciski z tymi pobranymi z mieszkania Barliego. Dobra intuicja i dobra robota, Beate.

Beate zarumieniła się, stukając w notes ołówkiem i próbując wyglądać na nieporuszoną.

Møller zmienił slajd.

– Pod powieką Camilli Loen znaleźliśmy ten kamień szlachetny. Czerwonawy diament w kształcie pięcioramiennej gwiazdy. Na palcu Lisbeth Barli był pierścionek widoczny z prawej strony. Jak widzicie, diamentowa gwiazdka w pierścionku ma jaśniejszy czerwony kolor, ale kształt jest identyczny.

– Próbowaliśmy się dowiedzieć, skąd pochodzi ten pierwszy brylant – powiedział Waaler. – Bez powodzenia. Wysłaliśmy zdjęcia do dwóch największych szlifierzy diamentów w Antwerpii, lecz tam stwierdzili, że ten rodzaj szlifu to robota wykonana prawdopodobnie gdzieś w jakimś innym miejscu w Europie. Sugerowali Rosję albo południowe Niemcy.

– Skontaktowaliśmy się z panią ekspert z De Beers, zdecydowanie największej na świecie firmy handlującej diamentami. Według niej przy wykorzystaniu czegoś, co się nazywa spektrometria i mikrotomografia, można dokładnie zidentyfikować, skąd pochodzi diament. Ta pani przyleci dziś wieczorem z Londynu, żeby nam pomóc.

Magnus Skarre, jeden z młodych śledczych, stosunkowo nowy w wydziale, podniósł rękę.

– Wróćmy do tego, co powiedziałeś na wstępie, Møller. Nie rozumiem, dlaczego to koszmar senny, skoro mamy do czynienia z podwójnym zabójstwem. Przecież w takim razie szukamy jednego sprawcy, zamiast dwóch, i przez to wszyscy możemy skupić się na jednym i tym samym. Według mnie jest raczej przeciwnie…

Magnus Skarre usłyszał ciche chrząknięcie i zobaczył, że uwaga wszystkich kieruje się w głąb pokoju, gdzie Harry Hole do tej pory siedział milczący, zapadnięty w krzesło.

– Jak ty się nazywasz? – spytał Harry.

– Magnus.

– Nazwisko?

– Skarre. – W głosie słychać było irytację. – Powinieneś pamiętać…

– Nie, Skarre, nie pamiętam. Ale ty powinieneś zapamiętać to, co teraz powiem. Gdy śledczy staje w obliczu umyślnego, a w tym wypadku najwyraźniej starannie zaplanowanego zabójstwa, to wie, że zabójca ma nad nim dużą przewagę. Mógł usunąć ślady, załatwić sobie pozornie świetne alibi na czas dokonania zabójstwa, pozbyć się narzędzia, którym dokonał zbrodni, i tak dalej. Ale jednej rzeczy zabójca w zasadzie nigdy nie zdoła ukryć przed śledczym. A tą rzeczą jest…

Magnus Skarre mrugnął dwa razy.

– Motyw – dokończył Harry. – Przedszkolna mądrość, prawda? Motyw. Od tego właśnie rozpoczynamy śledztwo taktyczne. To rzecz tak podstawowa, że czasem o niej zapominamy. Tak jest aż do dnia, kiedy wreszcie objawi nam się zabójca z najstraszniejszego koszmaru policjanta. Albo z potwornego snu erotycznego, w zależności od tego, co człowiek ma w głowie. Mianowicie zabójca bez motywu. A raczej bez motywu, który ludzki umysł jest w stanie ogarnąć.

– Nie taki diabeł straszny, jak go malujesz, Hole. – Skarre rozejrzał się po pozostałych w sali. – Na razie nic jeszcze nie wiemy o motywie, jaki może się kryć za tymi zabójstwami.

Tom Waaler chrząknął.

Møller zauważył, że Harry'emu napinają się szczęki.

– On ma rację – powiedział Waaler.

– No jasne, że mam rację – podjął natychmiast Skarre. – To przecież oczywiste...

– Zamknij się, Skarre! – warknął Waaler. – To komisarz Hole ma rację. Zajmujemy się tymi dwiema sprawami odpowiednio dziesięć i pięć dni, a przez ten czas nie objawiły się absolutnie żadne powiązania pomiędzy ofiarami. Dopiero teraz. A gdy jedyną nicią łączącą ofiary zabójstwa jest sposób, w jaki zostały uśmiercone, rytuały czy coś, co wygląda na zakodowane wiadomości, to człowiekowi przychodzi na myśl określenie, którego na razie proponuję nie wypowiadać na głos. Ale należy mieć je w umyśle. Proponuję również, żeby Skarre i reszta zielonych tuż po szkole od tej pory trzymali gębę na kłódkę, a za to mieli uszy otwarte, kiedy Hole coś mówi.

W pokoju zapadła cisza.

Møller zauważył, że Harry patrzy na Waalera zdumiony.

– Podsumujmy – powiedział naczelnik. – Staramy się mieć jednocześnie w głowie dwie myśli. Z jednej strony pracujemy systematycznie, tak jakbyśmy mieli do czynienia z dwoma zwyczajnymi zabójstwami. Z drugiej – malujemy na ścianie wielkiego paskudnego diabła. Oprócz mnie nikt inny nie rozmawia z prasą. Kolejne zebranie o piątej. Do roboty.

Mężczyzna w świetle reflektora był elegancko ubrany w tweed, w ustach trzymał fajeczkę i kołysząc się na piętach z wyniosłą miną, mierzył wzrokiem stojącą przed nim kobietę w łachmanach.

– Wiele myślisz płacić za lekcje?*

Łachmaniarka mocno poruszyła głową i ujęła się pod boki.

– Ja się znam na rzeczy! Jedna pani, co to się przyjaźni ze mną, płaci za francuskie naukie półtora szylinga od godziny, a Francuz prawdziwy, nie farbowany. Przecież pan nie byłby tak czelny, aby liczyć tyle samo za ojczystą wymowę. Dam szylinga... to moje ostatnie słowo.*

* G.B. Shaw, *Pigmalion*, przeł. Florian Sobieniowski, Warszawa 1972 (przyp. tłum.).

Willy Barli siedział w dwunastym rzędzie w ciemności i pozwalał łzom swobodnie spływać po policzku. Czuł, jak ściekają mu po szyi na pierś i pod luźną koszulę z tajlandzkiego jedwabiu, czuł, jak sól szczypie w sutki, zanim łzy spłyną niżej na brzuch.

Nie chciały przestać płynąć.

Usta zakrywał ręką, żeby szlochy nie rozpraszały aktorów ani tym bardziej reżysera siedzącego w piątym rzędzie.

Drgnął, czując na ramieniu czyjąś dłoń. Odwrócił się i ujrzał górującego nad sobą mężczyznę. Złe przeczucie kazało mu zesztywnieć na fotelu.

– Słucham? – szepnął, tłumiąc płacz.

– To ja – odszepnął mężczyzna. – Harry Hole z policji.

Willy Barli opuścił rękę i przyjrzał mu się uważniej.

– No tak, rzeczywiście – powiedział z ulgą w głosie. – Przepraszam, Hole, jest tak ciemno, sądziłem...

Policjant zajął miejsce obok niego.

– Co pan sądził?

– Jest pan ubrany na czarno. – Willy wytarł nos w chusteczkę. – Przyszło mi do głowy, że musi pan być pastorem. Że przyniósł pan... złe wieści. To głupie, prawda?

Policjant nie odpowiedział.

– Trafił pan akurat na pełen emocji moment, Hole. Mamy właśnie pierwszą próbę z kostiumami i charakteryzacją. Niech pan na nią spojrzy.

– Na kogo?

– Na Elizę Doolittle. Tam! Kiedy zobaczyłem ją na scenie, przez moment miałem pewność, że to Lisbeth, a jej zaginięcie tylko mi się przyśniło. – Willy drżąco odetchnął. – Ale potem ona zaczęła mówić i moja Lisbeth zniknęła.

Barli zorientował się, że policjant ze zdumieniem patrzy na scenę.

– Uderzające podobieństwo, prawda? Właśnie dlatego ją sprowadziłem. To miał być musical Lisbeth.

– Czy to... – zaczął Harry.

– Tak, to jej siostra.

– Toya? To znaczy Toy-a?

– Dotychczas udawało nam się to utrzymać w tajemnicy. Konferencja prasowa odbędzie się dopiero dzisiaj.

– No cóż. To powinna być niezła reklama.

Toya obróciła się w koło i głośno zaklęła, gdy się potknęła. Jej partner rozłożył ręce i spojrzał na reżysera.

– Reklama to nie wszystko. Jak pan widzi, jest jeszcze sporo pracy. Ona ma pewien surowy talent, ale występowanie na scenie Teatru Narodowego to coś innego niż śpiewanie kowbojskich piosenek w domu ludowym w Selbu. Poświęciłem dwa lata na nauczenie Lisbeth zachowania się na scenie w teatrze, a dla jej siostry mamy jedynie dwa tygodnie.

– Jeżeli przeszkadzam, możemy załatwić to szybko, panie Barli.

– Szybko?

Willy w ciemności usiłował coś wyczytać z twarzy policjanta. Znów ogarnął go lęk i gdy Harry otworzył usta, odruchowo mu przerwał.

– Wcale pan nie przeszkadza, Hole. Ja jestem tylko producentem. Wie pan, kimś, kto wprawia rzeczy w ruch. Teraz pałeczkę przejęli inni.

Machnął ręką w stronę sceny, na której mężczyzna w tweedzie w tej samej chwili zawołał:

– Oświadczam, że zrobię księżniczkę z tej wywłoki ulicznej![*]

– Reżyser, scenograf, aktorzy – ciągnął Barli. – Od jutra będę tylko obserwatorem tej... – Nie przestawał machać ręką, dopóki nie znalazł właściwego słowa. – ...komedii.

– No cóż, skoro odkryło się swój talent.

Willy roześmiał się głucho, ale urwał, widząc, że reżyser gwałtownie obraca głowę w ich stronę. Nachylił się do Harry'ego i szepnął:

– Ma pan rację. Przez dwadzieścia lat byłem tancerzem. Bardzo złym tancerzem, jeśli chce pan wiedzieć. Ale do baletu w operze zawsze rozpaczliwie poszukują mężczyzn, więc poprzeczka nie jest ustawiona zbyt wysoko. Zresztą i tak tancerze przechodzą na emeryturę w wieku czterdziestu lat. Musiałem znaleźć sobie coś nowego. Właśnie wtedy zrozumiałem, że mój prawdziwy talent polega na skłanianiu innych do tańca. Wystawianie, Hole, to jedyne, co potrafię. Ale wie pan co? Stajemy się żałośni przy najmniejszej zapowiedzi sukcesu. Tylko dlatego że przy paru przedstawieniach okoliczności przypadkiem ułożyły się zgodnie z naszą wolą, wydaje nam się, że jesteśmy bogami, którzy kontrolu-

---

* *Tamże.*

ją wszystkie zmienne, i że w pełni jesteśmy kowalami własnego losu. A potem coś się wydarza i odkrywamy, jak bardzo jesteśmy bezradni. Ja... – Willy gwałtownie urwał. – Nudzę pana, prawda?

Policjant pokręcił głową i chrząknął.

– Chodzi o pańską żonę.

Willy zacisnął oczy, jak wtedy, gdy czeka się na głośny nieprzyjemny dźwięk.

– Otrzymaliśmy list. W środku był obcięty palec. Obawiam się, że to jej palec.

Willy przełknął ślinę. Zawsze uważał się za człowieka miłości, ale teraz poczuł, że kula, którą miał pod sercem od tamtego dnia, ten guz, który doprowadzał go do szaleństwa, znów zaczął rosnąć. I czuł, że nabrał koloru. Czuł, że nienawiść jest żółta.

– Wie pan co, Hole? To niemal ulga. Wiedziałem to przez cały czas. Wiedziałem, że on ją zrani.

– Zrani?

Willy usłyszał w głosie rozmówcy tłumione zdziwienie.

– Możesz mi obiecać jedno, Harry? Jeśli wolno mi tak się do ciebie zwracać?

Policjant kiwnął głową.

– Znajdź go. Znajdź go, Harry, i ukarz! Ukarz go surowo. Obiecujesz?

Willy'emu wydało się, że policjant w ciemności kiwa głową, ale nie miał pewności. Łzy przesłoniły mu obraz.

Mężczyzna odszedł. Willy odetchnął głęboko, próbując znów skupić się na tym, co działo się na scenie.

– Zawołam policję! Jak Boga kocham!* – zawołała Toya.

Harry siedział u siebie w pokoju i wpatrywał się w biurko. Był tak zmęczony, że nie wiedział, czy znajdzie siłę na cokolwiek więcej.

Wczorajsze eskapady, pobyt w areszcie i kolejna noc z koszmarami, wszystko to drogo go kosztowało. Ale tak naprawdę to spotkanie z Willym Barlim pozbawiło go resztek sił. Obiecywanie, że schwytają sprawcę, i milczenie, gdy Barli powiedział, że jego żona została „zraniona".

---

* *Tamże.*

Harry bowiem jednego był pewien, a mianowicie tego, że Lisbeth Barli nie żyje.

Odczuwał brak alkoholu, odkąd obudził się rano. Najpierw pod postacią odruchowej potrzeby organizmu, potem jako paniczny lęk, ponieważ sam odciął się od leku, nie zabierając ze sobą ani piersiówki, ani pieniędzy. A teraz to pragnienie przeszło w fazę, w której zmieniło się w czysto fizyczny ból i biały strach, że zostanie rozerwany na strzępy. Wróg szarpał za łańcuchy, dzikie psy szczekały do niego z otchłani w brzuchu, gdzieś pod sercem. Boże, jakże on ich nienawidził! Nienawidził ich tak, jak one nienawidziły jego.

Harry gwałtownie się podniósł. W poniedziałek w szafce z dokumentami zostawił pół butelki whisky Bell's. Czy przypomniał sobie o tym dopiero teraz, czy raczej przez cały czas miał tę świadomość? Był przyzwyczajony do tego, że Harry oszukuje Harry'ego. Znał na to setki sposobów. Już miał wyciągnąć szufladę, gdy nagle podniósł wzrok. Kątem oka dostrzegł jakiś ruch. Ellen uśmiechała się do niego ze zdjęcia. Czyżby popadał w szaleństwo? Czy naprawdę poruszyła ustami?

– Na co się gapisz, jędzo? – mruknął. Moment później zdjęcie spadło ze ściany na podłogę, a szkło się stłukło. Harry spojrzał na Ellen, która dalej spokojnie się uśmiechała ze zniszczonej ramy. Złapał się za prawą rękę, w której ból pulsował pod bandażem.

Dopiero gdy się odwrócił, by otworzyć szufladę, zauważył tych dwóch stojących w drzwiach. Zrozumiał, że stoją tak już od dłuższego czasu i że to za sprawą ich odbicia w szybce zdjęcia wydało mu się, że Ellen się poruszyła.

– Cześć – powiedział Oleg. Patrzył na Harry'ego ze zdziwieniem pomieszanym z lękiem.

Harry przełknął ślinę. Puścił szufladę.

– Cześć, Oleg.

Chłopiec miał na sobie adidasy, niebieskie spodnie i żółtą koszulkę drużyny narodowej Brazylii. Harry wiedział, że z tyłu jest dziewiątka, a nad nią nazwisko Ronaldo. Sam kupił ją na jakiejś stacji benzynowej w pewną niedzielę, gdy we troje, on, Rakel i Oleg, pojechali do Norefjell pojeździć na nartach.

– Spotkałem go na dole – powiedział Tom Waaler.

Trzymał rękę na głowie Olega.

– Stał w recepcji i pytał o ciebie, więc przyprowadziłem go tutaj na górę. Grasz w piłkę, Oleg?

Chłopczyk nie odpowiedział, spoglądał tylko na Harry'ego ciemnym spojrzeniem, odziedziczonym po matce, które niekiedy potrafiło być nieskończenie miękkie, a kiedy indziej bezwzględnie twarde. Akurat w tej chwili Harry nie potrafił go odczytać. Ale było ciemne.

– Pewnie w ataku – Waaler z uśmiechem zwichrzył chłopcu włosy.

Harry patrzył na silne żylaste palce kolegi. Na ciemne włosy Olega na tle opalonego grzbietu dłoni Waalera. Na włosy, które podnosiły się same z siebie. Poczuł, że nogi się pod nim uginają.

– Nie – powiedział Oleg, nie odrywając wzroku od Harry'ego. – Jestem obrońcą.

– Wiesz co, Oleg? – Waaler popatrzył na Harry'ego pytająco. – Widzę, że Harry ćwiczył trochę boks z cieniami. Mnie też się to zdarza, kiedy coś mnie zirytuje. Może zrobimy sobie wycieczkę na taras na dachu, a Harry w tym czasie trochę tu posprząta?

– Ja tu zostanę – oświadczył Oleg spokojnie.

Harry kiwnął głową.

– W porządku. Cieszę się, że cię widzę, Oleg.

Waaler poklepał chłopca po ramieniu i wyszedł. Oleg dalej stał w drzwiach.

– Jak się tu dostałeś?

– Kolejką.

– Sam?

Oleg kiwnął głową.

– Rakel wie, że tu jesteś?

Mały zaprzeczył.

– Nie wejdziesz do środka? – Harry czuł, że zaschło mu w gardle.

– Chcę, żebyś przyszedł do nas do domu – powiedział Oleg.

Upłynęły cztery sekundy od chwili, gdy Harry nacisnął dzwonek, do momentu, gdy Rakel szarpnięciem otworzyła drzwi. Oczy miała czarne, a głos przenikliwy.

– Gdzieś ty był?

Harry przez moment czuł, że pytanie jest skierowane do nich obu, ale spojrzenie Rakel minęło go i padło na Olega.

– Nie miałem się z kim bawić – odparł Oleg ze spuszczoną głową. – Pojechałem kolejką do miasta.

– Kolejką? Sam? Ale jak... – Głos jej się załamał.

– Na gapę – powiedział Oleg. – Myślałem, że się ucieszysz, mamo. Mówiłaś, że ty też byś chciała...

Rakel gwałtownym ruchem przyciągnęła syna do siebie.

– Wiesz, jak strasznie się o ciebie bałam?

Ściskając Olega, patrzyła na Harry'ego.

Rakel i Harry stali przy płocie w głębi ogrodu i spoglądali w dół na miasto i fiord. Milczeli. Żaglówki na tle niebieskiego morza wyglądały jak maleńkie białe trójkąciki. Harry odwrócił się w stronę domu. Z trawy wyfruwały motyle i, bijąc skrzydłami, wzlatywały ku jabłoniom na tle otwartych okien. Dom był wielki, z pociemniałego drewna, zbudowany na zimę, nie na lato. Harry zerknął na Rakel. Była boso, miała na sobie cienki czerwony żakiet z bawełny, narzucony na jasnoniebieską sukienkę. Na gołej skórze pod łańcuszkiem z krzyżykiem, który odziedziczyła po matce, słońce odbijało się w kropelkach potu. Harry pomyślał, że wie o niej wszystko. Zna zapach żakietu z bawełny. Łuk pleców obciągniętych sukienką. Smak jej spoconej słonej skóry. Wie, czego ona pragnie w życiu. I dlaczego nic nie mówi.

Cała ta zbędna wiedza.

– Jak się miewasz? – spytał.

– Dobrze – odparła. – Udało mi się wynająć domek na lato. Ale będzie wolny dopiero w sierpniu. Za późno zaczęłam się starać. – Ton głosu był neutralny, wyrzut ledwie słyszalny. – Skaleczyłeś się w rękę?

– To tylko zadrapanie – powiedział Harry.

Na twarz opadł jej kosmyk włosów. Harry oparł się pokusie, by go odgarnąć.

– Wczoraj rzeczoznawca oglądał dom – dodała po chwili.

– Rzeczoznawca? Chyba nie masz zamiaru go sprzedać?

– To duży dom jak na dwie osoby, Harry.

– No tak, ale go kochasz. Dorastałaś tutaj. I Oleg też.

– Nie musisz mi o tym przypominać. Rzecz w tym, że ten remont zimą kosztował prawie dwa razy więcej, niż sądziłam. Teraz jeszcze trzeba wymienić dach. To stary dom.

– Mhm.

Harry patrzył na Olega, który kopał piłkę, celując w drzwi garażu. Trafił, piłka odskoczyła, a on z zamkniętymi oczami wyrzucił w górę obie ręce w stronę wyimaginowanej publiczności.

– Rakel?

Westchnęła.

– Słucham, Harry.

– Czy nie możesz przynajmniej patrzeć na mnie, kiedy mówię?

– Nie mogę. – W jej głosie nie słychać było ani złości, ani wzburzenia, jak gdyby po prostu coś stwierdzała.

– Czy zrobiłoby jakąś różnicę, gdybym to rzucił?

– Ty nie potrafisz rzucić, Harry.

– Miałem na myśli pracę w policji.

– Zrozumiałam.

Kopnął w trawę.

– Może nie mam wyboru.

– A nie masz?

– Nie.

– Dlaczego przedstawiasz to w formie hipotetycznego pytania? – Zdmuchnęła kosmyk włosów z twarzy.

– Mógłbym znaleźć jakąś spokojniejszą pracę, więcej czasu spędzać w domu. Zająć się Olegiem. Moglibyśmy...

– Przestań, Harry! – jej głos huknął. Schyliła głowę, a ręce skrzyżowała na piersi, jak gdyby marzła w piekącym słońcu. – Odpowiedź brzmi: nie – szepnęła. – To by nie zrobiło żadnej różnicy. To nie twoja praca stanowi problem, Harry. To... – Nabrała powietrza, odwróciła się i spojrzała mu prosto w oczy. – To ty, Harry. Ty sam jesteś problemem.

Harry zobaczył, że do oczu cisną jej się łzy.

– Idź już – szepnęła.

Miał coś powiedzieć, ale zmienił zdanie. Kiwnął tylko głową w stronę żaglówek na fiordzie.

– Masz rację – odezwał się wreszcie. – To ja jestem problemem. Porozmawiam chwilę z Olegiem i zaraz sobie pójdę.

Zrobił kilka kroków, ale zatrzymał się i odwrócił.

– Nie sprzedawaj domu, Rakel. Nie rób tego, słyszysz! Coś wymyślę.

Uśmiechnęła się do niego przez łzy.

– Dziwny z ciebie facet – szepnęła, wyciągając rękę, jak gdyby chciała pogładzić go po policzku. Harry stał jednak za daleko, więc ją opuściła.

– Uważaj na siebie, Harry.

Kiedy wychodził, ciarki przebiegały mu po plecach. Była za kwadrans piąta. Musiał się spieszyć, żeby zdążyć na odprawę.

Jestem w budynku. Czuć tu piwnicą. Stoję nieruchomo i przyglądam się nazwiskom na tablicy, którą mam przed sobą. Słyszę głosy i kroki na schodach, ale się nie boję. Oni tego nie widzą, ale jestem niewidzialny. Słyszałaś? Oni tego nie widzą, ale... To nie paradoks, kochanie, tak to po prostu sformułowałem. Wszystko można sformułować jak paradoks. To nie jest trudne. Tyle tylko, że prawdziwych paradoksów nie ma. Prawdziwych paradoksów – cha, cha – widzisz, jakie to proste? Ale to tylko słowa, brak jasności języka. A ja skończyłem ze słowami. Z językiem. Patrzę na zegarek. To mój język. Wyraźny i bez paradoksów. Jestem gotowy.

14 PONIEDZIAŁEK. BARBARA

Barbara Svendsen ostatnio zaczęła dużo myśleć o czasie. Nie miała wprawdzie zbyt filozoficznego usposobienia, większość znajomych powiedziałaby, że jest raczej odwrotnie, tyle tylko, że nigdy wcześniej nie poświęciła ani jednej myśli temu, że wszystko ma swój czas i że ten czas właśnie upływa. To, że nic nie wyjdzie z kariery top modelki, zrozumiała już kilka lat wcześniej. Musiała zadowolić się określeniem „była modelka", i tak brzmiało nieźle. Uświadomił jej to Petter. Mówił jej zresztą mnóstwo rzeczy, które jego zdaniem powinna wiedzieć. To również on załatwił jej pracę w barze w Head On. I te tabletki, dzięki którym miała siłę, by prosto z pracy iść na uniwersytet, gdzie studiowała socjologię. Ale czas Pettera, tabletek i marzeń o socjologii upłynął. Pewnego dnia została bez Pettera i bez dyplomu, a za to z kredytem studenckim, długiem za tabletki i pracą w najnudniejszym barze w Oslo. Rzuciła więc wszystko, co miała w rękach, pożyczyła pieniądze od rodziców i wyruszyła do Lizbony, by nakierować życie na właściwy tor i może poduczyć się portugalskiego.

Lizbona przez pewien czas była fantastyczna. Zwariowane dni mijały, ale jej to nie martwiło. Czas przecież nie upływał, lecz nadchodził. Tak działo się aż do chwili, gdy pieniędzy zabrakło, dozgonna miłość Marka przeminęła i nastąpił koniec zabawy. Wróciła do domu starsza o kilka doświadczeń. Nauczyła się na przykład, że portugalskie tabletki ecstasy są tańsze od norweskich, ale tak samo potrafią zaśmiecić życie. Że portugalski to cholernie trudny język i że zasoby czasu są ograniczone i nieodnawialne.

Potem, z chronologicznego punktu widzenia, związała się i pozostawała na utrzymaniu Rolfa, Rona i Rolanda. Brzmiało to o wiele zabawniej, niż wyglądało w rzeczywistości. Oprócz Rolanda. Roland był miły, ale czas upłynął, a Roland wraz z nim.

Dopiero gdy sprowadziła się z powrotem do panieńskiego pokoiku u rodziców, świat przestał wirować, a czas wrócił na właściwe miejsce. Barbara nie wychodziła już wieczorami, udało jej się odstawić tabletki i zaczęła się nawet bawić myślą o powrocie na studia. Wstępnie zaczęła pracować dla agencji Manpower. Po czterech tygodniach jako wynajęta na zastępstwo recepcjonistka w kancelarii adwokackiej Halle, Thune i Wetterlid, fizycznie mieszczącej się na Carl Berners plass, a pod względem statusu w dolnych rejonach stołecznych kancelarii, zajmujących się ściąganiem długów, zaproponowano jej pracę na stałe.

To było cztery lata temu.

Przyjęła tę propozycję przede wszystkim dlatego, że odkryła, iż w kancelarii Halle, Thune i Wetterlid czas płynie wolniej niż w jakimkolwiek innym miejscu, w którym pracowała. To spowolnienie zaczynało się już w momencie wejścia do budynku z czerwonej cegły i naciśnięcia przycisku z piątką w windzie. Upływało pół wieczności, zanim drzwi windy się zamknęły, a potem wolno wznosiła się ku niebu, gdzie czas płynął jeszcze wolniej. Po zajęciu swego miejsca za kontuarem recepcji Barbara mogła rejestrować proces poruszania się wskazówki sekundnika na zegarze wiszącym ponad drzwiami wejściowymi. Patrzyła, jak sekundy, minuty i godziny wloką się niechętnie. W niektóre dni czas prawie zupełnie się zatrzymywał, była to jedynie kwestia koncentracji. Dziwiło ją jedynie, że innym osobom wokół niej czas mija jakby szybciej, jak gdyby istnieli w równoległych, lecz niepodobnych do siebie wymiarach. Telefon na biurku dzwonił bez przerwy, ludzie wbiegali i wybiegali jak w niemym filmie, ale ona miała wrażenie, że to wszystko dzieje się obok niej, że jest robotem z mechanicznymi częściami poruszającymi się równie szybko jak oni, ale całe jej życie wewnętrzne toczy się jak na zwolnionym filmie.

No bo weźmy choćby ostatni tydzień. Spora firma zajmująca się windykacją długów nagle zbankrutowała i wszyscy zaczęli biegać i wydzwaniać jak opętani. Wetterlid powiedział jej, że otworzyło się okienko w czasie dla sępów, które pragną wyszarpać dla siebie udziały w rynku, i złota okazja wskoczenia do ligi mistrzów. A dzisiaj spytał, czy Barbara mogłaby zostać nieco dłużej, ponieważ spotkania z klientami bankruta zaplanowano aż do szóstej, a dla firmy dobre byłoby wywrzeć wrażenie, że w kancelarii Halle, Thune i Wetterlid wszystko pozostaje pod jak najlepszą kontrolą, prawda? Wetterlid, jak zawsze gdy z nią rozmawiał, gapił się na jej piersi, a ona jak zwykle uśmiechała się i automatycznie ściągała łopatki, bo tak kazał jej robić Petter, gdy jeszcze pracowała w Head On. Zmieniło się to w odruch. Wszyscy pokazują, co mają najlepszego. Tego w każdym razie nauczyła się Barbara Svendsen. Weźmy chociażby tego kuriera rowerowego, który właśnie wszedł. Gotowa była się założyć, że gdyby zdjął kask, okulary i maseczkę na usta, nie byłoby na co patrzeć. Pewnie właśnie dlatego ich nie zdejmował. Powiedział za to, że wie, do którego biura ma dostarczyć przesyłkę, i wolno ruszył korytarzem. Był w obcisłych spodenkach rowerowych, mogła więc dobrze się przyjrzeć jego umięśnionym pośladkom. Albo na przykład sprzątaczka, która miała przyjść już niedługo. Na pewno była buddystką, hinduistką czy jak to się nazywa. I pewnie Allah kazał jej skrywać ciało pod grubą warstwą przypominających prześcieradła szat. Ale miała też bardzo ładne zęby, co więc robiła? Szczerzyła je, uśmiechając się jak krokodyl na ecstasy. Każdy pokazuje, co ma najlepszego.

Barbara patrzyła na wskazówkę sekundnika, gdy otworzyły się drzwi.

Mężczyzna, który się pojawił, był stosunkowo niewysoki i okrągły. Ciężko dyszał i miał zaparowane okulary, Barbara doszła więc do wniosku, że wszedł na górę po schodach. Gdy zaczynała tu pracować przed czterema laty, nie była w stanie odróżnić garnituru za dwa tysiące z Dressmana od Prady, z czasem jednak nauczyła się oceniać nie tylko garnitury, lecz również krawaty, no i najpewniejszą wskazówkę, do której powinna dostosowywać poziom obsługi, a mianowicie buty.

Nowo przybyły nie prezentował się szczególnie imponująco, gdy przystanąwszy, przecierał okulary. Prawdę mówiąc, przypominał jej trochę grubasa w sitcomie Seinfelda, którego nazwiska nie znała, bo właściwie nie oglądała Seinfelda. Sądząc jednak po ubraniu – a tak należało robić – prążkowany lekki garnitur, jedwabny krawat i ręcznie szyte buty niosły nadzieję na to, że Halle, Thune i Wetterlid wkrótce zyskają interesującego klienta.

– Dzień dobry, czy mogę panu pomóc? – spytała, uśmiechając się swoim prawie najlepszym uśmiechem. Ten najlepszy zarezerwowany był na dzień, w którym w kancelarii pojawi się taki mężczyzna, na jakiego sama będzie miała ochotę.

– Mam nadzieję, że tak – uśmiechnął się, wyjął z kieszonki na piersi chusteczkę i przycisnął ją do czoła. – Jestem umówiony na spotkanie, ale może zechciałaby mi pani przynieść najpierw szklankę wody?

Barbarze wydało się, że wychwytuje u niego cień cudzoziemskiego akcentu, lecz nie była w stanie go zidentyfikować. Tak czy owak, uprzejmy, lecz zarazem dość władczy sposób, w jaki przybysz prosił ją o przysługę, umocnił ją w przekonaniu, że ma do czynienia z grubą rybą.

– Oczywiście – odparła. – Proszę chwilę zaczekać.

Kiedy szła korytarzem, przypomniało jej się, że Wetterlid parę dni temu wspomniał coś o możliwym bonusie dla wszystkich pracowników, jeśli osiągną w tym roku dobry wynik. Może wtedy firma mogłaby sobie pozwolić na takie pojemniki z wodą do picia, jakie Barbara widziała już w innych miejscach. Nagle bez ostrzeżenia wydarzyło się coś niezwykłego. Czas przyspieszył. Skoczył do przodu. Trwało to zaledwie kilka sekund i zaraz znów wrócił do dawnego powolnego tempa. Czuła jednak mimo wszystko, jakby tych kilka sekund odebrano jej w niewyjaśniony sposób. Weszła do damskiej toalety i odkręciła kran nad jedną z trzech umywalek. Wyciągnęła biały plastikowy kubek z zasobnika i czekała z jednym palcem zanurzonym w wodę. Ciepława. No cóż, ten gość musi uzbroić się w cierpliwość. W radiu mówili dzisiaj, że temperatura wody w jeziorach w Nordmarka ma około dwudziestu dwóch stopni. Mimo to po spuszczeniu dostatecznej ilości woda pitna, czerpana z jeziora Maridal, była chłodna i pyszna. Wpatrując się w swój palec, zastanawiała się, jak to możliwe. Gdyby woda osiągnęła dostatecznie niską temperaturę, palec zbielałby i prawie stracił czucie.

Palec serdeczny lewej ręki. Kiedy pojawi się na nim obrączka? Trzeba mieć nadzieję, że stanie się to, zanim serce zbieleje i straci czucie. Barbara poczuła lekkie drgnienie powietrza, ale trwało zaledwie przez ułamek sekundy, więc nie chciało jej się nawet odwracać. Woda cały czas była letnia, a czas płynął. Płynął tak jak woda. Bzdury. Do trzydziestki pozostało jej jeszcze ponad dwadzieścia miesięcy. Miała aż nadto dużo czasu.

Jakiś dźwięk kazał jej podnieść głowę. W lustrze widziała drzwi do dwóch białych kabin. Czyżby ktoś tu wszedł, a ona tego nie zauważyła? Drgnęła przestraszona, gdy woda nagle zrobiła się lodowata. Głębokie otchłanie pod ziemią. Na pewno tak było. Właśnie dlatego woda jest taka zimna. Podstawiła kubek pod strumień, szybko napełnił się po brzegi. Barbara czuła, że musi się spieszyć. Wyjść stąd. Odwróciła się i wypuściła kubek na podłogę.

– Przestraszyłaś się?

W głosie brzmiało szczere zatroskanie.

– Przepraszam – powiedziała, zapominając o ściągnięciu łopatek. – Jestem dzisiaj jakaś strachliwa.

Nachyliła się, żeby podnieść kubek, jednocześnie dodając:

– Tak naprawdę to damska toaleta.

Kubek upadając, potoczył się dookoła, wreszcie się zatrzymał. Na dnie zostało trochę wody i gdy Barbara wyciągnęła po niego rękę, w okrągłej białej płaszczyźnie ujrzała odbicie własnej twarzy. Z boku przy samej krawędzi wodnego lusterka dostrzegła jakiś ruch, a potem czas znów zwolnił. Bezgranicznie. Zdążyła jeszcze raz pomyśleć, że czas upływa.

15 PONIEDZIAŁEK. *VENA AMORIS*

Białordzawy ford escort Harry'ego podjechał pod sklep z telewizorami. Dwa radiowozy policyjne i czerwone sportowe cudo Waalera wyglądały na przypadkowo rozrzucone na chodnikach otaczających pogrążone w popołudniowym spokoju skrzyżowanie, noszące pochlebne miano Carl Berners plass.

Harry zaparkował, wyjął z kieszeni marynarki zielone dłuto i położył je na siedzeniu pasażera. Kiedy nie znalazł kluczyków do samochodu w mieszkaniu, zabrał stalowy drut i dłuto, przeczesał sąsiedztwo i odnalazł swój kochany samochód na Stensberggata. Oczywiście z kluczykami w stacyjce. Zielone dłuto idealnie się nadawało do odgięcia drzwiczek, dzięki czemu udało mu się wsunąć do środka drut i za jego pomocą wyciągnąć przycisk blokujący drzwiczki.

Przeszedł przez ulicę na czerwonym. Ruszał się powoli, organizm nie pozwalał na zbyt szybkie tempo. Żołądek i głowa bolały, a przepocona koszula lepiła się do pleców. Była już za pięć szósta i jak na razie radził sobie bez lekarstwa, ale nie składał sobie żadnych obietnic.

Na tablicy informacyjnej w holu znalazł informację, że kancelaria adwokacka Halle, Thune i Wetterlid Spółka Cywilna mieści się na piątym piętrze. Jęknął. Zerknął na windę. Automatyczne drzwi. Żadnej zasuwanej kraty.

Winda była marki KONE i gdy błyszczące metalowe drzwi zasunęły się za nim, miał wrażenie, że znalazł się w zaspawanej metalowej puszce do konserw. Starał się nie słuchać dźwięków maszynerii, unoszącej go w górę. Przymknął oczy, ale czym prędzej zaraz je otworzył, bo pod powiekami ukazał się obraz Sio.

Umundurowany kolega z patrolu porządkowego otworzył wejściowe drzwi prowadzące do lokali biurowych.

– Ona jest tam – powiedział, wskazując w głąb korytarza ciągnącego się w lewo od stanowiska recepcji.

– Gdzie są ci z wydziału technicznego?

– W drodze.

– Na pewno się ucieszą, jak zamkniesz windę i drzwi na dole.

– Dobrze.

– Jest ktoś z dyżuru kryminalnego?

– Li i Hansen. Zebrali wszystkich, którzy wciąż przebywali w biurach, kiedy ją znaleziono. Przesłuchują ich teraz w którejś sali konferencyjnej.

Harry ruszył korytarzem. Chodniki były zniszczone, reprodukcje rodzimego malarstwa z okresu romantyzmu na ścianach wyblakłe. Pewnie kiedyś firma miała swoje lepsze dni. Albo może właśnie nigdy ich nie miała.

Drzwi do toalety damskiej były uchylone, a chodniki na tyle tłumiły kroki Harry'ego, by zbliżając się, mógł słyszeć głos Toma Waalera. Zatrzymał się tuż przy łazience. Waaler mówił tak, jakby rozmawiał przez komórkę.

– Jeśli to do niego, to najwyraźniej nie przechodzi już przez nas. Dobrze, ale pozostaw to mnie.

Harry pchnął drzwi i zobaczył, że Waaler kuca, a słysząc go, podniósł głowę.

– Cześć, Harry. Zaraz kończę.

Harry stanął na progu i chłonął scenę, słuchając jednocześnie odległych trzasków głosu w telefonie Waalera.

Pomieszczenie było zaskakująco duże, mniej więcej cztery na pięć metrów. Znajdowały się w nim dwie kabiny toaletowe i trzy białe umywalki pod podłużnym lustrem. Świetlówki na suficie rzucały ostre światło na pomalowane na biało ściany i białe płytki. Brak kolorów wręcz uderzał. Być może właśnie ta sceneria sprawiała, że zwłoki wyglądały jak swoiste dzieło sztuki, starannie ułożona ekspozycja. Kobieta była szczupła i wyglądała na młodą. Klęczała, czołem opierając się o podłogę, jak modlący się muzułmanin, tylko ręce miała ukryte pod ciałem. Spódnica od kostiumu podsunęła się, odsłaniając majtki, kremowożółte stringi. Cienka ciemnoczerwona smuga krwi ciągnęła się fugami między kafelkami od głowy kobiety do odpływu. Wyglądała, jakby namalowano ją w celu osiągnięcia maksymalnego efektu.

Ciało pozostawało w równowadze, podtrzymywane w pięciu punktach: na dwóch nadgarstkach, kolanach i czole. Kostium, dziwaczna pozycja i odsłonięta pupa przywiodły Harry'emu na myśl sekretarkę szykującą się do oddania się szefowi. Znów stereotypy. Przecież nic o tym nie wiedział. Przecież to właśnie ona mogła być tu szefem.

– Dobrze, ale o tym nie możemy teraz rozmawiać – oświadczył Waaler. – Zadzwoń do mnie wieczorem.

Schował telefon do wewnętrznej kieszeni, i dalej kucał. Harry zauważył, że jego druga ręka spoczywa na białej skórze kobiety, tuż przy brzegu majtek. Prawdopodobnie musiał się podeprzeć.

– Będą niezłe zdjęcia, co? – rzucił Waaler, jakby czytając Harry'emu w myślach.

– Kto to jest?

– Barbara Svendsen. Dwadzieścia osiem lat, z Bestum. Była tu recepcjonistką.

Harry przykucnął przy Waalerze.

– Jak widzisz, strzelono jej w tył głowy – powiedział Waaler. – Na pewno z tego pistoletu, który leży tam, pod umywalką. Wciąż pachnie kordytem.

Harry spojrzał na czarny pistolet leżący w rogu. Na lufie tkwiła duża czarna buła.

– Cezetka. Česká zbrojovka – uzupełnił Waaler. – Czeski pistolet. Ze specjalnym tłumikiem.

Harry pokiwał głową. Miał ochotę spytać, czy pistolet to jeden z produktów importowanych przez Waalera. I czy właśnie tego dotyczyła rozmowa telefoniczna.

– Dość szczególna pozycja – zauważył Harry.

– Tak, przypuszczam, że kucała albo klęczała, i osunęła się w przód.

– Kto ją znalazł?

– Jedna z adwokatek. Na pogotowie policji zatelefonowano o siedemnastej jedenaście.

– Świadkowie?

– Nikt, z kim do tej pory rozmawialiśmy, niczego nie zauważył. Żadnego dziwnego zachowania, żadnych podejrzanych osób przychodzących czy wychodzących w ciągu ostatniej godziny. Pewien człowiek z zewnątrz, który był umówiony na spotkanie z jednym z adwokatów, mówi, że Barbara wyszła z recepcji o szesnastej pięćdziesiąt pięć, żeby przynieść mu szklankę wody, ale że już nie wróciła.

– Mhm. I przyszła po wodę tutaj?

– Prawdopodobnie. Do kuchni z recepcji jest dalej.

– Ale nikt inny nie widział, jak tu szła?

– Dwie osoby, które mają gabinety między recepcją a toaletą, już poszły do domu. A ci, którzy wciąż byli w pracy, siedzieli albo w swoich pokojach, albo w którejś z sal konferencyjnych.

– Co zrobił ten człowiek z zewnątrz, kiedy Barbara nie wróciła?

– Miał spotkanie o piątej, a ponieważ recepcjonistka nie wracała, zniecierpliwił się i poszedł w głąb, aż w końcu znalazł gabinet tego adwokata, z którym był umówiony.

– Znał więc to miejsce?

– Nie, twierdzi, że nigdy wcześniej tu nie był.

– Mhm. Ale jest ostatnią osobą, o której wiemy, że widziała ją żywą.

– Owszem.

Harry zorientował się, że Waaler nie przesunął dłoni.

– Czyli że to się musiało stać między szesnastą pięćdziesiąt pięć a siedemnastą jedenaście.

– Rzeczywiście, mam wrażenie, że tak – powiedział Waaler.

Harry wbił wzrok w notatnik.

– Musisz to robić? – spytał cicho.

– Co?

– Dotykać jej.

– Nie podoba ci się to?

Harry nie odpowiedział, Waaler pochylił się bliżej.

– Chcesz powiedzieć, że ty ich nigdy nie dotykałeś, Harry?

Harry próbował coś zapisać, ale długopis nie działał.

Waaler zaśmiał się krótko.

– Nie musisz odpowiadać, widzę to po tobie. Nie ma nic złego w tym, że ktoś jest ciekawy, Harry. To jeden z powodów, dla których zostajemy policjantami, prawda? Ciekawość i napięcie. Chęć przekonania się, jaka jest w dotyku skóra wkrótce po śmierci. Kiedy trup nie jest ani całkiem ciepły, ani całkiem zimny.

– Ja...

Harry'emu wypadł długopis, kiedy Waaler złapał go za rękę.

– Zobacz!

Przycisnął rękę Harry'ego do uda zmarłej. Harry ciężko wypuścił powietrze przez nos. W pierwszej reakcji chciał przyciągnąć rękę do siebie, ale tego nie zrobił. Dłoń Waalera na jego dłoni była ciepła i sucha, ale skóra zmarłej nie wydawała się ludzka, w dotyku bardziej przypominała gumę. Ciepłą letnią gumę.

– Czujesz? To jest właśnie to napięcie, Harry. Ty też się od niego uzależniłeś, prawda? Ale gdzie je znajdziesz, kiedy rzucisz tę robotę? Zrobisz tak jak inni nieszczęśnicy, będziesz go szukał w wypożyczalniach wideo albo na dnie tych swoich butelek? A może chcesz go w prawdziwym życiu? Zobacz, Harry. Właśnie to ci proponujemy. Prawdziwe życie. Tak czy nie?

Harry chrząknął.

– Chciałbym tylko zauważyć, że technicy pewnie woleliby zabezpieczyć ślady, zanim coś tu ruszymy.

Waaler długo na niego patrzył. Potem mrugnął wesoło i puścił jego rękę.

– Masz rację. To mój błąd.

Podniósł się i wyszedł.

Ból żołądka o mało nie zwalił Harry'ego z nóg, starał się jednak oddychać głęboko i spokojnie. Beate nigdy by mu nie wybaczyła, gdyby zwymiotował na miejscu zbrodni.

Dotknął policzkiem chłodnych płytek i uniósł żakiet Barbary, by móc zajrzeć pod ciało. Między kolanami a wygiętą w łuk górną połową ciała dostrzegł biały plastikowy kubek. Ale jego uwagę przykuła dłoń kobiety.

– Jasna cholera – szepnął. – Jasna cholera!

Dwadzieścia minut po szóstej do kancelarii Halle, Thune i Wetterlid wpadła Beate. Harry siedział na podłodze oparty o ścianę pod drzwiami do damskiej łazienki i pił z białego plastikowego kubka.

Beate zatrzymała się przy nim, odstawiła metalowe walizki i przeciągnęła wierzchem dłoni po wilgotnym zaczerwienionym czole.

– *Sorry*. Byłam na plaży, na Ingierstrand. Musiałam najpierw pojechać do domu, żeby się przebrać, a potem zajrzeć na Kjølberggata po sprzęt. A jeszcze jakiś idiota kazał zamknąć windę, więc musiałam iść na górę piechotą.

– Mhm. Ten idiota zrobił to, żeby zabezpieczyć ewentualne ślady. Prasa już coś zwąchała?

– Ktoś tam siedzi na zewnątrz i wygrzewa się w słońcu. Niewielu. Wakacje.

– Obawiam się, że wakacje się skończyły.

Beate skrzywiła się.

– Chcesz powiedzieć…

– Chodź.

Harry pierwszy wszedł do łazienki i tam ukucnął.

– Jak zajrzysz pod ciało, zobaczysz lewą dłoń. Serdeczny palec jest odcięty.

Beate jęknęła.

– Mało krwi – dodał Harry. – Musiał to zrobić, kiedy już nie żyła. No i mamy to.

Uniósł włosy nad lewym uchem Barbary.

Beate zmarszczyła nos.

– Kolczyk?

– W kształcie serca. Całkowicie inny od tego srebrnego kolczyka, który ma w drugim uchu. Srebrny od pary znalazłem na podłodze w jednej z toalet. Ten musiał więc jej włożyć zabójca. Zabawne w nim jest to, że można go otworzyć. O tak. Dość niezwykła zawartość, prawda?

Beate kiwnęła głową.

– Czerwona pięcioramienna brylantowa gwiazdka – powiedziała.

– I co to oznacza?

Beate popatrzyła na niego.

– Sądzisz, że możemy to powiedzieć już na głos?

– Seryjny zabójca?

Bjarne Møller wyszeptał to tak cicho, że Harry odruchowo przycisnął słuchawkę do ucha.

– Jesteśmy na miejscu zbrodni. Ten sam schemat – wyjaśniał Harry. – Musisz zacząć działać, szefie, i poodwoływać urlopy. Będziemy potrzebowali wszystkiego, co jest w stanie chodzić i pełzać.

– Może naśladowca?

– Wykluczone. Jedynie my wiedzieliśmy o okaleczaniu zwłok i tych brylantach.

– To bardzo nieodpowiedni moment, Harry.

– Seryjne zabójstwa w odpowiednich momentach zdarzają się raczej rzadko.

Møller przez chwilę milczał.

– Harry?

– Jestem, szefie.

– Zamierzam cię prosić, żebyś poświęcił swoje ostatnie tygodnie na asystowanie Tomowi Waalerowi przy tej sprawie. Jesteś jedyną osobą w Wydziale Zabójstw, która ma doświadczenie z seryjnymi zabójstwami. Wiem, że się nie zgodzisz, ale i tak cię proszę. Choćby tyle, żebyśmy zaczęli, Harry.

– Dobrze, szefie.

– To ważniejsze niż twoje nieporozumienia z Tomem... Co powiedziałeś?

– Powiedziałem, że w porządku.

– Naprawdę?

– Tak. A teraz muszę już lecieć. Zostaniemy tu do późnego wieczora, więc dobrze by było, gdybyś mógł zwołać pierwsze zebranie grupy śledczej na jutro. Tom proponował ósmą.

– Tom? – powtórzył Møller ze zdumieniem w głosie.

– Tom Waaler.

– Wiem, kto to jest, tylko nigdy nie słyszałem, żebyś mówił o nim po imieniu.

– Czekają na mnie, szefie.

– Dobrze.

Harry wsunął telefon do kieszeni, plastikowy kubek wrzucił do kosza na śmieci, zamknął się w kabinie męskiej toalety i, uczepiwszy się sedesu, zwymiotował.

Potem stał przy umywalce z odkręconym kranem i przeglądał się w lustrze. Słuchał szumu odgłosów na korytarzu. Asystent Beate prosił ludzi, by nie wchodzili za taśmy. Waaler polecił nadać komunikat o poszukiwaniu osób, które znajdowały się w pobliżu budynku. Magnus Skarre wołał do kolegi, że chce cheesburgera, ale b e z frytek.

Kiedy wreszcie zaczęła lecieć zimna woda, Harry zanurzył twarz pod kranem, pozwolił, by woda spływała po policzku, ściekała do ucha po szyi, pod koszulę, po barku i wzdłuż ramienia. Pił chciwie, nie chciał słuchać wroga w brzuchu. Potem skoczył do toalety i znów zwymiotował.

Na zewnątrz zapadł już wczesny wieczór i Carl Berners plass był pusty, gdy Harry wyszedł. Zapalił papierosa i w ostrzegawczym geście uniósł rękę, by powstrzymać jednego z sępów z prasy, który już się do niego zbliżał. Mężczyzna się zatrzymał. Harry rozpoznał go. Gjendem, chyba tak się nazywa. Rozmawiał z nim po tej sprawie w Sydney. Gjendem nie był gorszy od innych, a prawdę mówiąc, nawet lepszy.

Sklep z telewizorami wciąż był otwarty. Harry wszedł do środka. W pustym wnętrzu za kontuarem siedział tłusty mężczyzna w brudnej flanelowej koszuli i czytał jakiś tygodnik. Stojący na ladzie wentylator niszczył mu pożyczkę na głowie i rozprzestrzeniał zapach potu po całym lokalu. Prychnął, gdy Harry pokazał mu identyfikator i spytał, czy nie widział nikogo, kto by zwrócił na siebie uwagę czymś dziwnym, w sklepie albo na zewnątrz.

– W każdym jest coś dziwnego – odburknął sprzedawca. – Cała okolica schodzi na psy.

– A może był ktoś, kto wyglądał, jakby nosił się z zamiarem zabójstwa? – spytał Harry cierpko.

Mężczyzna zmrużył jedno oko.

– To dlatego tyle tu samochodów policyjnych?

Harry potwierdził skinieniem głowy.

Mężczyzna wzruszył ramionami i wrócił do swojego tygodnika.

– A kto czasami nie ma ochoty zabić, sierżancie?

Harry przystanął jeszcze przy wyjściu, widząc swój własny samochód na ekranie jednego z telewizorów. Kamera omiotła plac i zatrzymała się, pokazując budynek z czerwonej cegły. Potem obraz znów się zmienił, ukazał się prezenter wiadomości w TV2, a moment później byli już na pokazie mody. Harry mocno possał papierosa i zamknął oczy.

Po wybiegu, a raczej po dwunastu wybiegach nadchodziła ku niemu Rakel. Wyszła ze ściany z odbiornikami telewizyjnymi i stanęła przy nim z rękami na biodrach. Popatrzyła na niego, wykonała gwałtowny ruch głową, odwróciła się i odeszła. Harry znów otworzył oczy.

Była ósma. Starał się nie pamiętać, że w pobliżu, na Trondheimsveien jest bar. Z koncesją na podawanie mocnych alkoholi.

Pozostawała najtrudniejsza część wieczoru.

A potem nadeszła noc.

Była dziesiąta wieczorem i chociaż słupek rtęci łaskawie opadł o dwa stopnie, rozgrzane powietrze stało nieruchomo, oczekując na wiatr od lądu, wiatr od morza, na jakikolwiek wiatr. W Wydziale Techniki Kryminalistycznej było pusto, tylko u Beate wciąż paliło się światło. Zabójstwo na Carl Berners plass postawiło cały dzień na głowie i Beate wciąż znajdowała się w miejscu zbrodni, gdy zadzwonił kolega, Bjørn Holm, z informacją, że w recepcji czeka kobieta, która twierdzi, że jest z De Beers i ma zbadać jakieś diamenty.

Beate w pośpiechu wróciła do biura, a teraz usiłowała się skupić na niewysokiej energicznej kobiecie, która stała przed nią i mówiła tak perfekcyjnym angielskim, jakiego można się spodziewać po Holenderce zamieszkałej w Londynie.

– Diamenty mają geologiczne odciski palców, dzięki którym teoretycznie możliwe jest wytropienie ich właściciela, ponieważ posiadają certyfikaty z informacją o pochodzeniu, które nieodłącznie towarzyszą kamieniowi. Ale obawiam się, że w tym wypadku będzie inaczej.

– Dlaczego? – zdziwiła się Beate.

– Ponieważ te dwa diamenty, które oglądałam, to takie, które nazywamy krwawymi diamentami.

– Z powodu zabarwienia?

– Nie. Dlatego, że najprawdopodobniej pochodzą z kopalni Kiuvu w Sierra Leone. Wszyscy handlarze diamentów na świecie bojkotują kamienie stamtąd, ponieważ tamtejsze kopalnie kontrolowane są przez zbuntowane siły, eksportujące diamenty, by w ten sposób finansować wojnę, w której nie chodzi o politykę, tylko o pieniądze. Stąd określenie krwawe diamenty. Sądzę, że te kamienie są świeże i prawdopodobnie zostały przemycone z Sierra Leone do jakiegoś innego kraju, gdzie sporządzono dla nich fałszywe certyfikaty, stwierdzające, że pochodzą ze znanej kopalni, na przykład w Afryce Południowej.

– Ma pani jakiś pomysł, do jakiego kraju mogły być przemycone?

– Większość krwawych diamentów trafia do byłych krajów komunistycznych. Po zlikwidowaniu żelaznej kurtyny eksperci, którzy wcześniej wystawiali fałszywe papiery identyfikacyjne, musieli szukać nowych nisz. Za dobre certyfikaty diamentów dobrze się płaci. Ale to nie jedyny powód, dla którego podejrzewam Europę Wschodnią.

– Aha?

– Widziałam już wcześniej podobne diamenty w kształcie gwiazdy. Przemycano je z byłych Niemiec Wschodnich i z Czech. I jak w tym wypadku, szlifowano diamenty przeciętnej jakości.

– Przeciętnej jakości?

– Chociaż czerwone diamenty pięknie wyglądają, są tańsze niż białe, przezroczyste. Znalezione przez was kamienie zawierają również sporo resztek nieskrystalizowanego węgla, przez co nie są tak przejrzyste, jakby się tego chciało. Aby uzyskać kształt gwiazdy, trzeba sporo zeszlifować, nie wykorzystuje się więc do tego na ogół kamieni doskonałych w punkcie wyjścia.

– A więc wschodnie Niemcy lub Czechy – Beate zamknęła oczy.

– To tylko uzasadnione przypuszczenia. Jeśli to już wszystko, może zdążę jeszcze na ostatni wieczorny samolot do Londynu...

Beate otworzyła oczy i wstała.

– Bardzo przepraszam, ale to był chaotyczny, długi dzień. Ogromnie nam pani pomogła. I dziękujemy, że zechciała pani przyjechać.

– Ależ nie ma za co. Mam nadzieję, że to wam pomoże złapać sprawcę.

– My też na to liczymy. Zaraz zadzwonię po taksówkę.

Beate czekała, aż centrala taksówek się odezwie, i wtedy poczuła, że pani ekspert bacznie przygląda się jej dłoni, w której trzymała słuchawkę. Beate uśmiechnęła się do niej.

– Ma pani bardzo piękny pierścionek z brylantem. Zaręczynowy?

Beate zaczerwieniła się, nie wiadomo dlaczego.

– Nie jestem zaręczona. Ale pierścionek rzeczywiście jest zaręczynowy, mój ojciec dał go mojej matce. Dostałam go po jego śmierci.

– No właśnie. To wyjaśnia, dlaczego go pani nosi na prawej ręce.

– Tak?

– Na ogół pierścionki zaręczynowe nosi się na lewej ręce. A ściślej mówiąc, na środkowym palcu lewej ręki.

– Na środkowym? Sądziłam, że na serdecznym.

Kobieta uśmiechnęła się.

– Nie, jeśli się wierzy w to samo, co Egipcjanie.

– A w co oni wierzyli?

– Uważali, że żyła miłości, *vena amoris*, wiedzie prosto z serca do środkowego palca lewej ręki.

Gdy przyjechała taksówka i Holenderka wyszła, Beate przez chwilę uważnie przyglądała się swojej dłoni. Patrzyła na środkowy palec lewej ręki.

Potem zadzwoniła do Harry'ego.

– Broń też była czeska – powiedział, gdy Beate skończyła opowiadać.

– Może coś w tym jest.

– Może – odparł Harry. – Jak się nazywa ta żyła?

– *Vena amoris*.

– *Vena amoris* – mruknął Harry i odłożył słuchawkę.

16 PONIEDZIAŁEK. DIALOG

Śpisz. Przykładam dłoń do twojej twarzy. Tęskniłaś?

Wyciskam pocałunek na twoim brzuchu. Przesuwam się w dół, a ty się zaczynasz poruszać w falującym tańcu elfów. Milczysz. Udajesz, że śpisz. Możesz się już zbudzić, kochanie. Wiem, jak jest naprawdę.

Harry poderwał się w łóżku. Upłynęło kilka sekund, nim zrozumiał, że obudził go własny krzyk. Wpatrywał się w półmrok, przyglądał się cieniom na firankach i na szafie.

Z powrotem położył głowę na poduszce. Co mu się śniło? Znajdował się w pogrążonym w półmroku pokoju. Dwoje ludzi zbliżało się do siebie w łóżku. Ich twarze były ukryte. Zapalił latarkę i właśnie skierował ją na nich, gdy obudził go własny krzyk.

Popatrzył na cyfry na zegarze stojącym na nocnym stoliku. Do siódmej wciąż pozostawało dwie i pół godziny. W tym czasie człowiek może we śnie zawędrować do piekła i z powrotem. Ale on musiał spać. Musiał. Odetchnął głęboko, jak gdyby zamierzał zanurkować, i zamknął oczy.

17 WTOREK. PROFILE

Harry patrzył na wskazówkę minutową na ścianie ponad głową Toma Waalera.

Musieli przynieść dodatkowe krzesła, żeby wszyscy mogli się pomieścić w dużej sali konferencyjnej w zielonej strefie na szóstym piętrze. W pomieszczeniu panowała niemal uroczysta atmosfera, żadnych pogaduszek, żadnego picia kawy czy czytania gazet, a jedynie skrobanie w notatnikach i milczące oczekiwanie na punkt ósmą. Harry doliczył się siedemnastu głów, a to oznaczało, że brakowało tylko jednej osoby. Tom Waaler stał przed nimi z rękami złożonymi na piersi, ze wzrokiem wbitym w swój rolex.

Wskazówka minutowa na ścianie drgnęła i stanęła pionowo na baczność.

– No to zaczynamy – oświadczył Tom Waaler.

Zaszeleściło, gdy wszyscy jak na komendę zajęli miejsca na krzesłach.

– Ja będę kierował grupą, która poprowadzi śledztwo. A moim asystentem będzie Harry Hole.

Głowy zgromadzonych wokół stołu zaskoczone obróciły się w stronę Harry'ego, który siedział z samego tyłu.

– Po pierwsze, chcę podziękować wszystkim, którzy w pośpiechu bez słowa narzekania wrócili do domu z urlopu – ciągnął Waaler. – Obawiam się, że będziemy musieli was prosić, byście poświęcili coś więcej niż tylko urlop w najbliższym czasie, a nie jest pewne, że będę miał czas na bieganie w kółko i dziękowanie wszystkim naokoło bez przerwy. Umówmy się więc, że te podziękowania muszą wystarczyć do końca miesiąca. Okej?

Tu i ówdzie rozległy się śmiechy, pokiwano głowami. Ludzie tak właśnie się śmieją i potakują przyszłemu naczelnikowi wydziału, pomyślał Harry.

– Dzisiejszy dzień jest pod wieloma względami bardzo szczególny.

Waaler włączył rzutnik. Na płótnie ekranu za jego plecami pojawiła się pierwsza strona z „Dagbladet". SERYJNY MORDERCA ATAKUJE? Żadnych zdjęć. Tylko te trzy słowa wielką czcionką, zarezerwowaną dla informacji o wybuchu wojny. Rzadko się zdarzało, by szanująca się redakcja używała znaku zapytania na pierwszej stronie, a tylko nieliczni – w tym nikt z pokoju K615 – wiedzieli, że decyzja o jego dodaniu zapadła zaledwie kilka minut przed oddaniem dziennika do druku, a po tym, jak redaktor prowadzący zadzwonił w końcu do naczelnego, bawiącego na urlopie w domku letniskowym w Tvedestrand, żeby się go poradzić.

– Nie mieliśmy w Norwegii żadnego seryjnego zabójcy, a przynajmniej nic nam o tym nie wiadomo, odkąd Arnfinn Nesset grasował w latach osiemdziesiątych – podjął Waaler. – Seryjni zabójcy zdarzają się rzadko, do tego stopnia, że ta sprawa wzbudzi zainteresowanie nawet poza granicami kraju. Naprawdę wiele oczu teraz na nas patrzy.

Sztuczna pauza, która teraz nastąpiła, była zbędna. Wszyscy obecni już i tak pojęli znaczenie tej sprawy, gdy Møller streszczał im ją poprzedniego wieczoru przez telefon.

– Okej – podjął Waaler. – Jeśli naprawdę mamy do czynienia z seryjnym mordercą, to przynajmniej zajmujemy niezłą pozycję wyjściową. Po pierwsze jest wśród nas człowiek, który nie dość że prowadził taką sprawę, to jeszcze dopadł zabójcę. Zakładam, że wszyscy tutaj znają popisowy numer komisarza Holego z Sydney. Harry?

Harry zobaczył, że wszystkie twarze znów zwracają się ku niemu, i chrząknął. Czuł, że głos mu nie wytrzyma. Chrząknął więc jeszcze raz.

– Nie jestem wcale taki pewien, czy to, co zrobiłem w Sydney, powinno być przykładem do naśladowania – próbował się krzywo uśmiechnąć. – Tamta sprawa, jak pamiętacie, skończyła się tym, że zastrzeliłem tego człowieka.

Nikt się nie roześmiał. Nikt się nawet nie uśmiechnął. Harry nie był przyszłym naczelnikiem wydziału.

– Potrafimy sobie wyobrazić gorsze zakończenie tej sprawy, Harry. – Waaler znów spojrzał na swój rolex. – Wielu z was zna psychologa Stålego Aunego, z którego pomocy jako biegłego korzystaliśmy w wielu sprawach. Zgodził się przyjść i krótko wprowadzić nas w zjawisko seryjnych zabójców. Dla niektórych będzie to stara lekcja, ale powtórka nie zaszkodzi. Powinien tu być o godzinie…

Wszyscy podnieśli głowy, gdy otworzyły się drzwi. Mężczyzna, który wszedł do środka, głośno sapał. Nad okrągłym brzuchem wystającym spod tweedowej marynarki jaśniała pomarańczowa muszka i okulary tak maleńkie, że trzeba było sobie zadać pytanie, czy w ogóle da się coś przez nie zobaczyć. Czoło w łysej głowie błyszczało od potu, w twarzy odcinały się ciemne, możliwe, że farbowane, a już na pewno bardzo starannie zadbane brwi.

– Mówimy o słońcu… – zaczął Waaler.

– A ono świeci – wykrzyknął Ståle Aune, wyciągając z kieszonki na piersi chusteczkę i wycierając nią czoło. – I to jeszcze jak!

Podszedł do szczytu stołu i z głośnym plaśnięciem rzucił na podłogę zniszczoną brązową skórzaną torbę.

– Dzień dobry, moi państwo. Miło widzieć tylu młodych ludzi, którzy nie śpią o tej porze. Niektórych z was już poznałem, poznania innych udało mi się uniknąć.

Harry uśmiechnął się. On sam zdecydowanie zaliczał się do tych, których Aunemu nie udało się uniknąć. Upłynęło już kilka lat, odkąd

Harry po raz pierwszy zwrócił się do doktora ze swoimi problemami alkoholowymi. Aune nie był specjalistą od uzależnień, lecz między nimi zawiązały się relacje, które, jak Harry musiał przyznać, paskudnie przypominały przyjaźń.

– Wyciągajcie notesy, lenie!

Aune odwiesił marynarkę na krzesło.

– Wyglądacie, jakbyście byli na pogrzebie. I w pewnym sensie rzeczywiście tak jest. Ale zanim stąd wyjdę, chcę zobaczyć chociaż kilka uśmiechów. To rozkaz! I uważajcie, bo będę mówił szybko.

Sięgnął po flamaster leżący przy tablicy z odwracanymi kartkami i zaczął pisać we wściekłym tempie, nie przestając mówić.

– Istnieją wszelkie powody, by sądzić, że seryjni mordercy działają od dawna, odkąd na Ziemi pojawił się więcej niż jeden człowiek, którego można było zabić. Wielu jednak uważa tak zwaną „Autumn of Terror" w roku 1888 za pierwszą nowoczesną sprawę seryjnych zabójstw. Po raz pierwszy udokumentowano wtedy istnienie zabójcy kierującego się motywem o podłożu czysto seksualnym. Morderca zabił pięć kobiet, po czym zniknął bez śladu. Otrzymał przezwisko Kuba Rozpruwacz, lecz swą prawdziwą tożsamość zabrał ze sobą do grobu. Najsłynniejszym uzupełnieniem listy seryjnych zabójców z naszego kraju nie jest wcale Arnfinn Nesset, który, jak wszyscy pamiętacie, otruł dwudziestu kilku pacjentów w latach osiemdziesiątych, lecz Belle Gunness, seryjna morderczyni – kobieta, co zdarza się niezwykle rzadko. Wyjechała do Ameryki, gdzie w 1902 poślubiła pewnego maleńkiego człowieczka i osiadła na farmie koło La Porte w stanie Indiana. Mówię „maleńkiego", ponieważ ważył siedemdziesiąt kilo, ona natomiast sto dwadzieścia. – Aune lekko pociągnął za szelki. – Moim zdaniem jej waga była jak najbardziej odpowiednia.

Tu i ówdzie śmiechy.

– Ta miła pulchna dama zabiła swojego męża, kilkoro dzieci i nieznaną liczbę kawalerów, których zwabiała do siebie, umieszczając ogłoszenia w rubryce towarzyskiej w chicagowskich dziennikach. Zwłoki tych ludzi odkryto nieoczekiwanie, gdy w roku 1908 farma spłonęła w tajemniczych okolicznościach. Wśród ciał znalazły się również zwłoki kobiety o bardzo obfitych kształtach z obciętą głową. Najprawdopodobniej umieściła je tam sama Belle, która chciała oszukać policję i skłonić do uwierzenia, że to ona. Policja otrzymała sporo meldunków od naocznych świadków, którzy twierdzili, że widzieli Belle w wielu miejscach w Ameryce, ale nigdy jej nie złapano. I właśnie o to mi chodzi, moi drodzy. Niestety, przypadki Kuby Rozpruwacza i Belle są dość typowe dla seryjnych morderców.

Aune skończył pisać i teraz stuknął flamastrem o kartkę, aż huknęło.

– Nie zostali złapani.

Obecni obserwowali go w milczeniu.

– No dobrze – ciągnął Aune. – Pojęcie seryjny zabójca budzi równie wiele sporów, jak wszystko inne, co wam powiem. A to dlatego, że psychologia to nauka, która wciąż jeszcze jest w powijakach, a psychologowie z natury są niewiernymi Tomaszami. Przekażę wam sporo pewnych informacji o seryjnych mordercach, które równie dobrze można uznać za niepewne. Wielu zdolnych psychologów uważa to określenie za bezsensowną charakterystykę grupy chorób psychicznych, które zdaniem innych psychologów w ogóle nie istnieją. Czy to było jasne? No, przynajmniej niektórzy z was się uśmiechają. Chociaż tyle dobrze.

Aune stuknął palcem w pierwszy punkt, który zapisał na tablicy.

– Typowy seryjny morderca to biały mężczyzna w wieku od dwudziestu czterech do czterdziestu lat. Z reguły działa sam, lecz może również współdziałać z innymi, na przykład w parze. Okaleczanie ofiar to oznaka, że jest sam. Ofiary mogą być kimkolwiek, lecz z reguły wywodzą się z tej samej grupy etnicznej co on i tylko w wyjątkowych wypadkach morderca zna je wcześniej. Pierwszą ofiarę znajduje na ogół w okolicy, którą dobrze zna. Dość powszechnie uważa się, że zbrodniom seryjnych morderców towarzyszą szczególne rytuały. Tak nie jest. Lecz kiedy już rytuały występują, często mają związek z seryjnymi morderstwami.

Aune wskazał na punkt następny, w którym napisał PSYCHOPATA/SOCJOPATA.

– Ale najbardziej typowe dla seryjnego mordercy jest to, że to Amerykanin. Jedynie Bóg oraz oczywiście paru profesorów psychologii z Uniwersytetu w Oslo wie, dlaczego. Bardzo interesujące jest więc, że ci, którzy o seryjnych morderstwach wiedzą najwięcej – FBI i amerykański system sprawiedliwości – rozróżniają dwa ich typy, psychopatyczny i socjopatyczny. Ci profesorowie, o których wspomniałem, uważają, że zarówno ten podział, jak i same pojęcia lekko cuchną, ale w ojczyźnie seryjnych morderców większość sądów trzyma się tak zwanych zasad McNaugthona, według których tylko psychopata nie ma świadomości, co robi w momencie popełniania zbrodni. Psychopata więc, w przeciwieństwie do socjopaty, unika kary więzienia czy też kary śmierci, często praktykowanej w ojczyźnie Boga. Oczywiście mam na myśli sprawy seryjnych morderców. Hm... – Zamknął flamaster zatyczką i zdziwiony uniósł brew, bo zobaczył w górze rękę Waalera. Aune skinął mu głową.

– Wymiar kary to bardzo interesująca sprawa – powiedział Waaler. – Ale najpierw musimy go złapać. Powiesz nam coś, co możemy wykorzystać w praktyce?

– Oszalałeś? Przecież ja jestem psychologiem!

Śmiech. Aune ukłonił się zadowolony.

– Tak, tak, Waaler, zaraz do tego dojdę. Ale pozwól mi najpierw wtrącić, że jeśli ktoś z was już teraz zaczyna się niecierpliwić, to czekają go ciężkie czasy. Z doświadczenia wiadomo, że nic nie trwa tak długo, jak ujęcie seryjnego mordercy. W każdym razie, gdy ma się do czynienia z niewłaściwym typem.

– Z jakim niewłaściwym typem? – to spytał Magnus Skarre.

– Przyjrzyjmy się najpierw, w jaki sposób ci, którzy tworzą profile psychologiczne dla FBI, odróżniają wśród seryjnych zabójców psychopatów i socjopatów. Psychopata to często osobnik niedostosowany społecznie, bez pracy, bez wykształcenia, obarczony przeszłością kryminalną i szeregiem problemów społecznych. W przeciwieństwie do socjopaty, który jest inteligentny, żyje normalnie i z pozoru wszystko układa mu się szczęśliwie. Psychopata się wyróżnia, łatwo trafia na listę podejrzanych, natomiast socjopata ginie w tłumie. Jego odkrycie prawie zawsze okazuje się szokiem dla sąsiadów i znajomych. Pewna pani psycholog, która zajmuje się tworzeniem profili dla FBI, powiedziała mi, że pierwszą rzeczą, którą sprawdza, jest pora popełnienia zbrodni. Zabicie człowieka wymaga bowiem czasu. Kolejną wskazówką może być ustalenie, czy zabójstw dokonano w dni powszednie czy też weekendy i okresy wakacyjne. Można się po tym zorientować, czy zabójca ma stałą pracę, a jeśli tak, to wzrasta prawdopodobieństwo, że mamy do czynienia z socjopatą.

– Skoro więc nasz zabójca działa w okresie urlopowym, to oznacza, że pracuje i że jest socjopatą? – spytała Beate Lønn.

– Oczywiście za wcześnie na wyciąganie takich wniosków, lecz wraz z innymi elementami, które znamy, nie można tego wykluczyć. Czy to dla was dostatecznie praktyczna wskazówka?

– Owszem – odparł Tom Waaler. – Ale jeśli dobrze zrozumiałem, nie jest to dobra wiadomość?

– Masz rację. Nasz człowiek paskudnie przypomina niewłaściwy typ seryjnego mordercy. Socjopatę.

Aune dał zebranym kilka sekund na przetrawienie tej wiadomości i podjął:

– Według amerykańskiego psychologa Joela Norrisa każdy seryjny morderca przechodzi przez sześć faz cyklu. Pierwsza to faza aury, w której stopniowo traci poczucie rzeczywistości. Faza totemu, piąta, to samo zabójstwo, klimaks. A raczej należałoby powiedzieć: antyklimaks. Zabójstwo bowiem nigdy nie prowadzi do spełnienia oczekiwań, do katharsis, oczyszczenia, z którym zabójca wiąże sam akt uśmiercania. Dlatego po zabójstwie przechodzi w fazę szóstą, fazę depresji. Faza ta zmienia się w kolejną fazę aury, w której zabójca zaczyna przygotowywać się do następnego morderstwa.

– A więc działa na okrągło – rzucił Bjarne Møller, który przez nikogo niezauważony wsunął się do środka i stanął przy drzwiach. – Jak *perpetuum mobile*.

– Oprócz tego, że wiecznie ruchoma maszyna powtarza swoje czynności bez jakiejkolwiek odmiany – odparł Aune. – Natomiast seryjny morderca ulega procesowi, pod którego wpływem zmianie ulega jego zachowanie. Charakteryzuje je, na szczęście, obniżający się stopień samokontroli. Ale także – tym razem na nieszczęście – rosnąca żądza krwi. Pierwsze zabójstwo zawsze bywa najtrudniejsze i dlatego również tak zwany okres ostygania, który po nim następuje, zawsze jest najdłuższy. Faza aury, podczas której przygotowuje się do następnego morderstwa, trwa długo i zabójca się nie spieszy. Jeśli znajdziemy się w miejscu zbrodni, w którym popełniono seryjne morderstwo, gdzie wiele uwagi poświęcono szczegółom, rytuały odprawiono starannie, ryzyko ujawnienia sprawcy jest niewielkie, oznacza to, że dla mordercy ów proces dopiero się rozpoczął. Na tym etapie perfekcyjnie opanowuje technikę, by móc działać coraz skuteczniej. To najgorszy etap dla tych, którzy mają go złapać. Z czasem jednak po zabiciu kolejnych ofiar okresy ostudzania stają się coraz krótsze, zabójca ma coraz mniej czasu na planowanie, w miejscach zbrodni pozostawia coraz większy bałagan, rytuały odprawia niedbale i podejmuje coraz większe ryzyko. Wszystko to świadczy o jego narastającej frustracji. Albo, mówiąc inaczej, wzmagającej się żądzy krwi. Sprawca traci samokontrolę i łatwiej go ująć. Lecz jeśli w tym okresie policja znajdzie się blisko niego, ale go nie schwyta, może go wystraszyć i morderca na jakiś okres przestanie zabijać. Zyska na czasie i znów zacznie od samego początku. Mam nadzieję, że te przykłady zbytnio was nie przygnębiły.

– Jakoś to przeżyjemy – odparł Waaler. – Ale czy możesz nam coś powiedzieć o tej konkretnej sprawie?

– Dobrze – odparł Aune. – Mamy więc trzy zabójstwa...

– Dwa zabójstwa! – to znów odezwał się Skarre. – Lisbeth Barli na razie tylko zaginęła.

– Trzy zabójstwa – powiedział Aune. – Uwierz mi, młody człowieku.

Niektórzy wymienili spojrzenia. Skarre wyglądał tak, jakby chciał coś dodać, ale zrezygnował. Aune podjął:

– Te trzy zabójstwa popełniono w równych odstępach czasu. Trzykrotnie odprawiono również rytuał polegający na okaleczeniu zwłok, a następnie ich przyozdobieniu. Morderca obcina palec, a stratę rekompensuje ofierze, ofiarowując jej brylant. Rekompensata to zresztą bardzo powszechna cecha charakterystyczna dla tego typu okaleczeń, typowa dla zabójców wywodzących się z domów, w których wychowywano ich według bardzo surowych zasad moralnych. Może to będzie jakiś trop, skoro w naszym kraju mało jest rodzin stosujących surowe zasady wychowania.

Śmiechów nie było.

Aune westchnął.

– To się nazywa wisielczy humor. Staram się nie być cyniczny, a moje puenty z całą pewnością mogłyby być celniejsze, lecz usiłuję nie dać się tej sprawie pogrzebać, zanim w ogóle się do niej zabierzemy. Wam zalecałbym to samo. Ale dobrze: Interwały pomiędzy zabójstwami oraz odprawianie rytuałów wskazują w tym wypadku na samokontrolę i wczesny etap procesu.

Rozległo się stłumione chrząknięcie.

– Słucham, Harry? – zachęcił go Aune.

– Wybór ofiary i miejsca zbrodni – powiedział Harry.

Aune dotknął palcem brody, zamyślił się i w końcu kiwnął głową.

– Masz rację, Harry.

Pozostali popatrzyli na siebie zdziwieni.

– Rację w czym? – dopytywał się Skarre.

– Wybór ofiar i miejsc zbrodni wskazuje na coś przeciwnego – wyjaśnił psycholog. – Że morderca szybko zmierza do fazy, w której straci kontrolę i zacznie zabijać na oślep.

– Jak to? – zdziwił się Møller.

– Sam to wytłumacz, Harry – poprosił Aune.

Harry wbił wzrok w stół i zaczął mówić:

– Do pierwszego zabójstwa doszło w mieszkaniu Camilli Loen, w którym mieszkała sama, prawda? Zabójca mógł wejść i wyjść, zbytnio nie ryzykując, że zostanie przyłapany lub zidentyfikowany. Mógł bez przeszkód dokonać zbrodni i odprawić swoje rytuały. Ale już przy drugim zabójstwie zaczyna ryzykować. Porywa Lisbeth Barli na terenie zamieszkanym, w biały dzień, najprawdopodobniej samochodem. A samochody, jak wiadomo, mają tablice rejestracyjne. Trzecie zabójstwo to oczywiście czysta loteria, w damskiej toalecie, w lokalu biurowym, wprawdzie takim, który pracuje w stałych godzinach, lecz z wystarczającą liczbą ludzi w pobliżu. Doprawdy, trzeba mieć wiele szczęścia, żeby nie zostać odkrytym, a przynajmniej zidentyfikowanym.

– Jaki jest więc wniosek? – zwrócił się do Aunego Møller.

– Że nie możemy wyciągnąć żadnego wniosku – odparł psycholog. – Możemy co najwyżej przypuszczać, że mamy do czynienia z dostosowanym społecznie socjopatą. I wciąż nie wiemy, czy on już całkiem wariuje, czy też wciąż zachowuje kontrolę.

– Na co możemy liczyć?

– W pierwszym wypadku czeka nas krwawa łaźnia, lecz pewna możliwość, że go złapiemy, jeśli będzie ryzykował. W drugim wypadku czas upływający między kolejnymi zabójstwami będzie dłuższy, lecz doświadczenie podpowiada, że nie zdołamy go dopaść w przewidywalnej przyszłości. Sami możecie decydować, które rozwiązanie jest lepsze.

– Ale gdzie mamy zacząć go szukać? – spytał Møller.

– Gdybym wierzył moim kolegom interesującym się statystyką, powiedziałbym, że wśród tych, którzy się moczą w nocy, dręczą zwierzęta, popełniają gwałty i są piromanami. Zwłaszcza wśród piromanów. Ale ja im nie wierzę. Niestety, nie mam żadnych alternatywnych bóstw, więc moja odpowiedź musi być taka: nie mam pojęcia.

Doktor zamknął flamaster. Cisza wprost dusiła.

W końcu poderwał się Tom Waaler.

– Okej, moi drodzy. Wobec tego czeka nas trochę roboty. Przede wszystkim należy ściągnąć wszystkich, z którymi już rozmawialiśmy, na nowe przesłuchania. Chcę, żeby sprawdzono wszystkich skazanych kiedyś za zabójstwo i żeby przygotowano listę wszystkich skazanych za gwałt i podłożenie ognia.

Harry obserwował Waalera rozdzielającego zadania. Dostrzegał jego skuteczność i pewność siebie. Szybkość i elastyczność, gdy ktoś wysuwał praktyczne zastrzeżenia o istotnym znaczeniu. Siłę i zdecydowanie, gdy nie były istotne.

Zegar nad drzwiami wskazywał za kwadrans dziewiątą. Dzień ledwie się zaczął, a Harry już czuł się wyzuty ze wszystkich sił, jak stary umierający lew, który włóczy się za stadem, a kiedyś potrafił rzucać wyzwania obecnemu samcowi-przewodnikowi. Nigdy co prawda nie miał ambicji być przywódcą stada, lecz upadek i tak był głęboki. Mógł jedynie siedzieć cicho i mieć nadzieję, że ktoś rzuci mu ochłap.

I rzeczywiście ktoś mu go rzucił. W dodatku całkiem spory.

Stłumiona akustyka w niewielkich pokojach, w których prowadzono przesłuchania, sprawiała, że Harry miał wrażenie, jakby mówił przez kołdrę.

– Import aparatów słuchowych – wyjaśnił nieduży korpulentny mężczyzna, przeciągając prawą ręką po jedwabnym krawacie. Dyskretna złota szpilka przytrzymywała go na miejscu na kredowo białej koszuli.

– Aparatów słuchowych? – powtórzył Harry, wpatrując się w formularz przesłuchania, który dał mu Tom Waaler. W rubryce „nazwisko” wpisał „André Clausen”, a przy „zawodzie” – „prywatny przedsiębiorca”.

– Pan źle słyszy? – spytał Clausen z sarkazmem.

Harry nie potrafił stwierdzić, czy ten sarkazm był skierowany przeciwko niemu, czy też przeciwko samemu Clausenowi.

– Mhm. A więc był pan w kancelarii Halle, Thune i Wetterlid, by rozmawiać o aparatach słuchowych?

– Chciałem tylko prosić o ocenę umowy agencyjnej. Jeden z pańskich szanownych kolegów zrobił jej kopię wczoraj po południu.

– To ta? – spytał Harry, wskazując na teczkę z dokumentami.

– Owszem.

– Już ją oglądałem. Jest podpisana i widnieje na niej data sprzed dwóch lat. Miała zostać odnowiona?

– Nie, chciałem się tylko upewnić, czy nie zostałem oszukany.

– Dopiero teraz?

– Lepiej późno niż wcale.

– Czy pan nie ma żadnego stałego adwokata, panie Clausen?

– Owszem, ale obawiam się, że on się zaczyna starzeć.

Błysnęła duża złota plomba, gdy Clausen się uśmiechnął i podjął:

– Poprosiłem o wstępne spotkanie, by się dowiedzieć, co ta kancelaria jest w stanie mi zaproponować.

– I umówił się pan na to spotkanie tuż przed weekendem? Z firmą, której specjalnością jest ściąganie długów?

– To akurat zrozumiałem dopiero podczas spotkania, a raczej w ciągu tych paru chwil, nim zaczęło się całe to zamieszanie.

– Ale skoro szuka pan nowego adwokata, to z całą pewnością umówił się pan na spotkanie jeszcze z kimś. Może pan nam podać jakieś nazwiska?

Harry nie patrzył na twarz André Clausena. To nie tam mogło się objawić ewentualne kłamstwo. Już w chwili, gdy się witali, zrozumiał, że Clausen zalicza się do tych, którzy nie pozwalają, by wyraz twarzy zdradził, co myślą. Mogło to wynikać z zażenowania, z zajęcia wymagającego twarzy pokerzysty lub z wychowania, w którym opanowanie uważano za ważną cnotę. Dlatego Harry szukał innych znaków, na przykład ruchu dłoni podrywającej się z kolan, by jeszcze raz pogładzić krawat. Nic takiego nie zaszło. Clausen tylko siedział i na niego patrzył. Nie gapił się, przeciwnie, siedział z nieco ciężkimi powiekami, jak gdyby cała ta sytuacja nie była wcale nieprzyjemna, a jedynie odrobinę nudna.

– W większości kancelarii, do których dzwoniłem, proponowano mi spotkanie dopiero po okresie urlopowym – wyjaśnił. – W kancelarii Halle, Thune i Wetterlid byli znacznie bardziej otwarci. Proszę mi powiedzieć, czy jestem o coś podejrzany?

– Wszyscy są podejrzani – odparł Harry.

– *Fair enough*.

Clausen wymówił te słowa z idealnym akcentem prezenterów BBC.

– Zauważyłem, że po norwesku mówi pan ze śladami obcego akcentu.

– Tak? W ostatnich latach sporo przebywałem za granicą. Może to dlatego.

– A dokąd pan podróżuje?

– Tak naprawdę głównie jeżdżę po Norwegii. Odwiedzam szpitale i rozmaite instytucje służby zdrowia. Poza tym często bywam w Szwajcarii, w fabryce producenta aparatów słuchowych. Rozwój projektu wymaga ciągłego uaktualniania wiedzy na temat produktu.

I znów ten trudny do określenia sarkazm w głosie.

– Jest pan żonaty? Ma pan rodzinę?

– Jeśli pan zajrzy do papierów, które wypisał pański kolega, przekona się pan, że nie.

Harry spojrzał na formularz.

– No tak, rzeczywiście. A więc mieszka pan sam... Zaraz, zaraz... Na Gimle terrasse?

– Nie mieszkam sam – odparł Clausen. – Mieszkam razem z Trulsem.

– Aha, rozumiem.

– Doprawdy? – uśmiechnął się Clausen, jeszcze ciężej opuszczając powieki. – Truls to golden retriever.

Harry poczuł ból głowy cisnący za oczami. Według listy przed lunchem miał zaplanowane cztery przesłuchania, a po lunchu pięć. Nie miał siły walczyć z każdym.

Poprosił Clausena, by jeszcze raz opowiedział mu dokładnie, co zaszło od momentu, gdy wszedł do budynku na Carl Berners plass do przybycia policji.

– Z wielką chęcią, panie komisarzu – odparł Clausen i ziewnął.

Harry usiadł wygodniej, oparty, a Clausen opowiadał spokojnie i z pewnością siebie. O tym, jak przyjechał taksówką, wjechał windą na górę i po krótkiej rozmowie z Barbarą Svendsen przez pięć albo sześć minut czekał, aż ona wróci, przynosząc mu wodę. Ponieważ nie przychodziła, ruszył w głąb pomieszczeń biurowych i znalazł na drzwiach tabliczkę z nazwiskiem adwokata Halle.

Harry zauważył, że Halle potwierdził godzinę, o której Clausen zapukał do drzwi, pięć po piątej.

– Czy widział pan, żeby ktoś wchodził do damskiej toalety albo z niej wychodził?

– Z miejsca, w którym czekałem w recepcji, nie widać było drzwi, a kiedy szedłem w głąb korytarza, nie spotkałem nikogo. Prawdę mówiąc, powtarzałem to już kilka razy.

– Będzie ich jeszcze więcej – odparł Harry, głośno ziewając i przeciągając ręką po twarzy. W tej samej chwili Magnus Skarre zastukał do pokoju przesłuchań, pokazując jednocześnie na zegarek. Harry rozpoznał stojącego za nim Wetterlida. Kiwnął mu głową i po raz ostatni zerknął na formularz przesłuchania.

– Tu jest napisane, że nie widział pan żadnej podejrzanej osoby wchodzącej ani wychodzącej z recepcji w czasie, gdy pan tam siedział.

– Zgadza się.

– Wobec tego na razie dziękuję za współpracę. – Harry schował formularz do teczki i wyłączył magnetofon. – Z całą pewnością będziemy się jeszcze z panem kontaktować.

– Żadnej podejrzanej osoby – powtórzył Clausen, wstając.

– Słucham?

– Mówię, że nie widziałem nikogo podejrzanego w recepcji, no ale przyszła sprzątaczka i weszła w głąb pomieszczeń.

– Tak, wiem, już z nią rozmawialiśmy. Twierdzi, że poszła prosto do kuchni i nikogo nie widziała.

Harry wstał i popatrzył na listę. Następne przesłuchanie było wyznaczone na dziesiątą piętnaście w pokoju numer cztery.

– No i był oczywiście kurier rowerowy – dodał Clausen.

– Kurier rowerowy?

– Tak. Opuścił kancelarię tuż przed tym, zanim ja poszedłem szukać Hallego. Pewnie coś dostarczył albo zabrał, nie wiem. Dlaczego pan tak na mnie patrzy, komisarzu? Kurier w kancelarii adwokackiej to, doprawdy, nic podejrzanego.

Półtorej godziny później po sprawdzeniu w kancelarii Halle, Thune i Wetterlid i we wszystkich firmach świadczących usługi kurierskie i wykorzystujących gońców na rowerach w Oslo, Harry jedną rzecz miał jasną. Nikt nie zarejestrował ani dostarczenia, ani odbioru czegokolwiek z kancelarii Halle, Thune i Wetterlid w poniedziałek. A Clausen dwie godziny po opuszczeniu Budynku Policji, zanim słońce stanęło w zenicie, znów został wezwany ze swego biura, by opisać kuriera.

Niewiele potrafił im powiedzieć. Wzrost około metra osiemdziesięciu. Normalna budowa ciała. Szczegółów podać nie umiał, nie interesowało go przyglądanie się mężczyznom. Powtórzył tylko, że kurier był ubrany jak większość kurierów rowerowych: w żółto-czarną koszulkę kolarską z obcisłego materiału, krótkie spodnie i buty kolarskie, które podzwaniały nawet wtedy, gdy szedł po dywanie. Twarz zasłaniał mu kask i okulary.

– A usta? – spytał Harry.

– Biała maska – odparł Clausen. – Taka, w jakiej występuje Michael Jackson. Słyszałem, że kurierzy używają ich dla ochrony przed spalinami.

– Owszem, w Nowym Jorku i w Tokio. My jesteśmy w Oslo.

Clausen wzruszył ramionami.

– Jakoś specjalnie na to nie zareagowałem.

Clausena zwolniono, a Harry poszedł do pokoju Toma Waalera. Waaler siedział ze słuchawką przy uchu i mruczał tylko „hm" i „aha".

– Chyba mam pomysł na to, w jaki sposób zabójca dostał się do Camilli Loen – powiedział Harry.

Waaler odłożył słuchawkę, nie kończąc rozmowy.

– Do domofonu w jej kamienicy jest podłączona kamera wideo, prawda?

– Owszem...? – Waaler wychylił się w przód.

– Kto może zadzwonić do każdego domofonu, wystawić zamaskowaną twarz do kamery, a mimo to mieć absolutną pewność, że zostanie wpuszczony do środka?

– Święty Mikołaj?

– Raczej nie, ale wpuścisz człowieka, któremu wierzysz, że przyniósł przesyłkę ekspresową albo kwiaty. Kuriera.

Waaler wcisnął w telefonie guzik „Zajęte".

– Od przyjścia Clausena do chwili, gdy zobaczył kuriera wychodzącego przez recepcję, upłynęły ponad cztery minuty. Zwykle kurier wbiega, zostawia to, co przyniósł, i wybiega. Nie poświęca czterech minut nie wiadomo na co.

Waaler wolno pokiwał głową.

– Kurier rowerowy – powiedział. – Genialny pomysł. Ktoś, kto ma uzasadniony powód, żeby do obcych ludzi wchodzić w masce. Ktoś, kogo wszyscy widzą, ale na kogo nikt nie zwraca uwagi.

– Koń trojański – dodał Harry. – Wymarzone przebranie dla seryjnego zabójcy.

– I nikogo nie dziwi, że kurier opuszcza jakieś miejsce w pośpiechu na niezarejestrowanym środku transportu, który jest najprawdopodobniej najskuteczniejszym sposobem ucieczki w mieście. – Waaler położył rękę na telefonie. – Poślę ludzi, żeby popytali o kuriera na rowerze w pobliżu miejsc zbrodni w odpowiednich godzinach.

– Musimy się zastanowić nad jeszcze jedną rzeczą – kontynuował Harry.

– Wiem. Czy ostrzec społeczeństwo przed nieznanymi kurierami rowerowymi?

– No właśnie. Pogadasz o tym z Møllerem?

– Tak. I, Harry…

Harry zatrzymał się w progu.

– Cholernie dobra robota – powiedział Waaler.

Harry krótko skinął mu głową i wyszedł.

Już trzy minuty później po korytarzach Wydziału Zabójstw zaczęła krążyć plotka, że Harry wpadł na trop.

18 WTOREK. PENTAGRAM

Nikołaj Loeb delikatnie wciskał klawisze. W nagim pokoju dźwięki fortepianu wydawały się łagodne i kruche. Piotr Iljicz Czajkowski. Koncert fortepianowy numer 1 b-moll. Wielu pianistów uważało go za dziwny i nieelegancki, ale w uszach Nikołaja nigdy nie napisano piękniejszej muzyki. Ogarniała go tęsknota za domem, gdy tylko zaczynał grać tych kilka taktów, które znał na pamięć. I zawsze właśnie tych dźwięków palce odruchowo szukały, gdy siadał przy nienastrojonym fortepianie w sali ogólnej w domu parafialnym przy Starym Kościele Aker.

Wyjrzał przez otwarte okno. Z cmentarza dobiegał śpiew ptaków. Przypominał mu letnie dni w Leningradzie i ojca, który zabierał go na stare pola bitwy za miastem, gdzie w dawno zapomnianych masowych grobach spoczęli dziadek i wszyscy stryjowie Nikołaja.

„Słuchaj – mówił ojciec. – Słuchaj jak bezsensownie pięknie śpiewają".

Nikołaj usłyszał chrząknięcie i odwrócił się w stronę drzwi.

Stał w nich wysoki mężczyzna w T-shircie i dżinsach. Nikołajowi przyszło na myśl, że to jeden z narkomanów, którzy od czasu do czasu tu zaglądali.

– Mogę w czymś pomóc? – zawołał. Ostra akustyka sali sprawiła, że jego głos zabrzmiał mniej życzliwie, niż zamierzał.

Mężczyzna przekroczył próg.

– Mam nadzieję, że tak – odparł. – Przyszedłem się rozliczyć.

– Cieszę się – powiedział Nikołaj. – Ale ja tutaj nie spowiadam. W korytarzu podane są godziny. I musi pan przyjść do naszej kaplicy na Inkognitogata.

Mężczyzna podszedł już blisko. Nikołaj, patrząc na czarne kręgi wokół przekrwionych oczu, doszedł do wniosku, że ten człowiek od dawna nie spał.

– Ale ja chciałem się rozliczyć za tę zniszczoną gwiazdę w drzwiach.

Upłynęło kilka sekund, zanim Nikołaj zrozumiał, o co mu chodzi.

– Aha. Ale to nie moja sprawa. Chociaż oczywiście zauważyłem, że gwiazda się przekrzywiła i wisi do góry nogami. W budynku należącym do kościoła to, łagodnie mówiąc, nie wypada.

– Więc pan tu nie pracuje?

Nikołaj pokręcił głową.

– Tylko od czasu do czasu korzystamy z tego lokalu. Jestem z parafii Świętej Równej Apostołom Wielkiej Księżnej Olgi.

Mężczyzna uniósł brew.

– Z rosyjskiego kościoła prawosławnego – dodał Nikołaj. – Jestem proboszczem. Musi pan iść do kancelarii kościoła i zobaczyć, czy tam nie znajdzie pan kogoś, kto mógłby panu pomóc.

– Mhm. Dziękuję.

Mężczyzna nie wychodził.

– To Czajkowski, prawda? Pierwszy koncert fortepianowy?

– Owszem – zdziwił się Nikołaj. Norwegowie to naród niezbyt obyty z kulturą, a ten w dodatku chodził w T-shircie i wyglądał jak bezdomny.

– Moja matka czasami mi go grała – powiedział mężczyzna. – Mówiła, że jest trudny.

– Ma pan więc dobrą matkę, skoro grała panu utwory, które uważała za trudne.

– Rzeczywiście była dobra. Jak święta.

Coś w krzywym uśmiechu tego mężczyzny budziło w Nikołaju niepewność. Ten uśmiech był jakby sprzeczny ze sobą. Otwarty i zamknięty. Życzliwy i cyniczny. Rozbawiony i pełen bólu. Ale pewnie jak zwykle doszukiwał się we wszystkim zbyt dużo.

– Dziękuję za pomoc – powiedział mężczyzna i ruszył w stronę drzwi.

– Nie ma za co.

Nikołaj odwrócił się do fortepianu i w skupieniu delikatnie wcisnął jeden z klawiszy, nie wydobywając żadnego dźwięku. Poczuł, jak filc dotyka struny. Gdy uświadomił sobie, że nie usłyszał trzaśnięcia drzwi, odwrócił się i zobaczył, że mężczyzna stoi z ręką na klamce i wpatruje się w gwiazdę w zbitym okienku w drzwiach.

– Coś nie tak?

Mężczyzna podniósł głowę.

– Nie, nie. Ale co pan miał na myśli mówiąc, że nie wypada, by gwiazda wisiała do góry nogami?

Nikołaj roześmiał się krótko. Śmiech odbił się od ścian.

– To odwrócony pentagram, prawda?

Mężczyzna patrzył na niego z miną świadczącą o tym, że nic nie rozumie.

– Pentagram to stary religijny symbol, obecny nie tylko w chrześcijaństwie. To, jak pan widzi, pięcioramienna gwiazda narysowana jedną kreską, wielokrotnie się krzyżującą, przypomina trochę gwiazdę Dawida. Podobne gwiazdy znajdowano wyryte na kamieniach nagrobnych liczących sobie kilka tysięcy lat. Ale kiedy gwiazda wisi do góry nogami, w taki sposób, że jedno jej ramię skierowane jest w dół, a dwa w górę, to coś zupełnie innego. To jeden z głównych symboli demonologii.

– Demonologii?

Mężczyzna powtórzył to spokojnym, ale mocnym głosem. Jak ktoś przyzwyczajony do otrzymywania odpowiedzi, pomyślał Nikołaj.

– W nauce o złu. Określenie pochodzi jeszcze z czasów, gdy uważano, że zło bierze się z istnienia demonów.

– Mhm. A teraz demony zlikwidowano?

Nikołaj obrócił się dookoła na stołku fortepianowym. Czyżby pomylił się co do tego człowieka? Sprawiał wrażenie zbyt bystrego jak na narkomana czy bezdomnego.

– Jestem policjantem – wyjaśnił mężczyzna, jakby czytając mu w myślach. – Zadawanie pytań to mój zawód.

– Ach tak? Ale dlaczego pyta pan akurat o to?

– Nie wiem. Widziałem taki znak niedawno. Tylko nie mogę sobie przypomnieć gdzie. Nie wiem nawet, czy to ważne. Jaki demon posługuje się tym znakiem?

– Czort – odparł Nikołaj, delikatnie wciskając trzy klawisze. Dysonans. – Zwany również szatanem.

Kiedy nadeszło popołudnie, Olaug Sivertsen otworzyła *porte fenêtre* wychodzące na Bjørvika, usiadła na krześle i zapatrzyła się na czerwony pociąg sunący obok jej domu. Dom był całkiem zwyczajny, murowana willa wzniesiona w 1891 roku. Niezwyczajne było natomiast jego położenie. Willa Valle – nazwana tak od nazwiska architekta – stała samotnie przy torach na terenie Dworca Centralnego w Oslo. W najbliższym sąsiedztwie miała kilka niskich baraków i warsztatów należących do Norweskich Kolei Państwowych. Willę Valle zbudowano dla naczelnika stacji, jego rodziny i służby. Projekt zakładał wyjątkowo grube mury, by naczelnik i jego żona nie budzili się za każdym razem, gdy przejeżdżał pociąg. Ponadto naczelnik poprosił murarza – majster otrzymał tę pracę, ponieważ był znany ze stosowania specjalnej zaprawy, dzięki której mury stawały się wyjątkowo solidne – o dodatkowe ich wzmocnienie. W wypadku, gdyby jakiś pociąg wypadł z torów i wjechał w dom, naczelnik życzył sobie, by to maszynista przyjął wstrząs na siebie, a nie on sam i jego rodzina. Na razie do tej pory żaden pociąg nie wjechał w okazałą siedzibę naczelnika stacji stojącą w dziwnej samotności niczym zamek z piasku na pustyni czarnego żwiru, w której błyszczały tory, wijące się w słońcu jak lśniące węże.

Olaug zamknęła oczy, radując się ciepłem słonecznych promieni. W młodości nie lubiła słońca, bo tylko podrażniało jej skórę. Wówczas Olaug tęskniła za wilgotnymi chłodnymi latami na północnym zachodzie kraju. Teraz jednak była już stara, miała prawie osiemdziesiąt lat i zaczęła woleć ciepło od zimna. Światło od ciemności. Towarzystwo od samotności. Dźwięki od ciszy.

Zupełnie inaczej było, gdy w 1941 roku jako szesnastoletnia panna przyjechała po tych samych torach z Averøya do Oslo i zaczęła pracować jako służąca u gruppenführera Ernesta Schwabego i jego żony Randi w Willi Valle. Schwabe był wysokim przystojnym mężczyzną, a jego żona pochodziła z rodziny szlacheckiej. Olaug przez pierwsze dni była bliska obłędu ze strachu, oni jednak traktowali ją życzliwie i z szacunkiem, po pewnym czasie więc Olaug zrozumiała, że nie ma się czego bać, dopóki wykonuje swoją pracę z taką starannością i punktualnością, z jakiej nie bez powodu zasłynęli Niemcy.

Ernst Schwabe był dowódcą WLTA, oddziału Wehrmachtu do spraw transportu lądowego, i sam wybrał dla siebie willę przy dworcu kolejowym. Randi, jego żona, również miała jakieś stanowisko w WLTA, lecz Olaug nigdy nie widziała jej w mundurze. Służbówka wychodziła na południe, na ogród i tory. Przez pierwsze tygodnie zgrzyt wagonów, przenikliwe gwizdy i wszystkie inne odgłosy miasta nie pozwalały jej zasnąć w nocy, z czasem jednak do nich przywykła. A gdy rok później pojechała na swój pierwszy urlop, leżała w domu, w którym wyrosła, wsłuchując się w ciszę i nicość, i tęskniła za odgłosami życia i żywych ludzi.

Żywi ludzie. Podczas wojny wielu ich było w Willi Valle. Państwo Schwabe mieli szeroki krąg znajomych, a w przyjęciach uczestniczyli zarówno Niemcy, jak i Norwegowie. Żal, że ludzie nie wiedzą, jacy norwescy dostojnicy przychodzili tu, jedli i pili, zapraszani przez członków Wehrmachtu. Zaraz po wojnie kazano jej spalić wizytówki ustawiane na stole przy nakryciach gości, które zbierała na pamiątkę. Wykonała polecenie i nigdy nie powiedziała o tym nikomu ani słowa. Oczywiście czasami miała wielką ochotę to zrobić, zwłaszcza gdy te same twarze pojawiały się w gazetach i opowiadały o życiu pod niemieckim jarzmem w okresie okupacji. Trzymała jednak język za zębami. Z jednego powodu. Tuż po nastaniu pokoju zagrozili, że odbiorą jej synka, jej największy skarb, jaki kiedykolwiek posiadała. Z tego lęku nie otrząsnęła się do tej pory.

Zacisnęła oczy, odwrócona twarzą do słabego słońca. O tej porze było już zmęczone i nic w tym dziwnego. Przez cały dzień starało się jak mogło pozbawić życia jej kwiaty na parapetach. Olaug się uśmiechnęła. Mój Boże, jakaż ona była kiedyś młoda! Nikt nigdy nie był równie młody. Czy tęskniła za tym? Może nie. Tęskniła jednak za towarzystwem, za życiem, za zamieszaniem. Nigdy nie rozumiała, co to znaczy, gdy mówiono, że starzy ludzie są samotni, ale teraz…

Najgorsze było nie to, że siedzi sama, tylko że nic dla nikogo nie znaczy. Gdy budziła się rano, ogromnie smuciła ją świadomość, że przez cały dzień może nie wstawać z łóżka, a nikomu nie zrobi to różnicy.

Właśnie dlatego przyjęła sublokatorkę. Miłą młodą dziewczynę z Trøndelag.

Aż dziwnie się czuła, gdy pomyślała, że Ina, zaledwie parę lat starsza od niej wtedy, gdy przybyła do Oslo, mieszka teraz w tej samej służbówce i z pewnością leży, nie mogąc zasnąć wieczorami i tęskniąc za ucieczką od hałasu miasta do ciszy maleńkiej osady gdzieś w Nord-Trøndelag.

Chociaż Olaug mogła się jednak mylić. Ina miała przecież kawalera. Na razie jeszcze Olaug go nie poznała, a nawet nie widziała, ale w sypialni zdarzało jej się czasem słyszeć jego kroki na kuchennych schodach, bo Ina miała osobne wejście. W przeciwieństwie do czasów, gdy Olaug była służącą, nikt nie mógł odmówić Inie prawa do przyjmowania wizyt mężczyzny w swoim pokoju. Olaug wcale nie miała ochoty jej tego zabraniać, żywiła jedynie nadzieję, że nie zjawi się ktoś, kto jej odbierze Inę. Dziewczyna stała się najbliższą przyjaciółką, a może raczej córką, której nigdy nie miała.

Ale Olaug wiedziała, że w przyjaźni starej kobiety z dziewczyną zawsze to ta młoda daje, a starsza bierze. Dlatego bardzo się pilnowała, by nie być zbyt natrętną. Ina zawsze okazywała jej życzliwość, lecz Olaug czasami przychodziło do głowy, że może to mieć związek z niskim czynszem.

Niemal stałym rytuałem była jednak wieczorna herbata. Około siódmej wieczorem Olaug stukała do drzwi pokoiku Iny i przynosiła tacę z ciasteczkami i dzbanek. Wolała siedzieć u dziewczyny. Dziwne, ale służbówka wciąż pozostawała tym pomieszczeniem w domu, w którym czuła się najbardziej u siebie. Rozmawiały o bardzo różnych rzeczach. Inę interesowała wojna i to, co działo się w Willi Valle, więc Olaug opowiadała. O tym, jak bardzo Ernst i Randi Schwabe się kochali. Jak potrafili godzinami siedzieć w salonie i rozmawiać, obdarzając się nawzajem drobnymi pieszczotami, odgarniając z czoła lok włosów, kładąc głowę na ramieniu tego drugiego. Czasami Olaug obserwowała ich ukradkiem zza kuchennych drzwi. Patrzyła na wyprostowaną sylwetkę Ernsta Schwabego, na jego czarne gęste włosy, wysokie proste czoło. I na oczy, których wyraz tak prędko potrafił się zmieniać z rozbawienia w powagę, z gniewu w śmiech. Z pewności siebie, gdy chodziło o wielkie rzeczy, w chłopięce zmieszanie, gdy przychodziło do trywialnych błahostek. Później przenosiła wzrok na Randi Schwabe, na jej lśniące rude włosy, na cienką białą szyję i bystre oczy, które miały jasnoniebieską tęczówkę w otoczce ciemnego granatu. Najpiękniejsze, jakie Olaug kiedykolwiek widziała.

Gdy tak na nich patrzyła, myślała sobie, że są pokrewnymi duszami, stworzonymi dla siebie nawzajem, i że nic nigdy nie zdoła ich rozłączyć. Zdarzało się jednak również, i o tym także opowiadała Inie, że miły nastrój przyjęć w Willi Valle po wyjściu gości zastępowały gwałtowne kłótnie.

Właśnie po jednej z takich awantur Ernst Schwabe zastukał do pokoju Olaug, która już się położyła, i wszedł do środka. Nie zapalając światła, przysiadł na brzegu łóżka i oznajmił, że żona, ogarnięta wściekłością, opuściła dom z zamiarem nocowania w hotelu. Olaug po jego oddechu poznała, że pił. Ale była młoda i nie wiedziała, co robić, gdy starszy od niej o dwadzieścia lat mężczyzna, którego szanowała i podziwiała, ba, w którym być może trochę się potajemnie podkochiwała, poprosił, by zdjęła nocną koszulę, by mógł zobaczyć ją nagą.

Pierwszego wieczoru jej nie tknął, tylko na nią patrzył, pogładził ją po policzku i powiedział, że jest piękna. Piękniejsza, niż kiedykolwiek będzie w stanie to zrozumieć. Potem wstał i wyszedł. Wyglądał tak, jakby miał zaraz się rozpłakać.

Olaug zamknęła drzwi balkonu i wstała. Była już prawie siódma. Uchyliła drzwi na kuchenne schody i zobaczyła, że na wycieraczce pod drzwiami Iny stoi para eleganckich męskich butów. Najwyraźniej dziewczyna miała gościa. Olaug usiadła na łóżku i nasłuchiwała.

O ósmej trzasnęły drzwi. Olaug usłyszała, że ktoś wkłada buty i schodzi ze schodów. Docierał jednak również inny dźwięk: dreptanie połączone ze skrobaniem, jak gdyby psich łap. Olaug wyszła do kuchni i nastawiła wodę na herbatę.

Gdy kilka minut później zastukała do drzwi Iny, zdumiało ją, że dziewczyna nie odpowiada. Zwłaszcza że z pokoju dochodziła cicha muzyka.

Zapukała jeszcze raz, lecz wciąż nie doczekała się żadnej odpowiedzi.

– Ina?

Olaug pchnęła drzwi. Uchyliły się. Od razu zwróciła uwagę na duchotę. Okno było zamknięte, a zasłony zaciągnięte, w środku panowała więc prawie całkowita ciemność.

– Ina?

Nikt nie odpowiedział. Może spała? Olaug przeszła przez próg i zajrzała za drzwi, gdzie stało łóżko. Puste. Dziwne. Stare oczy przyzwyczaiły się wreszcie do ciemności i teraz dostrzegła postać Iny. Dziewczyna siedziała w bujanym fotelu i rzeczywiście wyglądała tak, jakby spała. Oczy miała zamknięte, a głowę przekrzywioną. Olaug wciąż nie potrafiła stwierdzić, skąd dochodzi cichy szum muzyki.

Podeszła do fotela.

– Ina?

Sublokatorka również teraz nie zareagowała. Olaug przytrzymując jedną ręką tacę, drugą delikatnie dotknęła policzka dziewczyny.

Rozległ się przytłumiony stuk, gdy na dywan upadł dzbanek z herbatą, a zaraz po nim dwie filiżanki, srebrna cukiernica z niemieckim orłem, talerzyk i sześć ciasteczek czekoladowych.

W tej samej chwili, gdy filiżanka Olaug, a ściślej mówiąc, rodziny Schwabe, upadła na dywan, Ståle Aune podniósł swoją filiżankę. A ściślej mówiąc, Komendy Okręgowej Policji w Oslo.

Bjarne Møller obserwował odgięty mały palec korpulentnego psychologa i w głębi ducha zadawał sobie pytanie, na ile jest to udawanie, a na ile Aune po prostu nie potrafi zapanować nad palcem.

Møller poprosił o spotkanie informacyjne u siebie w gabinecie i oprócz Aunego wezwał osoby kierujące śledztwem, to znaczy Toma Waalera, Harry'ego Hole i Beate Lønn.

Wszyscy wyglądali na zmęczonych. Być może głównie dlatego, że nadzieja, która rozpaliła się po odkryciu fałszywego kuriera, już gasła.

Tom Waaler właśnie przejrzał informacje, które napłynęły po komunikacie nadanym przez radio i telewizję. Otrzymali dwadzieścia cztery zgłoszenia, z czego trzynaście pochodziło od osób, które stale dzwoniły, bez względu na to, czy coś widziały, czy nie. Z pozostałych jedenastu siedem pochodziło od prawdziwych kurierów wykonujących prawdziwe zlecenia. Czterech z nich powiedziało im to, co już wiedzieli: że w poniedziałek około piątej tuż koło Carl Berners plass rzeczywiście znajdował się kurier na rowerze. Nowością było, że zauważono go jadącego w dół Trondheimsveien. Jedyna interesująca informacja pochodziła od taksówkarza, który zauważył rowerzystę w kasku, okularach i żółtej koszulce koło Wyższej Szkoły Sztuk i Rzemiosł, jadącego w górę Ullevålsveien mniej więcej w czasie, gdy zabito Camillę Loen. Żadna z firm kurierskich nie przyjęła zlecenia, które wymagałoby jazdy przez Ullevålsveien akurat wtedy. W końcu jednak zgłosił się facet z firmy „Rowerem Najszybciej", który z pewnym zawstydzeniem przyznał, że zboczył z trasy i pojechał przez Ullevålsveien na piwo do kawiarni z ogródkiem na St. Hanshaugen.

– Innymi słowy poszukiwania przez środki masowego przekazu nic nam nie dały? – spytał Møller.

– Jeszcze wcześnie – odparł Waaler.

Møller pokiwał głową, ale wyraz jego twarzy świadczył o tym, że wcale go to nie pocieszyło. Oprócz Aunego wszyscy obecni w pokoju wiedzieli, że liczą się pierwsze reakcje. Ludzie prędko zapominają.

– A co mówi nasz zmagający się z brakiem personelu Wydział Medycyny Sądowej? – spytał Møller. – Znaleźli coś, co pomogłoby nam w zidentyfikowaniu sprawcy?

– Niestety – odparł Waaler. – Odłożyli na bok stare trupy, nasze mają priorytet. Ale na razie bez rezultatu. Nie ma nasienia, krwi, włosów, naskórka czy czegoś podobnego. Jedyny fizyczny ślad obecności sprawcy to otwory po kulach.

– Interesujące – mruknął Aune.

Møller z pewną rezygnacją spytał, co w tym takiego interesującego.

– To znaczy, że nie wykorzystywał ofiar seksualnie – odparł Aune. – A to bardzo rzadkie w wypadku seryjnych zabójców.

– Może nie chodzi mu o seks – powiedział Møller.

Aune pokręcił głową.

– Nimi zawsze kierują seksualne motywy. Zawsze.

– Może on jest jak Peter Sellers w *Wystarczy być* – powiedział Harry. – „I like to watch".

Pozostali popatrzyli na niego, nie rozumiejąc.

– Chodzi mi o to, że może on nie musi wcale dotykać ofiar, żeby się zaspokoić. – Harry unikał spojrzenia Waalera. – Może sam akt zabójstwa i widok zwłok mu wystarcza.

– To możliwe – przyznał Aune. – Na ogół zabójca pragnie osiągnąć wytrysk, lecz ejakulacja mogła nastąpić bez rozlewania nasienia. Albo był w stanie nad sobą zapanować i zaczekał, aż znajdzie się w bezpiecznym miejscu.

Przez parę sekund panowała cisza. Harry wiedział, że wszyscy myślą o tym samym: Co zabójca zrobił z kobietą, której ciało zniknęło, z Lisbeth Barli?

– A co z bronią, którą znaleźliśmy w miejscach zbrodni?

– Sprawdzona – odparła Beate – Testy strzeleckie wykazują, że na dziewięćdziesiąt dziewięć koma dziewięć procent zabójstw dokonano przy użyciu znalezionej broni.

– No dobrze – powiedział Møller. – A jakiś pomysł na to, skąd pochodziła?

Beate pokręciła głową.

– Numery seryjne zeszlifowane. Ślady po szlifowaniu takie same jak te, które znajdujemy na większości zatrzymywanych egzemplarzy.

– Hm – zamyślił się Møller. – A więc znów ten wielki tajemniczy gang przemytników. Czy POT nie powinien się wkrótce z nimi uporać?

– Interpol pracuje nad tą sprawą od ponad czterech lat i wciąż bez rezultatu – przypomniał Tom Waaler.

Harry odchylił się do tyłu razem z krzesłem i spojrzał na Waalera. Siedząc tak, poczuł ku swemu zdumieniu, że odczuwa coś, czego nigdy wcześniej w stosunku do Waalera nie czuł: podziw. Ten sam rodzaju podziwu, jaki czuje się wobec drapieżnika, który perfekcyjnie opanował swój sposób na przetrwanie.

Møller westchnął.

– Rozumiem. Mamy więc wynik niższy niż trzy zero, a przeciwnik na razie nie pozwolił nam choćby dotknąć piłki. Naprawdę nikt nie ma jakiegoś sprytnego pomysłu?

– Nie wiem, czy to można akurat nazwać pomysłem...

– Mów, Harry.

– To coś więcej niż tylko uczucie w brzuchu. Chodzi o miejsca zbrodni. Łączy je coś wspólnego, ale na razie nie wiem jeszcze co. Do pierwszego zabójstwa doszło w mieszkaniu na strychu na Ullevålsveien. Drugie miało miejsce około jednego kilometra na północny wschód, na Sannergata. A trzecie mniej więcej w takiej samej odległości stamtąd, tylko bezpośrednio na wschód, w budynku z lokalami biurowymi przy Carl Berners plass. On się porusza, ale mam wrażenie, że w tym również jest jakiś plan. R ó w n i e ż w tym.

– Jak to? – spytała Beate.

– Chodzi o rewir – powiedział Harry. – Psycholog z pewnością będzie umiał to wytłumaczyć.

Møller odwrócił się do Aunego, który właśnie wypił łyk z filiżanki.

– Jakiś komentarz, Aune?

Doktor skrzywił się.

– No cóż, nie jest to akurat Kenilworth.

– Nie miałem na myśli herbaty.

Aune westchnął.

– To się nazywa poczucie humoru, Møller. Ale rozumiem, do czego zmierzasz, Harry. Seryjni mordercy mają silne preferencje, jeśli chodzi o dobór miejsca zbrodni pod względem geograficznym. Z grubsza można rozróżnić trzy typy.

Aune zaczął pokazywać na palcach.

– Zabójca stacjonarny, który wabi ofiary lub groźbami zmusza je do przyjścia do swego domu i tam je zabija. Morderca terytorialny, działający na ograniczonym terenie, jak Kuba Rozpruwacz, który zabijał tylko w dzielnicy prostytutek. Ale terytorium może stanowić nawet całe miasto. I trzeci typ, zabójca nomada, który najprawdopodobniej ma na sumieniu najwięcej istnień. Ottis Toole i Henry Lee Lucas przemieszczali się w Ameryce ze stanu do stanu i w sumie zabili ponad trzysta osób.

– No dobrze – powiedział Møller. – Ale ja nie dostrzegam tego planu, o którym ty mówisz, Harry.

Harry wzruszył ramionami.

– Tłumaczyłem, szefie, że to tylko takie uczucie w brzuchu.

– Jest jedna rzecz, która łączy te miejsca – odezwała się Beate.

Wszyscy pozostali odwrócili się do niej jak na komendę, a jej na policzkach natychmiast wystąpiły gorączkowe czerwone plamy; wyglądała tak, jak gdyby żałowała, że się odezwała. Udając jednak, że nic się nie stało, ciągnęła:

– On się wdziera na obszary, w których kobiety czują się najbezpieczniej. We własnym mieszkaniu. Na własnej ulicy w środku dnia. W damskiej toalecie w miejscu pracy.

– Świetnie, Beate – pochwalił ją Harry, w odpowiedzi otrzymał pełne wdzięczności spojrzenie.

– Znakomita obserwacja, młoda damo – zawtórował mu Aune. – A ponieważ rozmawiamy o sposobach poruszania się, to dodam jeszcze jedną rzecz: seryjni mordercy z kategorii socjopatów bywają często bardzo pewni siebie, właśnie tak, jak może się wydawać w tym wypadku. Ich cechą charakterystyczną jest baczne obserwowanie śledztwa, często wykorzystują okazję, by znaleźć się blisko miejsca, w którym jest prowadzone. Niektórzy postrzegają śledztwo jako grę pomiędzy nimi a policją. I wielu z nich dało wyraz radości, jaką czerpali z wprowadzenia policji w błąd.

– Co oznacza, że gdzieś tam teraz siedzi jakiś facet i doskonale się bawi. – Møller złożył ręce. – Trudno to samo powiedzieć o mnie.

– Jeszcze jeden drobiazg – powiedział Harry. – Te brylantowe gwiazdki, w które zabójca zaopatrzył ofiary…

– Tak?

– Mają pięć ramion. Prawie tak jak pentagram.

– Prawie? Z tego co wiem, pentagram ma właśnie pięć ramion.

– Pentagram jest narysowany jedną ciągłą linią, która sama się ze sobą krzyżuje.

– Aha! – zawołał Aune. – Chodzi ci o ten pentagram? Wyrysowany z zachowaniem złotego podziału. Bardzo interesująca forma. Wiedzieliście na przykład o pewnej teorii, według której Celtowie w czasach wikińskich, gdy chcieli schrystianizować Norwegię, to narysowali święty pentagram, nałożyli go na mapę południowej Norwegii i wykorzystali do wyznaczenia położenia miast i kościołów?

– I co z tymi diamentami? – spytała Beate.

– Nie chodzi o diamenty, tylko o kształt. O pentagram. Wiem, że gdzieś go widziałem. W którymś z miejsc zbrodni. Nie mogę sobie tylko przypomnieć, w którym i gdzie. Może brzmi to mgliście, ale wydaje mi się ważne.

– To znaczy? – Møller oparł brodę na ręce. – Pamiętasz coś, czego nie pamiętasz, i uważasz, że to może być ważne?

Harry mocno potarł twarz obydwiema rękami.

– Na miejscu zbrodni człowiek jest tak skoncentrowany, że mózg rejestruje najmniej istotne drobiazgi, o wiele więcej niż jest w stanie przyswoić. One tkwią zakopane gdzieś i czekają, aż coś się wydarzy, na przykład wypłynie coś nowego. Jakiś element pasujący wyłącznie do tego pierwszego kawałka, ale wtedy nie pamięta się już, skąd się wziął. Ale brzuch i tak podpowiada ci, że to istotne. Co wy na to?

– To przypomina psychozę – stwierdził Aune, ziewając.

Pozostali troje popatrzyli na niego.

– Czy nie moglibyście przynajmniej spróbować się uśmiechnąć, kiedy żartuję? – spytał. – Harry, mówisz po prostu o całkiem zwyczajnym ciężko pracującym mózgu. Nie ma się czego bać.

– A mnie się wydaje, że mamy tu cztery mózgi, które na dzisiaj i tak już się dość napracowały – oświadczył Møller, wstając.

W tej samej chwili zadzwonił telefon.

– Słucham, Møller... Chwileczkę.

Przekazał słuchawkę Waalerowi, który zaraz przyłożył ją do ucha. Zaszurały krzesła, ale Waaler dał znać, żeby zaczekali.

– W porządku – powiedział do słuchawki i rozłączył się.

Pozostali patrzyli na niego w napięciu.

– Zgłosił się świadek. Kobieta widziała kuriera wychodzącego z kamienicy na Ullevålsveien w pobliżu Cmentarza Zbawiciela po południu w ten piątek, kiedy zginęła Camilla Loen. Zapamiętała to, ponieważ zdziwiło ją, że kurier miał na twarzy białą maseczkę. Tamten, który pojechał na piwo na St. Hanshaugen, niczego takiego nie nosił.

– I?

– Nie wiedziała, jaki to numer Ullevålsveien, ale Skarre przewiózł ją tamtędy. Wskazała kamienicę. To był dom Camilli Loen.

Møller uderzył w blat biurka płaską dłonią.

– Nareszcie!

Olaug siedziała na łóżku z ręką przy szyi i czuła, jak puls powoli jej się uspokaja.

– Aleś mnie przestraszyła – szepnęła głosem ochrypłym i trudnym do rozpoznania.

– Tak mi przykro. – Ina podniosła z ziemi ostatnie ciasteczka. – Nie słyszałam, jak wchodziłaś.

– To ja przepraszam – powiedziała Olaug. – Nie powinnam była tak wpadać... I nie zauważyłam, że miałaś na głowie te...

– Słuchawki – roześmiała się Ina. – Słuchałam głośnej muzyki. Cole'a Portera.

– Dobrze wiesz, że się nie znam na tych nowoczesnych śpiewakach.

– Cole Porter to stary jazzman. Już nie żyje.

– Moja droga, ty, taka młoda, nie powinnaś słuchać zmarłych.

Ina znów się roześmiała. Gdy zasłuchana poczuła coś na policzku, odruchowo szarpnęła ręką i trafiła w tacę z dzbankiem do herbaty. Cukier wciąż pokrywał dywan delikatną białą warstwą.

– Ktoś mi puszczał jego płyty.

– Uśmiechasz się tak tajemniczo – powiedziała Olaug. – To ten twój kawaler?

Od razu pożałowała pytania. Dziewczyna jeszcze gotowa pomyśleć, że ją szpieguje.

– Może i tak – odparła Ina z uśmiechem błyszczącym w oczach.

– Pewnie jest starszy od ciebie? – Olaug chciała w ten sposób pośrednio wyjaśnić, że nie podjęła próby obejrzenia kawalera. – Skoro lubi starą muzykę, o to mi chodziło.

Zorientowała się, że znów zachowuje się niewłaściwie, wypytuje i drąży jak stara plotkarka. W przypływie paniki oczami wyobraźni widziała już, jak Ina szuka nowego mieszkania.

– Tak, trochę starszy.

Żartobliwy uśmieszek Iny nieco zdezorientował Olaug.

– Mniej więcej tak jak ty i pan Schwabe.

Olaug serdecznie śmiała się z Iną, głównie z poczuciem ulgi.

– Pomyśl tylko, że siedział dokładnie w tym miejscu, w którym ty teraz siedzisz – powiedziała Ina nagle.

Olaug wygładziła ręką narzutę.

– Tak, tak.

– Czy tamtego wieczoru, kiedy prawie się rozpłakał, to dlatego, że nie mógł cię zdobyć?

Olaug nie przestawała gładzić narzuty. Gruba wełna była taka przyjemna w dotyku.

– Nie wiem – odparła. – Nie miałam odwagi spytać. Zamiast tego układałam własne odpowiedzi. Te, które lubiłam najbardziej. Marzenia, które mogłam snuć wieczorami. Pewnie dlatego tak bardzo się zakochałam.

– Czy kiedykolwiek wychodziliście razem poza dom?

– Tak. Raz zabrał mnie samochodem na Bygdøy. Kąpaliśmy się. To znaczy ja się kąpałam, a on patrzył. Nazywał mnie swoją nimfą.

– A czy jego żona dowiedziała się, że to jej mąż jest ojcem, kiedy zaszłaś w ciążę?

Olaug długo patrzyła na Inę, w końcu pokręciła głową.

– Wyjechali z kraju w maju w czterdziestym szóstym. Nigdy więcej ich nie widziałam. Dopiero w lipcu zorientowałam się, że jestem w ciąży. – Olaug uderzyła ręką w narzutę. – Ale ciebie, moja droga, muszą nudzić te moje stare historie. Porozmawiajmy raczej o tobie. Kim jest ten twój kawaler?

– Wspaniałym człowiekiem.

Ina wciąż miała na twarzy wyraz rozmarzenia, który pojawiał się zawsze wtedy, gdy Olaug opowiadała o swym pierwszym i ostatnim kochanku, Ernście Schwabem.

– On mi coś dał – wyznała Ina. Wyciągnęła szufladę biurka i wyjęła z niej malutką paczuszkę obwiązaną złotą wstążeczką. – Powiedział, że nie wolno mi tego otworzyć, dopóki się nie zaręczymy.

Olaug z uśmiechem pogładziła Inę po policzku. Tak się cieszyła w jej imieniu.

– Kochasz go?

– Jest inny od wszystkich. Nie jest taki... Jest staroświecki. Chce, żebyśmy zaczekali z... no wiesz.

Olaug pokiwała głową.

– Rzeczywiście, wygląda na to, że traktuje cię poważnie.

– Tak – Inie wyrwało się przy tym ciche westchnienie.

– Musisz wobec tego mieć pewność, że to naprawdę mężczyzna twego życia, zanim pozwolisz mu posunąć się dalej – powiedziała Olaug.

– Wiem – przyznała Ina. – Właśnie to jest takie trudne. Dziś, zanim wyszedł, oświadczyłam mu, że potrzebuję czasu do namysłu. Odparł, że to rozumie, bo przecież jestem znacznie od niego młodsza. Tak powiedział.

Olaug miała ochotę spytać, czy był z psem, ale się powstrzymała, uznając, że już i tak próbowała dowiedzieć się za dużo. Po raz ostatni pogłaskała starą narzutę i wstała.

– Pójdę nastawić jeszcze wody na herbatę, kochana.

To było objawienie. Żaden cud, po prostu objawienie.

Minęło pół godziny od czasu, gdy wszyscy wyszli z pracy, a Harry akurat skończył czytać raporty z przesłuchań dwóch mieszkających razem sąsiadek Lisbeth Barli. Zgasił lampkę na biurku, zamrugał po ciemku i wtedy nagle się to pojawiło. Może stało się to za sprawą zgaszonego światła, tak jak się dzieje, gdy człowiek leży w łóżku i ma zamiar zasnąć. A może akurat na moment przestał myśleć. Tak czy owak, miał wrażenie, jakby ktoś podsunął mu pod nos wyraźną ostrą fotografię.

Poszedł do biura, w którym przechowywano klucze do miejsc zbrodni, i znalazł ten, którego szukał. Potem pojechał na Sofies gate, zabrał latarkę i piechotą ruszył na Ullevålsveien. Dochodziła północ. Pralnia na parterze była zamknięta, światła wygaszone, ale w witrynie kamieniarza stał reflektor podświetlający nakaz „Spoczywaj w pokoju".

Harry otworzył drzwi do mieszkania Camilli Loen.

Nie usunięto stąd żadnych mebli ani innych przedmiotów, a mimo to jego kroki odbijały się echem, jak gdyby odejście właścicielki wywołało w mieszkaniu fizyczną pustkę, której wcześniej się tam nie wyczuwało. A jednocześnie miał uczucie, że nie jest sam. Harry wierzył w istnienie duszy. Nie był wprawdzie zbyt religijny, ale zawsze na widok zwłok uderzała go myśl, że oto ma przed sobą ciało, które coś utraciło, a przy tym nie miało to związku z fizycznymi zmianami, którym martwe ciała z natury rzeczy podlegają. Ciała wyglądały jak puste skorupki owadów schwytanych w pajęczą sieć, ich istota zniknęła, światło zgasło bez iluzorycznego poblasku, który posiadają dawno wybuchłe gwiazdy. Ciało było pozbawione duszy i właśnie ten jej brak kazał Harry'emu w nią wierzyć.

Nie zapalał światła, wystarczał mu blask księżyca wpadający przez okienka w dachu. Poszedł prosto do sypialni, tam włączył latarkę i skierował ją na belkę nośną nad łóżkiem. Dech mu zaparło. To wcale nie było serce narysowane na trójkącie, jak wydało mu się za pierwszym razem, gdy je zobaczył.

Usiadł na łóżku i końcami palców powiódł po nacięciach w belce. Rany w pociemniałym ze starości drewnie odcinały się jasnością, musiały więc powstać całkiem niedawno. Właściwie była to jedna długa rana, prosta linia, która łamała się, zawracała, splatała się ze sobą i rozchodziła. Pentagram.

Poświecił latarką na podłogę. Na parkiecie leżała cieniutka warstewka delikatnego kurzu i kilka tłustych kotów. Camilla Loen najwyraźniej nie posprzątała przed wyjściem. Ale przy nodze łóżka dostrzegł to, czego szukał. Wióry.

Położył się na plecach. Materac był miękki, uginał się delikatnie. Harry zapatrzył się w okno dachu, próbując myśleć. Jeśli gwiazdę nad łóżkiem rzeczywiście wyrył zabójca, co to mogło oznaczać?

– Spoczywaj w pokoju – mruknął i zamknął oczy.

Był zbyt zmęczony, by myśleć jasno. Nieustannie bowiem obracało mu się w głowie jeszcze jedno pytanie. Właściwie dlaczego zwrócił uwagę na pentagram? Przecież diamenty nie były pięcioramienną figurą narysowaną jedną kreską. Miały kształt zwykłej gwiazdy, jakie widuje się ciągle i wszędzie. Dlaczego więc połączył ze sobą te dwie rzeczy? I czy słusznie? Może zareagował za szybko, może podświadomość łączyła pentagram z czymś innym, z czymś, co również zarejestrował w którymś z miejsc zbrodni, lecz nie potrafił tego wyciągnąć z głębi mózgu?

Próbował przywołać w myślach obraz tych miejsc.

Lisbeth na Sannergata. Barbara na Carl Berners plass. I Camilla. Tutaj. Pod prysznicem w sąsiednim pomieszczeniu. Była prawie naga. Mokra skóra. Dotykał jej. Gorąca woda sprawiła, że wydawało się, iż minęło mniej czasu od jej śmierci, niż było naprawdę. Dotykał jej skóry. Beate patrzyła na niego, a on nie mógł przestać. To przypominało wodzenie palcami po ciepłej gładkiej gumie. Podniósł wzrok i zobaczył, że są sami. Dopiero teraz poczuł gorący strumień prysznica. Spojrzał na Camillę, patrzyła na niego z dziwnym błyskiem w oczach. Drgnął przestraszony, przyciągnął ręce do siebie, a jej spojrzenie powoli zgasło. Jak ekran wyłączającego się telewizora. Dziwne, pomyślał, przykładając dłoń do jej policzka. Czekał, aż gorąca woda z prysznica przesiąknie mu przez ubranie. Blask powoli wracał. Drugą rękę położył jej na brzuchu, oczy odzyskały życie. Poczuł, że jej ciało zaczyna się poruszać pod palcami. Zrozumiał, że to jego dotyk wrócił jej życie, że bez dotyku zniknęłaby, umarła. Przylgnął czołem do jej czoła. Woda spływała pod ubraniem, pokrywała skórę niczym rozdzielający ich ciepły filtr. Dopiero teraz zauważył, że jej oczy nie są już niebieskie, tylko brązowe, a wargi już nie takie blade, tylko czerwone, pełne krwi. Rakel. Przyłożył usta do jej warg. Cofnął się, czując, że są lodowate.

Wpatrywała się w niego, usta się poruszały.

– Co ty robisz?

Harry'emu zamarło serce. Po części dlatego, że echo tych słów wciąż wisiało w powietrzu, zrozumiał więc, że to nie mógł być sen. Częściowo zaś dlatego, że głos nie należał do kobiety. Ale przede wszystkim dlatego, że przy łóżku ktoś stał, pochylając się nad nim.

Potem serce znów ruszyło. Harry obrócił się, macając wokół siebie w poszukiwaniu latarki, która wciąż była zapalona. Spadła na podłogę z miękkim stukiem i potoczyła się w koło, a cień postaci podświetlonej snopem światła przebiegł po ścianach.

Zapaliła się lampa na suficie.

Światło oślepiło Harry'ego, w pierwszym odruchu zasłonił twarz rękami. Mijały sekundy. Nic się nie działo. Nie padł strzał, nie było ciosów. Harry opuścił ręce.

Poznał mężczyznę, który stał przed nim.

– Co wy, na miłość boską, wyprawiacie? – spytał mężczyzna.

Ubrany był w różowy szlafrok, lecz mimo to nie wyglądał na osobę, która właśnie wstała z łóżka. Przedziałek miał idealnie równy. To był Anders Nygård.

– Obudziły mnie dźwięki – powiedział Nygård i nalał zaparzonej w ekspresie kawy do filiżanki stojącej przed Harrym. – Od razu pomyślałem, że ktoś dowiedział się o pustym mieszkaniu i się włamał. Postanowiłem więc iść na górę, żeby to sprawdzić.

– Całkiem zrozumiałe – stwierdził Harry. – Ale wydawało mi się, że zamknąłem drzwi.

– Mam klucz od dozorcy. Na wszelki wypadek.

Harry usłyszał szuranie stóp i się odwrócił.

W drzwiach stanęła Vibeke Knutsen w szlafroku, z zaspaną twarzą i rudymi włosami sterczącymi na wszystkie strony. Bez makijażu w zimnym świetle kuchni wyglądała na starszą niż to jej wydanie, które Harry miał okazję oglądać wcześniej. Zauważył, że drgnęła na jego widok.

– Co się dzieje? – mruknęła, przenosząc spojrzenie z Harry'ego na swego partnera.

– Chciałem sprawdzić parę rzeczy w mieszkaniu Camilli – zaczął się czym prędzej tłumaczyć Harry, dostrzegając jej strach. – Usiadłem na łóżku, bo chciałem przez chwilę dać odpocząć oczom, i zasnąłem. Pani mąż usłyszał odgłosy i mnie obudził. Mam za sobą długi dzień.

Nie wiedząc, dlaczego to robi, Harry demonstracyjnie ziewnął.

Vibeke zmrużonymi oczami wpatrywała się w swego partnera.

– Co ty masz na sobie?

Anders Nygård spojrzał na różowy szlafrok tak, jak gdyby i on dopiero teraz go zobaczył.

– Ojej, wyglądam jak prawdziwa *drag queen* – zaśmiał się krótko. – Kupiłem ci go w prezencie, kochanie. Ciągle leżał w mojej walizce, a w biegu nie wpadło mi w ręce nic innego. Proszę. – Rozwiązał pasek, zdjął szlafrok i rzucił Vibeke, która przyjęła go zdziwiona.

– Dziękuję – powiedziała zażenowana.

– Dziwię się, że się obudziłaś – dodał Anders z szerokim uśmiechem. – Nie wzięłaś tabletki na sen?

Vibeke zawstydzona zerknęła na Harry'ego.

– Dobranoc – mruknęła i wyszła.

Anders podszedł do ekspresu i odstawił dzbanek. Plecy i ramiona miał blade, prawie białe, ale przedramiona opalone, jak kierowcy ciężarówek latem. Podobna linia widoczna była tuż nad kolanami.

– Zazwyczaj przez całą noc śpi jak kamień – powiedział.

– A pan nie?

– Nie rozumiem.

– No cóż, skoro pan wie, że ona śpi jak kamień.

– Sama tak mówi.

– A pan się budzi, jak tylko ktoś chodzi na górze?

Anders popatrzył na Harry'ego i kiwnął głową.

– Ma pan rację, Hole. Ja nie śpię. Niełatwo zasnąć po tym, co się stało. Człowiek leży i myśli, snuje najprzeróżniejsze teorie.

Harry wypił łyk kawy.

– Ma pan ochotę z kimś się nimi podzielić?

Anders wzruszył ramionami.

– Niewiele wiem o masowych mordercach. Jeśli to rzeczywiście to.

– To nie to. Mamy do czynienia z seryjnym zabójcą. To wielka różnica.

– No dobrze, ale czy nie uderzyło was, że ofiary łączy coś wspólnego?

– To młode kobiety. Jest jeszcze coś?

– Są, a raczej były, rozwiązłe.

– Tak?

– Wystarczy poczytać gazety. To, co tam piszą o przeszłości tych kobiet, powinno przemawiać samo za sobie.

– Lisbeth Barli była mężatką i z tego, co wiemy, dochowywała wierności mężowi.

– Owszem, po wyjściu za mąż. Ale wcześniej występowała w jakiejś orkiestrze, która jeździła Bóg wie gdzie i przygrywała na potańcówkach. Chyba nie jest pan aż tak naiwny, Hole?

– Mhm. A jaki wniosek wyciąga pan z tego podobieństwa?

– To morderca, który uczynił z siebie sędziego decydującego o życiu i śmierci, wywyższył się i zrobił z siebie Boga. A w Liście do Hebrajczyków, rozdział trzynasty werset czwarty napisane jest, że Bóg osądzi rozpustników i cudzołożców.

Harry pokiwał głową i spojrzał na zegarek.

– Zanotuję to sobie, panie Nygård.

Anders Nygård obracał w palcach filiżankę.

– Znalazł pan to, czego szukał?

– Można tak powiedzieć. Znalazłem pentagram. Spodziewam się, że skoro zajmuje się pan wyposażeniem wnętrz kościołów, wie pan, co to jest.

– Ma pan na myśli pięcioramienną gwiazdę?

– Tak. Narysowaną jedną łamiącą się i krzyżującą linią, jak gwiazda betlejemska. Ma pan jakiś pomysł, co taki znak może symbolizować?

Harry pochylał głowę nad stołem, ale ukradkiem obserwował twarz Nygårda.

– Całkiem sporo – odparł Nygård. – Pięć to najważniejsza liczba w czarnej magii. Czy była odwrócona do góry jednym ramieniem czy dwoma?

– Jednym.

– Wobec tego nie jest to symbol zła. Ten, który pan opisuje, może symbolizować siłę życia i pożądanie. Gdzie go pan znalazł?

– Na belce nad jej łóżkiem.

– Ach, tak – powiedział Nygård. – Wobec tego to dobry znak.

– Dobry?

– Tak, to krzyż odpędzający zmory.

– Krzyż odpędzający zmory?

– Pogański symbol. Rysowano go nad łóżkiem albo nad drzwiami wejściowymi, by odegnać zmorę.

– Zmorę?

– Owszem, zmorę. Albo marę. Taką, która dręczy w koszmarach sennych. Kobiecą istotę, która siada na piersi śpiącego człowieka i ujeżdża go, zsyłając mu we śnie koszmary. Poganie wierzyli, że zmora jest upiorem. Nic dziwnego, skoro słowo „zmora" wywodzi się z indogermańskiego „mer".

– Muszę przyznać, że nie jestem zbyt biegły w indogermańskim.

– To słowo oznacza śmierć. – Nygård zapatrzył się w filiżankę. – A mówiąc ściślej, „mord".

Kiedy Harry wrócił do domu, na sekretarce czekała wiadomość. Od Rakel. Pytała, czy Harry nie mógłby posiedzieć z Olegiem na basenie w parku Frogner w czasie jej wizyty u dentysty następnego dnia między trzecią a piątą. Wyjaśniała, że sam Oleg o to prosi.

Harry siedział i puszczał sobie to nagranie raz po raz, żeby sprawdzić, czy rozpozna oddech, który słyszał w telefonie kilka dni wcześniej, ale w końcu musiał się poddać.

Zdjął z siebie całe ubranie i położył się nagi do łóżka. Poprzedniej nocy wyciągnął kołdrę i okrył się samą poszwą. Tej nocy przez jakiś czas kopał w nią, zasnął, zaplątał się nogą w otwór i wpadł w panikę. Obudził go trzask pękającej bawełny. Ciemność za oknem już zabarwiła się szarością. Zrzucił resztki poszwy na podłogę i obrócił się do ściany.

Wtedy się pojawiła. Siadła na nim okrakiem, wcisnęła mu uzdę do ust i szarpnęła. Harry'emu kręciło się w głowie, ona pochyliła się nad nim i oddychała mu gorąco w ucho. Ziejący ogniem smok. Wiadomość na sekretarce bez słów, same trzaski. Smagała go batem po udach i po biodrach. Ból był słodki. Powiedziała, że wkrótce będzie jedyną kobietą, jaką on będzie w stanie kochać, równie dobrze więc może się tego nauczyć już teraz.

Puściła go dopiero, gdy słońce oświetliło najwyższe dachy.

19 ŚRODA. POD WODĄ

Gdy Harry zaparkował przy kąpielisku na Frogner tuż przed trzecią, uświadomił sobie, gdzie podziali się wszyscy ludzie, którzy jeszcze zostali w Oslo. Przed kasami ciągnęła się blisko stumetrowa kolejka. W czasie gdy tłum, szurając nogami, przesuwał się ku oczyszczaniu w chlorze, czytał „VG".

W sprawie serii zabójstw nie wydarzyło się nic nowego, ale redakcji udało się wygrzebać dość materiału, by wypełnić aż cztery pełne strony. Tytuły były raczej tajemnicze, skierowane do czytelników, którzy od pewnego czasu śledzili sprawę „Kuriera Śmierci", bo tak go ochrzczono w mediach. Wszystko było wiadome. Policja nie miała już żadnej przewagi w stosunku do dziennikarzy z Akersgata i Harry przypuszczał, że poranne zebrania w redakcjach do złudzenia przypominają poranne odprawy grupy śledczej. Przeczytał wypowiedzi świadków, których sami przesłuchiwali, a którzy podczas udzielania wywiadu przypominali sobie znacznie więcej, wyniki badań ankietowych, w których ludzie mówili, czy się boją, bardzo boją lub boją do szaleństwa, i oświadczenia firm zatrudniających kurierów na rowerach, które uważały, że muszą otrzymać rekompensatę, skoro ich pracowników nikt nie chce nigdzie wpuszczać, a odpowiedzialność za złapanie tego człowieka mimo wszystko spoczywa na władzach, prawda? Powiązanie morderstw dokonanych przez Kuriera Śmierci ze zniknięciem Lisbeth Barli nie było już traktowane jako domysły, lecz jako fakt. Na dużym zdjęciu pod nagłówkiem „Zastąpi siostrę" widniała Toya Harang i Willy Barli przed Teatrem Narodowym. Podpis pod zdjęciem informował: „Energiczny producent nie planuje odwołania przedstawienia". Harry przeleciał wzrokiem tekst, w którym cytowano słowa Barliego:

„*The show must go on*. To coś więcej niż tylko zwykły banał. W naszej branży to ze wszech miar śmiertelna powaga. Wiem, że Lisbeth bez względu na to, co się stało, jest z nami. Ale to oczywiste, że ta sytuacja na nas oddziałuje. Mimo to staramy się pozytywnie wykorzystywać energię. Przedstawienie i tak będzie hołdem dla Lisbeth, wielkiej artystki, która na razie nie pokazała całego swego wielkiego potencjału. Ale jeszcze go pokaże. Nie mogę sobie pozwolić na to, by myśleć inaczej".

Gdy Harry w końcu dostał się do środka, stanął i zaczął się rozglądać. Od jego ostatniej wizyty w kąpielisku Frogner musiało już minąć ze dwadzieścia lat, lecz oprócz kilku odnowionych fasad i dużej niebieskiej zjeżdżalni w basenie dla dzieci niewiele się tu zmieniło. Zapach chloru, małe tęcze z delikatnych kropli unoszących się w powietrzu z pryszniców przy basenach, odgłosy bosych stóp biegnących po asfalcie, trzęsące się z zimna dzieci w mokrych kąpielówkach w kolejce ustawionej w cieniu do kiosku.

Rakel i Olega znalazł na trawiastym zboczu przy basenach dla dzieci.

– Cześć.

Rakel uśmiechnęła się ustami, ale trudno było powiedzieć coś o jej oczach, skrytych za dużymi okularami przeciwsłonecznymi od Gucciego. Miała na sobie żółty kostium bikini. Mało komu do twarzy w żółtym bikini, ale Rakel była jedną z tych osób.

– Wiesz co? – wyrzucił z siebie Oleg, przekrzywiając głowę i w ten sposób usiłując pozbyć się wody z ucha. – Skakałem z pięciometrowej wieży.

Harry usadowił się przy nich na trawie, chociaż na dużym kocu było sporo miejsca.

– Oszukujesz.

– Naprawdę!

– Z pięciometrówki? Prawdziwy z ciebie kaskader.

– A ty skakałeś z pięciometrówki, Harry?

– Tylko trochę.

– A z siódemki?

– Tak, stamtąd też udało mi się spaść na brzuch.

Harry znacząco spojrzał na Rakel, ale ona patrzyła na Olega, który gwałtownie przestał wywijać głową i spytał ściszonym głosem:

– No a z dziesiątki?

Harry podniósł wzrok na głęboki basen, skąd dobiegały radosne piski i powarkiwania ratownika przez megafon. Dziesiątka. Wieża rysowała się jak biało-czarne T na tle niebieskiego nieba. To nieprawda, że minęło dwadzieścia lat, odkąd był w kąpielisku Frogner. Odwiedził to miejsce w pewną letnią noc kilka lat później. Razem z Kristin przeszli przez płot i wspięli się po schodach na wieżę. Na górze położyli się obok siebie. Leżeli tak, mając pod sobą szorstką, sztywną, kłującą w skórę matę, a nad sobą gwiaździste niebo. Rozmawiali. Wydawało mu się, że to ostatnia dziewczyna, jaką kiedykolwiek będzie miał.

– Nie, nigdy nie skakałem z dziesiątki na nogi – powiedział.

– Nigdy?

Harry usłyszał zawód w głosie Olega.

– Nigdy. Tylko na główkę.

– Na główkę? – Oleg aż się poderwał. – Ale to przecież jeszcze fajniejsze. Dużo osób patrzyło?

Harry pokręcił głową.

– Skakałem w nocy. Byłem całkiem sam.

Oleg jęknął.

– Jaki to ma sens? Po co być odważnym, kiedy nikt cię nie widzi?

– Ja też czasami się nad tym zastanawiam.

Harry próbował pochwycić wzrok Rakel, ale okulary były za ciemne. Spakowała już torbę, wciągnęła na bikini T-shirt i dżinsową spódniczkę mini.

– Ale to jest też najtrudniejsze – dodał Harry. – Kiedy jesteś sam i nikt cię nie widzi.

– Dziękuję, że zechciałeś wyświadczyć mi tę przysługę, Harry – powiedziała Rakel. – Naprawdę miło z twojej strony.

– Cała przyjemność po mojej stronie – odparł. – Nie spiesz się, poświęć tyle czasu, ile potrzebujesz.

– Tyle ile potrzebuje dentysta – poprawiła go. – Mam nadzieję, że to nie potrwa bardzo długo.

– I jak wylądowałeś? – dopytywał się Oleg.

– Jak zawsze. – Harry nie odrywał oczu od Rakel.

– Wrócę na piątą – powiedziała. – Nie zmieniajcie miejsca.

– Niczego nie zmieniamy – obiecał Harry i w tej samej chwili tego pożałował. To nie była odpowiednia pora i miejsce na to, by być żałosnym. Trafią się lepsze okazje.

Harry spoglądał za nią, dopóki nie zniknęła mu z oczu. Zastanawiał się, na ile trudno jest załatwić wizytę u dentysty w samym środku okresu urlopowego.

– Chcesz zobaczyć, jak skaczę z piątki czy nie? – spytał Oleg.

– Pewnie, że chcę – odparł Harry, ściągając T-shirt.

Oleg gapił się na niego.

– Czy ty się nigdy nie opalasz, Harry?

– Nigdy.

Oleg najpierw sam skoczył dwa razy, a potem Harry ściągnął dżinsy i poszedł na trampolinę razem z nim. Kilka osób w kolejce do skoku słało nieprzychylne spojrzenia jego obszernym bokserkom z flagą Unii Europejskiej, ale dalej objaśniał Olegowi skok „na krewetkę". Ułożył poziomo wyprostowaną dłoń.

– Sztuka polega na tym, żeby opadać w powietrzu z ciałem ułożonym dokładnie równolegle do powierzchni wody. To wygląda naprawdę okropnie. Ludziom wydaje się, że uderzysz płasko brzuchem o wodę, a ty w ostatniej chwili... – Złączył kciuk z palcem wskazującym. – ... łamiesz się w pół jak krewetka i uderzasz o powierzchnię wody dłońmi i stopami jednocześnie.

Wziął rozbieg i skoczył. Zdążył usłyszeć gwizdek ratownika, zanim zgiął się w pół i rozciął czołem powierzchnię wody.

– Hej, ty, mówiłem, że piątka jest już nieczynna! – usłyszał głos przez megafon, kiedy wynurzył się na powierzchnię.

Oleg sygnalizował z wieży. Harry podniesieniem kciuka dał znak, że zrozumiał. Wydostał się z wody, zszedł na dół po schodach i stanął przy jednym z okienek w ścianie basenu do skoków. Przeciągnął palcem po chłodnym szkle, rysując wzór na zaparowanej szybie i wpatrując się jednocześnie w niebieskozielony podwodny pejzaż. Gdy spojrzał od dołu na powierzchnię, widział kąpielówki, wierzgające nogi i kontury chmur na błękitnym niebie. Pomyślał o Underwater.

Pojawił się Oleg. Prędko wyhamował w chmurze bąbelków, ale zamiast wynurzyć się na powierzchnię, odbił się od dna i podpłynął do okienka, przy którym stał Harry.

Patrzyli na siebie, Oleg uśmiechał się, wymachiwał rękami i coś pokazywał. Twarz miał bladą, zielonkawą. Harry nie słyszał żadnego odgłosu z wewnątrz, widział jedynie poruszające się usta chłopca i czarne włosy unoszące się nieważko nad jego głową, falujące jak wodorosty unoszone w górę. Coś mu to przypomniało. Coś, o czym nie miał ochoty myśleć w tej chwili. Ale gdy tak stali, każdy po swojej stronie szyby, ze słońcem lejącym się z nieba, otoczeni beztroskimi odgłosami życia, a zarazem absolutną ciszą, Harry'ego ogarnęło nagle przeczucie, że stanie się coś strasznego. W następnej chwili jednak już o tym zapomniał, bo pojawiło się nowe wrażenie, gdy Oleg odbił się i zniknął, a Harry został sam, wpatrując się w pusty ekran telewizora. Pusty ekran telewizora. Patrząc na kreski narysowane na zaparowanej szybie, Harry uświadomił sobie, gdzie już to widział.

– Oleg!

Już pędził po schodach na górę.

Tak w ogóle Karla mało interesowali ludzie. Chociaż sklep z telewizorami na Carl Berners plass prowadził już od ponad dwudziestu lat, to nigdy na przykład nie zainteresował się tym, by dowiedzieć się czegokolwiek na temat swego imiennika, od którego plac otrzymał nazwę. Równie mało interesował go ten wielki mężczyzna, który wymachiwał mu właśnie przed nosem policyjnym identyfikatorem, czy też stojący obok niego chłopiec z mokrymi włosami. Nie obchodziła go też dziewczyna, o której mówił policjant, ta, którą znaleźli w kiblu u adwokatów po drugiej stronie ulicy. Jedyną osobą, która liczyła się dla Karla w tej chwili, była piękność na zdjęciu w magazynie dla mężczyzn „Vi menn". To, ile naprawdę ma lat, czy naprawdę pochodzi z Tønsberg i czy rzeczywiście lubi opalać się nago na balkonie tak, by mogli ją widzieć przechodzący w pobliżu mężczyźni.

– Zaglądałem tu tego dnia, gdy zabito Barbarę Svendsen – powiedział policjant.

– Skoro tak pan mówi – odparł Karl.

– Widzi pan ten wyłączony telewizor koło wystawy? – Policjant pokazał palcem.

– Philips – odparł Karl, odsuwając „Vi menn" na bok. – Niezły, co? Pięćdziesiąt hertzów. Kineskop Real Flat, Surround, telegazeta i radio. Siedem dziewięćset. Ale dla pana pięć dziewięćset.

– Widzi pan, że ktoś coś narysował na kurzu na ekranie?

– Okej – westchnął Karl. – Pięć sześćset.

– Gówno mnie obchodzi ten telewizor – oświadczył policjant. – Chcę wiedzieć, kto to zrobił.

– Dlaczego? – spytał Karl. – Nie zamierzałem tego zgłaszać.

Policjant pochylił się nad kontuarem. Karl po kolorze jego twarzy poznał, że nie podobają mu się odpowiedzi.

– Niech pan posłucha. Staramy się znaleźć zabójcę. Mam powody podejrzewać, że był w tym sklepie i zrobił rysunek na ekranie tego telewizora. Wystarczy?

Karl w milczeniu pokiwał głową.

– To świetnie. A teraz chcę, żeby się pan starannie zastanowił.

Policjant odwrócił się na dźwięk dzwonka za plecami. W drzwiach pojawiła się kobieta z metalową walizką.

– Tamten Philips. – Policjant wskazał jej odbiornik.

Kiwnęła głową bez słowa, przykucnęła pod ścianą przed telewizorami i otworzyła walizkę.

Karl patrzył na nich szeroko otwartymi oczami.

– No i co? – spytał policjant.

Do Karla zaczynało docierać, że to chyba ważniejsze niż Liz z Tønsberg.

– Nie pamiętam każdego, kto tu zagląda – wydusił z siebie, mając na myśli, że nie pamięta nikogo.

Tak po prostu było. Twarze przestały mieć dla niego znaczenie. Z pamięci uleciała mu już nawet twarz Liz.

– Nie musi mi pan opowiadać o wszystkich – powiedział policjant. – Tylko o tym jednym. Wygląda na to, że ostatnio raczej nie ma u pana ruchu.

Karl z rezygnacją pokręcił głową.

– A gdyby pan zobaczył jakieś zdjęcia – przyciskał policjant. – Poznałby go pan?

– Nie wiem. Pana nie poznałem, więc...

– Harry... – odezwał się chłopiec.

– A nie widział pan, jak ktoś rysuje po ekranie?

– ...Harry.

Karl rzeczywiście widział tamtego dnia człowieka w sklepie. Przypomniał to sobie tego samego wieczoru, w którym policja tu zaglądała z pytaniem, czy nie zauważył nikogo podejrzanego. Problem polegał na tym, że ten człowiek nie zrobił nic szczególnego. Stał jedynie i gapił się na ekrany, co nie jest zbyt podejrzane w sklepie z telewizorami. Co więc miał powiedzieć? Że ktoś, kogo wyglądu nie pamięta, stał u niego w sklepie i podejrzanie wyglądał? Miał przy okazji narobić sobie mnóstwo kłopotów i ściągnąć na siebie niechcianą uwagę?

– Nie – odparł Karl. – Nie widziałem, żeby ktoś rysował na telewizorze.

Policjant mruknął coś pod nosem.

– Harry... – chłopiec pociągnął policjanta za koszulkę. – Już piąta.

Policjant zdrętwiał i spojrzał na zegarek.

– Beate – zwrócił się do kobiety. – Masz coś?

– Za wcześnie, żeby coś powiedzieć – odpowiedziała. – Śladów jest sporo, ale przeciągał palcem, więc trudno znaleźć cały odcisk.

– Daj mi znać.

Dzwonek nad drzwiami znów zadzwonił. Karl i kobieta z metalową walizką zostali sami w sklepie.

Karl przysunął sobie Liz z Tønsberg, ale zmienił zdanie. Położył ją twarzą w dół i podszedł do policjantki. Za pomocą małego pędzelka ścierała z ekranu telewizora jakiś proszek, który wcześniej na niego wysypała. Karl dostrzegł teraz rysunek na kurzu. Oszczędzał również, gdy chodziło o sprzątanie, nic więc dziwnego, że rysunek zachował się przez parę dni. To raczej rysunek był szczególny.

– Co to ma oznaczać? – spytał.

– Nie wiem – odparła. – Dopiero przed chwilą dowiedziałam się, jak to się nazywa.

– A jak?

– Pentagram.

20 ŚRODA. BUDOWNICZOWIE KATEDR

Harry i Oleg spotkali Rakel wychodzącą przez bramę kąpieliska Frogner. Podbiegła do Olega i mocno go objęła, jednocześnie śląc Harry'emu wściekłe spojrzenie.

– Co ty właściwie robisz? – szepnęła.

Harry stał z rękami opuszczonymi, teraz przeniósł ciężar ciała na drugą nogę. Wiedział, że mógłby jej odpowiedzieć. Mógł oświadczyć, że tym, co robi akurat teraz, jest ratowanie ludzkiego życia w tym mieście. Ale nawet to byłoby kłamstwem. Prawdą było, że zajmował się wyłącznie własnymi sprawami i pozwalał, by wszyscy wokół niego za to płacili. Tak działo się zawsze i zawsze tak miało być. A jeśli przy okazji udawało mu się uratować czyjeś życie, należało to traktować jak bonus.

– Przykro mi – powiedział zamiast tego. To przynajmniej była prawda.

– Byliśmy w takim jednym miejscu, gdzie wcześniej był ten seryjny morderca – oznajmił Oleg podniecony, ale gwałtownie umilkł, widząc niedowierzanie w oczach matki.

– To znaczy... – zaczął Harry.

– Nie! – przerwała mu Rakel. – Nawet nie próbuj.

Harry wzruszył ramionami i smutno uśmiechnął się do Olega.

– Przynajmniej pozwól, żebym odwiózł was do domu.

Znał odpowiedź, jeszcze zanim padła. Długo stał i patrzył za nimi. Rakel szła twardym szybkim krokiem. Oleg odwrócił się i pomachał do niego, Harry odmachał.

Słońce zapiekło pod powiekami.

Kantyna znajdowała się na ostatnim piętrze Budynku Policji. Harry stanął przy drzwiach i rozejrzał się. Oprócz jednej osoby, która siedziała przy stoliku odwrócona plecami, w dużym pomieszczeniu nie było ludzi. Harry z parku Frogner przyjechał prosto do pracy. Po drodze przez wyludnione korytarze na szóstym piętrze stwierdził, że pokój Toma Waalera jest pusty, ale w środku paliło się światło.

Podszedł do lady, zamkniętej stalową zasłoną. W telewizorze wiszącym w rogu pokazywano losowanie Lotto. Harry śledził kulkę toczącą się w dół rynny. Telewizor był ściszony, ale Harry i tak słyszał kobiecy głos, który mówi „Pięć. Liczba pięć". Ktoś miał szczęście.

Zaszurało krzesło przy stoliku.

– Cześć, Harry. Bufet nieczynny.

To był Tom.

– Wiem – odparł Harry.

Myślał o tym, o co spytała go Rakel. Co on właściwie robi?

– Pomyślałem tylko, że sobie zapalę.

Skinieniem głowy wskazał na drzwi prowadzące na taras na dachu, który w praktyce służył jako całoroczna palarnia.

Widok z tarasu był wspaniały, ale powietrze równie gorące i nieruchome jak na ulicach. Popołudniowe słońce świeciło ukośnie na miasto i port w Bjørvika, który był autostradą, magazynem dla kontenerów i kryjówką ćpunów, lecz wkrótce miał się zmienić w operę, hotele i mieszkania warte miliony. W mieście zaczynało zwyciężać bogactwo. Harry myślał o wielkim czarnym sumie, żyjącym w afrykańskich rzekach, który nie miał dość rozumu, by uciec na głębszą wodę, gdy nastawała susza, i w końcu chwytano go w błotnistych kałużach, które wolno wysychały. Roboty budowlane już się rozpoczęły. Na tle rozświetlonego słonecznym blaskiem nieba sylwetki dźwigów przypominały żyrafy.

– Będzie fantastycznie.

Nawet nie usłyszał nadejścia Toma.

– Zobaczymy.

Harry pociągnął papierosa. Nie był pewien, na jakie słowa odpowiedział.

– Spodoba ci się – ciągnął Waaler. – To tylko kwestia przyzwyczajenia.

Harry'emu przed oczami stanęły sumy po opadnięciu resztek wody, widział, jak leżą w błocie, walą ogonami, rozdziawiają pyski, usiłując przyzwyczaić się do oddychania powietrzem.

– Ale potrzebuję odpowiedzi, Harry. Muszę wiedzieć, czy w to wchodzisz, czy nie.

Utonąć w powietrzu. Śmierć suma nie była może wcale gorsza od innych. Podobno śmierć przez utonięcie jest stosunkowo przyjemna.

– Dzwoniła Beate – powiedział Harry. – Sprawdziła te odciski palców ze sklepu z telewizorami.

– Tak?

– Tylko fragmentaryczne ślady, a właściciel niczego nie pamięta.

– Szkoda. Aune mówi, że w Szwecji mają niezłe wyniki ze stosowaniem hipnozy u zapominalskich świadków. Może powinniśmy tego spróbować?

– Może.

– Po południu przyszła też bardzo interesująca informacja z Zakładu Medycyny Sądowej. Na temat Camilli Loen.

– Mhm.

– Okazuje się, że była w ciąży. W drugim miesiącu. Ale nikt z kręgu jej znajomych, z którymi rozmawialiśmy, nie ma pomysłu na to, kto mógł być ojcem. To raczej bez związku z zabójstwem, ale warto byłoby wiedzieć.

Stali w milczeniu. Waaler podszedł do balustrady i wychylił się przez jej krawędź.

– Wiem, że mnie nie lubisz, Harry. I wcale cię nie proszę, żebyś nagle zaczął czuć do mnie sympatię. – Zawiesił głos. – Ale jeśli mamy razem pracować, to musimy od czegoś zacząć. Może otworzyć się trochę przed sobą?

– Otworzyć?

– Tak. Strasznie to zabrzmiało?

– Trochę.

– Zgadzam się – uśmiechnął się Waaler. – Ale ty możesz zacząć. Spytaj mnie o coś, co chciałbyś o mnie wiedzieć.

– Wiedzieć?

– Tak. Cokolwiek.

– Czy to ty zastrze... – urwał. – W porządku. Chcę wiedzieć, co sprawia, że tykasz i chodzisz.

– Co masz na myśli?

– Po co wstajesz rano i robisz to, co robisz? Jaki masz cel? I dlaczego?

– Rozumiem.

Tom długo się namyślał. W końcu wskazał na dźwigi.

– Widzisz je? Mój prapradziadek wyemigrował ze Szkocji z sześcioma owcami rasy Sutherland i listem polecającym z cechu murarskiego w Aberdeen. Owce i list polecający umożliwiły mu dostęp do cechu w Oslo. Budował te domy wzdłuż rzeki Aker i na wschód wzdłuż torów. Później zastąpili go jego synowie. A potem synowie tamtych. Aż do mojego ojca. Mój pradziadek przyjął norweskie nazwisko, ale kiedy się przeprowadziliśmy do zachodniej dzielnicy, ojciec wrócił do starego nazwiska. Waaler. *Wall*. Mur. Powodowała nim trochę rodzinna duma, lecz uważał również, że Andersen nie jest dobrym nazwiskiem dla przyszłego sędziego.

Harry patrzył na Waalera. Starał się utrzymać spojrzenie na bliźnie na policzku.

– To znaczy, że miałeś zostać sędzią?

– Taki był plan, kiedy zacząłem studiować prawo. Pewnie rzeczywiście poszedłbym tą drogą, gdyby nie to, co się stało.

– To znaczy?

Waaler wzruszył ramionami.

– Mój ojciec zginął w wypadku przy pracy. Może to dziwne, lecz gdy ojciec umiera, odkrywasz nagle, że dokonywałeś wyborów w równym stopniu dla siebie, co dla niego. Nagle uświadomiłem sobie, że z innymi studentami prawa nic mnie nie łączy. Byłem pewnie kimś w rodzaju naiwnego idealisty. Wydawało mi się, że w tym wszystkim chodzi o rozwinięcie sztandaru sprawiedliwości i działanie na rzecz nowoczesnego państwa prawa. Odkryłem jednak, że większości chodzi głównie o zdobycie tytułu i znalezienie pracy, w której zarobią dostatecznie dużo, by zaimponować dziewczynie z sąsiedztwa na Ullern. Sam przecież studiowałeś prawo…

Harry pokiwał głową.

– Może to tkwi w genach – powiedział Waaler. – Ja w każdym razie zawsze lubiłem budować. Wielkie rzeczy. Już w dzieciństwie budowałem wielkie pałace z klocków lego, o wiele większe niż inne dzieci. A na prawie odkryłem, że jestem poskręcany inaczej niż te małe ludziki ze swoimi małymi myślami. Dwa miesiące po pogrzebie zacząłem się starać o przyjęcie do Wyższej Szkoły Policyjnej.

– Mhm. I jak wieść niesie, opuściłeś ją jako najlepszy absolwent.

– Prawie najlepszy.

– I tu, w Budynku Policji, dostałeś możliwość zbudowania swojego pałacu?

– Ja nic nie dostałem. Nikt nie dostaje, Harry. Kiedy byłem mały, zabierałem klocki innym dzieciom, żeby moje budowle były dostatecznie duże. Pytanie, o co komu chodzi. Czy się pragnie budować metodą oszczędnościową małe domki dla małych ludzików, czy też pragnie się wznosić opery i katedry, wspaniałe budowle, będące czymś większym niż ty sam, czymś, ku czemu można się wyciągać. – Waaler pogładził dłonią metalową barierkę. – Być budowniczym katedr to powołanie, Harry. We Włoszech murarzom, którzy ginęli podczas budowania kościołów, nadawano status męczenników. Chociaż budowniczowie katedr budowali dla ludzkości, to na przestrzeni dziejów nie wzniesiono ani jednej katedry bez użycia ludzkich kości i ludzkiej krwi. Mój dziadek to powtarzał. I to się nigdy nie zmieni. Krew mojej rodziny posłużyła jako spoiwo w wielu budynkach, które stąd widzisz. Ja po prostu chcę większej sprawiedliwości. Dla wszystkich. I wykorzystam te materiały budowlane, które są niezbędne.

Harry bacznie obserwował żar papierosa.

– I ja jestem przewidziany jako materiał budowlany?

Waaler się uśmiechnął.

– To jeden ze sposobów, żeby to wyrazić. Ale odpowiedź brzmi „tak". Jeśli zechcesz. Ja mam alternatywne rozwiązania...

Nie dokończył zdania, ale Harry i tak wiedział, jak brzmiałby jego dalszy ciąg: „A ty ich nie masz..."

Głęboko zaciągnął się dymem i spytał cicho:

– A jeśli się zgodzę wejść na pokład?

Waaler długo na niego patrzył z uniesioną brwią, nim wreszcie odpowiedział:

– Otrzymasz pierwsze zadanie, które będziesz musiał wykonać sam, bez zadawania pytań. Wszyscy przed tobą musieli przejść przez taką próbę. To dowód lojalności.

– Co to będzie?

– Dowiesz się z czasem. Ale oznacza spalenie za sobą kilku mostów do wcześniejszego życia.

– Czy oznacza złamanie prawa norweskiego?

– Prawdopodobnie.

– Aha. Po to, żebyście mieli na mnie haka. Żeby mnie nie kusiła zdrada.

– Ja może wyraziłbym to w inny sposób, ale zrozumiałeś sedno.

– O czym rozmawiamy? O przemycie?

– Nie mogę ci teraz na to odpowiedzieć.

– Skąd możesz mieć pewność, że nie jestem kretem, który pracuje dla POT albo dla SEFO?

Waaler wychylił się przez barierkę i wskazał coś w dole.

– Widzisz ją, Harry?

Harry podszedł do barierki i spojrzał w dół na skwer. Na zielonej trawie wciąż leżeli ludzie, chłonący ostatnie promienie słońca.

– Tę w żółtym bikini – ciągnął Waaler. – Ładny kolor na kostium, prawda?

Harry poczuł ściskanie w brzuchu i gwałtownie się wyprostował.

– Nie jesteśmy głupi – powiedział Waaler, nie odrywając wzroku od trawnika. – Obserwujemy tych, których chcemy mieć u siebie. Ona się dobrze trzyma, Harry. O ile dobrze rozumiem, jest bystra i samodzielna. Ale oczywiście pragnie tego, czego pragną wszystkie kobiety w jej sytuacji: Mężczyzny, który może je utrzymać. To czysta biologia. A ty masz mało czasu. Takie kobiety jak ona niedługo są same.

Harry wypuścił papierosa za balustradę. Spadł, ciągnąc za sobą ogon iskier.

– Wczoraj zapowiadali, że cały region Østlandet jest zagrożony pożarami lasów – rzucił Waaler.

Harry nie odpowiedział. Zadrżał tylko, gdy poczuł jego dłoń na swoim ramieniu.

– Termin w zasadzie już minął, Harry. Ale żeby okazać naszą dobrą wolę, daję ci jeszcze dwa dni. Jeśli do tego czasu nie będę miał żadnej informacji, wycofam propozycję.

Harry raz po raz przełykał ślinę, próbując wypowiedzieć to jedno słowo, ale język odmówił posłuszeństwa, a ślinianki wydawały się wyschniętymi łożyskami rzek w Afryce. W końcu jednak się przełamał.

– Dziękuję.

Beate Lønn lubiła swoją pracę. Lubiła rutynowe czynności, poczucie bezpieczeństwa, wiedziała, że jest dobra, i że inni z Wydziału Techniki Kryminalistycznej na Kjølberggata 21A również to wiedzą. A ponieważ praca była w jej życiu jedyną rzeczą, którą uważała za ważną, stanowiło to wystarczający powód, by rano wstać. Wszystko inne było tylko muzyką graną w przerwach. Beate mieszkała w domu matki na Oppsal, gdzie miała dla siebie górne piętro. Dobrze się ze sobą zgadzały. Beate zawsze była córeczką tatusia, dopóki żył, i przypuszczała, że dlatego zaczęła pracować w policji tak jak on. Nie miała żadnych hobby. I chociaż ona z Halvorsenem, sierżantem, z którym Harry dzielił pokój, stali się czymś w rodzaju pary, Beate wcale nie była taka pewna, czy powinni się wiązać. Czytała w magazynie dla kobiet „Henne", że tego rodzaju wątpliwości ma się zawsze i że raczej należy ryzykować. Beate Lønn nie lubiła podejmować ryzyka. Nie lubiła też wątpliwości. Dlatego lubiła swoją pracę.

W okresie dorastania czerwieniła się już na myśl o tym, że ktoś mógł o niej pomyśleć, i większość czasu poświęcała na wynajdywanie rozmaitych sposób ukrycia się. Teraz wciąż się czerwieniła, ale znalazła dobre kryjówki. Wśród zniszczonych murów z czerwonej cegły Wydziału Techniki Kryminalistycznej potrafiła godzinami siedzieć i studiować odciski palców, protokoły z badań balistycznych, nagrania wideo, analizy porównania głosów, wyniki badań DNA i włókien tekstylnych, ślady stóp i krwi, nieskończoność śladów technicznych, dzięki którym można było rozwiązywać poważne, skomplikowane głośne sprawy w całkowitej ciszy i spokoju. Przekonała się również, że w pracy pokazywanie się nie jest wcale aż tak niebezpieczne, byle tylko zdołała mówić głośno i wyraźnie i zapanować nad panicznym lękiem przed czerwienieniem się, przed utratą twarzy, ubrania, przed obnażeniem się ze wstydem, którego przyczyn nie znała. Biura na Kjølberggata stały się jej twierdzą, uniform i obowiązki zawodowe mentalną zbroją.

Zegar wskazywał, że północ minęła już pół godziny temu, gdy dzwonek telefonu na jej biurku oderwał ją od czytania protokołu z laboratoryjnego badania palca Lisbeth Barli. Serce zaczęło uderzać szybko, z lękiem, gdy na wyświetlaczu zobaczyła, że dzwoni „numer prywatny". To mógł być on.

– Beate Lønn, słucham.

To był on. Słowa padały jak szybkie ciosy.

– Dlaczego nie zadzwoniłaś, żeby mi powiedzieć o tych odciskach palców?

Wstrzymała oddech na sekundę, nim odpowiedziała:

– Harry powiedział, że ci przekaże informację.

– Dziękuję, przekazał. Następnym razem zadzwonisz najpierw do mnie. Zrozumiano?

Beate przełknęła ślinę, nie wiedziała, czy ze złości, czy ze strachu.

– Dobrze.

– Jeszcze coś mu powiedziałaś, czego nie powiedziałaś mnie?

– Nie. Oprócz tego, że właśnie dostałam wyniki badań tego, co znajdowało się pod paznokciem palca, który przysłano nam pocztą.

– Lisbeth Barli? I co to było?

– Ekskrementy.

– Co?

– Kupa.

– Dziękuję bardzo, wiem, co to jest. Masz jakiś pomysł na to, skąd mogły się tam wziąć?

– No tak...

– Poprawka – od k o g o mogą pochodzić?

– Nie wiem tego na pewno, ale mogę zgadywać.

– Mogłabyś być tak miła...

– W tych ekskrementach jest krew. Może z hemoroidów. W tym wypadku grupa B. Tę grupę krwi ma zaledwie siedem procent ludzi. Willy Barli jest zarejestrowany jako krwiodawca. Ma...

– Rozumiem. I jaki z tego wniosek?

– Nie wiem – powiedziała prędko Beate.

– Ale wiesz, że odbyt to strefa erogenna, Beate? I u kobiet, i u mężczyzn. Czy już o tym zapomniałaś?

Beate zamknęła oczy. Byle tylko znów nie zaczął. Nie znów. To było już tak dawno. Zaczęła zapominać. Wyrzucać to z siebie. Ale jego głos wciąż dźwięczał w słuchawce. Twardy, a zarazem śliski jak skóra węża.

– Doskonale potrafisz udawać, że taka z ciebie porządna dziewczyna, Beate. Podoba mi się to. Podobało mi się, jak udawałaś, że nie chcesz.

Ty, ja, nikt nic nie wie, pomyślała Beate.

– Halvorsen też ci tak dogadza?

– Muszę kończyć – oświadczyła.

Jego śmiech zatrzeszczał jej w uchu. I wtedy to zrozumiała. Nie ma takiego miejsca, gdzie można się ukryć. Dopadną cię wszędzie, tak jak dopadli te trzy dziewczyny w miejscach, gdzie czuły się najbezpieczniej. Nie ma żadnej twierdzy. Żadnej zbroi.

Øystein siedział w taksówce na postoju przy Thereses gate. Słuchał Stonesów z kasety, kiedy zadzwonił telefon.

– Taksówki Os…

– Cześć, Øystein, mówi Harry. Masz pasażerów?

– Tylko Micka i Keitha.

– Co?

– Najlepszy zespół na świecie.

– Øystein?

– No?

– Stonesi wcale nie są najlepszym zespołem na świecie. Ani nawet prawie najlepszym. Są natomiast najbardziej przecenianym zespołem na świecie. I to wcale nie Keith czy Mick napisali *Wild Horses*, tylko Gram Parsons.

– To kłamstwo i dobrze o tym wiesz. Rozłączam się…

– Halo, Øystein?

– Powiedz mi coś miłego, i to szybko.

– *Under My Thumb* to całkiem dobra piosenka. A *Exile On Main Street* też ma niezłe momenty.

– W porządku. Czego chcesz?

– Potrzebuję pomocy.

– Jest trzecia w nocy, czy ty nie powinieneś teraz spać?

– Nie mogę – odparł Harry. – Boję się do szaleństwa, jak tylko zamknę oczy.

– Ten sam koszmar co wcześniej?

– Powtórka na życzenie prosto z piekła.

– Znów ta historia z windą?

– Dokładnie wiem, co się stanie, i za każdym razem tak samo się boję. Jak szybko możesz przyjechać?

– Nie podoba mi się to, Harry.

– Jak szybko?

Øystein westchnął.

– Daj mi sześć minut.

Harry stał w drzwiach w dżinsach, gdy Øystein wszedł po schodach. Usiedli w pokoju, nie zapalając światła.

– Masz piwo? – Øystein zdjął czarną czapkę z daszkiem i napisem „Playstation", odgarnął do tyłu rzadką spoconą grzywkę.

Harry pokręcił głową.

– Wobec tego – Øystein postawił na stole czarne cylindryczne pudełeczko po filmie. – To ode mnie. Flunitrazepam. Odpłynięcie gwarantowane. Jedna tabletka to więcej niż dość.

Harry długo patrzył na pojemniczek.

– Nie dlatego prosiłem, żebyś przyjechał, Øystein.

– Nie?

– Nie. Muszę się dowiedzieć czegoś o łamaniu kodów. Jak to się robi?

– Masz na myśli hacking? – Øystein patrzył na Harry'ego zdziwiony. – Chcesz złamać jakieś hasło?

– W pewnym sensie. Czytałeś w gazetach o seryjnym zabójcy? Wydaje mi się, że on nam prezentuje kody. – Harry zapalił lampę. – Spójrz tutaj.

Øystein popatrzył na kartkę, którą Harry położył na stole.

– Gwiazda?

– Pentagram. Zostawił ten znak w dwóch miejscach zbrodni. Raz wyrzeźbiony na belce nad łóżkiem, drugi narysowany na ekranie telewizora w sklepie vis-á-vis miejsca zbrodni.

Øystein patrzył na gwiazdę i kiwał głową.

– Myślisz, że ja mogę ci powiedzieć, co to znaczy?

– Nie. – Harry oparł głowę na rękach. – Ale miałem nadzieję, że powiesz mi coś o zasadach łamania kodów.

– Te, które ja łamałem, to były kody matematyczne, Harry. Kody międzyludzkie mają inną semantykę. Ja na przykład wciąż nie potrafię odszyfrować, co tak naprawdę mówią kobiety.

– Wyobraź sobie, że tu może być i jedno, i drugie. I prosta logika, i podtekst.

– Okej. Wobec tego mówimy o kryptografii. O ukrytym piśmie. A dostrzeżenie go wymaga zarówno myślenia logicznego, jak i tak zwanego analogowego. To ostatnie oznacza, że wykorzystuje się podświadomość i intuicję, a więc to, o czym się nie wie, że się już wie. No i trzeba kombinować, by łączyć myślenie linearne z rozpoznawaniem wzorów. Słyszałeś o Alanie Turingu?

– Nie.

– Anglik. Łamał niemieckie kody podczas wojny. Mówiąc prosto, to on wygrał drugą wojnę światową. Twierdził, że po to, by złamać kod, trzeba najpierw wiedzieć, w jakim wymiarze operuje przeciwnik.

– A to znaczy?

– Powiem tak: to poziom, który znajduje się ponad literami i cyframi. Ponad językiem. Odpowiedzi, które odpowiadają nie na pytanie „jak", tylko „dlaczego". Rozumiesz?

– Nie. Ale powiedz mi, jak to się robi.

– Nikt tego nie wie. To rzecz pokrewna religijnemu objawieniu, raczej można uważać to za talent.

– Załóżmy, że wiem dlaczego. Co się dzieje dalej?

– Możesz wybrać długą drogę. Kombinować możliwości aż do śmierci.

– To nie ja umieram. Mam czas wyłącznie na krótką drogę.

– Wobec tego znam tylko jedną metodę.

– Jaką?

– Trans.

– Oczywiście, trans.

– Ja wcale nie żartuję. Gapisz się i gapisz na informacje, aż przestaniesz snuć świadome myśli. To tak jak z przeciążeniem jednego mięśnia, by doznał skurczu i zaczął wymyślać własne sposoby. Widziałeś alpinistę, któremu trzęsie się noga, gdy utknie w górach? Nie wierzysz, ale tak jest. W osiemdziesiątym ósmym dostałem się do systemu kont Banku Duńskiego w ciągu czterech nocy i małej zamrożonej kropelki LSD. Jeśli twoja podświadomość złamie ten kod, to samo do ciebie przyjdzie. Jeśli nie...

– To co?

Øystein roześmiał się.

– To złamie ciebie. Na oddziałach psychiatrycznych pełno jest takich jak ja.

– Mhm. Trans?

– Trans. Intuicja. Może z odrobiną wspomagania farmakologicznego...

Harry sięgnął po czarne pudełko i podniósł je do oczu.

– Wiesz co, Øystein?

– Co?

Harry rzucił pudełko nad stołem, a Øystein je złapał.

– Oszukałem cię z *Under My Thumb.*

Øystein odstawił pudełko na samą krawędź stołu i zaczął zawiązywać sznurówki niewiarygodnie zniszczonych tenisówek Pumy jeszcze z czasów przed nastaniem fali retro.

– Wiem. Widujesz się czasami z Rakel?

Harry pokręcił głową.

– I to cię dręczy, prawda?

– Być może – odparł Harry. – Mam propozycję roboty. Nie wiem, czy mogę ją odrzucić.

– No to na pewno nie mówisz o propozycji od firmy, dla której ja jeżdżę.

Harry uśmiechnął się.

– *Sorry.* Nie jestem właściwą osobą do udzielania rad na temat wyboru przyszłej pracy – powiedział Øystein i wstał. – Pudełeczko zostawiam. Zrobisz, co zechcesz.

21 CZWARTEK. PIGMALION

Kierownik sali zmierzył stojącego przed nim mężczyznę wzrokiem od stóp do głów. Po trzydziestu latach w branży nos wyczulił mu się na kłopoty, a ten człowiek cuchnął już z daleka. Co prawda kłopoty czasami mogły być korzystne. Bywalcy Theatercaféen od czasu do czasu wręcz się spodziewali dobrego skandalu. Musiał to być jednak właściwy rodzaj kłopotów, taki jak na przykład wtedy, gdy młodzi adepci sztuki śpiewali z galerii tej czcigodnej kawiarni, że są młodym winem, lub gdy zawiany były pierwszy amant Teatru Narodowego głośno oznajmił, że jedyną pozytywną rzeczą, jaką da się powiedzieć o słynnym finansiście przy sąsiednim stoliku jest to, że jako homoseksualista raczej nie będzie się rozmnażał. Ale człowiek, którego kierownik sali miał teraz przed sobą, nie wyglądał na takiego, który powie coś niesłychanego, a zarazem uduchowionego. Wyglądał na jednego z tych, którzy ciągną za sobą nudny rodzaj kłopotów. Niezapłacony rachunek, pijatyka i rękoczyny. Zewnętrzne oznaki – czarne dżinsy, czerwony nos i krótko ostrzyżone włosy – w pierwszej chwili kazały mu sądzić, że to jeden z zapitych pracowników technicznych teatru, których miejsce było w piwnicy w Burns. Gdy jednak ten człowiek spytał o Willy'ego Barliego, zrozumiał, że to musi być jeden ze szczurów kloacznych z dziennikarskiej knajpy, Tostrupkjelleren, mieszczącej się w piwnicy pod restauracją ogródkową o bardzo trafnej nazwie Dasslokket, czyli „klapa od kibla". Kierownik sali nie miał nawet cienia szacunku dla tych sępów, które bez najmniejszych oporów rozszarpywały resztki nieszczęsnego Barliego po tym, jak jego czarująca żona zaginęła w tak tragiczny sposób.

– Jest pan pewien, że osoba, której pan szuka, jest tutaj? – spytał, zaglądając do książki rezerwacji, choć doskonale wiedział, że Barli jak zwykle przyszedł punktualnie o dziesiątej i usiadł przy swym stałym stoliku na przeszklonej werandzie wychodzącej na Stortingsgata. Rzeczą niezwykłą – i to właśnie wywołało niepokój kierownika sali o stan psychiczny Barliego – było to, że odkąd pamiętał, Barliemu po raz pierwszy pomyliły się dni i przyszedł tutaj w czwartek, zamiast jak zawsze w środę.

– Niech pan nie szuka, już go widzę – oświadczył stojący przed nim mężczyzna. I zaraz odszedł.

Kierownik sali westchnął i spojrzał na drugą stronę ulicy. Było więcej powodów, by niepokoić się o zdrowie psychiczne Barliego. Wakacyjny musical w szacownym Teatrze Narodowym. Mój Boże.

Harry poznał Willy'ego Barliego po grzywie włosów, lecz gdy się do niego zbliżał, miał obawy, że się pomylił.

– Barli?

– Harry!

Oczy się rozjaśniły, lecz równie prędko zgasły. Barli miał zapadnięte policzki, a skóra zaledwie przed kilkoma dniami świeża i opalona, wyglądała na pokrytą warstwą białego martwego pudru. Można było odnieść wrażenie, że cały Willy Barli w dziwny sposób się skurczył, nawet szerokie barki wydawały się węższe.

– Śledź? – Willy wskazał na stojący przed nim talerz. – Najlepszy w mieście. Przychodzę na niego co środę. Podobno dobrze robi na serce. Ale takie stwierdzenie zakłada, że w ogóle się je ma, a ci, którzy bywają w tej kawiarni… – Machnął ręką na prawie pusty lokal.

– Nie, dziękuję – odparł Harry i usiadł.

– Weź przynajmniej kawałek chleba. – Willy podsunął mu koszyk. – To jedyne miejsce w Norwegii, w którym można dostać prawdziwy chleb fenkułowy z całymi ziarnami fenkułu. Idealnie pasuje do śledzia.

– Napiję się tylko kawy, dziękuję.

Willy skinął na kelnera.

– Jak mnie tu znalazłeś?

– Byłem w teatrze.

– Tak? W zasadzie mają polecenie mówić, że wyjechałem z miasta. Dziennikarze… – Willy dłońmi pokazał gest duszenia. Harry nie miał pewności, czy ma to ilustrować sytuację Willy'ego, czy też tę, jakiej pragnął dla dziennikarzy.

– Pokazałem policyjną odznakę i powiedziałem, że to ważne.

– To dobrze. Dobrze.

Spojrzenie Willy'ego zawisło gdzieś przed stolikiem. W tym czasie zjawił się kelner z filiżanką dla Harry'ego i nalał do niej kawy z dzbanka stojącego na stole. Gdy kelner odszedł, Harry chrząknął. Willy drgnął, a jego oczy znów zrobiły się przytomne.

– Jeśli przynosisz złe wiadomości, Harry, to chcę je usłyszeć od razu.

Harry, popijając kawę, pokręcił głową.

Willy przymknął oczy i mruknął coś do siebie.

– Jak idzie przedstawienie? – spytał Harry.

Barli uśmiechnął się blado.

– Dzwonili wczoraj z działu kultury w „Dagbladet" i pytali o to samo. Mówiłem o postępach artystycznych, ale potem ta dziennikarka spytała, czy cały ten rozgłos wokół tajemniczego zniknięcia Lisbeth i zastąpienie jej przez siostrę nie wpłynie pozytywnie na sprzedaż biletów. – Przewrócił oczami.

– No… – powiedział Harry. – A czy tak nie będzie?

– Kompletnie zgłupiałeś, człowieku? – Głos Willy'ego zagrzmiał groźnie. – Jest lato, ludzie chcą się bawić, a nie płakać nad kobietami, o których wcześniej nawet nie słyszeli. Straciliśmy nasz magnes. Lisbeth Barli – nieodkryta gwiazda piosenki ze świata country. Utrata tego atutu tuż przed premierą z pewnością nie jest dobra dla firmy!

Parę głów nieco dalej w głębi lokalu odwróciło się w ich stronę, lecz Willi ciągnął równie głośno:

– Prawie nie sprzedaliśmy biletów. Oprócz oczywiście tych na premierę, ale te zawsze są rozszarpywane. Ludzie są żądni krwi, pewnie wietrzą skandal. Mówiąc wprost, jesteśmy całkowicie uzależnieni od świetnych recenzji, żeby jakoś to wyszło, Harry. Ale akurat w tej chwili… – Willy uderzył pięścią w biały obrus, aż kawa podskoczyła. – …nie mogę sobie przypomnieć nic, co byłoby mniej ważne niż ta przeklęta buda!

Wpatrywał się w Harry'ego z taką miną, jakby ten wybuch miał jeszcze trwać, gdy nagle czyjaś niewidzialna ręka bez ostrzeżenia starła wściekłość z jego twarzy. Przez chwilę wyglądał tylko na zdezorientowanego, jak gdyby nie wiedział, gdzie jest. Potem twarz zaczęła mu się rozpadać i czym prędzej ukrył ją w dłoniach. Harry zobaczył, że kierownik sali śle w stronę ich stolika dość dziwne, jakby pełne nadziei spojrzenie.

– Przepraszam – mruknął Willy grubym głosem zza palców. – Ja na ogół nie… Ja nie mogę spać. Cholera, ależ jestem teatralny!

Zaszlochał. Wydając z siebie dźwięk pośredni między śmiechem a płaczem, znów uderzył ręką w stół i skrzywił się, ale zdołał przemienić grymas w coś w rodzaju pełnego rozpaczy uśmiechu.

– W czym ci mogę pomóc, Harry? Wyglądasz, jakby było ci przykro.

– Przykro?

– Jakbyś był smutny. Melancholijny. Niewesoły.

Willy wzruszył ramionami i wsunął do ust śledzia nadzianego na widelec. Błysnęła skóra ryby. Kelner bezszelestnie zbliżył się do stolika, nalał Willy'emu do kieliszka wina Chatelain Sancerre.

– Muszę zadać pytanie, które może się okazać nieprzyjemnie intymne – uprzedził Harry.

Willy pokręcił głową, popijając jedzenie winem.

– Im bardziej intymne, tym mniej nieprzyjemne, Harry. Pamiętaj, że jestem artystą.

– To dobrze.

Harry wypił łyk z filiżanki, żeby wziąć duchowy rozbieg.

– Pod paznokciem Lisbeth znaleźliśmy ślady ekskrementów i krwi. Wstępna analiza wykazuje, że to krew zgodna z twoją grupą. Muszę wiedzieć, czy trzeba przeprowadzać test DNA.

Willy przestał żuć, położył palec wskazujący prawej dłoni na ustach i zamyślony patrzył przed siebie.

– Nie – odparł. – Nie musicie.

– A więc jej palec miał kontakt z twoimi... ekskrementami.

– Kochaliśmy się w nocy przed jej zniknięciem. Kochamy się co noc. Pewnie robilibyśmy to również w dzień, gdyby w mieszkaniu nie było tak gorąco.

– I wtedy...

– Pytasz, czy uprawiamy *postillioning*?

– E...

– Czy pieprzy mnie od tyłu palcem? Tak często, jak tylko może. Ale robi to delikatnie. Podobnie jak sześćdziesiąt procent mężczyzn w Norwegii w moim wieku mam hemoroidy, dlatego Lisbeth nigdy nie zapuszczała zbyt długich paznokci. A ty uprawiasz *postillioning*, Harry?

Harry zakrztusił się kawą.

– U siebie czy u innych? – spytał Willy.

Harry pokręcił głową.

– A powinieneś, Harry. Zwłaszcza dlatego, że jesteś mężczyzną. Pozwolenie na penetrację dotyczy spraw fundamentalnych. Jeśli się na to odważysz, odkryjesz, że masz o wiele rozleglejszy rejestr uczuć, niż zdawałeś sobie z tego sprawę. Zaciskając mięśnie, odcinasz się od wszystkiego na zewnątrz, sam pozostajesz w środku. A otwierając się, odsłaniając i okazując w ten sposób zaufanie, dajesz innemu człowiekowi możliwość dosłownego wniknięcia do twego wnętrza. – Willy wymachiwał widelcem. – Oczywiście nie jest to pozbawione ryzyka. Ta osoba może cię zniszczyć, rozkroić od środka. Ale może też cię kochać. A wtedy jesteś w stanie objąć całą tę miłość, Harry. Będzie należeć do ciebie. Mówi się, że podczas stosunku to mężczyzna bierze kobietę w posiadanie. Ale czy to prawda? Kto kogo bierze w posiadanie? Zastanów się nad tym, Harry.

Harry się zastanawiał.

– To samo dotyczy artystów. Musimy się otworzyć, obnażyć, dopuścić innych do siebie. Aby uzyskać szansę na miłość, musimy zaryzykować, że zostaniemy zniszczeni od środka. To prawdziwy sport ekstremalny, Harry. Cieszę się, że już nie tańczę.

Willy uśmiechał się, ale dwie łzy, najpierw z jednego oka, potem z drugiego spłynęły w slalomie równoległym po jego policzkach i zniknęły w brodzie.

– Tęsknię za nią – wyznał.

Harry wbił wzrok w obrus. Myślał o tym, że powinien już iść, ale nie ruszał się z miejsca. Willy wyciągnął z kieszeni chusteczkę i z głośnym trąbieniem wytarł nos. A potem wlał sobie do kieliszka resztę wina z butelki.

– Nie chcę się wtrącać, Harry, ale kiedy powiedziałem, że wyglądasz tak, jakby ci było przykro, to uświadomiłem sobie, że ty zawsze tak wyglądasz. Chodzi o kobietę?

Harry obracał filiżankę z kawą.

– I to nie o jedną?

Harry chciał odpowiedzieć zdecydowanie i powstrzymać dalsze pytania, lecz coś sprawiło, że zmienił decyzję. Kiwnął głową.

Willy podniósł kieliszek.

– Zawsze chodzi o kobiety, zauważyłeś?

Harry popatrzył na Willy'ego. W spojrzeniu brodatego producenta rozpoznał jakąś zranioną szczerość, bezbronną otwartość, która mówiła, że może mu zaufać.

– Moja matka zachorowała i umarła, kiedy byłem młody – powiedział.

– I tęsknisz za nią?

– Tak.

– Ale nie tylko o nią chodzi, prawda?

Harry wzruszył ramionami.

– Półtora roku temu zabito moją koleżankę. Rakel, moja... – Harry urwał.

– Tak?

– To raczej mało interesujące.

– Rozumiem, że docieramy do sedna – westchnął Willy. – Chcecie się rozstać?

– Nie my. Ona. Ja usiłuję ją nakłonić, żeby zmieniła decyzję.

– Aha. A dlaczego chce odejść?

– Dlatego, że jestem taki, jaki jestem. To długa historia, ale w krótkiej wersji wygląda tak, że to ja jestem problemem. A ona chce, żebym był inny.

– Wiesz, co? Mam propozycję. Zabierz ją na moje przedstawienie.

– Dlaczego?

– Ponieważ *My Fair Lady* opiera się na greckim micie o rzeźbiarzu Pigmalionie, który zakochał się w jednej ze swoich rzeźb, pięknej Galatei. Ubłagał Afrodytę, by ożywiła statuę, gdyż chciał ją poślubić. I został wysłuchany. Może sztuka pokaże twojej Rakel, co się może stać, gdy ktoś próbuje zmienić drugiego człowieka.

– To się źle kończy?

– Przeciwnie. Pigmalionowi i profesorowi Higginsowi z *My Fair Lady* udają się ich zamysły. Ja wystawiam wyłącznie sztuki z happy endem. To moje motto życiowe, Harry. Jeśli coś nie ma happy endu, i tak go dorabiam.

Harry pokręcił głową i uśmiechnął się półgębkiem.

– Rakel nie próbuje mnie zmieniać. To mądra kobieta. Zamiast tego odchodzi.

– Coś mi mówi, że chce, żebyś wrócił. Przyślę ci dwa bilety na premierę.

Willy dał znak kelnerowi, że prosi o rachunek.

– Co cię, na miłość boską, skłania, by mówić, że ona chce mnie z powrotem? – spytał Harry. – Przecież nic o niej nie wiesz.

– Masz rację. Gadam bzdury. Białe wino na lunch to dobry pomysł, ale tylko w teorii. Ostatnio piję więcej, niż powinienem. Mam nadzieję, że mi wybaczysz.

Kelner przyniósł rachunek. Willy podpisał go, nie patrząc, i kazał dołożyć do innych. Kelner odszedł.

– Ale zaproszenie kobiety na premierę, i to na świetne miejsca, nigdy nie będzie błędem – uśmiechnął się Willy. – Uwierz mi, starannie to przetestowałem.

Harry'emu wydało się, że uśmiech Barliego przypomina smutny, zrezygnowany uśmiech jego ojca. Uśmiech mężczyzny, który ogląda się wstecz, ponieważ tam jest to, co może skłonić go do uśmiechu.

– Bardzo dziękuję, ale…

– Żadnych ale. Nawet jeśli nic więcej z tego nie wyjdzie, to przynajmniej będziesz miał wymówkę, że do niej dzwonisz. Nawet jeśli chwilowo ze sobą nie rozmawiacie. Przyślę ci te dwa bilety, Harry. Myślę, że Lisbeth by się to spodobało. A Toya sobie poradzi. To będzie dobre przedstawienie.

Harry drapał obrus paznokciem.

– Pozwól mi się nad tym zastanowić.

– Świetnie. No, muszę iść, zanim zasnę. – Willy wstał.

– À propos – Harry wsunął rękę do kieszeni marynarki. – Znaleźliśmy ten symbol w pobliżu dwóch miejsc, w których popełniono tamte inne zbrodnie. To pentagram albo krzyż przeciw zmorom. Nie zauważyłeś czegoś podobnego gdzieś po zniknięciu Lisbeth?

Willy przyjrzał się zdjęciu.

– Nie potrafię powiedzieć.

Harry wyciągnął rękę po fotografię.

– Zaczekaj chwilę. – Willy, mrużąc oczy, podrapał się w brodę.

Harry czekał.

– Już to widziałem – powiedział Willy. – Ale gdzie?

– W mieszkaniu? Na klatce? Na ulicy?

Willy pokręcił głową.

– W żadnym z tych miejsc. I nie teraz. W jakimś innym miejscu, kiedyś dawno temu. Ale gdzie? To ważne?

– Może być ważne. Zadzwoń do mnie, jak sobie przypomnisz.

Gdy rozstali się na ulicy, Harry stanął i popatrzył w górę Drammensveien. Słońce odbijało się w szynach, a drżące rozgrzane powietrze sprawiało, że tramwaj zdawał się unosić nad ziemią.

22 CZWARTEK I PIĄTEK. OBJAWIENIE

Jima Beama wytwarza się z żyta, jęczmienia i aż siedemdziesięciu pięciu procent kukurydzy, która nadaje bourbonowi słodkawy pełny smak, odróżniający go od zwykłej whisky. Wodę do Jima Beama czerpie się ze źródła w pobliżu destylarni w Clermont w stanie Kentucky, gdzie wytwarzane są również specjalne drożdże, jak twierdzą niektórzy, według tego samego przepisu, z którego korzystał Jacob Beam w roku 1795. Produkt przechowywany jest przez co najmniej cztery lata, nim zostanie wysłany w świat i kupiony przez Harry'ego Holego, który pieprzy Jacoba Beama i wie, że ta historia z wodą źródlaną to taki sam chwyt reklamowy jak z wodą mineralną czerpaną ze źródła Farris. A jedyna wielkość procentowa, która go interesuje, to ta wypisana na etykietce małymi literkami.

Harry stał przed lodówką z fińskim nożem w ręku i wpatrywał się w butelkę ze złocistym brunatnym płynem. Był nagi. Upał panujący w sypialni zmusił go do zrzucenia bokserek, wciąż wilgotnych i pachnących chlorem.

Był trzeźwy już od czterech dni. Mówił sobie, że najgorsze minęło. To kłamstwo. Bo najgorsze absolutnie jeszcze nie minęło. Aune spytał go kiedyś, dlaczego pije. Odpowiedział bez wahania: „Ponieważ chce mi się pić". Harry pod wieloma względami żałował, że żyje w społeczeństwie w czasach, w których picie miało więcej wad niż zalet. Nigdy nie zachowywał trzeźwości z powodów zasadniczych, a jedynie z praktycznych. Ostre picie ekstremalnie męczy, a nagrodę stanowi krótkie żałosne życie w nudzie i ból fizyczny. Życie człowieka pijącego okresowo składa się z okresów pijaństwa i czasu pomiędzy nimi. Pytanie o to, która z tych części jest prawdziwym życiem, było pytaniem filozoficznym, na którego rozważanie nie poświęcił zbyt wiele czasu, ponieważ odpowiedź i tak nie mogła mu zagwarantować lepszego życia. Ani gorszego. Bo wszystko, co dobre – wszystko – musi wcześniej czy później ulec prawu ciążenia alkoholików – Wielkiemu Pragnieniu. W taki właśnie sposób postrzegał to równanie, dopóki nie spotkał Rakel i Olega. To spotkanie nadało trzeźwości nowy wymiar. Ale prawa ciążenia nie zniosło. A teraz nie miał już siły znosić koszmarów. Nie miał siły słuchać jej krzyków. Patrzeć na szok w zgasłych martwych oczach w momencie, gdy głowa unosi się pod sufit windy. Wyciągnął rękę do szafki. Wszystko trzeba wypróbować. Położył finkę obok Jima Beama i zamknął drzwi szafki. Potem wrócił do sypialni.

Nie zapalał światła, ale smuga księżycowego światła wpadała szparą między zasłonami.

Kołdra i materac wyglądały tak, jakby usiłowały zrzucić z siebie lepką wygniecioną pościel.

Wsunął się do łóżka. Ostatni raz spał bez koszmarów tych kilka minut w łóżku Camilli Loen. Wtedy też śniła mu się śmierć, ale z tą różnicą, że się nie bał. Człowiek może zamknąć się w środku, ale musi spać. A we śnie nikt się nie schowa.

Zamknął oczy.

Zasłony poruszyły się, smuga księżycowego światła drgnęła. Padła na ścianę nad łóżkiem i na czarne znaki zostawione przez nóż. Musiały być zrobione z wielką siłą, bo cięcie wchodziło głęboko w drewno pod białą tapetą. Głębokie rany połączone w jedną tworzyły dużą pięcioramienną gwiazdę.

Leżała, wsłuchując się w ruch uliczny na Trojskiej za oknem i w jego głęboki równy oddech obok siebie. Od czasu do czasu wydawało jej się, że słyszy jakiś krzyk z ogrodu zoologicznego, lecz może były to jedynie nocne pociągi po drugiej stronie rzeki, które hamowały przed wjazdem na Dworzec Główny. On mówił jej, że lubi odgłos pociągów, gdy przenieśli się do dzielnicy Troja, na szczyt brunatnego znaku zapytania, który rysuje Wełtawa, płynąc przez Pragę.

Padał deszcz.

Nie było go przez cały dzień. Mówił, że był w Brnie. Gdy wreszcie usłyszała, jak otwiera sobie kluczem drzwi do mieszkania, już zdążyła się położyć. Usłyszała szuranie walizek w korytarzu, zanim wszedł do sypialni. Udawała, że śpi, ale ukradkiem przyglądała się, jak spokojnymi ruchami odwieszał ubranie, od czasu do czasu zerkając w lustro przy szafie, by na nią popatrzeć. Potem wsunął się do łóżka, dłonie miał chłodne, a skórę lepką od zaschniętego potu. Kochali się przy wtórze dźwięku deszczu uderzającego o dachówki. On miał słony smak. A potem zasnął jak dziecko. Zwykle ją również po miłości ogarniała senność, ale teraz leżała, nie śpiąc i czując, jak jego soki wyciekają z niej i wsiąkają w prześcieradło.

Udawała, że nie wie, co nie pozwala jej zasnąć, chociaż myśli cały czas krążyły wokół tego jednego. Wokół tego, że gdy dzień po jego powrocie z Oslo w poniedziałek wieczorem miała wyszczotkować mu marynarkę, znalazła na rękawie półdługi jasny włos. I że w sobotę znów miał jechać do Oslo. Czwarty raz w ciągu czterech tygodni. I wciąż nie chciał jej powiedzieć, co tam robi. Włos oczywiście mógł pochodzić zewsząd. Mógł należeć zarówno do człowieka, jak i do psa.

Zaczął chrapać.

Pomyślała o tym, jak się poznali. O jego jasnej twarzy i szczerych zwierzeniach, które źle zrozumiała, biorąc go za osobę otwartą. Pod jego wpływem stopniała jak wiosenny śnieg na placu Wacława. Ale kobietę, która tak łatwo zakochała się w mężczyźnie, zawsze będzie dręczyć podejrzenie, że nie jest jedyną, która tak mu uległa.

Odnosił się jednak do niej z szacunkiem, prawie jak do równej sobie, chociaż miał dość pieniędzy, by traktować ją jak jedną z prostytutek z Perlovej. Był jak wygrana na loterii, jedyna, jaką kiedykolwiek udało jej się trafić. Jedyna, jaką mogła utracić. Świadomość tego nakazywała jej ostrożność, zalecała powstrzymywać się od pytań, gdzie był, z kim był i czym tak naprawdę się zajmuje.

Ale zaszło coś, co kazało jej się dowiedzieć, czy to naprawdę człowiek, któremu może zaufać. Pojawiło się coś jeszcze cenniejszego. Nie powiedziała mu o niczym, bo sama uzyskała pewność dopiero, gdy poszła do lekarza trzy dni temu.

Wysunęła się z łóżka i na palcach wyszła z pokoju. Delikatnie nacisnęła klamkę, patrząc na jego twarz w lustrze nad komodą. Kiedy znalazła się w przedpokoju, ostrożnie zamknęła drzwi za sobą.

Walizka była ołowianoszara, nowoczesna, marki Samsonite. Prawie nowa, a mimo to miała obdrapane boki, pokryte naderwanymi nalepkami kontroli bezpieczeństwa w miejscach, o których nawet nie słyszała.

W słabym świetle widziała, że zamek szyfrowy jest ustawiony na zero-zero-zero. Zawsze tak było. Nie musiała sprawdzać. Wiedziała, że walizka i tak nie da się otworzyć. Nigdy nie widziała jej otwartej, z wyjątkiem tych sytuacji, kiedy leżała w łóżku, a on wyjmował ubranie z szuflad i układał je w walizce. Właściwie całkowitym przypadkiem, kiedy pakował się ostatnio, zauważyła kombinację cyfr wypisanych wewnątrz pokrywy. A przecież zapamiętanie trzech cyfr nie jest szczególnie trudne. Zwłaszcza gdy się musi. Gdy trzeba zapomnieć o wszystkim innym i zapamiętać jedynie trzy cyfry numeru pokoju hotelowego, kiedy dzwonili z informacją, że ktoś pragnie ją zobaczyć, i ewentualnie przekazywali, w co ma się ubrać i inne szczególne życzenia.

Nasłuchiwała. Chrapanie dobiegające zza drzwi brzmiało jak ciche powarkiwanie.

Były rzeczy, o których nie wiedział. Rzeczy, o których nie musiał wiedzieć. Była do nich zmuszona, ale teraz należały już do przeszłości. Czubkami palców dotknęła małych zębatych kółeczek nad cyframi i przekręciła. Od tej pory liczyła się jedynie przyszłość.

Zamki odskoczyły z miękkim kliknięciem.

Kucając, wpatrywała się w zawartość walizki.

Pod pokrywą na białej koszuli leżał jakiś czarny brzydki przedmiot z metalu.

Nie musiała go dotykać, by się upewnić, że pistolet jest prawdziwy. Widywała je już wcześniej w swoim poprzednim życiu.

Przełknęła ślinę, czując wzbierający płacz. Przycisnęła palce do oczu. Dwukrotnie wyszeptała w duchu imię matki.

Trwało to zaledwie kilka sekund.

W końcu odetchnęła głęboko, spokojnie. Musiała przeżyć. Oboje musieli przeżyć. To w każdym razie wyjaśniało, dlaczego nie mógł zbyt wiele jej opowiadać o tym, czym się zajmuje i na czym tak dobrze zarabia. A jej już wcześniej ta myśl przyszła do głowy, prawda?

Podjęła decyzję.

Były rzeczy, których nie wiedziała. Rzeczy, których nie musiała wiedzieć.

Zamknęła walizkę i ustawiła cyfry zamka z powrotem na zerach. Przez chwilę nasłuchiwała pod drzwiami, w końcu otworzyła je ostrożnie i wślizgnęła się do środka. Prostokąt światła z korytarza padł na łóżko. Gdyby zerknęła w lustro, nim zamknęła drzwi, zobaczyłaby jego jedno otwarte oko. Była jednak zbyt zajęta swoimi myślami. A raczej tą jedną myślą, którą powtarzała raz po raz, gdy leżała wsłuchana w ruch uliczny, w krzyki dobiegające z ogrodu zoologicznego i jego równy głęboki oddech. Że od tej pory liczy się tylko przyszłość.

Krzyk, dźwięk butelki tłukącej się na chodniku, zaraz potem ochrypły śmiech. Przekleństwa i odgłos biegnących kroków, znikających dalej na Sofies gate w stronę stadionu Bislett.

Harry gapił się w sufit, zasłuchany w odgłosy nocy. Przespał trzy godziny bez snów, nim się obudził i zaczął myśleć. O trzech kobietach, dwóch miejscach zbrodni i jednym mężczyźnie, który zaproponował dobrą cenę za jego duszę. Starał się w tym odnaleźć jakiś system, rozszyfrować kod, zobaczyć schemat. Zrozumieć to, co Øystein nazwał wymiarem ponad schematem. Pytanie poprzedzające „jak". „Dlaczego".

Dlaczego jakiś człowiek przebrał się za kuriera rowerowego i zabił dwie kobiety, a prawdopodobnie również trzecią? Dlaczego tak sobie utrudniał działania wyborem miejsca zbrodni? Dlaczego zostawiał komunikaty? Skoro wszelkie doświadczenia z seryjnymi zabójcami wykazują, że są to na ogół zbrodnie o podłożu seksualnym, to dlaczego nie ma żadnych śladów świadczących o tym, by Camilla Loen lub Barbara Svendsen zostały seksualnie wykorzystane?

Harry czuł nadciągający ból głowy. Zrzucił kołdrę i odwrócił się na bok. Cyfry na budziku świeciły na czerwono. 2.51. Dwa ostatnie pytania Harry skierował do siebie. Dlaczego tak kurczowo przytrzymywać duszę, skoro to oznacza, że pęknie serce? I dlaczego właściwie obchodzi go system, który go nienawidzi?

Spuścił stopy na podłogę i poszedł do kuchni. Zapatrzył się na drzwi szafki nad zlewem. Opłukał szklankę pod kranem i napełnił ją po brzegi. Potem wyciągnął szufladę ze sztućcami, wyjął z niej czarne pudełko po filmie, ściągnął szarą pokrywkę i wysypał zawartość na dłoń. Jedna pigułka by go uśpiła. Dwie wraz z paroma szklankami Jima Beama zadziałałyby pobudzająco. Trzy i więcej mogły mieć trudne do przewidzenia skutki.

Harry szeroko otworzył usta, wrzucił w nie trzy tabletki i popił letnią wodą.

Potem poszedł do pokoju i nastawił płytę Duke'a Ellingtona, którą kupił po tym, jak zobaczył Gene'a Hackmana w nocnym autobusie w *Rozmowie* przy akompaniamencie kilku kruchych dźwięków fortepianu, wyrażającą największą samotność, jaką kiedykolwiek słyszał.

Usiadł w fotelu z wysokim oparciem.

„Wobec tego znam tylko jedną metodę" – powiedział Øystein.

Harry zaczął od początku. Od dnia, kiedy zataczając się, minął Underwater po drodze pod podany mu adres na Ullevålsveien. Piątek. Sannergata. Środa. Carl Berners plass. Poniedziałek. Trzy kobiety. Trzy obcięte palce. Lewa dłoń. Najpierw palec wskazujący. Potem środkowy. A następnie serdeczny. Trzy miejsca. Nigdy w domu jednorodzinnym, w miejscu, gdzie są sąsiedzi. Stara kamienica z przełomu wieków. Dom z lat trzydziestych. I budynek biurowy z lat czterdziestych. Windy. Wyobrażał sobie cyfry nad drzwiami wind. Skarre rozmawiał z personelem sklepów specjalizujących się w sprzedaży rowerów w Oslo i w okolicy. Nie mogli mu pomóc, gdy chodziło o sprzęt rowerowy i żółte stroje, ale dzięki systemowi ubezpieczeń w Falken zdołali przynajmniej sporządzić listę osób, które w ostatnich miesiącach kupiły drogie rowery z rodzaju tych, jakich używają kurierzy.

Czuł nadciągające znieczulenie. Szorstka wełna fotela przyjemnie łaskotała nagie uda i pośladki.

Ofiary. Camilla, autorka haseł reklamowych w agencji reklamowej. Samotna, dwadzieścia osiem lat, ciemne włosy, nieco pulchna. Lisbeth, piosenkarka, zamężna, trzydzieści trzy lata, jasnowłosa, szczupła. Barbara, recepcjonistka, dwadzieścia osiem lat, mieszkała z rodzicami, włosy średni blond. Wszystkie trzy miały zwyczajną urodę. Czas zbrodni. Zakładając, że Lisbeth została zabita od razu: tylko dni powszednie. Po południu, tuż po pracy.

Duke Ellington grał szybko. Tak jakby głowę miał pełną dźwięków, które musiał zdążyć zagrać. A teraz już nie nadążał. Grał tylko niezbędne nuty.

Harry nie zagłębiał się w życie ofiar, nie rozmawiał z krewnymi i przyjaciółmi, tylko przelatywał raporty, nie znajdując w nich nic, co wzbudziłoby jego zainteresowanie. Nie tam bowiem kryły się odpowiedzi. Nie chodziło o to, kim były ofiary, tylko czym były. Co reprezentowały. Dla tego sprawcy ofiary stanowiły jedynie otoczenie, równie mało lub równie bardzo przypadkowe jak wszystko wokół nich. Trzeba tylko dostrzec, o co chodzi, zobaczyć wzór.

W końcu chemia dała mu porządnego kopa. Działanie tabletek przypominało bardziej halucynogen, a nie środek nasenny. Myślenie ustąpiło miejsca myślom i Harry bez steru jak w beczce popłynął w dół rzeki. Czas pulsował, pompował jak rozszerzający się wszechświat. Gdy doszedł do siebie, dookoła panowała cisza, słychać było jedynie szuranie igły adaptera przeskakującej na etykiecie.

Przeszedł do sypialni, usiadł po turecku w nogach łóżka i zapatrzył się w krzyż przeciwko zmorom. Po pewnej chwili wzór zaczął tańczyć. Harry zamknął oczy. Trzeba to tylko dostrzec.

Kiedy się rozjaśniło, zdążył już odwiedzić te wszystkie miejsca. Siedział, słuchał i patrzył, ale śnił. A gdy zbudziły go uderzenia „Aftenposten" lądujących kolejno pod drzwiami na klatce, podniósł głowę i utkwił spojrzenie w gwieździe, która już nie tańczyła.

Nic nie tańczyło. Skończył. Zobaczył wzór.

Wzór zdrętwiałego człowieka rozpaczliwie ścigającego własne uczucia. Naiwnego idiotę, któremu wydawało się, że tam, gdzie jest kochanek, jest również miłość. Że tam, gdzie jest pytanie, jest i odpowiedź. Wzór Harry'ego. W napadzie wściekłości uderzył czołem w pentagram na ścianie. Przed oczami zamigotały gwiazdy, bezwolnie osunął się na łóżko. Jego spojrzenie znów padło na zegarek. 5.55. Poszwa kołdry była wilgotna i ciepła.

A potem – tak jakby ktoś przekręcił wyłącznik – zasnął.

Nalała mu kawy do filiżanki. Mruknął „*Danke*", przerzucając dalej strony „The Observer", po którą jak zwykle wyszedł do hotelu na rogu. Kupił też świeże croissanty, które zaczął piec Hlinka, miejscowy piekarz. Ona nigdy nie wyjeżdżała za granicę, tylko na Słowację, która prawdziwą zagranicą nie była. Ale on zapewniał ją, że w Pradze jest teraz wszystko, co w innych wielkich miastach w Europie. Miała ochotę podróżować. Zanim poznała jego, zakochał się w niej pewien amerykański przedsiębiorca, bawiący z wizytą w Pradze. Została dla niego kupiona w podarunku od miejscowej firmy farmaceutycznej. Był słodkim niewinnym, trochę grubawym mężczyzną i chciał jej dać wszystko, byle tylko pojechała wraz z nim do Los Angeles. Oczywiście się zgodziła, ale gdy powiedziała o tym Tomasowi, swojemu alfonsowi, a zarazem przyrodniemu bratu, ten natychmiast poszedł do Amerykanina do hotelu i zagroził mu nożem. Amerykanin wyjechał następnego dnia, a ona już nigdy go nie zobaczyła. Cztery dni później siedziała załamana w Grand Hotelu Evropa i piła wino, gdy pojawił się on. Obserwował z głębi lokalu, jak przeganiała natrętnych mężczyzn. Stale powtarzał, że właśnie to mu się tak spodobało. Nie chodziło mu o jej atrakcyjność dla innych, lecz o fakt, że na niej ich zaloty nie robiły żadnego wrażenia. Pozostawała na nie szczerze obojętna, wydawała się wprost idealnie cnotliwa. Mówił, że niektórzy mężczyźni wciąż jeszcze potrafią to docenić.

Pozwoliła postawić sobie kieliszek wina, podziękowała i wróciła do domu sama.

Dzień później zadzwonił do drzwi jej maleńkiego mieszkanka w suterenie na Strašnicach. Nigdy jej nie wyjawił, w jaki sposób się dowiedział, gdzie mieszka. Ale życie w jednym mgnieniu oka zmieniło się z szarego w różowe. Była szczęśliwa. Naprawdę szczęśliwa.

Gazetowy papier szeleścił przy przerzucaniu kolejnych stron.

Powinna była to wiedzieć. Nigdy nie powinna mrugać drugi raz. Gdyby tylko w tej walizce nie zobaczyła pistoletu.

Postanowiła jednak o tym zapomnieć. Zapomnieć o wszystkim innym. O wszystkim innym niż to, co naprawdę ważne. Byli szczęśliwi. Kochała go.

Siedziała na krześle, wciąż miała na sobie fartuch. Wiedziała, że on lubi, gdy go wkłada. Trochę przecież mimo wszystko wiedziała, co kręci mężczyzn. Cała sztuka polegała jedynie na tym, by tego nie pokazywać. Popatrzyła na brzuch. Zaczęła się uśmiechać, nie mogła się powstrzymać.

– Mam ci coś do powiedzenia.

– Tak? – Gazeta załopotała jak żagiel.

– Obiecaj, że nie będziesz zły. – Czuła, jak uśmiech robi się coraz szerszy.

– Nie mogę tego obiecać – odparł, nie podnosząc głowy.

Uśmiech zamarł.

– Co…

– Spodziewam się, że mi powiesz, że dziś w nocy, kiedy wstałaś, przeszukałaś moją walizkę.

Dopiero teraz zorientowała się, że jego akcent zabrzmiał inaczej. Śpiewność prawie całkiem zniknęła. Odłożył gazetę i popatrzył prosto na nią.

Dzięki Bogu, nigdy nie musiała go okłamywać, bo wiedziała, że nigdy by jej się to nie udało. Teraz otrzymała dowód. Pokręciła głową, ale czuła, że nie panuje nad twarzą.

On uniósł brew.

Ona przełknęła ślinę.

Wskazówka sekundnika na zegarze, wielkim zegarze, który kupiła w Ikei za jego pieniądze, przesunęła się bezszelestnie.

Uśmiechnął się.

– I znalazłaś tam plik listów od moich kochanek, prawda?

Zdezorientowana mrugnęła kilka razy.

– Żartuję, Evo. Czy stało się coś złego?

Kiwnęła głową.

– Jestem w ciąży – szepnęła prędko, jak gdyby nagle zaczęło jej się spieszyć. – Ja... My... będziemy mieć dziecko.

Siedział jak skamieniały, wpatrzony przed siebie, gdy zdradzała mu swoje podejrzenia, opowiadała o wizycie u lekarza i w końcu o pewności. Gdy skończyła mówić, wstał i wyszedł z kuchni. Kiedy wrócił, podał jej małe czarne pudełeczko.

– W odwiedziny do matki.

– Słucham?

– Pytałaś, co będę robił w Oslo. Zamierzam odwiedzić matkę.

– To ty masz matkę?

Taka była jej pierwsza myśl. Czy on naprawdę miał matkę? Dokończyła jednak:

– W Oslo?

Uśmiechnął się i skinieniem głowy wskazał na pudełko.

– Nie otworzysz, kochanie? To dla ciebie. Dla dziecka.

Mrugnęła dwa razy, nim wreszcie się przemogła.

– Jakie śliczne – powiedziała, czując, jak oczy wypełniają jej się łzami.

– Kocham cię, Evo Marvanová.

Do jego akcentu znów powróciła śpiewność.

Uśmiechała się przez łzy, gdy ją obejmował.

– Wybacz mi – szepnęła – wybacz. Nic więcej nie muszę wiedzieć oprócz tego, że mnie kochasz. Reszta jest nieważna. Nie musisz mi opowiadać o swojej matce. Ani o pistolecie...

Poczuła, jak jego ciało sztywnieje. Przysunęła usta do jego ucha.

– Widziałam ten pistolet – szepnęła. – Ale nie muszę o niczym wiedzieć. O niczym, słyszysz?

Delikatnie uwolnił się z jej objęć.

– Owszem – powiedział. – Przykro mi, Evo, ale teraz nie ma innej drogi.

– O czym ty mówisz?

– Musisz się dowiedzieć, kim jestem.

– Ale ja wiem, kim jesteś, kochanie.

– Nie wiesz, co robię.

– Nie wiem, czy chcę wiedzieć.

– Musisz.

Wyjął jej z rąk pudełko, wyciągnął ze środka naszyjnik i podniósł go do góry.

– Zajmuję się tym.

Diament w kształcie gwiazdki zalśnił jak zakochane oko, gdy w krysztale odbiło się poranne światło, wpadające przez kuchenne okna.

– I tym.

Wyjął rękę z kieszeni marynarki. Trzymał w niej ten sam pistolet, który widziała w walizce. Teraz jednak był przedłużony o czarną metalową nasadkę, umocowaną do lufy. Eva Marvanová nie miała zbyt wielkiego pojęcia o broni, ale wiedziała, co to jest. Tłumik. Czy, jak celnie nazywa się po angielsku, *silencer*.

Harry'ego obudził dzwonek telefonu. Czuł, jakby ktoś wepchnął mu do ust ręcznik. Usiłował zwilżyć jamę ustną językiem, ale miał wrażenie, że pociera tylko kawałkiem suchego chleba o gardło. Budzik na nocnym stoliku pokazywał, że jest dziesiąta siedemnaście. Pojawiło się skądś półwspomnienie, półobraz. Przeszedł do pokoju, telefon zadzwonił po raz szósty.

Podniósł słuchawkę.

– Tu Harry, słucham.

– Chciałam tylko przeprosić.

To był ten głos, który miał nadzieję usłyszeć za każdym razem, gdy podnosił słuchawkę.

– Rakel?

– To twoja praca – powiedziała. – Nie mam prawa być zła. Przykro mi.

Harry usiadł w fotelu. Coś usiłowało się przedrzeć przez plątaninę półzapomnianych snów.

– Masz prawo być zła – odezwał się po chwili.

– Jesteś policjantem. Ktoś musi nas strzec.

– Nie miałem na myśli pracy.

Nie odpowiedziała. Czekał.

– Tęsknię za tobą – szepnęła nagle głosem zduszonym od płaczu.

– Tęsknisz za tym, kim miałaś nadzieję, że będę. Ja natomiast tęsknię...

– Cześć – powiedziała. Jak piosenka, która skończy się w przygrywce.

Harry dalej siedział, gapiąc się w telefon. Jednocześnie uradowany i przygnębiony. Jakaś resztka snu podjęła ostatnią próbę wydobycia się na powierzchnię, postukując od spodu w lód, który w świetle dnia z każdą sekundą stawał się odrobinę grubszy. Obmacał stół w poszukiwaniu papierosów i znalazł w popielniczce niedopałek. Język wciąż miał na wpół odrętwiały. Rakel zapewne odczytała jego bełkot jako kolejnego kaca, co zresztą nie było zbyt dalekie od prawdy, z tym wyjątkiem, że nie miał ochoty zażyć ponownie tej samej trucizny.

Przeszedł do sypialni, spojrzał na zegarek na nocnym stoliku. Pora iść do pracy. Coś...

Zamknął oczy.

Echo Duke'a Ellingtona wciąż pobrzmiewało w uszach. To nie tam. Musiał sięgnąć głębiej. Dalej słuchał. Usłyszał żałosny krzyk tramwaju, odgłos kocich łap na dachu i złowieszczy szum eksplodującej zielenią brzozy na tylnym podwórzu. Jeszcze głębiej. Wychwycił odpowiedź kamienicy, trzeszczenie kitu w szprosach okna, burczenie pustej piwnicy w otchłani. Słyszał ostre drapanie prześcieradła o nagą skórę i niecierpliwe kłapanie butów w korytarzu. Głos matki szepczącej do niego przed zaśnięciem: „Za szafą, która stała za szafą, która stała za szafą jego pani...". W końcu dotarł do snu.

Do tego snu, który przyśnił mu się tej nocy. Był ślepy. Musiał oślepnąć, bo mógł jedynie słuchać.

Słyszał cichy monotonny głos mamroczący modlitwę gdzieś w tle. Akustyka zdawała się świadczyć o tym, że znajdował się w jakimś wielkim przypominającym kościół pomieszczeniu, tyle że nieustannie słychać było odgłos kapiącej wody. Spod wysokiego sklepienia, jeśli tym właśnie było, dobiegał trzepot skrzydeł. Gołębie? Wydawało się, że to pastor czy kaznodzieja prowadzi seans, a liturgia brzmiała dziwnie i obco. Jakby po rosyjsku, a może w jakimś innym dziwnym języku, którymi zaczynali mówić ci, którzy wpadali w trans. Zgromadzeni zaintonowali psalm o dziwnej harmonii, krótkie ostre wersy. Nie pojawiły się w nim żadne znajome słowa, takie jak „Jezus" czy „Maryja". Nagle wierni przestali śpiewać, zagrała orkiestra. Rozpoznał tę melodię. Coś z telewizji. Chwileczkę. Usłyszał odgłos czegoś, co się toczy. Toczącej się kulki. Kulka się zatrzymała.

„Pięć" – powiedział damski głos. – „Liczba pięć".

I właśnie wtedy rozszyfrował kod.

23 PIĄTEK. LICZBA CZŁOWIEKA

Objawienia Harry'ego zwykle bywały drobnymi lodowatymi kroplami trafiającymi go w środek głowy. Niczym więcej. Oczywiście zdarzało się, że podnosząc głowę i śledząc krople, potrafił zrozumieć kontekst. To objawienie było inne. Było niczym dar, kradzież, niezasłużona łaska aniołów, muzyka taka, jaka przychodziła do ludzi w rodzaju Duke'a Ellingtona, całkowicie gotowa, wycięta ze snu, wystarczyło jedynie siąść przy fortepianie i zagrać.

I właśnie to Harry teraz robił. Zaprosił publiczność na koncert w swoim pokoju w pracy na trzynastą. Dość czasu na to, by ustawić wszystko na właściwym miejscu. Odnaleźć ostatni fragment kodu. Potrzebował do tego gwiazdy przewodniej. I mapy gwiazd.

W drodze do pracy zajrzał jeszcze do księgarni z działem papierniczym i kupił linijkę, kątomierz, cyrkiel, najcieńszy flamaster, jaki mieli, i kilka arkuszy folii. Zabrał się do roboty, gdy tylko przyszedł do pokoju. Wyciągnął wielki plan Oslo, który kiedyś zerwał ze ściany, zakleił taśmą rozdarcie, rozprostował zagięcia i przypiął go do dłuższej ze ścian. Potem narysował na folii okrąg, podzielił go na pięć wycinków, dokładnie po siedemdziesiąt dwa stopnie każdy, i przeciągając flamastrem przy linijce połączył linią wszystkie pary najbardziej od siebie odległych punktów na obwodzie okręgu. Kiedy skończył, podniósł folię pod światło. Pentagram.

Epidiaskop z sali konferencyjnej gdzieś zniknął, Harry wparował więc do pokoju odpraw Wydziału Napadów, w którym naczelnik Ivarsson wygłaszał swój stały wykład – wśród jego podwładnych nazywany „O tym, jak stałem się taki świetny" – przed sprowadzonymi siłą pracownikami oddelegowanymi na zastępstwo.

– Priorytet – oświadczył Harry. Wyciągnął wtyczkę z kontaktu i przepchnął stolik z projektorem koło zaskoczonego Ivarssona.

Z powrotem u siebie Harry położył folię na projektorze, ustawił go tak, by prostokąt światła padał na plan Oslo. Potem zgasił górne światło. W ciemnym pozbawionym okien pokoju usłyszał własny oddech, gdy obracał folię, przesuwał projektor raz bliżej, raz dalej i wyostrzał czarny cień gwiazdy, dopóki wszystko mu się nie zgodziło. Bo rzeczywiście się zgodziło. Oczywiście. Popatrzył na plan, zakreślił kółkiem dwa domy i wykonał parę telefonów.

Był gotowy.

Pięć po pierwszej Bjarne Møller, Tom Waaler, Beate Lønn i Ståle Aune siedzieli cichutko jak myszki na pożyczonych krzesłach, stłoczeni w dwuosobowym pokoju Harry'ego i Halvorsena. Harry przysiadł na brzegu biurka.

– To jest kod – oznajmił Harry. – Bardzo prosty kod. Wspólny mianownik powinniśmy byli zauważyć już dawno. Został nam podany wprost. To liczba.

Patrzyli na niego zdziwieni.

– Pięć – wyjaśnił Harry.

– Pięć?

– Ta liczba to pięć.

Patrzył na cztery zdumione twarze.

I wtedy wydarzyło się to, co od czasu do czasu – i coraz częściej – zdarzało mu się po okresach picia. Bez żadnego ostrzeżenia ziemia usunęła mu się spod stóp. Miał wrażenie, że spada, że rzeczywistość się wywraca. Nie było czwórki kolegów siedzących przed nim w biurze, nie było żadnych zabójstw. Nie było upalnego dnia w Oslo. Nigdy nie istniał nikt o imieniu Rakel i Oleg. W końcu znów poczuł grunt pod nogami. Wiedział jednak, że po tym krótkim ataku paniki mogą nastąpić kolejne. Wciąż wisiał zaczepiony jedynie koniuszkami palców.

Podniósł kubek z kawą i zaczął wolno popijać, jednocześnie zbierając siły.

Postanowił, że gdy usłyszy odgłos kubka odstawianego na biurko, powróci tutaj, do tej rzeczywistości.

Opuścił kubek.

Rozległ się miękki stuk.

– Pytanie pierwsze – powiedział. – Zabójca oznaczył wszystkie ofiary diamentami. Ile ramion miały te gwiazdy?

– Pięć – odparł Møller.

– Pytanie drugie. Każdej z ofiar obcinał również palec lewej ręki. Ile palców ma ręka? Pytanie trzecie. Zabójstwa i zaginięcie nastąpiły w trzech kolejnych tygodniach odpowiednio w piątek, środę i poniedziałek. Ile dni minęło między kolejnymi przestępstwami?

Przez moment panowała cisza.

– Pięć – odparł wreszcie Waaler.

– A o której godzinie?

Aune chrząknął.

– Około piątej.

– Pytanie piąte i ostatnie. Ofiary zostały wybrane pod pozornie przypadkowymi adresami, ale wszystkie te miejsca mają coś wspólnego. Beate?

– Pięć? – skrzywiła się.

Wszyscy czworo wpatrywali się w Harry'ego pustym wzrokiem.

– O, cholera! – wykrzyknęła Beate i gwałtownie się zaczerwieniła. – Przepraszam. To znaczy... Piąte piętro. Wszystkie ofiary przebywały na piątym piętrze.

– No właśnie.

Na twarzach zebranych jakby wzeszło słońce. Harry podszedł do drzwi.

– Pięć. – Møller wypluł to jak jakieś obrzydliwe słowo.

Gdy Harry zgasił światło, zapadła grobowa ciemność. Tylko po jego głosie orientowali się, że się przemieszcza.

– Pięć to liczba znana z wielu rytuałów. Ważna w czarnej magii. W czarach. I w kulcie diabła. Lecz również w chrześcijaństwie. Pięć ran miał ukrzyżowany Chrystus. Jest też pięć filarów religii i modły odprawiane pięć razy dziennie w islamie. W wielu pismach mówi się, że pięć to liczba człowieka, ponieważ mamy pięć zmysłów i przechodzimy przez pięć faz życia.

Rozległo się kliknięcie i nagle wśród ciemności zmaterializowała się biała twarz z ciemnymi oczodołami i gwiazdą na czole. Podniósł się lekki szum.

– Przepraszam…

Harry odwrócił lampę projektora tak, by prostokąt światła przesunął się z jego twarzy na białą ścianę.

– To, jak widzicie, pięcioramienna gwiazda, pentagram albo krzyż przeciw zmorom, taki, jaki znaleźliśmy w pobliżu Camilli Loen i Barbary Svendsen. Oparta o tak zwany złoty podział. Jak to się oblicza, Aune?

– O tym akurat nie mam zielonego pojęcia – prychnął psycholog. – Nie cierpię nauk ścisłych.

– No cóż – powiedział Harry. – Ja ją narysowałem w dość prosty sposób za pomocą kątomierza. Na nasz użytek to wystarczy.

– Na nasz użytek? – powtórzył Møller.

– Do tej pory przedstawiłem wam jedynie zbieżność liczb, która mogła być przypadkowa. Teraz pokażę wam dowód, że tak nie jest.

Harry delikatnie przesunął lampę projektora odpowiednio, by prostokąt światła i gwiazda nałożyły się na plan miasta. Usłyszał, że zebranym zaparło dech, jeszcze zanim całkowicie wyregulował ostrość.

– Te trzy miejsca przestępstwa położone są na okręgu, którego środek znajduje się w centrum Oslo. Poza tym dzielą je dokładnie siedemdziesiąt dwa stopnie. Jak widzicie, każde z tych trzech miejsc leży na….

– …na wierzchołku jednego ramienia gwiazdy – szepnęła Beate.

– Boże! – jęknął zaskoczony Møller. – Chcesz powiedzieć, że on… że on dał nam…

– Dał nam gwiazdę przewodnią – odparł Harry. – Kod, który mówi nam o pięciu zabójstwach. O trzech już dokonanych i dwóch, które wciąż pozostają do załatwienia, a według gwiazdy będą miały miejsce tu i tu.

Harry wskazał na dwa kółka narysowane na planie przy dwóch ramionach gwiazdy.

– W dodatku wiemy kiedy – zauważył Tom Waaler.

Harry kiwnął głową.

– Boże! – jęknął Møller. – Pięć dni pomiędzy każdym zabójstwem, to wypada…

– W sobotę – dokończyła Beate.

– Jutro – uzupełnił Aune.

– Boże! – powtórzył Møller po raz trzeci. To wezwanie zabrzmiało szczerze.

Harry mówił dalej, przerywały mu podniecone głosy kolegów. A słońce rysowało wysoką letnią parabolę na bladym spalonym niebie ponad białymi żaglówkami, które sennie podejmowały nieszczere próby powrotu do domu. Na skrzyżowaniu estakad w Bjørvika pusta plastikowa torba ze sklepu Rimi płynęła unoszona rozgrzanym powietrzem ponad pustymi drogami splatającymi się ze sobą niczym chaotyczne gniazdo węży. Pod jednym z baraków od strony morza na działce przyszłego hotelu chłopak usiłował trafić w żyłę pod już ropiejącą raną i rozglądał się spod oka jak wycieńczony gepard nad zdobyczą, świadom tego, że musi się spieszyć, zanim zjawią się hieny.

– Zaczekaj chwilę – powiedział Tom Waaler. – Skąd zabójca mógł wiedzieć, że Lisbeth Barli mieszka na piątym piętrze, jeśli czekał na nią na ulicy przed domem?

– On nie czekał na ulicy – oświadczyła Beate. – Był na klatce. Sprawdziliśmy przecież, co Barli powiedział o tym, że brama źle się zamyka. I to prawda. Zabójca obserwował windę. Czekał, aż zjedzie ktoś z piątego. A gdy słyszał, że ktoś idzie, chował się w korytarzu do piwnicy.

– Świetnie, Beate – pochwalił Harry. – A potem?

– Wyszedł za nią na ulicę i... Nie, to zbyt ryzykowne. Zatrzymał ją, gdy wysiadała z windy. Zachloroformował.

– Nie – oświadczył zdecydowanie Waaler. – To właśnie jest zbyt ryzykowne. Musiałby zanieść ją do samochodu, zaparkowanego tuż przed wejściem do budynku. A gdyby ktoś ich zobaczył, z całą pewnością zapamiętałby samochód i być może nawet numer.

– Na pewno nie użył chloroformu – stwierdził Møller. – A samochód czekał kawałek dalej. Zagroził jej pistoletem, kazał iść przodem, a pistolet trzymał w kieszeni.

– Tak czy owak, ofiary zostały wybrane przypadkowo. Kluczem jest miejsce zbrodni. Gdyby Willy Barli zjechał z piątego piętra zamiast żony, to on stałby się ofiarą.

– Jeśli jest rzeczywiście tak, jak mówicie, może to również tłumaczyć, dlaczego te kobiety nie zostały wykorzystane seksualnie – powiedział Aune. – Jeśli morderca...

– Zabójca.

– ...zabójca nie wybierał ofiar, to oznacza, iż przypadek zrządził, że wszystkie są młodymi kobietami. W takim razie ofiary nie stanowią obiektu seksualnego, a zaspokojenie daje mu wyłącznie samo działanie.

– A co z damską toaletą? – spytała Beate. – Tam nie dokonał przypadkowego wyboru. Czy dla mężczyzny nie byłoby rzeczą bardziej naturalną, gdyby wszedł do męskiej, skoro płeć ofiary jest mu obojętna? Nie ryzykowałby ściągnięcia na siebie uwagi, gdyby ktoś zobaczył go wchodzącego lub wychodzącego stamtąd.

– Być może – powiedział Harry. – Lecz jeśli przygotował się tak starannie, jak na to wygląda, to wiedział, że w kancelarii adwokackiej jest znacznie więcej mężczyzn niż kobiet. Rozumiecie?

Beate mocno zamrugała.

– Dobrze pomyślane, Harry – stwierdził Waaler. – Istniało mniejsze ryzyko, że w damskiej toalecie ktoś zakłóci jemu i ofierze rytuał.

Było osiem po drugiej, kiedy Møller ostatecznie zakończył dyskusję.

– Dobrze, kochani, dość już o zmarłych. Chyba pora skoncentrować się na tych, którzy jeszcze żyją.

Słońce rozpoczęło wędrówkę po drugiej połowie paraboli i cienie zaczęły wypełzać na opustoszały dziedziniec szkolny na Tøyen, na którym słychać było jedynie monotonne uderzenia piłki kopnięciami odbijanej o mur. W hermetycznie zamkniętym pokoju Harry'ego powietrze zmieniło się w zupę wilgoci odparowanej z ludzkich ciał. Ramię gwiazdy na prawo od tego, które kończyło się na Carl Berners plass, wskazywało na tereny zielone tuż przy Ensjøveien w dzielnicy Kampen. Harry wyjaśnił, że budynek położony tuż pod wierzchołkiem gwiazdy zbudowano w roku 1912 jako tak zwany dom dla gruźlików, ale potem przerobiono go na internat. Najpierw dla uczennic szkoły gospodarstwa domowego, potem dla pielęgniarek, a w końcu ogólnie dla studentów.

Ostatnie ramię pentagramu wskazywało na wzór układający się z czarnych równoległych kresek.

– Tory Dworca Wschodniego? – spytał z powątpiewaniem Møller. – Przecież tam nikt nie mieszka.

– Dobrze się zastanów. – Harry wskazał na otoczony kółkiem prostokącik.

– To musi być jakiś magazyn…

– Nie, on ma rację – zaprotestował Waaler. – Tam rzeczywiście stoi dom. Nie zwróciliście na niego uwagi, kiedy jechaliście pociągiem? Taka dziwna murowana willa. Stoi sama. Ma ogród i w ogóle…

– Mówisz o Willi Valle – powiedział Aune. – Dom naczelnika stacji. Jest dobrze znany. Przypuszczam, że mieszczą się tam teraz biura.

Harry pokręcił głową i wyjaśnił, że Biuro Ewidencji Ludności zarejestrowało jedną zamieszkałą tam osobę fizyczną. Olaug Sivertsen. Starszą kobietę.

– Ani w tym akademiku, ani w willi nie ma piątego piętra – powiedział Harry.

– Czy to go powstrzyma? – Waaler zwrócił się z pytaniem do Aunego.

Aune wzruszył ramionami.

– Nie sądzę. Ale mówimy teraz o przewidywaniu szczegółowych zachowań na poziomie indywidualnym. Twoje domysły mogą być równie trafne jak moje.

– No dobrze – powiedział Waaler. – Zakładamy więc, że on zamierza jutro uderzyć w ten akademik, i naszą największą szansą jest starannie zaplanowana akcja. Zgadza się?

Pokiwali głowami.

– W porządku. Skontaktuję się z Sivertem Falkeidem z brygady antyterrorystycznej i zaraz zaczniemy pracować nad szczegółami.

Harry zauważył stalowy błysk w oczach Waalera. Rozumiał go. Akcja. Zatrzymanie. Powalenie. Najlepsze kąski pracy policyjnej.

– Wobec tego ja zabieram Beate na Schweigaards gate. Zobaczymy, może uda nam się spotkać z mieszkanką willi.

– Uważajcie na siebie! – zawołał Møller, przekrzykując szuranie krzeseł. – Nic nie może wyciec. Pamiętajcie, co Aune powiedział o tym, że takie typy chętnie węszą wokół śledztwa.

Słońce opadało coraz niżej. Temperatura rosła.

24 PIĄTEK. OTTO TANGEN

Otto Tangen obrócił się na bok. Był mokry od potu po kolejnej tropikalnej nocy, lecz nie to go obudziło. Wyciągnął się do telefonu, a zniszczone łóżko groźnie zatrzeszczało. Uklękło ponad rok temu, kiedy Otto pieprzył Aud Ritę z piekarni wszerz łóżka. Aud Rita była wprawdzie chuda jak szczapa, ale Otto tamtej wiosny minął kreskę stu dziesięciu kilogramów. W pokoju panowała całkowita ciemność, kiedy z hukiem odkryli, że łóżka konstruowane są z myślą o pchnięciach wzdłuż, a nie wszerz. Aud Rita leżała pod nim i Otto musiał zawieźć ją na pogotowie w Hønefoss ze złamaniem obojczyka. Była wściekła i w złości zagroziła, że o wszystkim powie Nilsowi, swojemu partnerowi, a jednocześnie najlepszemu i jedynemu przyjacielowi Ottona. Nils w owym czasie ważył sto piętnaście kilo i znany był ze swego temperamentu. Otto śmiał się tak, że miał kłopoty z oddychaniem, a Aud Rita od tamtej pory krzywo na niego patrzyła, gdy tylko przestępował próg piekarni. Zasmucało go to, bo tamta noc mimo wszystko stała się dla niego bardzo drogim wspomnieniem. Był to ostatni raz, kiedy uprawiał seks.

– Dźwięki Harry'ego – wysapał w słuchawkę.

Nazwał swoją firmę od imienia postaci granej przez Gene'a Hackmana w filmie Coppoli *Rozmowa* z roku 1974 o ekspercie od podsłuchu, który pod wieloma względami zdecydował o jego karierze i losach. Nikt w ograniczonym kręgu znajomych Ottona nie widział tego filmu. On sam oglądał go trzydzieści osiem razy. Zrozumiawszy, jakie możliwości wglądu w życie innych ludzi daje odrobina sprzętu, już jako piętnastolatek kupił swój pierwszy mikrofon i odkrył, o czym rozmawiają w sypialni rodzice. Dzień później zaczął oszczędzać na swoją pierwszą własną kamerę. Teraz w wieku trzydziestu pięciu lat miał setkę mikrofonów, dwadzieścia cztery kamery i jedenastoletniego syna z kobietą, która nocowała w jego autobusie-studiu dźwiękowym w Geilo w pewną wilgotną jesienną noc. Udało mu się przynajmniej namówić ją, żeby ochrzciła chłopca Gene. Bez mrugnięcia okiem przyznałby jednak, że o wiele silniejsza miłość łączy go z jego mikrofonami. Ale też i w kolekcji znajdowały się lampowe mikrofony Neumana z lat pięćdziesiątych i mikrofony kierunkowe Offscreen. Te ostatnie były specjalnie zaprojektowane do kamer wojskowych, po które wcześniej musiał jeździć do Stanów i kupować spod lady, a które teraz spokojnie sprowadzał przez Internet. Dumę kolekcji stanowiły jednak trzy rosyjskie mikrofony szpiegowskie wielkości łepka od szpilki. Nie miały żadnej marki, a zdobył je na targach w Wiedniu. Poza tym firma Dźwięki Harry'ego była właścicielką jednego z dwóch profesjonalnych ruchomych centrów obserwacji w kraju. Z tej przyczyny od czasu do czasu kontaktowała się z nim policja, POT, a z rzadka również wywiad wojskowy. Otto chętnie widziałby częstsze kontakty tego rodzaju, bo dość już miał instalowania kamer w sklepach 7-Eleven i Videonova, a także szkolenia personelu niezainteresowanego bardziej wyrafinowaną obserwacją niczego nieświadomych osób. Pod tym względem łatwiej było o spotkanie pokrewnej duszy w policji i w armii, ale wynajęcie sprzętu wysokiej jakości w firmie Dźwięki Harry'ego kosztowało, a Otto lekcję o cięciach budżetowych słyszał coraz częściej. Mówili, że taniej im wychodzi ustawienie się w jakimś domu czy mieszkaniu w pobliżu obserwowanego obiektu z własnym sprzętem, i oczywiście mieli rację. Od czasu do czasu jednak okazywało się, że brakuje zabudowań w rozsądnej odległości albo też praca wymagała sprzętu naprawdę wysokiej jakości, a wtedy telefon w firmie Dźwięki Harry'ego dzwonił. Tak jak teraz.

Otto słuchał. Zapowiadało się niezłe zlecenie. Ale ponieważ w pobliżu obiektu było mnóstwo mieszkań, domyślał się, że ścigają jakąś grubą rybę. A akurat w tej chwili w wodzie pływała tylko jedna gruba ryba.

– Chodzi o Kuriera Śmierci? – spytał, siadając na łóżku ostrożnie, żeby nie wywinęło szpagatu. Powinien je wymienić. Nie był pewien, czy odkładał to ciągle wyłącznie z przyczyn finansowych, czy może raczej przemawiały za tym względy sentymentalne. Tak czy siak, jeśli ta rozmowa przyniesie obiecywany wynik, już niedługo będzie go stać na naprawdę szerokie, solidnie wykonane łóżko. Może okrągłe? I wówczas będzie mógł ponownie spróbować z Aud Ritą. Nils ważył teraz sto trzydzieści, wyglądał wstrętnie.

– Trzeba się spieszyć – powiedział Waaler, nie odpowiadając, co Ottonowi wystarczyło za odpowiedź. – Chcę, żeby wszystko zostało ustawione dziś w nocy.

Otto zaśmiał się głośno.

– Chcesz w ciągu jednej nocy obstawić dźwiękiem i obrazem całe wejście, windę i wszystkie korytarze w czteropiętrowym budynku? *Sorry*, kolego, ale to się nie da.

– Ta sprawa ma wyjątkowy priorytet, poświęciliśmy...

– N-i-e-d-a-s-i-ę, rozumiesz? – Otto zarżał, aż łóżko się zachwiało. – Skoro tak się spieszy, zrobimy to w weekend, Waaler. Obiecuję, że na poniedziałek będzie gotowe.

– Rozumiem – powiedział Waalar. – Przepraszam za moją naiwność.

Gdyby Otto równie dobrze umiał odczytywać głosy, jak je nagrywać, po tonie Waalera zrozumiałby, że literowanie nie padło na dobry grunt. Akurat teraz był jednak zajęty głównie rozmową o pośpiechu i podwyższaniu liczby godzin.

– Świetnie, widzę, że lepiej się rozumiemy. – Otto rozejrzał się za skarpetkami pod łóżkiem, lecz znalazł wyłącznie szare koty i puste puszki po piwie. – Będę musiał policzyć ekstra za pracę wieczorem. I oczywiście za dni świąteczne.

Piwo! Może kupić skrzynkę i zaprosić Aud Ritę na oblewanie zlecenia? Gdyby ona się nie zgodziła, to chociaż Nils by przyszedł.

– Muszę też doliczyć niedużą marżę za sprzęt, który sam będę musiał wynająć. Przecież nie mam wszystkiego pod ręką.

– No tak – odparł Waaler. – Stoi w stodole Steina Astrupa aż w Asker.

Ottonowi Tangenowi słuchawka o mało nie wypadła z ręki.

– Oj! – westchnął cicho Waaler. – Czyżbym trafił w czuły punkt? Zapomniałeś coś oclić? Jakiś sprzęt, który przypłynął statkiem z Rotterdamu?

Łóżko załamało się z głośnym trzaskiem.

– Nasi ludzie pomogą ci ustawiać. Wciśnij tłusty tyłek w spodnie, bierz ten swój cudowny autobus i staw się w moim biurze, żeby się trochę zorientować i przejrzeć rysunki.

– Ja... ja...

– ...rozpływam się z wdzięczności. To świetnie, bo dobrzy przyjaciele współpracują ze sobą, prawda, Tangen? Tylko bądź bystry, trzymaj gębę na kłódkę i zrób najlepszą robotę, na jaką cię stać, a wszystko będzie dobrze.

25 PIĄTEK. JĘZYKI

– To pani tutaj mieszka? – spytał zaskoczony Harry.

Zaskoczony, ponieważ podobieństwo było tak uderzające, że aż drgnął, gdy mu otworzyła drzwi i spojrzał w jej białą starą twarz. To przez oczy. Miały w sobie dokładnie ten sam spokój, to samo ciepło. Przede wszystkim oczy. Lecz również głos, gdy potwierdziła, że to ona nazywa się Olaug Sivertsen.

– Policja – powiedział, wyjmując identyfikator.

– Ach tak? Mam nadzieję, że nie wydarzyło się nic złego?

Siateczka delikatnych linii i zmarszczek ułożyła się w zatroskaną minę. Harry pomyślał, że musiała zaniepokoić się o kogoś innego. Może uznał tak przez podobieństwo, ponieważ jej niepokój również zawsze dotyczył innych.

– Nie, nie – odparł odruchowo i powtórzył kłamstwo, mocno kręcąc głową. – Czy możemy wejść?

– Oczywiście.

Otworzyła drzwi i odsunęła się na bok. Harry i Beate weszli do środka. Harry zamknął oczy. Pachniało tu szarym mydłem i starymi ubraniami. Oczywiście. Gdy otworzył oczy, staruszka patrzyła na niego ze zdziwionym uśmiechem. Harry też się uśmiechnął. Przecież nie mogła wiedzieć, że czekał na uścisk, na pogłaskanie po głowie i na szept, którym oznajmiała, że dziadek czeka na niego i na Sio w salonie z czymś pysznym.

Zaprowadziła go do salonu, ale tam nikt nie czekał. Pokój – a raczej pokoje, bo były aż trzy w amfiladzie – miały sztukaterie na suficie, kryształowe żyrandole i stare eleganckie meble. Zarówno obicia, jak i dywany były zniszczone, ale wszystko lśniło czystością i porządkiem, jak może być wyłącznie w domu osoby samotnej.

Harry zastanawiał się, dlaczego spytał, czy to ona tu mieszka. Czy było coś w sposobie, w jaki otworzyła mu drzwi? I w jaki wpuszczała ich do środka? W każdym razie chyba spodziewał się mężczyzny, pana domu, ale najwyraźniej Biuro Ewidencji Ludności miało rację: mieszkała tu tylko ona.

– Siadajcie – zaprosiła. – Kawy?

Brzmiało to raczej jak prośba niż jak propozycja. Harry chrząknął zażenowany, niepewny, czy powinien jej mówić, dlaczego tu przyszli.

– Bardzo by było miło – odparła z uśmiechem Beate.

Staruszka też się uśmiechnęła i podreptała do kuchni. Harry z wdzięcznością popatrzył na koleżankę.

– Ona mi przypomina...

– Wiem. Poznałam po tobie. Moja babcia też trochę ją przypominała.

– Mhm – mruknął Harry, rozglądając się po pokoju.

Zdjęć rodzinnych było niewiele. Same poważne twarze na dwóch wyblakłych czarno-białych fotografiach, które musiały być zrobione przed wojną, i cztery zdjęcia tego samego chłopca w różnym wieku. Na młodzieńczej fotografii miał pryszcze, fryzurę modsa z początku lat sześćdziesiątych, te same oczy pluszowego misia, które przed chwilą powitały ich w drzwiach, i szczery uśmiech, a nie tylko udręczony grymas, jaki Harry z wysiłkiem był w stanie zaprezentować przed obiektywem, będąc w tym wieku.

Starsza pani wróciła z tacą, usiadła, nalała kawy i podała talerz z czekoladowymi ciasteczkami. Harry zaczekał, aż Beate skończy chwalić ją za kawę.

– Czytała pani w gazecie o zabójstwach młodych kobiet w Oslo w ostatnich tygodniach, pani Sivertsen?

Staruszka pokręciła głową.

– Dotarło do mnie, że coś takiego się stało. Pisali o tym na całej pierwszej stronie w „Aftenposten", ale ja nigdy nie czytam o takich strasznych rzeczach.

Gdy się uśmiechała, zmarszczki wokół jej oczu układały się ukośnie.

– Obawiam się też, że jestem starą panną, a nie panią Sivertsen.

– Przepraszam, sądziłem... – Harry spojrzał na zdjęcia.

– Tak, to mój syn.

Zapadła cisza. Wiatr przyniósł szczekanie psa i metaliczny głos informujący, że pociąg do Halden stoi gotowy do odjazdu przy peronie siedemnastym. Poruszył też zasłonami w otwartych drzwiach balkonu.

– No cóż. – Harry podniósł do ust filiżankę z kawą, ale przypomniał sobie, że musi coś powiedzieć, i zaraz znów ją odstawił. – Mamy powody podejrzewać, że ten, kto zabił te dziewczyny, to seryjny zabójca, a jednym z jego dwóch kolejnych celów jest...

– Pyszne ciasteczka, proszę pani – przerwała mu Beate z pełnymi ustami.

Harry popatrzył na nią zdziwiony. Z balkonowych drzwi dobiegł cichnący świst pociągu, wjeżdżającego na stację.

Staruszka uśmiechnęła się leciutko zdezorientowana.

– O, to zwyczajne ciasteczka, ze sklepu.

– Zacznijmy od początku, proszę pani – odezwał się ponownie Harry. – Najpierw chciałbym zapewnić, że nie ma absolutnie żadnych powodów do niepokoju. Wszystko jest pod naszą kontrolą. Następnie...

– Dziękuję – powiedział Harry. Szli w dół Schweigaards gate, mijając baraki i niskie budynki fabryczne. Stanowiły ostry kontrast z willą w ogrodzie, która przypominała zieloną oazę pośród czarnego żwiru.

Beate uśmiechnęła się, tym razem się nie czerwieniąc.

– Pomyślałam po prostu, że powinniśmy unikać psychicznego złamania kości udowej. Od czasu do czasu wolno coś owinąć w bawełnę. Przedstawić prawdę w nieco łagodniejszym świetle.

– Tak, słyszałem, że tak mówią. – Zapalił papierosa. – Nigdy nie umiałem rozmawiać z ludźmi. Lepiej wychodzi mi słuchanie. I może...

Urwał.

– Co? – spytała Beate.

– Może się znieczuliłem. Może już mnie to nie obchodzi. Może pora na to, żeby... robić coś innego. Poprowadzisz?

Rzucił jej kluczyki ponad dachem samochodu.

Złapała i popatrzyła na nie ze zmarszczką zdziwienia na czole.

O ósmej czworo kierujących śledztwem oraz doktor Aune znów zebrali się w sali konferencyjnej.

Harry złożył raport ze spotkania w Willi Valle i oznajmił, że Olaug Sivertsen przyjęła zagrożenie ze spokojem. Oczywiście trochę się wystraszyła, lecz daleko jej było do paniki na myśl o tym, iż być może trafiła na listę ofiar seryjnego zabójcy.

– Beate zaproponowała, by na jakiś czas przeniosła się do syna – ciągnął Harry. – Uważam, że to dobry pomysł.

Waaler pokręcił głową.

– Nie? – zdziwił się Harry.

– Zabójca czasem obserwuje przyszłe miejsca zbrodni. Jeśli zacznie się dziać coś niezwykłego, możemy go wystraszyć.

– Chcesz powiedzieć, że mamy wykorzystać starą niewinną kobietę jako... jako... – Beate próbowała ukryć gniew, ale wyjąkała czerwona: – ...jako przynętę?

Waaler przytrzymał wzrok Beate, a ona wyjątkowo się nie poddała. W końcu cisza zrobiła się tak przytłaczająca, że Møller otworzył usta, by powiedzieć cokolwiek, jakiekolwiek powiązane ze sobą słowa. Ale Waaler go uprzedził:

– Po prostu chcę mieć pewność, że go złapiemy. Żeby wszyscy mogli spać spokojnie. Poza tym, o ile wiem, kolejka tej babci wypada dopiero w przyszłym tygodniu.

Møller zaśmiał się głośno, z przymusem. A potem jeszcze głośniej, kiedy się zorientował, że jego śmiech wcale nie poprawił atmosfery.

– Wszystko jedno – podsumował Harry. – Ona i tak tam zostanie. Syn mieszka za daleko. Gdzieś za granicą.

– No dobrze – powiedział Waaler. – Jeśli chodzi o ten akademik, to oczywiście teraz, w wakacje, jest tam pusto, ale wszyscy mieszkańcy, z którymi rozmawialiśmy, otrzymali surowy nakaz nieruszania się jutro z domu, a poza tym minimum informacji. Powiedzieliśmy, że chodzi o włamywacza, którego chcemy złapać na gorącym uczynku. Zamierzamy zainstalować tam cały sprzęt obserwacyjny dziś w nocy, kiedy zabójca prawdopodobnie będzie spał.

– A antyterroryści? – spytał Møller.

– Już się cieszą.

Harry wyjrzał przez okno. Próbował sobie przypomnieć, jakie to uczucie, kiedy człowiek się cieszy.

Kiedy Møller zakończył spotkanie, Harry stwierdził, że plamy potu na bokach koszuli Aunego mają kształt Somalii. Zostali we trzech.

Møller przyniósł cztery carlsbergi, które trzymał w lodówce w kuchni.

Aune wyraźnie się ucieszył. Harry krótko pokręcił głową.

– Ale dlaczego? – spytał Møller, otwierając butelki. – Dlaczego on dobrowolnie daje nam do ręki klucz do złamania kodu, dzięki któremu możemy przewidzieć jego następny ruch?

– Próbuje nam powiedzieć, w jaki sposób możemy go złapać. – Harry pchnął okno.

Do środka wpadły odgłosy letniej nocy i rozpaczliwa radość życia miejskich ciem, muzyka z krążącego po okolicy kabrioletu, przesadnie głośny śmiech, gorączkowe stukanie wysokich obcasów o asfalt. Odgłosy ludzi, którzy się cieszą.

Møller z niedowierzaniem patrzył na Harry'ego, a potem na Aunego, jak gdyby chciał uzyskać od niego potwierdzenie, że Hole zwariował.

Psycholog złożył dłonie, przyciskając do siebie koniuszki palców na wysokości muszki.

– Harry może mieć rację – stwierdził. – Nie jest wcale rzeczą niezwykłą, że seryjny morderca drażni się z policją i pomaga jej, ponieważ w głębi duszy pragnie zostać złapany. Pewien psycholog, Sam Vaknin, twierdzi, że seryjni mordercy pragną być schwytani i ukarani, aby usprawiedliwić swoje sadystyczne superego. Bardziej wierzę w teorię mówiącą, że potrzebują pomocy, by poskromić tkwiącego w ich wnętrzu potwora, a ich pragnienie bycia schwytanym wynika z pewnego obiektywnego zrozumienia choroby.

– Chcesz powiedzieć, że zdają sobie sprawę ze swojego szaleństwa?

Aune kiwnął głową.

– To – Møller podniósł butelkę – to musi być istne piekło.

Za chwilę wyszedł zadzwonić do jakiegoś dziennikarza z „Aftenposten", który chciał się dowiedzieć, czy policja popiera zalecenie rzecznika praw dziecka o zatrzymywaniu nieletnich w domu.

Harry i Aune siedzieli zasłuchani w dalekie odgłosy imprezy, nieartykułowane okrzyki i muzykę The Strokes przerywało wezwanie na modlitwę, które z jakiegoś powodu zabrzmiało metalicznie i trochę bluźnierczo, lecz także niezwykle pięknie.

– Zapytam z czystej ciekawości – odezwał się Aune. – Co było tym czynnikiem wyzwalającym skojarzenia? W jaki sposób wpadłeś na to z piątką?

– O co ci chodzi?

– Znam się trochę na procesach twórczych. Co się stało?

Harry uśmiechnął się.

– No właśnie. Ostatnią rzeczą, jaką zobaczyłem, zanim rano zasnąłem, był budzik na nocnym stoliku, który pokazywał trzy piątki. Trzy kobiety. Pięć.

– Mózg to dziwne narzędzie – stwierdził Aune.

– Owszem – przyznał Harry. – Pewien facet, który zna się na łamaniu kodów, twierdzi, że zanim zdołamy złamać kod, musimy mieć odpowiedź na pytanie „dlaczego". A pięć nie jest tą odpowiedzią.

– Więc dlaczego?

Harry ziewnął i przeciągnął się.

– „Dlaczego" to twoja działka, Ståle. Ja się będę cieszył, jak tylko go złapiemy.

Aune uśmiechnął się, zerknął na zegarek i wstał.

– Jesteś niezwykłą osobą, Harry. – Obciągnął tweedową marynarkę. – Wiem, że ostatnio piłeś, ale wyglądasz odrobinę lepiej. Odbiłeś się od dna tym razem?

Harry pokręcił głową.

– Jestem po prostu trzeźwy.

Kiedy Harry wracał do domu, niebo pochylało się nad nim w stroju galowym.

Na chodniku, w świetle neonowej reklamy nad Niazi, niedużym sklepikiem spożywczym przy kamienicy Harry'ego, stała kobieta w ciemnych okularach. Jedną rękę miała opartą na biodrze, a w drugiej trzymała białą torbę bez nazwy z Niazi. Uśmiechała się, udając, że na niego czekała.

To była Vibeke Knutsen.

Harry zrozumiał, że to przedstawienie, żart, w który chciała go wciągnąć. Zwolnił więc i spróbował odpowiedzieć jej podobnym uśmiechem. Że niby się jej spodziewał. Dziwne było to, że czuł tak naprawdę, tylko do tej pory sobie tego nie uświadamiał.

– Nie widziałam cię ostatnio w Underwater, kochaniutki – odezwała się, unosząc okulary i mrużąc oczy, jakby słońce wciąż wisiało nisko nad dachami.

– Staram się nie zanurzać głowy – odparł Harry, sięgając po papierosa.

– Ojoj, mistrz słowa! – powiedziała, przeciągając się.

Dziś nie miała na sobie żadnego egzotycznego zwierzęcia, tylko niebieską wydekoltowaną letnią sukienkę, którą całkowicie sobą wypełniała, nawet w pewnym nadmiarze. Harry podsunął jej paczkę, wzięła papierosa, którego zdołała umieścić w ustach w sposób, jakiego nie potrafiłby scharakteryzować inaczej niż nieprzyzwoity.

– Co tu robisz? – spytał. – Sądziłem, że zawsze kupujesz w Kiwi.

– Zamknięte. Już prawie północ, Harry. Musiałam przyjść aż tu do ciebie, żeby znaleźć otwarty sklep.

Jej uśmiech się rozszerzył, a oczy zwęziły jak u spragnionego pieszczot kota.

– To nieprzyjemna okolica dla małych dziewczynek w piątkową noc. – Harry podpalił jej papierosa. – Mogłaś wysłać swojego mężczyznę, jeśli chodziło o kupienie…

– Wody do mieszania. – Podniosła torbę do góry. – Żeby nie było za mocne. A mój narzeczony wyjechał. Ale jeśli tu jest tak okropnie, to chyba powinieneś ratować dziewczynkę i zabrać ją w bezpieczne miejsce.

Ruchem głowy wskazała jego kamienicę.

– Mogę ci zaproponować kawę.

– Słucham?

– Rozpuszczalną. Nic więcej nie mam.

Kiedy Harry wszedł do pokoju z czajnikiem elektrycznym i słoiczkiem kawy, Vibeke Knutsen siedziała na kanapie z podciągniętymi nogami, a buty stały na podłodze. W półmroku jej mlecznobiała skóra zdawała się jaśnieć. Zapaliła kolejnego papierosa, tym razem własnego, jakiejś zagranicznej marki, której Harry nigdy wcześniej nie widział. Bez filtra. W migoczącym świetle zapałki zauważył też, że czerwony lakier na paznokciach jej stóp się łuszczy.

– Nie wiem, czy mam jeszcze siłę – powiedziała. – On się zmienił. Kiedy wraca do domu, jest niespokojny. Albo krąży po pokoju, albo idzie trenować. Sprawia wrażenie, jakby nie mógł się doczekać, kiedy znów wyjedzie. Próbuję z nim rozmawiać, ale on albo ucina, albo patrzy na mnie tak, jakby nic nie rozumiał. Naprawdę jesteśmy z dwóch różnych planet.

– To suma odległości planet i ich wzajemna siła przyciągania utrzymuje je na torze ruchu – odparł Harry, odmierzając mrożono-suszoną kawę.

– Więcej sztuczek słownych, mistrzu? – Vibeke zdjęła drobinę tytoniu z mokrego różowego czubka języka.

Harry roześmiał się.

– Przeczytałem to gdzieś w poczekalni. Miałem nadzieję, że to może być prawda. W stosunku do mojej osoby.

– Wiesz, co jest najdziwniejsze? On mnie nie lubi. A mimo to wiem, że nigdy nie pozwoli mi odejść.

– Co chcesz przez to powiedzieć?

– On mnie potrzebuje. Nie bardzo wiem, do czego, ale to trochę tak, jakby coś stracił i właśnie do tego czegoś mnie wykorzystuje. Jego rodzice...

– Tak?

– Nie ma z nimi żadnego kontaktu. Nigdy ich nie poznałam. Sądzę, że w ogóle nie wiedzą o moim istnieniu. Niedawno zadzwonił telefon. Ktoś spytał o Andersa. Od razu miałam wrażenie, że to był jego ojciec. Można to poznać po sposobie, w jaki rodzice wymawiają imiona swoich dzieci. Z jednej strony powtarzali to imię już tyle razy, że to najbardziej naturalny dźwięk do wymówienia, lecz jednocześnie jest to w pewnym sensie intymne. To słowo, które rozbiera ich do naga. Wypowiadają je więc szybko, z pewnym zawstydzeniem. „Czy zastałem Andersa?”. Ale kiedy odpowiedziałam, że najpierw muszę go obudzić, to nagle ten głos zaczął bredzić w jakimś obcym języku, albo nie w obcym, bardziej takim, jakbyśmy my ze sobą rozmawiali, gdybyśmy mieli naprędce wymyślać słowa. W takim, jakimi mówią w domach modlitwy, kiedy się rozpędzą.

– Gdy zaczynają „mówić językami”?

– Tak, chyba tak to się nazywa. Anders z tym dorastał, ale nigdy o tym nie opowiada. Słuchałam tego człowieka przez chwilę. Najpierw zaczęły pojawiać się takie słowa jak „szatan” i „sodoma”, potem bardziej ordynarne. Cipa i dziwka. Odłożyłam słuchawkę.

– Co na to powiedział Anders?

– Nigdy mu o tym nie wspomniałam.

– Dlaczego?

– Ja... Istnieją jakby pewne miejsca, do których nigdy nie otrzymałam dostępu. I chyba też nie bardzo mam ochotę tam wchodzić.

Harry pił kawę. Vibeke swojej nie tknęła.

– Czy ty czasami nie czujesz się samotny, Harry?

Podniósł głowę.

– No... sam. Nie chciałbyś czasami być z kimś?

– To dwie zupełnie różne rzeczy. Ty jesteś z kimś. A czujesz się samotna.

Vibeke zadrżała, jak gdyby przez pokój przechodził zimny front.

– Wiesz co? – powiedziała – Mam ochotę na drinka.

– Przykro mi, ale nie mogę ci zaproponować nic w tym rodzaju.

Otworzyła torebkę.

– Możesz przynieść dwa kieliszki, kochaniutki?

– Potrzebny nam tylko jeden.

– No to dobrze. – Otworzyła piersiówkę, odchyliła głowę i pociągnęła łyk. – Nie wolno mi się ruszać – powiedziała ze śmiechem. Po brodzie spływała jej przezroczysta brunatna kropla.

– Słucham?

– Anders nie chce, żebym się ruszała. Muszę leżeć całkowicie nieruchomo. Nie odzywać się ani słowem i nie jęczeć. A najlepiej, żebym udawała, że śpię. Twierdzi, że traci ochotę, kiedy ja dam wyraz swojej.

– I?

Wypiła jeszcze łyk i powolnym ruchem zakręciła korek.

– To prawie nieosiągalna sztuka.

Spoglądała na Harry'ego tak bezpośrednio, że automatycznie odetchnął trochę głębiej i ku swej irytacji poczuł erekcję pod spodniami.

Uniosła brew, jak gdyby to poczuła.

– Chodź, usiądź tu, na kanapie – szepnęła.

Jej głos się zmienił, był teraz szorstki i ochrypły. Harry dostrzegł pulsowanie niebieskiej żyły na jej białej szyi. To tylko odruch, pomyślał. Pies Pawłowa, który się ślini i podrywa na dźwięk sygnału oznaczającego porę karmienia, że czas na jedzenie. Reakcja warunkowa, to wszystko.

– Raczej nie – powiedział.

– Boisz się mnie?

– Tak – odparł Harry.

Smutny ból wypełnił mu podbrzusze. Jak gdyby członek zapłakał.

Vibeke roześmiała się głośno, ale urwała na widok jego spojrzenia. Złożyła usta w ciup i poprosiła dziecięcym głosikiem:

– Ale, Harry, tak cię...

– Nie mogę. Lubię cię, ale...

Jej uśmiech pozostał na twarzy, ale mrugała tak, jakby ją uderzył.

– To nie o ciebie chodzi – dodał szybko.

Umknęła spojrzeniem. Kąciki ust jej drgały, jakby zamierzała dalej się śmiać.

– Ha! – westchnęła.

Miało to być ironiczne, przesadnie teatralne, ale zabrzmiało jak westchnienie rezygnacji. Przedstawienie się skończyło. Obydwoje wypadli z roli.

– *Sorry* – powiedział Harry.

Jej oczy napełniły się łzami.

– O, Harry – szepnęła.

Żałował, że to zrobiła. Mógłby jej kazać wyjść od razu.

– Bez względu na to, czego chcesz ode mnie, ja tego nie mam – odezwał się. – Ona już to wie. A teraz wiesz również ty.

Część czwarta

26 SOBOTA. TEN DZIEŃ

Kiedy słońce wbiegło na wzgórze Ekeberg w sobotni poranek z obietnicą pobicia kolejnego rekordu ciepła, Otto Tangen po raz ostatni sprawdzał swój pulpit mikserski.

W autobusie było ciemno i duszno, zewsząd wydobywał się zapach ziemi i zgniłych ubrań, który nie dawał się przepędzić ani przez choinkę zapachową, ani przez papierosowy dym Ottona. Czasami miał wrażenie, że siedzi w bunkrze w okopach, ze smrodem śmierci w nozdrzach, wydzielanym jednak przez to, co działo się nieopodal.

Akademik usytuowany był w otoczeniu zieleni na szczycie wzgórza Kampen, z widokiem na Tøyen. Po obu stronach i prawie równolegle do starszego czteropiętrowego budynku stały dwa wyższe bloki mieszkalne z lat pięćdziesiątych. I akademik, i bloki pomalowano tą samą farbą i wstawiono ten sam rodzaj okien, przypuszczalnie podejmując próbę nadania okolicy całościowego charakteru. Ale różnicy wieku budynków nie dało się zakamuflować. Wciąż wyglądało to tak, jakby trąba powietrzna porwała skądś akademik i postawiła go delikatnie pośrodku między domami spółdzielni mieszkaniowej.

Harry i Waaler uzgodnili, że autobus stanie na parkingu wraz z innymi samochodami tuż przed akademikiem, gdzie warunki odbioru były dobre, a autobus za bardzo nie rzucał się w oczy. Mijający go przechodnie, którzy mimo wszystko zechcieliby poświęcić mu spojrzenie, mogli stwierdzić, że zardzewiały pomalowany na niebiesko autobus volvo z wyciszonymi styropianem oknami należy do zespołu rockowego „Kindergarden Accident", bo taki napis wymalowano czarnymi literami na boku z dwiema trupimi czaszkami w roli kropek nad dwoma „i".

Otto wytarł pot i sprawdził, czy wszystkie kamery działają, czy widoczne są wszystkie zaułki i czy wszystko, co się porusza poza pokojami, jest nagrywane przez co najmniej jedną kamerę, tak by mogli śledzić obiekt od chwili wejścia na korytarz do drzwi któregokolwiek z osiemdziesięciu pokoi w ośmiu korytarzach na czterech piętrach.

Przez całą noc szkicowali, obliczali i przykręcali kamery do ścian. Otto wciąż miał w ustach metaliczny, gorzki smak suchego tynku, a warstewka żółtego pyłu pokrywała ramiona brudnej kurtki dżinsowej jak łupież.

Waaler w końcu posłuchał głosu rozsądku i przyznał, że jeśli mają zdążyć, muszą obyć się bez dźwięku. To i tak nie miało znaczenia dla samego zatrzymania. Tracili najwyżej materiał dowodowy, gdyby obiekt zdecydował się na wyznanie czegoś interesującego.

Nie dało się również filmować w windzie. Wybetonowany szyb nie przepuszczał sygnału w dostatecznym natężeniu, by z bezprzewodowej kamery dało się uzyskać porządny obraz w autobusie. A kłopot z przewodami był taki, że bez względu na to, gdzie by je ułożyli, albo byłyby widoczne, albo też splątałyby się z kablami windy. Waaler w końcu się z tym pogodził. Obiekt tak czy inaczej będzie w windzie sam. Mieszkańców zobowiązano do dochowania tajemnicy i wydano im surowe instrukcje, by pozamykali pokoje na klucz i nie wychodzili z nich od czwartej do szóstej.

Otto Tangen przeniósł mozaikę małych obrazków na trzy duże monitory komputerów i powiększył je tak, by tworzyły logiczną całość. Na monitorze z lewej strony widać było korytarze wychodzące na północ, czwarte piętro na górze, pierwsze na dole. Na środkowym – okolice wejścia, wszystkie schody i drzwi do windy. Na prawym – korytarze wychodzące na południe.

Otto kliknął „Save", założył ręce za głowę i odchylił się do tyłu z pomrukiem zadowolenia. Obserwował cały budynek. Z młodymi studentkami. Gdyby mieli trochę więcej czasu, może udałoby mu się umieścić kilka kamer również w pokojach, oczywiście bez wiedzy mieszkańców. Maleńkie rybie oczka, ulokowane w miejscach, w których nigdy nie zostałyby dostrzeżone, razem z ruskimi mikrofonami. Mógłby nagrać chętne młode studentki pielęgniarstwa *aus Norwegen*, a potem sprzedać zdjęcia dalej za pośrednictwem swoich kontaktów. Niech diabli wezmą tego cholernego Waalera! Bóg jeden wie, w jaki sposób dowiedział się o Astrupie i stodole w Asker. Myśl przypominająca motyla przefrunęła przez głowę Ottona i zniknęła. Od dawna podejrzewał, że Astrup komuś płaci, by trzymał nad nim chroniącą dłoń.

Zapalił papierosa. Obraz wyglądał jak stopklatka. Żaden ruch na pomalowanych żółto korytarzach czy schodach nie zdradzał, że to transmisja na żywo. Ci, którzy spędzali lato w akademiku, pewnie wciąż jeszcze spali, ale być może za parę godzin zobaczy faceta, który o drugiej w nocy wszedł do dziewczyny z pokoju 303. Dziewczyna wyglądała na pijaną. Na pijaną i gotową. On wyglądał wyłącznie na gotowego. Otto pomyślał o Aud Ricie. Pierwszy raz spotkał ją na imprezie przygrywkowej u Nilsa, który już kładł na niej swoje tłuste łapy, a ona wyciągnęła do Ottona małą białą rączkę i wybełkotała „Aud Rita", co wtedy zabrzmiało, jakby mówiła: „Jestem spita".

Otto westchnął ciężko.

Ten durny Waaler sprawdzał trasę razem z ludźmi z oddziału antyterrorystycznego aż do północy. Otto podsłuchał dyskusję, jaką Waaler prowadził na zewnątrz autobusu z ich szefem. Później ludzie z tego specjalnie szkolonego oddziału mieli zostać rozmieszczeni po trzech w ostatnim pokoju na każdym korytarzu każdego piętra. Ogółem dwadzieścia cztery osoby w czarnych kombinezonach, kominiarkach, z naładowanymi MP3, gazem łzawiącym i maskami przeciwgazowymi. Na sygnał z autobusu mieli przystąpić do akcji natychmiast, gdy tylko obiekt zapuka lub będzie próbował wejść do któregoś z pokojów. Na myśl o tym Otto drżał z emocji. Widział ich w akcji już dwukrotnie, doprawdy ci chłopcy byli niewiarygodni. Grzmiało i świeciło jak na koncercie hardrockowym i za każdym razem obiekt był tak sparaliżowany, że cała akcja kończyła się w ciągu paru sekund. Otto dowiedział się, że właśnie o to chodzi: wystraszyć obiekt do szaleństwa, by nie zdołał zmobilizować się psychicznie do stawiania oporu.

Zgasił papierosa. Pułapka była zastawiona. Teraz pozostawało oczekiwanie na szczura.

Policjanci mieli się zjawić koło trzeciej. Waaler zakazał wchodzenia i wychodzenia z autobusu wcześniej i później. Zapowiadał się długi gorący dzień.

Otto obrócił się na materacu ułożonym na podłodze. Ciekaw był, co się w tej chwili dzieje w pokoju 303. Tęsknił za swoim łóżkiem. Tęsknił za jego kołysaniem. Tęsknił za Aud Ritą.

*

W tej samej chwili drzwi kamienicy zatrzasnęły się za Harrym. Stanął, by zapalić pierwszego w tym dniu papierosa, i mrużąc oczy, popatrzył na niebo zasnute poranną mgiełką niczym firanką, którą wypalało już słońce.

Spał. Głębokim, nieprzerwanym i pozbawionym koszmarów snem. Wprost niewiarygodne.

– To będzie dzisiaj nieźle śmierdziało, Harry! Prognozy mówią, że tak ciepłego dnia nie było od tysiąc dziewięćset siódmego roku. Może i tak.

To powiedział Ali, sąsiad z mieszkania pod Harrym i właściciel sklepiku Niazi. Bez względu na to, jak wcześnie Harry wstawał, kiedy szedł do pracy, zastawał Alego i jego brata już krzątających się w biegu. Ali podniósł szczotkę i wskazał coś na chodniku.

Harry zmrużył oczy, żeby dojrzeć, co Ali mu pokazuje. Psia kupa. Nie zauważył jej, kiedy Vibeke stała dokładnie w tym samym miejscu wczoraj wieczorem. Ktoś najwyraźniej nie zachował należytej ostrożności, wyprowadzając psa na spacer dziś rano. Albo w nocy.

Spojrzał na zegarek. To był ten dzień. Za kilka godzin otrzymają odpowiedź.

Harry wciągnął dym w płuca i poczuł, jak mieszanka świeżego powietrza z nikotyną pobudza organizm. Po raz pierwszy od dawna dotarł do niego smak tytoniu. W dodatku przyjemny. I na moment zapomniał, że traci. Pracę. Rakel. Duszę.

Bo to był ten dzień.

I zaczął się tak dobrze.

To było doprawdy niewiarygodne.

Harry czuł, że się ucieszyła, gdy usłyszała jego głos.

– Rozmawiałem już z ojcem. Z wielką przyjemnością zajmie się Olegiem. Sio też tam będzie.

– Premiera? – powiedziała to z tym radosnym śmiechem w głosie. – W Teatrze Narodowym? Mój Boże!

Przesadzała. Lubiła tak się zachowywać od czasu do czasu, ale Harry wyczuł, że szczerze się ucieszyła.

– W co się ubierzesz? – spytała.

– Jeszcze nie powiedziałaś tak.

– To zależy.

– W garnitur.

– Który?

– Zaraz, zaraz... W ten, który kupiłem na Hegdehaugsveien na siedemnastego maja dwa lata temu. Wiesz, ten szary z...

– To jest jedyny garnitur, jaki masz, Harry.

– Wobec tego na pewno go włożę.

Roześmiała się. Miękki śmiech, tak samo miękki jak jej skóra i pocałunki. A mimo to śmiech lubił najbardziej. Tak po prostu.

– Przyjadę po was o szóstej – powiedział.

– Dobrze. Ale, Harry...

– Tak?

– Nie myśl sobie...

– Wiem. To tylko przedstawienie.

– Dziękuję, Harry.

– Cała przyjemność po mojej stronie.

Roześmiała się znów. Gdy już raz zaczęła, potrafił ją rozśmieszyć byle czym. Jak gdyby siedzieli razem w jednej i tej samej głowie, patrzyli tymi samymi oczyma. Wystarczało, by coś wskazał, nawet bez komentarza. Na siłę odłożył słuchawkę.

To był ten dzień. I wciąż był dobry.

Ustalili, że Beate posiedzi u Olaug Sivertsen podczas akcji. Møller nie chciał ryzykować, że obiekt (dwa dni temu Waaler nagle zaczął nazywać zabójcę „obiektem" i teraz wszyscy już tak mówili) odkryje pułapkę i nagle zmieni kolejność miejsc zbrodni.

Zadzwonił telefon. To Øystein. Z pytaniem, jak leci. Harry odpowiedział, że dobrze, i spytał, czego chce. Øystein wyjaśnił, że chciał się tylko dowiedzieć, jak leci. Harry się zawstydził, bo do tego rodzaju troski nie był przyzwyczajony.

– Śpisz?

– Dziś w nocy spałem.

– To dobrze. A kod? Złamałeś kod?

– Częściowo. Wiem już, gdzie i kiedy. Brakuje mi jedynie dlaczego.

– To znaczy, że możesz odczytać tekst, ale nie rozumiesz, co znaczy?

– Mniej więcej. Zresztą zaczekamy, aż go złapiemy.

– Czego nie rozumiesz?

– Mnóstwa rzeczy. Na przykład tego, że ukrył jedno z ciał. I drobiazgów, takich jak to, że za każdym razem obcinał ofiarom palce z lewej dłoni, ale palce były różne. Najpierw wskazujący, potem środkowy, a na koniec serdeczny.

– Czyli z zachowaniem kolejności? Może to jakiś systematyk?

– No dobrze, ale dlaczego nie zaczął od kciuka? Czy w tym jest jakaś wiadomość?

Øystein zaśmiał się głośno.

– Uważaj, Harry. Z kodami jest tak jak z kobietami. Jeśli nie uda ci się ich złamać, złamią ciebie.

– Już to mówiłeś.

– Naprawdę? To dobrze, znaczy, że jestem troskliwym człowiekiem. Nie wierzę własnym oczom, ale wygląda na to, że do samochodu właśnie wsiada klient. Trzymaj się, Harry. Zdzwonimy się.

– Okej.

Harry obserwował dym tańczący jak na zwolnionym filmie. Zerknął na zegarek.

O jednej rzeczy nie powiedział Øysteinowi. O przeczuciu, że reszta szczegółów wkrótce trafi na swoje miejsce. Trochę aż za bardzo precyzyjnie. Bo pomimo rytuałów, w tych zabójstwach odczuwało się jakiś brak emocji, wręcz rzucający się w oczy brak nienawiści, żądzy czy namiętności. Czy też jeśli chodzi o ścisłość, miłości. Były dokonane zbyt idealnie, jakby mechanicznie, według podręcznika. Miał wrażenie, że gra w szachy z komputerem, a nie ze wzburzonym, rozdartym chorym umysłem. Ale czas pokaże, co z tego wyniknie.

Znów spojrzał na zegarek.

Serce uderzyło lekko.

27 SOBOTA. AKCJA

Otto Tangen był w coraz lepszym humorze.

Przespał się ze dwie godziny i obudził z pulsującym bólem głowy. Ktoś walił w drzwi. Kiedy otworzył, do środka wpadł Waaler, Falkeid z oddziału antyterrorystów i jakiś typ, który przedstawił się jako Harry Hole i wcale nie wyglądał na komisarza. Zaczęli od narzekania na duchotę w jego autobusie. Ale kiedy napili się kawy z jednego z czterech termosów, włączyli monitory i przygotowali taśmy do nagrywania, Otto poczuł to cudowne łaskoczące napięcie, które zawsze się pojawiało, gdy wiedział, że obiekt się zbliża.

Falkeid wyjaśnił, że dyżurni w cywilu są rozstawieni w akademiku od wczorajszego wieczoru. Patrol z psem przeszukał strych i piwnicę, sprawdził, czy w budynku nikt się nie schował. Wchodzili i wychodzili jedynie mieszkańcy. Tylko dziewczyna z 303 poszła spać z jakimś facetem, którego strażnikowi przy drzwiach przedstawiła jako swojego chłopaka. Ludzie Falkeida byli na swoich miejscach i czekali na rozkaz.

Waaler kiwnął głową.

Falkeid regularnie sprawdzał łączność. Sprzęt antyterrorystów, nie Tangena. Otto zamknął oczy i napawał się dźwiękami, wsłuchiwał w trwający przez krótką sekundę kosmiczny szum, gdy naciskali guzik „Speak", potem w mamrotane niezrozumiałe kody, coś w rodzaju zbójeckiego języka dla dorosłych.

– Kawpo-karząd-kaku – Otto wypowiedział to bezgłośnie samymi wargami, myśląc o siedzeniu na jabłoni w jesienny wieczór i szpiegowaniu dorosłych za oświetlonymi oknami. O szeptaniu „kawpo-karząd-kaku" do puszki z drutem, biegnącym ponad płotem do miejsca, w którym siedział skulony Nils i czekał z drugą puszką, przyłożoną do ucha. Jeśli oczywiście jeszcze mu się nie znudziło i nie poszedł na kolację. Te puszki nigdy nie działały tak, jak to opisywano w *Tajemnej księdze na wszelakie okazje*.

– Gotowi do transmisji – powiedział Waaler. – Masz zegar naszykowany?

Otto kiwnął głową.

– Szesnasta zero zero – oznajmił Waaler. – Dokładnie... Już!

Otto puścił bieżący czas na nagrywarce. Dziesiąte części i pełne sekundy biegły na ekranie. Czuł, że wstrząsa nim niemy radosny dziecięcy śmiech. Bo to było coś lepszego niż jabłoń. Coś lepszego niż bułeczki z bitą śmietaną Aud Rity. Lepsze niż jej seplenione szeptem wskazówki, co ma z nią robić.

Show time.

*

Olaug Sivertsen z uśmiechem otworzyła drzwi Beate, jak gdyby od dawna spodziewała się tej wizyty.

– To znowu pani! Proszę wejść. Może pani nie zdejmować butów. Okropny upał, prawda?

Olaug pierwsza poszła korytarzem.

– Proszę się nie niepokoić, panno Sivertsen. Wygląda na to, że ta sprawa wkrótce znajdzie rozwiązanie.

– Dopóki mnie odwiedzacie, możecie się nie spieszyć – roześmiała się staruszka, ale zaraz wystraszona nakryła usta dłonią. – Ojej, co ja wygaduję! Przecież on zabija ludzi, prawda?

Kiedy weszły do salonu, ścienny zegar akurat wybijał czwartą.

– Herbaty, moja droga?

– Bardzo chętnie.

– Czy wolno mi iść do kuchni samej?

– Owszem, ale gdybym mogła pójść z...

– Proszę, proszę.

Oprócz nowej kuchenki i lodówki kuchnia wyglądała na nietkniętą od czasów wojny. Beate usiadła na krześle przy dużym drewnianym stole, a Olaug nastawiła wodę.

– Przyjemnie tu pachnie – zauważyła Beate.

– Tak uważasz?

– Tak. Lubię kuchnie, które tak pachną. Prawdę mówiąc, w ogóle bardzo lubię kuchnie. Nie przepadam za salonami.

– Naprawdę? – Olaug Sivertsen przekrzywiła głowę. – Wiesz co? Sądzę, że my dwie wcale tak bardzo się od siebie nie różnimy. Ja też jestem jakby człowiekiem kuchennym.

Beate uśmiechnęła się.

– Salon pokazuje, za jakiego człowiek pragnie uchodzić. W kuchni wszyscy bardziej się odprężają. Tam wolno być sobą. Zauważyłaś, że przeszłyśmy na ty od razu, gdy tu weszłyśmy?

– Rzeczywiście, chyba tak.

Obie się roześmiały.

– Wiesz – zaczęła Olaug. – Cieszę się, że przysłali akurat ciebie. Lubię cię. I nie ma się co rumienić, moja droga. Jestem tylko starą samotną kobietą. Rumieniec zachowaj dla kawalera. A może jesteś mężatką? Nie? No tak, ale to nie koniec świata.

– A ty byłaś kiedyś mężatką?

– Ja? – śmiała się, wystawiając filiżanki. – Nie, byłam tak młoda, kiedy urodził się Sven, że już nigdy nie miałam takiej szansy.

– Jak to?

– No, jakąś tam jedną czy drugą szansę miałam, ale kobieta w mojej sytuacji stała wówczas tak nisko, że propozycje na ogół pochodziły od mężczyzn, których nie chciała żadna inna. Nie bez powodu mówi się o znajdowaniu drugiej połowy.

– Tylko dlatego, że byłaś samotną matką?

– Dlatego, że Sven był szwabskim bękartem, moja droga.

Czajnik cicho zagwizdał.

– Rozumiem – powiedziała Beate. – Pewnie i jemu było trudno w okresie dorastania, prawda?

Olaug zapatrzyła się przed siebie, nie zwracając uwagi na gwizd czajnika.

– Najtrudniej, jak można sobie wyobrazić. Wciąż chce mi się płakać, gdy tylko o tym pomyślę. Biedny chłopiec.

– Woda na herbatę...

– No proszę, rzeczywiście, mam sklerozę.

Olaug zdjęła czajnik z ognia i zalała herbatę wrzątkiem.

– Co teraz robi twój syn? – spytała Beate, patrząc na zegarek. Do piątej jeszcze trzy kwadranse.

– Zajmuje się importem. Różnych towarów z krajów byłego bloku wschodniego. – Olaug się uśmiechnęła. – Nie wiem, na ile może się na tym wzbogacić, ale podoba mi się dźwięk tego słowa. Import. To niemądre, ale mnie się podoba.

– W każdym razie chyba dobrze mu się ułożyło, pomimo tego trudnego dzieciństwa?

– Owszem, owszem, ale nie zawsze tak było. Na pewno go macie w swoich archiwach.

– Mamy w nich wiele osób. Wielu takich, którzy wyszli na ludzi.

– Coś się wydarzyło, kiedy wyjechał do Berlina. Nie bardzo wiem co. Sven nigdy nie lubił mówić o tym, co robi. Zawsze był taki tajemniczy. Podejrzewam jednak, że odwiedził swego ojca. I sądzę, że to dobrze wpłynęło na sposób, w jaki sam się postrzegał. Ernst Schwabe był wspaniałym mężczyzną. – Olaug westchnęła. – Ale mogę się mylić. W każdym razie Sven się zmienił.

– To znaczy?

– Zrobił się spokojniejszy. Wcześniej przez cały czas jakby coś ścigał.

– Ale co?

– Wszystko. Pieniądze. Napięcie. Kobiety. Widzisz, jest podobny do swego ojca. Niepoprawny romantyk i uwodziciel. Sven też lubi młode kobiety. A one lubią jego. Ale przypuszczam, że znalazł jakąś bardzo wyjątkową. Przez telefon powiedział, że ma dla mnie nowiny. Sprawiał wrażenie bardzo uradowanego.

– Nie mówił, o co chodzi?

– Oświadczył, że woli z tym zaczekać do przyjazdu.

– Do przyjazdu? Tutaj?

– Tak, będzie dziś wieczorem. Tylko przedtem ma jakieś spotkanie. Zostaje w Oslo do jutra, potem wraca.

– Do Berlina?

– Nie, nie. Sven od dawna już tam nie mieszka. Teraz mieszka w Czechach. W Bohemii, jak mówi. Snob. Byłaś tam kiedyś?

– Hm. W Bohemii?

– W Pradze.

Marius Veland wyglądał przez okno pokoju 406. Na trawniku przed akademikiem opalała się dziewczyna. Trochę przypominała tę z 303, którą w duchu ochrzcił Shirley od Shirley Manson z Garbage. Ale to nie była ona. Słońce nad Oslofjorden skryło się za chmury. Nareszcie się ocieplało. Na przyszły tydzień zapowiadano falę upałów. Lato w Oslo. Marius Veland bardzo się z tego cieszył. Alternatywą był powrót do domu, do Bøfjord. Słońce o północy i wakacyjna praca na stacji benzynowej. Kotlety matki i nieustające pytania ojca o to, dlaczego wybrał medioznawstwo w Oslo, skoro miał takie świadectwo, że mógłby zostać inżynierem na Politechnice w Trondheim. Soboty w domu ludowym z pijanymi sąsiadami, wrzeszczącymi kolegami z klasy, którzy nie zdołali wyrwać się z wioski, a tych, którym się to udało, uważali za zdrajców. Zespół przygrywający do tańca, a nazywający się grupą bluesową, który torturował Creedence i Lynyrd Skynyrd. Ale nie był to jedyny powód, dla którego chciał zostać w Oslo. Dostał wymarzoną pracę. Miał pisać. Słuchać płyt, oglądać filmy, a za napisanie na komputerze tego, co o nich myśli, dostawać wynagrodzenie. W ciągu dwóch ostatnich lat wysyłał swoje recenzje do wielu poważnych gazet, ciągle bez rezultatu. Ale w zeszłym miesiącu był w So What! i kumpel przedstawił go Runarowi. Runar powiedział, że zamknął właśnie sklep z odzieżą, żeby ruszyć z „Zone", bezpłatną gazetką, której pierwszy numer miał według planu ukazać się w sierpniu. Kumpel wspomniał, że Marius lubi pisać recenzje, a Runar stwierdził, że podoba mu się jego koszula i z mety go zatrudnił. Recenzje Mariusa miały podkreślać „wartości neourbanistyczne poprzez traktowanie kultury masowej z ironią, ale ciepło, mądrze i zachęcająco". W taki właśnie sposób Runar sformułował zlecenie, za które Marius miał być sowicie wynagradzany. Nie w formie pieniędzy, lecz bezpłatnych biletów na koncerty, filmy, do nowych barów i przede wszystkim dostępu do środowiska, w którym mógł nawiązać interesujące kontakty z myślą o przyszłości. To była jego szansa i wymagała solidnego przygotowania. Oczywiście miał pewien ogólny pogląd, ale pożyczył trochę płyt z kolekcji Runara, żeby jeszcze lepiej się wsłuchać w historię muzyki popularnej. Przez ostatnie dni zajmował się amerykańską falą rocka w latach osiemdziesiątych: REM, Green on Red, Dream Syndicate, Pixies. Akurat w tej chwili w głośniku słychać było Violent Femmes. Trochę przestarzałe, lecz żywiołowe.

Let mi go wild. Like a blister in the sun!

Dziewczyna na dole podniosła się z ręcznika. Pewnie trochę zmarzła. Marius śledził ją wzrokiem, kiedy szła do sąsiedniego bloku. Po drodze spotkała kogoś, kto prowadził rower. Wyglądał na kuriera. Marius przymknął oczy. Będzie teraz pisał.

Otto Tangen przetarł oczy palcami pożółkłymi od nikotyny. W autobusie zapanował niepokój, który paradoksalnie przypominał całkowity spokój. Nikt się nie ruszał, nikt nic nie mówił. Było dwadzieścia po piątej, a na żadnym z monitorów nic się nie poruszyło. Jedynie maleńkie odcinki czasu biegły białymi cyframi w rogu ekranu. Kolejna kropla potu spłynęła w rowek między pośladkami Ottona. Kiedy się tak siedziało, można się było z czasem nabawić psychozy i zacząć się zastanawiać, czy ktoś nie majstrował przy sprzęcie i czy nie ogląda się nagrania na przykład z poprzedniego dnia.

Zabębnił palcami o pulpit przy klawiaturze. Ten głupi Waaler wydał zakaz palenia.

Otto pochylił się lekko w prawo i pierdnął bezgłośnie, przyglądając się jednocześnie facetowi z jasnymi ostrzyżonymi krótko na jeża włosami. Siedział na krześle i nie odezwał się ani jednym słowem, odkąd tu przyszedł. Wyglądał jak zwolniony z pracy odźwierny.

– Coś mi się widzi, że nasz człowiek nie wybrał się dziś do roboty – stwierdził Otto. – Może uznał, że za gorąco. Może odłożył to do jutra i poszedł na piwo na Akerbrygge. W prognozie mówili, że...

– Zamknij się, Tangen!

Waaler powiedział to cicho, lecz i tak dostatecznie głośno.

Otto westchnął ciężko i wzruszył ramionami.

Zegar w rogu ekranu wskazywał dwadzieścia jeden minut po piątej.

– Ktoś widział, jak facet z trzysta trzy wychodzi?

To był głos Waalera. Otto zorientował się, że policjant patrzy na niego.

– Przed południem spałem – wyjaśnił.

– Chcę, żeby sprawdzono trzysta trzy. Falkeid?

Szef antyterrorystów chrząknął.

– Nie uważam ryzyka...

– Już, Falkeid!

Zaszumiały wiatraki chłodzące elektronikę, gdy Falkeid i Waaler mierzyli się wzrokiem. Falkeid znowu chrząknął.

– Alfa do Charlie dwa, odpowiedzcie. Odbiór.

Gwiezdny szum.

– Charlie dwa.

– Natychmiast sprawdzić trzysta trzy.

– Przyjąłem, sprawdzamy trzysta trzy.

Otto spojrzał na ekran. Nic. A jeśli...

Pojawili się.

Trzej mężczyźni, czarne kombinezony, czarne kominiarki, czarne pistolety maszynowe, czarne buty. Poruszali się prędko, lecz cała sytuacja pozostawiała wrażenie dziwnie pozbawionej dramatyzmu. To przez dźwięk. Nic nie było słychać.

Nie wykorzystali sprytnych malutkich ładunków wybuchowych do wyważenia drzwi, tylko posłużyli się staroświeckim łomem. Otto był rozczarowany. Pewnie z uwagi na oszczędności.

Bezszelestnie działający mężczyźni na ekranie ustawili się jak na linii startu. Jeden z łomem wsuniętym pod zamek, dwaj pozostali w odległości metra z wycelowaną bronią. Nagle ruszyli do akcji. Wyglądało to jak jeden skoordynowany ruch, dziwaczny numer taneczny. Drzwi gwałtownie ustąpiły, ci dwaj przygotowani wtargnęli do środka, a trzeci dosłownie skoczył za nimi na główkę. Otto już się cieszył, że pokaże to nagranie Nilsowi. Drzwi zamknęły się do połowy, nim się zatrzymały. Naprawdę szkoda, że nie mogli umieścić kamer w pokojach.

Osiem sekund.

Radio Falkeida zatrzeszczało.

– Trzysta trzy sprawdzone. Dziewczyna i chłopak, oboje nieuzbrojeni.

– Żyją?

– Żyją... i to jak...

– Przeszukałeś chłopaka, Charlie dwa?

– Jest nagi, Alfa.

– Wyciągnijcie go stamtąd – powiedział Waaler. – Cholera!

Otto wpatrywał się w drzwi pokoju 303. Oni to robili. Nago. Robili to przez całą noc i przez cały dzień. Wpatrywał się w te drzwi jak urzeczony.

– Ubierzcie go i wracajcie z nim na swoją pozycję, Charlie dwa.

Falkeid odłożył krótkofalówkę, popatrzył na pozostałych i wolno pokręcił głową.

Waaler płaską ręką walnął mocno o podłokietnik krzesła.

– Autobus jutro też jest wolny – oświadczył Otto, prędko zerkając na komisarza. Teraz należało ważyć słowa. – Jutro niedziela i nie będę miał nowych zleceń, ale muszę przynajmniej wiedzieć, kiedy...

– Hej, spójrzcie!

Otto odwrócił się automatycznie. To odźwierny wreszcie otworzył gębę. Wskazywał na środkowy ekran.

– Przy wejściu. Wszedł głównymi drzwiami i skierował się prosto do windy.

W autobusie na dwie sekundy zapanowała cisza. Potem rozległ się głos Falkeida mówiącego do krótkofalówki:

– Alfa do wszystkich jednostek. Możliwy obiekt wsiadł do windy. Pełna gotowość.

– Nie, dziękuję – uśmiechnęła się Beate.

– Tak, tak, ciastek też można mieć dość – westchnęła starsza pani i odstawiła puszkę z ciastkami na stół. – O czym to ja mówiłam?

Aha, już wiem. Miło, kiedy Sven mnie odwiedza, teraz, gdy jestem sama.

– No tak, pewnie w takim dużym domu można poczuć się samotnym.

– Sporo rozmawiam z Iną, ale dzisiaj pojechała do domku letniskowego tego swojego kawalera. Prosiłam, żeby mnie z nim poznała, ale wy, dzisiejsze dziewczyny, jesteście takie dziwne, gdy chodzi o te sprawy. Jakbyście chciały wypróbować wszystkiego, a jednocześnie jakbyście nie wierzyły, że coś może przetrwać. Pewnie dlatego stajecie się takie tajemnicze.

Beate ukradkiem zerknęła na zegarek. Harry obiecał zadzwonić od razu po zakończeniu akcji.

– Myślisz teraz o czymś innym, prawda?

Beate kiwnęła głową.

– W porządku – powiedziała Olaug. – Miejmy nadzieję, że go złapią.

– Masz miłego syna.

– Tak, to prawda. A gdyby odwiedzał mnie równo często jak ostatnio, to na nic bym nie narzekała.

– A jak często przyjeżdża? – spytała Beate. Powinno być już po wszystkim. Dlaczego Harry nie dzwoni? Czyżby w ogóle tam nie poszedł?

– W ciągu ostatnich czterech tygodni był co tydzień. A właściwie nawet częściej. Co pięć dni. Przyjeżdża na krótko. Wydaje mi się, że naprawdę ma w Pradze kogoś, kto na niego czeka. I już mówiłam, że dzisiaj ma dla mnie nowinę.

– Mhm.

– Ostatnim razem przywiózł mi biżuterię. Chcesz zobaczyć?

Beate popatrzyła na starszą panią i nagle poczuła, jak bardzo jest zmęczona. Zmęczona pracą, Kurierem Śmierci, Tomem Waalerem i Harrym Holem. Zmęczona Olaug Sivertsen, a przede wszystkim samą sobą. Grzeczną obowiązkową Beate Lønn, której wydaje się, że może coś osiągnąć, jeśli będzie grzeczna. Grzeczna i mądra. Mądra i zawsze gotowa spełniać czyjeś życzenia. Najwyższy czas na zmianę. Ale nie wiedziała, czy ma na to siły. Najbardziej chciała wrócić do domu, schować się pod kołdrą i usnąć.

– Masz rację – westchnęła Olaug. – Nie warto oglądać. Jeszcze herbaty?

– Chętnie.

Olaug już miała jej nalać, kiedy nagle zobaczyła, że Beate zakryła filiżankę ręką.

– Przepraszam – powiedziała z uśmiechem. – Niejasno się wyraziłam. Miałam na myśli, że chętnie zobaczę.

– Co?

– Tę biżuterię, którą dostałaś od syna.

Olaug rozjaśniła się i wyszła z kuchni.

Miła, pomyślała Beate. Uniosła filiżankę, żeby się napić. Będzie musiała sama zadzwonić do Harry'ego i dowiedzieć się, jak poszło.

– A oto i ona – powiedziała Olaug.

Filiżanka Beate Lønn, a raczej filiżanka Olaug Sivertsen, a ściśle mówiąc, filiżanka Wehrmachtu zawisła w powietrzu.

Beate wpatrywała się w broszkę, czy też raczej w kamień, który w niej tkwił.

– Sven je importuje – wyjaśniła Olaug. – Podobno tylko w Pradze szlifują je w ten niezwykły sposób.

To był diament. Miał kształt pentagramu.

Beate oblizała językiem wargi, by pozbyć się suchości w ustach.

– Muszę do kogoś zadzwonić – oświadczyła. Suchość nie chciała ustąpić. – Czy mogłabyś w tym czasie znaleźć zdjęcie Svena? Najlepiej takie, na którym wygląda tak jak teraz. To pilne.

Olaug popatrzyła na nią zdezorientowana, ale kiwnęła głową.

Otto oddychał z otwartymi ustami, wpatrując się w ekran i rejestrując głosy wokół siebie.

– Możliwy obiekt wchodzi do sektora Brawo dwa. Możliwy obiekt zatrzymuje się przy drzwiach. Gotowi, Brawo dwa?

– Brawo dwa, gotowi.

– Obiekt stoi. Sięga po coś do kieszeni. Możliwe, że po broń. Nie widzimy jego ręki.

Głos Waalera:

– Teraz!

– Brawo dwa, ruszajcie!

– Dziwne – mruknął odźwierny.

*

Marius Veland w pierwszej chwili sądził, że się przesłyszał, ale na wszelkim wypadek ściszył Violent Femmes. Znów ten dźwięk. Ktoś pukał do drzwi. Kto to, u licha, mógł być? Z tego, co wiedział, wszyscy mieszkańcy korytarza wyjechali do domu na lato. Shirley została, bo widział ją wczoraj przy wejściu. Prawie się już zatrzymał, żeby ją spytać, czy nie poszłaby z nim na koncert. Albo na film. Albo na premierę. Bezpłatnie. Sama mogła wybrać, na co.

Marius wstał i poczuł, że pocą mu się dłonie. Dlaczego? Przecież nie ma żadnego rozsądnego powodu, by przypuszczać, że to ona. Rozejrzał się dokoła i zorientował się, że właściwie nigdy wcześniej nie przyglądał się swojemu pokojowi. Miał za mało rzeczy, żeby mógł tu powstać prawdziwy bałagan. Ściany były gołe, wisiał tylko jeden obszarpany plakat Iggy'ego Popa i smętna półka na książki, która wkrótce miała się wypełnić gratisowymi płytami CD i DVD. Żałosne mieszkanie. Bez charakteru. Bez... Znów to pukanie. Pospiesznie wepchnął róg kołdry wystającej z rogu rozkładanej kanapy i podszedł do drzwi. Otworzył. To nie mogła być ona. Nie mogła... To nie była ona.

– Pan Veland?

– Tak?

– Przesyłka dla pana.

Mężczyzna zdjął plecak i wyjął z niego kopertę formatu A4. Marius spojrzał na białą kopertę ze znaczkiem, nie było na niej żadnego nazwiska.

– Pewien pan, że to do mnie? – spytał.

– Tak, potrzebne mi pokwitowanie...

Mężczyzna podsunął mu podkładkę do pisania z przymocowaną do niej kartką.

Marius popatrzył na niego pytająco.

– Przepraszam, nie ma pan przypadkiem długopisu? – uśmiechnął się mężczyzna.

Chłopak dalej patrzył na kuriera. Coś tu się nie zgadzało. Coś, czego nie potrafił określić.

– Momencik – powiedział.

Zabrał kopertę do pokoju, położył ją na półce przy pęku kluczy z trupią czaszką, znalazł w szufladzie długopis i się odwrócił. Drgnął przestraszony, gdy zobaczył, że mężczyzna stoi tuż za nim w ciemnym korytarzyku.

– Nie słyszałem pana – Marius zaśmiał się nerwowo.

Rzecz nie w tym, że się bał. W jego rodzinnych stronach ludzie na ogół wchodzili do środka i zamykali za sobą drzwi. Po to, żeby nie wypuszczać ciepła. Albo nie wpuszczać zimna. Ale w tym człowieku było coś dziwnego. Zdjął okulary i kask i dopiero teraz Marius zorientował się, co go tak zdziwiło. Był za stary. Kurierzy poruszający się na rowerach zwykle mieli dwadzieścia kilka lat. Jego ciało było szczupłe i wytrenowane, mogło uchodzić za ciało młodego człowieka, ale twarz należała do mężczyzny dobrze po trzydziestce. Może nawet po czterdziestce.

Marius już miał coś powiedzieć, gdy jego spojrzenie padło na to, co kurier trzymał w ręku. W pokoju było jasno, a w korytarzu ciemno, ale Marius Veland widział dość filmów, by rozpoznać kontury pistoletu przedłużonego tłumikiem.

– To dla mnie? – wyrwało mu się.

Mężczyzna uśmiechnął się i skierował pistolet w niego. Prosto w niego. W jego twarz. Dopiero teraz Marius zrozumiał, że powinien się bać.

– Siadaj – powiedział mężczyzna. – Dla ciebie jest długopis. Otwórz kopertę.

Marius osunął się na krzesło.

– Teraz będziesz pisał.

– Dobra robota, Brawo dwa!

Falkeid krzyczał, miał czerwoną i błyszczącą twarz.

Otto ciężko oddychał przez nos. Na ekranie widać było obiekt leżący na brzuchu na podłodze przed pokojem 205, z rękami skutymi z tyłu. A co najlepsze, leżał twarzą zwrócony do kamery, więc widać było zaskoczenie tej świni, grymasy bólu i postępującą świadomość klęski. To była bomba. Nie, to coś więcej, historyczne nagranie. Dramatyczny finał krwawego lata w Oslo. Aresztowanie Kuriera Śmierci. Dokładnie w chwili, gdy miał popełnić czwarte morderstwo. Cały świat będzie walczył, by to pokazać. O cholera, on, Otto Tangen, był bogatym człowiekiem. Koniec z tym gównem z 7-Eleven, koniec z durnym Waalerem… Będzie mógł… Aud Rita i on będą mogli…

– To nie on – oświadczył odźwierny.

W autobusie zapadła cisza. Waaler wychylił się do przodu.

– Co ty mówisz, Harry?

– To nie on. Dwieście pięć to jeden z tych pokojów, których mieszkańców nie udało nam się zastać. Według spisu lokatorów ten chłopak to Odd Einar Lillebostad. Trudno stwierdzić, co ten facet na podłodze trzyma w dłoni, ale według mnie to wygląda na klucz. Przykro mi, kochani, ale domyślam się, że Odd Einar Lillebostad właśnie wrócił do domu.

Otto wpatrywał się w obraz. Miał tu sprzęt za ponad milion koron. Sprzęt kupiony i wypożyczony, taki, który mógłby zrobić zbliżenie dłoni, powiększyć ją bez najmniejszego trudu, żeby się przekonać, czy ten durny odźwierny ma rację. Ale nie musiał. Gałęzie jabłoni zatrzeszczały. W oknach od ogrodu się świeciło. W metalowej puszce zatrzeszczało.

– Brawo dwa do Alfy. Według karty do bankomatu facet nazywa się Odd Einar Lillebostad.

Otto ciężko osunął się na krzesło.

– Spokojnie, ludzie – powiedział Waaler. – On jeszcze może przyjść. Prawda, Harry?

Durny Harry nie odpowiedział. Pisnęła natomiast jego komórka.

Marius Veland wpatrywał się w dwie białe kartki, które wyjął z koperty.

– Kto jest twoim najbliższym krewnym? – spytał kurier.

Marius przełknął ślinę, chciał odpowiedzieć, ale głos go nie posłuchał.

– Nie zabiję cię – powiedział tamten – jeśli zrobisz to, co ci każę.

– Rodzice – szepnął Marius. Zabrzmiało to jak żałosne SOS.

Mężczyzna kazał mu napisać na kopercie nazwisko i adres rodziców. Marius dotknął długopisem papieru. Imiona. Tak dobrze znane imiona. I Bøfjord. Potem gapił się na litery, krzywe, jakby się trzęsły.

Mężczyzna zaczął dyktować mu list. Marius bezwolnie wodził ręką po kartce.

– Cześć. To taki nagły pomysł! Wyjeżdżam do Maroka z Georgiem, Marokańczykiem, którego właśnie poznałem. Zamieszkamy u jego rodziców w małej górskiej wiosce, która się nazywa Hassane. Nie będzie mnie przez miesiąc. Podobno z siecią telefoniczną tam raczej marnie, ale spróbuję napisać, chociaż Georg twierdzi, że poczta też słabo działa. Na pewno odezwę się, jak wrócę. Pozdrawiam...

– Marius – podpowiedział Marius.

– Marius.

Mężczyzna kazał mu włożyć list do koperty i wrzucić ją do nadstawionego plecaka.

– Na tej drugiej kartce napiszesz tylko: „Wracam za miesiąc", a pod spodem dzisiejszą datę i podpiszesz się, Marius. O, tak, dziękuję.

Marius siedział na krześle i patrzył na swoje kolana. Mężczyzna stał tuż za nim. Powiew wiatru poruszył zasłoną, za oknem ptaki ćwierkały histerycznie. Mężczyzna nachylił się i zamknął okno. Teraz słychać było jedynie cichy szum radia połączonego z odtwarzaczem CD na półce.

– Co to za melodia? – spytał mężczyzna.

– *Blister in the Sun* – odparł Marius. Wcześniej nastawił urządzenie na „Repeat". Lubił tę płytę. Zamierzał napisać dobrą recenzję. Ironiczną, ale ciepłą i zachęcającą.

– Już ją kiedyś słyszałem – powiedział mężczyzna, odszukał pokrętło głośnika i podgłośnił. – Nie mogę sobie tylko przypomnieć, gdzie.

Marius podniósł głowę i wyjrzał przez okno na lato, które zamilkło, na brzozę, która wyglądała tak, jakby mu machała na pożegnanie, na zielony trawnik. W szybie widział, jak mężczyzna za jego plecami podnosi pistolet i celuje nim w tył jego głowy.

– *Let me go wild!* – ryczało z małych głośników.

Mężczyzna opuścił pistolet.

– Przepraszam, zapomniałem odbezpieczyć. Już w porządku.

– *Like a blister in the sun.*

Marius zacisnął oczy. Shirley. Myślał o niej. Gdzie mogła teraz być?

– Już pamiętam – powiedział mężczyzna. – To było w Pradze. Oni nazywają się Violent Femmes, prawda? Moja ukochana zabrała mnie na koncert. Niezbyt dobrze grają, prawda?

Marius otworzył usta, żeby odpowiedzieć, ale w tej samej chwili pistolet sucho kaszlnął i nikt nigdy już nie usłyszał jego opinii.

Otto nie odrywał oczu od ekranu. Za jego plecami Falkeid tajemnym językiem porozumiewał się z Brawo dwa. Durny Harry odebrał piszczącą komórkę. Mało się odzywał. Na pewno jakieś brzydkie babsko, które chce się z nim pieprzyć, pomyślał Otto i nastawił uszu.

Waaler nic nie mówił, gryzł tylko knykieć, z kamienną twarzą obserwując, jak wyprowadzają Odda Einara Lillebostada. Bez kajdanków. Bez uzasadnionego powodu podejrzeń. Bez niczego.

Otto nie odrywał oczu od ekranów, bo miał wrażenie, że tkwi przy reaktorze atomowym. Na zewnątrz nic nie widać, a w środku aż kipi od różności, z którymi za nic na świecie nie chciałbyś nawiązać kontaktu wzrokowego.

Falkeid powiedział „Bez odbioru" i odłożył swoją puszkę. Durny Harry dalej karmił to swoje babsko jednosylabowymi słowami.

– On już nie przyjdzie – oświadczył Waaler, patrząc na obrazy z kamer, ukazujące puste korytarze i klatkę schodową.

– Za wcześnie, żeby tak mówić – odparł Falkeid.

Waaler wolno pokręcił głową.

– On wie, że tu jesteśmy. Czuję to po sobie. Siedzi gdzieś i się z nas śmieje.

Na drzewie w jakimś ogrodzie, pomyślał Otto.

Waaler wstał.

– Pakujemy się, chłopcy. Twoja teoria o pentagramie się nie sprawdziła. Jutro zaczynamy od początku.

– Teoria się sprawdziła.

Wszyscy trzej odwrócili się w stronę durnego Harry'ego, który wpuścił komórkę do kieszeni.

– On się nazywa Sven Sivertsen – oznajmił. – Obywatel norweski, zamieszkały w Pradze, urodzony w Oslo w czterdziestym szóstym, ale w opinii naszej koleżanki Beate Lønn wygląda na dużo młodszego. Ma dwa dawne wyroki za przemyt. Podarował swojej matce diament identyczny jak te znalezione przy innych ofiarach. Matka mówi, że odwiedzał ją w Oslo we wszystkie właściwe dni. W Willi Valle.

Otto zobaczył, że twarz Waalera zesztywniała i pobladła.

– Jego matka? – prawie szepnął. – W willi, którą wskazywało ostatnie ramię gwiazdy?

– Tak – odparł durny Harry. – Czeka na niego w domu, bo ma ją odwiedzić. Dziś wieczorem. Samochód z posiłkami już jedzie na Schweigaards gate. Ja mam swój samochód tutaj.

Wstał z krzesła. Waaler pocierał brodę.

– Przegrupowujemy się – oznajmił Falkeid i znów sięgnął po krótkofalówkę.

– Chwileczkę! – krzyknął Waaler. – Nie róbcie nic bez mojego rozkazu.

Patrzyli na niego wyczekująco. Waaler zamknął oczy. Po dwóch sekundach je otworzył.

– Zatrzymaj samochód, który tam jedzie, Harry. Nie chcę żadnego radiowozu w promieniu kilometra od tego domu. Jeśli zwierzyna zwietrzy najmniejsze niebezpieczeństwo, to przegramy. Wiem co nieco o przemytnikach z krajów byłego bloku wschodniego. Oni zawsze, ale to zawsze dbają o możliwość odwrotu. Poza tym kiedy już raz nam przepadną, to nigdy nie uda nam się ich odnaleźć. Falkeid, ty i twoi ludzie zostajecie tutaj, kontynuujecie robotę, dopóki nie dostaniecie innego rozkazu.

– Ale przecież sam powiedziałeś, że on nie…

– Rób, co mówię! To może być nasza jedyna szansa. A skoro to ja nadstawiam głowę, to chcę się tym zająć osobiście. Harry, ty przejmiesz dowodzenie tutaj, okej?

Otto zobaczył, że Harry gapi się na Waalera, lecz jakby obojętnie.

– Okej? – powtórzył Waaler.

– W porządku.

28 SOBOTA. WIBRATOR

Olaug Sivertsen patrzyła wielkimi przestraszonymi oczami na Beate, która sprawdzała, czy ma naboje we wszystkich komorach rewolweru.

– Mój Sven? Na Boga, musicie zrozumieć, że to pomyłka! Sven nie skrzywdziłby kota.

Beate wcisnęła bębenek na miejsce i podeszła do kuchennego okna, które wychodziło na parking przy Schweigaards gate.

– Miejmy nadzieję, że tak jest, ale musimy go najpierw aresztować, żeby się o tym przekonać.

Serce Beate uderzało szybko, ale nie za szybko. Zmęczenie zniknęło jak zdmuchnięte. Zastąpiło je poczucie lekkości, przytomności, prawie tak, jakby zażyła jakiś narkotyk. Broń była starym rewolwerem służbowym jej ojca. Słyszała kiedyś, jak mówił koledze, że pistoletom nie można ufać.

– Nie wspomniał, o której godzinie przyjdzie?

Olaug pokręciła głową.

– Mówił, że ma sporo spraw do załatwienia.

– Ma klucz do drzwi wejściowych?

– Nie.

– To dobrze. Wobec tego...

– Nie zamykam na klucz, kiedy się go spodziewam.

– Drzwi nie są zamknięte?

Beate poczuła krew napływającą do głowy, a jej głos zrobił się ostrzejszy, bardziej kanciasty. Nie wiedziała, na kogo jest bardziej zła. Na staruszkę, która miała ochronę policyjną, ale drzwi zostawiła otwarte, żeby syn mógł bez przeszkód wejść, czy też może raczej na siebie o to, że nie sprawdziła tak elementarnej rzeczy. Odetchnęła głęboko, żeby uspokoić głos.

– Proszę, żebyś siedziała tutaj, Olaug. Ja wyjdę na korytarz i...

– Cześć.

Głos dobiegł zza pleców Beate, a serce zabiło mocno, ale nie za mocno. Odwróciła się z wyciągniętą prawą ręką i ze szczupłym białym palcem zagiętym na ciężkim opornym spuście. Jakaś postać przesłoniła drzwi na korytarz. Nawet go nie usłyszała. Taka miła i taka głupia.

– Ho, ho! – zaśmiał się mężczyzna.

Beate skupiła wzrok na twarzy nad muszką. Zawahała się jeszcze przez ułamek sekundy, nim zwolniła nacisk na spust.

– Kto to jest? – zdziwiła się Olaug.

– Kawaleria, pani Sivertsen – odparł głos. – Komisarz Tom Waaler.

Wyciągnął rękę i, zerkając na Beate, powiedział:

– Pozwoliłem sobie zresztą zamknąć drzwi na klucz, pani Sivertsen.

– Gdzie reszta? – spytała Beate.

– Nie ma żadnej reszty. Jesteśmy tylko...

Beate zdrętwiała, gdy Tom Waaler się uśmiechnął.

– ...we dwoje, moja kochana.

Minęła ósma.

W wiadomościach telewizyjnych zapowiadano nadejście chłodnego frontu znad Anglii i kres fali upałów.

W korytarzu Budynku Poczty Roger Gjendem powiedział koledze, że policja w ostatnich paru dniach wydawała się zdumiewająco tajemnicza. Przypuszczał więc, że coś się kroi. Słyszał plotki, że zmobilizowano antyterrorystów, a ich szef, Sivert Falkeid, od dwóch dni nie odpowiadał na żadne telefony. Kolega uznał, że to raczej myślenie życzeniowe, tak samo uważano w sekretariacie redakcji. Na pierwszej stronie puścili chłodny front.

Bjarne Møller siedział na kanapie i oglądał *Śpiewające fortepiany*. Lubił prowadzącego, Ivara Dyrhauga, podobały mu się piosenki. I wcale nie przejmował się tym, że niektórzy w pracy uważali, że program jest zbyt ciotkowaty i przesadnie rodzinny. Lubił to, co przesadnie rodzinne. I stale przychodziło mu do głowy, że Norwegia musi mieć wiele talentów piosenkarskich, które nigdy nie ujrzą światła. Tego wieczoru jednak Møller nie był w stanie skoncentrować się na fragmentach tekstu i punktach, apatycznie tylko patrzył przed siebie, a myśli krążyły wokół raportu z sytuacji, który przed chwilą telefonicznie złożył mu Harry.

Spojrzał na zegarek i po raz piąty w ciągu pół godziny podszedł do telefonu. Umowa była taka, że Harry zadzwoni, gdy tylko będą wiedzieć coś więcej. A naczelnik Biura Kryminalnego prosił o informacje od Møllera, gdy tylko operacja zostanie zakończona. Møller zastanawiał się, czy szef w domku letniskowym ma telewizor i czy tak jak on siedzi teraz wpatrzony w drugie i trzecie słowo na tablicy („just" i „called"), rozwiązanie ma na końcu języka, ale myślami jest zupełnie gdzie indziej.

Otto pociągnął papierosa, otworzył oczy i zobaczył jaśniejące okna. Usłyszał wiatr szeleszczący w suchych liściach i poczuł nadpełzające rozczarowanie, gdy zaciągali zasłony. Druga puszka leżała rzucona do rowu. Nils poszedł do domu.

Skończyły mu się własne papierosy, ale wyłudził jednego od tego durnego policjanta, Harry'ego. Pół godziny po wyjściu Waalera wyciągnął z kieszeni paczkę z camelami light. Dobry wybór, oprócz tego, że light. Falkeid popatrzył na nich z dezaprobatą, kiedy zapalili, ale nic nie powiedział. Teraz Otto widział twarz Siverta Falkeida za niebieską mgiełką, która miłosiernym welonem przesłoniła również denerwujące nieruchome obrazy korytarzy i schodów.

Harry przysunął sobie krzesło do Ottona, aby móc znaleźć się bliżej ekranu. Palił powoli, nie odrywając wzroku od monitorów, bacznie studiując obraz, jak gdyby mogło być tam coś, czego dotychczas nie dostrzegli.

– Co to jest? – spytał nagle, wskazując jeden z obrazów na lewym monitorze.

– Tu?

– Nie, dalej. Na czwartym piętrze.

Otto wpatrywał się w obraz kolejnego pustego korytarza z bladożółtymi ścianami.

– Ja nie widzę nic szczególnego – stwierdził Otto.

– Nad trzecimi drzwiami po prawej. Na tynku.

Otto zmrużył oczy. To były jakieś białe znaki. Początkowo zastanawiał się, czy nie są wynikiem nieudanej próby zamontowania w tym miejscu jednej z kamer, ale nie przypominał sobie, by wbijali coś w ścianę właśnie tutaj.

Falkeid wychylił się do przodu.

– O co chodzi?

– Nie wiem – odparł Harry. – Jak to jest, Otto, da się bardziej powiększyć dokładnie...

Otto przeciągnął mysz na obraz i zaznaczył nią niewielki prostokąt nad drzwiami. Wcisnął dwa klawisze. Fragment ściany nad drzwiami wypełnił cały dwudziestojednocalowy ekran.

– Jasna cholera! – jęknął cicho Harry.

– Tak, tak, to nie jest jakiś szajs – oświadczył dumnie Otto i z miłością pogłaskał konsolę. Zaczynał się w nim budzić cień sympatii dla tego Harry'ego.

– Pentagram.

– Co?

Ale policjant już obrócił się do Falkeida.

– Każ Delcie jeden, czy jak tam oni, do cholery, się nazywają, przygotować się do wejścia do czterysta sześć. Niech czekają, dopóki nie zobaczysz mnie w kamerze.

Już wstał i wyciągnął pistolet, który Otto rozpoznał z przeciągających się do późnej nocy sesji surfowania po Internecie po wstukaniu słowa „handguns". Glock 21. Nie bardzo rozumiał, w czym rzecz, ale wiedział, że coś się dzieje. Coś, co mogło oznaczać, że mimo wszystko będzie miał swoją bombę.

Policjant już pobiegł.

– Alfa do Delty jeden – powiedział Falkeid, puszczając przycisk krótkofalówki.

Szum. Cudowny trzeszczący gwiezdny szum.

Harry zatrzymał się przy windzie zaraz po wejściu do budynku. Wahał się przez sekundę. Złapał za uchwyt na drzwiach windy i otworzył je. Serce mu zamarło, gdy dostrzegł zasuwaną czarną kratę.

Puścił drzwi, jakby się sparzył, pozwolił, by się zamknęły. Już i tak było za późno. Pozostał tylko żałosny końcowy bieg po peronie ze świadomością, że pociąg odjechał, ale mimo wszystko chce się zobaczyć tył ostatniego wagonu.

Harry wybrał schody. Starał się iść spokojnie. Kiedy ten człowiek mógł tu być? Dwa dni temu? Tydzień?

Nie zdołał wytrzymać dłużej. Podeszwy butów zaszorowały o stopnie jak papier ścierny, gdy puścił się biegiem. Tak bardzo chciał zobaczyć tył odjeżdżającego pociągu.

W tej samej chwili, gdy skręcił w lewy korytarz na czwartym piętrze, z ostatniego pokoju wyłoniły się trzy czarne postacie.

Harry zatrzymał się pod gwiazdą wyrytą w murze, jaśniejącą na tle żółtej ściany.

Pod numerem pokoju – 406 – widniało nazwisko: VELAND. A pod nią kartka przymocowana dwoma kawałkami taśmy:

WRACAM ZA MIESIĄC, MARIUS

Skinieniem głowy dał znał Delcie jeden, że mogą zaczynać.

Sześć sekund później drzwi były otwarte.

Harry poprosił, by zaczekali na zewnątrz, i wszedł do środka sam. Pusto. Przeszukał pokój wzrokiem. Czysto i porządnie. Za porządnie. To nie pasowało do podartego plakatu Iggy'ego Popa na ścianie nad kanapą. Nad uporządkowanym biurkiem kilka zniszczonych książek w wydaniu kieszonkowym. Obok nich pięć-sześć kluczy z breloczkiem w kształcie trupiej czaszki. Zdjęcie uśmiechniętej opalonej dziewczyny. Narzeczona albo siostra, domyślił się Harry. Między książką Bukowskiego a ghettoblasterem stał pomalowany na biało woskowy kciuk optymistycznie wskazujący w górę. Wszystko gotowe. Wszystko w porządku. Oby tak było.

Harry patrzył na Iggy'ego Popa, na nagi chudy tors, na szramy po ranach, które sam sobie zadał, na intensywne spojrzenie z głębokich oczodołów. Na człowieka, który wyglądał tak, jakby przeszedł niejedno ukrzyżowanie. Harry dotknął kciuka na półce. Za miękki, żeby był z gipsu czy plastiku. Właściwe w dotyku przypominał prawdziwy palec. Zimny, ale prawdziwy. Wąchając biały kciuk, pomyślał o wibratorze znalezionym u Barliego. Czuć było od niego formaliną i farbą. Wziął go w dwa palce i nacisnął. Farba pękła. Smród odrzucił Harry'ego do tyłu.

– Beate Lønn, słucham.

– Tu Harry. Co tam u was?

– Ciągle czekamy. Waaler ustawił się w korytarzu, a mnie i panią Sivertsen wypędził do kuchni. Tyle nam przyszło z wyzwolenia kobiet.

– Dzwonię z pokoju czterysta sześć w akademiku. On tu był.

– Był?

– Wyrył pentagram nad drzwiami. Chłopak, który tu mieszka, Marius Veland, zniknął. Mieszkańcy nie widzieli go od kilku tygodni. A na drzwiach wisi kartka, że wyjechał.

– Może naprawdę wyjechał?

Harry zauważył, że Beate zaczyna mówić tak jak on.

– Raczej nie – odparł. – Bo jego kciuk wciąż znajduje się w tym pokoju. W pewnym sensie zabalsamowany.

Na drugim końcu zapadła cisza.

– Dzwoniłem do twoich kolegów techników. Już tu jadą.

– Nic nie rozumiem – powiedziała Beate. – Nie pilnowaliście całego budynku?

– Owszem, pilnowaliśmy. Ale nie dwadzieścia dni temu, kiedy to się stało.

– Dwadzieścia dni? Skąd wiesz?

– Ponieważ znalazłem numer telefonu do jego rodziców i zadzwoniłem. Dostali list, że Marius wybiera się do Maroka. Ojciec twierdzi, że po raz pierwszy, odkąd pamięta, przyszedł od niego list, bo Marius zawsze tylko dzwonił. Na kopercie jest stempel pocztowy sprzed dwudziestu dni.

– Dwadzieścia dni – powtórzyła Beate cicho.

– Dwadzieścia dni. Dokładnie pięć dni przed pierwszym zabójstwem, przed Camillą Loen, to znaczy…

W słuchawce słyszał ciężki oddech Beate.

– …tym, co do tej pory uważaliśmy za pierwsze zabójstwo – dokończył Harry.

– O Boże!

– Ale to jeszcze nie koniec. Zebraliśmy mieszkańców i spytaliśmy, czy ktoś pamięta coś z tego dnia. I dziewczyna z trzysta trzy przypomniała sobie, że tamtego popołudnia opalała się na trawniku przed akademikiem. A kiedy wracała do pokoju, po drodze spotkała kuriera rowerowego. Zapamiętała go, ponieważ tu zbyt często się ich nie widuje. A potem nawet z tego żartowała z kolegami, kiedy dwa tygodnie później gazety zaczęły pisać o Kurierze Śmierci, który jeździ na rowerze.

– To znaczy, że on poplątał kolejność?

– Nie – odparł Harry. – To tylko ja jestem za głupi. Pamiętasz, jak zastanawiałem się, czy to, który palec obcina ofiarom, jest również czymś w rodzaju kodu? No cóż. To rozwiązanie najprostsze z możliwych. Kciuk. Zaczął od lewej strony lewej ręki przy pierwszej ofierze i posuwa się w prawo. Nie trzeba być geniuszem, żeby zrozumieć, że Camilla Loen była druga z kolei.

– Mhm.

Ona znów mówi jak ja, zdziwił się Harry w duchu.

– A teraz brakuje tylko piątego palca – powiedziała Beate. – Małego.

– Rozumiesz, co to oznacza, prawda?

– Że teraz nasza kolej. Że to przez cały czas była nasza kolej. Boże, czy on naprawdę planuje… No wiesz.

– Jego matka siedzi koło ciebie?

– Tak. Powiedz mi, Harry, co on zrobi?

– Nie mam pojęcia.

– Wiem, że nie masz pojęcia, ale i tak mi powiedz.

Harry zawahał się.

– No dobrze. U wielu seryjnych zabójców mocną siłą napędową jest pogarda dla samych siebie, a ponieważ piąte zabójstwo będzie ostatnie, kończące, istnieje duża szansa, że on planuje uśmiercić człowieka, od którego zaczęło się jego życie. Albo siebie. Albo jedno i drugie. Jego stosunki z matką nie mają tu nic do rzeczy. Chodzi o stosunek do siebie samego. Tak czy owak, wybór miejsca jest logiczny.

Pauza.

– Jesteś tam, Beate?

– Jestem. On dorastał jako szwabski bękart.

– Kto?

– Ten, kto tu przyjdzie.

Kolejna pauza.

– Dlaczego Waaler czeka sam w korytarzu?

– Dlaczego pytasz?

– Bo normalne byłoby raczej, żebyście zatrzymali go we dwoje. Tak byłoby bezpieczniej także dla ciebie.

– Być może – powiedziała Beate. – Mam małe doświadczenie w takich akcjach. On chyba wie, co robi.

– Chyba tak – odparł Harry.

Pojawiły się myśli. Myśli, które starał się od siebie odpędzić.

– Coś nie w porządku, Harry?

– No cóż – odparł. – Skończyły mi się papierosy.

29 SOBOTA. TOPIELEC

Harry schował komórkę z powrotem do kieszeni kurtki i oparł się na kanapie. Technicy być może będą się złościć, ale raczej nie było tu dowodów, które mógł zatrzeć. To oczywiste, że zabójca również tym razem starannie po sobie posprzątał. Harry czuł nawet ślady zapachu szarego mydła, kiedy zbliżył twarz do podłogi, by przyjrzeć się lepiej czarnym przypominającym gumę grudkom, które przykleiły się do linoleum.

W drzwiach pojawiła się czyjaś twarz.

– Bjørn Holm, Wydział Techniki Kryminalistycznej.

– Świetnie – powiedział Harry. – Masz papierosy?

Stanął przy oknie, gdy Holm z kolegami przystąpili do pracy. Wpadające ukośnie do środka wieczorne światło złociło domy, ulice i drzewa na Kampen i Tøyen. W takie wieczory Harry uważał, że Oslo jest najpiękniejszym miastem na świecie. Z pewnością było takich więcej, ale on ich nie znał.

Patrzył na kciuk na półce z książkami. Zabójca zanurzył go w farbie, przykleił do półki, żeby się nie przewrócił. Pewnie klej przyniósł ze sobą, bo Harry nie znalazł ani kleju, ani farby w szufladach biurka.

– Chciałbym, żebyście sprawdzili, czym są te czarne grudki. – Wskazał na podłogę.

– Dobra – odparł Holm.

Harry'emu kręciło się w głowie. Wypalił osiem papierosów jeden po drugim. To trochę uciszyło pragnienie. Uciszyło, ale nie przegnało. Wpatrywał się w kciuk. Prawdopodobnie odcięty obcęgami. Farba i klej. Dłuto i młotek, żeby wyryć pentagram nad drzwiami. Tym razem przyniósł ze sobą dużo narzędzi.

Pentagram rozumiał. Palec też. Ale dlaczego klej?

– To wygląda na stopioną gumę – stwierdził Holm kucający nad podłogą.

– Jak się topi gumę? – spytał Harry.

– Hm. Można ją podpalić. Albo użyć żelazka. Albo pistoletu do zgrzewania.

– A do czego używa się topionej gumy?

Holm wzruszył ramionami.

– Do wulkanizacji – odezwał się jego kolega. – Do łatania i naprawiania różnych rzeczy. Na przykład opon samochodowych. Albo do pieczętowania czegoś, do czego ma się nie dostać powietrze. Na przykład.

– A tutaj?

– Nie mam pojęcia, przykro mi.

– Dzięki.

Kciuk wskazywał na sufit. Szkoda, że nie wskazuje też rozwiązania kodu, pomyślał Harry. Zabójca umieścił im kółko w nosie i prowadził jak głupie bydlę tam, gdzie chciał. I dlatego ten kod musiał mieć rozwiązanie. Całkiem proste rozwiązanie, skoro był przeznaczony dla średnio inteligentnego bydlęcia, jakim był on sam.

Wpatrywał się w palec. Pokazuje do góry. Symbol, który mówi: Okej. Wszystko gotowe.

Wieczorne światło dalej lało się z nieba.

Mocno pociągnął papierosa. Nikotyna krążyła w naczyniach krwionośnych, przez wąskie kapilary w płucach przeciskała się dalej. Truła, szkodziła, manipulowała. Rozjaśniała w głowie. Cholera! Harry zaniósł się kaszlem.

Wskazuje na sufit. Sufit pokoju czterysta sześć. Na sufit nad czwartym piętrem. To przecież oczywiste. Głupie bydlę.

Harry przekręcił klucz, otworzył drzwi i tuż przy nich znalazł wyłącznik światła. Przekroczył próg. Strych był wysoki, przestronny, bez okien. Numerowane boksy wielkości dwa na dwa metry ciągnęły się szeregiem pod ścianami. W przegrodach z siatki leżały rzeczy podróżujące tranzytem między właścicielem a pojemnikiem na śmieci. Dziurawe materace, niemodne meble, kartony z ubraniami i urządzenia elektryczne, które jeszcze działają, dlatego wciąż nie można ich naprawdę wyrzucić.

– Ale piekło – mruknął Falkeid, wchodząc na strych razem z dwójką swoich ludzi z oddziału antyterrorystycznego.

Harry uznał to za bardzo trafny opis. Bo chociaż pozbawione sił słońce wisiało już nisko na zachodzie, to poświęciło cały dzień na rozgrzanie cegieł, które w tej chwili działały jak piece akumulacyjne, zmieniając strych w saunę.

– Wygląda mi na to, że boks należący do czterysta sześć będzie w tę stronę. – Harry skręcił w prawo.

– Skąd masz taką pewność, że on jest na strychu?

– No cóż. Ponieważ sam zabójca wskazał nam ten oczywisty fakt, że bezpośrednio nad czwartym piętrem znajduje się piąte. W tym wypadku strych.

– Wskazał?

– To taki rebus.

– Zdajesz sobie sprawę, że to niemożliwe, żeby tu były zwłoki?

– Dlaczego?

– Byliśmy tu wczoraj z psem. Zwłoki, które przeleżałyby w tym piekle cztery tygodnie... Przekładając z psiego aparatu zmysłów na nasz, to mniej więcej tak, jakbyśmy mieli tu szukać ryczącej syreny fabrycznej. A pies, który był tu wczoraj, to jeden z najlepszych.

– Załóżmy, że zwłoki są opakowane w coś właśnie po to, by nie wydzielały żadnego zapachu.

– Cząsteczki zapachowe są bardzo ulotne i przedostają się nawet przez mikroskopijne otwory. Niemożliwe, żeby...

– Wulkanizacja – powiedział Harry.

– Co?

Harry zatrzymał się przy jednym z boksów. Dwaj antyterroryści w kombinezonach natychmiast stawili się z łomami.

– Wypróbujemy najpierw ten sposób, chłopcy.

Harry pomachał im przed nosem kluczami z trupią czaszką.

Najmniejszy klucz pasował do kłódki.

– Wchodzę sam – zapowiedział Harry. – Ci z wydziału technicznego nie lubią zadeptywania śladów.

Dostał latarkę i stanął przed dużą szeroką białą szafą na ubrania z podwójnymi drzwiami, która zajmowała większość miejsca w boksie. Położył rękę na jednej klamce i przygotował się psychicznie, zanim szarpnięciem otworzył drzwi. Uderzył go zapach ubrań, kurzu i drewna. Zapalił latarkę. Wyglądało na to, że Marius Veland odziedziczył garnitury po trzech pokoleniach. Wisiały szeregiem na drążku. Harry poświecił do środka i przeciągnął dłonią po materiale. Szorstka wełna. Jeden owinięty był w cienki plastik, w głębi szafy wisiała szara torba na garnitur. Harry pozwolił, by drzwi szafy same się zamknęły, i odwrócił się do tylnej ściany, gdzie wisiała para zasłon – wyglądały na szyte w domu, zawieszone na statywie do suszenia ubrań. Harry ściągnął je. Wyszczerzyła się do niego otwarta paszcza pełna drobnych ostrych ząbków. Resztki sierści posiwiały, a brunatne szklane oczy należałoby wyczyścić.

– Kuna – orzekł Falkeid.

– Mhm.

Harry rozejrzał się. Nie było już więcej miejsc do przeszukania. Czyżby naprawdę tak się pomylił?

Nagle dostrzegł zrolowany dywan. Pers – na taki przynajmniej wyglądał – stał oparty o siatkę i sięgał prawie do sufitu. Harry przysunął do dywanu popsuty wiklinowy fotel, stanął na nim, poświecił z góry do wnętrza beli. Policjanci na zewnątrz przyglądali mu się w napięciu.

– No cóż – powiedział Harry, schodząc z fotela i gasząc latarkę.

– I co? – spytał Falkeid.

Harry pokręcił głową. Nagle ogarnął go gniew. Kopnął w bok szafy, aż się zachybotała jak tancerka wykonująca taniec brzucha. Pies się rozszczekał. Drink. Jeden drink. Jedna chwila bez bólu.

Już się odwrócił, żeby wyjść z boksu, gdy nagle usłyszał dziwny trzask. Coś sunęło wzdłuż ściany. Obrócił się odruchowo i zdążył jeszcze zobaczyć, jak drzwi szafy gwałtownie się otwierają, ustępując pod naporem torby z garniturem, która powaliła Harry'ego na ziemię.

Zrozumiał, że musiał na chwilę zemdleć, bo kiedy się ocknął, leżał na plecach, czując ból z tyłu głowy. Z trudem łapał powietrze w chmurze kurzu, który uniósł się z suchej podłogi z desek. Ciężar torby wycisnął mu powietrze z płuc. Miał wrażenie, że tonie. Że leży w wielkiej plastikowej torbie wypełnionej wodą. W panice uderzył na oślep i poczuł, że pięść trafia w gładką powierzchnię i coś miękkiego, co pod naciskiem jego ręki ustąpiło.

Harry zdrętwiał i znieruchomiał.

Powoli udało mu się wyostrzyć wzrok. Tak samo powoli ustępowało wrażenie, że tonie. Zastąpiło je uczucie, że już utonął.

Zza błony szarego plastiku patrzyły na niego mętne oczy.

Znaleźli Mariusa Velanda.

30 SOBOTA. ARESZTOWANIE

Za oknem przemknął pociąg na lotnisko, srebrzysty i cichy jak delikatny oddech. Beate popatrzyła na Olaug Sivertsen. Staruszka poruszyła głową, wyjrzała przez okno, cały czas mrugając. Pomarszczone żylaste dłonie na kuchennym stole wyglądały jak pejzaż widziany z dużej wysokości. Zmarszczki były dolinami, granatowoczarne żyły rzekami, a knykcie łańcuchami górskimi, na których skóra napinała się jak szarawe płótno namiotu. Beate spojrzała na własne ręce. Myślała o tym, ile para dłoni zdąży zrobić w ciągu całego życia. I ile nie zdąży. Albo nie zdoła.

O dwudziestej pierwszej pięćdziesiąt sześć Beate usłyszała szczęk furtki i kroki na wysypanej żwirem alejce.

Wstała, czując, że serce uderza jej szybciutko i lekko jak licznik Geigera.

– To on – oświadczyła Olaug.

– Jesteś pewna?

Olaug uśmiechnęła się ze smutkiem.

– Słuchałam jego kroków na tej ścieżce, odkąd był małym chłopcem. Kiedy dorósł na tyle, żeby wychodzić wieczorami, budziłam się na drugi krok. Potrzebuje dwunastu kroków na dojście. Możesz policzyć.

W drzwiach do kuchni nagle stanął Waaler.

– Ktoś idzie – oznajmił. – Chcę, żebyście stąd nie wychodziły. Bez względu na to, co się będzie działo. W porządku?

– To on – powtórzyła Beate, kiwając głową w stronę Olaug i nakryła ręką dłoń staruszki. – Wszystko będzie dobrze.

– Zrozumiecie, że się pomyliliście – powiedziała Olaug, nie patrząc jej w oczy.

Jedenaście, dwanaście. Beate usłyszała odgłos drzwi otwieranych w korytarzu. Potem rozległ się krzyk Waalera.

– Policja! Mój identyfikator leży na podłodze przed tobą. Rzuć ten pistolet, bo będę strzelał!

Beate poczuła drgnięcie ręki Olaug.

– Policja! Rzuć broń, bo będę strzelał.

Po co on tak głośno krzyczy? Przecież nie mogą stać od siebie dalej niż pięć, sześć metrów.

– Po raz ostatni! – wrzasnął Waaler.

Beate wstała i wyciągnęła rewolwer z kabury, którą miała na pasku na plecach.

– Beate... – głos Olaug drżał.

Beate podniosła oczy i napotkała błagalne spojrzenie starej kobiety.

– Rzuć broń! Celujesz w policjanta!

Beate zrobiła cztery kroki do drzwi, otworzyła je i z podniesioną bronią wyszła na korytarz. Tom Waaler znajdował się dwa metry przed nią, odwrócony do niej plecami. W drzwiach stał mężczyzna w szarym garniturze. W jednej ręce trzymał walizkę. Beate już wcześniej podjęła decyzję, opartą na podstawie tego, co – jak sądziła – zobaczy, dlatego jej pierwszą reakcją było zdezorientowanie.

– Będę strzelał! – krzyczał Waaler.

Beate widziała otwarte usta w skamieniałej twarzy mężczyzny w drzwiach wejściowych, widziała też, że Waaler już wysunął bark, by przyjąć odrzut po naciśnięciu spustu.

– Tom…

Powiedziała to cicho, ale plecy Waalera zesztywniały, jak gdyby strzeliła do niego od tyłu.

– On nie ma pistoletu, Tom.

Beate miała wrażenie, że ogląda film. Absurdalną scenę, w której ktoś wcisnął przycisk pauzy i obraz się zatrzymał, zamroził, drżąc tylko i fałszując czas. Czekała na huk wystrzału, ale nie nastąpił. Oczywiście, że nie. Tom Waaler nie był szalony, przynajmniej w rozumieniu klinicznym. Nie brakowało mu kontroli nad odruchami. Przypuszczalnie właśnie to najbardziej ją wtedy wystraszyło. Jego zimna opanowana przemoc.

– Skoro już tu jesteś – odezwał się w końcu Waaler, z trudem wyduszając z sobie słowa – to możesz zakuć naszego podejrzanego w kajdanki.

31 SOBOTA. „CUDOWNIE JEST MIEĆ KOGO NIENAWIDZIĆ?"

Była już prawie północ, kiedy Bjarne Møller po raz drugi spotkał się z prasą przed wejściem do Budynku Policji. Tylko najmocniej świecące gwiazdy zdołały się przebić przez mgiełkę upału nad Oslo, ale musiał przesłaniać oczy z powodu lamp błyskowych i świateł kamer. W jego stronę posypały się krótkie ostre pytania.

– Po jednym naraz – oświadczył, wskazując na wyciągnięte dłonie. – I bardzo proszę się przedstawiać.

– Roger Gjendem, „Aftenposten". Czy Sven Sivertsen przyznał się do winy?

– Akurat teraz podejrzany jest przesłuchiwany przez kierującego śledztwem komisarza Toma Waalera. Nie potrafię odpowiedzieć na to pytanie, dopóki przesłuchanie się nie skończy.

– Czy to prawda, że w walizce Sivertsena znajdowała się i broń, i diamenty? I że diamenty są identyczne jak te, które znaleźliście przy ofiarach?

– To mogę potwierdzić. Tam dalej, bardzo proszę.

Młody damski głos:

– Wcześniej powiedział pan, że Sven Sivertsen mieszka w Pradze. A mnie udało się odnaleźć jego oficjalny adres. To pensjonat, ale twierdzą, że wyprowadził się ponad rok temu, i nikt, zdaje się, nie wie, gdzie teraz mieszka. Czy policja wie?

Pozostali dziennikarze zaczęli notować, jeszcze zanim Møller odpowiedział:

– Na razie nie.

– Parę osób, z którymi tam rozmawiałam, udało mi się nakłonić do mówienia – ciągnęła kobieta z marnie skrywaną dumą. – Podobno Sven Sivertsen związał się z jakąś młodszą od siebie kobietą. Nie wiedzieli, jak się nazywa, ale ktoś wyraźnie dał do zrozumienia, że to prostytutka. Czy policji coś na ten temat wiadomo?

– Do tej pory nie – powiedział Møller – ale dziękujemy za pomoc.

– My też! – zawołał jakiś głos z gromady i rozległ się ogólny hieni śmiech.

Kobieta uśmiechnęła się zdezorientowana.

Teraz mężczyzna mówiący dialektem z Østfold:

– „Dagbladet". Jak przyjmuje to jego matka?

Møller nawiązał kontakt wzrokowy z dziennikarzem i przygryzł wargę, żeby w gniewie nie rzucić niepotrzebnych słów.

– O tym nie mam żadnej informacji. Następne pytanie.

– „Dagsavisen". Zastanawiamy się, jak to możliwe, że Marius Veland leżał na strychu akademika przez cztery tygodnie w najgorętsze w dziejach lato i nie został odkryty.

– Z zastrzeżeniem co do dokładności daty, wygląda na to, że zabójca użył plastikowej torby, w jakiej zazwyczaj przechowuje się fraki, i uszczelnił ją starannie gumą, zanim... – Møller szukał właściwego słowa. -...powiesił go w szafie na strychu.

Wśród zebranych podniósł się cichy pomruk, a Møller zadał sobie pytanie, czy nie posunął się za daleko w opisie szczegółów.

Roger Gjendem znów o coś spytał. Møller patrzył na ruch jego warg, ale wsłuchiwał się w melodię cały czas dźwięczącą mu w głowie. *I just call to say I love you*. Tak ładnie zaśpiewała w *Śpiewających fortepianach*, ta siostra, która miała zagrać główną rolę w musicalu. Jak ona się nazywała?

– Przepraszam – powiedział. – Może pan powtórzyć pytanie?

*

Harry i Beate przysiedli na murku w pewnej odległości od gromady dziennikarzy i przyglądali się im, paląc papierosy. Beate wyjaśniła, że jest imprezową palaczką, i poprosiła, żeby Harry poczęstował ją papierosem ze świeżo kupionej paczki.

Sam Harry nie odczuwał żadnej potrzeby imprezowania. Chciał jedynie spać.

Zobaczyli, że Tom Waaler staje w drzwiach i uśmiecha się do deszczu fleszy. Cienie na ścianie Budynku Policji odtańczyły taniec zwycięstwa.

– Będzie teraz sławny – zauważyła Beate. – Człowiek, który prowadził śledztwo i własnoręcznie aresztował Kuriera Śmierci.

– Z dwoma pistoletami i w ogóle? – uśmiechnął się Harry.

– Tak, to był dziki zachód. Możesz mi wytłumaczyć, dlaczego ktoś prosi drugiego człowieka o odłożenie broni, której tamten nie ma?

– Waalerowi chodziło pewnie o tę broń, którą Sivertsen miał przy sobie. Ja bym zrobił to samo.

– No tak, ale wiesz, gdzie znaleźliśmy ten pistolet? W walizce.

– Z tego, co Waaler wiedział, Sivertsen mógł się okazać mistrzem świata w wyciąganiu pistoletów z walizek.

Beate się roześmiała.

– Pójdziesz później z nami na piwo, prawda?

Popatrzył na nią, a jej uśmiech zamarł. Na twarz wystąpił rumieniec.

– Nie chciałam…

– W porządku. Uczcij to za nas oboje. Ja już swoje zrobiłem.

– Chyba i tak mógłbyś z nami pójść?

– Raczej nie. To była moja ostatnia sprawa.

Harry pstryknął palcami, niedopałek poszybował przez mrok jak ognik świętojański.

– W przyszłym tygodniu już nie będę policjantem. Może powinienem czuć, że trzeba to jakoś uczcić, ale tak nie jest.

– Co będziesz robił?

– Coś innego. – Harry wstał. – Coś zupełnie innego.

Waaler dogonił Harry'ego na parkingu.

– Tak szybko się zmywasz, Harry?

– Spać mi się chce. Jak smakuje sława?

Białe zęby Waalera aż błysnęły w ciemności.

– To tylko parę zdjęć w gazetach. Sam w nich byłeś, to wiesz.

– Jeśli myślisz o tamtym razie w Sydney, to przedstawili mnie jako kowboja, bo ja mojego przestępcę zastrzeliłem. Ty swojego złapałeś żywcem. Jesteś takim policjantem-bohaterem, jakich pragnie socjaldemokracja.

– Czyżbym wyczuwał w tym jakiś sarkazm?

– Ależ skąd!

– Okej. Mnie wszystko jedno, z kogo zrobią bohatera. Jeśli to przysporzy szacunku firmie, to mogą sobą malować fałszywy wyglansowany obrazek takich typów jak ja. My i tak wiemy, kto tym razem był bohaterem.

Harry wyjął z kieszeni kluczyki i zatrzymał się przed swoim białym escortem.

– Właśnie to chciałem powiedzieć, Harry. W imieniu wszystkich, którzy brali w tym udział. To ty rozwiązałeś tę sprawę. Nie ja, ani nikt inny.

– Ja tylko zrobiłem swoją robotę.

– Robotę, no właśnie. To właśnie ta druga sprawa, o której chciałem z tobą pogadać. Usiądziemy na chwilę?

W samochodzie unosił się słodki zapach benzyny. Pewnie gdzieś coś przerdzewiało. Tak przypuszczał Harry. Waaler podziękował za papierosa.

– Twoje pierwsze zadanie jest już określone – powiedział Waaler. – Nie jest ani łatwe, ani bezpieczne. Ale jeśli ci się uda, wchodzisz na zasadzie pełnego partnerstwa.

– Co to jest? – Harry dmuchnął dymem w lusterko.

Waaler koniuszkami palców wodził po jednym z przewodów wystających z dziury w desce rozdzielczej, gdzie kiedyś było radio.

– Jak wyglądał Marius Veland? – spytał.

– A jak myślisz? Po czterech tygodniach w plastikowej torbie?

– Miał dwadzieścia cztery lata, Harry. Dwadzieścia cztery lata. Pamiętasz, jakie miałeś nadzieje, kiedy byłeś w tym wieku? Czego się spodziewałeś od życia?

Harry pamiętał.

Waaler uśmiechnął się krzywo.

– Latem tego roku, kiedy skończyłem dwadzieścia dwa lata, pojechałem InterRailem w podróż po Europie razem z Geirem i Solo. Trafiliśmy na Riwierę Włoską, ale hotele były takie drogie, że nie było nas na nie stać, chociaż w dniu wyjazdu Solo zabrał wszystkie pieniądze z kasy w kiosku, który prowadził jego ojciec. Rozbiliśmy namiot na plaży w nocy, w ciągu dnia wałęsaliśmy się, gapiliśmy na dziewczyny, samochody i łodzie. Najdziwniejsze, że czuliśmy się cholernie bogaci. A to dlatego, że mieliśmy dwadzieścia dwa lata. Wydawało nam się, że wszystko jest dla nas. Że to prezenty pod choinką, które tylko na nas czekają. Camilla Loen, Barbara Svendsen, Lisbeth Barli. Wszystkie były młode. Może nie zdążyły jeszcze doznać rozczarowania, Harry. Może wciąż czekały na Wigilię. – Waaler pogładził deskę rozdzielczą. – Właśnie przesłuchałem Svena Sivertsena, Harry. Możesz sobie później przeczytać raport, ale już teraz powiem ci, co się stanie. To zimny inteligentny drań. Będzie grał wariata, oszuka ławę przysięgłych, a u psychologów wzbudzi takie wątpliwości, że nie odważą się posłać go do więzienia. Krótko mówiąc, trafi na oddział psychiatryczny, gdzie wykaże zdumiewający postęp i w ciągu paru lat będzie mógł zostać wypisany. Tak się porobiło, Harry. Tak właśnie robimy z ludzkimi śmieciami, które nas otaczają. Nie sprzątamy ich, nie wyrzucamy, tylko trochę przesuwamy. I nie rozumiemy, że kiedy dom stał się zainfekowanym cuchnącym gniazdem szczurów, jest już za późno. Spójrz tylko na inne kraje, gdzie przestępczość zadomowiła się na dobre. My, niestety, mieszkamy w kraju tak w tej chwili bogatym, że politycy prześcigają się w hojności. Zrobiliśmy się tacy łagodni i mili, że nikt już nie ma odwagi wziąć odpowiedzialności za to, co nieprzyjemne. Rozumiesz?

– Na razie tak.

– W tym miejscu my wstępujemy na scenę, Harry. My przejmujemy odpowiedzialność. Potraktuj to jako sanację, której społeczeństwo nie chce wziąć na siebie.

Harry zaciągnął się tak mocno, że aż zaszeleściła bibułka papierosa.

– Co masz na myśli? – spytał na wdechu.

– Svena Sivertsena – odparł Waaler i wyjrzał przez okno. – Ludzki śmieć, który musisz sprzątnąć.

Harry zgiął się w pół na siedzeniu kierowcy i wykaszlał dym.

– To tym się zajmujecie? A co z innymi rzeczami? Co z przemytem?

– Wszystkie inne działania są prowadzone po to, by to sfinansować.

– Twoja katedra?

Waaler wolno kiwnął głową. Potem nachylił się i Harry poczuł, że Waaler wkłada mu coś do kieszeni kurtki.

– To ampułka – oznajmił krótko. – Nazywa się *Joseph Blessing*. Opracowana w KGB podczas w wojny w Afganistanie, do wykorzystania przy zamachach, ale najbardziej znana jako metoda samobójstwa pojmanych czeczeńskich bojowników. Paraliżuje oddech, ale w przeciwieństwie do kwasu pruskiego nie ma smaku ani zapachu. Doskonale mieści się w odbycie albo pod językiem. Po wypiciu jej zawartości w szklance wody śmierć nastąpi w ciągu paru sekund. Zrozumiałeś zadanie?

Harry się wyprostował. Już nie kasłał, ale miał łzy w oczach.

– Czyli upozorowane samobójstwo?

– Świadkowie w areszcie potwierdzą, że odbytu, niestety, nie zbadano, gdy go przyjmowano. To już załatwione, nie musisz się tym martwić.

Harry głęboko odetchnął. Od oparów benzyny zrobiło mu się niedobrze. Gdzieś w oddali opadała i wznosiła się skarga syreny.

– Zamierzałeś go zastrzelić, prawda?

Waaler nie odpowiedział. Harry zobaczył radiowóz policyjny podjeżdżający pod wejście do aresztu.

– Nigdy nie miałeś zamiaru go aresztować. Trzymałeś dwa pistolety, ponieważ ten drugi zamierzałeś umieścić w jego ręce po zastrzeleniu go, aby wyglądało, że ci nim groził. Beate i jego matkę ulokowałeś w kuchni, a potem głośno krzyczałeś, żeby mogły później zaświadczyć, że działałeś w samoobronie. Ale Beate wyszła na korytarz za wcześnie i cały twój plan diabli wzięli.

Waaler westchnął ciężko.

– My sprzątamy, Harry. Tak jak ty sprzątnąłeś tego zabójcę w Sydney. System prawny nie działa. Został wymyślony na inne, bardziej niewinne czasy. A zanim to się zmieni, nie możemy dopuścić, by nad miastem panowali kryminaliści. Ale to wszystko musisz chyba rozumieć, przecież oglądasz to z bliska co dzień.

Harry wpatrywał się w żar papierosa. W końcu kiwnął głową.

– Po prostu chcę mieć pełny obraz – powiedział.

– W porządku, Harry. No to słuchaj. Sven Sivertsen będzie siedział w celi numer dziewięć w areszcie jeszcze przez jutrzejszą noc. To znaczy do poniedziałku rano. Potem zostanie przeniesiony do bezpiecznej celi w Ullersmo, gdzie już nie będziemy mogli go dosięgnąć. Klucz do celi numer dziewięć leży na biurku w recepcji po lewej stronie. Masz czas do jutra do północy, Harry. Zadzwonię wtedy do aresztu i chcę uzyskać potwierdzenie, że Kurier Śmierci poniósł zasłużoną karę. Jasne?

Harry znów kiwnął głową.

– Wiesz co, Harry? – uśmiechnął się Waaler. – Chociaż cieszę się, że wreszcie gramy w tej samej drużynie, to trochę mi żal. Wiesz dlaczego?

Harry wzruszył ramionami.

– Ponieważ wierzyłeś, że są rzeczy, których nie da się kupić za pieniądze?

Waaler roześmiał się.

– To dobre, Harry. Nie. To dlatego, że czuję się, jakbym stracił dobrego wroga. Jesteśmy tacy sami. Ty rozumiesz, o czym mówię, prawda?

– Cudownie jest mieć kogo nienawidzić?

– Co?

– Michael Krohn. Raga Rockers.

– Dwadzieścia cztery godziny, Harry. Powodzenia.

Część piąta

32 NIEDZIELA. JASKÓŁKI

Rakel stała w sypialni i przeglądała się w lustrze. Okno było otwarte, mogła więc nasłuchiwać samochodu albo kroków na ścieżce prowadzącej do domu. Popatrzyła na fotografię ojca na toaletce przy lustrze. Zawsze ją dziwiło, że na tym zdjęciu wyglądał tak młodo i niewinnie.

Upięła włosy pojedynczą spinką jak zwykle. A może powinna uczesać się inaczej? Ubrana była w suknię z czerwonego muślinu, przerobioną z sukni matki. I miała nadzieję, że nie wygląda zbyt strojnie. W dzieciństwie ojciec często opowiadał jej o tym, jak po raz pierwszy ujrzał matkę w tej sukni, a Rakel nigdy nie miała dość słuchania. To było jak bajka.

Zdjęła spinkę i poruszyła głową, ciemne włosy opadły jej na twarz. Zadzwonił dzwonek do drzwi. Usłyszała, że Oleg biegnie przez korytarz. Potem dotarł do niej jego rozentuzjazmowany głos i cichy śmiech Harry'ego. Po raz ostatni spojrzała w lustro. Poczuła, że serce uderza jej mocniej. Wyszła z pokoju.

– Mamo, Harry przy…

Oleg gwałtownie urwał, kiedy Rakel ukazała się na szczycie schodów. Ostrożnie postawiła stopę na pierwszym stopniu. Wysokie obcasy wydały się nagle chwiejne i niepewne. Odzyskała jednak równowagę i podniosła wzrok. Oleg stał na dole i patrzył na nią z rozdziawioną buzią. Harry przystanął obok. Oczy błyszczały mu tak, że dosłownie czuła ich ciepło na swoich policzkach. W ręku trzymał bukiet róż.

– Ślicznie wyglądasz, mamo – szepnął Oleg.

Rakel zamknęła oczy. Obie szyby w samochodzie były opuszczone, wiatr gładził jej włosy i skórę, gdy Harry ostrożnie prowadził escorta przez zakręty w dół wzgórza Holmenkollåsen. Samochód lekko pachniał płynem do naczyń Zalo. Rakel opuściła osłonę przeciwsłoneczną, żeby sprawdzić makijaż, i zauważyła, że nawet małe lusterko po jej drugiej stronie jest wyczyszczone.

Uśmiechnęła się na wspomnienie ich pierwszego spotkania. Harry zaofiarował się, że odwiezie ją do pracy, ale musiała mu pomóc popchnąć samochód.

Właściwie niewiarygodne, że on wciąż ma ten sam pożałowania godny wóz.

Popatrzyła na niego kątem oka.

I ten sam ostry grzbiet nosa. Te same miękkie, niemal kobiece wargi, tak kontrastujące z męskimi twardymi rysami. I oczy. Trudno nazwać go przystojnym w klasycznym rozumieniu tego słowa, ale był... Jak to się mówi? Miał charakterystyczną urodę? Tak, właśnie tak. No i te oczy. Nie, nie oczy. Spojrzenie.

Odwrócił się, jakby usłyszał jej myśli.

Uśmiechał się. I znów pojawiła się ta dziecięca miękkość w oczach, jak gdyby w środku w nim siedział mały chłopiec i śmiał się do niej. Była w tym jakaś szczerość, brak fałszu. Uczciwość. Harmonijność. To było spojrzenie człowieka, któremu można zaufać, któremu chce się zaufać.

Rakel też się uśmiechnęła.

– O czym myślisz? – spytał, ale musiał spojrzeć na drogę.

– O różnych rzeczach.

W ciągu minionych tygodni miała dużo czasu na myślenie. Dość czasu na to, by zrozumieć, że Harry nigdy nie obiecywał jej nic, czego nie dotrzymał. Nigdy nie obiecywał, że już nie pęknie. Nigdy nie obiecywał, że praca przestanie być najważniejszą częścią jego życia. Nigdy nie obiecywał, że będzie łatwo. Wszystkie te obietnice ona sama sobie złożyła. Teraz to rozumiała.

Olav Hole i Sio już czekali przy bramie, kiedy podjechali escortem pod dom na Oppsal. Harry wiele jej o nim opowiadał i Rakel czasami miała wrażenie, że to ona dorastała w tym domku.

– Cześć, Oleg – powiedziała Sio dorośle, jak starsza siostra. – Przygotowaliśmy ciasto na bułeczki.

– Naprawdę? – Oleg niecierpliwie popychał siedzenie matki, by się wydostać z samochodu.

W drodze do miasta Rakel oparła głowę o siedzenie i wyznała, że w jej opinii Harry jest piękny, ale żeby nic sobie nie wyobrażał. Odparł, że jego zdaniem ona jest piękniejsza, i jeśli o niego chodzi, to może sobie wyobrażać, co tylko chce. Kiedy dojechali do Ekebergskrenten i mieli pod sobą miasto, Rakel dostrzegła czarne literki V przecinające powietrze w dole.

– Jaskółki – powiedział Harry.

– Nisko latają. Czy to nie znaczy, że będzie deszcz?

– Owszem. Zapowiadają deszcz.

– To cudownie. Czy wyfrunęły po to, żeby zapowiedzieć deszcz?

– Nie – odparł Harry. – Robią o wiele pożyteczniejszą robotę. Oczyszczają powietrze z owadów. Ze szkodników.

– Ale dlaczego tak im się spieszy? Sprawiają wrażenie rozhisteryzowanych.

– Ponieważ mają mało czasu. Teraz owady krążą, ale kiedy słońce zajdzie, polowanie musi się skończyć.

– Chyba chciałeś powiedzieć: polowanie się kończy.

Odwróciła się do niego. Harry roztargnionym wzrokiem wpatrywał się przed siebie.

– Harry?

– Masz rację. Trochę się zamyśliłem.

Premierowa publiczność ustawiła się na pogrążonym już w cieniu placu przed Teatrem Narodowym. Sławy rozmawiały ze sławami, a wokół nich krążyli dziennikarze, szumiały kamery. Oprócz plotek o jednym czy drugim romansie wakacyjnym temat rozmów był dla wszystkich taki sam. Wczorajsze aresztowanie Kuriera Śmierci.

Harry położył dłoń na krzyżu Rakel, prowadząc ją do wejścia. Przez cienki materiał czuła ciepło jego palców. Nagle wyrosła przed nimi jakaś twarz.

– Roger Gjendem z „Aftenposten". Przepraszam, ale przeprowadzamy sondaż na temat aresztowania człowieka, który uprowadził aktorkę, obsadzoną w głównej roli w tym przedstawieniu.

Zatrzymali się. Rakel poczuła, że dłoń na jej plecach odsunęła się gwałtownie.

Dziennikarzowi uśmiech nie znikał z twarzy, ale wzrok błądził.

– Już się poznaliśmy, panie Hole. Pracowałem w dziale kryminalnym. Rozmawialiśmy parę razy po pana powrocie z Sydney. Powiedział pan wtedy, że jestem jedynym dziennikarzem, który właściwie cytuje pana słowa. Czy teraz pan sobie mnie przypomina?

Harry zamyślony popatrzył na Rogera Gjendema i kiwnął głową.

– Mhm. Skończył pan z działem kryminalnym?

– Nie, nie. – Dziennikarz gwałtownie pokręcił głową. – Jestem tu tylko na zastępstwie z powodu urlopów. Czy mógłbym usłyszeć komentarz od policjanta Holego?

– Nie.

– Nie? Nawet paru słów?

– Chodzi mi o to, że nie jestem już policjantem – powiedział Harry.

Dziennikarz wyglądał na bardzo zaskoczonego.

– A przecież widziałem...

Harry rozejrzał się prędko dookoła, zanim się pochylił.

– Ma pan wizytówkę?

– Tak...

Gjendem podał mu białą kartę z niebieskimi gotyckimi literami „Aftenposten", którą Harry schował do tylnej kieszeni spodni.

– Mam *deadline* o jedenastej.

– Zobaczymy – powiedział Harry.

Roger Gjendem został z wyrazem zdziwienia na twarzy, a Rakel weszła razem z Harrym na górę po schodach, znów czując jego gorące palce na swoim miejscu.

Przy wejściu stał mężczyzna z wielką brodą i uśmiechał się do nich z oczami mokrymi od łez. Rakel znała tę twarz z gazet. To był Willy Barli.

– Tak się cieszę, że przychodzicie razem – wymruczał, otwierając objęcia.

Harry zawahał się, ale został pochwycony.

– A pani musi być Rakel.

Willy Barli puścił do niej oko ponad ramieniem Harry'ego, nie przestając ściskać tego wielkiego mężczyzny jak odnalezionego miśka.

– Co to miało znaczyć? – spytała Rakel, kiedy odszukali już swoje miejsca pośrodku czwartego rzędu.

– Męska afektacja – odparł Harry. – To artysta.

– Nie o to mi chodzi. O to, że nie jesteś policjantem.

– Wczoraj był mój ostatni dzień pracy w Budynku Policji.

Popatrzyła na niego.

– Dlaczego nic nie powiedziałeś?

– Powiedziałem. Wtedy, w ogrodzie.

– I co teraz będziesz robił?

– Coś innego.

– Co?

– Coś zupełnie innego. Otrzymałem propozycję od znajomego i przyjąłem ją. Mam nadzieję, że dzięki temu będę miał więcej czasu. Później ci o tym opowiem.

Kurtyna poszła w górę.

Kiedy opadła, rozległy się salwy oklasków i trwały, nie tracąc mocy, przez prawie dziesięć minut.

Aktorzy wbiegali i wybiegali w coraz to nowych konfiguracjach, aż w końcu zabrakło im tych wyćwiczonych i po prostu stali, przyjmując owacje. Brawa wybuchały z nową siłą za każdym razem, gdy Toya Harang wysuwała się o krok do przodu, by jeszcze raz się ukłonić, aż w końcu na scenę wezwano wszystkich, którzy mieli jakikolwiek wkład w przedstawienie. Willy Barli objął Toyę i popłynęły łzy. I na scenie, i na sali.

Nawet Rakel musiała wyjąć chusteczkę, gdy ściskała Harry'ego za rękę.

– Dziwnie wyglądacie – powiedział Oleg z tylnego siedzenia. – Coś się stało?

Rakel i Harry synchronicznie pokręcili głowami.

– Już się nie kłócicie?

Rakel uśmiechnęła się.

– Nigdy się nie kłóciliśmy, Oleg.

– Harry?

– Tak, szefie? – Harry spojrzał w lusterko.

– Czy to znaczy, że już niedługo będziemy mogli znów iść do kina? Na taki film nie dla bab?

– Pewnie. Jeśli tylko będzie jakiś dobry film tylko dla chłopaków.

– Tak? – powiedziała Rakel. – A co ja będę robić w tym czasie?

– Możesz się pobawić z Olavem i Sio – rozemocjonował się Oleg. – Było naprawdę fajnie, mamo. Olav nauczył mnie grać w szachy.

Harry skręcił na placyk pod domem i zatrzymał się, ale nie gasił silnika. Rakel dała Olegowi klucze do domu i wypuściła go z samochodu. Patrzyli, jak chłopiec biegnie ścieżką.

– Boże, jak on urósł! – powiedział Harry.

Rakel oparła mu głowę na ramieniu.

– Wejdziesz do środka?

– Nie teraz. Muszę załatwić jeszcze ostatnią rzecz w pracy.

Pogłaskała go po policzku.

– Możesz przyjść później.

– Mhm. Czy to przemyślane, Rakel?

Westchnęła, zamknęła oczy i wtuliła czoło w jego szyję.

– Nie. I tak. Takie mam uczucie, jakbym wyskakiwała z płonącego domu. Upadek jest lepszy od spłonięcia.

– Przynajmniej, dopóki nie uderzysz w ziemię.

– Stwierdziłam, że spadanie i życie łączy pewne podobieństwo. Między innymi jedno i drugie to stan bardzo tymczasowy.

Siedzieli w milczeniu i patrzyli na siebie, słuchając nierównego szumu silnika. Potem Harry wsunął palec pod brodę Rakel i pocałował ją. Miała wrażenie, że traci podtrzymanie, traci równowagę. Że jest tylko jeden człowiek, którego może się uchwycić, ale on pozwalał jej płonąć i spadać jednocześnie.

Nie wiedziała, jak długo się całują, kiedy Harry ostrożnie się od niej uwolnił.

– Zostawię drzwi otwarte – szepnęła.

Powinna była wiedzieć, że to głupie.

Powinna była wiedzieć, że to niebezpieczne.

Ale myślała o tym już od wielu tygodni. I miała dość myślenia.

33 NOC Z NIEDZIELI NA PONIEDZIAŁEK. BŁOGOSŁAWIEŃSTWO JÓZEFA

Na parkingu przed aresztem prawie nie było samochodów i w ogóle nie było ludzi.

Harry wyłączył stacyjkę, silnik zgasł ze śmiertelnym rzężeniem.

Spojrzał na zegarek. Dwudziesta trzecia dziesięć. Miał pięćdziesiąt minut.

Dwa razy głęboko odetchnął i wszedł do środka.

Za kontuarami recepcji było pusto, panowała zupełna cisza. Zauważył jakiś ruch z prawej strony. W dyżurce wolno obróciło się oparcie krzesła. Harry dostrzegł pół twarzy przeciętej blizną w kolorze wątroby, która biegła jak ślad łzy od oka, patrzącego na niego spojrzeniem bez wyrazu. Potem krzesło znów poruszyło się wolno i odwróciło do niego plecami.

„Beksa" Groth. Był sam. To dziwne. A może nie.

Harry znalazł klucz do celi numer dziewięć za kontuarem z lewej strony. Skierował się do cel. Z pokoju strażników dobiegały głosy, ale nie musiał go mijać, cela numer dziewięć była położona w dobrym miejscu.

Wsunął klucz w zamek i przekręcił. Odczekał sekundę, usłyszał ruch w środku, w końcu otworzył drzwi.

Mężczyzna, który patrzył na niego z pryczy, nie wyglądał na zabójcę. Harry wiedział, że to nic nie znaczy. Czasami wyglądali na zabójców. Czasami nie.

Ten był przystojny. Miał regularne rysy, gęste krótko ostrzyżone ciemne włosy i niebieskie oczy, które kiedyś być może przypominały oczy matki, ale teraz były już jego własne. Harry miał prawie czterdzieści lat, Sven Sivertsen ponad pięćdziesiąt. Harry przypuszczał, że większość ludzi powiedziałaby, że jest odwrotnie.

Sivertsen z jakiegoś powodu ubrał się w więzienne czerwone spodnie i bluzę.

– Dobry wieczór, Sivertsen. Jestem komisarz Hole. Wstań i obróć się, proszę.

Sivertsen uniósł brew.

Harry zadzwonił kajdankami.

– Takie są zasady.

Sivertsen wstał bez słowa, Harry skuł go i pchnął z powrotem na pryczę.

W celi nie było krzesła, na którym można by usiąść. Żadnej rzeczy, której można by użyć do zranienia siebie lub innych. Tu państwo prawa miało monopol na karanie. Harry oparł się o ścianę i wyjął z kieszeni pogniecioną paczkę papierosów.

– Uruchomisz alarm przeciwpożarowy – powiedział Sivertsen. – Jest bardzo czuły.

Jego głos brzmiał zaskakująco jasno.

– Zgadza się, przecież już kiedyś tu siedziałeś.

Harry zapalił papierosa, stanął na palcach, odchylił pokrywkę czujnika i wyciągnął baterię.

– A co mówią zasady na ten temat? – spytał kwaśno Sivertsen.

– Nie pamiętam. Zapalisz?

– Co to ma być? Sztuczka z dobrym gliną?

– Nie – uśmiechnął się Harry. – Mamy na ciebie tyle, że nie musimy odgrywać żadnego przedstawienia, Sivertsen. Nie musimy wyjaśniać żadnych szczegółów. Niepotrzebne nam zwłoki Lisbeth Barli ani przyznanie się do winy. Całkiem zwyczajnie nie potrzebujemy twojej pomocy.

– To po co przyszedłeś?

– Z ciekawości. Łowimy na głębokiej wodzie i chciałem zobaczyć, jaki stwór złapał się tym razem na haczyk.

Sivertsen zaśmiał się krótko.

– Fantazyjny obrazek, ale rozczarujesz się, komisarzu Hole. To może wyglądać na coś wielkiego, ale obawiam się, że to tylko stary kalosz.

– Mów trochę ciszej.

– Boisz się, że ktoś nas usłyszy?

– Po prostu mnie słuchaj. Sprawiasz wrażenie bardzo spokojnego jak na człowieka, którego właśnie aresztowano za cztery zabójstwa.

– Jestem niewinny.

– Mhm. Przedstawię ci tylko krótkie streszczenie tej sytuacji, Sivertsen. W twojej walizce znaleźliśmy czerwony diament. To towar, którego nie kupuje się na tuziny. A takie same kamienie znaleźliśmy przy wszystkich ofiarach. Do tego cezetka, czeski pistolet. Broń stosunkowo rzadka w Norwegii. Ale to ta sama marka, której użyto do zabicia Barbary Svendsen. W wyjaśnieniach twierdzisz, że w dniach, w których popełniono zabójstwa, byłeś w Pradze. Ale sprawdziliśmy w liniach lotniczych i okazało się, że na krótko odwiedzałeś Oslo za każdym razem w stosowne dni, łącznie z wczorajszym. Jak wygląda twoje alibi na około piątej w te dni, Sivertsen?

Sven Sivertsen nie odpowiedział.

– Tak myślałem. Więc nie wmawiaj mi, że jesteś niewinny.

– Wszystko mi jedno, co sobie myślisz, Hole. Chcesz czegoś jeszcze?

Harry zsunął się plecami po ścianie, aż przykucnął.

– Tak. Znasz Toma Waalera?

– Kogo?

To padło szybko. Za szybko. Harry nie spieszył się. Dmuchnął dymem w stronę sufitu. Sądząc po wyrazie twarzy, Sven Sivertsen straszliwie się nudził. Harry już wcześniej miał do czynienia z zabójcami ukazującymi na zewnątrz twardą skorupę, pod którą kryła się psychika roztrzęsiona jak galareta. Ale był również wariant głębokiego zamrożenia, twardość na wskroś. Zastanawiał się, na ile twardy jest ten człowiek.

– Nie musisz udawać, że nie pamiętasz nazwiska policjanta, który cię zarówno aresztował, jak i przesłuchiwał, Sivertsen. Pytam, czy znałeś go wcześniej.

Harry dostrzegł lekkie drgnięcie oczu.

– Byłeś już karany za przemyt. Zarówno broń, którą znaleziono w twojej walizce, jak i inne pistolety, noszą pewne szczególne ślady maszyny użytej do zeszlifowania numerów seryjnych. Takie same ślady znajdowaliśmy w ostatnich latach na wielu niezarejestrowanych sztukach broni, które coraz częściej pojawiają się w mieście. Uważamy, że kryje się za tym gang przemytników.

– Interesujące.

– Szmuglowałeś broń dla Waalera, Sivertsen?

– O rany, wy też się tym zajmujecie?

Sven Sivertsen nawet nie mrugnął, ale u nasady ciemnych włosów zbierała się kropelka potu.

– Gorąco, Sivertsen?

– Średnio.

– Mhm.

Harry wstał, podszedł do zlewu i odwrócony plecami do Sivertsena wyjął z pojemnika biały plastikowy kubek. Odkręcił kran na całość, aż woda zaszumiała.

– Wiesz co, Sivertsen? Ta myśl przyszła mi do głowy dopiero wtedy, gdy koleżanka opowiedziała mi, w jaki sposób Waaler cię aresztował. Przypomniałem sobie, jak Waaler zareagował, gdy oświadczyłem, że Beate Lønn już wie, kim jesteś. Zazwyczaj to zimny drań, ale pobladł i przez krótką chwilę wydawał się kompletnie sparaliżowany. Tam i wtedy sądziłem, że się wściekł, ponieważ uświadomił sobie, że wystawiłeś nas do wiatru. Że możemy mieć na karku kolejne zabójstwo. Ale kiedy Lønn opowiedziała mi o tych dwóch pistoletach Waalera i o tym, jak krzyczał, żebyś w niego nie celował, zaczęło mi się rozjaśniać w głowie. To nie przez zagrożenie kolejnym zabójstwem dostał trzęsiawki. To się stało wtedy, kiedy wymówiłem twoje nazwisko. On cię znał. Jesteś jednym z jego kurierów. Waaler oczywiście zrozumiał, że jeśli zostaniesz oskarżony o zabójstwo, wszystko wyjdzie na jaw. Wszystko o broni, którą się posługiwałeś, powodach twoich częstych przyjazdów do Oslo, o twoich kontaktach. Gdybyś poszedł na współpracę, może dostałbyś łagodniejszą karę. Dlatego zaplanował, że cię zastrzeli.

– Zastrze...

Harry napełnił kubek wodą, odwrócił się i podszedł do więźnia. Postawił wodę na podłodze i rozpiął mu kajdanki. Sivertsen roztarł nadgarstki.

– Wypij to. Potem dam ci papierosa, zanim znów cię skuję.

Sven zawahał się. Harry popatrzył na zegarek. Wciąż miał pół godziny.

– Dalej, Sivertsen!

W końcu sięgnął po kubek i opróżnił go, a Harry wsunął papierosa do ust, przypalił go i podał Sivertsenowi.

– Nie wierzysz mi, prawda? Uważasz, że przeciwnie, to Tom Waaler wybawi cię z tej, jak to powiedzieć, przykrej sytuacji. Że to on zaryzykuje coś dla ciebie w podzięce za długą wierną służbę dla jego portfela. A w najgorszym razie, mając na niego aż tyle, szantażem zmusisz go do pomocy. – Harry wolno pokręcił głową. – Miałem cię za bystrego faceta, Sivertsen. Te twoje rebusy. Sposób, w jaki to wszystko wyreżyserowałeś, cały czas wyprzedzając nas o krok. Przez to wyobrażałem sobie faceta, które wie dokładnie, jak myślimy i co zrobimy. A ty tymczasem nie rozumiesz, jak działa taki rekin jak Tom Waaler.

– Masz rację – powiedział Sivertsen z przymkniętymi oczami, wydmuchując dym w stronę sufitu. – Nie wierzę ci.

Sivertsen strzepnął papierosa. Popiół upadł poza pusty plastikowy kubek, do którego chciał go strząsnąć.

Harry zastanawiał się, czy dostrzega już szczelinę w tej jego twardości. Ale szczeliny widywał już wcześniej i się mylił.

– Słyszałeś, że zapowiadają ochłodzenie?

– Nie śledzę norweskich wiadomości – Sivertsen uśmiechnął się krzywo. Najwyraźniej wydawało mu się, że wygrał.

– Deszcz – powiedział Harry. – A jak smakowała woda?

– Wodą.

– A więc reklama Błogosławieństwa Józefa nie kłamie.

– Co Józefa?

– Błogosławieństwo. *Blessing*. Bez smaku i bez zapachu. Wyglądasz, jakbyś słyszał o tym produkcie. Może nawet sam go dla niego przemyciłeś. Czeczenia, Praga, Oslo. – Harry uśmiechnął się półgębkiem. – Cóż za ironia losu.

– O czym ty mówisz?

Harry rzucił coś wysokim łukiem. Sivertsen złapał i zaczął oglądać. To coś przypominało larwę. Biała kapsułka.

– Pusta...

Popatrzył na Harry'ego pytająco.

– Na zdrowie.

– Co?

– Pozdrowienia od naszego wspólnego szefa, Toma Waalera.

Harry wydmuchał dym przez nos, patrząc na Sivertsena. Dostrzegł mimowolną zmarszczkę na czole. Jabłko Adama podróżujące windą. Palce, które koniecznie musiały podrapać brodę.

– Jako podejrzany o cztery zabójstwa powinieneś zostać zamknięty w więzieniu o specjalnym rygorze, Sivertsen. Nie przyszło ci to do głowy? Zamiast tego siedzisz w zwykłej celi w areszcie, do której może wejść każdy, kto ma policyjny identyfikator. Jako śledczy mógłbym cię wyprowadzić, powiedzieć strażnikom, że zabieram cię na przesłuchanie, nabazgrać jakiś podpis, a potem wręczyć bilet do Pragi. Albo... jak w tym wypadku, do piekła. Jak myślisz, kto załatwił, że siedzisz tutaj, Sivertsen? Jak się zresztą czujesz?

Sivertsen przełknął ślinę. Szczelina. Olbrzymia szczelina.

– Dlaczego mi o tym mówisz? – szepnął.

Harry wzruszył ramionami.

– Waaler jest restrykcyjny w stosunku do tego, co mówi swoim podwładnym. A ja, jak rozumiesz, jestem dociekliwy z natury. Czy nie chcesz tak jak ja zobaczyć pełnego obrazu, Sivertsen? Czy też zaliczasz się do tych, którzy wierzą, że pełną wiedzę zdobędą po śmierci? No cóż. Problemem dla mnie jest to, że do tego dość daleko.

Sivertsen pobladł.

– Chcesz jeszcze jednego papierosa? Czy zaczynasz mieć mdłości?

Sivertsen jak na hasło otworzył usta, poruszył głową i na cementową posadzkę chlusnęły żółte wymiociny. Z trudem łapał oddech.

Harry z obrzydzeniem patrzył na kilka kropli, które rykoszetem odbiły się od cementu i ochlapały mu nogawkę spodni. Podszedł do umywalki, oderwał kawałek papieru toaletowego, wyczyścił spodnie, urwał jeszcze kawałek i podał Sivertsenowi. Sivertsen wytarł usta. Potem głowa ciężko mu opadła, ukrył twarz w dłoniach. Głos miał zduszony od płaczu, gdy wreszcie wyrzucał z siebie:

– Kiedy stanąłem w korytarzu... Tak, byłem zaskoczony, ale wiedziałem, że on odgrywa przedstawienie. Puścił do mnie oko i poruszył głową na znak, żebym zrozumiał, że te krzyki są przeznaczone dla kogoś innego. Upłynęło kilka sekund, zanim się połapałem. Tak mi się wydawało. Myślałem... Myślałem, że on krzyczy, że jestem uzbrojony po to, by mieć wytłumaczenie, dlaczego pozwolił mi uciec. Trzymał dwa pistolety. Sądziłem, że ten drugi jest dla mnie. Żebym miał broń na wypadek, gdyby ktoś nas zobaczył. Stałem tam i czekałem, aż mi poda pistolet. A potem weszła ta kobieta i wszystko popsuła.

Harry znów zajął pozycję z plecami przy ścianie.

– Przyznajesz więc, że zdawałeś sobie sprawę z tego, że policja cię ściga w związku z zabójstwami Kuriera Śmierci?

Sivertsen pokręcił głową.

– Nie. Ja nie jestem mordercą. Myślałem, że chodzi o przemyt broni. I o diamenty. Wiedziałem, że Waaler jest za to odpowiedzialny, i że dlatego poszło tak gładko. Że dlatego próbuje pomóc mi w ucieczce. Muszę...

Na podłogę trafiła kolejna porcja wymiocin, tym razem bardziej zielonkawych.

Harry podał mu więcej papieru.

Sivertsen zaczął płakać.

– Ile czasu mi zostało?

– To zależy – odparł Harry.

– Od czego?

Harry zgasił papierosa na podłodze, wsunął rękę do kieszeni i zagrał kartą atutową.

– Widzisz to?

W dwóch palcach trzymał okrągłą tabletkę. Sivertsen kiwnął głową.

– Jeśli zażyjesz to w ciągu dziesięciu minut od połknięcia Błogosławieństwa Józefa, masz całkiem spore szanse na przeżycie. Zdobyłem to od przyjaciela, który się para farmacją. Pewnie się zastanawiasz, dlaczego. No cóż. Chcę ubić z tobą interes. Chcę, żebyś świadczył przeciwko Tomowi Waalerowi. Żebyś powiedział wszystko, co wiesz o jego związkach z przemytem broni.

– Dobrze. Tylko daj mi tę pigułkę.

– Czy ja ci mogę zaufać, Sivertsen?

– Przysięgam.

– Mnie jest potrzebna przemyślana odpowiedź. Skąd mogę wiedzieć, że znów nie zmienisz strony, jak tylko zejdę ci z oczu?

– Co?

Harry schował tabletkę z powrotem do kieszeni.

– Sekundy płyną. Jak ci mogę zaufać, Sivertsen? Przekonaj mnie.

– Teraz?

– Błogosławieństwo paraliżuje oddech. Podobno bardzo boleśnie. Tak mówią ci, którzy to widzieli.

Sivertsen mrugnął dwa razy, nim zaczął mówić:

– Możesz mi zaufać, ponieważ to jest logiczne. Jeśli nie umrę dziś wieczorem, Tom Waaler zrozumie, że przejrzałem jego plan zabicia mnie. Wtedy nie ma już drogi odwrotu. Będzie musiał mnie dopaść i wykończyć, zanim ja wykończę jego. Po prostu nie mam wyboru.

– Znakomicie, Sivertsen, mów dalej.

– Tutaj nie mam szans. Będę skończony, zanim przyjdą po mnie rano. Moją jedyną szansą jest ujawnienie Waalera. Wsadzenie go za kratki najszybciej, jak się da. A jedynym człowiekiem, który może mi w tym pomóc… jesteś ty.

– Gratuluję logicznego rozumowania.

Harry wstał.

– Poproszę ręce na plecy.

– Ale…

– Rób, co mówię, wychodzimy stąd.

– Daj mi pigułkę.

– Ta pigułka nazywa się flunitrazepam i nie pomaga na nic oprócz bezsenności.

Sven z niedowierzaniem patrzył na Harry'ego.

– Ty...

Harry był przygotowany na atak. Odsunął się na bok, a potem uderzył mocno i nisko. Sivertsen wydał z siebie mniej więcej taki odgłos, jaki wydaje nadmuchiwana piłka po otwarciu wentyla.

Harry przytrzymał go jedną ręką, drugą założył mu kajdanki.

– Za bardzo bym się nie martwił, Sivertsen. Zawartość tej ampułki Waalera, której tak się przyglądałeś, opróżniłem wczoraj do zlewu. Pretensje o ewentualny przykry smak wody musisz zgłosić wodociągom miejskim w Oslo.

– Ale ja...

Obaj popatrzyli na wymiociny.

– Histeryczny żołądek – powiedział Harry. – Nikomu o tym nie powiem.

Plecy krzesła w dyżurce obróciły się powoli. Ukazało się półprzymknięte oko. Zareagowało i obwisłe fałdy skóry odsunęły się, gałka oczna się powiększyła. Groth poderwał tłuste cielsko z krzesła z zaskakującą zwinnością.

– O co chodzi? – warknął.

– O aresztanta z celi numer dziewięć. Idzie na przesłuchanie. Na szóste. Gdzie mam pokwitować?

– Na przesłuchanie? Nie słyszałem o żadnym przesłuchaniu.

„Beksa" stanął w pewnej odległości za kontuarem ze skrzyżowanymi rękami i na szeroko rozstawionych nogach.

– Z tego, co wiem, zwykle cię o tym nie informujemy, Groth.

Spojrzenie zaskoczonego Grotha przeskakiwało z Harry'ego na Sivertsena i z powrotem.

– Spokojnie – powiedział Harry. – To tylko drobna zmiana planów. Aresztant nie chce zażyć lekarstwa. Trzeba wymyślić coś innego.

– Nie mam pojęcia, o czym mówisz.

– No i dobra. A jeśli nie chcesz się dowiedzieć nic więcej, to proponuję, żebyś dał mi ten swój kwitariusz już teraz, Groth. Spieszy nam się.

„Beksa" wpatrywał się w nich swoim zapłakanym okiem, drugie mocno zaciskając.

Harry koncentrował się na oddechu. Miał nadzieję, że na zewnątrz nie widać, jak mocno wali mu serce. Cały jego plan mógł runąć jak domek z kart już tutaj. Dobre porównanie. Cholerny domek z kart. Bez jednego asa. Mógł mieć nadzieję jedynie na to, że szczurzy móżdżek Grotha zadziała jak należy. Przypuszczenie luźno oparte na tezach Aunego, że ludzka zdolność do racjonalnego myślenia, gdy zaczyna chodzić o korzyść własną, jest odwrotnie proporcjonalna do inteligencji.

Groth warczał.

Harry miał nadzieję, że „Beksa" zrozumiał, w czym rzecz. Że o wiele mniej ryzykuje, jeśli Harry podpisze przejęcie aresztowanego w przepisowy sposób. Będzie mógł później zrelacjonować śledczym wszystko dokładnie tak, jak się odbyło, zamiast ryzykować przyłapanie na kłamstwie, że nikt tu nie przychodził w porze tajemniczego zgonu w celi numer dziewięć. Można mieć nadzieję, że Groth myślał teraz, że Harry jednym ruchem długopisu zdejmie mu ciężar z głowy. I że to dobra wiadomość. Nie ma powodów, by podwójnie coś sprawdzać. Przecież Waaler sam powiedział, że ten idiota jest teraz po ich stronie.

„Beksa" chrząknął.

Harry napisał swoje nazwisko nad wykropkowaną linią.

– Marsz – powiedział, popychając Sivertsena przed sobą.

Nocne powietrze na parkingu przed aresztem było tak przyjemne jak łyk chłodnego piwa.

34 NOC Z NIEDZIELI NA PONIEDZIAŁEK. ULTIMATUM

Rakel się obudziła.

Trzasnęły drzwi na dole. Obróciła się w łóżku i popatrzyła na zegarek. Za kwadrans pierwsza.

Przeciągnęła się i dalej nasłuchiwała. Czuła, jak uczucie przyjemnej senności powoli zmienia się w pełne oczekiwania łaskotanie. Zamierzała udawać, że śpi, kiedy on będzie kładł się do łóżka. Wiedziała, że to dziecinna zabawa, ale ją lubiła. Chciała tylko leżeć i oddychać. A gdy obróci się przez sen i jej ręka niby przypadkiem dotknie jego brzucha, usłyszy, jak oddech mu się zmienia, staje się szybszy i głębszy. Potem oboje będą leżeć nieruchomo, sprawdzać, które wytrzyma dłużej. Taki konkurs. I on go przegra.

Może.

Zamknęła oczy.

Po chwili znów je otworzyła. Pod skórę wpełzł jakiś niepokój.

Wstała, otworzyła drzwi do sypialni i nasłuchiwała.

Żadnego dźwięku.

Podeszła do schodów.

– Harry?

W jej głosie zabrzmiał lęk, co jeszcze bardziej ją wystraszyło. Wzięła się w garść i zeszła na dół.

Nikogo tam nie było.

Doszła do wniosku, że niezamknięte na klucz drzwi wejściowe były uchylone, a obudziło ją ich trzaśnięcie w przeciągu.

Zamknęła je starannie, a potem usiadła w kuchni ze szklanką mleka. Słuchała trzeszczenia drewnianego domu, rozmów starych ścian.

O pół do drugiej wstała. Harry na pewno pojechał do siebie. I nigdy się nie dowie, że dziś w nocy mógł wygrać.

Po drodze do sypialni coś jej przyszło do głowy i na moment wpadła w panikę. Zawróciła. Odetchnęła z ulgą, widząc z progu pokoju Olega, że synek spokojnie śpi w swoim łóżku.

A mimo to godzinę później obudziła się, dręczona koszmarami, i już do rana niespokojnie wierciła się w pościeli.

Biały ford escort sunął przez letnią noc jak hucząca stara łódź podwodna.

– Økernveien – mruknął Harry. – Sons gate.

– Co? – spytał Sivertsen.

– Po prostu ćwiczę.

– Ale co?

– Najkrótszą drogę.

– Dokąd?

– Niedługo zobaczysz.

Zaparkowali na małej jednokierunkowej uliczce, na której stało kilka willi zagubionych wśród bloków. Harry pochylił się nad Sivertsenem i pchnął drzwiczki od strony pasażera. Od czasu włamania przed kilkoma laty nie dawały się otworzyć z zewnątrz. Rakel żartowała z tego, z samochodów i osobowości właścicieli. Harry nie był pewien, czy zrozumiał podtekst. Teraz obszedł auto, wyciągnął Sivertsena i kazał mu się ustawić plecami do siebie.

– Jesteś *southpaw*? – spytał Harry, otwierając kajdanki.

– Co?

– Boksujesz lepiej prawą czy lewą ręką?

– Nie mam pojęcia. Ja się nie biję.

– To dobrze.

Harry skuł prawy nadgarstek Sivertsena ze swoim lewym. Sivertsen popatrzył na niego pytająco.

– Nie chcę cię stracić, mój drogi – odparł Harry.

– Nie prościej byłoby z pistoletem, który byś we mnie wycelował?

– Na pewno, ale parę tygodni temu musiałem go grzecznie oddać do depozytu. Idziemy.

Przeszli przez trawnik, kierując się ku grupie bloków, których ciężkie czarne profile rysowały się na tle nocnego nieba.

– Przyjemnie wrócić w znajomą okolicę? – spytał Harry, gdy stanęli przed wejściem do akademika.

W środku usłyszeli to, czego Harry wolał nie słyszeć. Kroki na schodach. Rozejrzał się, zobaczył światło w małym okienku w drzwiach windy, wsiadł bokiem, ciągnąc Sivertsena za sobą. Winda zakołysała się pod ich ciężarem.

– Zgadnij, na które piętro jedziemy? – powiedział Harry.

Sivertsen przewrócił oczami, kiedy Harry pomachał mu przed nosem pękiem kluczy z breloczkiem w kształcie trupiej główki z plastiku.

– Nie masz nastroju do żartów? Dobra, jedziemy na czwarte, Sivertsen.

Sivertsen wcisnął czarny guzik z czwórką i popatrzył w górę, jak często się robi w oczekiwaniu, aż winda ruszy. Harry przyglądał się jego twarzy. Cholernie dobrze grał, tyle musiał przyznać.

– Krata – powiedział Harry.

– Co?

– Winda nie ruszy, dopóki ta krata nie będzie zasunięta. Dobrze o tym wiesz.

– Ta krata?

Harry kiwnął głową. Żelazo zgrzytnęło, gdy Sivertsen pociągnął kratę w prawo. Winda wciąż nie ruszała.

Harry czuł na czole krople potu.

– Dociągnij ją do końca – powiedział.

– Tak?

– Przestań się zgrywać! – Harry przełknął ślinę. – Trzeba ją dosunąć do samego końca. Jeśli nie dotknie punktu kontaktowego w podłodze, tam przy progu, to nie pojedzie.

Sivertsen uśmiechnął się.

Harry zacisnął prawą dłoń.

Winda szarpnęła i biała ściana za lśniącą czarną kratą zaczęła się poruszać. Minęli drzwi, przez okienko Harry dostrzegł tył głowy jakiejś osoby schodzącej po schodach. Pewnie ktoś z mieszkańców. Bjørn Holm w każdym razie powiedział, że Wydział Techniki Kryminalistycznej już skończył ze swoją robotą.

– Nie przepadasz za windami, prawda?

Harry nie odpowiedział, patrzył tylko na przesuwającą się ścianę.

– Czyżby jakaś maleńka fobia?

Winda zatrzymała się tak gwałtownie, że Harry musiał zrobić krok, żeby złapać równowagę. Podłoga pod nimi się kołysała. Harry wpatrywał się w ścianę.

– Co ty, u diabła, robisz? – szepnął.

– Jesteś kompletnie mokry od potu, komisarzu Hole. Pomyślałem, że to niezły moment na to, żeby jedną rzecz dobitnie ci wyjaśnić.

– To nie jest dobry moment na nic. Odsuń się, bo inaczej...

Sivertsen zasłonił ciałem przyciski windy i zrobił taką minę, jakby nie miał zamiaru się odsunąć. Harry podniósł prawą rękę. I wtedy to zobaczył. Dłuto w lewej ręce Sivertsena. Z zielonym trzonkiem.

– Leżało między oparciem a siedzeniem – powiedział Sivertsen, uśmiechając się niemal przepraszająco. – Powinieneś posprzątać w samochodzie. Wysłuchasz mnie teraz?

Błysnął metal. Harry usiłował myśleć. Starał się utrzymać panikę na dystans.

– Słucham.

– Dobrze, bo to, co teraz powiem, wymaga odrobiny koncentracji. Jestem niewinny. To znaczy owszem, szmuglowałem broń i diamenty. Robiłem to przez wiele lat. Ale nigdy nikogo nie zabiłem.

Sivertsen uniósł dłuto, gdy tylko Harry poruszył ręką, zaraz więc ją opuścił.

– Przemyt broni odbywa się za pośrednictwem osoby, która przedstawia się jako Książę. Od pewnego czasu wiem, że to osoba tożsama z komisarzem Waalerem. Jest coś, co może cię bardziej zainteresować. Mogę udowodnić, że to Tom Waaler. Jeśli dobrze zrozumiałem sytuację, jesteś uzależniony od moich zeznań i moich dowodów, żeby rozprawić się z Waalerem. Jeśli ty się z nim nie rozprawiasz, on rozprawi się z tobą. Mam rację?

Harry nie spuszczał oka z dłuta.

– Hole?

Harry kiwnął głową.

Śmiech Sivertsena był jasny jak śmiech dziewczyny.

– Czyż to nie cudowny paradoks, Hole? Stoimy tutaj, przemytnik broni i gliniarz, skuci ze sobą, całkowicie uzależnieni od siebie nawzajem. A mimo to zastanawiamy się, jak jeden ma drugiego zamordować.

– Takie paradoksy nie istnieją – odparł Harry. – Czego chcesz?

– Chcę – odparł Sivertsen, podrzucając dłuto do góry i łapiąc w taki sposób, by w Harry'ego skierowany był trzonek – żebyś się dowiedział, kto doprowadził do tego, by wyglądało, że to ja zabiłem cztery osoby. Jeśli ci się to uda, dostaniesz głowę Waalera podaną na srebrnej tacy. Jeśli pomożesz mnie, ja pomogę tobie.

Harry długo na niego patrzył. Kajdanki ocierały się o siebie.

– Okej – powiedział w końcu Harry. – Ale zajmijmy się tym we właściwej kolejności. Najpierw wsadzimy Waalera za kratki. A jak już się to stanie, będziemy mieć spokój do pracy i wtedy ci pomogę.

Sivertsen pokręcił głową.

– Wiem, jak wygląda moja sytuacja. Miałem całą dobę na przemyślenia, Hole. Dowody, jakie mam przeciwko Waalerowi, to moja jedyna karta przetargowa. Policja już zainkasowała zwycięstwo. I nikt u was nie zechce przyjrzeć się tej sprawie od innej strony. Nie podejmie ryzyka, że triumf stulecia zmieni się w klęskę stulecia. Temu szaleńcowi, który zabił te kobiety, chodzi o to, żeby cała wina spadła na mnie. Zwabił mnie w pułapkę. Bez pomocy nie mam szans.

– Zdajesz sobie sprawę z tego, że Tom Waaler i ludzie, z którymi współpracuje, już nas szukają pełną parą? Że z każdą mijającą godziną są bliżej? I z tego, że kiedy – nie jeśli – tylko kiedy nas znajdą, to obaj będziemy skończeni?

– Tak.

– Po co więc ryzykować? Załóżmy, że to, co mówisz o policji, jest słuszne. Że i tak nie będą chcieli badać tej sprawy ponownie. Czy dwadzieścia lat w więzieniu nie jest mimo wszystko lepsze od śmierci?

– Dwadzieścia lat w więzieniu to wybór, który już mnie nie interesuje, Hole.

– Dlaczego?

– Bo właśnie dowiedziałem się o czymś, co radykalnie odmieniło moje życie.

– To znaczy?

– Zostanę ojcem, komisarzu Hole.

Harry dwa razy mrugnął.

– Musisz znaleźć prawdziwego mordercę, zanim Waaler znajdzie nas. Po prostu.

Sivertsen podał mu dłuto.

– Wierzysz mi?

– Tak – skłamał Harry i wsunął dłuto do kieszeni kurtki.

Stalowe liny jęknęły, kiedy winda ruszyła.

35 NOC Z NIEDZIELI NA PONIEDZIAŁEK. CZARUJĄCY NONSENS

– Mam nadzieję, że lubisz Iggy'ego Popa – powiedział Harry i przykuł Svena do kaloryfera pod oknem w pokoju 406. – To jedyny widok, jaki będziesz miał przez pewien czas.

– Mogło być gorzej – stwierdził Sivertsen, patrząc na plakat. – Widziałem Iggy'ego i The Stooges w Berlinie. Prawdopodobnie zanim ten, który tu mieszkał, się urodził.

Harry popatrzył na zegarek. Dziesięć po pierwszej. Waaler i jego ludzie na pewno już przeszukali mieszkanie na Sofies gate. A teraz przerabiali stałą rundę hotelową. Nie dawało się przewidzieć, ile mają czasu. Harry usiadł na kanapie i obiema dłońmi potarł twarz.

Niech diabli wezmą tego Sivertsena!

Plan był taki prosty. Po prostu dotrzeć w jakieś bezpieczne miejsce, stamtąd zadzwonić do Møllera i do naczelnika Biura Kryminalnego i przez telefon dać im do posłuchania zeznania Sivertsena przeciwko Waalerowi. Powiedzieć im, że mają trzy godziny na aresztowanie Toma Waalera, zanim Harry zadzwoni do prasy i zdetonuje bombę. Prosty wybór. Potem wystarczyłoby siedzieć cicho, aż do uzyskania potwierdzenia, że Waaler został aresztowany. Później Harry zadzwoniłby do Rogera Gjendema z „Aftenposten" i poprosił go o telefon do naczelnika Biura Kryminalnego z prośbą o komentarz do tego aresztowania. Dopiero wtedy, gdy wszystko stałoby się już jawne, Harry i Sivertsen wypełzliby ze swojej nory.

Stosunkowo bezpieczna gra, gdyby Sivertsen nie postawił swojego ultimatum.

– A jeśli...

– Nie próbuj, Hole.

Sivertsen nawet na niego nie spojrzał.

Niech go diabli!

Harry znów zerknął na zegarek. Wiedział, że musi przestać to robić, że musi wyłączyć element czasu i zebrać myśli, przegrupować je, improwizować, dostrzec możliwości, jakie stwarzała sytuacja. Cholera!

– No dobrze – powiedział i zamknął oczy. – Opowiedz mi swoją historię.

Kajdanki zadzwoniły, gdy Sven Sivertsen wychylił się do przodu.

Harry stał przy otwartym oknie i palił, słuchając jasnego głosu Svena Sivertsena. Zaczął od momentu, gdy miał siedemnaście lat i pierwszy raz spotkał ojca.

– Matka myślała, że jestem w Kopenhadze, ale ja pojechałem do Berlina. Odszukałem go. Mieszkał w wielkim domu strzeżonym przez psy w dzielnicy ambasad w okolicy Tiergarten. Poprosiłem ogrodnika, żeby zaprowadził mnie do drzwi wejściowych i zadzwonił. Kiedy mi otworzył, miałem wrażenie, że patrzę w lustro. Staliśmy tylko i obaj gapiliśmy się na siebie, nie musiałem się nawet przedstawiać. W końcu wybuchnął płaczem i mnie objął. Mieszkałem tam przez cztery tygodnie. Był żonaty i miał troje dzieci. Nie pytałem, czym się zajmuje, a sam mi o tym nie powiedział. Randi, jego żona, przebywała w jakimś ekskluzywnym sanatorium w Alpach, ponieważ cierpiała na nieuleczalną chorobę serca. Brzmiało to trochę jak z romansu. Czasami zastanawiałem się, czy właśnie nie z takich książek zaczerpnął pomysł wysłania jej tam. Bez wątpienia ją kochał. A może raczej był w niej zakochany. Kiedy mówił o jej możliwej śmierci, brzmiało to jak opowieść z kolorowego tygodnika. Pewnego popołudnia w odwiedziny przyszła jedna z przyjaciółek żony. Piliśmy herbatę, a ojciec powiedział, że to los zesłał Randi na jego drogę, lecz ponieważ kochali się tak bezwstydnie mocno, potem los go pokarał, pozwalając, by zwiędła, wciąż zachowując dawną urodę. Kiedy mówił takie rzeczy, nawet się nie czerwienił. Tej samej nocy nie mogłem zasnąć i postanowiłem powęszyć u niego w barku. Po drodze zobaczyłem tę przyjaciółkę, wymykającą się z jego sypialni.

Harry pokiwał głową. Czy nocne powietrze rzeczywiście stało się chłodniejsze, czy tylko to sobie wmówił?

– W ciągu dnia miałem dom tylko dla siebie. Ojciec miał dwie córki, czternasto- i szesnastoletnią, Bodil i Alice. Im oczywiście wydawałem się nieodparcie atrakcyjny. Starszy nieznany przybrany brat, który nagle przybył z dalekiego świata. Podkochiwały się we mnie obie, ale ja wybrałem Bodil, młodszą. Pewnego dnia, gdy wróciła wcześniej do domu ze szkoły, zaprowadziłem ją do sypialni ojca. Kiedy później chciała zabrać zakrwawione prześcieradło, wypędziłem ją stamtąd, zamknąłem drzwi, a klucz dałem ogrodnikowi z prośbą, żeby przekazał go ojcu. Następnego dnia przy śniadaniu ojciec spytał mnie, czy chcę dla niego pracować. W ten sposób zacząłem przemycać diamenty.

Sivertsen urwał.

– Czas płynie – przypomniał Harry.

– Pracowałem z Oslo. Oprócz paru wczesnych głupstw, za które dostałem dwa wyroki w zawieszeniu, radziłem sobie dobrze. Moją specjalnością było przechodzenie przez cło na lotniskach. To bardzo proste. Wystarczyło się ubrać jak osoba powszechnie szanowana i nie wyglądać na przestraszonego. A ja się nie bałem. Mnie było wszystko jedno. Często korzystałem z koloratki. To oczywiście tak ograna sztuczka, że może wzbudzić podejrzenia celników, ale cała rzecz w tym, żeby wiedzieć, w jaki sposób porusza się ksiądz, jak strzyże włosy, jakie nosi buty, jak trzyma ręce i jakie robi miny. Wystarczy się tego nauczyć, a nigdy nie zostaniesz zatrzymany. Bo nawet jeśli celnik będzie cię podejrzewał, to próg, jaki trzeba przekroczyć przy zatrzymywaniu duchownych, jest wyższy. Na celnika, który grzebie w walizce pastora i nic w niej nie znajduje, podczas gdy długowłosi hippisi przechodzą bez kontroli, z całą pewnością wpłynie skarga. A służba celna jest taka jak inne, chce, by opinia publiczna odnosiła pozytywne, chociaż mylne wrażenie, że wykonują dobrą robotę. W osiemdziesiątym piątym ojciec zmarł na raka. Nieuleczalna choroba Randi wciąż nie dawała się wyleczyć. Nie pogorszyła się jednak na tyle, by nie pozwoliła jej wrócić do domu i przejąć interesy. Nie wiem, czy dowiedziała się, że to ja odebrałem cnotę Bodil, ale nagle stałem się bezrobotny. Stwierdziła, że Norwegia przestała już być obszarem zainteresowań, ale nie zaproponowała mi też nic innego. Po kilku latach wałęsania się po Oslo przeniosłem się do Pragi, gdzie po upadku żelaznej kurtyny zapanowało prawdziwe Eldorado dla przemytników. Mówiłem dobrze po niemiecku i prędko się tam odnalazłem. Zarabiałem szybkie pieniądze, lecz równie szybko się ich pozbywałem. Zyskałem przyjaciół, ale do nikogo się nie przywiązałem. Tak samo było z kobietami. Nie potrzebowałem ich. Bo wiesz co, Hole? Odkryłem, że dostałem od mego ojca pewien dar: zdolność do zakochiwania się.

Sivertsen kiwnął głową, wskazując na plakat Iggy'ego Popa.

– Nie ma chyba silniejszego afrodyzjaku dla kobiet niż zakochany mężczyzna. Moją specjalnością stały się mężatki. Bo z nimi później jest mniej kłopotu. W okresach posuchy bywały również mile widzianym, choć ulotnym źródłem dochodów. I tak płynęły lata, nie zostawiając na mnie śladu. Przez ponad trzydzieści lat mój uśmiech nic nie kosztował, łóżko było rzeczą zwyczajną, a fiut pałeczką sztafetową.

Sivertsen oparł głowę o ścianę i zamknął oczy.

– To na pewno brzmi cynicznie. Ale uwierz mi, każde wyznanie miłości, które wychodziło z moich ust, było równie prawdziwe i szczere, jak te, które moja macocha słyszała od ojca. Zawsze dawałem im wszystko, co miałem. Aż do chwili, gdy ich czas mijał, i wyrzucałem je na ulicę. Na sanatorium nie było mnie stać. Tak się to kończyło za każdym razem i sądziłem, że tak będzie zawsze. Aż do pewnego jesiennego dnia dwa lata temu, kiedy wszedłem do kawiarni w Grand Hotelu Evropa na Václavském náměští i tam siedziała ona. Eva. Tak, właśnie tak miała na imię. To nieprawda, że takich paradoksów nie ma, Hole. W pierwszej chwili uderzyło mnie, że nie jest pięknością, ale zachowywała się tak, jakby nią była. A ludzie, którzy są przekonani, że są piękni, tacy się stają. Nieźle znam się na kobietach, więc podszedłem do niej. Nie kazała mi się wynosić do diabła, ale traktowała mnie z uprzejmym dystansem, który doprowadzał mnie do szaleństwa. – Sivertsen uśmiechnął się krzywo. – Bo nie ma silniejszego afrodyzjaku dla mężczyzny niż kobieta, która nie jest w nim zakochana. Była ode mnie młodsza o dwadzieścia sześć lat. Miała więcej stylu niż ja kiedykolwiek mogę zyskać – i co najważniejsze – nie potrzebowała mnie. Mogła kontynuować swoje zajęcie, o którym, jak sądzi, nie wiem. Chłostanie i ssanie niemieckich przedsiębiorców.

– Więc dlaczego tego nie zrobiła? – Harry dmuchnął dymem w Iggy'ego.

– Nie miała szans. Bo ja się zakochałem. Zakochałem za dwoje. Ale chciałem mieć ją tylko dla siebie, a Eva jak większość kobiet, kiedy nie są zakochane, ceni stabilność finansową. Po to więc, by mieć ją na wyłączność, musiałem zdobyć dość pieniędzy. Przemyt krwawych diamentów z Sierra Leone był obciążony niskim ryzykiem, ale przynosił za małe zyski, żebym mógł się wydać nieodparcie bogaty. Narkotyki to ryzyko zbyt wysokie. W taki sposób trafiłem do przemytu broni. I natknąłem się na Księcia. Dwukrotnie spotkaliśmy się w Pradze, żeby omówić plan i warunki. Za drugim razem odbyło się to w restauracji z ogródkiem na placu Wacława. Namówiłem Evę, żeby udawała fotografującą turystkę, a stolik, przy którym siedziałem razem z Księciem, przypadkiem znalazł się na większości zdjęć. Ludzie, którzy nie rozliczyli się ze mną za wykonaną robotę, dostają później takie zdjęcia pocztą wraz z ponagleniem. To działa. Ale Książę był chodzącą punktualnością, nigdy pod tym względem nie miałem z nim żadnych kłopotów. Dopiero później dowiedziałem się, że to policjant.

Harry zamknął okno i usiadł na kanapie.

– W tym roku na wiosnę ktoś skontaktował się ze mną przez telefon – ciągnął Sivertsen. – To był Norweg. Mówił dialektem z Østfold. Nie mam pojęcia, w jaki sposób zdobył mój numer telefonu. Sprawiał wrażenie, że wie o mnie wszystko. To było denerwujące. A właściwie naprawdę przerażające. Wiedział, kim jest moja matka. Wiedział o wyrokach, które dostałem. O krwawych diamentach w kształcie pentagramu, które przez lata były moją specjalnością. A co najgorsze, wiedział, że zająłem się bronią. Chciał jedno i drugie. Jeden diament i jedną cezetkę z tłumikiem. Zaproponował niesłychaną sumę. Nie zgodziłem się na broń. Kazałem mu jej szukać innymi kanałami, ale on się uparł. Chciał, żeby to było wprost ode mnie, bez pośredników. Podwyższył stawkę. A Eva jest, jak już wspomniałem, kobietą wymagającą. Nie mogłem jej stracić, więc się zgodziłem.

– Jak dokładnie się umówiliście?

– Miał bardzo szczegółowe wymagania związane z dostawą. W parku Frogner przy Fontannie tuż pod Monolitem. Pierwsza dostawa nastąpiła nieco ponad pięć tygodni temu. Wyznaczył termin o piątej, kiedy najwięcej jest turystów, a ludzie przychodzą do parku po pracy. To miało ułatwić i jemu, i mnie niepostrzeżone przejście. Szanse, żeby ktoś mnie rozpoznał, i tak były minimalne. Wiele lat temu w moim ulubionym barze w Pradze widziałem Norwega, który bijał mnie w szkole. Nie poznał mnie. Patrzył jakby przeze mnie. Miałem też romans z pewną Norweżką podczas jej podróży poślubnej do Pragi. To były jedyne osoby stąd, jakie spotkałem, odkąd się wyprowadziłem z Norwegii, rozumiesz?

Harry pokiwał głową.

– Tak czy owak, klient nie chciał, żebyśmy się spotkali, a mnie też na tym nie zależało. Miałem zapakować towar do brązowej plastikowej torby i włożyć ją do zielonego kubła na śmieci na środku przed Fontanną i natychmiast opuścić to miejsce. Bardzo ważne było, żebym przyszedł punktualnie. Umówiona suma wpłynęła na moje konto w Szwajcarii z góry. Powiedział, że liczy na to, iż ten prosty fakt, że to on mnie znalazł, raczej powstrzyma mnie przed oszustwem. Miał rację. Czy mogę dostać papierosa?

Harry mu przypalił.

– Dzień po pierwszej dostawie zadzwonił do mnie znów i zamówił Glocka 23 i jeszcze jeden diament na przyszły tydzień. To samo miejsce, ta sama godzina, ta sama procedura. Wypadała niedziela, ale w parku również było dużo ludzi.

– Ten sam dzień i ta sama godzina jak w wypadku pierwszego zabójstwa, Mariusa Velanda.

– Co?

– Nic, nic, mów dalej.

– To się powtórzyło trzykrotnie. Ale za ostatnim razem było trochę inaczej. Otrzymałem zamówienie na dwie dostawy. Jedną na sobotę, a drugą na niedzielę, czyli wczoraj. Klient prosił, żebym z soboty na niedzielę przenocował u matki, żeby wiedział, gdzie może mnie znaleźć, gdyby wyniknęły jakieś zmiany planu. Mnie to pasowało. Sam zamierzałem tak zrobić. Cieszyłem się na spotkanie z matką. Miałem przecież dla niej dobre wiadomości.

– Że zostanie babcią?

Sivertsen kiwnął głową.

– I że się żenię.

Harry zgasił papierosa.

– Twierdzisz więc, że ten diament i pistolet, który znaleźliśmy w twojej walizce, to była dostawa przeznaczona na niedzielę?

– Tak.

– Mhm.

– W czym rzecz? – spytał Sivertsen, gdy cisza się przeciągała.

Harry założył ręce za głowę, usiadł wygodniej na kanapie i ziewnął.

– Jako fan Iggy'ego na pewno słyszałeś *Blah-Blah-Blah*. Dobra płyta. Czarujący nonsens.

– Czarujący nonsens?

Sven Sivertsen uderzył łokciem w kaloryfer. Huknęło głucho i pusto.

Harry wstał.

– Muszę przewietrzyć głowę. Tu niedaleko jest stacja benzynowa otwarta całą dobę. Chcesz coś?

Sivertsen zamknął oczy.

– Posłuchaj mnie, Hole. Jedziemy na tym samym wózku. Na wózku, który zaraz się rozsypie. Jesteś nie tylko brzydki, ale na dodatek jeszcze głupi.

Harry roześmiał się i wstał.

– Zastanowię się.

Kiedy wrócił dwadzieścia minut później, Sven spał na siedząco na podłodze, oparty o kaloryfer z ręką, którą był do niego przykuty, uniesioną jakby w geście pozdrowienia.

Harry odstawił dwa hamburgery, frytki i dużą colę na stół.

Sven przetarł zaspane oczy.

– Zastanowiłeś się, Hole?

– Owszem.

– A nad czym się zastanawiałeś?

– Nad tymi zdjęciami, które twoja dziewczyna zrobiła tobie i Waalerowi w Pradze.

– I jaki one mają związek ze sprawą?

Harry go rozkuł.

– Zdjęcia nie mają ze sprawą żadnego związku. Myślałem o tym, że udawała turystkę. I że robiła to, co robią turyści.

– Czyli?

– To, co powiedziałem. Robiła zdjęcia.

Sivertsen roztarł nadgarstki i popatrzył na jedzenie na stole.

– Nie ma żadnych szklanek, Hole?

Harry wskazał na butelkę.

Sven odkręcił korek, zmrużonymi oczami patrząc na Harry'ego.

– Zaryzykujesz i napijesz się z tej samej butelki co seryjny morderca?

Harry odparł z ustami pełnymi hamburgera:

– Ta sama butelka. Ten sam wózek.

Olaug Sivertsen siedziała w salonie i pustym wzrokiem patrzyła przed siebie. Nie zapalała światła w nadziei, że pomyślą, że nie ma jej w domu, i zrezygnują. Telefonowali, dzwonili do drzwi, wołali z ogrodu i rzucali kamykami w kuchenne okno. Oświadczyła „żadnych komentarzy" i wyłączyła telefon. W końcu po prostu tam stali i czekali z tymi swoimi długimi obiektywami. Raz, gdy podeszła, żeby zaciągnąć zasłony, usłyszała jakby szum olbrzymich owadów. Szsz, klik. Szsz, klik.

Upłynęła prawie doba, a policja na razie jeszcze nie odkryła pomyłki. Była niedziela. Może czekają do poniedziałku, na zwykły dzień pracy, żeby załatwić takie sprawy?

Gdyby tylko miała z kim porozmawiać! Ale Ina nie wróciła jeszcze z wyjazdu do domku letniskowego z tym swoim tajemniczym kawalerem. Może zadzwonić do tej policjantki, Beate? To nie jej wina, że zabrali Svena. Wyglądała tak, jakby rozumiała, że jej syn nie może być tym człowiekiem, który morduje ludzi. Dała jej nawet numer telefonu i poprosiła, żeby Olaug do niej zadzwoniła, jeśli będzie chciała im coś powiedzieć, cokolwiek.

Olaug wyjrzała przez okno. Sylwetka martwej gruszy wyglądała jak palce próbujące chwycić księżyc wiszący nisko nad ogrodem i budynkiem dworca. Nigdy nie widziała takiego księżyca. Wyglądał jak twarz martwego człowieka. Niebieskie żyły odcinały się od białej skóry.

Gdzie się podziała Ina? Mówiła, że wróci najpóźniej w niedzielę po południu. A Olaug pomyślała, że będzie miło. Napiją się herbaty, a Ina pozna Svena. Przecież Ina zawsze była taka punktualna.

Zaczekała, aż zegar na ścianie zabije dwa razy.

Potem odszukała numer.

Beate odebrała po trzecim dzwonku.

– Słucham – powiedziała zaspanym głosem.

– Dobry wieczór, mówi Olaug Sivertsen. Naprawdę proszę mi wybaczyć, że dzwonię tak późno.

– Nie szkodzi, pani Sivertsen.

– Olaug.

– Dobrze, Olaug. Przepraszam, ale jeszcze się nie obudziłam.

– Dzwonię, ponieważ się niepokoję o Inę, moją lokatorkę. Powinna być już dawno w domu, a po tym wszystkim, co się stało... No cóż, zaczęłam się niepokoić.

Gdy Olaug nie otrzymała odpowiedzi od razu, pomyślała, że Beate znów zasnęła. Ale głos policjantki zaraz znów się rozległ, i tym razem nie był już ani trochę zaspany:

– Chcesz mi powiedzieć, że masz lokatorkę, Olaug?

– Owszem, Inę. Mieszka w służbówce. No tak, nie pokazałam ci jej, ponieważ jest po drugiej stronie tylnych schodów. Iny nie było przez całą sobotę i niedzielę.

– Dokąd pojechała? I z kim?

– Chciałabym to wiedzieć. Ten człowiek to stosunkowo nowa znajomość. Jeszcze go nie poznałam. Mówiła mi tylko, że jadą do jego domku letniskowego.

– Powinnaś nam była powiedzieć o tym wcześniej, Olaug.

– Powinnam? No to bardzo przepraszam, ja...

Olaug czuła płacz nadciągający we własnym głosie, ale nie zdołała go powstrzymać.

– Nie chciałam ci zrobić przykrości, Olaug – zapewniła czym prędzej Beate. – Nie na ciebie jestem zła. Sprawdzenie takich rzeczy to mój obowiązek. Skąd mogłaś wiedzieć, że ta informacja jest dla nas ważna? Zadzwonię na pogotowie policji, a oni do ciebie oddzwonią i poproszą o informacje na temat Iny, żeby mogli nadać komunikat o jej poszukiwaniu. Na pewno nic złego jej się nie stało, ale lepiej się upewnić, prawda? Uważam, że później powinnaś się trochę przespać. A jutro rano do ciebie zadzwonię. Możemy się tak umówić, Olaug?

– Tak. – Olaug starała się, żeby w jej głosie słychać było śmiech. Miała ochotę spytać, czy Beate nie wie, co ze Svenem, ale się powstrzymała. – Dobrze, tak się umawiamy. Do widzenia, Beate.

Odłożyła słuchawkę i łzy potoczyły jej się po policzkach.

Beate próbowała znów zasnąć. Wsłuchiwała się w dom. Mówił. Matka wyłączyła telewizor o jedenastej, teraz na dole było całkiem cicho. Beate zastanawiała się, czy matka również myśli o ojcu. Rzadko o nim rozmawiały. Za dużo to kosztowało. Beate zaczęła się rozglądać za mieszkaniem w centrum. W ostatnim roku zaczęło jej być ciasno na piętrze nad matką. Zwłaszcza odkąd widywała się z Halvorsenem, spokojnym sierżantem ze Steinkjer, do którego zwracała się po nazwisku, a który odnosił się do niej z czymś w rodzaju swoistego lękliwego respektu, a ona z jakiegoś powodu to ceniła. W mieście będzie miała mniej przestrzeni. Będzie jej też brakować dźwięków tego domu, tych monologów bez słów, przy których zasypiała przez całe swoje życie.

Telefon zadzwonił jeszcze raz. Beate westchnęła i wyciągnęła rękę.

– Słucham, Olaug?

– Mówi Harry. Wygląda na to, że nie śpisz.

Beate usiadła w łóżku.

– Ależ się zebrało na telefony. Co się stało?

– Potrzebuję pomocy. A ty jesteś jedyną osobą, której mam odwagę zaufać.

– Naprawdę? O ile dobrze cię znam, to oznacza kłopoty dla mnie.

– Całe mnóstwo. Wchodzisz w to?

– A jeśli odmówię?

– Posłuchaj najpierw, co ci mam do powiedzenia, a potem możesz odmawiać.

36 PONIEDZIAŁEK. FOTOGRAFIA

Za piętnaście szósta w poniedziałek rano słońce świeciło ukośnie na wzgórze Ekeberg. Strażnik ochrony w recepcji Budynku Policji ziewnął głośno i oderwał wzrok znad „Aftenposten", kiedy pierwszy tego dnia ranny ptaszek wsunął identyfikator do czytnika kodów.

– Piszą, że będzie deszcz – powiedział strażnik, ucieszony wreszcie widokiem człowieka.

Wysoki ponury mężczyzna tylko na niego zerknął, ale nie odpowiedział.

W ciągu następnych dwóch minut pojawili się trzej następni mężczyźni, równie małomówni i równie ponurzy.

O szóstej wszyscy czterej siedzieli w gabinecie komendanta okręgowego policji na szóstym piętrze.

– A więc tak – powiedział komendant. – Jeden z naszych komisarzy zabrał z aresztu prawdopodobnego zabójcę i nikt nie wie, gdzie teraz są.

Jedną z cech, dzięki którym komendant nadawał się na pełnione stanowisko, była jego umiejętność krótkiego podsumowywania sytuacji. I jeszcze zdolność krótkiego formułowania tego, co należy zrobić.

– Proponuję, żebyśmy odnaleźli ich szybko jak cholera. Co zrobiono do tej pory?

Naczelnik Biura Kryminalnego zerknął na Møllera i Waalera, zanim chrząknął i odparł:

– Wyznaczyliśmy do tej sprawy niedużą, ale doświadczoną grupę wywiadowców. Zostali wybrani przez komisarza Waalera, który kieruje poszukiwaniami. Trzech jest z POT, dwóch z Wydziału Zabójstw. Rozpoczęli poszukiwania dziś w nocy, zaledwie godzinę po tym, jak areszt zgłosił, że Sivertsena nie zwrócono.

– Szybka robota. Ale dlaczego nie poinformowano patroli porządkowych? Ani dyżuru kryminalnego?

– Postanowiliśmy wstrzymać się z decyzją do tego spotkania, Lars, i usłyszeć, co ty o tym myślisz.

– Co ja myślę?

Naczelnik Biura Kryminalnego przeciągnął palcem nad górną wargą.

– Komisarz Waaler obiecał, że znajdą Holego i Sivertsena przed upływem doby. Mamy też na razie kontrolę nad informacją o zniknięciu Sivertsena, wiemy o tym tylko my czterej i Groth z aresztu. Poza tym dzwoniliśmy do więzienia Ullersmo, odwołaliśmy celę i transport. Jako powód podaliśmy otrzymanie informacji, które dają podstawy przypuszczać, że Sivertsen nie będzie tam bezpieczny, i dlatego zostanie przewieziony do miejsca, które na razie pozostaje tajemnicą. Krótko mówiąc, mamy możliwości, żeby to wszystko ukryć do czasu, aż Waaler i jego grupa nie rozwiążą tej sprawy. Ale o tym, rzecz jasna, musisz zdecydować ty, Lars.

Komendant złożył koniuszki palców obu dłoni i w zamyśleniu kiwał głową. Potem wstał, podszedł do okna i stanął odwrócony do nich plecami.

– W zeszłym tygodniu jechałem taksówką. Kierowca miał gazetę rozłożoną na siedzeniu. Spytałem go, co sądzi o Kurierze Śmierci. Zawsze ciekawe jest wiedzieć, co myślą zwykli ludzie. Odparł, że z Kurierem Śmierci jest jak z World Trade Center, że zadaje się pytania w niewłaściwej kolejności. Wszyscy pytają „kto" i „jak". A po to, żeby rozwiązać zagadkę, trzeba najpierw postawić sobie inne pytanie. Wiesz jakie, Torleif?

Naczelnik Biura Kryminalnego nie odpowiedział.

– „Dlaczego". Ten taksówkarz nie był głupi. Czy któryś z was zadał sobie to pytanie, moi panowie?

Komendant zakołysał się na piętach i czekał.

– Z całym szacunkiem dla taksówkarzy – odezwał się w końcu naczelnik Biura Kryminalnego. – Ale nie jestem pewien, czy w ogóle w tym wypadku istnieje jakieś „dlaczego". W każdym razie jakieś racjonalne „dlaczego". Wszyscy wiedzą, że Hole jest niezrównoważonym psychicznie alkoholikiem. Dlatego złożył wymówienie.

– Nawet szaleńcy kierują się jakimiś motywami, Torleif.

Rozległo się dyskretne kaszlnięcie.

– Tak, Waaler?

– Batouti.

– Batouti?

– Egipski pilot, który celowo rozbił samolot pasażerski z mnóstwem ludzi na pokładzie jedynie dlatego, że chciał się zemścić na liniach lotniczych za zdegradowanie.

– Do czego ty zmierzasz, Waaler?

– Pobiegłem za Harrym i rozmawiałem z nim na parkingu po zatrzymaniu Sivertsena w sobotę. Nie chciał iść z nami, żeby to uczcić. Wyraźnie było widać, że jest rozgoryczony. I z powodu wypowiedzenia, i dlatego że jego zdaniem pozbawiliśmy go zaszczytu, nie pozwalając mu osobiście ująć Kuriera Śmierci.

– Batouti...

Komendant zasłonił oczy, gdy pierwsze promienie słońca wpadły przez okno.

– Ty jeszcze nic nie powiedziałeś, Bjarne. Co o tym myślisz?

Bjarne Møller wpatrywał się w postać przy oknie. Brzuch bolał go tak, że nie tylko czuł, ale wręcz miał nadzieję, że zaraz pęknie. Odkąd obudzono go w nocy i przekazano wiadomość o porwaniu, czekał, aż ktoś obudzi go naprawdę i powie, że to był tylko zły sen.

– Nie wiem – westchnął. – Szczerze mówiąc, nie rozumiem, co się tu dzieje.

Komendant pokiwał głową.

– Jeśli wyjdzie na jaw, że to ukryliśmy, to nas ukrzyżują.

– Precyzyjnie podsumowanie, Lars – powiedział szef Biura Kryminalnego. – Ale jeśli wyjdzie na jaw, że wypuściliśmy z rąk seryjnego zabójcę, to ukrzyżują nas tym bardziej. Nawet jeśli go odnajdziemy. Wciąż mamy możliwość rozwiązania tego problemu po cichu. Z tego, co rozumiem, Waaler ma jakiś plan.

– Co to za plan, Waaler?

Tom Waaler położył lewą dłoń na zaciśniętej prawej pięści.

– Powiedzmy tak. Zdaję sobie sprawę z tego, że nie stać nas na niepowodzenie. Być może będę musiał zastosować niekonwencjonalne metody. Z myślą o ewentualnych konsekwencjach proponuję, żebyście nie znali szczegółów tego planu.

Komendant obrócił się z lekko zdziwioną miną.

– To bardzo wielkoduszne z twojej strony, Waaler, ale obawiam się, że nie możemy przyjąć...

– Nalegam.

Komendant zmarszczył czoło.

– Nalegasz? Zdajesz sobie sprawę, jak ryzykujesz, Waaler?

Waaler otworzył obie dłonie i spojrzał w nie.

– Tak. Ale to ja jestem za to odpowiedzialny. To ja prowadziłem śledztwo i blisko współpracowałem z Holem. Jako szef powinienem był wychwycić te sygnały wcześniej i coś z tym zrobić. W każdym razie po tej rozmowie na parkingu.

Komendant spojrzał na Waalera badawczo. Potem znów odwrócił się do okna i stał, patrząc jak prostokąt światła pełznie po podłodze. W końcu uniósł barki i wzdrygnął się, jakby zmarzł.

– Masz czas do północy – oznajmił do szyby. – Wtedy pójdzie do prasy meldunek o ich zniknięciu. A tego spotkania nie było.

Møller, wychodząc, zauważył, że komendant uścisnął Waalerowi dłoń i obdarzył go ciepłym, pełnym wdzięczności uśmiechem. Tak jak się dziękuje współpracownikowi za lojalność, pomyślał Møller. Tak jak nagradza się ofiarę obietnicą. Tak jak po cichu mianuje się następcę tronu.

Sierżant Bjørn Holm z Wydziału Techniki Kryminalistycznej czuł się jak kompletny idiota, kiedy stał z mikrofonem w ręce i patrzył na twarze Japończyków spoglądających na niego w napięciu, z wyczekiwaniem. Dłonie miał mokre od potu, wcale nie z upału. Przeciwnie, temperatura w luksusowym autokarze zaparkowanym pod Bristolem była znacznie niższa niż w porannym słońcu na zewnątrz. Chodziło o mówienie przez mikrofon. W dodatku po angielsku.

Został przedstawiony przez pilotkę jako *a Norwegian police officer*, a jakiś starszy uśmiechnięty mężczyzna natychmiast wyciągnął aparat, jak gdyby Bjørn był elementem zwiedzania. Spojrzał na zegarek. Musiał oblecieć jeszcze kilka grup. Trzeba więc wykonać skok na głęboką wodę. Nabrał powietrza i wygłosił po angielsku tekst, który ćwiczył po drodze:

– Sprawdziliśmy w biurach podróży plan dnia wszystkich grup przebywających w Oslo. Państwo jesteście jedną z grup, które odwiedziły park Frogner w sobotę około piątej. Chciałbym spytać, kto z państwa robił tam wtedy zdjęcia?

Żadnej reakcji. Holm niepewnie popatrzył na pilotkę. Ta uśmiechnęła się do niego, ukłoniła, uwolniła go od mikrofonu i powtórzyła pasażerom, a przynajmniej Holm przypuszczał, że tak jest, tę samą informację po japońsku. Zakończyła ponownym ukłonem. Holm popatrzył na las rąk wyciągniętych do góry. Dla laboratorium fotograficznego zapowiadał się niezły dzień.

Roger Gjendem, zamykając samochód, nucił piosenkę o trzech małych Chińczykach. Droga z parkingu do nowych lokali „Aftenposten" w Budynku Poczty była krótka, ale i tak wiedział, że będzie biegł. Wcale nie dlatego, że był spóźniony. Roger Gjendem po prostu zaliczał się do tych nielicznych szczęśliwców, którzy każdego ranka cieszyli się na nadchodzący dzień pracy, i nie mógł się doczekać, kiedy znów znajdzie się w znajomym otoczeniu. W pokoju z telefonem i komputerem, plikiem bieżących gazet, gwarem głosów kolegów, bulgotaniem ekspresu do kawy, plotkami w palarni, napiętą atmosferą porannych zebrań. Wczorajszy dzień spędził pod domem Olaug Sivertsen, bez żadnego rezultatu oprócz zdjęcia, które zrobił, gdy stanęła w oknie. Ale to wystarczyło. Lubił trudne zadania. A tych w dziale kryminalnym było więcej niż dość. Nałogowiec kryminałów. Tak nazywała go Devi. Nie podobało mu się to. Thomas, jego młodszy brat, został ćpunem. Roger był czysty, skończył politologię i po prostu przypadkiem lubił pracować przy sprawach kryminalnych. Oczywiście Devi miała trochę racji, niektóre aspekty tej pracy mogły przypominać uzależnienie od narkotyków. Przez pewien czas Roger pracował w dziale politycznym. Potem poszedł na krótkie zastępstwo do kryminalnego i już po kilku tygodniach zaczął czuć ssanie, które zaspokoić mógł jedynie codzienny kop adrenaliny, wywoływany historiami o życiu i śmierci. Tego samego dnia porozmawiał z redaktorem naczelnym i bez zbędnych słów został przeniesiony na stałe. Szef pewnie widział już wcześniej, że z innymi działo się podobnie. Od tego dnia Roger zaczął biegać do pracy.

Ale dzisiaj coś go zatrzymało.

– Dzień dobry – powiedział mężczyzna, który wyłonił się znikąd i teraz stał przed nim. Ubrany był w krótką czarną skórzaną kurtkę i ciemne okulary pilota, chociaż na parkingu panował półmrok. Roger naoglądał się już dość policjantów, żeby wiedzieć, z kim ma do czynienia.

– Dzień dobry – odpowiedział.

– Mam dla ciebie wiadomość, Gjendem.

Ramiona mężczyzny zwisały równolegle do ciała. Dłonie pokrywały czarne włoski. Roger pomyślał, że byłoby bardziej naturalne, gdyby schował je do kieszeni kurtki. Albo założył za plecy. Albo skrzyżował z przodu. Teraz wyglądał tak, jakby miał zamiar użyć tych rąk, choć nie wiadomo jeszcze do czego.

– Tak? – odparł Roger. Usłyszał echo własnego słowa, drgające wśród ścian. Dźwięk znaku zapytania.

Mężczyzna pochylił się w jego stronę.

– Twój brat siedzi w Ullersmo.

– I co z tego?

Roger wiedział, że na zewnątrz miasto zalane jest słońcem, ale tu, w katakumbach dla samochodów, w jednej chwili zapanował lodowaty chłód.

– Jeśli obchodzi cię jego los, musisz nam wyświadczyć przysługę. Słuchasz mnie, Gjendem?

Roger zaskoczony kiwnął głową.

– Jeśli zadzwoni do ciebie komisarz Harry Hole, chcę, żebyś zachował się następująco: Spytasz go, gdzie jest. Jeśli nie będzie chciał ci powiedzieć, umów się z nim na spotkanie. Powiedz, że nie możesz ryzykować drukowania jego historii, jeśli nie porozmawiasz z nim twarzą w twarz. To spotkanie musi się odbyć dzisiaj przed północą.

– Jakiej historii?

– Możliwe, że Hole będzie kierował nieuzasadnione podejrzenia na jednego z komisarzy, którego nazwiska wolałbym nie wymieniać. Ale tym się nie przejmuj. To i tak nigdy nie pójdzie do druku.

– Ale...

– Słuchasz mnie? Po jego telefonie zadzwonisz pod ten numer i przekażesz informacje o tym, gdzie jest Hole albo gdzie i o której się umówiliście. Jasne?

Wsunął lewą rękę do kieszeni i podał Rogerowi kartkę. Roger popatrzył na nią i pokręcił głową. Chociaż tak się bał, to czuł, jak śmiech w nim wzbiera. A może właśnie dlatego.

– Wiem, że jesteś policjantem. – Roger zwalczył uśmiech. – Musisz rozumieć, że to niemożliwe. Jestem dziennikarzem, nie mogę...

– Gjendem!

Mężczyzna zdjął ciemne okulary. Chociaż było ciemno, jego źrenice wyglądały jak dwie główki szpilek otoczone szarymi tęczówkami.

– Twój młodszy brat siedzi w celi A sto siedem. W każdy wtorek, podobnie jak większość innych ćpunów, którzy tam przebywają, dostaje przemycaną działkę. Daje sobie w żyłę. Nigdy nie sprawdza narkotyku. Na razie wszystko szło dobrze, rozumiesz?

Roger nie zastanawiał się, czy się przesłyszał. Wiedział, że słuch go nie zawiódł.

– To dobrze – powiedział mężczyzna. – Jakieś pytania?

Roger musiał zwilżyć usta, zanim zdołał odpowiedzieć:

– Dlaczego uważacie, że Harry Hole zadzwoni właśnie do mnie?

– Ponieważ jest zdesperowany – odparł mężczyzna i włożył okulary. – I ponieważ to ty wczoraj dałeś mu wizytówkę przed Teatrem Narodowym. Życzę miłego dnia, Gjendem.

Roger stał, dopóki tamten nie odszedł. Wciągał w płuca lepkie zakurzone powietrze komory grobowej. Potem ruszył w stronę Budynku Poczty, ale tym razem szedł wolno i niechętnie.

Numery telefoniczne podskakiwały i tańczyły na ekranie przez oczami Klausa Torkildsena w pomieszczeniu kontroli Centrali Operacyjnej Telenor dla regionu Oslo. Zapowiedział kolegom, że nie można mu przeszkadzać, i zamknął drzwi na klucz.

Koszulę miał mokrą od potu. Wcale nie dlatego, że biegł do pracy. Szedł – ani szczególnie szybko, ani wolno – i kierował się już do swojego pokoju, kiedy recepcjonistka zatrzymała go, wołając go po nazwisku. Tak wolał.

– Masz gościa – oznajmiła, wskazując na mężczyznę siedzącego na kanapie w recepcji.

Klaus Torkildsen się zdziwił. Zdziwił dlatego, że nie zajmował stanowiska, z którym łączyłyby się jakiekolwiek wizyty. To nie było przypadkowe. Jego wyborem pracy i życia prywatnego kierowało pragnienie, by nie mieć więcej bezpośredniego kontaktu z innymi ludźmi niż to absolutnie konieczne.

Mężczyzna wstał z kanapy, oświadczył, że jest z policji i poprosił go, by usiadł. Klaus osunął się na krzesło, zapadał coraz bardziej i bardziej, czując, jak całe ciało oblewa się potem. Policja. Nie miał z nimi nic wspólnego od piętnastu lat. I chociaż wtedy ukarano go jedynie grzywną, wliczona w nią była również paranoja, z jaką reagował na widok każdego munduru na ulicy. Od momentu, gdy mężczyzna rozchylił usta, pory w skórze Klausa pozostały otwarte.

Policjant od razu przystąpił do rzeczy i oświadczył, że potrzebują jego pomocy do wyśledzenia telefonu komórkowego. To było dość proste. Włączona komórka przesyła co pół godziny sygnał, który jest rejestrowany przez stacje bazowe rozmieszczone w mieście. Poza tym oczywiście stacje rejestrują wszystkie rozmowy abonenta, wychodzące i przychodzące. Dzięki informacjom otrzymywanym z poszczególnych stacji bazowych, zwłaszcza gdy obszar ich zasięgu się nakłada, można wytropić, w której części miasta znajduje się aparat, z reguły na obszarze mniejszym niż kilometr kwadratowy. Właśnie o to wybuchła taka awantura tamtym jednym razem, kiedy Klaus uczestniczył w czymś podobnym na Baneheia w Kristiansand.

Oświadczył więc, że ewentualny podsłuch należy omówić z szefem, ale mężczyzna stwierdził, że sprawa jest zbyt pilna i nie ma czasu, by pchnąć ją drogą służbową. Oprócz śledzenia konkretnego numeru telefonu (należącego, jak Klaus później się przekonał, do niejakiego Harry'ego Holego) Klaus miał również nadzorować ruchy pewnej grupki osób, z którą poszukiwany mógł się kontaktować. Dostał listę numerów telefonów i adresów poczty elektronicznej.

Spytał, dlaczego zwracają się z tym akurat do niego, przecież inne osoby mają w tym większe doświadczenie. Pot na plecach już zasechł i Klaus zaczął marznąć w klimatyzowanej recepcji.

– Ponieważ wiemy, że ty będziesz trzymał gębę na kłódkę, Torkildsen. Tak samo jak my nie zdradzimy twoim przełożonym i kolegom, że zostałeś złapany ze spuszczonymi spodniami w Stensparken w styczniu tysiąc dziewięćset osiemdziesiątego siódmego. Nasza funkcjonariuszka mówiła, że pod płaszczem byłeś kompletnie nagi. Musiałeś cholernie zmarznąć…

Torkildsen przełknął ślinę. Powiedzieli mu wtedy, że w rejestrze grzywien po paru latach nie będzie po tym śladu.

Teraz wciąż przełykał ślinę.

Wyśledzenie tej komórki okazało się bowiem kompletnie niemożliwe. Była włączona, ponieważ co pół godziny odbierał sygnał, ale za każdym razem z jakiegoś nowego miejsca w mieście, jak gdyby z niego drwiła. Skupił się na innych nazwiskach na liście. Jednym był numer wewnętrzny na Kjølberggata 21. Sprawdził ten numer. To Wydział Techniki Kryminalistycznej.

Beate odebrała telefon po pierwszym dzwonku.

– I co? – spytał głos na drugim końcu.

– Na razie wygląda to źle.

– Mhm.

– Dwóch ludzi zajmuje się wywoływaniem zdjęć. Na bieżąco przynoszą mi odbitki na biurko.

– I nie ma Svena Sivertsena?

– Jeśli był przy Fontannie w parku Frogner, kiedy zabito Barbarę Svendsen, to miał mało szczęścia. W każdym razie nie ma go na żadnym ze zdjęć, które oglądałam, a mówimy już o blisko setce.

– Biała koszula z krótkim rękawem i niebieski…

– Już to wszystko mówiłeś, Harry.

– Nie ma nawet żadnej twarzy, która byłaby podobna?

– Mam dobre oko do twarzy, Harry. Nie ma go na żadnym ze zdjęć.

– Mhm.

Gestem dała znak Bjørnowi Holmowi, który przyniósł kolejny plik odbitek, wciąż śmierdzących chemikaliami do wywoływania, żeby wszedł.

Rzucił je na biurko, wskazał na jedną, podniósł kciuk i wyszedł.

– Chwileczkę – powiedziała Beate. – Właśnie coś dostałam. To zdjęcia od tej grupy, która była tam w zeszłą sobotę około piątej. Zaraz zobaczymy…

– No mów!

– Dobrze, dobrze. Ho, ho... Zgadnij, na kogo patrzę?

– Naprawdę?

– Owszem. Sven Sivertsen we własnej osobie. Z profilu, tuż przy sześciu gigantach Vigelanda. Wygląda, jakby tamtędy przechodził.

– Trzyma w ręku brązową plastikową torbę?

– Zdjęcie jest obcięte za wysoko, żebym mogła to zobaczyć.

– Okej, ale w każdym razie tam był.

– Owszem, ale w sobotę nikt nie zginął, Harry. To nie jest więc żadne alibi.

– Ale oznacza, że przynajmniej coś z tego, co mówi, jest prawdą.

– No cóż. Najlepsze kłamstwa są w dziewięćdziesięciu procentach prawdziwe.

Beate poczuła, że koniuszki uszu ją palą, gdy się zorientowała, że to bezpośredni cytat z ewangelii Harry'ego. Posłużyła się nawet jego akcentem.

– Gdzie jesteś? – spytała czym prędzej.

– Mówiłem ci już, że dla nas obojga lepiej będzie, żebyś o tym nie wiedziała.

– Przepraszam, zapomniałam.

Pauza.

– My... No... dalej będziemy sprawdzać te zdjęcia – powiedziała Beate. – Bjørn ustala listę grup turystów, którzy byli w parku Frogner w czasie, gdy popełniono pozostałe zabójstwa.

Harry rozłączył się z mruknięciem, które Beate odczytała jako „dziękuję".

Harry przyłożył palec wskazujący i kciuk w kąciki oczu po obu stronach nosa i jeszcze raz mocno zacisnął powieki. Wraz z dwiema godzinami dzisiaj rano przespał w sumie sześć godzin w ciągu ostatnich trzech dni, a miał świadomość, że może upłynąć sporo czasu, zanim będzie mógł znów się zdrzemnąć. Śniły mu się ulice. Mapa w biurze przesuwała mu się przed oczami i śniły mu się nazwy ulic w Oslo. Sons gate, Nittedalgata, Sørumgata, Skedsmogata, wszystkie poplątane uliczki na Kampen. A potem zmieniły się w sen o tym, że jest noc i pada śnieg, a on idzie ulicą na Grünerløkka (Markveien? Toftes gate?), przy której stoi zaparkowany czerwony sportowy samochód, a w nim siedzą dwie osoby. Kiedy podszedł bliżej, zauważył, że jedną z nich jest kobieta ze świńską głową, ubrana w staromodną suknię. Zawołał ją po imieniu, wzywał Ellen, ale kiedy się odwróciła do niego i otworzyła usta, by mu odpowiedzieć, wypadł z nich gruz.

Harry rozciągnął zesztywniały kark, przechylając głowę na boki.

– Słuchaj – powiedział, starając się skupić wzrok na Svenie Sivertsenie, który leżał na materacu na podłodze. – Dziewczyna, z którą rozmawiałem przez telefon, właśnie uruchomiła cała machinę dla mnie i dla ciebie, ryzykując nie tylko utratę pracy, lecz również zapuszkowanie za współudział. Potrzeba mi czegoś, co trochę ją uspokoi.

– Co masz na myśli?

– Chcę, żeby zobaczyła jedno ze zdjęć Waalera z tobą w Pradze.

– Czy ty jesteś ociężały umysłowo, Harry? Przecież ci mówię, że to moja jedyna karta przetargowa. Jeśli zagram nią teraz, to możesz zakończyć operację ratowania Sivertsena.

– Być może zrobimy to, zanim się zorientujesz. Znaleziono zdjęcie zrobione w parku Frogner w sobotę, na którym jesteś. Ale nie ma nic z tego dnia, gdy zabito Barbarę Svendsen. To dość dziwne, ponieważ Japończycy bombardowali Fontannę fleszami przez całe lato, prawda? To w każdym razie zła wiadomość. Dlatego chcę, żebyś zadzwonił do swojej dziewczyny i poprosił, by przesłała zdjęcie mailem albo faksem do Beate Lønn z Wydziału Techniki Kryminalistycznej. Może zamazać twarz Waalera, jeśli musisz zachować tego swojego asa w rękawie, ale chcę zobaczyć zdjęcie ciebie w towarzystwie innego faceta na tym placu. Faceta, którym może być Tom Waaler.

– Na placu Wacława.

– Wszystko jedno. Daję jej godzinę, licząc od tej chwili. Jeśli tego nie zrobi, nasza umowa przejdzie do historii, rozumiesz?

Sivertsen długo patrzył na Harry'ego, zanim odpowiedział:

– Nie wiem, czy zastanę ją w domu.

– Przecież ona nie pracuje – przypomniał Harry. – Zaniepokojona ciężarna kobieta. Siedzi w domu i czeka na twój telefon, prawda? Dla twojego dobra miejmy nadzieję, że tak jest. Zostało pięćdziesiąt dziewięć minut.

Wzrok Sivertsena skakał po pokoju, w końcu znów padł na Harry'ego. Pokręcił głową.

– Nie mogę, Hole. Nie mogę jej w to wciągać. Jest niewinna. Na razie Waaler nie wie nic o niej ani nawet, gdzie w Pradze mieszkamy. Ale jeśli nam się nie powiedzie, to jestem pewien, że się dowie. A wtedy zacznie ścigać i ją.

– A co jej przyjdzie z siedzenia samotnie z dzieckiem, którego ojciec odsiaduje dożywocie za cztery zabójstwa? Dżuma albo cholera, Sivertsen. Pięćdziesiąt osiem.

Sivertsen schował twarz w dłoniach.

– Niech to diabli…

Kiedy podniósł głowę, Harry już wyciągał do niego telefon.

Sivertsen przygryzł wargę. W końcu wziął komórkę, wybrał numer i przycisnął czerwony telefon do ucha. Harry spojrzał na zegarek. Sekundnik skakał dookoła tarczy. Sivertsen poruszył się niespokojnie. Harry naliczył dwadzieścia sekund.

– I co?

– Może pojechała do matki, do Brna?

– Niedobrze dla ciebie – stwierdził Harry ze wzrokiem wciąż utkwionym w tarczę. – Pięćdziesiąt siedem.

Usłyszał, że telefon upada na podłogę, podniósł głowę i zdążył jeszcze zobaczyć wykrzywioną twarz Sivertsena, zanim poczuł rękę zaciskającą mu się na szyi. Uderzył obydwiema rękami, trafiając w nadgarstki Sivertsena, który go puścił. Harry wymierzył w twarz, miał ją przed sobą. Trafił w coś, poczuł, że to coś się poddaje. Uderzył jeszcze raz, między palcami popłynęła lepka ciepła krew. W głowie zdążyło mu się jeszcze pojawić dziwaczne skojarzenie, że wygląda jak świeżo zrobiony dżem truskawkowy spływający z kromek bułki u babci. Podniósł rękę, by zadać kolejny cios. Zobaczył, że przykuty bezbronny mężczyzna usiłuje się zasłonić, ale to rozwścieczyło go jeszcze bardziej. Był zmęczony, wystraszony i wściekły.

– *Wer ist da*?

Harry zamarł. Obaj z Sivertsenem wpatrywali się w siebie, żaden nic nie powiedział. Nosowy głos dobiegał z leżącej na podłodze komórki.

– *Sven? Bist du es, Sven*?

Harry sięgnął po telefon i przyłożył go do ucha.

– *Sven is here* – powiedział wolno. – *Who are you*?

– *Eva* – odparł przejęty kobiecy głos. – *Bitte, was ist passiert*?

*

– Beate Lønn, słucham.

– Tu Harry. Ja...

– Rozłącz się i zadzwoń na moją komórkę.

Rozłączył się.

Dziesięć sekund później znów miał ją na drucie, jak wciąż określał łącza.

– Co się dzieje?

– Jesteśmy pod obserwacją.

– Jak to?

– Mamy program ostrzegający przed hakerami, który pokazuje, że ruch w naszych telefonach i w poczcie elektronicznej jest sprawdzany przez osobę trzecią. Ale zdaniem Bjørna wygląda na to, że to sam operator sieci.

– Podsłuch?

– Raczej nie. Ale wszystkie rozmowy i maile, przychodzące i wychodzące, są rejestrowane.

– To Waaler ze swoimi chłopakami.

– Wiem. A to znaczy, że wiedzą, że do mnie dzwoniłeś, co z kolei oznacza, że nie mogę ci dłużej pomagać, Harry.

– Przyjaciółka Sivertsena przyśle zdjęcie ze spotkania Sivertsena z Waalerem w Pradze. Zdjęcie pokazuje Waalera od tyłu i nie może być wykorzystane jako dowód przeciwko czemukolwiek, ale chcę, żebyś je obejrzała i stwierdziła, czy jest wiarygodne. Ma je na swoim komputerze i może ci je wysłać. Jaki jest twój adres mailowy?

– Nie słyszysz, co mówię, Harry. Oni widzą każdego, kto dzwoni i kto mailuje. Jak sądzisz, co się stanie, jeśli akurat w tej chwili dostaniemy mail czy faks z Pragi? Nie mogę tego zrobić, Harry. Muszę też znaleźć jakieś wiarygodne wytłumaczenie, po co do mnie zadzwoniłeś. A ja nie myślę tak prędko jak ty. Boże, co ja im powiem?

– Uspokój się, Beate, nie musisz nic mówić. Ja do ciebie nie dzwoniłem.

– Co ty wygadujesz? Dzwoniłeś do mnie już trzy razy.

– Owszem, ale oni o tym nie wiedzą. Zamieniłem się na telefony z kumplem.

– Czyli że to przewidziałaś?

– Nie, tego akurat nie. Zrobiłem tak, ponieważ telefony komórkowe wysyłają sygnały do stacji bazowych, które mogą śledzić, w jakiej części miasta znajduje się aparat. Jeśli Waaler ma u operatora swoich ludzi, którzy próbują mnie wytropić przez moją komórkę, to przyjdzie im trochę się pogłowić. Ten aparat stale się porusza po różnych częściach miasta.

– Chcę o tym wiedzieć możliwie najmniej, Harry. Ale nic tu nie przysyłaj, dobrze?

– Dobrze.

– Przepraszam, Harry.

– Już i tak dałaś mi prawą rękę. Nie musisz przepraszać za to, że nie chcesz poświęcić lewej.

Zapukał. Pięć krótkich stuknięć tuż pod tabliczką z numerem 303. Wierzył, że puka dostatecznie głośno, by przedrzeć się przez muzykę. Zaczekał. Już miał zastukać jeszcze raz, gdy usłyszał, że ktoś ścisza muzykę, i za drzwiami rozległy się kroki bosych stóp. Drzwi się uchyliły. Dziewczyna wyglądała tak, jakby właśnie ją obudził.

– Słucham?

Harry pokazał jej identyfikator, który formalnie rzecz biorąc, był fałszywy, skoro nie pracował już w policji.

– Przepraszam jeszcze raz za to, co się wydarzyło w sobotę. Mam nadzieję, że nie przestraszyliście się aż tak bardzo, kiedy oni tu wpadli.

– W porządku. – Dziewczyna lekko się skrzywiła. – Robiliście to, co do was należy.

– Tak – Harry zakołysał się na piętach i szybko rozejrzał po korytarzu. – Razem z kolegą z Wydziału Techniki Kryminalistycznej szukamy śladów w pokoju Mariusa Velanda. Mieli nam właśnie przesłać jeden dokument, ale mój laptop zastrajkował. To dość ważne. A przypomniało mi się, że w sobotę surfowałaś po Internecie, więc pomyślałem…

Dała mu znak, że dalsze wyjaśnienia są zbędne, i otworzyła drzwi.

– Komputer jest włączony. Pewnie powinnam przeprosić za bałagan czy coś takiego. Mam nadzieję, że będzie w porządku, jeśli to sobie odpuszczę.

Harry usiadł przed ekranem, otworzył program pocztowy, wyjął kartkę z adresem Evy Marvanovej i wstukał go zatłuszczonymi klawiszami. Wiadomość była krótka: *Ready. This address*. Wyślij.

Obrócił się na krześle i spojrzał na dziewczynę, która siedząc na kanapie, wciągała wąskie dżinsy. Nawet nie zwrócił uwagi, że była w samych majtkach, pewnie z powodu obszernego T-shirtu z rysunkiem dużego okazu konopi.

– Sama dzisiaj? – spytał, głównie po to, by coś powiedzieć w oczekiwaniu na odpowiedź Evy. Po minie dziewczyny poznał, że nie jest to szczególnie udana próba konwersacji.

– Pieprzę się tylko w weekendy – odparła, wąchając skarpetkę, którą następnie włożyła. Uśmiechnęła się zadowolona, widząc, że Harry nie ma zamiaru drążyć wątku. Stwierdził, że przydałaby jej się wizyta u dentysty.

– Dostałeś mail – powiedziała.

Obrócił się do ekranu. Mail był od Evy. Żadnego tekstu, tylko sam załącznik. Kliknął w niego dwa razy, ekran zrobił się czarny.

– To stara wolna maszyna. – Dziewczyna uśmiechnęła się jeszcze szerzej. – Na pewno to łyknie, musisz tylko chwilę zaczekać.

Zdjęcie zaczęło spływać po ekranie. Najpierw w postaci błękitnej glazury, potem, kiedy nie było już nieba, pojawił się szary mur i czarnozielony pomnik. Następnie plac, a później stoliki. Sven Sivertsen. I mężczyzna w skórzanej kurtce, odwrócony plecami do aparatu. Ciemne włosy, gruby kark.

To oczywiście nie stanowiło żadnego materiału dowodowego, lecz Harry nie miał nawet cienia wątpliwości, że to Tom Waaler. Ale nie przez to zagapił się na zdjęcie.

– Słuchaj, muszę iść do kibla – oświadczyła dziewczyna.

Harry nie miał pojęcia, jak długo tak siedział.

– A tu jest tak cholernie akustycznie, że się wstydzę, rozumiesz? Gdybyś więc mógł...

Harry poderwał się, mruknął „dziękuję” i wyszedł.

Na schodach pomiędzy trzecim a czwartym piętrem zatrzymał się. Zdjęcie.

To nie mógł być przypadek. To było teoretycznie niemożliwe.

A może? Nie, to nie mogła być prawda. Nikt nie robi takich rzeczy. Nikt.

37 PONIEDZIAŁEK. SPOWIEDŹ

Dwaj mężczyźni, którzy stali naprzeciwko siebie w cerkwi pod wezwaniem Świętej Równej Apostołom Wielkiej Księżnej Olgi, byli równego wzrostu. Lepkie rozgrzane powietrze pachniało słodko kadzidłem i kwaśno tytoniem. Słońce świeciło nad Oslo co dzień nieprzerwanie od blisko pięciu tygodni i pot spływał strumyczkami pod grubą wełnianą sutanną Nikołaja Loeba, gdy odczytywał modlitwę rozpoczynającą spowiedź:

– Przybyłeś teraz w miejsce uzdrowienia, gdzie niewidzialny Chrystus przyjmie twoje wyznanie.

Usiłował znaleźć lżejszą, bardziej nowoczesną szatę w sklepie na Welhavens gate, ale powiedzieli, że nie mają nic dla duchownych prawosławnych. Po odmówieniu modlitwy odłożył księgę obok krzyża na stoliku pomiędzy nimi. Wiedział, że mężczyzna przed nim zaraz chrząknie. Zawsze chrząkali przed wyznaniem grzechów, jak gdyby grzechy były spowite w śluz i ślinę. Nikołaj miał niejasne wrażenie, że widział tego człowieka już wcześniej, ale nie pamiętał gdzie. Nazwisko też nic mu nie powiedziało. Prawdę mówiąc, Nikołaj miał wrażenie, że ten człowiek nie podał mu prawdziwego nazwiska. Może był z innej parafii. Czasami przychodzili tu ze swoimi tajemnicami, ponieważ w tym niedużym anonimowym kościele nikogo nie znali. Nikołaj nieraz udzielał odpuszczenia grzechów członkom Norweskiego Kościoła Państwowego. Jeśli o nie prosili, otrzymywali je. Łaska pańska jest wielka.

Mężczyzna chrząknął. Nikołaj zamknął oczy i obiecał sobie, że zaraz po powrocie do domu oczyści ciało kąpielą, a umysł Czajkowskim.

– Napisane jest, że żądza tak jak woda szuka najniższego punktu, ojcze. Jeśli istnieje jakieś pęknięcie czy szczelina w charakterze, żądza je odnajdzie.

– Wszyscy jesteśmy grzeszni, synu. Czy chcesz wyznać jakieś grzechy?

– Tak. Zdradziłem kobietę, którą kocham. Obcowałem z kobietą rozwiązłą. Chociaż jej nie kochałem, nie mogłem się powstrzymać od powrotu do niej.

Nikołaj stłumił ziewnięcie.

– Mów dalej.

– Ja... Ona była moim opętaniem.

– Była, mówisz? Chcesz powiedzieć, że przestałeś się z nią spotykać?

– Umarli.

Nie tylko to, co powiedział, lecz również coś w jego głosie sprawiło, że Nikołaj zadrżał.

– Oni?

– Była w ciąży. Tak sądzę.

– Przykro mi słuchać o twojej stracie, synu. Czy twoja żona o tym wie?

– Nikt nie wie.

– Na co umarła?

– Dostała kulę w głowę, ojcze.

Pot na skórze Nikołaja Loeba stał się nagle lodowaty. Przełknął ślinę.

– Czy chcesz wyznać jakieś inne grzechy, synu?

– Tak. Jest pewna osoba. Policjant. Widziałem, jak kobieta, którą kocham, do niego idzie. Po głowie krążą mi myśli o tym, że...

– Tak?

– Że zgrzeszę. To już wszystko, ojcze. Czy możesz udzielić mi teraz odpuszczenia grzechów?

W kościele zapadła cisza.

– Ja... – zaczął Nikołaj.

– Muszę już iść, ojcze. Czy możesz to zrobić?

Nikołaj znów zamknął oczy. Potem zaczął się modlić. Otworzył je dopiero, gdy doszedł do słów:

– Odpuszczam ci wszystkie grzechy w imię Ojca i Syna, i Ducha Świętego.

Uczynił znak krzyża nad głową mężczyzny.

– Dziękuję – szepnął tamten, odwrócił się i prędkim krokiem opuścił kaplicę.

Nikołaj nie ruszył się z miejsca, zasłuchany w echo słów, które zawisło wśród ścian. Wydawało mu się, że sobie przypomina, gdzie go już widział. W parafii Gamle Aker. Przyniósł nową gwiazdę betlejemską, która miała zastąpić tamtą zniszczoną.

Jako popa Nikołaja obowiązywał obowiązek dochowania tajemnicy spowiedzi. I nigdy nie miał zamiaru złamać wiążącej go przysięgi z powodu tego, co usłyszał. Ale w głosie tego mężczyzny i w sposobie, w jaki wymówił te słowa, coś świadczyło o tym, że zamierza...

Co zamierza?

Nikołaj wyjrzał przez okno. Gdzie się podziały chmury? Panowała taka duchota, że wkrótce musiało się coś wydarzyć. Deszcz. Ale wcześniej błyskawice i grzmoty.

Zamknął drzwi, uklęknął przed niewielkim ołtarzem i pomodlił się. Modlił się z żarliwością, jakiej nie doświadczył od wielu lat. Modlił się o wskazówki i o siłę. I o przebaczenie.

O drugiej Bjørn Holm stanął w drzwiach pokoju Beate i powiedział, że znalazł coś, co powinna zobaczyć.

Wstała i poszła za nim do laboratorium. Wskazał na zdjęcie, które wciąż się suszyło na sznurku.

– To z ostatniego poniedziałku – oznajmił. – Zrobione około pół do szóstej. Czyli mniej więcej pół godziny po tym, jak Barbara Svendsen została zastrzelona na Carl Berners plass. W tym czasie można bez kłopotu dojechać rowerem do Frogner.

Zdjęcie przedstawiało uśmiechniętą dziewczynę na tle Fontanny. Obok widać było fragment posągu. Beate wiedziała, co to za posąg. Dziewczyna skacząca z drzewa na główkę. Często stawała pod tym pomnikiem, gdy z rodzicami jeździli do miasta na niedzielny spacer po parku Frogner. Ojciec tłumaczył jej, że nurkująca dziewczynka symbolizuje dziewczęcy lęk przed dorosłym życiem i macierzyństwem.

Ale dzisiaj uwagi Beate nie przykuła nurkująca dziewczynka. Wpatrywała się w plecy mężczyzny widoczne na brzegu zdjęcia. Stał przed zielonym śmietnikiem. W ręku trzymał brązową plastikową torbę. Ubrany był w obcisłą żółtą koszulkę i czarne kolarzówki. Na głowie miał czarny kask, ciemne okulary i maseczkę na usta.

– Kurier – szepnęła Beate.

– Być może – odparł Bjørn Holm. – Niestety i tak zamaskowany.

– Może. – Zabrzmiało to jak echo.

Beate wyciągnęła rękę, nie odrywając oczu od zdjęcia.

– Szkło powiększające...

Holm znalazł je na stole między woreczkami z chemikaliami.

Beate zmrużyła jedno oko, do drugiego przyłożyła wypukłe szkło.

Bjørn Holm patrzył na swoją szefową. Oczywiście do jego uszu doszły historie o Beate Lønn, jeszcze kiedy pracowała w Wydziale Napadów. Słyszał o tym, że potrafiła przesiedzieć całą dobę w *House of Pain*, hermetycznym pokoju wideo, i puszczać film z napadu klatka po klatce, rejestrując kolejne szczegóły budowy ciała napastników, ich gesty, rysy twarzy pod maską, a w końcu odkrywała tożsamość sprawcy, ponieważ widziała go kiedyś na jakimś innym filmie. Na przykład na nagraniu z napadu na oddział pocztowy sprzed piętnastu lat, kiedy sama była jeszcze małą dziewczynką, na nagraniu przechowywanym na twardym dysku, zawierającym milion twarzy i wszystkie napady na banki, jakie miały miejsce w Norwegii od czasu wynalezienia kamery przemysłowej. Niektórzy twierdzili, że to dzięki niezwykle rozwiniętemu *gyrus fusiformus*, tej części mózgu odpowiedzialnej za rozpoznawanie twarzy, że to wręcz wrodzony talent. Dlatego Bjørn Holm nie patrzył na fotografię, tylko na oczy Beate, przeszukujące zdjęcie i wypatrujące wszystkich drobnych szczegółów, których dostrzegania on nigdy się nie nauczy, ponieważ tu chodziło o ponadprzeciętną wrażliwość na cechy indywidualne, jaką nie został obdarzony.

Dlatego zwrócił uwagę, że Beate przez szkło powiększające nie przygląda się wcale twarzy mężczyzny.

– Kolano – powiedziała. – Widzisz?

Bjørn Holm podszedł bliżej.

– Spójrz na lewą nogę. To wygląda jak plaster.

– Chcesz powiedzieć, że mamy szukać osób z plastrem na kolanie?

– Bardzo zabawne, Holm. Zanim dowiemy się, kim jest ta osoba na zdjęciu, musimy najpierw potwierdzić, czy to może być Kurier Śmierci.

– A jak to zrobimy?

– Odwiedzimy jedynego człowieka, który, jak wiemy, widział Kuriera Śmierci z bliska. Przygotuj odbitkę tego zdjęcia. Ja idę po samochód.

Sven Sivertsen patrzył ze zdumieniem na Harry'ego, który właśnie wyłożył mu swoją teorię. Swoją nieprawdopodobną teorię.

– Naprawdę nie miałem pojęcia – szepnął Sivertsen. – Nigdy nie widziałem żadnej z ofiar w gazetach. W czasie przesłuchania padały nazwiska, ale nic mi nie mówiły.

– Na razie to tylko teoria – powiedział Harry. – Nie wiemy, czy to naprawdę Kurier Śmierci. Potrzebujemy konkretnych dowodów.

Sivertsen uśmiechnął się krzywo.

– Powinieneś raczej przekonać mnie, że masz ich dość, by mnie uniewinniono. Żebym zgodził się na wyjście z ukrycia i dostarczenie ci dowodów przeciwko Waalerowi.

Harry wzruszył ramionami.

– Mogę już w tej chwili zadzwonić do naczelnika mojego wydziału, Bjarnego Møllera, poprosić, żeby przysłał po nas radiowóz, który bezpiecznie nas stąd wywiezie.

Sivertsen pokręcił głową.

– W to muszą być zamieszani ludzie, którzy stoją znacznie wyżej w policji niż Waaler. Ja nikomu nie ufam. Musisz najpierw zdobyć dowody.

Harry zaciskał i otwierał dłoń.

– Jest jedno rozwiązanie, które zapewni bezpieczeństwo nam obu.

– Jakie?

– Iść do prasy i dać im wszystko, co mamy. I na temat Kuriera Śmierci, i Waalera. Wtedy będzie za późno na wszelkie gwałtowne reakcje.

Sivertsen spojrzał na niego z powątpiewaniem.

– Czas nam ucieka – przypomniał Harry. – On się zbliża, nie czujesz?

Sivertsen roztarł nadgarstek.

– No dobrze. Dzwoń.

Harry wsunął rękę do tylnej kieszeni i wyjął pogniecioną wizytówkę. Przez chwilę się zawahał. Może dlatego, że miał świadomość konsekwencji tego, co zamierzał zrobić. A może dlatego, że jej nie miał.

Wstukał numer do pracy. Połączenie uzyskał zdumiewająco szybko.

– Roger Gjendem, słucham.

Harry słyszał w tle gwar głosów, stukanie klawiszy i dzwonki telefonów.

– Mówi Harry Hole. Chcę, żebyś mnie uważnie wysłuchał, Gjendem. Mam informacje o zabójstwach dokonanych przez Kuriera Śmierci. I o przemycie broni, w który zamieszany jest jeden z moich kolegów z policji. Rozumiesz?

– Chyba tak.

– To dobrze. Dostaniesz je na wyłączność, pod warunkiem że umieścisz je od razu na internetowych stronach „Aftenposten".

– Oczywiście. Skąd dzwonisz, Hole?

Gjendem sprawiał wrażenie mniej zaskoczonego, niż Harry się spodziewał.

– Nieważne. Mam informacje, które udowodnią, że Sven Sivertsen nie jest Kurierem Śmierci, a w działalność gangu przemytników broni w Norwegii od kilku lat zamieszany jest jeden z czołowych funkcjonariuszy policji.

– To rzeczywiście fantastyczne. Ale chyba rozumiesz, że nie mogę tego opublikować na podstawie jednej rozmowy telefonicznej.

– O co ci chodzi?

– Żadna poważna gazeta nie wydrukuje oskarżenia pod adresem wymienionego z nazwiska komisarza policji, nie napisze, że komisarz przemycał broń, nie sprawdziwszy uprzednio wiarygodności źródła. Nie wątpię, że jesteś tym, za kogo się podajesz, ale skąd mogę wiedzieć, czy nie zwariowałeś, czy nie jesteś pijany, albo jedno i drugie? Jeśli tego porządnie nie sprawdzę, gazecie mogą wytoczyć sprawę. Spotkajmy się, Hole. Napiszę wszystko tak, jak powiesz. Obiecuję.

W ciszy, która zapadła, Harry słyszał czyjś śmiech w tle. Beztroski, perlisty śmiech.

– Telefonowanie do innych gazet możesz sobie darować. Powiedzą ci to samo. Zaufaj mi, Hole.

Harry odetchnął głęboko.

– No dobrze. W Underwater na Dalsbergstien. O piątej. Bądź sam, bo inaczej nie przyjdę. I nikomu o tym ani słowa. Jasne?

– Jasne.

– Do zobaczenia.

Harry rozłączył się i przygryzł wargę.

– Mam nadzieję, że to było mądre – powiedział Sven.

Bjørn Holm i Beate zjechali z uczęszczanej Bygdøy allé i w następnej chwili znaleźli się na cichej ulicy, pełnej rozrośniętych drewnianych willi po jednej stronie i modnych murowanych domów po drugiej. Brzegi ulicy ozdabiały samochody wyłącznie niemieckich marek.

– Dzielnica burżujów – podsumował Bjørn.

Zatrzymali się przy domu żółtym jak domek dla lalek.

Dopiero po drugim dzwonku w domofonie rozległ się głos.

– Słucham?

– Czy pan André Clausen?

– Ośmielę się twierdzić, że tak.

– Beate Lønn, policja. Możemy wejść?

André Clausen czekał na nich w drzwiach, ubrany w szlafrok sięgający do połowy ud. Drapał strupek na policzku, bez większego zażenowania usiłując stłumić ziewnięcie.

– Przepraszam. Wieczorem późno wróciłem do domu.

– Może ze Szwajcarii?

– Nie, byłem po prostu w domku letniskowym. Proszę do środka.

Salon Clausena był za mały dla jego kolekcji dzieł sztuki, Bjørn Holm prędko stwierdził, że gospodarzowi bliższy jest raczej Liberace aniżeli minimalizm. W rogu pluskała woda fontanny, z której naga bogini wyciągała się ku sykstyńskim malowidłom na suficie.

– Chciałabym, aby pan najpierw w skupieniu pomyślał chwilę o Kurierze Śmierci, którego pan widział w recepcji kancelarii adwokackiej – zaczęła Beate. – A potem niech pan spojrzy na to.

Clausen wziął zdjęcie i przyjrzał mu się, palcem wodząc po szramie na policzku. Bjørn Holm rozglądał się po salonie. Usłyszał jakieś kroki za drzwiami, odgłos drapiących łap.

– Być może – powiedział Clausen.

– Być może? – Beate przysiadła na brzeżku krzesła.

– Bardzo możliwe. Ubranie jest takie samo. Kask i okulary słoneczne również.

– Dobrze. A plaster na kolanie, też go wtedy miał?

Clausen roześmiał się cicho.

– Mówiłem wam już wcześniej, że nie mam zwyczaju bacznie przyglądać się męskim ciałom. Ale jeśli to może was jakkolwiek ucieszyć, to powiem, że przeczucie mówi mi, że to ten sam człowiek. Nic więcej... – Rozłożył ręce.

– Dziękujemy – powiedziała Beate, wstając.

– Nie ma za co – odparł Clausen i odprowadził ich do drzwi, tam podał im rękę. Holm, zdziwiony uścisnął jego dłoń. Gdy jednak Clausen wyciągnął rękę do Beate, pokręciła głową.

– Przepraszam, ale pan ma krew na palcach. I policzek też panu krwawi.

Clausen złapał się za twarz.

– Rzeczywiście – powiedział z uśmiechem. – To Truls. Mój pies. Trochę zbyt gwałtownie bawiliśmy się wczoraj w domku letniskowym. – Patrzył na Beate, uśmiechając się coraz szerzej.

– Do widzenia – powiedziała Beate.

Bjørn Holm nie wiedział, dlaczego zadrżał, gdy znów wyszedł na upał.

Klaus Torkildsen skierował oba znajdujące się w pokoju wiatraki na twarz, ale miał wrażenie, że dmuchają jedynie gorącym powietrzem z silników. Stuknął palcem w grube szkło monitora pod wewnętrznym numerem na Kjølberggata. Abonent właśnie się rozłączył. Już po raz czwarty tego dnia rozmawiał z tym właśnie numerem komórki.

Dwa razy kliknął w komórkę, żeby sprawdzić abonenta. Na ekranie pojawiło się nazwisko. Znów kliknął dwa razy, żeby uzyskać adres i zawód. Kiedy się wyświetliło, Torkildsen zagapił się w zawód. Potem wybrał numer, pod który miał zadzwonić, kiedy będzie miał coś do powiedzenia.

Ktoś podniósł słuchawkę.

– Halo.

– Mówi Torkildsen z Telenor. Z kim rozmawiam?

– To niech cię nie obchodzi, Torkildsen. Co masz dla nas?

Torkildsen czuł, jak mokre ramiona przyklejają się do ciała.

– Trochę posprawdzałem. Ta komórka Holego jest w ciągłym ruchu. Nie da się jej odnaleźć. Ale jest inna komórka, z której dzwoniono kilka razy pod ten wewnętrzny na Kjølberggata.

– Aha? Kto to jest?

– Abonament jest na nazwisko Øysteina Eikelanda. Zarejestrował się jako taksówkarz.

– I co z tego?

Torkildsen wysunął dolną wargę, próbując dmuchnąć pod zaparowane okulary.

– Pomyślałem, że może być jakiś związek między telefonem, który przemieszcza się po całym mieście, a kierowcą taksówki.

Na drugim końcu zapadła cisza.

– Halo? – powiedział Torkildsen.

– Zrozumiałem. Sprawdzaj dalej, Torkildsen.

Kiedy Bjørn Holm i Beate weszli do recepcji na Kjølberggata, telefon Beate pisnął.

Wyjęła go z etui przy pasku, popatrzyła na wyświetlacz i przyłożyła do ucha jednym ruchem.

– Harry? Niech Sivertsen podciągnie lewą nogawkę. Mamy zdjęcie zamaskowanego rowerzysty przy Fontannie, zrobione o pół do szóstej w zeszły poniedziałek. Ma plaster na kolanie. Trzyma w ręku brązową plastikową torbę.

Bjørn w korytarzu musiał dobrze wyciągać nogi, żeby nadążyć za niewysoką koleżanką. Słyszał trzeszczenie głosu w telefonie.

Beate skręciła do pokoju.

– Ani plastra, ani rany? Tak, wiem, że to nie jest żaden dowód. Ale dla twojej informacji powiem, że André Clausen właśnie mniej więcej zidentyfikował rowerzystę na zdjęciu z tym, którego widział w kancelarii Halle, Thune i Wetterlid.

Usiadła za biurkiem.

– Co?

Bjørn Holm dostrzegł zmarszczki na jej czole.

– Dobrze.

Odłożyła telefon, ale dalej wpatrywała się w niego, jak gdyby nie wiedziała, czy ma wierzyć w to, co właśnie usłyszała.

– Harry mówi, że chyba wie, kim jest Kurier Śmierci.

Bjørn nie odpowiedział.

– Sprawdź, czy laboratorium jest wolne. Daje nam kolejną robotę.

– Jaką robotę? – spytał Bjørn.

– Prawdziwie gównianą robotę.

W taksówce na postoju przy St. Hanshaugen siedział Øystein Eikeland z półprzymkniętymi oczami i patrzył na długonogą dziewczynę, która zażywała swoją porcję kofeiny na krzesełku ustawionym na chodniku przed kawiarnią Java. Szum klimatyzacji zagłuszała piosenka country sącząca się z głośników.

Faith has been broken, tears must by cried…

Złe języki twierdziły, że to piosenka Grama Parsonsa, że Keith i Stonesi ukradli ją na *Sticky Fingers*, kiedy siedzieli we Francji, lata sześćdziesiąte minęły, a oni próbowali narkotykami pobudzić geniusz.

Wild, wild horses, couldn't drag me away…

Otworzyły się tylne drzwi. Øystein prawie się przestraszył. Ten człowiek musiał nadejść od tyłu, od strony parku. W lusterku zobaczył opaloną twarz z mocnymi szczękami, ciemne lustrzane okulary.

– Poproszę nad Maridalsvannet, panie kierowco. – Głos był miękki, ale przebijał w nim ton komendy. – Jeśli to nie za wielki kłopot…

– Ależ skąd – mruknął Øystein, przyciszył muzykę, po raz ostatni zaciągnął się głęboko papierosem, zanim wyrzucił go przez otwarte okno.

– Gdzie przy Maridalsvannet?

– Proszę jechać. Powiem, gdzie.

Pojechali w górę Ullevålsveien.

– Zapowiadają deszcz – powiedział Øystein.

– Powiem, gdzie – powtórzył głos.

Nie da ani grosza napiwku, pomyślał Øystein.

Po dziesięciu minutach jazdy opuścili zabudowane dzielnice i nagle dookoła widać było tylko pola, gospodarstwa i jezioro Maridalsvannet. Przeskok z miasta na wieś był tak gwałtowny, że pewien Amerykanin spytał kiedyś Øysteina, czy nagle znaleźli się w jakimś parku tematycznym.

– Możesz skręcić w tę drogę w lewo – powiedział mężczyzna.

– W las? – spytał Øystein.

– Owszem. Boisz się?

Wcześniej ta myśl nie przyszła Øysteinowi do głowy. Dopiero teraz. Znów spojrzał w lusterko, ale mężczyzna przesunął się bliżej okna i widoczna była jedynie połówka jego twarzy.

Øystein zahamował. Włączył kierunkowskaz w lewo i skręcił w żwirową drogę, wąską i nierówną, przedzieloną pasmem trawy.

Zawahał się.

Z obu stron drogi zwieszały się gałęzie z zielonymi liśćmi, wśród których migotało światło. Sprawiały wrażenie, jakby zapraszały do dalszej jazdy w głąb. Øystein wcisnął hamulec. Żwir zachrzęścił pod kołami i samochód się zatrzymał.

– *Sorry* – powiedział Øystein do lusterka. – Właśnie zreperowałem podwozie za czterdzieści tysięcy. Nie mamy obowiązku jeździć po takich drogach. Mogę zadzwonić po inny samochód, jeśli pan sobie życzy.

Mężczyzna w lusterku wyglądał tak, jakby się uśmiechał, przynajmniej tą połową twarzy, którą widział Øystein.

– A z jakiego telefonu masz zamiar zadzwonić, Eikeland?

Øystein poczuł, że włoski na karku mu się podnoszą.

– Z twojego własnego telefonu? – szepnął głos.

Mózg Øysteina szukał rozwiązań.

– Czy z telefonu Harry'ego Holego?

– Nie wiem, o czym pan mówi, *mister*, ale nasza podróż w tym miejscu się kończy.

Mężczyzna roześmiał się.

– Mister? Myślę, że się mylisz, Eikeland.

Øystein czuł, że musi przełknąć ślinę, ale zdołał się opanować.

– Może mi pan nie płacić, ponieważ nie dowiozłem pana na miejsce. Proszę wysiąść i zaczekać tu, załatwię inny samochód.

– Twoja kartoteka mówi, że jesteś bystry, Eikeland. Zakładam więc, że wiesz, o co mi chodzi. Nic cierpię frazesów, ale wybór, czy zrobimy to w prosty, czy w skomplikowany sposób, zależy od ciebie.

– Naprawdę nie rozumiem, co... Au!

Mężczyzna uderzył Øysteina w tył głowy, tuż nad podgłówkiem, a kiedy Øystein automatycznie się pochylał, poczuł ku swemu zdziwieniu, że oczy wypełniają mu się łzami. Nie chodziło o ból. Cios był z rodzaju tych, jakie padają w podstawówce, lekki, niczym wstępne upokorzenie. Ale kanaliki łzowe najwyraźniej już zrozumiały to, czego reszta mózgu na razie nie chciała przyznać. Że wpadł w poważne tarapaty.

– Gdzie masz telefon Harry'ego, Eikeland? W schowku na rękawiczki? W bagażniku? A może w kieszeni?

Øystein nie odpowiedział. Siedział nieruchomo w czasie, gdy spojrzenie usiłowało karmić mózg. Las po obu stronach. Coś mu jednak podpowiadało, że człowiek na tylnym siedzeniu jest bardzo wysportowany, dogoni go w ciągu paru sekund. Czy był sam? Może należy włączyć alarm, porozumieć się z innymi samochodami? Czy coś zarobi na wmieszaniu w to innych?

– Rozumiem – powiedział mężczyzna. – Wybierasz ten trudniejszy sposób. I wiesz, co…

Øystein nie zdążył zareagować, a już poczuł ramię obejmujące go za szyję i wciskające w zagłówek.

– W zasadzie taką miałem nadzieję.

Øystein zgubił okulary. Wyciągnął rękę do kierownicy, ale do niej nie dosięgnął.

– Jeśli uruchomisz alarm, to cię zabiję – szepnął mu mężczyzna do ucha. – Nie mówię tego w przenośni, Eikeland, tylko o odebraniu ci życia.

Pomimo że mózg nie dostawał dostatecznej ilości tlenu, Øystein Eikeland słyszał, widział i czuł nadzwyczaj dobrze. Widział siateczkę żyłek po wewnętrznej stronie własnych powiek, czuł zapach wody po goleniu tego mężczyzny, a jednocześnie słyszał w jego głosie lekki świst radości, odgłos, jaki wydaje luźny pasek klinowy.

– Gdzie on jest, Eikeland? Gdzie jest Harry Hole?

Øystein rozdziawił usta, mężczyzna poluzował uścisk.

– Nie mam pojęcia, o czym ty…

Ramię znów się zacisnęło.

– Ostatnia próba, Eikeland. Gdzie jest ten pijak, twój kumpel?

Øystein czuł nadciągający ból, dokuczliwą wolę życia. Ale wiedział też, że to wkrótce minie. Miał już podobne doświadczenia. Wiedział, że to tylko przejście, stadium, po którym nastąpi o wiele przyjemniejsza obojętność. Płynęły sekundy. Mózg zaczął zamykać oddziały. Pierwszy ustąpił wzrok.

Uścisk znów zelżał i tlen popłynął do mózgu. Wzrok powrócił, a razem z nim ból.

– I tak go znajdziemy – oświadczył głos. – Możesz wybrać, czy to będzie, zanim nas opuścisz, czy potem.

Øystein poczuł, że do skroni przyciska się coś chłodnego. Zerknął ponad nosem. Widział w swoim życiu sporo westernów, ale nigdy nie miał okazji oglądać rewolweru kalibru 45 z bliska.

– Otwórz usta!

A już na pewno nigdy nie zaznał jego smaku.

– Liczę do pięciu, potem będę strzelał. Kiwnij głową, jeśli zechcesz mi coś powiedzieć. Najlepiej, zanim dojdę do pięciu. Raz…

Øystein starał się przewalczyć lęk przed śmiercią. Próbował sobie tłumaczyć, że ludzie działają racjonalnie, że ten człowiek, zabijając go, nic nie zyska.

– Dwa...

Logika jest po mojej stronie, powtarzał w myślach. Lufa miała smak metalu i krwi.

– Trzy. Nie przejmuj się pokrowcami. Starannie po sobie posprzątam.

Øystein poczuł, że zaczyna się trząść. Niekontrolowana reakcja, mógł być jedynie jej obserwatorem. Myślał o rakiecie, którą widział w telewizji, trzęsła się tak samo na sekundy przed wystrzeleniem jej w zimną pustą nicość kosmosu.

– Cztery.

Øystein kiwnął głową. Energicznie i kilka razy.

Pistolet zniknął.

– Leży w schowku na rękawiczki – jęknął. – Powiedział, że ma być włączony i żebym nie odbierał, jak ktoś będzie dzwonił. Sam wziął mój.

– Nie interesuje mnie telefon – oświadczył mężczyzna. – Interesuje mnie, gdzie jest Hole.

– Nie wiem. Nic nie mówił. To znaczy powiedział, że lepiej dla nas obu, żebym o tym nie wiedział.

– Kłamał – oświadczył mężczyzna.

Słowa padały wolno i spokojnie. Øystein nie potrafił powiedzieć, czy ten człowiek jest zły, czy może się bawi.

– Tak było lepiej dla niego, Eikeland, nie dla ciebie.

Zimna lufa pistoletu na policzku Øysteina wydawała się rozgrzanym żelazkiem.

– Zaczekaj! Harry coś mówił. Przypominam sobie. Mówił, że się ukryje w domu.

Słowa wyrwały mu się tak prędko, jakby wyrzucał je z siebie policzkami i językiem zaledwie na pół ukształtowane.

– Już tam byliśmy, ty idioto!

– Nie mówię o jego mieszkaniu, tylko o domu na Oppsal. Tam, gdzie się wychowywał.

Mężczyzna roześmiał się, a Øystein poczuł kłujący ból, gdy pistolet usiłował wedrzeć mu się do dziurki od nosa.

– Namierzaliśmy twój telefon przez ostatnie godziny, Eikeland. Wiemy, w jakim rejonie miasta się znajduje. I z całą pewnością nie jest to Oppsal. Całkiem zwyczajnie kłamiesz. A ujmując to inaczej... Pięć!

Rozległ się pisk. Øystein zacisnął powieki, ale pisk nie ustępował. Czyżby już nie żył? Piski ułożyły się w melodię. Coś znanego. *Purple Rain*. Prince. Cyfrowe tony telefonu komórkowego.

– Co jest? – dobiegł głos zza jego pleców.

Øystein nie śmiał otworzyć oczu.

– W Underwater? O piątej? Dobra, zbieraj chłopaków. Już jadę.

Øystein usłyszał za plecami szelest ubrania. Nadeszła ta chwila. Słyszał, że jakiś ptak śpiewa na zewnątrz. Zanosił się cudownym jasnym trelem. Nie wiedział, co to za ptak. Powinien wiedzieć. Powinien też wiedzieć, dlaczego. Powinien dowiedzieć się, dlaczego ptaki śpiewają. Teraz już nigdy się tego nie dowie. Poczuł rękę na ramieniu.

Otworzył oczy i ostrożnie zerknął w lusterko.

Błysnęły białe zęby i usłyszał głos podszyty tą samą radością:

– Do centrum, panie kierowco. Bardzo mi się spieszy.

38 PONIEDZIAŁEK. CHMURA

Rakel gwałtownie otworzyła oczy. Serce waliło jej mocno i szybko. Zasnęła. Wsłuchała się w jednostajny hałas dzieci kąpiących się w parku Frogner. Lekko gorzki smak trawy tkwił w błonach śluzowych. Upał okrywał jej plecy jak ciepła kołdra. Czy coś jej się śniło? Czy właśnie dlatego się obudziła?

Nagły powiew wiatru uniósł kołdrę i ciało pokryło się gęsią skórką.

To dziwne, jak sen czasami po prostu się odsuwa, niczym kawałek śliskiego mydła, pomyślała i obróciła się. Olega nie było. Podniosła się na łokciach i rozejrzała.

W następnej chwili poderwała się na równe nogi.

– Oleg!

Puściła się biegiem.

Znalazła go przy basenie z wieżą do skoków. Siedział na brzegu i rozmawiał z jakimś chłopcem, którego kiedyś już chyba widziała. Może z kolegą z klasy.

– Cześć, mamo.

Uśmiechnął się do niej, mrużąc oczy.

Rakel złapała go za ramię mocniej, niż zamierzała.

– Mówiłam, że nie wolno ci odchodzić bez uprzedzenia!

– Ale przecież ty spałaś, mamo. Nie chciałem cię budzić.

Oleg był zdziwiony i trochę zawstydzony. Kolega się wycofał.

Rakel się uspokoiła. Westchnęła i spojrzała na horyzont. Niebo było niebieskie, z wyjątkiem jednej białej chmury, która wyglądała tak, jak gdyby pokazywała coś w górze. Jak gdyby ktoś wystrzelił rakietę.

– Już niedługo piąta. Idziemy do domu – oświadczyła nieswoim głosem. – Obiad.

W samochodzie po drodze do domu Oleg spytał, czy Harry przyjdzie.

Rakel pokręciła głową.

Gdy czekali na zielone na skrzyżowaniu Smestad, nachyliła się, żeby zobaczyć, czy odnajdzie tę chmurę. Chmura się nie przesunęła, tylko zrobiła nieco wyższa, a u jej podstawy pojawił się cień szarości.

Upomniała się, że po powrocie do domu koniecznie musi zamknąć drzwi na klucz.

39 PONIEDZIAŁEK. SPOTKANIA

Roger Gjendem zatrzymał się i zapatrzył na wodę, bulgoczącą w akwarium na witrynie Underwater. Przed oczami przewinął mu się film. Siedmiolatek płynący w jego kierunku szybkimi nierównymi ruchami i panika wyraźnie widoczna w jego twarzy, jak gdyby on, Roger, starszy brat, był jedyną osobą na świecie, która może go uratować. Roger wołał do niego ze śmiechem, ale Thomas wciąż nie rozumiał, że już dawno znalazł się na płytkiej wodzie. Że wystarczy stanąć na dnie. Roger od czasu do czasu myślał o tym, że nauczył młodszego brata poruszać się w wodzie, ale Thomas i tak utonął na lądzie.

Stał w drzwiach do Underwater przez kilka sekund, żeby oczy przyzwyczaiły się do ciemności. Oprócz barmana dostrzegł w lokalu tylko jedną osobę, rudowłosą kobietę, odwróconą do niego bokiem, nad napoczętą szklanką piwa przed sobą i z papierosem w palcach. Roger zszedł po schodach na dół i zajrzał do pomieszczenia w piwnicy. Ani żywej duszy. Postanowił, że zaczeka na górze przy barze. Deski podłogi zaskrzypiały pod butami, rudowłosa podniosła głowę. Na jej twarz padły cienie, ale coś w sposobie, w jaki siedziała, w jej postawie, przekonało go, że jest piękna. Albo że kiedyś była piękna. Zauważył, że koło stolika stoi torba podróżna. Może ona też na kogoś czekała.

Zamówił piwo i spojrzał na zegarek.

Wcześniej zrobił parę rundek po okolicy, żeby nie przyjść przed piątą. Nie chciał wyjść na nadgorliwego, bo to mogło wzbudzić podejrzenia. Choć kto by podejrzewał dziennikarza o nadgorliwość, gdy chodziło o informacje, z których mogła wyniknąć największa sprawa tego lata? Gdyby tylko naprawdę o to chodziło.

Roger wypatrywał ich, krążąc po ulicach. Patrzył, czy nie ma gdzieś samochodu, którego nie powinno być akurat w tym miejscu, osoby, która czyta gazetę na rogu ulicy, pijaka śpiącego na ławce. Ale nic takiego nie zauważył. Są oczywiście profesjonalistami. To właśnie najbardziej go przerażało. Świadomość, że są w stanie to zrealizować i jakoś od wszystkiego się wykręcić. Słyszał kiedyś, jak kolega bełkocze po pijaku, że w ostatnich latach w Budynku Policji działy się takie rzeczy, że opinia publiczna i tak by nie uwierzyła, nawet gdyby o tym napisali. Ale Roger podzielił zdanie opinii publicznej.

Znów spojrzał na zegarek. Siedem po.

Czy wpadną do środka, gdy tylko pojawi się Harry Hole? Nic mu nie powiedzieli. Mówili tylko, żeby stawił się w umówionym czasie i zachowywał tak, jakby był w pracy. Roger wypił duży łyk z nadzieją, że alkohol trochę uspokoi nerwy.

Dziesięć po. Barman usiadł w kącie przy barze i czytał „Fjords Magazine".

– Przepraszam – powiedział Roger. – Nikogo tu przypadkiem nie było? Faceta, takiego wysokiego, z jasnymi włosami?

– *Sorry*. – Barman polizał palec i przerzucił stronę. – Właśnie przyszedłem na zmianę. Niech pan spyta tę panią, która tam siedzi.

Roger zawahał się. Wypił piwo dokładnie do końca znaczka Ringnes i wstał.

– Przepraszam.

Kobieta podniosła głowę i popatrzyła na niego z czymś w rodzaju półuśmiechu.

– Tak?

Wtedy to zobaczył. To nie cienie widział na jej twarzy, tylko siniaki. Na czole, na kościach policzkowych, na szyi.

– Miałem się tu z kimś spotkać, ale obawiam się, że on już mógł sobie pójść. Wysoki, ponad metr dziewięćdziesiąt, i bardzo krótko obcięte jasne włosy.

– Młody?

– Czy ja wiem? Pewnie ma koło trzydziestu pięciu lat. Wygląda na trochę... zniszczonego.

– Czerwony nos i niebieskie oczy, które jednocześnie wydają się młode i stare?

Wciąż się uśmiechała, ale w sposób tak zwrócony do wewnątrz, że zrozumiał, że uśmiech nie jest przeznaczony dla niego.

– Tak, to może być on – powiedział Roger niepewnie. – Czy on...

– Nie. Sama trochę na niego czekam.

Roger popatrzył na nią. Czy ona naprawdę była od nich? Ona, jedna z tych pobitych, posiniaczonych kobiet około trzydziestki? To się wydawało nieprawdopodobne.

– Myślisz, że on przyjdzie? – spytał.

– Nie. – Podniosła szklankę. – Ci, których wyczekujesz, nigdy nie przychodzą. Przychodzą inni.

Roger wrócił do baru. Jego piwo zniknęło z kontuaru. Zamówił świeże. Barman włączył muzykę. Gluecifer robili, co mogli, żeby rozjaśnić mrok.

I got a war, baby, I got a war with you!

On nie przychodził. Harry Hole nie przychodził. Co to oznacza? Przecież to, do cholery, nie jego wina.

O pół do szóstej otworzyły się drzwi. Roger z nadzieją podniósł głowę.

W drzwiach stał mężczyzna w skórzanej kurtce i patrzył na niego. Roger pokręcił głową. Mężczyzna rozejrzał się po lokalu, przeciągnął płaską dłonią po szyi i zaraz wyszedł.

W pierwszym odruchu Roger chciał pobiec za nim, spytać, co oznacza ten gest. Że przerywają operację? Czy że Thomas...

Zadzwoniła komórka. Odebrał.

– Nie pokazał się? – usłyszał jakiś głos.

Nie był to mężczyzna w skórzanej kurtce i zdecydowanie nie był to Harry. Ale w tym głosie pobrzmiewało coś słabo znajomego.

– Co mam robić? – spytał Roger cicho.

– Zostaniesz tam do ósmej. A jeśli on się pojawi, zadzwonisz pod numer, który dostałeś. My musimy iść dalej.

– Thomas...

– Twojemu braciszkowi nic się nie stanie, dopóki będziesz robił to, co ci powiemy. I nic z tego nie może się wydostać.

– Oczywiście, że nie. Ja...

– Życzę przyjemnego wieczoru, Gjendem.

Roger schował komórkę do kieszeni i zanurkował w szklankę z piwem. Z trudem chwytał powietrze, gdy się z niej wynurzył. Do ósmej. Dwie i pół godziny.

– A nie mówiłam?

Roger obrócił się. Stała tuż za nim, podnosząc rękę na barmana, który niechętnie ruszył się z krzesła.

– Co miałaś na myśli, mówiąc o innych?

– Jakich innych?

– Mówiłaś przedtem, że nie przychodzą ci, na których się czeka, tylko inni.

– Ci, którymi musisz się zadowolić, mój drogi.

– Ach, tak?

– Tacy jak ty i ja.

Roger odwrócił się teraz już całkiem. Zaintrygowało go coś w sposobie, w jaki to powiedziała. Bez dramatyzmu. Bez powagi. Z lekko zrezygnowanym uśmiechem w głosie. Było w tym coś, co rozpoznawał. Coś w rodzaju pokrewieństwa. A teraz jeszcze widział więcej. Oczy. Czerwone wargi. To oczywiste, że była ładna.

– To twój facet tak cię pobił?

Podniosła głowę, wysunęła brodę i popatrzyła na barmana, który nalewał piwo.

– Doprawdy uważam, że to nie twoja sprawa, młody człowieku.

Roger na moment zamknął oczy. Miał za sobą dziwny dzień. Jeden z najdziwniejszych. Nie było powodów, by tak się skończył.

– Ale może nią być – odparł.

Odwróciła się i popatrzyła na niego ostro. Kiwnął głową, wskazując na jej stolik.

– Sądząc po torbie, którą masz ze sobą, to facet jest już były. Jeśli potrzebujesz miejsca, żeby gdzieś się rozbić na noc, mam duże mieszkanie z dodatkową sypialnią.

– Doprawdy?

Ton był odpychający, ale zobaczył, że wyraz jej twarzy się zmienia. Pojawiało się na niej zdziwienie i ciekawość.

– Zimą nagle zrobiło się za duże – ciągnął. – Poza tym chętnie zapłacę za to piwo, jeśli dotrzymasz mi towarzystwa. Muszę tu jeszcze przez jakiś czas posiedzieć.

– No cóż – powiedziała. – Zawsze możemy trochę sobie razem poczekać.

– Na kogoś, kto nie przyjdzie?

Jej śmiech zabrzmiał smutno, ale przynajmniej był to śmiech.

Sven siedział na krześle i przez okno wyglądał na zieleń.

– Może jednak powinieneś był iść – powiedział. – To mogło być podświadome ze strony tego dziennikarza.

– Nie sądzę – odparł Harry. Leżał na kanapie, obserwując dym papierosowy, który spiralnie wznosił się pod szary sufit. – Uważam raczej, że podświadomie mnie ostrzegł.

– Tylko dlatego, że mówiłeś o Waalerze jako o czołowym funkcjonariuszu policji, a on nazwał go komisarzem? To wcale nie musiało oznaczać, że już wiedział, że chodziło o Waalera. Mógł zgadywać.

– W takim razie popełnił głupstwo. Chyba że był na podsłuchu i próbował mnie ostrzec.

– Jesteś paranoikiem, Harry.

– Być może, ale to wcale nie musi oznaczać…

– …że oni nie chcą cię dopaść. Już to mówiłeś. Są chyba jacyś inni dziennikarze, do których możesz zadzwonić.

– Nikomu nie ufam. A poza tym uważam, że nie powinniśmy już więcej dzwonić z tej komórki. Wydaje mi się wręcz, że powinienem ją wyłączyć. Po jej sygnałach mogą nas namierzyć.

– Co? Przecież Waaler nie może wiedzieć, z jakiego telefonu korzystasz.

Zielone światełko na wyświetlaczu ericssona zgasło i Harry schował go do kieszeni kurtki.

– Najwyraźniej wciąż jeszcze nie bardzo wiesz, co może Tom Waaler, a czego nie, Sivertsen. Umówiłem się z kumplem, że zadzwoni między piątą a szóstą z automatu, jeśli wszystko będzie w porządku. Jest dziesięć po szóstej. Słyszałeś, żeby dzwonił?

– Nie.

– To może oznaczać, że już wiedzą o tym telefonie. Waaler się zbliża.

Sven jęknął.

– Czy ktoś już ci mówił, że masz tendencję do powtarzania się, Harry? A poza tym przyszło mi do głowy, że cholernie mało robisz, żeby nas wyciągnąć z tego potrzasku.

Harry w odpowiedzi wypuścił grube kółko dymu.

– Mam wręcz takie wrażenie, jakbyś chciał, żeby on nas tu znalazł. A cała reszta to tylko przedstawienie dla publiczności. Chcesz zachować pozory, że tak strasznie staramy się ukryć, aby mieć pewność, że on da się nabrać i przyjdzie za tobą.

– Bardzo interesująca teoria.

– Ekspert z Młynów Norweskich potwierdza, że jest tak, jak myślałeś – powiedziała Beate do słuchawki, gestem dając znak Bjørnowi Holmowi, że ma wyjść z pokoju.

Po klikaniu zrozumiała, że Harry dzwoni z budki telefonicznej.

– Dziękuję za pomoc – odparł. – Właśnie tego potrzebowałem.

– Naprawdę?

– Mam nadzieję, że tak.

– Właśnie dzwoniłam do Olaug Sivertsen, Harry. Odchodzi od zmysłów z niepokoju.

– Mhm.

– Nie chodzi tylko o syna. Boi się też o swoją lokatorkę, która na weekend wybrała się gdzieś do domku letniskowego i jeszcze nie wróciła. Nie wiem, co mam jej powiedzieć.

– Jak najmniej. To już niedługo się skończy.

– Obiecujesz?

Śmiech Harry'ego zabrzmiał jak suchy kaszel broni maszynowej.

– Akurat to mogę obiecać, owszem.

Zatrzeszczało w interkomie.

– Gość do ciebie – rozległ się typowy dla recepcji nosowy głos.

To była wprawdzie kobieta z Securitas, ponieważ minęła już czwarta, ale Beate zauważyła, że po pewnym czasie spędzonym w recepcji nawet ludzie z Securitas zaczynali mówić przez nos.

Beate wcisnęła guzik lekko przechodzonego aparatu.

– Proszę poprosić, żeby chwilę zaczekał, ponieważ jestem zajęta.

– Tak, ale o...

Beate wyłączyła interkom.

– Jakieś marudzenie – powiedziała.

W tle trzeszczącego oddechu Harry'ego w słuchawce usłyszała hamowanie samochodu i wyłączanie silnika. A jednocześnie zauważyła zmianę w sposobie, w jaki światło wpadało do pokoju.

– Muszę lecieć – oświadczył Harry. – Zaczyna mi się spieszyć. Może zadzwonię do ciebie później. Jeśli pójdzie tak, jak mam na to nadzieję. Okej? Beate?

Beate odłożyła słuchawkę. Jej spojrzenie padło na drzwi.

– I co tam? – spytał Tom Waaler. – Nie żegnasz się z dobrymi przyjaciółmi?

– Recepcjonistka nie powiedziała ci, że masz zaczekać?

– Owszem.

Tom Waaler zamknął drzwi i pociągnął za sznurek, opuszczając żaluzje w oknie wychodzącym na dużą wspólną przestrzeń. Potem obszedł stanowisko pracy Beate, stanął przy jej krześle i popatrzył na biurko.

– Co to jest? – spytał, wskazując na dwie nieduże ściśnięte ze sobą szklane płytki.

Beate wciągnęła powietrze przez nos.

– Według laboratorium to ziarno.

Waaler lekko położył jej dłoń na karku. Beate zdrętwiała.

– To z Harrym rozmawiałaś? – Przeciągnął palcem po jej skórze.

– Przestań! – powiedziała z udawanym spokojem. – Zabierz rękę!

– Ojej, niedobrze. – Waaler podniósł obie ręce do góry. – Przecież kiedyś ci się to podobało, Lønn.

– Czego chcesz?

– Dać ci szansę. Uważam, że jestem ci to winien.

– Tak uważasz? A za co?

Przekrzywiła głowę, nie spuszczając z niego oczu. Tom zwilżył wargi i pochylił się nad nią.

– Za wolę, gotowość do służby i za uległość. I za ciasną zimną cipkę.

Beate zamierzyła się, ale on złapał ją za nadgarstek, jednym ruchem wykręcił jej rękę na plecy i pchnął w górę. Beate jęknęła, przechyliła się na krześle, o mało nie uderzając czołem w blat biurka.

– Daję ci szansę na to, żebyś została w pracy, Lønn – syknął jej do ucha. – Wiemy, że Harry dzwonił do ciebie z komórki kumpla. Gdzie on jest?

Beate stęknęła. Waaler pchnął jej rękę jeszcze mocniej w górę.

– Wiem, że to boli – powiedział. – I wiem, że ból nie skłoni cię do powiedzenia mi czegokolwiek. Robię to wyłącznie dla swojej osobistej przyjemności. I dla twojej.

Wysunął podbrzusze w jej stronę. Beate krew zaszumiała w uszach. Namierzyła się i opadła na biurko, uderzając głową w aparat interkomu, aż zatrzeszczał twardy plastik.

– Słucham – rozległ się nosowy głos.

– Natychmiast proszę przysłać do mnie Holma – jęknęła Beate z policzkiem wduszonym w podkładkę do pisania.

– Dobrze.

Waaler niechętnie puścił jej rękę, Beate się wyprostowała.

– Ty świnio! – powiedziała. – Nie wiem, gdzie on jest. Nigdy nie przyszłoby mu do głowy stawiać mnie w takiej sytuacji.

Tom Waaler długo na nią patrzył. Przyglądał jej się uważnie, a w tym czasie Beate odkryła coś dziwnego: Już się go nie bała. Rozum mówił jej, że Waaler jest bardziej groźny niż kiedykolwiek, ale było coś w jego spojrzeniu, jakiś lęk, którego nigdy wcześniej nie widziała. I właśnie stracił panowanie nad sobą. Zaledwie na kilka sekund, ale po raz pierwszy widziała, że w ogóle do tego doszło.

– Jeszcze do ciebie wrócę – szepnął. – To obietnica. A ty dobrze wiesz, że ja dotrzymuję obietnic.

– Co się... – zaczął Bjørn Holm i czym prędzej usunął się na bok, żeby przepuścić w drzwiach wściekłego Waalera.

40 PONIEDZIAŁEK. DESZCZ

Było pół do ósmej, słońce wzięło kurs na wzgórze Ullern, a wdowa Danielsen ze swojego balkonu na Thomas Heftyes gate stwierdziła, że nad Oslofjorden nadciągnęło kilka białych chmur. Pod nią przechodził właśnie ulicą André Clausen z Trulsem. Nie znała z imienia ani tego mężczyzny, ani jego golden retrievera, ale często ich widywała nadchodzących od strony Gimle terrasse. Zatrzymali się na czerwonym świetle na skrzyżowaniu, przy postoju taksówek na Bygdøy allé. Wdowa Danielsen doszła do wniosku, że wybierają się do parku Frogner.

Obaj, jej zdaniem, wyglądali na trochę zmęczonych. Ponadto psu wyraźnie przydałaby się kąpiel.

Skrzywiła się, widząc, jak pies siedzący o pół kroku za właścicielem nagle unosi zad i załatwia się na chodnik. A gdy właściciel nie wykazał żadnej oznaki, by pozbierać paskudztwo, przeciwnie, pociągnął psa za sobą przez pasy, gdy tylko zrobiło się zielone, pani Danielsen poczuła się urażona, a zarazem podniesiona na duchu. Urażona, ponieważ zawsze dbała o dobro miasta, a przynajmniej o dobro tej jego części, a podniesiona na duchu dlatego, że oto miała materiał na kolejny list do „Aftenposten”, a trochę czasu już upłynęło, odkąd ostatnio ją drukowano.

Stała wpatrzona w miejsce przestępstwa. W tym czasie pies i jego pan poruszali się szybko, najwyraźniej przytłoczeni poczuciem winy, w górę Frognerveien. Dzięki temu stała się bezradnym świadkiem zdarzenia, w którym kobieta biegnąca w przeciwnym kierunku, by zdążyć przejść na zielonym świetle, padła ofiarą całkowitego braku poczucia odpowiedzialności u niektórych obywateli miasta. Kobieta była najwyraźniej tak przejęta dopadnięciem do jedynej taksówki na postoju, że nie zauważyła nawet, gdzie stąpa.

Wdowa Danielsen prychnęła głośno, zerknęła po raz ostatni na armadę chmur i wróciła do mieszkania, by zabrać się do listu do gazety.

Pociąg przejechał jak długi miękki oddech. Olaug otworzyła oczy i zobaczyła, że stoi w ogrodzie. Dziwne. Nie przypominała sobie, żeby wychodziła z domu. A tymczasem stała teraz wśród torów z ostatnim trupio słodkim zapachem róż i bzów w nozdrzach. Ciśnienie w skroniach nie zelżało, przeciwnie. Podniosła głowę. Zachmurzyło się. Dlatego zrobiło się tak ciemno. Olaug popatrzyła na swoje bose stopy. Biała skóra, niebieskie żyły, stopy starej kobiety. Wiedziała, dlaczego stanęła akurat w tym miejscu. To tutaj, właśnie tutaj stali Ernst i Randi. Ona tkwiła w oknie służbówki i patrzyła na nich w półmroku na tle rododendronów, których już nie było. Słońce zachodziło, a on mruczał coś cicho po niemiecku i zerwał różę, którą wsunął żonie za ucho. A Randi ze śmiechem wtuliła nos w jego szyję. Odwrócili się potem w stronę zachodu, objęli i stali nieruchomo, ona z głową opartą o ramię męża. I we troje oglądali zachód słońca. Olaug nie wiedziała, o czym myśleli, ale ona myślała o tym, że słońce być może pewnego dnia znów wzejdzie. Taka młoda.

Odruchowo zerknęła w okno służbówki. Nie było Iny, nie było żadnej młodej Olaug. Jedynie czarna powierzchnia, w której odbijały się chmury przypominające popcorn.

Będzie płakać do końca lata. A może trochę dłużej. A potem reszta jej życia rozpocznie się tak, jak zawsze się rozpoczynała. Taki ułożyła plan. Człowiek potrzebuje planu.

Coś poruszyło się za jej plecami. Olaug odwróciła się ciężko i powoli. Czuła, jak chłodna trawa odrywa się od ziemi, gdy przesuwała stopy. I nagle w pół ruchu zamarła.

To był pies. Patrzył na nią takim spojrzeniem, jak gdyby chciał prosić o wybaczenie czegoś, co jeszcze się nie zdarzyło. W tej samej chwili coś bezszelestnie oderwało się od cieni pod drzewami owocowymi i przysunęło do psa. Mężczyzna. Oczy miał duże i czarne, tak jak pies. Olaug nie mogła oddychać, jakby ktoś wepchnął jej zwierzątko do gardła.

– Byliśmy u pani, ale pani nie zastaliśmy. – Mężczyzna, przekrzywił głowę i popatrzył na nią tak, jak patrzy się na interesującego owada. – Pani nie wie, kim jestem, pani Sivertsen, ale ja już od dawna cieszyłem się na spotkanie z panią.

Olaug otworzyła usta i zaraz znów je zamknęła. Mężczyzna podszedł bliżej. Olaug spojrzała mu przez ramię.

– Boże – szepnęła i wyciągnęła ręce.

Ze schodów zbiegła dziewczyna. Przeskoczyła alejkę i rzuciła się w objęcia Olaug.

– Strasznie się o ciebie bałam – wyznała Olaug.

– Tak? – zdziwiła się Ina. – Po prostu trochę dłużej zostaliśmy w domku. Przecież są wakacje.

– No, oczywiście. – Olaug nie wypuszczała jej z objęć.

Pies, seter angielski, również dał się porwać tej fali radości, podskoczył i oparł obie łapy o plecy Olaug.

– Thea, siad! – zawołał mężczyzna.

Thea usiadła.

– A to jest...? – Olaug w końcu puściła Inę.

– To jest Terje Rye. – Policzki Iny pałały. – Mój narzeczony.

– Dobry Boże! – Olaug klasnęła w dłonie.

Mężczyzna wyciągnął rękę i uśmiechnął się szeroko. Nie był urodziwy. Miał zadarty nos, cienkie włosy i oczy osadzone blisko siebie. Ale spojrzenie miał otwarte, szczere, Olaug od razu się spodobało.

– Bardzo mi przyjemnie – powiedział.

– Mnie również – odparła Olaug z nadzieją, że ciemność ukryje jej łzy.

Toya Harang poczuła ten zapach dopiero daleko na Josefines gate. Podejrzliwie zerknęła na kierowcę taksówki. Ciemnoskóry, ale w każdym razie nie był Afrykańczykiem, bo wtedy nie odważyłaby się wsiąść. Nie była rasistką. Chodziło o zwykłą statystykę.

Ale co to za zapach?

Poczuła na sobie spojrzenie szofera w lusterku. Czyżby ubrała się zbyt śmiało? Czy czerwony dekolt był zbyt głęboki, a spódniczka z rozporkiem, noszona do kowbojek, za krótka? Pomyślała o czymś przyjemniejszym. Może poznał ją z artykułów w dzisiejszych gazetach, które zamieściły jej duże zdjęcia. Napisano: „Toya Harang, spadkobierczyni tronu musicali". Wprawdzie recenzent „Dagbladet" nazwał ją „niezdarnie czarującą" i napisał, że była bardziej wiarygodna jako kwiaciarka Eliza niż dama z towarzystwa, w którą zmienił ją profesor Higgins, ale wszyscy recenzenci byli zgodni co do tego, że umie śpiewać i tańczyć lepiej niż inni. Ciekawe, co by na to powiedziała Lisbeth.

– Impreza? – spytał kierowca.

– W pewnym sensie – odparła Toya.

Impreza dla dwojga, pomyślała. Dla Afrodyty i... jakie było to drugie imię, które wymienił? W każdym razie Afrodyta to ona. Podszedł do niej wczoraj podczas premiery i szepnął do ucha, że jest jej tajemniczym wielbicielem. No i zaprosił do siebie do domu na dziś wieczór. Nie próbował nawet ukrywać swoich zamiarów, a ona powinna powiedzieć „nie". Dla przyzwoitości powinna odmówić.

– Na pewno będzie przyjemnie – stwierdził taksówkarz.

Przyzwoitość. I „nie". Zdarzało się, że wciąż czuła zapach silosu i słomianego pyłu, widziała, jak wywijający się pas ojca przerywa smugi światła wpadającego przez szczeliny między deskami stodoły, kiedy próbował wbić jej to do głowy. Przyzwoitość i „nie". A potem czuła na włosach głaskanie ręki matki w kuchni i jej pytanie, dlaczego nie może być taka jak Lisbeth. Miła i grzeczna. A Toya pewnego dnia wyrwała się, oświadczając, że jest właśnie taka, jaka jest, i że pewnie ma to po ojcu, bo widziała, jak pokrywał Lisbeth jak maciorę w chlewie. A może matka o tym nie wiedziała? Toya zobaczyła, jak twarz matki się zmienia, wcale nie z powodu kłamstwa, lecz ponieważ ich córka nie przebierała już w środkach, byle tylko ich zranić. A potem Toya wrzasnęła głośno, że nienawidzi ich wszystkich. Z salonu wyszedł ojciec z gazetą w ręku, a ona po twarzach rodziców poznała, że zrozumieli, że tym razem nie skłamała. Czy wciąż ich nienawidziła teraz, kiedy wszyscy już odeszli?

Nie wiedziała. Nie. Dziś nie czuła nienawiści do nikogo. Nie dlatego robiła to, co robiła. Robiła to dla zabawy. Dla nieprzyzwoitości i dla „tak". Dlatego, że to było tak nieprzyzwoicie zakazane.

Dała taksówkarzowi dwieście koron i uśmiech. Powiedziała też, żeby nie wydawał jej reszty, pomimo tego zapachu w samochodzie. Dopiero gdy taksówka odjechała, uświadomiła sobie, dlaczego kierowca tak się na nią gapił w lusterku. To nie on tak śmierdział, tylko ona.

– Jasna cholera!

Wytarła podeszwę wysokiego kowbojskiego buta o krawężnik, pojawiły się na nim brązowe smugi. Rozejrzała się za kałużą, ale kałuży nikt nie widział w Oslo już od blisko pięciu tygodni. Zrezygnowała, podeszła do bramy i zadzwoniła.

– Słucham?

– Tu Afrodyta – zagruchała.

Uśmiechnęła się do siebie.

– A tu Pigmalion – odparł głos.

To było to imię!

Zaburczał brzęczyk. Zawahała się przez chwilę. Ostatnia możliwość odwrotu. W końcu odrzuciła włosy do tyłu i otworzyła bramę.

Stał w drzwiach z drinkiem w ręku i czekał na nią.

– Zrobiłaś tak, jak mówiłem? – spytał. – Nikomu nie zdradziłaś, dokąd idziesz?

– No pewnie, zwariowałeś? – Przewróciła oczami.

– Być może. – Drzwi otworzył całkiem. – Chodź, przywitasz się z Galateą.

Roześmiała się, chociaż nie zrozumiała, o co mu chodzi. Chociaż wiedziała, że stanie się coś strasznego.

Harry znalazł parking kawałek dalej na Markveien. Zgasił silnik i wysiadł z samochodu. Zapalił papierosa i rozejrzał się. Ulice były puste. Wyglądało na to, że ludzie pochowali się w domach. Niewinnie białe po południu chmury ułożyły się w stalowoszarą kurtynę zasłaniającą pół nieba.

Szedł wzdłuż pokrytych graffiti fasad kamienic, aż w końcu stanął przed bramą. Zorientował się, że z papierosa został mu sam filtr. Wyrzucił go na ziemię. Zadzwonił i czekał. Było tak duszno, że pociły mu się dłonie. A może to ze strachu? Spojrzał na zegarek i zapamiętał, która godzina.

– Słucham? – w głosie brzmiała irytacja.

– Dobry wieczór. Harry Hole.

Żadnej odpowiedzi.

– Z policji – dodał.

– Oczywiście, przepraszam, myślałam o czymś innym. Proszę.

Zabrzęczał domofon.

Harry pokonywał schody długimi powolnymi krokami.

Obie czekały na niego w drzwiach.

– Oho! – powiedziała Ruth. – Zaraz się zacznie.

Harry znieruchomiał na podeście schodów.

– Deszcz – wyjaśniła Orlica z Trondheim.

– Aha. – Harry wytarł dłonie o spodnie.

– W czym możemy panu pomóc, Hole?
– W ujęciu Kuriera Śmierci.

Toya leżała zwinięta jak embrion na środku łóżka i przeglądała się w lustrze na drzwiach zdjętych z szafy i opartych o ścianę. Słuchała odgłosu prysznica na dolnym poziomie. On zmywał ją z siebie. Odwróciła się. Materac miękko układał się do kształtu jej ciała. Popatrzyła na zdjęcie. Uśmiechali się do obiektywu. Zdjęcie z wakacji. Może we Francji? Pogładziła chłodną kołdrę. Jego ciało też było chłodne. Chłodne, twarde i muskularne, jak na człowieka w tym wieku. Zwłaszcza pośladki i uda. To dlatego, że był tancerzem, tak twierdził. Trenował te mięśnie co dzień przez piętnaście lat. Nigdy nie zanikną.

Toya popatrzyła na czarny pasek w jego spodniach, które leżały na podłodze. Piętnaście lat. Nigdy nie zanikną.

Obróciła się na plecy, podsunęła wyżej na łóżku i usłyszała plusk wody wewnątrz gumowego materaca. Ale teraz wszystko się zmieni. Toya jest zdolna, grzeczna. Dokładnie taka, jak chcieli rodzice. Zmieniła się w Lisbeth.

Oparła głowę o ścianę i zapadła się głębiej. Coś ją łaskotało między łopatkami. Czuła się jak w łodzi płynącej rzeką. Nie wiedziała, skąd wzięło się to skojarzenie.

Willy spytał, czy mogłaby użyć wibratora, a on będzie patrzył. Wzruszyła ramionami. Grzeczna. Otworzył skrzynkę z narzędziami. Zamknęła oczy, lecz mimo to pod powiekami widziała smugi światła wpadające przez szczeliny między deskami stodoły. A kiedy on zanurzył się w jej usta, poczuła smak silosu. Ale nic nie powiedziała. Była grzeczna.

Tak samo grzeczna ja wówczas, gdy Willy uczył ją mówić i śpiewać jak siostra, poruszać się, uśmiechać tak jak ona. Charakteryzatorce dał zdjęcie Lisbeth i zapowiedział, że życzy sobie, by Toya tak właśnie wyglądała. Nie umiała się jedynie śmiać jak Lisbeth, więc Willy poprosił, by w ogóle się nie śmiała. Czasami nie była pewna, do jakiego stopnia jego życzenia mają związek z rolą Elizy Doolittle, a do jakiego z rozpaczliwą tęsknotą za Lisbeth. A teraz tu leżała. Być może również teraz chodziło o Lisbeth, i jemu, i jej. Co powiedział Willy? Że żądza szuka najniższego punktu?

Między łopatkami znów ją coś zakłuło. Poruszyła się zirytowana.

Sama Toya, gdyby miała być szczera, niezbyt tęskniła za Lisbeth. Owszem, jak wszyscy inni przeżyła szok, gdy dotarła do niej wiadomość o zaginięciu, ale jednocześnie otworzyło się sporo nowych drzwi. Przeprowadzano z nią wywiady, a Spinnin' Wheel otrzymało propozycję serii dobrze płatnych koncertów upamiętniających Lisbeth. I jeszcze główna rola w *My Fair Lady*. W dodatku wyglądało na to, że przedstawienie odniesie sukces. Willy na przyjęciu po premierze powiedział, że Toya musi się teraz przygotować do roli osoby sławnej. Że będzie gwiazdą, diwą. Wsunęła rękę pod plecy. Co to tak uciska? Jakaś kulka. Pod prześcieradłem. Po naciśnięciu zniknęła. Ale zaraz znów się pojawiła. Musi się przekonać.

– Willy?

Chciała wołać głośniej, żeby przekrzyczeć szum prysznica na dole, ale przypomniała sobie, że Willy surowo jej przykazał nie nadwerężać głosu. Po dzisiejszym wolnym dniu mieli grać codziennie do końca tygodnia. Kiedy przyszła, poprosił ją wręcz, by w ogóle się nie odzywała, chociaż wcześniej zapowiedział, że chce powtórzyć parę jej kwestii, które nie wypadły jak należy; prosił także, by umalowała się tak jak Eliza, żeby zachować realizm scen.

Toya ściągnęła streczowe prześcieradło z brzegu łóżka wodnego i odsunęła je na bok. Pod spodem nie było maty ochronnej, tylko niebieski półprzeźroczysty materac z gumy. Ale co mogło tak kłuć? Przyłożyła dłoń do materaca. Tak, to to, pod gumą. Ale niczego nie widziała. Wyciągnęła się w bok, zapaliła lampkę na nocnym stoliku i skierowała ją tak, by świeciła wprost na to miejsce. Kulka znów zniknęła. Toya przyłożyła dłoń do materaca i czekała. Wyłaniała się znów. Powoli. Toya uświadomiła sobie, że tam musi coś być, co się zanurza, gdy ona to popycha, a potem znów wypływa. Odsunęła rękę.

Najpierw zobaczyła jedynie zarys czegoś pod gumą. Zarys, który wyglądał jak profil. Nie, nie j a k profil. To b y ł profil. Położyła się na brzuchu. Przestała oddychać. Teraz już to czuła. Od brzucha aż po palce u stóp. Czuła, że pod spodem jest całe ciało. Ciało, które siła wyporu wody wypychała w górę, a ją siła ciążenia pchała w dół. Jak gdyby byli dwojgiem ludzi, starającym stopić się w jedno. I może już tak było, ponieważ odniosła wrażenie, jakby spoglądała w lustro.

Chciała krzyczeć. Chciała zniszczyć głos. Nie chciała być grzeczna. Ani zdolna. Chciała na powrót stać się Toyą. Nie dała rady. Była w stanie jedynie wpatrywać się w bladą siną twarz siostry, która patrzyła na nią oczyma bez źrenic. I słyszała prysznic, który szumiał jak telewizor po zakończeniu programu. I odgłos kropli kapiących na parkiet, który powiedział jej, że Willy nie stoi już pod prysznicem.

– To nie może być on – oświadczyła Ruth. – To... to niemożliwe.

– Kiedy byłem tu ostatnio, opowiadałyście, że bawiłyście się myślą, żeby przejść po dachu do Barlich i ich podglądać – powiedział Harry. – Mówiłyście też, że jego drzwi na taras są uchylone przez całe lato. Jesteście tego pewne?

– Owszem, ale nie może pan po prostu zadzwonić do drzwi? – spytała Orlica z Trondheim.

Harry pokręcił głową.

– Może zacząć coś podejrzewać i jeszcze nam się wywinie. Muszę go złapać dzisiaj, bo inaczej będzie za późno.

– Za późno na co? – drążyła Orlica z Trondheim, mrużąc jedno oko.

– Posłuchajcie, proszę was jedynie o to, żebyście pozwoliły mi skorzystać ze swojego balkonu, bym mógł wejść na dach.

– Naprawdę nie ma was więcej? – spytała Orlica. – A pan nie ma nakazu rewizji czy czegoś w tym rodzaju?

Harry pokręcił głową.

– Mam uzasadnione podejrzenia – odparł. – To wystarczy.

Grzmot ryknął ostrzegawczo nad głową Harry'ego. Rynna nad balkonem była kiedyś pomalowana na żółto, ale większość farby się złuszczyła, odsłaniając duże czerwone róże rdzy. Harry złapał się obiema rękami i lekko pociągnął, żeby sprawdzić, czy jest przymocowana. Rynna poddała się z jękiem, śruba wysunęła się z tynku i spadła na tylne podwórze. Harry opuścił ręce i zaklął. I tak nie miał wyboru. Postawił więc nogę na balustradzie balkonu i podciągnął się do góry. Potem spojrzał w dół i dech zaparło mu w piersiach. Prześcieradło na stojaku do suszenia bielizny wyglądało jak znaczek pocztowy unoszony wiatrem.

Odbił się, skoczył na dach, wprawdzie stromy, ale jednak siła tarcia pomiędzy dachówkami a solidnymi podeszwami martensów wystarczyła na to, by dało się zrobić dwa kroki do komina, który objął jak dawno niewidzianego przyjaciela. Wyprostował się i rozejrzał. Gdzieś nad Nesoddlandet zajaśniała błyskawica. A powietrze, które stało nieruchomo, kiedy przyszedł, delikatnie zaczęło skubać go za kurtkę. Przestraszył się, gdy jakiś czarny cień przebiegł mu nagle po twarzy, a potem przeciął podwórze. Jaskółka. Zauważył, że szuka schronienia pod gzymsem.

Wspiął się na szczyt dachu, obrał kurs na czarnego kurka, odległego o piętnaście metrów, odetchnął głęboko i zaczął balansować wzdłuż kalenicy z rękami rozłożonymi na boki jak tancerz na linie.

Dotarł do połowy, gdy się to stało.

Usłyszał szum, który w pierwszej chwili wziął za szelest drzew poniżej. Dźwięk narastał, a jednocześnie stojak do suszenia bielizny zaczął się obracać i krzyczeć, ale Harry na razie jeszcze nie czuł wiatru. I nagle wiatr go trafił. Okres suszy się skończył. Wicher uderzył Harry'ego w pierś jak lawina powietrza popychana masami wody. Harry zatoczył się w tył i zatrzymał, chwiejąc się. Usłyszał, że ktoś biegnie do niego po dachówkach. Deszcz. Potop. Lunął z taką siłą, że już w następnej sekundzie wszystko było mokre. Harry usiłował odzyskać równowagę, ale wszelka przyczepność zniknęła. Miał wrażenie, że stąpa po mydle. Noga mu się poślizgnęła i runął w przód, rozpaczliwie wyciągając się w stronę kurka na dachu. Ręce miał wyprostowane, palce rozczapierzone. Prawa ręka drapała o mokre dachówki, szukając czegoś, czego mogłaby się uchwycić, ale nic nie znalazła. Siła ciążenia szarpała nim, paznokcie szorujące o dachówki wydobywały ten sam szorstki dźwięk, co ostrze kosy na osełce, gdy osuwał się w dół. Słyszał, że krzyk stojaka na bieliznę cichnie, poczuł rynnę pod kolanami, wiedział, że zaraz znajdzie się poza krawędzią dachu, i wyciągnął się w rozpaczliwej próbie wydłużenia ciała, rozciągnięcia się jak antena. Antena. Lewa ręka coś złapała, zacisnęła się. Metal ustąpił. Wygiął się, zagroził, że spadnie wraz z nim na podwórze. Ale wytrzymał.

Harry zdołał uchwycić się anteny obiema rękami i podciągnąć na dach. Gumowe podeszwy z całej siły przycisnął do podłoża. Udało się. Deszcz wściekle siekł go w twarz, ale dotarł do kalenicy. Usiadł na niej okrakiem i odetchnął. Skręcony metalowy maszt anteny zwisał z dachu.

Dziś wieczorem ktoś będzie miał kłopoty z obejrzeniem powtórki *Śpiewających fortepianów*.

Zaczekał, aż puls trochę mu się uspokoi, potem wstał i podjął balansowanie na linie. Kurek na dachu doczekał się pocałunku.

Taras Barliego był zespolony z dachem, mógł więc łatwo zejść na czerwone terakotowe płytki. Spod jego stóp bryznęła woda, ale plusk zagłuszało chlupotanie w przepełnionej rynnie.

Krzesła zabrano. W kącie stał tylko czarny martwy grill. Ale drzwi na taras były uchylone.

Harry zakradł się pod nie i nasłuchiwał.

Początkowo nie słyszał nic oprócz deszczu bębniącego o dach, ale gdy ostrożnie pokonał próg i wszedł do mieszkania, odróżnił jeszcze inny dźwięk. Również wodę. Odgłos dochodził z łazienki poniżej. Prysznic. Nareszcie ma trochę szczęścia. Obmacał kieszenie przemoczonej kurtki, w której miał dłuto. Nagi nieuzbrojony Barli to zdecydowanie o wiele lepsze rozwiązanie, zwłaszcza jeśli wciąż zachował pistolet, który Sven dostarczył do parku Frogner w sobotę.

Harry zobaczył, że drzwi do sypialni są otwarte. W stojącej przy łóżku skrzynce z narzędziami leżał poprzednio lapoński nóż. Przemknął się tam szybko.

Pokój był ciemny, paliła się jedynie lampka na nocnym stoliku. Harry stanął u stóp łóżka, jego spojrzenie padło najpierw na ścianę, na zdjęcie uśmiechniętych Lisbeth i Willy'ego w podróży poślubnej przed jakimś starym majestatycznym budynkiem i pomnikiem rycerza na koniu. Harry wiedział już, że tego zdjęcia nie zrobiono we Francji. Według Svena każda jako tako wykształcona osoba powinna na posągu rozpoznać czeskiego bohatera narodowego, Wacława, przed Muzeum Narodowym na placu jego imienia w Pradze.

Oczy Harry'ego przyzwyczaiły się do ciemności, przeniósł wzrok na łóżko. I w tej samej chwili zamarł. Przestał oddychać, znieruchomiał jak śniegowy bałwan. Kołdra leżała odrzucona na podłogę, a prześcieradło było do połowy ściągnięte, odsłaniało niebieską gumę. Leżał na nim nagi człowiek, oparty na łokciach. Wyglądał tak, jakby spojrzenie miał skierowane w ten punkt materaca, na który padało światło lampy.

Deszcz na dachu odbębnił ostatnie takty, zanim nagle urwał. Ten człowiek najwyraźniej nie usłyszał, że Harry wszedł do pokoju. Ale

Harry miał ten sam problem, co większość bałwanów ze śniegu w lipcu. Cały płynął. Woda kapała z kurtki i spadała na podłogę z odgłosem, który w uszach Harry'ego brzmiał jak huk.

Człowiek na łóżku zdrętwiał, a potem się odwrócił. Najpierw głowę. Potem całe nagie ciało.

Pierwszą rzeczą, na którą Harry zwrócił uwagę, był sztywny penis, który kołysał się raz w jedną, raz w drugą, jak metronom.

– Boże, Harry!

W głosie Willy'ego Barliego dał się słyszeć strach, a jednocześnie ulga.

41 PONIEDZIAŁEK. *HAPPY END*

– Dobranoc.

Rakel pocałowała Olega w czoło i starannie otuliła kołdrą. Potem zeszła na dół, usiadła w kuchni i patrzyła na deszcz.

Lubiła deszcz. Oczyszczał powietrze i zmywał wszystko, co było. Nowy początek. Właśnie tego potrzebowała, nowego początku.

Podeszła do drzwi wejściowych i sprawdziła, czy są zamknięte. Zrobiła to już trzeci raz tego wieczoru. Czego właściwie tak się bała?

Potem włączyła telewizor.

Leciał jakiś program muzyczny. Trzy osoby na jednym stołku od fortepianu. Uśmiechali się do siebie. Jak nieduża rodzina, pomyślała Rakel.

Gwałtownie drgnęła, gdy powietrze rozdarł grzmot.

– Nie masz pojęcia, jak mnie wystraszyłeś.

Willy Barli pokręcił głową, a jego stopniowo zmniejszający się członek zrobił to samo.

– Trochę sobie wyobrażam – odparł Harry – bo przecież wszedłem drzwiami na taras.

– Nie, Harry. Naprawdę nie masz pojęcia.

Willy wyciągnął się poza łóżko, sięgnął po kołdrę i się nakrył.

– Miałem wrażenie, że bierzesz prysznic – powiedział Harry.

Willy się skrzywił.

– To nie ja. Nie ja.

– A kto?

– Mam gościa. Kobietę.

Uśmiechnął się półgębkiem i ruchem głowy wskazał na krzesło, na którym leżała zamszowa spódnica, czarny biustonosz i pojedyncza czarna pończocha z elastycznym ściągaczem.

– Samotność nas, mężczyzn, osłabia. Prawda, Harry? Szukamy pociechy tam, gdzie nam się wydaje, że ją znajdziemy. Niektórzy w butelce, inni... – Willy wzruszył ramionami. – Jesteśmy skłonni do popełniania błędów, prawda? I rzeczywiście mam wyrzuty sumienia, Harry.

Wzrok Harry'ego przyzwyczaił się już do ciemności. Dostrzegł teraz ślady łez na policzku Willy'ego.

– Obiecasz, że nikomu nie powiesz, Harry? To był błąd.

Harry podszedł do krzesła, przewiesił pończochę przez oparcie i usiadł.

– A komu miałbym o tym powiedzieć, Willy? Twojej żonie?

Pokój nagle rozświetlił błysk, któremu towarzyszył gwałtowny trzask.

– Zaraz będzie dokładnie nad nami – stwierdził Willy.

– Owszem. – Harry przeciągnął dłonią po mokrym czole.

– No więc czego chcesz?

– Chyba wiesz, Willy.

– Powiedz to mimo wszystko.

– Przyszliśmy cię zabrać.

– Nie my. Jesteś sam, prawda? Zupełnie sam.

– Dlaczego tak uważasz?

– Przez twój wzrok. Twoje gesty. Ja znam się na ludziach, Harry. Zakradasz się do mnie. Liczy się dla ciebie moment zaskoczenia. Nikt się tak nie zachowuje, kiedy ściga kogoś gromadą. Dlaczego jesteś sam? Gdzie są inni? Czy ktoś w ogóle wie, że tu jesteś?

– To nieważne. Powiedzmy, że jestem sam. Ale ty i tak musisz się przyznać do zabójstwa czterech osób.

Willy z palcem przyłożonym do ust wyglądał tak, jakby się zastanawiał, gdy Harry wymieniał nazwiska.

– Mariusa Velanda. Camilli Loen. Lisbeth Barli. Barbary Svendsen.

Willy przez chwilę patrzył przed siebie pustym wzrokiem. Potem powoli pokiwał głową i odjął palec od ust.

– Jak to odkryłeś, Harry?

– Gdy zrozumiałem, dlaczego. Z zazdrości. Chciałeś się zemścić na obojgu, prawda? Kiedy się dowiedziałeś, że Lisbeth poznała Svena Sivertsena i romansowała z nim podczas waszej podróży poślubnej do Pragi.

Willy zamknął oczy i odchylił głowę. W materacu coś plusnęło.

– Nie wiedziałem, że to twoje zdjęcie z Lisbeth zostało zrobione w Pradze, dopóki nie zobaczyłem tego samego pomnika na fotografii, którą przesłano mi dzisiaj mailem właśnie stamtąd.

– I wtedy zrozumiałeś już wszystko?

– No cóż. Kiedy ta myśl już przyszła mi do głowy, w pierwszej chwili odrzuciłem ją jako absurdalną, ale potem zaczęła mi się wydawać coraz bardziej rozsądna. A raczej na tyle rozsądna, na ile może być szaleństwo. Zrozumiałem, że Kurier Śmierci nie jest seryjnym zabójcą sfiksowanym na punkcie seksu, tylko kimś, kto to wszystko wyreżyserował, żeby tak właśnie wyglądało. I jeszcze żeby zabójcą wydawał się Sven Sivertsen. Takie przedstawienie wyreżyserować może jedynie profesjonalista. Ktoś, dla kogo reżyserowanie to praca i pasja.

Willy otworzył jedno oko.

– Jeśli dobrze cię rozumiem, to uważasz, że ten człowiek miałby zaplanować zabicie czterech osób tylko po to, by zemścić się na jednej?

– Z pięciu ofiar jedynie trzy zostały wybrane przypadkowo. Postarałeś się, żeby wyglądało to tak, że o wyborze miejsc zbrodni decydował przypadkowo umieszczony pentagram. Ale w rzeczywistości za punkt wyjścia przyjąłeś dwa miejsca. Twój własny dom i willę matki Svena Sivertsena. Dość wyrafinowane, ale to prosta geometria.

– Naprawdę wierzysz w tę swoją teorię, Harry?

– Sven Sivertsen nigdy nie słyszał o Lisbeth Barli. Ale wiesz co, Willy? Natychmiast ją sobie przypomniał, kiedy mu podałem jej panieńskie nazwisko. Lisbeth Harang.

Willy nie odpowiedział.

– Nie rozumiem jedynie, dlaczego tyle lat czekałeś z zemstą.

Barli podsunął się wyżej na łóżku.

– Przyjmijmy za punkt wyjścia, że nie dociera do mnie, co ty insynuujesz, Harry. Nie chciałbym wpędzać ani ciebie, ani siebie w poważne kłopoty, przyznając się do winy. Ale ponieważ jestem w tej szczęśliwej sytuacji, że wiem, że nie możesz kompletnie nic udowodnić, to nie mam nic przeciwko chwili rozmowy. Dobrze wiesz, że cenię ludzi, którzy umieją słuchać.

Harry poruszył się niespokojnie.

– Tak, Harry. To prawda, że wiem o romansie Lisbeth z tym człowiekiem. Ale odkryłem go dopiero wiosną w tym roku.

Znów zaczęło trochę padać. Krople uderzały w okna dachowe z suchym trzaskiem.

– Sama ci o tym powiedziała?

Willy pokręcił głową.

– Nigdy by tego nie zrobiła. Wywodziła się z rodziny, w której wszyscy przyzwyczajeni byli do milczenia. Ta sprawa pewnie nie ujrzałaby światła dziennego, gdyby nie remont w mieszkaniu. Znalazłem list.

– Tak?

– W jej gabinecie zewnętrzna ściana to nagi mur. Pierwotny mur z czasów, gdy budowano kamienicę. Z przełomu wieków. Solidny, ale zimą lodowaty. Chciałem obić tę ścianę boazerią i ocieplić od środka. Lisbeth protestowała. Trochę mnie to zdziwiło, bo jest praktycznie myślącą dziewczyną, wychowaną na wsi, nie z rodzaju tych, którym sentyment każe płakać za starym murem. Pewnego dnia, kiedy wyszła, zbadałem tę ścianę. Niczego nie znalazłem, dopóki nie odsunąłem biurka. Wciąż nie było widać nic nadzwyczajnego, ale próbowałem poruszać wszystkimi cegłami. Jedna z nich lekko ustąpiła. Udało mi się ją wyciągnąć. Lisbeth zakamuflowała szczeliny szarą zaprawą. W środku znalazłem dwa listy. Na kopercie było jej nazwisko, Lisbeth Harang, i numer skrzynki pocztowej, o której istnieniu nie miałem pojęcia. W pierwszym odruchu uznałem, że powinienem odłożyć te listy nieczytane i wmawiać sobie, że nigdy ich nie widziałem, ale jestem słabym człowiekiem, nie było mnie na to stać. „Kochanie! Przez cały czas jesteś w moich myślach. Wciaż czuję Twoje usta na moich, Twoją skórę przy mojej skórze". Tak zaczynał się jego list.

W łóżku zachlupało.

– Te słowa były jak smagnięcie batem, ale czytałem dalej. To dziwne, bo miałem wrażenie, jak gdyby każde słowo zostało napisane przeze mnie. Kiedy skończył pisać, jak bardzo ją kocha, zaczął szczegółowo wspominać, co ze sobą robili w pokoju hotelowym w Pradze. Ale to nie opisy miłości najgłębiej mnie uraziły, tylko cytaty z jej opowieści o naszym związku. Że dla niej to jedynie „praktyczne rozwiązanie w życiu pozbawionym miłości". Potrafisz sobie wyobrazić, jakie to uczucie, Harry? Kiedy pewnego dnia wychodzi na jaw, że kobieta, którą kochasz, nie dość że cię zdradziła, to jeszcze nigdy cię nie kochała? Czy być niekochanym to nie jest definicja nieudanego życia?

– Nie – powiedział Harry.

– Nie?

– Proszę, mów dalej.

Willy popatrzył na niego badawczo.

– Dołączył swoje zdjęcie. Prawdopodobnie błagała go, by je przysłał. Poznałem go. To był Norweg, którego spotkaliśmy w kawiarni na Perlovej, dzielnicy Pragi o raczej wątpliwej reputacji, pełnej dziwek i mniej lub bardziej zakamuflowanych burdeli. Siedział przy barze, kiedy weszliśmy. Zwróciłem na niego uwagę, ponieważ wyglądał jak jeden z dojrzałych dystyngowanych mężczyzn, których Boss wykorzystuje jako modeli. Elegancko ubrany i właściwie dość stary. Ale oczy miał młode, rozbawione, z rodzaju tych, które każą mężczyznom baczniej pilnować swoich kobiet. Dlatego nie byłem szczególnie zaskoczony, gdy po chwili podszedł do naszego stolika, przedstawił się po norwesku i zaproponował naszyjnik do sprzedania. Uprzejmie odmówiłem, lecz on i tak wyjął go z kieszeni i pokazał Lisbeth, która o mało nie zemdlała i oświadczyła, że strasznie jej się podoba. Zawieszką był czerwony diament w kształcie pięcioramiennej gwiazdy. Spytałem, ile chce za ten klejnot, ale kiedy podał cenę tak śmiesznie wysoką, że można ją było potraktować wyłącznie jako prowokację, poprosiłem, żeby sobie poszedł. Uśmiechnął się do mnie, jakby właśnie odniósł zwycięstwo. Zapisał na kartce adres innej kawiarenki i powiedział, że możemy tam przyjść następnego dnia o tej samej porze, jeśli zmienimy zdanie. Kartkę – oczywiście – dał Lisbeth. Pamiętam, że przez cały dzień byłem w złym humorze. Ale później o wszystkim zapomniałem. Lisbeth potrafi skłonić człowieka do zapomnienia. Czasami udaje jej się to... – Willy przesunął palcem po okiem. – ...przez samą swoją obecność.

– Mhm. A co było w tym drugim liście?

– To był list, który ona napisała i najwyraźniej próbowała mu wysłać. Na kopercie był stempel zwrotny. Pisała, że próbowała go odszukać na wszelkie możliwe sposoby, ale że nikt nie odbiera telefonu, który jej podał, i ani informacja telefoniczna, ani biuro adresowe w Pradze nie potrafiły go wytropić. Pisała, że ma nadzieję, że list w jakiś sposób do niego trafi. Pytała, czy musiał wyprowadzić się z Pragi. Może nie zdołał poradzić sobie z problemami finansowymi, które zmusiły go do zaciągnięcia pożyczki u niej. – Willy zaśmiał się głucho. – Jeśli tak, to koniecznie musi się z nią skontaktować. Obiecywała, że jeszcze raz mu pomoże. Ponieważ go kocha. Nie myślała o niczym innym. Rozstanie doprowadzało ją do szaleństwa. Miała nadzieję, że to minie z czasem, ale tęsknota rozprzestrzeniła się na każdy centymetr jej ciała jak choroba. A niektóre centymetry bolały chyba bardziej niż inne, bo pisała, że gdy pozwala mężowi – czyli mnie – się z nią kochać, to zaczęła zamykać oczy i wyobrażać sobie, że to on. Byłem oczywiście zszokowany, sparaliżowany. Ale naprawdę umarłem dopiero, gdy zobaczyłem datę na stemplu na kopercie.

Willy mocno zacisnął oczy.

– List był wysłany w lutym. W tym roku.

Kolejna błyskawica rzuciła cienie na ścianę. Zatrzymały się na niej jak upiory ze światła.

– I co robić w takiej sytuacji? – spytał Willy.

– No właśnie, co robić?

Willy uśmiechnął się blado.

– Jeśli o mnie chodzi, to zaserwowałem *foie gras* i słodkie białe wino. Zasypałem łóżko różami i kochaliśmy się przez całą noc. Kiedy nad ranem zasnęła, ja leżałem i przyglądałem się jej. Wiedziałem, że nie mogę bez niej żyć. Ale wiedziałem również, że po to, by znów była moja, muszę najpierw ją utracić.

– I wtedy zacząłeś planować całość? Reżyserować zabójstwo żony w taki sposób, by wina spadła na człowieka, którego kochała?

Willy wzruszył ramionami.

– Zabrałem się do dzieła, jakby to była zwyczajna produkcja sceniczna. Jak każdy człowiek teatru wiem, że najważniejsza jest iluzja. Kłamstwo musi przedstawiać się tak prawdziwie, że prawda wydaje się nieprawdopodobna. Być może wydaje się to trudne, ale w moim zawodzie prędko można się przekonać, że to z reguły łatwiejsze niż rzecz odwrotna. Ludzie są bardziej przyzwyczajeni do kłamstwa niż do prawdy.

– Mhm. Opowiedz mi, jak to zrobiłeś.

– Dlaczego miałbym tak ryzykować?

– I tak nie mogę wykorzystać nic z tego, co mi teraz powiesz, na sali sądowej. Nie mam świadków, a do twojego mieszkania dostałem się bezprawnie.

– No tak, ale ty jesteś bystry, Harry. Mógłbym zdradzić coś, co wykorzystasz w śledztwie.

– Możliwe. Ale wydaje mi się, że masz ochotę podjąć to ryzyko.

– Dlaczego?

– Ponieważ masz o c h o t ę opowiadać, wprost się do tego palisz. Posłuchaj siebie samego.

Willy Barli roześmiał się głośno.

– Wydaje ci się, że mnie znasz, Harry?

Harry pokręcił głową, szukając jednocześnie papierosów. Na próżno. Może wysunęły mu się z kieszeni, kiedy spadał z dachu.

– Nie znam cię, Willy. Ani takich jak ty. Pracuję z zabójcami od piętnastu lat, a mimo to wiem tylko jedno: wszyscy szukają kogoś, komu mogą o tym opowiedzieć. Pamiętasz, do jakiej obietnicy skłoniłeś mnie w teatrze? Że znajdę sprawcę. No cóż, dotrzymałem obietnicy. Zawrzyjmy więc umowę. Ty mi powiesz jak, a ja ci przedstawię moje dowody przeciwko tobie.

Willy przyjrzał mu się uważnie. Jedną ręką wodził po materacu.

– Masz rację, Harry. Chcę opowiedzieć. A raczej chcę, żebyś zrozumiał. Na tyle, na ile cię znam, sądzę, że byłbyś w stanie. Bacznie ci się przyglądałem od samego początku tej sprawy.

Roześmiał się, widząc minę Harry'ego.

– Nie wiedziałeś o tym, prawda?

Harry w odpowiedzi wzruszył ramionami.

– Znalezienie Svena Sivertsena zajęło więcej czasu, niż się spodziewałem – zaczął Willy. – Zrobiłem kopię zdjęcia, które Lisbeth od niego dostała, i pojechałem do Pragi. Przeszukiwałem kawiarnie i bary na Můstku i Perlovej, pokazywałem zdjęcie i pytałem, czy ktoś zna Norwega, który nazywa się Sven Sivertsen. Na próżno. Po kilku dniach zmieniłem więc taktykę. Zacząłem wypytywać, czy ktoś mógłby mi załatwić czerwone diamenty, które podobno można dostać w Pradze. Podałem się za duńskiego handlarza diamentów, Petera Sandmanna, i dałem do zrozumienia, że jestem skłonny bardzo dobrze zapłacić za bardzo szczególny wariant, za kamień oszlifowany w kształcie pięcioramiennej gwiazdy. Podałem, w jakim hotelu mieszkam. Po dwóch dniach zadzwonił telefon w moim pokoju. Wiedziałem, że to on, gdy tylko usłyszałem głos. Swój głos zmieniłem, mówiłem zresztą po angielsku. Powiedziałem, że właśnie prowadzę negocjacje w sprawie innego zakupu diamentów i poprosiłem, żeby zadzwonił później wieczorem. Spytałem go też o numer, pod którym mógłbym go zastać. Słyszałem, jak bardzo się stara nie okazywać zapału. I zrozumiałem, że umówienie się z nim w ciemnym zaułku jeszcze tego samego wieczoru byłoby bardzo łatwe. Musiałem się jednak opanować. Jak myśliwy musi nad sobą panować, gdy ma zwierzynę na muszce, a mimo wszystko musi czekać, aż wszystko się idealnie złoży. Rozumiesz?

Harry z namysłem kiwnął głową.

– Rozumiem.

– Dał mi numer komórki. Dzień później wróciłem do Oslo. Dowiedzenie się o Svenie Sivertsenie tego, czego potrzebowałem, zabrało mi tydzień. Zidentyfikowanie go było najłatwiejsze. W Biurze Ewidencji Ludności zarejestrowano dwudziestu dziewięciu Svenów Sivertsenów, dziewięciu w odpowiednim wieku i tylko jednego bez stałego miejsca zamieszkania w Norwegii. Zapisałem ostatni znany adres, w informacji telefonicznej uzyskałem numer i zadzwoniłem. Telefon odebrała starsza kobieta. Powiedziała, że Sven to jej syn, ale nie mieszka w domu już od wielu lat. Zmyśliłem, że z okazji jubileuszu wraz z paroma innymi kolegami z klasy w podstawówce próbujemy odnaleźć wszystkich. Wyjaśniła mi, że Sven mieszka w Pradze, ale dużo podróżuje i nie ma stałego adresu ani telefonu. Poza tym wątpiła, by miał ochotę spotkać się z dawnymi kolegami z klasy. Jeszcze raz spytała mnie o nazwisko. Powiedziałem, że chodziłem do klasy tylko przez pół roku, więc raczej mnie nie pamięta. A gdyby nawet sobie przypomniał, to dlatego, że miałem wtedy pewne kłopoty z policją. Spytałem, czy to prawda, że Sven również wpadł w tarapaty. Matce głos się wyostrzył, oświadczyła, że od tamtej pory minęło już dużo czasu. I że nic dziwnego, że Sven się burzył, skoro tak źle go traktowaliśmy. Przeprosiłem w imieniu klasy i zadzwoniłem do sądu. Tam przedstawiłem się jako dziennikarz i spytałem, czy mogą odnaleźć wyroki, jakie dostał Sven Sivertsen. Po godzinie miałem już bardzo jasne pojęcie o tym, czym zajmował się w Pradze. Przemycał diamenty i broń. Plan w mojej głowie zaczynał nabierać kształtów. Został skonstruowany wokół elementów, które już znałem: przemytu, pięcioramiennych diamentowych gwiazdek i broni. I adresu jego matki. Zaczynasz dostrzegać całość?

Harry nie odpowiedział.

– Kiedy znów zadzwoniłem do Svena Sivertsena, od mojego pobytu w Pradze minęły trzy tygodnie. Mówiłem po norwesku, swoim normalnym głosem. Od razu przystąpiłem do rzeczy i powiedziałem, że od dawna szukam kogoś, kto załatwiłby mi broń i diamenty bez pośredników. I że chyba wreszcie kogoś takiego znalazłem. A mianowicie jego, Svena Sivertsena. Gdy spytał, skąd znam jego nazwisko i numer, odparłem, że moja dyskrecja może się przydać również jemu, i zaproponowałem, żebyśmy już więcej nie zadawali sobie zbędnych pytań. To stwierdzenie nie padło na dobry grunt. I rozmowa w zasadzie utknęła w martwym punkcie, aż do chwili, gdy podałem sumę, jaką byłem skłonny zapłacić za towar. W dodatku z góry i chętnie na konto w Szwajcarii. Odbyliśmy nawet klasyczną wymianę kwestii filmowych, w której spytał, czy operuję koronami, a ja lekko zdziwionym tonem mogłem oświadczyć, że oczywiście mówię o euro. Wiedziałem, że sama wysokość tej sumy wykluczy podejrzenia o moje powiązania z policją. Do takich wróbli jak Sivertsen nie strzela się z drogich armat. Powiedział, że to by się dało zrobić. Ja oświadczyłem, że skontaktuję się z nim za jakiś czas. I kiedy już na dobre ruszyliśmy z próbami do *My Fair Lady,* zrobiłem ostatni klaps. To ci wystarczy, Harry?

Harry pokręcił głową. Szum prysznica. Jak długo właściwie ona zamierza tam stać?

– Chcę znać szczegóły.

– To bardzo techniczne sprawy. Są nudne.

– Dla mnie nie.

– *Very well*. Pierwszą rzeczą, jaką musiałem się zająć, było przygotowanie roli dla Svena Sivertsena. Najważniejsze przy prezentowaniu postaci publiczności jest pokazanie motywacji danej osoby. Jakie są jej pragnienia i marzenia. Krótko mówiąc, co sprawia, że ta osoba w ogóle funkcjonuje. Postanowiłem, że zaprezentuję go jako mordercę, który nie kieruje się żadnym racjonalnym motywem, tylko dokonuje rytualnych zabójstw z powodów seksualnych. To może jest trochę płytkie, ale najważniejsze, że wszystkie ofiary z wyjątkiem matki Sivertsena musiały wyglądać na wybrane przypadkowo. Czytałem o seryjnych mordercach i znalazłem kilka zabawnych szczegółów, które postanowiłem wykorzystać. Na przykład silny związek z matką i wybór miejsca zbrodni, jak u Kuby Rozpruwacza, w czym śledczy upatrywali kodu. Poszedłem więc do urzędu planowania miasta, gdzie kupiłem bardzo dokładny plan centrum Oslo. Po powrocie do domu przeciągnąłem linię łączącą naszą kamienicę z domem matki Svena Sivertsena. Od tej kreski narysowałem następne, w taki sposób, by powstał regularny pentagram, i odszukałem adresy znajdujące się dokładnie na wierzchołkach pozostałych ramion. Przyznaję, że poczułem adrenalinę, gdy zaznaczałem ołówkiem na planie te miejsca ze świadomością, że tu, właśnie w tym miejscu, mieszka osoba, której los właśnie został przypieczętowany. Przez pierwsze noce fantazjowałem o tych wybrańcach. Jak wyglądają? I jak do tej pory wyglądało ich życie? Ale prędko o nich zapomniałem. Bo to nie te osoby były ważne. One stanowiły tło. Były statystami, nie wygłaszającymi żadnej kwestii.

– Materiałem budowlanym.

– Słucham?

– Nic, nic. Mów dalej.

– Wiedziałem, że krwawe diamenty i broń użytą do zabójstwa da się powiązać ze Svenem Sivertsenem, gdy już go złapią. Aby wzmocnić iluzję zabójstw rytualnych, dołożyłem wskazówki w postaci obciętych palców, pięciu dni oddzielających morderstwa od siebie, godziny piątej i piątego piętra. – Willy uśmiechnął się. – Nie chciałem niczego za bardzo ułatwiać, ale też i zbytnio nie utrudniać. Chciałem, by było trochę zabawy. W dobrych tragediach zawsze jest trochę humoru, Harry.

Harry nakazał sobie, że musi siedzieć całkiem nieruchomo.

– Pierwszy egzemplarz broni dostałeś na kilka dni przed pierwszym zabójstwem, Mariusa Velanda, prawda?

– Tak. Pistolet leżał w koszu na śmieci w parku Frogner, tak jak było umówione.

Harry nabrał powietrza.

– I jak to było, Willy? Jakie to uczucie zabić?

Willy wysunął dolną wargę, wyglądał, jakby się zastanawiał.

– Rację mają ci, którzy mówią, że pierwszy raz bywa najtrudniejszy. Łatwo przedostałem się do akademika, ale dużo więcej czasu, niż planowałem, zajęło mi zalepienie gumą tej torby, do której go włożyłem. I chociaż pół życia spędziłem na podnoszeniu dobrze odżywionych norweskich baletnic, to przeniesienie chłopaka na strych było naprawdę bardzo ciężkie.

Pauza.

Harry chrząknął.

– A potem?

– Potem pojechałem do parku Frogner po drugi pistolet i diament. Pół Niemiec, Sven Sivertsen, okazał się tak punktualny i chciwy, jak miałem nadzieję. Chwytem reżyserskim było umieszczenie go w parku Frogner dokładnie w momencie dokonywania zabójstw. Nieźle przemyślane, nie sądzisz? Mimo wszystko popełnił przestępstwo, więc oczywiście zadbał o to, by nie zostać rozpoznanym. I o to, by nikt nie wiedział, gdzie był. A ja po prostu zadbałem o to, żeby nie miał żadnego alibi.

– Brawo. – Harry przeciągnął palcem po mokrej brwi.

Miał wrażenie, że wszystko paruje i zmienia się w wilgoć. Jak gdyby woda sączyła się przez ściany i sufit. Z tarasu i prysznica.

– Ale wszystko to, co powiedziałeś dotychczas, sam już potrafiłem sobie wyobrazić, Willy. Powiedz mi raczej coś, czego nie wiem. Opowiedz mi o swojej żonie. Co z nią zrobiłeś? Sąsiedzi regularnie widzieli cię na tarasie, więc w jaki sposób zdołałeś pozbyć się jej z mieszkania i schować przed naszym przyjściem?

Willy uśmiechnął się.

– Milczysz – powiedział Harry.

– Jeśli sztuka ma zachować odrobinę tajemniczości, jej twórca nie powinien zbyt wiele tłumaczyć.

Harry westchnął.

– Okej. Ale w każdym razie proszę, abyś wytłumaczył mi jedno: dlaczego tak to skomplikowałeś? Dlaczego po prostu nie zabiłeś Svena Sivertsena? Miałeś szansę w Pradze. To było o wiele prostsze i mniej ryzykowne niż zabijanie trzech niewinnych osób. Oprócz żony.

– Po pierwsze dlatego, że potrzebowałem kozła ofiarnego. Gdyby Lisbeth zniknęła i sprawa nie zostałaby wyjaśniona, wszyscy uważaliby, że to ja. Bo przecież zawsze okazuje się, że to jednak mąż, prawda, Harry? Ale przede wszystkim zrobiłem to dlatego, że miłość jest spragniona. Potrzebuje napoju. Wody. Pragnie zemsty. To piękne określenie, prawda? Ty rozumiesz, o czym mówię Harry. Śmierć nie jest zemstą. Śmierć jest uwolnieniem. Happy endem. A ja chciałem, by Sven Sivertsen przeżył prawdziwą tragedię. Cierpienie bez kropki. I udało mi się. Sven Sivertsen stał się jedną z dusz niemogących zaznać spokoju, które wędrują brzegami Styksu, a ja jestem przewoźnikiem, Charonem, który odmawia mu przewiezienia do królestwa zmarłych. Czy to dla ciebie jasne, Harry? Skazałem go na życie. Będzie zżerany od środka, tak jak ja byłem. Nienawiść, kiedy nie wiesz, kogo nienawidzisz, sprawia, że w końcu zaczynasz ją kierować ku samemu sobie. Ku własnemu przeklętemu losowi. Tak się dzieje, gdy człowiek zostaje zdradzony przez kogoś, kogo kocha. Albo gdy zostaje skazany na dożywocie za coś, czego nie zrobił. Wyobrażasz sobie lepszą zemstę, Harry?

Harry sprawdził, czy wciąż ma dłuto w kieszeni.

Willy roześmiał się krótko. Następne zdanie sprawiło, że Harry doświadczył déjà-vu.

– Nie musisz odpowiadać, Harry. Widzę to po tobie.

Harry zamknął oczy i dalej słuchał monotonnego głosu Willy'ego:

– Nie różnisz się ode mnie. Ciebie też napędza żądza. A żądza zawsze szuka…

– …najniższego punktu.

– Najniższego punktu. Ale sądzę, że teraz twoja kolej, Harry. Jaki jest ten dowód, o którym mówiłeś? Czy to coś, czym powinienem się zaniepokoić?

Harry znów otworzył oczy.

– Najpierw musisz mi powiedzieć, gdzie ona jest, Willy.

Barli roześmiał się cicho i przyłożył dłoń do serca.

– Jest tutaj.

– Bzdura – oburzył się Harry.

– Jeśli Pigmalion był w stanie kochać Galateę, posąg kobiety, której nigdy nie spotkał, dlaczego ja nie mógłbym kochać posągu własnej żony?

– Nie rozumiem cię, Willy?

– Nie musisz. Wiem, że innym niełatwo to pojąć.

Zapadła cisza, w której Harry słyszał wodę lejącą się z prysznica z niezmienną siłą. Jak zdoła wyciągnąć tę kobietę z mieszkania, nie tracąc kontroli nad sytuacją?

W szum wplótł się cichy głos Willy'ego:

– Błąd polegał na tym, że sądziłem, iż możliwe będzie ożywienie posągu. Ale ta, która miała tego dokonać, nie chciała zrozumieć, że iluzja jest silniejsza, niż to, co nazywamy rzeczywistością.

– O kim ty teraz mówisz?

– O tej drugiej. O żywej Galatei. Nowej Lisbeth. Wpadła w panikę i groziła, że wszystko popsuje. Teraz już zrozumiałem, że pozostało mi żyć z posągiem. Ale tak też jest dobrze.

Harry czuł, że coś podsuwa mu się w górę. Coś zimnego, co wychodziło z żołądka.

– Dotykałeś kiedy posągu, Harry? Skóra martwej osoby jest w dotyku fascynująca, ani ciepła, ani całkiem zimna.

Willy znów pogładził ręką niebieski materac.

Harry czuł, że chłód paraliżuje go od środka, jak gdyby ktoś zrobił mu zastrzyk z lodowatej wody. Głos miał ściśnięty, kiedy mówił:

– Zdajesz sobie sprawę z tego, że jesteś skończony?

Willy wyciągnął się na łóżku.

– Dlaczego tak by miało być, Harry? Ja ci tylko opowiedziałem pewną historię. Nie masz żadnych dowodów.

Sięgnął po coś na nocnym stoliku. Błysnął metal, a Harry zdrętwiał. Willy podniósł ten przedmiot do góry. Zegarek.

– Pora już późna, Harry. Sądzę, że czas wizyt minął. Chyba dobrze będzie, jeśli wyjdziesz, zanim ona skończy się kąpać.

Harry nie ruszał się z miejsca.

– Znalezienie sprawcy to jedynie połowa obietnicy, do której złożenia mnie skłoniłeś, Willy. Druga część to to, że miałem go ukarać. Surowo. Myślę, że naprawdę tego chciałeś. Bo przecież coś w tobie tęskni za karą, prawda?

– Czas Freuda już minął, Harry. Tak samo jak czas tej wizyty.

– Nie chcesz najpierw usłyszeć o dowodzie?

Willy westchnął poirytowany.

– Jeśli to skłoni cię do wyjścia, to mów.

– Właściwie powinienem był zrozumieć to już wtedy, kiedy otrzymaliśmy przesyłkę z palcem Lisbeth z diamentowym pierścionkiem. Środkowy palec lewej ręki. *Vena amoris*. Że to ona była osobą, której miłości domagał się sprawca. Paradoksalnie to również ten palec cię zdradził.

– Zdradził...

– ...a raczej ekskrementy pod paznokciem.

– Tak, z moją krwią. To stara nowina, Harry. Przecież już ci wyjaśniałem, że...

– Owszem, i gdy się o tym dowiedzieliśmy, nie zbadaliśmy tych ekskrementów dokładniej. Na ogół zresztą trudno w nich cokolwiek znaleźć. Jedzenie potrzebuje od dwunastu do dwudziestu czterech godzin na przewędrowanie od ust do odbytu, a w tym czasie żołądek i jelita zmieniają je w biologiczny odpad o niemożliwym do ustalenia składzie. Nierozpoznawalny do tego stopnia, że nawet pod mikroskopem trudno stwierdzić, co jadła dana osoba. Ale są pewne elementy, którym udaje się przejść przez układ trawienny bez żadnej szkody. Pestki winogron i...

– Możesz mi oszczędzić całego wykładu, Harry?

– Ziarna. Znaleźliśmy dwa ziarna. Nic w tym dziwnego. Dlatego dopiero dzisiaj, kiedy zrozumiałem, kto może być zabójcą, poprosiłem laboratorium o bliższe zbadanie tych ziaren. I wiesz co stwierdzili?

– Nie mam pojęcia.

– Że to całe ziarna fenkułu.

– I co z tego?

– Rozmawiałem z szefem kuchni w Theatercaféen. Miałeś rację, mówiąc mi, że to jedyne miejsce w Norwegii, w którym pieką chleb fenkułowy z całymi ziarnami. A on tak bardzo pasuje do...

– ...do śledzia – dokończył Willy. – Którego, jak wiesz, tam jadam. Do czego zmierzasz?

– Wcześniej mówiłeś, że w tę środę, kiedy Lisbeth zniknęła, jak zawsze jadłeś śledzia na śniadanie w Theatercaféen. Między dziewiątą a dziesiątą rano. Zastanawiam się, w jaki sposób to ziarno zdołało przedostać się w tak krótkim czasie z twojego żołądka pod paznokieć Lisbeth.

Harry czekał, żeby mieć pewność, że do Willy'ego wszystko dotarło.

– Powiedziałeś, że Lisbeth wyszła z mieszkania około piątej. Czyli mniej więcej osiem godzin po tym, jak zjadłeś swojego śledzia. Załóżmy, że tuż przed wyjściem kochaliście się i penetrowała cię palcem. Ale bez względu na to, jak szybko pracują jelita, nie zdołałyby przenieść ziarna fenkułu do jelita grubego w ciągu ośmiu godzin. To medycznie niemożliwe.

Harry dostrzegł lekkie drgnięcie w twarzy Willy'ego, który otworzył usta na dźwięk słowa „niemożliwe".

– Ziarno fenkułu zdołało dotrzeć do twojego odbytu najwcześniej około dziewiątej wieczorem. Musiałeś więc mieć w sobie jej palec wieczorem w nocy albo następnego dnia. W każdym razie po zgłoszeniu jej zaginięcia. Rozumiesz, co mówię?

Willy wpatrywał się w Harry'ego, a raczej patrzył w jego kierunku, ale wzrok miał utkwiony gdzieś dalej.

– Właśnie coś takiego nazywamy dowodem technicznym – powiedział Harry.

– Rozumiem. – Willy wolno pokiwał głową. – Dowód techniczny.

– Tak.

– Konkretny, nieodwracalny fakt.

– Zgadza się.

– Sędziowie i przysięgli uwielbiają takie rzeczy, prawda? To znacznie lepsze niż przyznanie się do winy, nie mam racji?

Policjant kiwnął głową.

– To farsa, Harry. Potraktowałem to jak farsę. Z aktorami, którzy wbiegają i wybiegają zza kulis. Zadbałem o to, żebyśmy przebywali na tarasie tak, by sąsiedzi mogli nas widzieć. A potem zawołałem Lisbeth do sypialni, wyjąłem pistolet ze skrzynki z narzędziami, a ona się gapiła – dokładnie tak jak w farsie – wielkimi oczami na tę długą lufę. Na tłumik.

Willy wyjął rękę spod kołdry. Harry gapił się na pistolet z czarną nasadką na lufie. Skierowany w niego.

– Siadaj, Harry.

Harry poczuł, że dłuto ukłuło go w bok, kiedy opadał z powrotem na krzesło.

– Źle mnie zrozumiała, w najbardziej komiczny sposób. Oczywiście, że to by było romantyczne, gdyby jeździła na mojej ręce, a ja wystrzeliłbym jej ołowiane nasienie tam, gdzie go wpuściła.

Willy wstał z łóżka, w którym woda przelała się z chlupotem.

– Ale farsa wymaga tempa. Byłem więc zmuszony do pospiesznego pożegnania.

Stanął nagi przed Harrym i uniósł pistolet.

– Przyłożyłem jej lufę do czoła, które zmarszczyła zdziwiona, jak zwykle, gdy uważała, że świat jest niesprawiedliwy albo po prostu dziwny. Jak tego wieczoru, gdy opowiedziałem jej o sztuce Bernarda Shawa *Pigmalion*, na której opiera się *My Fair Lady*. Tam Eliza Doolittle nie poślubia profesora Higginsa, człowieka, który ją wychował i przemienił z ulicznicy w damę z towarzystwa, tylko ucieka z młodym Fredem. Lisbeth bardzo się zdenerwowała, powiedziała, że Eliza tyle zawdzięcza profesorowi, a Fred to nieciekawy słabeusz. Wiesz co, Harry? Rozpłakałem się.

– Jesteś szalony – szepnął Harry.

– Najwyraźniej – odparł Willy z powagą. – To, co zrobiłem, jest niesłychane, kompletnie brakuje temu zimnego wyrachowania, jakie spotykasz u ludzi owładniętych nienawiścią. Jestem prostym człowiekiem, który poszedł za głosem serca, a ono nakazuje miłość. Tę miłość, która jest nam dana od Boga i która czyni nas narzędziami Boga. Czy proroków i Jezusa również nie uważano za szaleńców? Oczywiście, że jesteśmy szaleni, Harry. Szaleni, a jednocześnie najzdrowsi na świecie. Bo kiedy ludzie mówią, że to, co zrobiłem, jest obłędem, że muszę mieć okaleczone serce, to ja pytam, które serce jest bardziej kalekie: to, które nie może przestać kochać, czy to, które jest kochane, lecz nie potrafi odpowiedzieć miłością?

Zapadła długa chwila ciszy. W końcu Harry chrząknął.

– I zastrzeliłeś ją.

Willy wolno kiwnął głową.

– Na czole pojawiło się takie nieduże wybrzuszenie – powiedział ze zdziwieniem w głosie. – Dokładnie takie, jakie pojawia się, gdy wbija się gwóźdź w blachę.

– A potem ją ukryłeś. W jedynym miejscu, w którym, jak wiedziałeś, nie znajdzie jej nawet policyjny pies.

– W mieszkaniu było gorąco – Willy wbił wzrok gdzieś powyżej głowy Harry'ego. – Na oknie brzęczała mucha. Zdjąłem ubranie, żeby nie pobrudzić go krwią. Wszystko leżało już gotowe w skrzynce z narzędziami. Obcęgami obciąłem jej środkowy palec. Lewy. Potem ją rozebrałem, wyjąłem pojemnik z pianką silikonową i uszczelniłem nią szybko otwór po kuli, ranę po palcu i wszystkie inne otwory ciała. Materac wodny opróżniłem wcześniej do połowy. Nie wylała mi się ani kropla, gdy wkładałem ją do środka przez wycięty otwór. Potem zakleiłem materac klejem, gumą i pistoletem zgrzewającym. Poszło mi sprawniej niż za pierwszym razem.

– I trzymasz ją tu od tamtej pory? Pochowaną we własnym łóżku wodnym?

– Nie, nie – powiedział Willy, w zamyśleniu wpatrując się w jakiś punkt ponad głową Harry'ego. – Ja jej nie pochowałem. Przeciwnie, umieściłem ją w macicy. To był początek powtórnych narodzin.

Harry wiedział, że powinien się bać. Że to niebezpieczne nie bać się w tej chwili, że powinien mieć sucho w ustach i czuć walenie serca. Nie powinno go ogarniać w tej chwili takie zmęczenie.

– A obcięty palec umieściłeś we własnym odbycie.

– Hm – powiedział Willy. – Idealna kryjówka. Jak już mówiłem, wziąłem pod uwagę, że przyjdziecie z psem.

– Istnieją inne kryjówki, z których zapach też nie uchodzi, ale może czerpałeś z tego perwersyjną przyjemność. Co na przykład zrobiłeś z palcem Camilli Loen, który obciąłeś jej, zanim ją zabiłeś?

– Camilla? Tak...

Willy pokiwał głową z uśmiechem, jak gdyby Harry odświeżył w nim jakieś przyjemne wspomnienie.

– To pozostanie tajemnicą pomiędzy nią a mną, Harry.

Odbezpieczył pistolet. Harry przełknął ślinę.

– Daj mi ten pistolet, Willy. To nic nie da. To bez sensu.

– Oczywiście, że to ma sens.

– A jaki?

– Taki sam jak zawsze, Harry. Porządny koniec przedstawienia. Nie sądzisz chyba, że publiczność zadowoli to, że spokojnie dam się aresztować i wyprowadzić? Potrzebny nam wielki finał, Harry. Happy end. Nawet jeśli nie ma happy endu, to ja go zrobię. To moje...

– ...motto życiowe – dokończył Harry.

Willy uśmiechnął się i przyłożył pistolet do czoła Harry'ego.

– Zamierzałem raczej powiedzieć – motto śmierci.

Harry zamknął oczy. Miał ochotę już tylko spać. Zostać powiezionym łodzią po kołyszącej rzece. Na drugi brzeg.

Rakel drgnęła i otworzyła oczy.

Śnił jej się Harry. Znajdowali się na pokładzie łodzi.

Sypialnia była pogrążona w ciemności. Czyżby coś usłyszała? Czy coś się wydarzyło?

Wsłuchiwała się w deszcz, spokojnie bębniący w dach. Dla pewności sprawdziła komórkę, która leżała włączona na nocnym stoliku, na wypadek gdyby zadzwonił. Zamknęła oczy. Popłynęła dalej.

Harry stracił kontakt z czasem. Kiedy otworzył oczy, światło jakoś inaczej wpadało do pustego pokoju. Nie wiedział, czy upłynęła sekunda, czy minuta. Łóżko było puste. Willy zniknął.

Powróciły odgłosy wody. Deszcz. Prysznic.

Harry niezgrabnie podniósł się na nogi i popatrzył na niebieski materac. Miał wrażenie, że coś mu pełznie pod ubraniem. W świetle nocnej lampki dostrzegł kontury ludzkiego ciała. Twarz wypłynęła do góry i wyglądała jak odlew gipsowy.

Wyszedł z sypialni. Drzwi na taras były szeroko otwarte. Podszedł do balustrady i zerknął na podwórze. Schodząc na dolny poziom, zostawiał mokre ślady na białych stopniach. Otworzył drzwi do łazienki. Na tle okna za szarą zasłoną prysznicową widać było zarys ciała kobiety. Harry odsunął zasłonę. Kark Toi Harang był zgięty w stronę strumienia wody, broda prawie dotykała piersi. Czarna pończocha zawiązana wokół szyi umocowana była do kranu prysznica. Półotwarte usta wypełniała żółta masa, która wyglądała jak sztywna piana. Ta sama substancja była w nozdrzach, uszach i małej dziurce w skroni.

Harry zakręcił prysznic i wyszedł.

Na klatce nie było nikogo.

Ostrożnie stawiał stopy. Czuł się zdrętwiały, jak gdyby ciało przemieniało się w kamień.

Bjarne Møller.

Musi zadzwonić do Bjarnego Møllera.

Przeszedł przez bramę i znalazł się na podwórzu. Deszcz miękko padał mu na głowę, ale on tego nie czuł. Niedługo będzie całkiem sparaliżowany. Stojak do suszenia bielizny już nie jęczał. Harry mu się nie przyglądał. Dostrzegł na asfalcie żółte pudełko. Podniósł je, otworzył, wyjął papierosa i wsunął do ust. Próbował go zapalić, ale zobaczył, że papieros ma rozmoczony koniec, do paczki musiała wlać się woda.

Zadzwonić do Bjarnego Møllera. Ściągnąć ich tutaj. Razem z Møllerem pojechać do akademika. Przesłuchać tam Svena Sivertsena. Od razu nagrać zeznania obciążające Waalera. Posłuchać, jak Møller wydaje polecenie aresztowania komisarza Waalera. Potem pojechać do domu. Do Rakel.

Kątem oka widział statyw.

Zaklął, oderwał mokrą połowę papierosa, wsunął filtr do ust i za drugim razem udało mu się zapalić. Dlaczego tak się denerwuje, przecież nie musi się już nigdzie spieszyć. To już koniec. Już po wszystkim.

Odwrócił się w stronę statywu.

Statyw wygiął się w jedną stronę, ale słup wbity w asfalt najwyraźniej przyjął na siebie największy wstrząs. Pękł tylko jeden ze sznurków, na których zawisł Willy Barli. Ręce miał rozłożone, mokre włosy przykleiły się do twarzy, a oczy zwrócone miał w górę jak w modlitwie. Harry'emu przyszło do głowy, że to nadzwyczaj piękny widok. Nagie ciało częściowo owinięte w mokre prześcieradło, przypominało figurę dziobową. Willy dostał to, czego chciał. Wielki finał.

Harry wyjął z kieszeni komórkę i wstukał PIN. Palce ledwie go słuchały. Zaraz zmienią się w kamień. Wybrał numer Bjarnego Møllera i już miał wcisnąć „zadzwoń", gdy telefon pisnął ostrzegawczo. Harry drgnął, tak bardzo przestraszony, że o mały włos nie wypuścił komórki z ręki. Na wyświetlaczu pojawiła się informacja, że w poczcie głosowej jest wiadomość. I co z tego? Przecież to nie jego telefon. Zawahał się. Jakiś głos tłumaczył, że powinien najpierw zadzwonić do Møllera. Zamknął oczy i nacisnął.

Damski głos obwieścił, że ma tylko jedną wiadomość. Po piśnięciu nastąpiło kilka sekund ciszy. A potem głos szepnął do niego.

– Cześć, Harry. To ja.

To był Tom Waaler.

– Wyłączyłeś telefon, Harry. Niezbyt mądrze, bo widzisz, muszę z tobą porozmawiać.

Tom mówił z ustami tuż przy mikrofonie. I Harry miał wrażenie, że stoi tuż przy nim.

– Przepraszam, że muszę szeptać, ale nie chcę go zbudzić. Rozumiesz? Zgadniesz, gdzie jestem? Chyba tak. Powinieneś był nawet to przewidzieć.

Harry próbował zaciągnąć się dymem, nie widząc, że papieros dawno zgasł.

– Trochę tu ciemno, ale nad łóżkiem wisi zdjęcie jakiejś drużyny piłkarskiej. Zaraz zobaczymy, co to jest. Tottenham? A na nocnym stoliku takie urządzenie do gier. Gameboy. Posłuchaj teraz. Trzymam telefon nad jego łóżkiem.

Harry przycisnął komórkę do ucha tak mocno, że w głowie zaczęło mu pulsować.

Słuchał równego oddechu chłopca, który tak spokojnie spał w wielkiej drewnianej willi na Holmenkollveien.

– Mamy uszy i oczy wszędzie, Harry, więc nie próbuj nigdzie dzwonić ani z nikim rozmawiać. Zrób dokładnie to, co mówię. Zadzwoń pod ten numer i porozmawiaj ze mną. Jeśli cokolwiek zrobisz, chłopiec umrze. Rozumiesz?

Serce zaczęło pompować krew w skamieniałe ciało Harry'ego i odrętwienie zastąpił nieznośny ból.

42 PONIEDZIAŁEK. KRZYŻ PRZECIW ZMOROM

Wycieraczki szeptały, a opony je uciszały.

Escort przepłynął po wodzie na skrzyżowaniu. Harry jechał tak szybko, jak tylko miał odwagę, ale strugi deszczu wyglądały jak kreski narysowane ołówkiem, a wiedział, że bieżnik, który został na oponach, ma w zasadzie charakter symboliczny.

Dodał gazu i przejechał przez następne skrzyżowanie na żółtym, jak taksówka, na szczęście na ulicach nie było samochodów. Zdążył zerknąć na zegarek.

Zostało dwanaście minut. Osiem minut temu stał na tylnym podwórzu na Sannergata z telefonem w ręku i wybierał numer, który musiał wybrać. Osiem minut temu głos szepnął mu do ucha:

– Nareszcie.

A Harry powiedział to, czego nie chciał mówić, ale nie zdołał się powstrzymać.

– Jeśli go tkniesz, to cię zabiję.

– Dobrze, dobrze. Gdzie jesteście? Ty i Sivertsen?

– Nie mam pojęcia – odparł Harry, patrząc na stojak do suszenia bielizny. – Czego chcesz?

– Chcę się tylko z tobą spotkać. Dowiedzieć się, dlaczego złamałeś naszą umowę. Czy jesteś niezadowolony z czegoś, co możemy poprawić? Nie jest jeszcze za późno, Harry. Jestem skłonny daleko się posunąć, żeby mieć cię w drużynie.

– Okej – odparł Harry. – Spotkajmy się. Przyjdę do was.

Tom Waaler roześmiał się cicho.

– Chętnie spotkam się też ze Svenem Sivertsenem i wydaje mi się, że lepszym pomysłem będzie, żebym to ja przyszedł tam, gdzie jesteście. Podaj mi adres. Już!

Harry się zawahał.

– Słyszałeś odgłos, jaki powstaje, gdy się podrzyna komuś gardło? Najpierw lekki trzask, kiedy metal rozcina skórę i chrząstkę, a potem syk, taki jak odsysacz u dentysty. Wydobywa się z przeciętej tchawicy. Albo z przełyku. Nigdy tego nie rozróżniam.

– Akademik. Pokój 406.

– O rany! Miejsce zbrodni. Powinienem sam na to wpaść.

– Powinieneś.

– No dobrze. Ale jeśli masz zamiar do kogoś zadzwonić, aby zorganizować pułapkę, to musisz o tym zapomnieć, Harry. Biorę ze sobą chłopca.

– Nie. Nie... Tom... Bądź tak dobry.

– Dobry? Powiedziałeś „dobry"?

Harry nie odpowiedział.

– Wyciągnąłem cię z rynsztoka i dałem ci nową szansę. A ty byłeś taki dobry i wbiłeś mi nóż w plecy. Nie moja wina, że muszę zrobić to, co robię, tylko twoja. Zapamiętaj to sobie, Harry.

– Posłuchaj…

– Za dwadzieścia minut. Zostawcie drzwi szeroko otwarte i siądźcie na podłodze tak, żebym mógł was zobaczyć. Z rękami nad głową.

– Tom…

Waaler już się rozłączył.

Harry obrócił kierownicą i poczuł, że koła się ślizgają. Sunęły bokiem po wodzie, przez moment razem z samochodem poszybował jak we śnie, w którym przestają obowiązywać wszelkie prawa fizyki. Trwało to zaledwie sekundę, ale zdążyło go napełnić poczuciem uwolnienia, przekonaniem, że wszystko się skończyło. Że już za późno, by coś z tym zrobić. Potem opony znów przyczepiły się do asfaltu i Harry powrócił do rzeczywistości.

Samochód skręcił pod akademik i zatrzymał się przy wejściu. Harry zgasił silnik. Zostało dziewięć minut. Wysiadł, obszedł escorta. Otworzył bagażnik, odsunął do połowy opróżnione kanistry z płynem do szyb i brudne ścierki, znalazł rolkę grubej czarnej taśmy klejącej. Wchodząc po schodach, wyjął pistolet zza paska spodni i zdjął z niego tłumik. Nie zdążył go sprawdzić, ale musiał założyć, że czeska jakość wytrzymuje od czasu do czasu upadek z piętnastu metrów. Zatrzymał się przy drzwiach windy na czwartym. Klamka była taka, jak zapamiętał. Metalowa, z solidną drewnianą końcówką. Dostatecznie duża, by dało się pod spodem przykleić pistolet bez tłumika w niewidoczny sposób. Załadował pistolet i przymocował go dwoma kawałkami taśmy. Jeśli wszystko pójdzie tak, jak to sobie zaplanował od początku, nie będzie mu potrzebny. Zawiasy klapy zsypu na śmieci przy windzie zgrzytnęły, ale tłumik wpadł w mrok bezgłośnie. Jeszcze cztery minuty.

Otworzył kluczem drzwi do pokoju 406.

Metal zadzwonił o kaloryfer.

– Dobre wiadomości?

Głos Svena zabrzmiał wręcz błagalnie. Dmuchnął nieświeżym oddechem w twarz Harry'ego, który rozpinał mu kajdanki.

– Nie – odparł.

– Nie?

– On przyprowadzi Olega.

*

Harry i Sven siedzieli na podłodze w korytarzu i czekali.

– Spóźnia się – powiedział Sven.

– Tak.

Milczenie.

– Piosenka Iggy'ego Popa na „C" – powiedział Sven. – Ty zaczynasz.

– Przestań.

– *China girl*.

– Nie teraz.

– To pomaga. *Candy*.

– *Cry for love*.

– *China girl*.

– Już to mówiłeś, Sivertsen.

– Są dwie wersje.

– *Cold metal*.

– Boisz się, Harry?

– Śmiertelnie.

– Ja też.

– To dobrze, strach zwiększa szansę przeżycia.

– O ile? O dziesięć procent? Dwa...

– Cicho – powiedział Harry.

– To winda...? – szepnął Sivertsen.

– Już tu idą. Oddychaj głęboko i spokojnie.

Słyszeli, jak winda zatrzymuje się z cichym jękiem. Upłynęły dwie sekundy. Zazgrzytała rozsuwana krata. Przeciągły zgrzyt, który powiedział Harry'emu, że Waaler ostrożnie otwiera drzwi windy. Ciche mamrotanie. Odgłos klapy zsypu. Sven popatrzył na Harry'ego pytająco.

– Podnieś ręce do góry tak, żeby je widział – szepnął Harry.

Zadzwoniły kajdanki, gdy zsynchronizowanym ruchem podnieśli ręce.

Otworzyły się szklane drzwi prowadzące na korytarz.

Oleg był w kapciach i bluzie od dresu narzuconej na piżamę. W głowie Harry'ego nagle zamigotały obrazy. Korytarz. Piżama. Szuranie stóp w kapciach. Mama. Szpital.

Tom Waaler szedł tuż za Olegiem. Ręce trzymał w kieszeniach krótkiej kurtki, ale Harry widział lufę pistoletu wybrzuszającą się pod czarną skórą.

– Stop – powiedział Waaler, gdy od Harry'ego i Svena dzieliło ich pięć metrów.

Oleg patrzył na Harry'ego czarnymi przestraszonymi oczami. Harry miał nadzieję, że odpowiada mu spokojnym mocnym spojrzeniem.

– Dlaczego się skuliście, chłopcy? Już się nie możecie ze sobą rozstać?

Głos Waalera huknął wśród ścian, a Harry zrozumiał, że sprawdził listę, którą opracowali przed akcją, i stwierdził to, co Harry też już wiedział: że na czwartym piętrze nikogo nie ma.

– Doszliśmy do wniosku, że właściwie jedziemy na tym samym wózku – powiedział Harry.

– Dlaczego nie siedzicie w pokoju, tak jak wam kazałem?

Waaler ustawił się tak, by Oleg go od nich odgradzał.

– A dlaczego chciałeś, żebyśmy tam siedzieli? – spytał Harry.

– To nie ty tutaj zadajesz pytania, Hole. Właźcie do pokoju. Już!

– *Sorry*, Tom.

Harry odwrócił tę rękę, którą nie był skuty ze Svenem. W palcach trzymał dwa klucze. Jeden yale, drugi mniejszy.

– Do pokoju i do kajdanków – wyjaśnił. Potem otworzył szeroko usta. Położył oba klucze na języku i zamknął usta. Puścił oko do Olega i przełknął.

Tom Waaler z niedowierzaniem patrzył, jak grdyka Harry'ego przesuwa się w górę i w dół.

– Będziesz musiał zmienić plan – jęknął Harry.

– A jaki jest ten plan?

Harry wsunął nogi pod siebie i, opierając się plecami o ścianę, uniósł się do połowy. Waaler wyjął rękę z kieszeni. Pistolet był wycelowany wprost w Harry'ego. Harry skrzywił się i dwa razy uderzył w pierś, nim zaczął mówić:

– Pamiętaj, że obserwuję cię już od paru lat, Tom. Po takim czasie trochę wiem, jak działasz. Wiem, jak zabiłeś Sverrego Olsena w jego pokoju, pozorując strzał w obronie własnej. I jak to samo zrobiłeś przy magazynie portowym. Przypuszczam więc, że planowałeś zastrzelenie i mnie, i Svena w pokoju, a potem zaaranżowanie wszystkiego tak, by wyglądało, że to ja zabiłem najpierw jego, a potem siebie. A znalezienie mnie pozostawiłbyś kolegom. Może jakiś anonimowy telefon z informacją, że ktoś słyszał strzał w akademiku?

Tom Waaler niecierpliwie zerkał w górę korytarza.

– A wyjaśnienie samo by się nasuwało. W końcu zrobiło się tego wszystkiego już za dużo dla Holego, alkoholika z psychozą, opuszczonego przez ukochaną, wywalonego z policji. Porwał więźnia. Autodestrukcyjna wściekłość, która kończy się przerażeniem. Osobista tragedia. Prawie niepojęta, ale tylko prawie. Czy nie to właśnie wymyśliłeś?

Waaler uśmiechnął się lekko.

– Całkiem nieźle. Ale zapominasz o tym kawałku, że z powodu zawodu miłosnego jedziesz nocą do domu byłej przyjaciółki, przez nikogo niezauważony dostajesz się do jej domu i porywasz jej syna, który zostaje znaleziony razem z wami.

Harry skupił się na oddychaniu.

– Naprawdę sądzisz, że ktoś kupiłby tę historię? Møller? Szef Biura Kryminalnego? Media?

– Oczywiście – powiedział Waaler. – Czy ty nie czytasz gazet? Nie oglądasz telewizji? Historia będzie krążyć kilka dni, najwyżej tydzień. Jeżeli w międzyczasie nie wydarzy się nic innego, co naprawdę przykuje uwagę.

Harry nie odpowiedział.

Waaler uśmiechnął się.

– Jedyną dziwną rzeczą w tym wszystkim jest to, że wydawało ci się, że cię tu nie znajdę.

– Taki jesteś tego pewien?

– Czego?

– Że nie wiedziałem, że tu trafisz?

– Gdyby tak było, na twoim miejscu bym uciekł. Nie ma już innego wyjścia, Hole.

– To prawda.

Waaler podniósł pistolet. Harry wyjął mokrą paczkę papierosów.

– Siedzę w pułapce. Pytanie tylko, na kogo ta pułapka?

Oczy Waalera się zwęziły.

– Co masz na myśli?

– Cóż – Harry złamał papierosa i wsunął filtr do ust. – Okres urlopowy to niezłe gówno, nie sądzisz? Nigdy nie ma dość ludzi na to, żeby wszystko porządnie załatwić. Więc wszystko się przeciąga. Na przykład montowanie kamer wideo w całym akademiku. A potem ich demontaż.

Harry dostrzegł lekkie drżenie powieki Toma. Kciukiem wskazał za siebie.

– Spójrz w prawy róg, Tom. Widzisz?

Spojrzenie Waalera przeskoczyło w to miejsce i zaraz powróciło.

– Mówiłem już, że wiem, jak tykasz, Tom. Wiedziałem, że prędzej czy później nas tu znajdziesz. Musiałem ci to jedynie utrudnić na tyle, żebyś nie zaczął podejrzewać, że zostałeś zwabiony w pułapkę. W niedzielę rano odbyłem długą rozmowę z pewnym facetem, którego znasz. Od tamtej pory siedzi w autobusie, żeby nagrać ten seans. Pomachaj Ottonowi Tangenowi.

Tom Waaler mrugał i mrugał, jak gdyby coś wpadło mu do oka.

– Blefujesz, Harry. Znam Tangena. Nigdy by się nie poważył na coś takiego.

– Przekazałem mu wszelkie prawa do sprzedaży nagrania. Pomyśl sam, Tom! *Big showdown* z udziałem człowieka, którego uważa się za Kuriera Śmierci, szalonego śledczego i skorumpowanego komisarza. Stacje telewizyjne na całym świecie będą się przepychać w kolejce.

Harry zrobił krok do przodu.

– Może więc dasz mi ten pistolet, zanim sytuacja jeszcze się pogorszy, Tom.

– Nie ruszaj się z miejsca, Harry – szepnął Waaler, a Harry zobaczył, że lufa pistoletu przesunęła się ledwie zauważalnie, celowała teraz w plecy Olega. Waaler zatrzymał się. Przestał mrugać. Mięśnie szczęki pracowały mocno, skoncentrowane. Żaden z mężczyzn nie drgnął. W akademiku było tak cicho, że Harry'emu wydawało się, że słyszy dźwięki ścian, ledwie słyszalne wibracje na długich falach, które ucho rejestruje jedynie jako malusieńkie zmiany ciśnienia. Przy śpiewie ścian minęło dziesięć sekund. Dziesięć niemających końca sekund, podczas których Waaler ani razu nie mrugnął. Øystein mówił kiedyś Harry'emu, ile danych może przetworzyć ludzki mózg w ciągu jednej sekundy. Nie pamiętał teraz tej liczby, ale Øystein wyjaśnił, że to oznacza, że w ciągu dziesięciu takich sekund człowiek bez trudu mógłby przeskanować przeciętną bibliotekę publiczną.

Waaler w końcu mrugnął, a Harry zobaczył, że ogarnia go jakiś spokój. Nie widział, co to oznacza, ale zdawał sobie sprawę, że to prawdopodobnie zła wiadomość.

– W sprawach o zabójstwo interesujące jest to – powiedział Waaler – że człowiek pozostaje niewinny, dopóki nie udowodni mu się, że jest przeciwnie. A na razie nie widzę, żeby jakakolwiek kamera sfilmowała mnie, robiącego coś niedozwolonego.

Podszedł do Harry'ego i Svena, mocno szarpnął kajdankami, tak że Sven stanął na nogi. Waaler przeszukał ich obu, obmacując wolną ręką kurtki i spodnie, nie odrywał przy tym wzroku od Harry'ego.

– Przeciwnie, wykonuję to, co do mnie należy. Zatrzymuję policjanta, który uprowadził aresztowanego.

– Właśnie przyznałeś się przed kamerą – powiedział Harry.

– Owszem, wam – uśmiechnął się Waaler. – O ile dobrze pamiętam, te kamery nagrywają obraz, bez dźwięku. To prawdziwe aresztowanie. Ruszajcie w stronę windy.

– A co z porwaniem dziesięciolatka? – spytał Harry. – Tangen ma zdjęcia, na których widać, jak trzymasz pistolet skierowany w chłopca.

– Aha, w niego? – Waaler popchnął Harry'ego w plecy tak mocno, że ten się zachwiał i pociągnął Svena za sobą. – Najwyraźniej wstał w środku nocy i wybrał się do Budynku Policji, nie uprzedzając matki. Przecież zrobił to już wcześniej, prawda? Powiedzmy, że spotkałem chłopca tuż przed wejściem, kiedy wychodziłem szukać ciebie i Svena. Chłopiec najwyraźniej zrozumiał, że coś jest nie tak. Kiedy wyjaśniłem mu sytuację, powiedział, że mi pomoże. To on sam zaproponował udawanie zakładnika, żebyś nie zrobił nic głupiego i żeby nie stała ci się żadna krzywda, Harry.

– Dziesięciolatek? – jęknął Harry. – Myślisz, że ktokolwiek w to uwierzy?

– Zobaczymy – powiedział Waaler. – No dobrze, wychodzimy i zatrzymujemy się przy windzie. Ten, kto spróbuje coś zrobić, dostanie pierwszą kulę.

Waaler wcisnął guzik przywołujący windę. Zaburczało gdzieś głęboko w szybie.

– To dziwne, jaka cisza potrafi panować w akademiku w wakacje, prawda? – uśmiechnął się do Svena. – Prawie jak w nawiedzonym domu.

– Przestań, Tom. – Harry musiał się bardzo koncentrować, żeby wymówić te słowa. Miał wrażenie, że usta ma pełne piasku. – Już za późno. Na pewno rozumiesz, że nikt ci nie uwierzy.

– Zaczynasz się powtarzać, drogi kolego. – Waaler zerknął na wskazówkę, która obracała się wolno jak igła kompasu za okrągłym szkiełkiem. – Uwierzą mi, Harry, z tego prostego powodu... – przeciągnął palcem nad górną wargą – że nie będzie miał mi kto zaprzeczyć.

Harry zrozumiał teraz jego plan. Winda. W windzie nie ma kamery. To się stanie tam. Nie wiedział, w jaki sposób Waaler zamierza przedstawić to później. Może, że zaczęli walczyć albo Harry zdobył pistolet. Ale nie miał wątpliwości, że wszyscy umrą w windzie.

– Tatusiu... – zaczął Oleg.

– Wszystko się ułoży, synku – Harry próbował się uśmiechnąć.

– Tak – powtórzył Waaler. – Wszystko się ułoży.

Usłyszeli klikające metaliczne cmokanie. Winda się zbliżała. Harry popatrzył na drewniany uchwyt w drzwiach. Umieścił pistolet tak, by mógł złapać za rękojeść, położyć palec na spuście i oderwać go jednym ruchem.

Winda zatrzymała się ze stuknięciem i lekko się zatrzęsła.

Harry odetchnął głęboko i wyciągnął rękę. Palce przesunęły się po wewnętrznej stronie nierównej powierzchni. Spodziewał się, że poczuje pod palcami chłodną twardą stal. Nic takiego nie poczuł. Nic. Tylko drewno i kawałek oderwanej taśmy.

Tom Waaler westchnął.

– Obawiam się, że wyrzuciłem go do zsypu, Harry. Naprawdę sądziłeś, że nie sprawdzę, czy gdzieś nie schowano broni?

Otworzył metalowe drzwi jedną ręką, celując do nich z pistoletu.

– Chłopiec wchodzi pierwszy.

Harry odwrócił wzrok, gdy Oleg na niego patrzył. Nie był w stanie wytrzymać pytającego spojrzenia, które, jak wiedział, błaga o kolejne zapewnienie. W milczeniu kiwnął głową, wskazując na drzwi. Oleg wszedł do winy i stanął w głębi. Słabe światło padało z sufitu na brązowe ściany z imitacji palisandru, pokryte mozaiką wyznań miłości, haseł propagandowych, rysunków narządów płciowych i pozdrowień wyrytych na powierzchni.

„SCREW U" widniało bezpośrednio nad głową Olega.

Komora grobowa, pomyślał Harry. Grób.

Wsunął swobodną rękę do kieszeni. Nie lubił wind. Szarpnięcie kajdankami, gdy przyciągnął do siebie lewą rękę, sprawiło, że Sven stracił równowagę i upadł bokiem na Waalera. Waaler odwrócił się do Svena, a jednocześnie Harry uniósł nad głowę prawą rękę. Zamierzył się jak matador ze szpadą, świadom, że ma tylko jedną próbę. I że dokładność liczy się bardziej niż siła.

Opuścił rękę.

Czubek dłuta z trzaskiem rozerwał skórę kurtki, metal wbił się w miękką tkankę tuż nad prawym obojczykiem. Przedziurawił *vena jugularis*, wdarł się w splot nerwów, *plexus brachialis,* i sparaliżował nerwy ruchowe prowadzące do ręki. Rozległ się głuchy stuk, gdy pistolet upadł na kamienną posadzkę i z hałasem stoczył się ze schodów. Waaler ze zdumieniem patrzył na swoje prawe ramię. Pod zielonym trzonkiem wisiała bezwładna ręka.

Tom Waaler miał za sobą długi przesrany dzień. Całe to gówno zaczęło się, gdy obudzono go wiadomością, że Harry uciekł z Sivertsenem. I trwało dalej, gdy znalezienie Harry'ego okazało się trudniejsze, niż przypuszczał, i gdy wyjaśniał pozostałym członkom swojej ligi, że muszą posłużyć się chłopcem, a tamci odmówili. Uznali, że to zbyt ryzykowne. W głębi ducha cały czas wiedział, że ostatni kawałek drogi będzie musiał przebyć sam. Tak było zawsze. Nikt go nie powstrzyma, i nikt mu nie pomoże. Lojalność to tylko kwestia opłacalności, każdy myśli tylko o sobie. A gówno dalej się ciągnęło. Teraz nie miał już czucia w ręce. Czuł jedynie ciepły strumyk płynący po piersi, który mówił mu, że zrobiła się dziura w czymś, gdzie jest dużo krwi.

Znów odwrócił się do Harry'ego, akurat w czas, by zobaczyć, jak jego twarz rośnie mu przed oczami. W następnej chwili czaszkę wypełnił mu trzask, gdy głowa Harry'ego rąbnęła go w nos. Tom zatoczył się w tył. Harry wymierzył prawą ręką cios, przed którym zdołał się osłonić. Harry rzucił się za nim, ale zawisł uwieszony do Sivertsena za lewą rękę. Tom chciwie wciągał powietrze przez usta, czując, jak ból pobudza białą życiodajną wściekłość, która zaczyna krążyć w żyłach. Odzyskał równowagę. Pod każdym względem. Ocenił odległość, ugiął kolana, odbił się lekko i obrócił na jednej nodze, z drugą wysoko uniesioną. Był to idealny *oou tek* i trafił Harry'ego w skroń. Upadł, pociągając za sobą Svena Sivertsena.

Waaler zaczął się rozglądać za pistoletem. Leżał pół piętra niżej. Tom przytrzymał się poręczy i dwoma skokami znalazł się na dole. Prawa ręka wciąż go nie słuchała. Zaklął, złapał pistolet lewą i wbiegł z powrotem na górę.

Harry i Sven zniknęli. Obrócił się w porę, by zobaczyć, jak drzwi windy wolno się zasuwają. Złapał pistolet w zęby, lewą ręką chwycił za klamkę i szarpnął. Miał wrażenie, jakby wyrywało mu ramię ze stawu. Zamknięte. Przyłożył twarz do szybki w drzwiach. Już zasunęli kratę, słyszał podniecone głosy ze środka.

Naprawdę zasrany dzień. Ale teraz wreszcie się skończy. Skończy się idealnie.

Tom uniósł pistolet.

Harry zdyszany oparł się o tylną ściankę i czekał, aż winda ruszy. Akurat zdążył zasunąć kratę i nacisnąć guzik z napisem „Piwnica", kiedy drzwi windy drgnęły i Waaler na zewnątrz zaklął.

– Ta przeklęta cholera nie chce ruszyć! – syknął Sven. Osunął się na kolana przy Harrym.

Winda drgnęła, jakby miała potężną czkawkę, lecz dalej stała nieruchomo.

– Jeśli ta pieprzona winda jest taka wolna, to on zdąży zbiec na dół i przywitać nas, jak przyjedziemy.

– Zamknij się – powiedział Harry cicho. – Drzwi między holem a piwnicą są zamknięte na klucz.

Dostrzegł cień poruszający się za okienkiem.

– Schylić się – krzyknął, popychając Olega w stronę kraty.

Rozległ się odgłos przypominający wyciąganie korka z butelki, kiedy kula wwierciła się w fałszywy palisander nad głową Harry'ego. Pociągnął za sobą Svena bliżej Olega.

W tej samej chwili windą jeszcze raz szarpnęło i ruszyła ze zgrzytem.

– Jasna cholera – szepnął Sven.

– Harry... – zaczął Oleg.

Rozległ się huk i Harry zdążył zobaczyć zaciśniętą pięść między prętami kraty nad głową Olega, nim odruchowo zamknął oczy, chroniąc je przed deszczem odłamków.

– Harry!

Krzyk Olega wypełnił Harry'ego całkiem. Wlał mu się do uszu, do nosa, do ust i do gardła. Utopił go. Kiedy otworzył oczy, patrzył prosto w szeroko otwarte oczy Olega, w otwarte usta wykrzywione bólem i przerażeniem, i na czarne długie włosy, na których zaciskała się wielka biała dłoń. Oleg uniósł się z podłogi.

– Harry!

Harry oślepł. Otworzył oczy, ale nic nie widział. Widok przesłaniała mu biała kurtyna paniki. Ale słuchu nie stracił. Słyszał krzyk Sio.

– Harry!

Słyszał krzyk Ellen. Krzyk Rakel. Wszystkie wykrzykiwały jego imię.

– Harry!

Wpatrywał się w biel, która powoli zaczęła przechodzić w czerń. Zemdlał? Krzyki ucichły, jak zamierające echo. Odpłynął. Miały rację. Zawsze uciekał, kiedy działo się coś ważnego. Dbał o to, żeby nie być na miejscu. Pakował walizkę. Otwierał butelkę. Zamykał drzwi. Bał się. Ślepł. Zawsze miały rację. A nawet jeśli nie, to będą ją miały teraz.

– Tatusiu!

Noga uderzyła Harry'ego w pierś. Odzyskał wzrok. Oleg wisiał wymachując nogami. Głowę miał jak przyrośniętą do ręki Waalera, ale winda się zatrzymała. Od razu zobaczył dlaczego. Krata się rozsunęła. Harry patrzył na Svena, który siedział na podłodze obok niego ze zdrętwiałym spojrzeniem.

– Harry! – To był głos Waalera z zewnątrz. – Podjedź tą windą do góry, bo inaczej zastrzelę chłopca!

Harry wstał i natychmiast znów się nachylił. Ale zdążył zobaczyć to, co chciał. Drzwi na czwarte piętro znajdowały się pół metra wyżej niż winda.

– Jeśli strzelisz stamtąd, Tangen będzie miał zabójstwo na filmie – powiedział Harry.

Usłyszał cichy śmiech Waalera.

– Powiedz mi, Harry, jeśli ta twoja kawaleria naprawdę istnieje, to powinni tu zajechać już dawno.

– Tatusiu! – jęknął Oleg.

Harry zamknął oczy.

– Posłuchaj, Tom. Winda nie ruszy, dopóki krata nie będzie starannie zasunięta. Ty trzymasz rękę między prętami. Musisz puścić Olega, żebyśmy mogli ją zasunąć.

Waaler znów się roześmiał.

– Masz mnie za głupka, Harry? Tę kratę wystarczy przesunąć o kilka centymetrów, dacie radę to zrobić, a ja wcale nie muszę puszczać chłopca.

Harry popatrzył na Svena, ale jedyną odpowiedzią było spojrzenie gdzieś daleko w głąb.

– Dobrze. Ale jesteśmy skuci, więc potrzebna mi jest pomoc Svena, a on, zdaje się, właśnie odpłynął.

– Sven! – zawołał Waaler. – Słyszysz mnie?

Sven ledwie poruszył głową.

– Pamiętasz Lodina, Sven? Twojego poprzednika w Pradze?

Echo poniosło się po korytarzu. Sven przełknął ślinę.

– Głowa w imadle, Sven. Masz ochotę popróbować?

Sven z trudem stanął na nogi. Harry złapał go za kołnierz i przyciągnął do siebie.

– Rozumiesz, co masz robić, Sven? – zawołał do białej nieprzytomnej twarzy, jednocześnie wsadził rękę do tylnej kieszeni i wyjął z niej jakiś klucz.

– Musisz pilnować, żeby kraty znów nie wyrwało. Słyszysz? Musisz przytrzymać kratę, kiedy ruszymy. – Harry wskazał na jeden z czarnych okrągłych i wytartych przycisków na tablicy.

Sven długo się przyglądał, jak Harry wsuwa kluczyk w zamek kajdanek i przekręca. W końcu kiwnął głową.

– Okej! – zawołał Harry. – Jesteśmy gotowi. Przesuwamy kratę na miejsce!

Sven stanął plecami do kraty. Złapał ją obiema rękami i pociągnął w prawo. Waaler jęknął, gdy pręty szarpnęły jego ręką, rozległo się miękkie kliknięcie, gdy punkty kontaktowe w podłodze i kracie zetknęły się ze sobą.

– Już! – zawołał Harry.

Harry dał krok na środek windy i podniósł głowę. W maleńkiej szparze między okienkiem a barkiem Waalera patrzyło na niego dwoje oczu. Jedno szeroko otwarte, wściekłe – Waalera, drugie czarne ślepe pistoletu.

– Przyjedźcie na górę! – powiedział Waaler.

– Jeśli oszczędzisz chłopca.

– Umowa stoi.

Harry wolno kiwnął głową. Potem wcisnął guzik.

– Wiedziałem, że w końcu to zrobisz, Harry.

– Na ogół tak bywa.

Zauważył, jak Waaler nagle opuszcza brew. Może dlatego, że właśnie zauważył kajdanki swobodnie zwisające z ręki Harry'ego. A może zaskoczyło go coś w jego w tonie. Może również on poczuł, że chwila nadeszła.

Stalowe liny jęknęły ostrzegawczo, kiedy windą szarpnęło. W tej samej chwili Harry zrobił błyskawiczny krok w przód i stanął na palcach. Kajdanki z suchym trzaskiem zamknęły się na nadgarstku Waalera.

– Jasna cho... – zaczął Waaler.

Harry oderwał nogi od podłogi. Kajdanki wbiły się w nadgarstki obydwu, kiedy dziewięćdziesiąt pięć kilogramów Holego ściągało Waalera w dół. Usiłował się szarpać, ale ręka coraz bardziej przesuwała się przez okienko, dopóki nie zablokował jej bark.

Zasrany dzień.

– Puść mnie, do diabła!

Tom krzyczał z policzkiem wciśniętym w zimne metalowe drzwi. Starał się przyciągnąć ramię do siebie, ale to było zbyt trudne. Wrzeszczał z wściekłości i z całej siły walił w drzwi pistoletem.

Nie tak miało być. Wszystko mu popsuli. Popsuli, rozkopali zamek z piasku, a potem się z niego śmiali. Ale jeszcze zobaczą! Pewnego dnia wszyscy jeszcze zobaczą. I wtedy to poczuł. Poczuł, że pręty kraty przesuwają się po przedramieniu, że winda ruszyła. Tyle, że w niewłaściwą stronę. W dół. Poczuł, że gardło mu się zaciska, gdy to sobie uświadomił. Gdy zorientował się, że znalazł się w potrzasku. Że winda zmieniła się w gilotynę, poruszającą się powoli, jak na zwolnionym filmie. Że przekleństwo dotyka również jego.

– Trzymaj mocno kratę, Sven! – to wołał Harry.

Waaler puścił Olega i usiłował przyciągnąć ramię do siebie, ale Harry był zbyt ciężki. Tom wpadł w panikę. Zrobił jeszcze jeden rozpaczliwy ruch. A potem jeszcze jeden. Stopy poślizgnęły się na gładkiej kamiennej podłodze. Poczuł, że sufit windy naciska na bark. Rozum go opuścił.

– Nie, Harry, przestań!

Chciał krzyknąć, ale płacz zdusił krzyk.

– Zmiłuj się...

43 NOC Z PONIEDZIAŁKU NA WTOREK. ROLEX

Cyk, cyk, cyk.

Harry siedział z zamkniętymi oczami, słuchając sekundnika i licząc. Myślał o tym, że czas z pewnością jest odmierzany dokładnie, skoro cyka złoty zegarek marki Rolex.

Cyk, cyk, cyk.

Jeśli dobrze policzył, to tkwili w windzie już od kwadransa. Piętnaście minut. Dziewięćset sekund od czasu, gdy Harry wcisnął guzik stopu pomiędzy parterem a piwnicą i oświadczył, że są bezpieczni i muszą jedynie czekać. Przez dziewięćset sekund siedzieli cicho jak myszki i nasłuchiwali. Kroków. Głosów. Otwieranych i zamykanych drzwi. W tym czasie Harry z zamkniętymi oczami odliczał dziewięćset sekund według cykania roleksa na nadgarstku zakrwawionej ręki, która leżała na podłodze windy i do której samej wciąż był przykuty.

Cyk, cyk, cyk.

Harry otworzył oczy. Rozpiął kajdanki, zastanawiając się, w jaki sposób dostanie się teraz do bagażnika, skoro połknął kluczyk.

– Oleg – szepnął, lekko trącając śpiącego chłopca w ramię. – Potrzebuję twojej pomocy.

Oleg wstał.

– O co chodzi? – spytał Sven, widząc, że Oleg staje na ramionach Harry'ego i wyjmuje świetlówki z lampy w suficie.

– Weź to od niego – kazał mu Harry.

Sven wyciągnął ręce do Olega, który podał mu jedną z dwóch rurek.

– Po pierwsze chcę, żeby oczy przyzwyczaiły mi się do ciemności, zanim wyjdę do piwnicy. Po drugie nie chcę, żebyśmy stali tu jak oświetlone cele, kiedy drzwi windy się otworzą.

– Waaler? W piwnicy? – w głosie Svena brzmiało niedowierzanie.

– Daj spokój. Nikt nie przeżyje czegoś takiego. – Świetlówką wskazał na woskowobiałą rękę na podłodze. – Pomyśl o utracie krwi i o szoku.

– Staram się myśleć o wszystkim – odparł Harry.

Zapadła ciemność.

Cyk, cyk, cyk.

Harry wyszedł z windy, natychmiast zrobił krok w bok i się schylił. Usłyszał, że drzwi się za nim zasuwają. Zaczekał, aż winda ruszy. Umówili się, że zatrzymają ją pomiędzy piwnicą a parterem, gdzie będą bezpieczni.

Harry wstrzymał oddech i nasłuchiwał. Na razie żadnych śladów upiora. Wstał. Blade światło sączyło się z okna w drzwiach w drugim końcu piwnicy. Dostrzegł meble ogrodowe, stare komody i noski nart za siatką. Poruszał się po omacku wzdłuż ściany. Znalazł jakieś drzwi i je otworzył. Tu czuć było słodki zapach śmieci. Dobrze trafił. Stąpał po popękanych workach ze śmieciami, po skorupkach jajek i pustych kartonach po mleku, na ślepo posuwając się naprzód w lekkim cieple zgnilizny. Pistolet leżał pod ścianą, wciąż z przylepionym kawałkiem taśmy. Harry upewnił się, czy jest naładowany, i wyszedł.

Schylony skierował się w stronę drzwi, z których padało światło. To musiały być drzwi na klatkę.

Dopiero gdy podszedł bliżej, zobaczył ciemny zarys na tle szkła. To była twarz. Harry odruchowo się skulił, zanim zdał sobie sprawę, że ten człowiek w ciemności nie może go zobaczyć. Z pistoletem wyciągniętym przed siebie w obu rękach wolno zrobił kolejne dwa kroki. Twarz była przyciśnięta mocno do szkła, wszystkie rysy się rozmywały. Teraz miał tę twarz na muszce. To był Tom. Szeroko otwarte oczy wpatrywały się sztywno w coś poza nim, daleko w mrok.

Harry'emu serce waliło tak mocno, że nie był w stanie celować precyzyjnie w tę twarz.

Czekał. Płynęły sekundy. Nic się nie działo.

W końcu opuścił pistolet i wyprostował się. Podszedł do szyby i spojrzał prosto w martwe oczy Toma Waalera. Pokryły się bielmem. Harry odwrócił się i popatrzył w ciemność. Bez względu na to, w co wpatrywał się Tom, to coś zniknęło.

Harry znieruchomiał, czując, jak jego własny puls bije uparcie i natarczywie. Cyk, cyk, cyk. Nie bardzo wiedział, co to znaczy. Oprócz tego, że jeszcze żyje. Dlatego, że człowiek po drugiej stronie drzwi umarł. Że może otworzyć te drzwi, przyłożyć dłoń do jego skóry i poczuć, jak ciało traci ciepło. Jak skóra zmienia swój charakter, substancję życia i zmienia się w opakowanie.

Harry przyłożył czoło do czoła Toma Waalera. Zimne szkło paliło jak lód.

44 NOC Z PONIEDZIAŁKU NA WTOREK. MAMROTANIE

Stali na czerwonym świetle na Alexander Kjellands plass.

Wycieraczki przechylały się raz w lewo, raz w prawo. Za półtorej godziny pokażą się pierwsze smugi świtu. Na razie jednak była noc, a chmury nakryły miasto szaroczarnym brezentem.

Harry siedział z tyłu, ramieniem obejmując Olega.

Pustym chodnikiem od strony Waldemar Thranes gate, zataczając się, nadchodzili mężczyzna i kobieta. Minęła godzina, odkąd Harry, Sven i Oleg wyszli z windy na deszcz, na trawnik, odnaleźli wielki dąb, który Harry wypatrzył z okna, i ułożyli się na suchej trawie. Stamtąd Harry zadzwonił najpierw do redakcji „Dagbladet" i porozmawiał z dyżurnym. Potem zatelefonował do Bjarnego Møllera. Opowiedział mu, co się wydarzyło, i poprosił o odnalezienie Øysteina Eikelanda. Na koniec zadzwonił do Rakel i obudził ją. Dwadzieścia minut później plac przed akademikiem rozjarzył się blaskiem fleszy i niebieskimi migającymi światłami, policja i prasa jak zawsze w pięknym połączeniu.

Harry, Oleg i Sven spod dębu obserwowali, jak wbiegają i wybiegają z akademika.

W końcu Harry zgasił papierosa.

– Tak, tak – powiedział Sven.

– *Character* – odparł na to Harry.

A Sven pokiwał głową i stwierdził:

– Tej nie pamiętałem.

Poszli potem na plac. Bjarne Møller natychmiast do nich podbiegł i zabrał ich do jednego z radiowozów.

Najpierw pojechali do Budynku Policji na krótkie przesłuchanie, na „orientację", jak ostrożnie nazwał to Møller. Kiedy Sven miał zostać odprowadzony do aresztu, Harry uparł się, by dwóch dyżurnych funkcjonariuszy policji pełniło wartę przy jego celi na okrągło przez całą dobę. Møller nieco zaskoczony spytał, czy naprawdę uważa ryzyko ucieczki aresztowanego za tak wysokie. Harry pokręcił głową. A Møller spełnił jego prośbę, nie wypytując o nic więcej.

Potem zadzwonili do wydziału porządkowego i sprowadzili samochód patrolowy, który miał odwieźć Olega do domu.

Światła uliczne pisnęły głośno w nocnej ciszy, para przechodniów przeszła na drugą stronę Uelands gate. Kobieta najwyraźniej pożyczyła marynarkę od mężczyzny i trzymała ją nad głową. Jemu koszula lepiła się do ciała. Głośno się z czegoś śmiał. Wydali się Harry'emu znajomi.

Światło zmieniło się na zielone.

Pod marynarką w ostatniej chwili dostrzegł jeszcze rude włosy.

Kiedy minęli Vinderen, deszcz nagle przestał padać. Chmury rozsunęły się jak kurtyna i z czarnego nieba nad Oslofjorden zaświecił na nich młody księżyc.

– Nareszcie. – Møller uśmiechnięty odwrócił się na siedzeniu pasażera z przodu.

Harry uznał, że mówi o deszczu.

– Nareszcie – odparł, ale nie odrywał oczu od księżyca.

– Bardzo dzielny z ciebie chłopiec. – Møller poklepał Olega po kolanie, a mały uśmiechnął się blado i spojrzał na Harry'ego.

Møller znów patrzył na drogę.

– Ból brzucha minął – powiedział. – Jakby się rozpłynął.

Znaleźli Øysteina Eikelanda w tym samym miejscu, do którego zaprowadzili Svena Sivertsena. W areszcie. Według dokumentów „Beksy" Grotha Øystein został doprowadzony przez Toma Waalera z podejrzeniem o prowadzenie taksówki po pijanemu. Badanie pobranej krwi wykazało śladową obecność alkoholu. Kiedy Møller nakazał zapomnieć o wszelkich formalnościach i natychmiast zwolnić Eikelanda, Groth, o dziwo, nie miał żadnych zastrzeżeń, przeciwnie, wykazał wiele życzliwości.

Rakel czekała w drzwiach, gdy radiowóz wjechał na chrzęszczący żwir na podjeździe przed domem.

Harry przechylił się ponad Olegiem i otworzył drzwi. Chłopiec wyskoczył z samochodu i pobiegł do matki.

Møller i Harry patrzyli, jak tulą się do siebie na schodach.

Zadzwoniła komórka Møllera. Odebrał. Dwa razy powiedział „tak", i raz „no właśnie" i zaraz się rozłączył.

– Dzwoniła Beate. W śmietniku na podwórzu u Barliego znaleźli torbę z pełnym wyposażeniem kuriera rowerowego.

– Mhm.

– Rozpęta się piekło – stwierdził Møller. – Wszyscy będą chcieli jakiś kawałek ciebie, Harry. Akersgata, telewizja państwowa i prywatna. Cudzoziemcy też. O Kurierze Śmierci słyszeli nawet w Hiszpanii, wyobrażasz sobie? No, ty już raz przez to przechodziłeś, więc wiesz, jak to jest.

– Jakoś przeżyję.

– Na pewno. Mamy przecież zdjęcia tego, co się wydarzyło w akademiku w nocy. Zastanawiam się tylko, w jaki sposób Tangen zdołał włączyć nagrywanie w swoim autobusie w niedzielę po południu? Zapomniał je wyłączyć? I pojechał do domu, do Hønefoss pociągiem?

Møller badawczo przyglądał się Harry'emu, ale nie doczekał się odpowiedzi.

– No i miałeś wyjątkowe szczęście, że akurat zwolnił tak dużo miejsca na twardym dysku, że zmieściłoby mu się nagranie z kilku dni. To właściwie niewiarygodne. Można by właściwie przypuszczać, że zostało z góry zaplanowane.

– Prawie – mruknął Harry.

– Na pewno zostanie wszczęte wewnętrzne śledztwo. Już się kontaktowałem z SEFO i informowałem ich o działalności Toma. Nie wykluczamy, że ta sprawa może mieć rozgałęzienie głębiej w szeregach policji. Jutro mam z nimi pierwsze spotkanie. Musimy prześledzić tę sprawę do dna, Harry.

– Czyżby, szefie?

– Czyżby? Nie wyglądasz na przekonanego.

– No cóż, a ty jesteś przekonany?

– A dlaczego miałbym nie być?

– Bo ty też nie wiesz, komu można ufać.

Møller mrugnął dwa razy, nie znajdując żadnej odpowiedzi, i nerwowo zerknął na policjanta za kierownicą.

– Zaczekasz chwilę, szefie?

Harry wysiadł z samochodu, Rakel puściła Olega. Chłopiec wszedł do domu.

Rakel złożyła ręce na piersi. Wzrok miała wbity w jego koszulę, gdy się przed nią zatrzymał.

– Jesteś mokry – powiedziała.

– No cóż, kiedy pada... jestem mokry.

Uśmiechnęła się smutno i przyłożyła dłoń do jego policzka.

– To już koniec? – szepnęła.

– Koniec.

Zamknęła oczy i pochyliła się w przód. Harry ją złapał.

– On sobie z tym poradzi – odezwał się.

– Wiem. Powiedział, że się nie bał. Ponieważ ty tam byłeś.

– Mhm.

– A co z tobą?

– W porządku.

– I to prawda? Że to już koniec?

– Koniec – mruknął jej we włosy. – Ostatni dzień w pracy.

– To dobrze – stwierdziła.

Poczuł jej ciało jeszcze bliżej, zniknęły wszystkie dzielące ich przestrzenie.

– W przyszłym tygodniu zaczynam nową robotę. Całkiem niezłą.

– Tę, którą dostałeś za pośrednictwem kumpla? – spytała, kładąc mu rękę na ramieniu.

– Tak.

Jej zapach wypełnił mu głowę.

– Przez Øysteina. Pamiętasz Øysteina?

– Taksówkarza?

– Tak. We wtorek jest egzamin na licencję taksówkarza. Co dzień kułem ulice w Oslo.

Roześmiała się i pocałowała go w usta.
– Co o tym myślisz?
– Myślę, że jesteś szalony.
Jej śmiech zaszumiał mu w uszach jak strumyk. Wytarł łzę z jej policzka.
– Muszę już iść – powiedział.
Próbowała się uśmiechnąć, ale Harry widział, że nie zdoła.
– Nie dam rady – zdążyła wyszeptać, zanim płacz poszarpał jej głos.
– Dasz radę – zapewnił Harry.
– Nie dam... bez ciebie.
– To nieprawda – powiedział Harry i znów mocniej ją przygarnął. – Doskonale dasz sobie radę beze mnie. Nie wiadomo, czy dasz sobie radę ze mną.
– Czy to pytanie? – spytała szeptem.
– Wiem, że musisz się nad tym zastanowić.
– Ty nic nie wiesz.
– Najpierw pomyśl, Rakel.
Odchyliła się, poczuł, że jej plecy wyginają się łuk. Przyglądała się jego twarzy. Pomyślał, że szuka w niej zmiany.
– Nie odchodź, Harry.
– Jestem umówiony. Jeśli chcesz, mogę przyjść jutro rano. Moglibyśmy...
– Tak?
– Nie wiem. Nie mam żadnych planów. Ani pomysłów. Czy to cię interesuje?
Uśmiechnęła się.
– Jak najbardziej.
Popatrzył na jej usta, zawahał się. Potem pocałował ją i odszedł.

– Tutaj? – spytał policjant za kierownicą, spoglądając w lusterko. – Nie jest zamknięte?
– W dni powszednie od dwunastej do trzeciej – wyjaśnił Harry.
Kierowca podjechał pod chodnik przy Boxerze.
– Idziesz ze mną, szefie?
Møller pokręcił głową.
– On chciał rozmawiać z tobą w cztery oczy.

Nic już nie podawano, a ostatni goście opuszczali lokal. Naczelnik Biura Kryminalnego siedział przy tym samym stoliku, co ostatnio. Zapadnięte oczy kryły się w cieniu. Stojąca przed nim półlitrowa szklanka była prawie pusta. W twarzy otworzyła się szczelina.

– Gratuluję, Harry.

Harry przepchnął się między ławką a stolikiem.

– Naprawdę dobra robota. Ale musisz powiedzieć, w jaki sposób doszedłeś do tego, że Sven Sivertsen nie był Kurierem Śmierci.

– Zobaczyłem zdjęcie Sivertsena z Pragi i zrozumiałem, że widziałem zdjęcie Willy'ego i Lisbeth zrobione w tym samym miejscu. No a w Wydziale Techniki Kryminalistycznej sprawdzili resztki odchodów pod paznokciem...

Szef Biura Kryminalnego pochylił się nad stołem i położył rękę na ramieniu Harry'ego. Jego oddech pachniał piwem i tytoniem.

– Nie chodzi mi o dowody, Harry. Chodzi mi o pomysł. O podejrzenie. Co sprawiło, że połączyłeś poszlaki z właściwym człowiekiem? Co cię zainspirowało? Co sprawiło, że ta myśl w ogóle wpadła ci do głowy?

Harry wzruszył ramionami.

– Człowiek przez cały czas snuje różne myśli, ale...

– Tak?

– To się trochę za bardzo zgadzało.

– Co masz na myśli?

Harry podrapał się w brodę.

– Wiesz, że Duke Ellington prosił stroicieli, żeby nie stroili fortepianu idealnie?

– Nie.

– Gdy fortepian jest nastrojony z kliniczną doskonałością, nie brzmi dobrze. Nie ma w tym żadnego błędu, po prostu traci coś z ciepła, z wrażenia prawdziwości.

Harry paznokciem drapał kawałek lakieru odstającego od blatu stolika.

– Kurier Śmierci przedstawił nam idealny kod, który powiedział nam dokładnie „gdzie i kiedy". Ale nie powiedział „dlaczego". Przez to skłonił nas do skupienia się na czynach, zamiast przyjrzeć się motywowi. A każdy myśliwy wie, że jeśli chce dostrzec zwierzynę w ciemności, nie może skupiać spojrzenia bezpośrednio na niej, tylko odrobinę z boku. Dopiero wtedy, gdy przestałem tak uważnie przyglądać się faktom, usłyszałem to.

– Usłyszałeś?

– Tak. Usłyszałem, że te tak zwane seryjne zabójstwa są zbyt perfekcyjnie zestrojone. Brzmiało to właściwie, ale nieszczerze. Zbrodnie zgadzały się z przepisem co do joty. Dawały nam wyjaśnienie tak wiarygodne, jak wiarygodne bywa kłamstwo, a rzadko prawda.

– I wtedy to zrozumiałeś?

– Nie. Ale przestałem się tak w to wgapiać. I odzyskałem szerokie spojrzenie.

Naczelnik pokiwał głową, wpatrując się w brzuchatą szklankę, którą obracał w palcach na blacie. W cichym, prawie pustym lokalu szkło wydawało odgłos osełki.

W końcu chrząknął.

– Pomyliłem się co do Toma Waalera, Harry. Przepraszam.

Harry nie odpowiedział.

– Chciałem ci oznajmić, że nie podpiszę twojego zwolnienia. Chcę, żebyś dalej pracował. Chcę, żebyś wiedział, że masz moje zaufanie. Moje pełne zaufanie. I mam nadzieję, Harry...

Podniósł twarz. W jej dolnej części pojawiła się szczelina. Coś w rodzaju uśmiechu.

– ...że i ja mam twoje.

– Muszę się nad tym zastanowić – powiedział Harry.

Szczelina zniknęła.

– Nad pracą – dodał Harry.

Naczelnik Biura Kryminalnego znów się uśmiechnął. Tym razem również oczami.

– Oczywiście. Pozwól, że postawię ci piwo, Harry. Już zamknęli, ale jak poproszę...

– Jestem alkoholikiem.

Szef przez moment wyglądał na osłupiałego. Potem zaśmiał się krótko.

– Przepraszam. To bezmyślne z mojej strony. Ale coś innego, Harry. Czy ty...

Harry czekał, aż szklanka zatoczy kolejne pełne koło.

– ...zastanawiałeś się, jak przedstawisz tę sprawę?

– Jak ją przedstawię?

– Tak. W raporcie. I prasie. Każdy będzie chciał z tobą rozmawiać. I ściągną oczy wszystkich na całą policję, jeśli ten przemyt broni Waalera wyjdzie na jaw. Dlatego ważne, żebyś nie mówił...

Harry szukał papierosów w czasie, gdy naczelnik Biura Kryminalnego szukał słów.

– ...żebyś nie przedstawił im wersji otwierającej możliwości domysłów.

Harry uśmiechnął się cienko i popatrzył na ostatniego papierosa.

Naczelnik zdecydował się. Opróżnił resztę piwa i otarł usta grzbietem dłoni.

– Czy on coś powiedział?

Harry uniósł brew.

– Masz na myśli Waalera?

– Tak. Powiedział coś przed śmiercią? Coś o tym, z kim współpracował? Kto inny jeszcze może być w to zamieszany?

Harry postanowił oszczędzić tego ostatniego papierosa.

– Nie. Nic nie mówił. Absolutnie nic.

– Szkoda. – Szef patrzył na niego z twarzą bez wyrazu. – A co z tymi nagraniami? Czy one cokolwiek ujawniają w tym względzie?

Harry napotkał jego spojrzenie. Z tego, co wiedział, ten człowiek całe swoje życie pracował w policji. Nos miał ostry jak ostrze siekiery, usta proste i wąskie, a dłonie duże i grube. Był częścią opoki korpusu policji, twardym, lecz bezpiecznym granitem.

– Kto wie? Chyba nie ma się czym martwić, skoro i tak to będzie wersja niepozostawiająca miejsca na...

Urwał w końcu ten kawałek lakieru.

– ...na domysły.

Jak na dany sygnał, światła lokalu zaczęły mrugać.

Harry wstał.

Popatrzyli na siebie.

– Podwieźć cię? – spytał naczelnik.

Harry pokręcił głową.

– Nie, przejdę się.

Szef długo i mocno ściskał mu rękę. Harry ruszył do drzwi, ale zatrzymał się i odwrócił.

– Przypomniała mi się jedna rzecz, jaką Waaler mówił.

Siwe brwi naczelnika opadły.

– Tak? – spytał ostrożnie.

– Tak. Prosił o zmiłowanie.

Harry poszedł na skróty przez Cmentarz Zbawiciela. Kapało z drzew. Krople padały na liście z cichymi westchnieniami, aż w końcu docierały do ziemi, która chłonęła je spragniona. Szedł ścieżką między grobami, słuchając, jak zmarli mamroczą do siebie. Zatrzymał się i nasłuchiwał. Dom parafialny przy Starym Kościele Aker leżał pogrążony w ciemności i uśpiony. Skręcił w lewo i wyszedł przez bramę na Telthusbakken.

W swoim mieszkaniu zrzucił ubranie, stanął pod prysznicem i odkręcił gorącą wodę. Ściany pokryły się parą. Stał pod wodą, aż skóra rozgrzała się i zaczerwieniła. Wszedł do sypialni. Woda parowała z niego. Położył się mokry na łóżku. Zamknął oczy i czekał. Na sen. Albo na obrazy. Na to, co pojawi się pierwsze.

Zamiast tego pojawiło się mamrotanie.

Nasłuchiwał.

Ciekawe, o czym szepczą.

Ciekawe, jakie snują plany.

Mówili kodem.

Usiadł. Przyłożył głowę do ściany i poczuł zarys krzyża przeciw zmorom. Spojrzał na zegarek. Niedługo zacznie się rozjaśniać.

Wstał i wyszedł na korytarz. Obszukał kurtkę i znalazł ostatniego papierosa. Oderwał koniec i zapalił. Usiadł w fotelu i zaczął czekać na ranek.

Do pokoju wpadało światło księżyca.

Myślał o Tomie Waalerze, który wpatrywał się w wieczność. I o mężczyźnie, z którym rozmawiał na Starym Mieście po tamtej rozmowie z Waalerem na tarasie kantyny. Łatwo go było znaleźć, bo zachował młodzieńcze przezwisko i wciąż prowadził kiosk, rodzinny interes.

– Tom? – powtórzył mężczyzna siedzący za odrapanym kontuarem i przeciągnął dłonią po tłustych, aż błyszczących włosach. – No tak, pewnie, że go pamiętam. Biedaczysko. Ojciec, bezrobotny murarz, strasznie go lał. Pił. Przyjaciel? Nie, nie kumplowałem się z Tomem. Tak, to mnie nazywali Solo. InterRail? – Mężczyzna zaczął się śmiać. – Nigdy nie pojechałem pociągiem dalej niż do Moss. Wydaje mi się, że Tom nie miał zbyt wielu kumpli. Pamiętam, że był grzeczny. Taki chłopak, co to przeprowadza staruszki przez jezdnie, taki trochę skaucik. Ale w zasadzie dziwak. O śmierci jego ojca gadało się trochę nieprzyjemnych rzeczy. Cholernie dziwny wypadek.

Harry przeciągnął palcem serdecznym po gładkiej powierzchni stołu. Czuł, że do skóry przylepiają się maleńkie cząsteczki. Wiedział, że to żółty pył z dłuta. Czerwone światełko automatycznej sekretarki błyskało. Prawdopodobnie dziennikarze. Jutro się zacznie. Dotknął palcem języka. Gorzki smak. Mur. Przyszło mu do głowy, że to tynk ze ściany nad drzwiami nad pokojem 406, gdzie Willy Barli wyrył pentagram. Harry cmoknął. Murarz musiał użyć jakiejś dziwnej mieszanki, bo tynk miał też inny smak. Słodkawy. Nie, raczej metaliczny. Smak jajek.